KB273624

한국고전문학교재연구

韓國古典文學敎材硏究

한국고전문학교재연구
韓國古典文學敎材硏究

이신성 著

보고사

책을 내면서

『한국고전문학교재연구(韓國古典文學敎材研究)』는 1999년에 펴낸 『우리 고전문학 교재의 이해』를 바탕으로 해서 엮어졌다. 『우리 고전문학 교재의 이해』는 문헌 자료를 바탕으로 하면서도, 철저한 현장 답사를 통해 설화를 확인·조사·채록함으로써 '보면서 읽는 교재 연구서'가 되도록 하겠다는 일념(一念)의 소산물(所産物)이었다. 그러나 여러 가지로 부족한 부분이 많아서 지난 5년 동안 틈틈이 초판의 미비점을 보완하여 3쇄(刷)까지 내었지만, 그러한 부분적인 보완으로는 마음에 차지 않아 늘 부담으로 남아 있었다.

이에 따라 『한국고전문학교재연구』에서는 세 가지 사항을 중점적으로 수정·보완하였다. 첫째, 제7차 국어과 교육과정에 의해 편찬된 교과서 내용을 최대한 반영하려고 노력하였다. 둘째, 『우리 고전문학 교재의 이해』제4부에 실렸던 '보은담(報恩談)과 고사성어(故事成語) 교재의 이해'는 '고사성어 교재' 부분은 빼고 '보은담 교재의 이해'로 했다. 셋째, 각종 설화 교재의 자료적 성격이 강했던 『우리 고전문학 교재의 이해』를 자료집이라는 틀에 머물러 있게 해서는 안 되겠다고 생각하여, 이들 교재 하나하나를 면밀히 의미 분석을 하여 독립된 연구물로 내놓는 작업을 연차적으로 진행해 왔는데, 그 성과물을 제5부에 실었다.

제5부에 실린 교재연구론(敎材硏究論) 6편의 개요는 이러하다.

제1부 '형제미담(兄弟美談) 교재'에 실렸던 '투금탄(投金灘) 형제미담'은 "초등학교 교과서에 실린 「형제투금」에 대하여"란 논제로 수록했다. 여기서는 교과서 소재(所載) 「형제투금」의 문제점과 개선 방안을 담았다.

제2부 '감호전설(感虎傳說) 교재'에 실렸던 '조충신(趙忠臣) 호배도강전설(虎背渡江傳說)'은 "생육신(生六臣) 조려(趙旅) 관련 호배도강전설의 의미"란 논제로 실었다. 이 논문은 전국적으로 산재(散在)해 있는 조려 관련 전설과 유적 현장에서 자료를 채집하고 미발굴 문헌 기록이나 금석문(金石文)들을 찾아낸 성과물을 반영하였다.

"감호조전설(感虎鳥傳說)의 교재화 방안에 대하여"는 새로운 자료를 발굴하여 쓴 논문이다. 즉 충북 청원군 강내면 연정리(忠北 淸原郡 江內面 蓮亭里) 한양조씨(漢陽趙氏) 문중에 전하는 모계 조강(慕溪 趙綱 : 1496～1549) 관련 감조전설(感鳥傳說)인 「송골매가 오리를 떨어뜨리다(蒼鶻墜鴨 :『慕溪集』)」와 경북 예천군 상리면 용두리(慶北 醴泉郡 上里面 龍頭里)에 전하는 야계 도시복(也溪 都始復 : 1817～1891) 관련 감호조전설(感虎鳥傳說 :『明心寶鑑』 및 「也溪 都始復旌閭碑」)이 그것이다.

'고사성어 교재의 이해'에 실렸던 고사성어는 모두 22편이고 그 중 우리 고유의 고사성어는 17편이었다. 「부모 제사에 기름칠한 지방(紙榜)을 쓰다[자린고비]」는 한국 고유의 고사성어 중 하나이다. 〈자린고비〉 이야기에 관한 광범위한 설화 채집과 〈자린고비〉의 발상지 답사를 통해 얻은 성과물을 논문화한 것이 "〈자린고비(玼吝考妣)〉 이야기의 의미와 교과서 교재화 방안"이다. 이 논문에서는 자린고비를 절약의 대명사인 듯 교과서나 언어사회에서 오용(誤用)하고 있는 현실을 지적하면서, 자린고비의 개념 정의와 교과서 교재화 방안을 제시했다.

"서포 김만중(西浦 金萬重 : 1637~1692)의 남해시대(南海時代)와 서포만필(西浦漫筆)"은 새로 소개하는 논문이다. 『서포만필』 소재(所載) 일화(逸話)에는 일화의 야담화(野談化)와 소설로의 이행과정(移行過程)을 살필 수 있는 문학적 가치가 높은 여러 작품이 있다. 따라서 이 논문에 언급된 일화와 야담들은 교육 현장에 훌륭한 교재로 활용될 수 있으리라 본다.

"고전문학 교재의 문제점과 개선 방안에 대하여"는 고전문학 관련 교재의 문제점을 교육과정과 교과서에서 추출하여 그 원인에 대한 처방과 개선 방안을 제시했다.

저자는 2003년 9월부터 금년 8월까지 항주사범학원(杭州師範學院:중국 浙江省 항주시)에서 연구교수로 활동하고 있다. 마침 부산교육대학교와 자매대학인 항주사범학원은 "한·중 민간설화 비교연구(韓中 民間說話 比較研究)"라는 주제로 3년간(2003.9~2006.8) 공동연구(책임교수 : 이신성, 항주사범학원 顧希佳)를 하기로 합의했다. 앞으로 『한국고전문학교재연구』는 한·중 민간설화 연구와 병행하여 수정과 보완 작업을 계속해 나갈 생각이다.

나의 지우(知友)인 열린사이버대학교 이우재(二友齋) 서성(徐盛) 교수는 학기말 바쁜 업무 중에도 귀중한 시간을 내어 책 내용을 정독(精讀)하고 교정의 미비점을 보완했다. 그리고 보고사 이경민(李京玟)양은 편집을 맡아 수고해주었다. 무엇보다도 서울에서 항주로의 원고 송수신(送受信)의 번거로움과 어려운 출판 사정을 감수하면서 쾌히 출판을 허락해준 보고사 김흥국(金興國) 사장에게 진심으로 감사드린다.

2004. 7.

중국 항주사범학원 기숙사에서

이신성(李愼成) 적음.

차 례

제1부

兄弟美談 教材의 이해

인간은 태어나면서부터 가족에 속하게 되고 가족을 구성하고 있는 성원들과 밀접한 관련을 갖는다. 형제 간은 천륜에 의해 맺어졌고 九族 가운데 寸數를 두는 가장 가까운 관계이다. 또한 형제 사이에는 서로 협력하기도 하고 경쟁을 유발하기도 하는 상반된 성격이 내재되어 있다. 이러한 형제 간의 관계는 삶의 현장에서 다양한 대립과 갈등을 일으켜 많은 이야기를 생성하면서 전승되고 있다.[1]

그러나 진정한 형제 사이란 대립과 갈등이 아닌 공경하고 사랑하는 관계를 말한다.

일찍이 『詩經』 小雅篇 「常棣章」에서는 형제 관계를 다음과 같이 읊었다.

아가위꽃 / 꽃받침 크게 드러나 보인다. / 이 세상에 아무도 / 형제보다 좋은 이 없어라. // 죽음의 위협에도 / 형제만이 더 없이 염려해 주고 / 벌판이나 진펄에 사로잡혀 가도 / 형제만이 서로 찾아다닌다. // 할미새 벌판에 날아 / 형제가 어려움을 당한 듯 / 아무리 좋은 친구 있다 해도 / 그저 긴 탄식만 해줄 뿐 // 형제들 집안에서 다투는 일 있어도 / 밖에서 모욕당하면 함께 막는다. 아무리 좋은 친구 있다 해도 / 와서 도와주는 이 없어라 // (중략) 아내와 잘 어울려 / 금슬이 더 없이 좋다 해도 / 형제들 모여 화합해야 / 화락하고 한 없이 즐거워라. / 그대 집안 화합케 하고 / 그대 처자 즐겁게 하며 / 이 마음으로 모두들 바라면 / 진정 그렇게 화락하리라.[2]

---

1) 趙春鎬, "友愛小說의 構造와 意味", 박사학위논문, 경북대 대학원, 1990.12, p.3, 참조.

______, "口碑 友愛說話의 類型과 意味", 韓國語文學會 전국 대회(1993.11.6. 대구대학교) 발표 요지, p.50, 참조.

2) 常棣之華 鄂不韡韡 凡今之人 莫如兄弟 死喪之威 兄弟孔懷 原隰裒矣 兄弟求矣 脊令在原 兄弟急難 每有良朋 況也永歎 兄弟鬩于牆 外禦其務 每有良朋 烝也無戎 (중략) 妻子好合 如鼓瑟琴 兄弟旣翕 和樂且湛 宜爾室家 樂爾妻帑 是究

위의 시는 형제 간의 우애를 곡진하게 나타내고 있다. 아가위꽃의 꽃받침이 표나게 드러나 보이는 것에 비유하여 어떠한 것도 형제 사이보다 더 친근한 것은 없다고 했다. 진정한 구원자도 형제일 뿐이고, 아무리 금슬 좋은 부부 간이라도 화목한 형제 사이가 전제되어야만 지극한 즐거움을 얻을 수 있다고 했다.

형제 간은 同氣異體이며 天倫으로 맺어진 관계이기 때문에 우애는 자연 발생적으로 우러나온다. 그렇지만 현실적으로는 대립과 갈등을 빚는 경우가 많기 때문에3), 형제 간의 우애를 강조한 기록들이 여러 典籍 속에 풍부하게 등장한다.4)

형제 간의 友愛에 관해서 다룬 연구물은 ①兄弟投金型 說話(黃仁德) ②友愛小說·口碑 友愛說話(趙春鎬) ③의좋은 형제·兄弟投金(鄭寅官5)· 李愼成) 등을 들 수 있다.

①에서는 형제투금 설화의 시초는 佛典이고, 그것이 한국에 전승되어 변모된 양상과 그 속에 나타난 민간의 사고가 어떠한 지 살폈다. ②는 가족 구성원 상호 간의 관계를 문제 삼은 다수의 소설 작품6) 중에서 형

是圖 亶其然乎

(번역은 河正玉 譯, 『詩經』, 平凡社, 1976, pp.357~359에서 취함.)

3) 「興夫傳」의 根源說話인 新羅시대 「旁㐌說話」는 형제 간의 대립과 갈등을 소재로 한 대표적인 설화라고 할 수 있다.

4) 조춘호는 형제 간의 우애 구현에 필요한 구체적인 덕목을 유교 경전과 교화서 등에서 뽑아 다음과 같이 요약 제시하고 있다.

① 형제는 서로 사랑하고 공경해야 한다. ② 형제는 재물을 갖고 다투지 않고 적은 물건도 나누어 써야 한다. ③ 형제는 부인이나 奴僕들 때문에 우애가 상해서는 안 된다. ④ 형제의 자녀는 己出 같이 사랑해야 한다.

(조춘호, 앞에서 든 논문, pp.15~18, 참조.)

5) 鄭寅官, "國民學校 國語 敎科書에 收錄된 說話 受容 題材의 硏究", 석사학위논문, 韓國敎員大 大學院, 1987.12.

6) 「善友太子傳」, 「善生太子傳」, 「倡善感義錄」, 「狄成義傳」, 「홍보전」, 「목시룡

제 사이의 대립과 갈등이 작품에 어떻게 형상화되고 있으며 그 형상화를 통해 우애가 어떻게 구현되고 있는가를 살폈고, 『韓國口碑文學大系』所載 友愛說話를 7개 類型으로 분류7)하여 그 의미가 무엇인지 고찰했다. ③의 정인관은 초등학교 교과서에 실린 설화 수용 교재8)의 구조와 의미를 파악했다. 설화별 유형을 제시했는데, '의좋은 형제'는 크게 兄弟 友愛型과 補助者에 의한 兄弟 友愛型으로 나누었다.9) 이신성은 초등학교 교과서에 실린 「의좋은 형제」와 「兄弟投金」 教材에 대해서, 여러 문헌을 섭렵하여 자료를 찾아내고 교재의 현장에서 자료를 발굴 정리하여 교재의 다양화를 꾀했다.

②에서 다룬 대부분의 작품은 형제 간에 利害得失 등으로 인한 대립과 갈등이 지나쳐서, 작품 속에서 일어나는 대립과 갈등이 마치 天倫으로 맺어진 同氣 간이 아닌 他人에게나 있을 법 한 것처럼 보인다. 이는 「常棣詩」가 나타내는 천부적인 兄弟愛와는 거리가 멀다.

형제 간의 윤리는 兄友弟恭에 바탕을 둔 우애이다. 곧 우애란 연장자

전」, 「유효공선행록」, 「六美堂記」, 「金太子傳」, 「엄씨효문청행록」 등이 우애소설에 속한다.

7) ① 교훈을 듣고 감화되어 우애를 실현한 이야기
   ② 재물에 대한 욕심을 버리고 횡재하여 부자가 된 이야기
   ③ 욕심으로 아우[형]의 경험을 흉내내다가 망신 당한 형[아우]의 이야기
   ④ 부모의 애정을 획득하기 위해 형제를 모해한 이야기
   ⑤ 아내들의 화합으로 우애를 되찾은 이야기
   ⑥ 형제가 동거공재하며 어려움을 극복하고 잘 산 이야기
   ⑦ 근검 성실하게 재산을 모은 후 형제를 도와 우애를 실현한 이야기
8) 「의좋은 형제」, 「훌륭한 원님」, 「소가 된 게으름장이」, 「청개구리」, 「토끼의 재판」 등에 관한 교재를 다루었다.
9) 兄弟 友愛型은 의좋은 형제형, 형제 우애 이적형, 형제 개심형, 형제 지혜형 등으로 하위 유형 분류를 하고, 補助者에 의한 兄弟 友愛型도 의좋은 동서형, 며느리 지혜형 등으로 하위 유형 분류를 했다.

인 형이 아우를 사랑하고 연소자인 아우가 형을 공경함으로써 형성되는 윤리 규범이다. 그렇다고 해서 형의 사랑이 아우의 공경을 전제 조건으로 하거나, 아우의 공경이 형의 사랑을 전제 조건으로 하는 조건부적인 윤리 규범은 아니다. 형제란 다 같이 부모의 피와 살을 타고난 사람들로서 서로 우애하지 않을 수 없는 관계에 있으며, 이러한 형제 간의 우애는 가정의 질서와 평화를 유지해가는 중요한 요소이다. 이 때문에 형제 간의 우애는 매우 중요한 윤리 덕목으로 모든 사람들에게 강조되어 왔다.[10]

兄弟美談은 실제로 많이 있었을 것이다. 그러나 지금까지 전해 오는 兄弟美談이 극히 적은 이유는, 美談事가 발생하여 얼마 간 화제에 오르내리다가 傳承力을 가지지 못하고 자연 소멸된 경우가 많았기 때문이라 짐작된다. 반면, 忠·孝·烈行이 상대적으로 엄청나게 많은 이유는, 그 행적에 대해 조정에서 旌表를 내린다든지 하여 의도적으로 기록하고 선양하는 일들이 끊임 없이 이어져 왔기 때문일 것이다.

이에 우리는 초등학교 교과서에 교재화된 「의좋은 형제」와 「兄弟投金」 등 兄弟美談 2편만으로 만족해서는 안 되며, 또 이 2편의 교재가 지속적으로 교재로서의 생명력을 지닐 수 있을 것인가 하는 점도 생각해야 한다.

「의좋은 형제」는 李成萬·李順 兄弟孝悌碑가 발견됨으로써, 막연히 전해오는 時代不明의 美談이 아닌 實存人物의 實話가 꾸며지고 敷衍되는 과정을 거쳐 교과서에 실린 것으로 판명되었다.

「의좋은 형제」는 長壽教材라 할 수 있다. 40여년 간 교과서에 실려 교육되어져 왔기 때문이다. 벼 낟가리를 안고 왔다갔다 하는 원시적인 방법을 구사하는 일부 내용이, 物量化되고 산업화로 치달으며 윤리의식

---

10) 崔吉容, 『朝鮮朝 連作小說 研究』, 아세아문화사, 1992, p.156, 참조.

이 희박해진 오늘날의 교재로서 생명력을 지닐 수 있을지 의구심을 가질 수도 있다. 그러나 「의좋은 형제」는 천부적인 형제애와 소박미를 담고 있어서 인간성 회복을 위한 교재로 마땅히 쓰여져야 한다고 본다.

「兄弟投金」은 널리 알려진 民譚인데 초등학교 교과서에도 실려 있다. 이 이야기의 주인공은 『星州李氏家乘』에 의하면 李兆年(1269~1349) 兄弟美談으로 기록되어 있고, 서울 근교에 投金灘의 현장[陽川 부근]도 찾을 수 있다.

이런 자료들은, 이 이야기가 막연히 전해 오는 美談이 아닌 實存人物의 實話임을 인식시켜 준다.

慶北 尙州市 靑里面 佳川洞 달내의 興陽李氏宗家 [棣華堂] 에는 「兄弟急難圖」가 보관되어 있다. 이는 月磵 李埈(1558~1648)과 蒼石 李埈(1560~1635) 형제의 友愛事를 그림화하고, 友愛事를 찬양한 당시 명사들의 詩文을 붙여 놓은 것이다.

烏川鄭氏 萬陽(1664~1730)과 葵陽(1667~1732) 형제와 全州柳氏 道源(1721~1791)과 長源(1724~1796) 형제의 友愛事도 전해지고 있다.

이와 같은 작업은 본고에서 언급된 友愛事가 각급 학교 교과서에 敎材化하는 일과 敎材를 多樣化하기 위한 일들과 밀접한 관련성을 가진다.11)

---

11) 형제미담 교재에 관한 연구는 필자의 다음과 같은 논문을 수용하면서, 부분적으로 자료를 보충하고 수정·보완했다.

  ① 이신성, "국민학교 교과서에 실린 兄弟美談과 感虎傳說에 관한 연구", 『한국초등국어교육』 제9집, 한국초등국어교육학회, 1993, pp.185~263, 참조.

  ② 이신성, "국민학교 교과서에 실린 傳說敎材에 관한 연구", 『어문학교육』 제14집, 한국어문교육학회, 1992, pp.103~179, 참조.

  ③ 이신성, "尙州 달내마을 형제급난도에 대하여", 『語文硏究』 제26집, 어문연구회, 1995, pp.509~528, 참조.

  ④ 이신성, "吳孝子感泉虎傳說에 대하여", 『陽河鄭尙卜博士華甲記念論叢』, 1995, pp.43~67, 참조.

Ⅰ. 禮山 개뱅이다리 형제미담 – 의좋은 형제

1. 연구의 범위

「의좋은 형제」는 제6차 국민학교 교육과정에 의해 편찬된 국어 3학년 2학기 『읽기』 교과서(44～45쪽)에 실려 있다.

그런데 「의좋은 형제」는 제1차 국민학교 교육과정이 공포(1955.8.1.)되어 편찬된 국어 교과서(2학년 2학기)에 교재화된 후 2, 3차 국민학교 교육과정에 의해 편찬된 국어 교과서(2학년 2학기)에도 수록되었다.

그후 「의좋은 형제」는 제4차 국민학교 교육과정(1981.12.31.공포)에 의해 편찬된 통합 교과서(도덕, 국어, 사회)인 『바른생활』(2학년 2학기)에 수록되었다. 제5차 교육과정에 의해 편찬된 교과서에는 도덕 교과서인 『바른생활 이야기』(2학년 1학기)에 수록된 바 있다.

「의좋은 형제」는 교과서에 童話로 꾸며 놓았지만, 이 이야기는 實話를 童話化한 교재이다. 사실을 기록한 문헌과 행적을 새겨놓은 비석이 지금까지 남아 있어 막연히 전해오는 형제 간의 友愛를 담은 美談이 아님을 명확하게 알 수 있다.

『世宗實錄』 제7권 세종 2년(1420) 정월 21일에 李成萬·順 형제의 孝悌에 관한 기록이 실린 이후, 1530년에 편찬된 『新增東國輿地勝覽』 제

20권「大興縣條」와 權鼈(1589~?)이 편찬한『海東雜錄』제5권 등에 그 기록이 보인다.

〈李成萬兄弟孝悌碑〉[충청남도 지방 문화재 제102호]는 忠南 禮山郡 大興面 上中里 대흥면 사무소 앞[옛 大興縣 東軒 앞]에 세워져 있다. 이 비는 원래 佳芳橋[개뱅이다리] 옆에 있었는데, 1978년 예당저수지 축조공사 중 발견되어, 개뱅이다리가 예당저수지에 수몰됨으로 해서 현 위치에 옮겨 복원시켜 놓았다.

초등학교 교과서에 교재화된「의좋은 형제」는 事實과는 많은 차이를 보인다. 孝悌事 중 효도에 관한 것은 빠지고 友愛를 핵심 내용으로 했다. 또 벼낟가리에 쌓인 볏단을 옮기는 내용도『世宗實錄』등의 문헌기록에는 없다. 이는 후대에 개작된 것이라 할 수 있다.

본고에서는 역대 문헌에 전해오는「의좋은 형제」와 관련 있는 기록들을 살펴보기로 한다. 이런 과정을 통해「의좋은 형제」는 실존했던 이성만·이순 형제임을 밝히고, 문헌기록과 합치하는 비석이 현존하고 있다는 사실을 토대로 하여「의좋은 형제」를 막연한 형제 미담으로 만족해서는 안 된다는 점을 밝혀두고자 한다. 그리고 事實의 變改過程과 그 의미도 알아보기로 한다.

문헌의 기록과 비석의 현존은 이 이야기가 설화가 아닌 사실로 취급되어져야 하지만, 이미 이 사실은 說話化하여 그 생명력을 간직하고 인구에 회자되고 있다.

2. 옛 기록에 나타난 李成萬·順 형제의 孝悌事

李成萬 兄弟의 孝悌事를 기록한 것 중 가장 앞선『세종실록』에 실린 관련 내용을 살펴보기로 한다.

⑴ 임금이 처음 즉위하여 중외에 교서를 내리어, 효자·절부·의부·순손이 있는 곳을 찾아 실적으로 아뢰라고 했더니, 수 백인이 되었다. 임금이 말하기를 "그 중에 특행이 있는 자를 추리도록 해라." 고 하고는, 정초에게 명하여 예조에 올린 행장 기록을 가지고 오게 하여 좌·우의정과 의논하여 41명을 뽑았다.

대흥호장 이성만은 그 아우 순과 같이 부모를 지성으로 섬겨 맛있는 음식으로 부모를 봉양했다. 매년 봄·가을에는 술과 음식을 갖추어 부모가 좋아하는 친척과 친구를 맞이하여 잔치를 베풀어서 부모의 마음을 즐겁게 했다. 부모가 죽은 뒤에는 형이 어머니의 무덤을 지키고, 아우는 아버지의 무덤을 지켰다. 매일 아침·저녁에는 형제가 서로 왕래하여 한 상에서 같이 밥을 먹었고, 비록 한 가지 음식이라도 반드시 함께 먹었다… 임금이 명하여 이성만, 이순… 등에게는 그 마을에 정문을 세워 표창하고 그 집의 요역(徭役)을 면제하게 했다.1)

위는 1420년(세종 2) 정월 21일의 기록이다. 세종은 孝子·節婦·義夫·順孫을 찾아 표창하게 했는데, 수 백인이 추천되었다. 이 중에서 41명을 선정하고, 41명 중 26명은 그 마을에 정문을 세워 표창하고, 그 집의 요역을 면제해 주었다. 나머지 15명은 요량해서 벼슬을 주게 했다.

41명에 대한 공적 사실을 간략하게 밝혀 놓았는데, 이성만 형제의 사실을 맨 먼저 기록해 놓았다. 또 이성만 형제는 孝行 뿐만 아니라, 友愛도 돈독했음을 알 수 있다.

이성만 형제의 孝悌 사실을 요약하면 다음과 같다.

---

1) 上初卽位下敎中外 求孝子節婦義夫順孫所在 以實迹聞 凡數百人 上以爲宜簡
　 特行 命鄭招 以禮曹所上記行實狀 議於左右議政 凡得四十一人
　 以聞大興戶長李成萬與其弟順事父母盡心 甘旨奉養 每春秋具酒食 致父母所愛
　 親舊 宴樂以悅其心 及沒 兄守母墳弟守父墳 每朝夕兄弟相往食共一案 雖得一
　 味 必與共食… 上命李成萬李順… 等並旌表門閭 復其家

。孝行 – ① 맛있는 음식으로 부모 봉양

② 춘추로 부모 친구 초청, 잔치 베풀어 부모 기쁘게 함

③ 부모 무덤 지성으로 지켜 상을 마침

。友愛 – ① 형제가 아침 · 저녁 왕래하여 한 상에서 밥 먹음

② 음식이 생기면 반드시 함께 먹음

1497년(연산군 3)에 세워진 〈李成萬兄弟孝悌碑〉의 내용은 다음과 같다.

永樂十六年十一月初五日 知申事河演敬奉 ○○兩節該義夫節婦孝子順孫 訪問傳世向事 各道○○○忠淸道大興戶長李成萬李順等父母生時甘食奉養 ○春秋酒饌父母所愛親戚以悅其心 及沒 兄守母墳 弟守父墳 朝則○兄至弟 家 暮則弟就兄家 朝夕同時供食 得一羹誠不與不食 亦狀申 啓曰前孝子大 興戶長 李成萬李順等也 王曰 仍旌表門閭子子孫 亦○心謹守母隆同更 仍 勉旌垂訓永世 弘治十年丁巳二月日 立表[2]

1418년(永樂 16 : 세종 즉위년) 11월 5일에 知申事 河演(1376~1453) 등의 주청에 의하여 義夫 · 節婦 · 孝子 · 順孫 등을 표창한 것으로 되어 있다.

그러나 『세종실록』에는 그 당시 河演이 知申事로 일했다는 기록은 있어 도, 이런 일을 임금께 주청했다는 기록은 없다.

필자는 〈李成萬兄弟孝悌碑〉 답사 차 1989년 7월 23일, 9월 11일, 1990년 1월 20일 등 세 차례 현장을 다녀왔다.[3] 그리고 1994년과 1996년에도 이곳

---

2) 필자는 〈李成萬兄弟孝悌碑〉를 3차례 답사한 적이 있다. 비석의 비문은 훼손되 어 거의 판독하기 어려웠다. 비문은 『禮山郡誌』(1987), pp.984~985에 수록되어 있고, 비석이 세워져 있는 대흥면 사무소 앞의 안내판에도 쓰여져 있다. 8자가 판독 불능이라고 부기했다. 위의 원문 ○가 판독 불능의 8자이다. 필자는 '…○ 春秋酒饌…'에서 ○는 '每' 字로 보고, '朝則○兄至弟家'는 '朝則兄至弟家'로 보 고자 한다. 뒤에 인용하는 것은 위와 같이 고쳐진 내용으로 한다.

3) 이신성, 『우리 江山 천리만리 보아도 끝이 없고』, 보고사, 2002, pp.230~236, 참조.

을 다녀 온 적이 있
다. 앞의 비문 중 李
成萬兄弟孝悌事만
번역하여 보면, 다
음과 같다.

(2) …충청도 대흥
호장 이성만·이순
형제는 부모가 살
아계실 때는 맛있

▲ 이성만 형제 효제비·충남 예산군 대흥면 상중리·비문 훼손 정도가 아주 심하다.

는 음식으로 부모를 봉양했다. 해마다 봄, 가을에는 부모가 좋아하는 친척에
게 술과 음식을 대접하여 부모의 마음을 기쁘게 해드렸다. 부모가 돌아가시
자 형은 어머니의 무덤을 지키고, 아우는 아버지의 무덤을 지켰다. 아침에는
형이 아우집에 가고 저녁에는 아우가 형의 집에 가서 아침과 저녁을 다 함께
먹었다. 국이 한그릇 생겨도 함께 하지 않으면 먹지 않았다…

이 비석은 1497년(弘治 10 : 연산군 3) 2월에 세웠다고 비문에 새겨져 있
다.『세종실록』의 기록과 내용은 거의 같은데, 비문이『세종실록』의 기
록보다 좀 구체화시켜 놓았다. 즉 '每朝夕兄弟相往食共一案'을 '朝則兄
至弟家 暮弟就兄家 朝夕同時供食'으로, '雖得一味 必與共食'을 '得一羹
誠不與不食'으로 표현한 것을 살필 수 있다.

다음으로 1530년에 편찬된『신증동국여지승람』제20권「大興縣條」에
실린 李成萬兄弟孝悌事를 알아보기로 한다.

(3) 성만은 그 아우 淳과 같이 효성이 지극했다. 부모가 돌아가시매 성만은
아버지의 묘를 지키고, 순은 어머니의 묘를 지키면서 각기 애통해 하고 恭敬
하기를 다하여 3년의 복제를 마쳤다. 아침에는 아우가 형의 집으로 가고, 저

녁에는 형이 아우의 집을 찾았다. 한 가지 음식이라도 서로 만나지 않으면 음식을 먹지 않았다. 이 사실이 임금께 보고되어 정문을 세워 표창을 했다.[4]

▲ 비각을 세우고 새로 단장한 李成萬兄弟孝悌碑

(1), (2)와 (3)은 각기 다른 점이 있다. (3)에서는 성만의 동생 이름이 '順'이 아닌 '淳'으로 되어 있고, '成萬守母墳 順守父墳'이 '成萬守父墳 淳守母墳'으로 나타나 있다. 이름은 음이 같기 때문에 이런 착오가 생길 수 있겠고, 묘를 지키는 일도 혼동을 일으킬 수 있는 일이다. 그러나 『세종실록』의 기록을 신빙성 있는 자료로 생각해야 한다.

權鼈(1589~?)이 편찬한 『海東雜錄』 제5권에도 李成萬兄弟孝悌事가 실려 있다.

(4) 대흥현 사람이다. 동생 淳과 같이 효도와 우애가 있었다. 부모가 죽자 성만은 아버지 무덤을 지키고 淳은 어머니 무덤을 지켜 각기 애통해 하고 공경

---

4) 成萬與其弟淳俱至孝 父母死 成萬守父墳 淳守母墳 各盡哀敬 三年制訖 朝則弟至兄家 暮則兄就弟家 得一味 不相會則不相食事 聞旌閭

하기를 다하여 3년상을 끝마쳤다. 아침이면 동생이 형의 집에 가고 저녁이면 형이 동생의 집을 찾았다. 한 가지 음식이라도 서로 모이지 않으면 음식을 먹지 않았다. 이 일로 마을에 정문이 세워졌다.5)

(4)의 기록에서도 앞서 지적한 (3)과 같이 이름은 '淳'이고, 묘 지키는 일도 형이 아버지묘, 동생이 어머니묘를 맡은 것으로 되어 있다.

『邑誌』 제8권6)에는 '孝子高麗李成萬以孝友事 聞旌閭'라는 간략한 기록이 실려 있다. 이 기록에서 이성만 형제는 고려 때 사람이라는 사실을 알게 된다. 여기도 효도와 우애한 일로 해서 旌閭가 세워졌다고 했다.

3. 교과서에 실린 「의좋은 형제」

이성만 형제의 孝悌事는 후대로 내려오면서 효도에 관한 내용은 빠지고, 형제 간의 友愛事만을 꾸며서 이야기화했다. 『禮山郡誌』(1987)에 실린 「의좋은 형제」 美談은 다음과 같다.

때는 고려 말엽 충청도 대흥 땅에 매우 의가 좋고 효성이 지극한 형제가 살았는데, 형은 대흥호장 이성만이고 동생은 이순이었다. 형은 대흥 윗들거리[지금의 大興面]에 살고 동생은 오리골[지금의 光時面 月松里]에 살고 있었다.
어느 해 마침 농사가 대풍년이 들어 많은 수확을 거두었다. 형 성만은 아우가 오리골로 새살림을 났으니 소용되는 것이 많을 것이므로 벼를 많이 가지라고 하고, 동생 순은 형에게 조상의 제사를 받들고 있으니 더 많이 가져야 한다고 주장했다. 이 주장은 서로 굽히지 않았으므로 좀처럼 해결이 나지 않았다.

---

5) 大興縣人 與其弟淳俱孝友 父母死 成萬守父墳 淳守母墳 各盡哀敬 三年制訖　朝則弟至兄家 暮則兄就弟家 得一味 不相會則不相食事 聞旌閭
6) 『忠淸道 邑誌』② 大興縣, 아세아문화사, 1981.

하루는 밤에 형이 볏가마를 지게에 지고 오리골 아우네 집 뜰에 갖다 놓았다. 아우는 아침에 일어나 보니 볏가마가 있어 별일 다 보겠다고 생각했다. 아우 생각에 공것이 생겼을 뿐 아니라 형의 소용을 생각해서 볏가마를 밤중에 남몰래 형의 집에 갖다 두었다. 이튿날 형이 나와 보니 이상한 일도 다 있다고 생각했다. 그래서 도로 동생네 집으로 몰래 가져다 주었다. 이렇게 서로 볏가마를 밤마다 짊어다 주다가 어느날 밤에 어두운 길을 가던 중 개뱅이다리에서 부딪쳐 넘어졌고, 그제서야 서로 밤마다 볏가마니가 생긴 까닭을 알았다.

위의 글은 형과 동생이 살고 있는 마을[윗들거리, 오리골]까지 밝혀져 있고, 볏가마니가 줄어들지 않은 원인 규명이 타당하게 설정되어 있다. 즉 형제가 볏가마니를 지고 가다가 개뱅이다리[佳芳橋]에서 서로 부딪쳐 넘어지므로 해서 그 이유가 확연히 드러나게 된다.

'개뱅이다리'는 '아름다운 인연이 맺어진 다리'로 풀이되므로, 이 다리의 명칭은 이성만·이순 형제의 돈독한 우애를 기리는 뜻에서 지어진 것으로 볼 수 있다. 핏줄을 다시 확인하는 현장, 감격의 순간을 맞는 현장, 美談의 현장인 '佳芳橋'는 이제 지역민들로부터 '개뱅이다리'로 자리한 채, 예당 저수지에 수몰되어 그 모습을 볼 수 없게 되었다. 또 〈李成萬兄弟孝悌碑〉가 개뱅이다리에서 발견되었다는 것도 美談의 현장과 일치되는 점이다.

역대 초등학교 교과서[1차~7차 교육과정에 의해 편찬된 교과서]에 실린 「의좋은 형제」의 相異點을 〈표1〉로 나타내 보기로 한다.

〈표1〉 역대 교과서에 실린 「의좋은 형제」 대비표

교육 과정	교과서 크기	과목	학년 (쪽)	단원명 (전체단원수)	相 異 點		비고
					삽화	어구	
1차 1955~	국판	국어	2-2 (91~ 100)	12. 의좋은 형제(12)	① 맨머리 차림으로 보릿단 나름. ② 맨머리 차림의 형제 상봉.	같은 밭에 보리갈다. 보리베기, 보리운반, 보릿단 내던지고	
2차 1963~	〃	〃	2-2 (72~ 81)	9. 의좋은 형제(12)	① 밀짚모자 쓴 형제가 반대편에서 벼를 벰. ② 맨머리 차림으로 볏단 나름. ③ 맨머리 차림으로 형제 상봉.	같은 논에 벼를 심다. 벼베기, 벼 운반, 볏단 내던지고	
3차 1972~	〃	〃	2-2 (62~ 71)	6. 의좋은 형제(10)	① 상투머리 차림한 형제가 반대편에서 벼를 벰. ② 상투머리 차림으로 볏단 나름. ③ 상투머리 차림으로 형제 상봉.	같은 논에 벼를 심다. 벼베기, 볏단 낟가리에 쌓기, 볏단 나르기, 볏단 내던지고	
4차 1981~	4·6 배판	통합교과 바른 생활	2-2 (58~ 65)	6. 의좋은 형제(15)	3차와 똑같은 삽화	같은 논에 벼를 심는다는 말이 빠짐.	1~3차에 비해 내용이 많이 다듬어짐.
5차 1987~	4·6 배판	도덕 바른 생활 이야기	2-1 (44~ 49)	8. 의좋은 형제(17)	① 상투머리 차림 형제가 나란히 서서 벼를 벰. ② 상투머리 차림의 형제가 벼를 베고나서 각기 집으로 돌아가기 전에 인사나눔. ③ 상투머리 차림으로 볏단 나름. ④ 낟가리가 줄지 않아 이상히 여김. ⑤ 상투머리 차림 형제 상봉. ⑥ 상투머리 차림. 형제 얼싸안고 감격함.	형제가 상봉하는 장면에만 대화체를 썼을 뿐, 대화체가 없음.	3차보다 내용을 간략하게 다듬었음.
제6차 1992~	4·6 배판	국어 읽기	3-2 (44~ 45)	6. 원인과 결과(의좋은 형제, 짧아진 바지)	상투머리 차림으로 볏단 나르는 삽화 한 장면만 나옴.	간접화법이고, 형제 상봉 장면 없음.	벼낟가리 줄지 않는 까닭은 의문점으로 남음.
제7차 1998~	실리지 않았음.						

제1, 2차 교육 과정에 의해 편찬된 교과서는 삽화에 문제점이 있다. 맨 머리나 밀짚모자를 쓴 형제의 차림새는 요사이 인물이지 옛 인물이 아니다. 2~5차 교과서는 볏단을 나르는 것으로 되어 있는데, 1차 교과서만 보릿단을 옮기는 것으로 되어 있다. 이 또한 잘못된 내용이다. 보릿단을 팔에 안고 운반하는 것은 불가능하다는 사실을 모르고 삽화를 그린 것으로 보인다. 보릿단은 팔로 운반하면 보리이삭이 떨어지는 이치를 알지 못한 것이다.

또 벼나 보리가 아닌, 볏단이나 보릿단을 나르는 것으로 해야 옳다. 이에 3차 교과서부터는 벼[보리] 나르는 것이 볏단 나르는 것으로 고쳐졌다. 같은 교재를 가지고 수십 년이 경과하는 동안 수정·보완되었음을 알 수 있다.

위에서 논의된 내용을 요약하면, 「의좋은 형제」를 교재로 선정할 때 이 교재에 대한 인식이 부족한 상태에서 교재화한 것으로 보여진다. 이는 앞서 몇 가지 지적한 사실에서 알 수 있다. 제4차 교육 과정에 의해 편찬된 교과서의 경우, 1~2학년은 통합교과로 운영되어 국어 교과서가 없이 교과서 명칭이 바른생활로 되었다. 이와 같은 운영의 결과 제5차 교육 과정에 의해 편찬된 교과서에서 국어 교과서는 통합 교과서에서 독립되었으나 「의좋은 형제」는 도덕 교과서인 『바른생활 이야기』에 수록되었다. 주7)에서 지적한 바와 같이 「의좋은 형제」는 국어 교과서에 실려야 한다는 필요성이 제기되어 제6차 교육 과정에 의해 편찬된 교과서에서는 다시 「의좋은 형제」는 3학년 2학기 『읽기』 교과서에 실리게 되었다.

그러나 이보다 더욱 간과해서는 안 될 문제가 제7차 교육과정에 의해 편찬된 교과서에서 발생했다. 즉 「의좋은 형제」는 교과서에서 빠져버렸다. 이제 현행 초등학교 교과서에 실려 있는 兄弟美談 교재로는 「兄弟

投金」1편뿐이다. 교과서에 교재화할만한 형제미담 자료는 많지 않지만, 이 책에 실려 있는 몇 편의 형제미담은 교육성이 높아 교과서에 실릴 수 있는 미담들로 思料된다.

「의좋은 형제」는 실존인물의 실화이고 구체물인 비석이 현장에 보존되어 있고 교육성이 있는 교재이므로, 다시 초등학교 국어 교과서에 수록되어야 한다고 본다.

4. 맺으면서

李成萬·順兄弟孝悌事가 『세종실록』(1420)에 기록된 이후 1497년 예산군 佳芳橋에 〈李成萬兄弟孝悌碑〉가 세워졌다. 『신증동국여지승람』(1530)과 『海東雜錄』 등에도 이성만 형제의 孝悌事가 전해온다. 그 후, 李成萬兄弟孝悌事는 孝行은 빠진 채, 友愛事만 꾸며져 교과서나 향토지에 실리게 되었다. 李成萬兄弟孝悌事에서 孝道事가 빠진 이유 중의 하나는, 孝子에 관한 이야기는 도처에 많이 있고 友愛事 기록은 그리 흔하지 않기 때문이라 생각된다.

「의좋은 형제」는 제1~6차 교육 과정에 의해 편찬된 교과서에 빠짐없이 수록되어 수업 현장에서 어린이들에게 지도되어 왔다. 그리고 교재 자체에 문제점이 있는 것은 수정·보완되었다. 李成萬兄弟孝悌事는 實存人物의 實話이다. 그런데 實存人物의 實話를 교과서에서는 '옛날, 어느 마을에 의좋은 형제가 살았습니다.'로 시작되는 도덕 교육용의 동화로 미화시켜 놓았다.

〈李成萬兄弟孝悌碑〉가 발견됨으로 해서 李成萬兄弟孝悌事는, 『세종실록』의 기록과 거의 일치한 實話임을 알 수 있었다. 〈李成萬兄弟孝悌碑〉는 「의좋은 형제」가 교재화되고 난 훨씬 뒤인 1978년에서야 예산의 가방교에서 발견되었다. 비석이 발견되기 전에는「의좋은 형제」를 막연히 전해오는 옛 美談 중의 하나로 생각했을 것이고,「의좋은 형제」에 관한 교재관도 이런 인식이 작용하여 한편의 동화로 꾸며졌을 것이다. 이제「의좋은 형제」는 하나의 美談으로 정착되었다. 實存人物이고 人物의 구체적 표적물[孝悌碑]이 현존하고 있는 이상, 이에 상응하는 내용으로 교과서에 실려야 한다.

「의좋은 형제」의 서두는 '고려시대 때, 예산군 대흥땅에 이성만·이순 형제가 의좋게 살았습니다.'로 해야 된다고 본다. 그리고 〈李成萬兄弟孝悌碑〉가 현존하고 있다는 내용을 교재 속에 밝히고, 그 현장의 사진도 교재화해야 한다. 그래야만 교재의 내용이 현실감 있게 다가설 것이고, 직·간접적으로 교재의 현장화도 가능해질 수 있기 때문이다.7)

---

7) 한국어문교육학회 제142차 연구 발표회(1992. 4. 25, 부산교육대학, 논제 : "국민학교 교과서에 실린「의좋은 형제」에 대하여" 외 1편)에서는「의좋은 형제」에 관한 다음과 같은 문제 제기가 있었다. 본고에서는 문제 제기 내용만 요약해 보기로 한다.
　① 교재의 서두에 실존했던 인물의 성명과 연대를 밝히면, 오히려 교재로서의 흥미성 등을 위축시킬 수 있다.(이주호, 서경식)
　② 국어과 교과서에 실렸던 교재가 도덕과 교과서에 실릴 수 있다는 것은, 양 교과가 교육과정 상 유사성이 있기 때문일 것이다.「의좋은 형제」가 도덕 교과서에 교재화될 수 있었던 초점이 무엇인지 밝혀져야, 본 교재에 대한 교재관이나 지도 목표 등이 명확해질 수 있다.(이주호)
　③「의좋은 형제」는 훌륭한 국어 교재이므로, 국어 교과서 교재로 환원시켜야 마땅하다.(서경식)

II. 尙州 달내마을 형제미담 - 兄弟急難圖

1. 兄弟急難圖 개관

『형제급난도』에 담긴 상주 달내마을 형제미담은 李墺·李埈 형제가 보여준 兄弟愛이다. 이들의 兄弟愛는 「常棣詩」에서 말한 천부적인 형제애일 뿐만 아니라, 형제애가 특수하고 빼어나서 당시인들에게 膾炙되어 『兄弟急難圖』가 지금까지 전한다.[1]

먼저 『兄弟急難圖』에 관해서 살펴 보기로 한다.

李墺·李埈 兄弟는 임진왜란 이듬해인 1593년에 경북 상주시 모동면 수봉리에 所在한 鄕兵所에서 왜군의 奇襲을 받았다. 이들 형제는 白華山 鋼鈰潭으로 피난하는 도중 동생 이준의 토사곽란과 왜적의 끈질긴 추격의 급박한 상황을 만났다. 형 이전은 한편으로는 동생의 병을 치료하고 한편으로는 왜적에게 대항하여 적을 물리치는 우애와 용기를 발휘하여 둘 다 生還할 수 있었다.

『兄弟急難圖』는 兄弟友愛의 내용만을 담은 著作物이다. 李埈은 형

---

1) 「兄弟急難圖」는 慶尙北道 有形文化財 217호로 지정되어 月礀 李墺 宗家인 棣華堂(宗孫 李晩澈, 尙州市 靑里面 佳川洞 달내)에 보관되어 있다. 『兄弟急難圖』는 최근 興陽李氏大宗會에서 完譯하여 출판하였다. 이에 관한 詳論은 후술한다.

▲『兄弟急難之圖』表題

[李埈] 이 死地에서 죽음을 무릅쓰고 자신에게 쏟은 눈물겨운 헌신적인 사랑과 절망적이고 급박했던 당시 상황을 잊을 수가 없어서 明나라 畫工에게 부탁하여 그 당시 상황을 그리게 했다. 『兄弟急難圖』에는 그림만 전하는 것이 아니고 이준이 쓴 「求題兄弟急難圖」, 「題兄弟急難圖」에 이어 李好閔이 讚한 「題叔平急難圖後」를 비롯한 著名人士 26명의 詩文讚도 함께 전한다.2) 이 兄弟急難圖와 詩文帖3)은 1993년 5월에 興陽李氏大宗會에서 完譯·출판하였다.4)

『兄弟急難圖』라고 하는 제목과 『兄弟急難圖』가 보관되어 있는 棣華堂은 앞에서 살핀 바 있는 『詩經』 「상체시」의 〈常棣之華 鄂不韡韡~脊令在原 兄弟急難~〉에서 따온 것임을 알 수 있다.

李埈은 1604년에 奏請使의 書狀官으로 명나라에 다녀온 일이 있다. 따라서 「兄弟急難圖」의 제작 시기는 1604년경으로 볼 수 있다. 「兄弟急難圖」는 한 장의 종이에 그린 채색화이다. 그림을 개괄적으로 보면, 우

---

2) 李埈의 文集인 『蒼石集』에는 『兄弟急難圖』에 실리지 않은 「家兄行蹟」이 所載해 있다. 이 자료는 뒤에서 구체적으로 논하게 된다. (影印標點 韓國文集叢刊 64, 『창석집』, 民族文化推進會, 1991, p.238, pp.438~439, 참조.)

3) 이하 『兄弟急難圖』라고 부르고, 그림을 말할 때는 「兄弟急難圖」라고 하기로 한다.

4) 興陽李氏大宗會 譯編, 『兄弟急難圖·朱書節要』, 1993.5.15. 이 책은 620쪽인데, 『兄弟急難圖』는 1~172쪽에 걸쳐 실려 있다. 編輯 體裁는 表題, 兄弟急難圖, 目次, 原文, 活字體原文, 飜譯文 등으로 되어 있다.

람하게 버티고 서 있는 백화산 아래는 敵旗가 무성한데 산 중턱에 두 사람이 앉아 있기도 하고 한 사람이 등에 업혀 가기도 하면서 칼을 든 장정에게 활시위를 당기는 모습 등으로 그려져 있다. 이 그림은 모두 5 장면으로 나누어 생각할 수 있다.

① 왜적의 급습에 피신하게 됨(두 사람 중 왼쪽에 앉은 사람을 伯氏라고 써 놓음)
② 백씨가 동생을 업고 산을 오름
③ 칼을 든 왜적 2명이 추격하자, 백씨는 동생을 내려 놓고 활로 왜적을 겨냥함 (왜적을 향해 활시위를 당기는 이가 伯氏라고 표기해 놓음)
④ 왜적을 물리친 뒤, 다시 동생을 업고 산을 오름
⑤ 산마루에 오른 뒤, 산 아래를 내려다 봄(왼쪽에 앉은 이를 伯氏라고 표기 해 놓음)

兄弟急難 상황은 『兄弟急難圖』에 李埈이 지은 「求題急難圖」와 「題兄弟急難圖」 등에 상세하게 서술되어 있다. 『兄弟急難圖』에 실린 詩文贊의 제목, 연대, 작자 등에 대해서 표로 나타내 보면 다음과 같다.

〈표2〉『兄弟急難圖』所載 詩文讚 일람표

차례	제목	연대	지은이	본관	자	호	시호
1	求題急難圖		李埈(1560~1635)	興陽	叔平	蒼石	文簡
2	題兄弟急難圖	1609	李埈(1560~1635)	興陽	叔平	蒼石	文簡
3	題叔平兄弟急難圖後	1609	李好閔(1553~1634)	延安	孝彦	五峯	文僖
4	題兄弟急難圖	1609	車天輅(1556~1615)	延安	復元	五山	
5	題兄弟急難圖	1609	孫起陽(1559~1617)	密陽	景徵	凝川	
6	題急難圖後	1611	李睟光(1563~1628)	全州	潤卿	芝峰	文簡
7	題急難後		李安訥(1571~1637)	德水	子敏	東岳	文惠
8	題急難圖後 用芝峰韻 賦古詩	1623	柳根(1549~1627)	晋州	晦夫	西坰	文靖
9	奉題急難圖帖		鄭百昌(1588~1635)	晋州	德餘	玄谷	
10	無題	1623	申欽(1566~1628)	平山	敬叔	象村	文貞

11	無題	1625	李敏求(1589~1670)	全州	子時	東洲	
12	無題	1623	金蓍國(?~?)	淸風	景徵	東村	
13	奉題急難圖	1624	李植(1584~1647)	德水	汝固	澤堂	文靖
14	急難圖次西坰學士原韻	1624	韓浚謙(1557~1627)	淸州	益之	柳川	
15	無題	1625	張維(1587~1638)	德水	持國	谿谷	文忠
16	書急難圖後	1626	鄭經世(1563~1633)	晋陽	景任	愚伏	文壯
17	無題		尹昉(1563~1640)	海平	可晦	稚川	文翼
18	無題	1626	趙希逸(1575~1638)	林川	怡叔	竹陰	
19	題急難圖後	1626	金尙容(1561~1637)	安東	景擇	仙源	文忠
20	奉題急難圖		李聖來(?~?)	全州	子異	汾沙	貞蕭
21	無題		全湜(1563~1642)	沃川	淨遠	沙西	忠簡
22	奉題急難圖詩幷書		全克恒(?~?)	沃川	德古	蚓川	
23	題急難圖		崔晛(1563~1640)	全州	季昇	訒齋	
24	無題	1631	柳恒(1574~1647)	全州	汝常	九峰	
25	敬題李叔平學士兄弟急難圖		李春元(1571~1634)	咸平	文之	九睡齋	
26	無題	1631	趙絅(1586~1669)	漢陽	日章	龍洲	文簡
27	敬兄弟急難圖小序	1662	李景奭(1595~1671)	全州	常輔	白軒	文忠
28	急難圖引		洪汝河(1621~1678)	岳林	百源	木齋	
29		1652	李增祿	月磵의 玄孫			

〈표2〉에 따라 『兄弟急難圖』가 제작되기까지의 과정을 살펴 보기로
한다. 앞에서 언급한 바와 같이, 李埈은 1604년 奏請使의 書狀官으로 명
나라에 갔을 때, 그곳 화공에게 부탁하여 「兄弟急難圖」를 그리게 했다.
그 뒤 이준은 1609년에 「求題急難圖」와 「題兄弟急難圖」를 써서 그 해
에 이호민, 차천로, 손기양 등에게 이에 관한 詩文讚을 받았다. 명사들
의 시문찬은 1631년 趙絅의 글로 일단 마무리된다. 月磵 李埈의 玄孫인
李增祿은 임진왜란이 일어난 지 甲年이 되는 해인 1652년에 이준에서부
터 조경의 글까지 모두 26편의 글을 묶어 책으로 출판했다.

이 급난도는 월간 선조께서 임진왜란 때 겪으신 일이다. 창석 종고조께서
그 사적이 땅에 묻혀 전하여지지 아니할까 염려하시어 화공에게 부탁하여

그림을 그리고 당시 유명한 경대부와 어진 분들이 너도나도 모두 그 일을 시로 짓고 읊으며 이를 아름답게 찬탄하였다.

이 글들은 모두 구슬꽃봉오리나 옥고리 같이 아름다워서 글자마다 모두 손에 잡고 완미하여 볼만한 것이어서 참으로 세상에 없는 보물이다. 지금까지 이를 개인적으로 소장하여 아직 세상에 공공연하게 전하여지지 못한 것을 이번에 문집과 함께 인쇄하게 되었다. 이 그림을 보면 우리 선조께서 창황한 중에서도 지극한 인도를 행하셨음이 어제 있었던 일처럼 여겨진다.

아! 지금 백년이 지난 후 또다시 임진년을 만났으니 어찌 탄식하지 아니할 수 있겠는가? 마침내 그 전말을 간략히 기록하여 느낀 바 속 마음을 적는다. 숭정 기원후 임진년(1652) 유월 하순 현손 증록이 삼가 쓴다.5)

그런데 『兄弟急難圖』에는 이 이후에 李景奭 [1662, 敬兄弟急難圖小序] 과 洪汝河 [연대 불명, 急難圖引]의 글이 더 첨가 되었다.

「삼가 급난도에 제목하여 작은 서문을 쓴다」

예전에 내가 창석 어른을 따라 홍문관에서 나란히 봉직하고 있을 때 '急難'에 대한 이야기를 들었는데 그 말씀이 매우 자세하여 당시의 광경을 마치 눈으로 그림을 보는 것과 같았다. 그런데 지금 이 그림을 직접 보게 되니 꼭 다시 창석 어른의 말씀을 듣는 것과 같다. 감탄한 나머지 옛글을 뒤따라 글을 지어 조금은 서로 마음을 허락하고 격려하던 옛날의 한을 풀어볼까 한다. 아! 이제는 저 세상에 가서도 만나뵙지 못하게 되었구나…6)

---

5) 急難圖 卽我月磵先祖壬辰亂離中事也 蒼石從高祖 慮其事蹟之湮沒不傳 倩工
   爲圖 一時名卿賢大夫 莫不詠其事而艷嘆之 瓊葩玉索 字字堪可把玩 眞實寶也
   迄爲私藏 未克公傳 玆乃並文集登木 卽圖而看我先祖蒼黃中至行 宛然如昨日
   嗚呼 今過百年之後 又當壬辰之歲 豈不异哉 遂略叙顚末 以寓所感之忱云爾 崇
   禎紀元後壬辰 六月 下澣 玄孫 增祿 謹識

6) 昔余隨蒼石丈 肩於玉署 聞急難事甚細 如見其圖 今者得見此圖 如更聞蒼石丈
   之言 感歎之餘 爲之追賦少伸諾責之恨 噫 九原難作矣…李景奭의 「敬兄弟急難
   圖小序」

위에 인용한 「敬兄弟急難圖小序」에 의하면, 이준과 이경석의 관계는
이경석이 이준의 훨씬 후배이지만, 이경석은 이준을 직접 생면하여 「兄
弟急難圖」에 관한 이야기를 생생하게 들었고, 「敬兄弟急難圖小序」를
쓰기 전에 직접 「兄弟急難圖」를 봤다고 했다. 이경석의 글이 뒤늦게 「兄
弟急難圖」에 실리게 된 것은, 월간·창석 후손이 「兄弟急難圖」를 출판
한 이후에 「兄弟急難圖」에 관해 잘 알고 이준과 면식이 있는 인물로 이
경석이 있음을 찾아내어 글을 부탁했을 것으로 본다. 홍여하(1621~1678)
도 이준이 생존해 있을 당시의 인물이다.

「兄弟急難圖」는 1593년에 兄弟急難 사실이 발생하고 나서 1662년에
이르는 70여년에 걸쳐 제작되었고, 여기에 참여한 인사는 모두 이준이
생존해 있을 당시의 사람들이다. 여기서 「兄弟急難圖」는 兄弟急難과
「兄弟急難圖」에 관해 직접적으로 잘 알고 있는 사람들의 글만으로 되
어 있음을 알 수 있다.

▲ 明나라 畫工이 兄弟急難 상황을 그린 「兄弟急難圖」

2. 李㙉·李埈 형제의 이력

이제 李㙉·李埈 兄弟의 남다른 兄弟愛를 살피기 위해서 이들 형제의 履歷에 관해 알아보기로 한다.7)

西厓 柳成龍(1542~1607)의 高弟인 月磵 李㙉과 蒼石 李埈8)은 2년의 나이 차이를 둔 형제로 다 같이 명종 대에 태어나 인조 대까지 활약한 大儒였다.

본관이 興陽인 이전과 이준 형제의 향리는 慶北 尙州市 靑里面 佳川洞[당시는 松鶴洞]이다. 그러나 이 지명보다는 마을 앞을 흐르는 酉川[닭내-달내]으로 인해 당시부터 '달내'라는 이름으로 더 잘 알려져 있다. 이 마을은 지금도 옛날과 다름 없이 集姓村을 형성한 채 이전·이준 형제의 후손들이 대대로 살아오고 있다. 이전은 이 달내에서 명종 13년(1558)에 李壽仁의 장남으로 태어났고, 아우 이준은 2년 뒤인 명종 15년(1560)이 生年이다.

이전은 서울에서 임진왜란을 맞았다. 당시 35세인 그는 끓어오르는 적개심을 달래며 도보로 향리인 상주의 달내로 내려 왔다. 이전은 아우 이준과 친구인 鄭經世와 함께 창의의 기치를 높이 들고 왜적 토벌에 매진했다. 이 무렵 이전·이준 형제는 전란 중에 왜적에게 부모를 잃는 슬픔을 맛보았다. 그러나 이전 형제는 슬픔을 억누른 채 인근의 고모담에

---

7) 이전·이준에 관한 履歷은 대구매일신문에 연재한 바 있는 嶺南學脈(1회~161회 연재) 중, 이전·이준 형제(88~89회)에 관한 기사와 『형제급난도』 및 興陽李氏 月磵 蒼石 兩先生 遺蹟保護推進會에서 발간한 〈棣華堂〉 등 각종 문헌 기록을 참고하여 작성했다.

8) 西厓가 尙州牧使(1580년, 선조 13)로 있을 때 형제가 그에게 찾아가 수학했으며, 이때부터 退陶學說을 배워 주자학을 전공하게 되었다.(柳洪烈 감수, 『國史百科事典』, 東亞文化社, 1974, 李弘稙 편, 『國史大事典』. 한국정신문화연구원 편, 『한국민족문화대백과사전』 18, 1991 등 참조.)

진을 치고 왜적 토벌에 나서 여러 차례 승리를 거두었으나 이듬해(癸巳年, 1593) 2월 왜적의 기습을 받아 패배했다. 이전 형제는 이에 굴하지 않고 丁酉再亂(1597)이 일어나자 宣祖께 소를 올려 선조가 친히 鳥嶺에 진을 치고 왜적을 섬멸할 것을 청하기도 했다. 이전·이준 형제는 이어 복수군을 조직해 다시 왜적 토벌에 나섰다. 복수군이란 왜적에게 가족이나 일가를 살육당한 집안의 장정들로만 구성된 의병부대를 말한다. 이전·이준 형제의 투철한 愛國保民精神은 여기에서 그치지 않았다.

후일 丁卯胡亂(1627)이 일어나자 이전·이준 형제는 70세의 고령에도 불구하고 친히 의병을 召募했고 다시 丙子胡亂이 일어났을 때, 이전은 기력이 쇠잔한 탓에 아들 신규를 대신 보내 의병을 조직케 했다.9)

---

9) 이전·이준 형제가 賊兵에 대항하여 의병을 모아 싸운 기록의 대략을 들면 다음과 같다.

① 이준은 임진왜란이 일어나자 피난민과 함께 鞍嶺에서 적에게 항거하려 했으나 습격을 받아 패하였으며 그 뒤 정경세와 함께 의병 몇 천명을 모집하여 고모담에서 왜적과 싸웠으나 또다시 패하였다. 1594년 의병을 모아 싸운 공으로 형조좌랑에 임명되었으나 사양했다. 1597년 가을 召募官이 되어 의병을 모집하고 군비를 정비하는 등 방어사와 협력하여 일하였다. 1627년(인조 5) 정묘호란에 다시 의병을 일으켰으며, 왕명으로 전주에 가서 수만 섬의 군량을 모은 공으로 僉知中樞府事가 되고, 이어 副提學에 올랐다. (『한국민족문화대백과사전』 18, 한국정신문화연구원, 1991. 柳洪烈 감수, 『國史百科事典』, 東亞文化社, 1974, 등 참조)

② 상주 사람 進士 金覺·校書正字 이준이 의병을 일으켜 적을 토벌하는데 그 격문은 다음과 같다.

'엎드려 생각컨대, 임금께서는 서쪽으로 파천하시어 돌아오지 못하셨고 세상은 몹시 어지러우니 적개심을 분발할 책임은 신하된 도리 상 당연히 져야 합니다…'(尙州進士金覺校書正字李埈 倡義討賊其檄文云 伏以 西轅未回 北風其凉 敵愾之責 臣子所荷…)

〈趙慶男 편찬, 『亂中雜錄』壬辰 7월, 참조. 李肯翊 찬, 『燃藜室記述』과 姜斅錫 찬, 『東國戰亂史』에는 격문 내용은 없고 격문을 전했다는 기록이 있다.〉

③ 정유에 왜구가 다시 오매 대가가 피난할 논의를 하자 이준은 소를 올렸다.

이전·이준 형제의 특출한 형제애는 임란 당시 처절한 전투가 벌어지는 와중에서 兄弟急難이라는 감동적인 일화를 낳게 했다. 당시 왜적의 기습으로 의병은 사방으로 흩어지고 이전·이준 형제는 왜적의 추격을 받게 되었다. 때마침 이준은 토사곽란이 일어나 땅바닥에 쓰러졌다. 뒤에는 왜적이 추격해오고 앞에는 험한 백화산이 가로 막혀 진퇴유곡에 빠지게 되었다.

이전은 작은 체구에 喪考와 병으로 뼈만 남은 몸이었지만, 병든 아우를 등에 들쳐 업고는 험악한 백화산 꼭대기를 향해 치달았다. 왜적 몇명이 계속 추격해왔다. 이전은 아우를 내려 놓고 단신으로 되돌아서서 왜적을 향해 우뢰 같은 소리를 지르면서 활시위를 당겨 왜적에게 대항하기를 여러 차례 했더니, 왜적들도 추격해오지 않게 되었다. 이전은 아우를 등에 업고 백화산의 가장 높은 꼭대기에 올라 갔다. 그리고는 아우가 처음 쓰러졌던 땅을 내려다 보았더니, 그곳은 번쩍이는 칼날이 들판을 덮었고 쌓인 시체가 무더기를 이루고 있었다. 이리하여 이전은 아우이준의 목숨을 구하게 되었다.

후일 이준은 자신을 위해 목숨조차 아끼지 않은 형의 뜨거운 우애를 기리기 위해 명나라 화공에게 이 사실을 그림으로 제작케 하고는 「兄弟急難圖」라고 명명했다.10)

'임금이 조령에 주필하고 친히 삼군을 통솔하여 용기백배하여 적을 격파할 계책을 꾀하십시오.' 이에 임금은 가납했으나 마침내 행해지지 못했다. 〈『嶺南人物考』, (丁酉倭再動 大駕議出 狩疏請駐蹕鳥嶺 親摠三軍 使勇氣百倍以圖克敵 上嘉之 卒不能行), 참조.〉

④ 이전은 1592년 임진왜란이 일어나자 鞍嶺에서 倡義하여 왜적에 대비하였으며 군중에서 부모가 죽자 동생 이준과 함께 복수를 맹세하고 왜적의 요로를 막는 등 활약했다.(『儒敎大事典』, 박영사, 1990. 『慶北義兵史』, 경상북도. 영남대학교 편, 1990.4. p.233 등 참조.)

생전에 淸淨寡慾하여 名利와 權勢를 좇지 않고 悠悠自適하기를 즐긴 이전·이준 형제는 이전이 91세, 이준이 76세라는 수복을 누렸다.

이준은 사후에 吏曹判書弘文館藝文館大提學이 贈職되었으며 文簡의 시호가 내려졌고, 이전·이준 형제는 다 같이 尙州 玉城書院에 配享되었다.

3. 兄弟急難圖의 역사적 전개

「兄弟急難圖」는 1604년에 그려졌고, 『兄弟急難圖』에 실린 글 중 가장 빠른 연대는 1609년이다. 『蒼石集』 12권에는 「兄弟急難圖」와 관련이

---

10) ① 임진에 창석선생이 의병을 倡設하였을 때 군사가 패하자, 창석선생이 곽란으로 현기가 나서 땅에 자빠져 있어 적중을 거의 탈출하지 못하게 되었다. 이전은 본래 연약한 몸으로 동생을 업고 험준한 산마루를 넘어서 마침내 온전함을 얻으니 사람들이 이르기를 '지성함이 신을 감동시켰다.'고 했다. 그 뒤에 창석이 화공을 시켜 이 모습을 그리게 하여 급난도라 이름하니 당시의 명공거경들이 그 일을 歌詠하였다. 『嶺南人物考』《(壬辰 蒼石先生倡義軍 軍潰 蒼石遘疾眩 仆幾不得脫 公本羸弱 而背負以走超越險阻 竟得兩全 人謂 至誠感神 蒼石倩工爲圖 名之曰急難圖 同時名公卿 歌詠其事), 참조.》

② 이전은 언의 후손이다. 생원이고 학행으로 천거되어 현감이 되었다. 아우 준과 임진란에 적을 만나 형과 아우가 서로 죽기를 다투었으나 마침내 모두 살아났다…『邑誌』一 慶尙道①, 尙州, 아세아문화사, 1982, p.284 《(埰之後 生員 學行薦官縣監 與弟埈値壬亂 遇賊兄弟爭死 竟得兩全…), 참조.》

③임진왜란 때 준이 의병을 일으켜 왜적과 싸우다 적중에 포위된 적이 있었는데 그때 이전은 동생을 데리고 적진 탈출에 성공하여 형제가 무사할 수 있었다. 뒤에 준이 감복하여 화공을 시켜 이 모습을 그리게 하고 급난도라 이름하니 당시의 명공 거경들이 이 일을 歌詠하였다고 한다.(『한국민족문화대백과사전』18, 한국정신문화연구원, 1991, 참조.)

④『兄弟急難圖』, 『蒼石集』 所載 「家兄行蹟」 등 참조.
특히 李坤이 체구가 작고 喪考에다가 病弱했다는 기록은 『兄弟急難圖』 所載 孫起陽의 「題兄弟急難圖」와 鄭經世의 「書急難圖後」 등에서 찾을 수 있다.

있으면서『兄弟急難圖』에 실린 글보다 1년 빨리 지어진 글이 있다. 즉 1608년에 지은 「家兄行蹟」이 그것이다. 그리고『蒼石集』2권에는 「題兄弟急難圖雙韻」이 실려 있는데,「題兄弟急難圖」의 詩文 중 詩가「題兄弟急難圖雙韻」과 꼭 같다. 창석은 먼저 「家兄行蹟」을 지은 뒤,「求題急難圖」와 「題兄弟急難圖」 등을 지은 것으로 보인다.

여기서는 1)「家兄行蹟」 2)「題兄弟急難圖」 3)「求題急難圖」 등에 관해서 차례대로 살펴 보기로 한다.11)『兄弟急難圖』所載 他詩文은 부분적으로 인용·언급하게 될 것이다.

(1) 家兄行蹟

이 글은 兄 月磵의 지극한 孝誠과 友愛에 관한 기록이다. 편의상 내용별로 묶기로 한다.

① 가형의 효성과 우애는 천성으로 타고 났다. 부모를 봉양함에 그 마음과 힘을 다 하고, 부모님 병환에 곁에서 주야로 시중을 들며, 약 달이고 음식을 조리함에 그 절도를 다하였다. 마침 임진년(1592)에 험한 일을 만났는데[當喪] 유리하여 도망다닐 적에 喪制를 과도히 하여 몸을 거의 보전하지 못할 뻔하였으나 大喪을 지낼 때까지 한 번도 안방을 가까이 한 적이 없었으니, 돈독한 행실과 고고로운 지조는 신명에게 대질할 수 있다.
② 여동생 중에 梅核腫을 앓는 이가 있었는데, 의원이 두꺼비젖[蟾酥]을 붙이면 잘 터진다고 말했다. 두꺼비젖은 희귀한지라, 이에 손수 수백 마리를 잡아서 발라 내어 비로소 그걸 얻었다. 또 반유가 종기 독에 좋다고 하여 염천 더운 날에 그물로 몸소 잡으면서도 싫어하는 기색이 조금도 없었다.

---

11) 「家兄行蹟」은 아직 번역된 바 없고, 「題兄弟急難圖」와 「求題急難圖」는『兄弟急難圖·朱書節要』의 번역을 따르되, 필자가 문맥에 손질을 가한 경우도 있다.

③ 무자년(1588)에 아우 준이 돌림병에 걸리자 부모님은 다른 곳으로 避接하라고 타이르셨다. 그러나 형은 "형제는 손발이 서로 막아주는 친분이 있는데, 어찌 아우를 버리고 避接하겠습니까?"라고 하더니, 아우의 병이 끝내 구완되고 형도 탈이 없었다. 갑오년(1594)에 준이 또 돌림병에 걸렸는데, 곁에 있으면서 전처럼 간호했다.

④ 계사년(1593) 봄에 中牟땅이 戰陣 가운데 있을 적에 척후병이 왜구가 대거 당도한다고 알려 왔다. 준은 곽란을 앓아 땅에 엎어져 있었는데, 형에게 "형제가 결단코 온전할 수 없으니, 형은 벗어나는 게 좋겠소."라고 했더니, "옛적에 형제가 죽기를 다투는 일이 있었는데, 의리로 보아 혼자 살 수는 없다." 하고는 아우를 업고서 백화산으로 올라 갔다. 두 왜적이 칼을 뽑아들고 돌진해오자, 형은 활을 당겨 물리치고서는, 하늘을 우러러 축원했다. "하늘이 만약 아신다면, 나에게는 죄가 없소 ." 그리고는 손을 움켜 소변을 받아 아우에게 먹이니 체한 것을 토해내고 낫게 되었다. 형은 그때 마침 상복을 입고 있었는데 상을 치르면서 간신히 부지한 몸으로 아우를 업고 험준한 고개를 올랐고, 두 왜적이 핍박하다가 물러났다. 이 두 가지 일은 하늘이 至誠으로 도운 게 아니겠는가?

⑤ 항상 이 아우를 어루만지며 양육하기를 어린 아기 돌보듯하여 생각생각마다 잊지 아니하고 서찰로써 마음을 다스리고 일을 제어하며 섭생하고 병을 조리하는 방도를 가르쳐 주시니, 그 피끓는 정성은 뚜렷하고 누누한 말씀은 상자에 가득하다. 질병이 있으면 반드시 약을 몸소 짓고 의복을 손수 덮어 주시며, 음식을 먹을 적에도 손수 수저를 잡아 주시고, 여러 조카들을 자기 소생처럼 사랑하고 양육하시기에 조카들이 상시 아버지라 부르며 다정스레 하는 것이 제 부친보다 더하다.

⑥ 사람됨이 거짓된 생각을 마음에 두거나 구차한 일을 몸소 실행하거나 비속한 말을 입에 낸 적이 없었다. 의리와 명리를 한 칼로 쪼개어 구분하시며 굳굳한 지조를 지녔기에 賁育 같은 용사라도 그 지조를 빼앗을 수 없었으니, 참으로 평생토록 통쾌한 분이었다. 그러나 성품이 간결하고 곧아서 다른 사람의 허물을 용납하지 못하니 좋아하지 않는 사람도 많았다.

⑦ 이 아우가 돌림병과 전쟁 가운데서 죽음을 모면하고 오늘에 이르도록 보전할 수 있었던 것은 모두 우리 형의 보호한 힘 때문이다.

⑧ 이제 서울에서 병든 몸을 안고서 떨어져 있은 지 오래고 객창에 비바람 치니 그리운 정을 감당할 수 없다. 또한 형의 지조와 실행이 이러한데도 세상 사람들이 아는 자가 적다. 내가 만약 하루 아침에 먼저 내린 이슬처럼 사라진다면, 순수하고 아름다운 덕행이 인몰되어 전하지 못할까 염려된다. 그리하여 그 대략을 적어 자질들에게 보인다.

　무신년(1608) 유월 일12)

「家兄行蹟」은 위와 같이 모두 8개 부분으로 나누어 생각할 수 있다.

　①은 이 글의 총론에 해당된다. 형의 타고난 효성과 우애를 말하고 효행 사실을 적었다. 창석은 「題兄弟急難圖」에서 형제 관계를 간단명

---

12)「家兄行蹟」

　家兄孝友出於天性 奉養父母 竭其心力 父母病 晝夜侍側 煉藥調膳盡其節 適壬辰歲罹棘 流離奔竄之際 執喪過制 幾不保 再朞之內 未嘗一近房幃 篤行高節 可質之神明 有妹患梅核腫 醫云 傅蟾酥則易潰 蟾酥絶稀貴 乃手自刳剔 過數百頭始得之 又云班抽消腫毒 乃於炎天暑日 網採勤劬 無幾微厭倦之色 戊子歲 弟垓染癘疫 父母諭令出避 辭曰 兄弟有手足相捍之親 何可捨弟而獨避乎 弟之疾 終賴以救 而兄亦無恙 甲午歲 垓又遘癘 在傍扶護如前日 癸巳春 在中牟陣中 斥候報倭寇大至 時垓患癨亂仆地 謂兄曰 兄弟決難兩全 兄可得脫也 曰古有爭死 義難獨生 負弟上白華山 二賊抽刃突前 兄彎弓以驅之 仰天祝曰 天若有知 我則無罪 因掬取小便飲弟 得吐瀉而愈 兄時方持服 以柴毀餘喘 負弟登峻嶺 二賊將逼邐退 玆二者非天佑至誠耶

　常時憮養寡弟 如保嬰兒 念念不忘 書示治心制事攝生調疾之方 血誠炳然 縷縷盈篋矣 有疾則藥必親劑 衣必手覆 飲食必親授匕箸 愛育諸姪 一如已出 諸姪常呼爲爺 昵愛之逾於其親 爲人未嘗以虛僞之念萌於心 苟且之事行於身 鄙俚之言發於口 義利之分 一刀兩段 硬着脊梁 賁育不能奪 誠一生快活人也 然性簡而直 不能容人之過 人之不悅者亦多 寡弟免死於疫癘兵刃之中 保有今日 皆吾兄護持之力也 今抱病京口 睽濶已多 客窓風雨 不堪相戀之情 且念兄之操履如是 而世之人知之者少 吾若一朝 隕先朝露 恐純德懿行湮泯而不傳 遂書其大略 以示子姪輩 戊申 六月 日 在直廬書

료하게 정의하고 있다.

형제의 친분이란 형체만 다르지 같은 기운을 타고 나서 괴롭건 즐겁건 어느 때나 서로 뒷받침하지 아니하는 곳이 없으니, 이는 실로 하늘의 자연스런 이치이다.

세상에 공자의 가르침이 행하여지지 않게 되면서 백성들은 그들의 양심을 잃어버려 조금만 이해가 엇갈리는 경우가 생기게 되면 너와 나를 차별하는 마음이 생겨나게 된다. 하물며 큰 환란이 있고 흰 칼날을 무릅쓰면서 만 번 죽을 일 가운데 한번 살아날까 말까 하는 위험한 경우에야 서로 구하는 일을 바랄 수 있겠는가. 이러한 예를 지나간 역사책에서 찾아 보아도 도적을 만나 서로 죽기를 다투면서 능히 형제의 恩緣을 다할 수 있었던 사람은 오직 姜肱[13]과 趙孝[14]가 있었을 뿐이다. 그리고 지금은 오직 우리 형님이 계신다.[15]

형제 관계의 기본은 '兄弟之親 異形同氣 死生苦樂 無適而不相須者 此實天理之自然'이다. 그러나 이 기본적인 윤리가 흐트르지면 일상생활 속에서도 너와 나를 구별하려는 마음이 생기는데, 하물며 큰 환란을 겪게 될 때는 형제 간이라도 '死生苦樂'을 하기 어렵다. 그러나 兄 月磵은 생명이 급박한 상황 속에서도 동생을 구출했다. 月磵의 恒心은 어떤 경우에도 바뀌는 일이 없을 뿐만 아니라 오직 至極精誠으로 同氣 간을 보살핀다. 이와 같은 형 月磵의 보살핌과 그 보살핌에 대해서 동생 蒼石

---

13) 姜肱:後漢人, 字는 伯淮, 二兄弟가 友愛와 孝行으로 유명하다.

14) 趙孝:後漢人, 字는 長平, 형제가 도둑을 만나자 형은 자신을 잡아가고 아우는 살려 달라고 했다. 도둑은 이 말에 감복하여 형제를 모두 살려 주었다.

15) 兄弟之親 異形同氣 死生苦樂 無適而不相須者 此實天理之自然 而自世教不行 民喪其良心 纔臨些小利害 便有物我之分 況望蹈大難冒白刃 相救於萬死一生之 際乎 救之往牒 遇賊爭死 能盡其兄弟之恩者 但有姜肱趙孝數人 而其在於今 有 我伯氏焉

이 형을 공경하는 마음은 ②~⑤와 ⑦ 등에 잘 나타나 있다.

누이 동생의 종기를 치료하기 위해 약을 구하는 과정은 바로 자기 몸을 치료하기 위한 마음과 꼭 같다. 창석은 여러 차례 돌림병(1588년. 1594년. 1593년은 토사곽란을 앓음)을 앓았다. 돌림병은 환자를 격리시켜야 하는 무서운 병이다. 그런데도 형 月磵은 자신이 병에 감염되는 것 따위는 아랑곳하지 않고 오로지 동생의 병을 낫게 하려고 至極精誠을 쏟는다. 月磵의 至極精誠은 창석을 낫게 했다. 평소의 이런 恒心이 ②와 같은 兄弟急難에 처해서도 둘 다 生還할 수 있게 했다.

⑧에서는 子侄에게 일차적으로 보이기 위해 「家兄行蹟」이 쓰여졌음을 밝혔다. 그러나 무엇보다도 「家兄行蹟」의 창작 동기는 멀리서[서울] 작가가 형을 그리워하는 심정과 형 月磵의 志操와 行實이 인멸되어 전하지 못할까 염려하는 마음이 앞섰기 때문이다.

(2) 題兄弟急難圖

이 글은 앞 부분은 文이고 뒷 부분은 詩로 되어 있다. 글 서두 부분은 앞에서 인용했기 때문에 여기서는 생략하기로 한다. 편의상 내용별로 묶어 보자.

ㄱ) 생략

ㄴ) 癸巳年(1593) 봄에 나는 형님을 따라 [형님의 이름은 堣, 字는 叔載, 癸卯年에 生員이 되시고 薦擧로 洗馬에 除授되었으나 지금은 관직을 버리고 돌아오셨다.] 중모 땅 錮鉗潭16)에 鄕兵들이 주둔한 곳에 있었다.

① 어느 날 왜적들이 고을 경계를 넘어 이곳에 이르렀는데 그때 나는 마침 토사곽란병에 걸려 있었기에 땅에 넘어지면서 형님에게 말씀드리기

---

16) 錮鉗潭:尙州市 牟東面 壽峯里의 뒷산 속에 있는 못이다.

를 "저는 병으로 죽게 되었으니 형님은 이곳을 벗어나서 선조의 제사를 모셔야 합니다."라고 했다. 형님은 나의 손을 잡고 우시면서 "예전에 형제가 서로 죽기를 다툰 일도 있었는데 내가 어찌 차마 홀로 살 수 있겠느냐?"라고 하시면서 마침내 나를 등에 업고 白華山으로 올라 가셨다.

② 몇 백 발자국을 갔을 무렵 한 왜적이 칼을 뽑아 들고 앞으로 튀어 나왔다. 이에 형님께서는 하늘을 부르며 "하늘이시여! 하늘이 만약 아는 것이 있다면 우리들은 죄가 없습니다."라고 하시고 또 산을 우러러보며 축원하시기를 "백화산의 신령이시여! 우리들을 살려 주십시오."라고 하셨다. 형님은 나를 땅에 내려 놓으시고는 활을 당겨 왜적을 맞아 싸우시며 큰 목소리로 쩌렁쩌렁 사방에 울리게 왜적을 꾸짖으니 그 소리 기운이 격한 모습이었기에 왜적은 깜짝 놀라 크게 소리치며 달아났다.

③ 다시 몇 발자국을 더 가니 왜적들은 또 칼날을 번뜩이면서 뒤를 이어 닥쳐 왔다. 형님은 다시 활을 당겨 그들을 겨냥하자 왜적들은 마침내 물러갔다. 이렇게 하여 위험한 범의 입에서 벗어날 수 있게 되었지만 나는 기운을 잃고 정신이 혼미하여 겨우 숨만 붙어 있는 상태여서 아무것도 모르고 기절해 있었다.

④ 형님은 손수 오줌물을 한 웅큼 나에게 먹여서 한바탕 크게 토하게 되자, 가슴에 치미는 불기운이 내려가며 마음이 안정되면서 두통이 비로소 개운해졌다. 이에 구불구불한 산길을 따라 산꼭대기까지 오르게 되니 산세가 깎아지른 듯하여 왜적들은 다시 오지 못하게 되었다.

⑤ 아래 쪽 동구 밖으로 이어진 십리 땅을 내려다 보니 왜적의 깃발은 공중을 뒤덮었고 번쩍이는 칼날은 숲과 같았으며 처음 내가 누워 있던 곳에는 죽은 사람의 시체가 즐비하게 널려 있었다.

ㄷ) 아아! 형님께서는 상하고 초췌하며 굶주림에 시달리는 나날을 당하면서도 이 보잘 것 없는 남은 목숨을 위하셨다. 아우를 업고 산을 오름에는 연약하고 지친 몸을 굳세고 건강한 몸처럼 하셨고, 울퉁불퉁 험악한 길을 평탄한 큰 길 같이 걸으셔서 끝내 흉악한 왜적들의 칼날이 목숨을 앗으려는 찰나에 아우를 구하셨다. 참으로 정신이 분발하고 하늘과 땅이 말 없이 도우지 아니하였다면 이 일이 이루어졌겠는가?

ㄹ) 나는 이 일이 있은 다음에야 사람의 정신이 가는 곳에는 뚫지 못할 물건
이 없음을 알게 되었다. 예전에 창을 휘두르니 해가 뒷걸음치고[17] 큰 활
을 쏘아대니 조수가 물러갔고[18] 충신이 억울하다고 가슴을 치니 오월에
서리가 내렸고[19] 효녀가 슬피우니 아비가 갇혀 있던 성이 허물어졌다[20]는
옛 고사의 입지가 의심할 여지가 없는 사실임을 알게 되었다. 비록 그렇다
고 하더라도 정신이 감응하여 내치는 묘한 힘도 반드시 뜻과 생각이 오로
지 한 곳으로 모아짐으로 말미암아 생기게 된다. 조금이라도 평소에 길러
온 공부가 지극히 독실하지 못한 점이 있다면 그 감응은 지극히 친한 골
육 사이에도 행하여지지 못할 것인데, 어떻게 눈에 보이지 않는 천지신령
에 사무치며 꾸물꾸물한 미물들을 움직이게 하겠는가?

ㅁ) 형님은 맑고 여윈 모습이 깎은 듯하셔서 말도 제대로 입 밖에 내지 못하
는 사람 같지만 의리가 있는 곳에 이르게 되면 어렵고 쉬운 것을 가리지
아니하심이 마치 굶주린 사람이 꼭 밥을 먹으려 하고 목마른 사람이 꼭
물을 마시려 하는 것과 같으셨다. 그러기 위해서는 호랑이와 외뿔소도 부
여 잡고 강과 바다도 밟아 건너기를 마다하지 아니하셨다. 그 빼앗을 수
없는 확고한 뜻은 그 분이 평소에 심고 세운 공부가 본시 다른 사람을 훨
씬 초월함이 있어서 어느 날 하루 마침 어떤 위급한 일을 만나자 이것이
밖으로 내친 것이니, 어찌 우연히 이루어진 것이랴. 또 그 분은 단정하고
정성스럽고 모나지 않으며 행실이 보통 사람과 같음은 이미 온 세상이 아
는 바이다. 여러 번 천거로 벼슬길에 올라 길러 온 거룩하고 매서운 자취
는 마땅히 역사책에 실을 만한 것이니, 찬술을 기다린 다음에야 밝혀질 일

---

17) 揮戈日退:授戈撝日의 바꾼 말. 魯나라 陽公이 韓나라와 싸울 때 해가 저물어서
창을 휘둘러 해를 뒤로 잡아 당겼다는 故事.
18) 發弩却潮:射潮. 吳越의 錢鏐가 성을 쌓는데 潮水의 방해를 받아 성을 쌓을 수
없게 되자, 활로 쏘아 조수를 물리치게 한 고사.
19) 五月下霜:燕나라 鄒衍이 억울한 죄로 감옥에 갇히자 하늘에 우러러 호소하니
오월에 서리가 내렸다는 고사.
20) 悲泣頹城 : 漢나라의 緹縈이라는 소녀가 그의 아비의 억울함을 슬피우니 성이
허물어졌다는 고사.

은 아니다. 그러나 그날 하늘의 별을 어루만지고 높은 산악을 뒤흔들만한 절조는 아직도 땅에 묻혀 세상에 알려지지 아니했으니, 자칫 후세 사람이 이 이야기를 듣지 못할까 두려운 까닭에 당시의 일을 본 따서 이를 그림으로 그려 이름을 「兄弟急難圖」라 하였다.

ㅂ) 아! 형님이 아우를 사랑하신 그 마음은 예전 중국의 趙孝와 같았으나 도적들로부터 죽음을 면하게 된 경위는 그 일이 조씨 형제의 경우와 다르며 조씨보다 더 심한 어려움이 있었다. 조씨들은 슬퍼 기원하여 죽음을 면할 수 있었으나 형님은 쩌렁쩌렁 꾸중을 하여 다행히 온전함을 얻었다. 무릇 칼과 창을 보고도 피하지 아니한 것은 용기이며, 원수인 왜적들을 꾸짖고 굴복하지 아니한 것은 충성이며, 골육의 형제 간 恩義를 생각하여 위급한 상황에서도 저버리지 아니한 것은 의리이다. 한 번의 행동으로 세 가지의 거룩함이 갖추어졌으니 가히 기록으로 남길만하다.

ㅅ) 이에 마침내 그 사실을 기록하고 이어서 시를 지었다.

섬오랑캐 지난 날 고모담 북녘을 쳐 들어올 제	鳥夷昔襲鋼鉥北
나는 그때 병들어 일어서지 못하고 숨 몰아쉴 때여서	我病不興方縈息
아! 어디로 가야 하나 일은 이미 급하거늘	嗚呼曷歸事已亟
형님께 몸을 빼내 멀리 숨으시라 권하였건만	勉以伯氏脫身而遠匿
형님은 하염없이 가슴팍에 눈물 쏟으시며	伯氏縱橫淚垂臆
너와 함께 있다가 왜적에게 죽겠다 하시고는	但言與爾同死賊
나를 업고 구불구불 험한 산을 오르시며	負余邐迤而竣陟
우러러 하늘에 슬피 호소하시니	仰首哀號兮
산 기운 참혹하고 하늘도 기색이 없었네	山氣慘慘天無色
활을 당겨 도적들 겨냥하자 도적들도 감히 접근 못했네	彎向賊 賊不敢逼
지극한 정성 끝내 하늘도 측은히 여겼노라	至誠終爲天所惻
처음엔 그물에 갇힌 물고기 거품만 물고 있는 양 슬퍼하다가	初悲照沫魚在罻
끝내는 주살에서 벗어난 새 높이 날아 가듯 기뻐하였네	竟喜高飛鳥脫戈
지난 일 생각할 때마다 기가 막히나니	往事念來氣每塞
그림 어루만지며 오늘도 눈물 다시 훔치노라	撫圖今日涕更拭
그 당시는 굶주림에 몹쓸 병까지 겸해서	當時飢餓且罹棘

파리하게 병든 몸 근심과 슬픔으로 얼굴 온통 새까맣고　　尫病憂哀面深墨

기댈 곳 없는 약한 모습 겨우 문턱을 넘을 수 있었으며　　孑孑羸形僅蹈閾

용력도 본시 여러 사람보다 뛰어나지 아니하였거늘　　膂力初非百夫特

오히려 아우 업고 날개 달린 듯 산을 올랐으니　　尙能負弟上山如假翼

정직한 그 마음에 아마 산신령도 감응했으리　　想應山靈感正直

이 일은 우연하게 분발하여 된 게 아니요　　玆非偶然一奮力

고고로운 지조 평생토록 심어 두었기 때문　　高節平生已先植

내 옛날 두 번 돌림병을 앓았는데 형님은 내 곁에 계시며　　我昔再遭癘疾

나를 간병하시느라 잠시도 쉬지 않으셨네　　兄在側將護不曾廢頃刻

우애의 지극한 성품 사람들이 다 같이 타고 났지만　　友愛至性人同得

뭇 사람들은 그것이 어둠에 가려지고 드러나지 않으니　　只是凡民有晦蝕

위태한 일 당하여 구출함은 지극한 정성에서 나온 일이라　　臨危相急出悃幅

이 일은 마땅히 뭇 사람의 모범되리　　此事宜爲衆矜式

그 이름 백화산처럼 가이 없이 더 높고　　名與白華之山高不極

그 덕은 고모담 같이 깊어 측량 못할 터　　德隨鈷鉧之潭深莫測

그 맑은 향기 돌벼랑에 새길 필요 없다네　　淸芬不須石厓勒

백년 천년 세월에 돌은 닳아질 때 있나니　　白歲千秋石有時而泐

아! 우리 형님 어찌 나를 죽음의 땅에서 구하기만 하셨던가?　　嗚呼吾兄豈惟濟我死域

나를 도우심 거룩하셔서 늘 훈계하시고 명령하시며　　勗我斯征常戒勅

어두운 세상길 홀로 걸을 때 항상 지팡이가 되어 주셨으니　　冥途悵悵賴摘埴

내 어찌 직분 다하리라 생각하지 않을 수 있겠나　　而我盍思供爲職

내 직분 다하지 못한다면 신이 아마 나를 죽이리라　　我不供職神其殛

아! 우리 형님 큰 덕 심으시사　　嗚呼吾兄旣種德

하늘의 보응 그 이치 어김 없으리　　天之報應理靡忒

온 집안 많은 자손 종산 기산처럼 우뚝히 높고　　一家袞袞鍾岐嶷

대대로 우리 宗門 血食君子되리라.21)　　世世吾宗可血食

---

21) 癸巳之春 余從伯氏(名垷字叔載 癸卯生員也 以薦授洗馬今棄官歸) 在中牟鈷
　　鉧潭鄕兵所 一日有倭寇軼境至 余方病瘧亂仆地 謂伯氏曰 吾病且死 兄可得脫
　　以血先祀 伯氏握手泣曰 古有爭死 吾忍獨生 遂負余 上白華山 行數百步許 有
　　一賊 抽刀挺前 伯氏呼天曰 天若有知 我等無罪 又仰山而祝曰 願白華山靈活我

ㄱ)은 「題兄弟急難圖」의 총론에 해당한다. 여기에 대해서는 「家兄行蹟」에서 일부분 이미 언급한 바가 있다. 위태로운 상황에서 兄弟愛를 발휘한 예는 역사책에서 찾아 보아도 姜肱과 趙孝 뿐이며 지금은 형 月礀이 있을 뿐이라고 했다.

ㄴ)은 兄弟急難 상황을 생생하게 묘사했다.

仍釋余 彎弓迎賊 暗鳴奮罵 聲氣俱激 賊大叫而走 行數步許 賊露刀繼至 伯氏 又彎弓以向之 賊乃退去 旣得脫於虎口 而余氣厥神昏 奄奄不省人事 伯氏掬尿 謾飲之 得快嘔 火降心定 頭痛始醒 邐迤上最高頂 山勢巀然 賊不復來矣 下視 洞口 連絡十里地 旗幟蔽空 白刃如林 余當初僵臥處 死者相枕籍 嗚呼 伯氏以 草土餘喘 當毀悴饑餓之日 負弟上山 用羸懦爲强健 履崎嶇如康莊 卒能救弟於 凶鋒將逼之際 此非精神之所奮發 天地之所默佑 安能致是乎 吾然後 知人之精 神所運 無物不透 古之戈揮而日退 弩發而潮劫 撫膺而隕霜 悲泣而頹城者 理無 疑也 雖然 精神感發之妙 必由於志慮之專一 苟非平日所養之篤實至到 則其所 感 不行於至親之間 尙何有於徹冥冥而動蠢蠢乎 伯氏 淸羸如削 言若不出口 至 於義之所在 爲之不擇難易 如飢之必食 渴之必飮 有攬虎兕蹈河海 確然不可奪 之志 其素所樹立 固有過人者 一朝遇事而發 豈偶然也 念其端慤夷易之行 固已 爲當世所知 而屢登於薦剡 則踐腴仕樹偉烈 當載之史冊 不待撰述而後明 獨其 當日摩星斗動山岳之節 尙湮沒而未著 恐後之人無聞 故摹其事爲圖 名之曰兄 弟急難 噫 伯氏 愛弟之心 與趙氏同 而若其免死於賊者 其事與趙氏不同 又有 所甚難者 趙氏哀祈而得免 伯氏奮罵而幸全 夫視刀槍不避 勇也 罵讎賊不屈 忠 也 念骨肉之恩而不負於顚沛之際 義也 一擧三善具 可書也 遂識其事 繼之以詩 曰 島夷昔襲緺鍵北 我病不與方綿息 嗚呼曷歸事已亟 勉以伯氏脫身而遠匿 伯 氏縱橫淚垂臆 但言與爾同死賊 負余邐迤而峻陟 仰首哀號兮 山氣慘慘天無色 彎弓向賊賊不敢逼 至誠終爲天所惻 初悲呴沫魚在罶 竟喜高飛鳥脫戈 往事念 來氣每塞 撫圖今日涕更拭 當時飢餓且罹棘 尪病憂哀面深墨 孑孑羸形僅踰閾 膂力初非百夫特 尙能負弟上山如假翼 想應山靈感正直 玆非偶然一奮力 高節 平生已先植 我昔再遭癘疾 兄在側將護不曾廢頃刻 友愛至性人同得 只是凡民 有晦蝕 臨危相急出悃愊 此事宜爲衆矜式 名與白華之山高不極 德隨錮鍵之潭 深莫測 淸芬不須石厓勒 百歲千秋石有時而泐 嗚呼吾兄豈惟濟我死域 勖我斯 征常戒勅 冥途俍俍賴摘埴 而我盍思供爲職 我不供職神其殛 嗚呼吾兄旣種德 天之報應理靡忒 一家袞袞鍾岐嶷 世世吾宗可血食 萬曆己酉孟秋日 通訓大夫 行弘文館校理 知製敎兼經筵侍讀官 春秋館記註官 弟 李埈 謹書

① 왜구가 침범했는데 자신은 토사곽란을 일으켜 도저히 피신할 수 없어서 형에게 피신하도록 권했으나 홀로 살 수 없다고 말하고는 자신을 업고 백화산을 오름

② 칼을 든 왜적이 나타나자 형은 활로 그들에게 대항하여 그들을 물리침.

③ 왜적이 또 덤벼들어 형은 그들에게 대항하여 그들을 물리쳤으나 자신은 정신을 잃고 기절해버림

④형의 응급처방으로 정신을 회복함

⑤ 산꼭대기에서 내려다 보니 동구 밖은 왜적의 깃발로 뒤덮히고 자신이 쓰려졌던 곳은 시체가 즐비하게 쌓여 있음

ㄷ)목숨을 구한 것은 형이 정신을 분발하고 천지가 도왔기 때문이다.

ㄹ)형이 베푼 일에서 정신은 뚫지 못할 것이 없음을 체득했다. 이는 형이 평소 길러온 공부가 독실했기 때문이다.

ㅁ)형의 확고한 뜻과 절조가 후세에 전하지 못할까 염려하여 당시의 일을 본 딴 그림을 그려 '형제급난도'라고 했다.

ㅂ)한번의 행동으로 勇氣와 忠誠과 義理를 보여 목숨을 온전히 했으니, 기록화할 가치가 있다.

ㅅ)의 詩는 兄弟急難 상황을 상세히 읊고 자신을 책려하는 내용이다.

이상에서 「題兄弟急難圖」의 내용을 살폈다. 「題兄弟急難圖」와 「家兄行蹟」은 주제가 같기 때문에 중복되는 내용이 많이 있다. 그 주제는 兄弟愛이다. 이와 같은 형제애는 평소에 돈독히 쌓아온 인품이 어떤 경우에도 변하지 않는 恒心을 견지하고 있어야 가능한 일이다. 형이 아우를 사랑하는 정은 至極精誠으로 나타나며 동생의 형에 대한 눈물겨운 공경심은 전체 내용 속에 고르게 녹아 넘치고 있다.

(3) 급난도에 글을 청하며[求題急難圖]

이 글은 모두 詩로 되어 있다. 여기서는 서론에 해당하는 부분을 산문 문장 나열식으로 보이고자 한다.

우리 형님 등뼈 단단하시어 등에 업힌 반나절 은혜로 나의 백년 목숨이 이어졌네. 형님 등 없었던들 내 목숨도 없었을 걸. 형님 등 그 은혜 어머니 젖과 비등하네. 모습이야 형님 등인들 다른 사람과 다르랴? 일곱자 후리후리한 키에 병환으로 여위셨는데[22] 묻노니 그 등뼈 어찌 그다지도 단단하여 의리로 얽힌 담력은 몸보다 더 크셨는가?

눈앞에 창칼 아랑곳 없이	目前不知有劍戟
등에 업힌 아우만을 살리고자 하였노라	背上知欲存骨肉
화공이야 그때 일 그릴 수도 있겠으나	畵工能畵當時事
피 어린 일편단심이야 그릴 수 없으리라	一片血心畵不得
선생의 필력 그 무게 천균이요	我公筆力重千鈞
하물며 평생을 도를 즐겨 사셨으니	況復平生樂道人
청하옵건대 한번 부추기는 말씀 휘둘러	請公一揮揄揚語
붉은 마음 그려서 천년토록 비추게 하옵소서	寫出赤心照千春[23]

---

22) 孫起陽의 「題兄弟急難圖」에는 '월간의 키가 다섯자에도 미치지 못하고 가냘픈 몸은 옷의 무게를 이기지 못하는 사람이다. 하물며 喪考와 병으로 뼈만 남아 있는 나머지…(叔載爲人 長不滿五尺 體不勝衣 況當哀疚 骨立之餘…)'라고 했다. 동생 창석은 형 월간의 키가 7척이라고 했다. 창석의 말을 인정해야 할 것이다. 그러나 월간은 키는 좀 큰 편이었으나 아주 여윈 체구였던 것 같다. 특히 兄弟急難時 월간은 건강 상태가 매우 좋지 못했다는 것을 짐작할 수 있다.

23) 「求題急難圖」
　我兄背梁硬 背上半日恩 續我百年命 無兄背 無我身 兄背母乳可幷 狀貌兄背與人殊 七尺之身病具臞 問君背梁那得硬如許 爲有義膽大於軀 目前不知有劍戟 背上知欲存骨肉 畵工能畵當時事 一片血心畵不得 我公筆力重千鈞 況復平生樂道人 請公一揮揄揚語 寫出赤心照千春

『兄弟急難圖』에 詩文을 썼던 人士는 먼저 「題兄弟急難圖」와 「求題急難圖」를 읽거나 兄弟急難 그림을 보고는 숭고한 兄弟愛에 감탄하여 글을 썼을 것이다. 글 속에는 형 월간이 동생을 사랑한 것 이상으로 동생 창석도 형을 공경하는 마음이 구구절절 스며들어 있기 때문이다.

화공이야 그때 일 그릴 수도 있겠으나 　　畵工能畵當時事
피어린 일편단심이야 그릴 수 없으리라. 　　一片血心畵不得

위의 구절은 창석이 자신에게 기울인 형의 일편혈심을 뼈속 깊이 새기고 있음을 보이고 있다. 이제 『兄弟急難圖』所載 詩文 중에서 兄弟愛에 감탄한 글 몇 편의 내용 일부를 인용해 보기로 한다.

나는 계사년(1593) 겨울에 복주에서 숙평과 만났는데 당시 숙평은 치렁치렁한 상복을 입고 울면서 말하기를 "나를 낳아주신 분은 부모이며 나를 살려 주신 분은 형님이다."라고 하면서 그가 업혀서 산에 오른 일을 거듭거듭 끝없이 되풀이하여 말하였기에 나는 그의 말을 듣고서 이미 입으로 감탄의 소리를 내며 마음 속에 새긴 바가 있었다.24)

孫起陽의 「題兄弟急難圖」의 일부이다. 창석의 형에 대한 마음은 管鮑之交를 연상케 한다. 단순히 血肉 사이에서 일어난 일로만 그치는 게 아니라 他人의 심금을 울려주는 兄弟美談이 되고 있다.

나는 숙재의 이웃마을에 살아서 어릴 때부터 서로 함께 자랐기에 숙재를 깊이 아는 데는 나만한 사람이 없다고 생각한다. …숙재는 외롭고 가냘프며 성하지 못한 몸으로 일곱자나 되는 지칠대로 지친 장정의 몸을 업고 깊은

---

24) 癸巳冬 余與叔平 相遇于福州 叔平時纍然服孝服 泣而言曰 生我者父母也 活我者伯氏也 道其扶負上山之事 歷歷不已 固已歎乎口 而記于心矣

구렁을 건너서 험한 산길을 오름으로써 흰 칼날이 바꾸어가며 닥쳐오는 중
에서 두 사람이 모두 온전할 수 있었으니 이것이 어찌 사람의 힘으로 미칠
수 있는 일이겠는가? …일찍이 숙평이 모진 학질을 앓아 거의 죽게 되었다
가 소생했는데 몇달 동안 병이 차도가 없자 숙재는 밤낮으로 아우와 같이
살며 잠깐도 곁을 떠나지 아니하고 그 음식을 때 맞추어 주고 그 약을 알맞
게 하여 마침내 완치하여 충실한 몸이 되게 하였으니 그 지극한 행실이 천
지신명에 정성이 미친 것은 하루 이틀의 일이 아니다…25)

鄭經世가 지은「書急難圖後」의 일부이다. 정경세는 月磵·蒼石 형제
와는 이웃 마을에 살았고 학문이나 인정적으로 교분이 두터웠을 뿐만
아니라 임진왜란 때 창석과 의병을 일으키기도 한 사이이다. 독자는 월
간이 병든 동생을 업고 험한 산길을 오르는 생생한 모습의 묘사에서 감
동한다. 月磵의 心志는 오로지 동생의 安危에 대한 것 이외는 존재하지
않음을 알 수 있기 때문이다.

이는 申欽과 尹昉의 글 속에서도 잘 묘사되고 있다.

다만 등에 업힌 아우만 알 뿐 산중의 도둑 아랑곳 없었네	但知背上弟 不見山中賊
둥굴둥굴 뭉친 가슴의 피는 자못 하늘의 도우심인가?	團團一腔血 諒爲天所翼
행한 도의는 인류의 사표되고 그 정신 글로 전하여 지니	行義表人倫 精神傳翰墨
아! 두 분의 군자는 하늘이 남국을 덮게 하였네	嗟哉二君子 天以蓋南國
(申欽의「無題」)	
누가 내 귀 있다 하던가? 도적들의 소리 듣지 못했네	誰爲我有耳 不聞賊之聲
누가 내 눈 있다 하던가? 도적들의 형체 보지 못했네	誰爲我有眼 不見賊之形
다만 등 위에 내 아우 있는 것만 알 뿐	但知背上吾弟在
산골길 가파르나 평지와 같아	小蹊嶄絶如平地

---

25) 余與叔載 隣比而居 自幼小 相長大 知叔載之深者 宜莫余若 …叔載以熒然羸之
　　餘 擔七尺委頓之軀 越深壑登峻坂 以能兩全於自刃交至之中 是豈人力之所及耶
　　…叔平嘗病暴虐 幾死而蘇 積累月不瘳 叔載晝夜與居 頃刻不離 時其飮食 調其
　　藥餌 適其寢興 卒以底于完實 其至行之孚於神明 非一日矣…

발 부르터도 돌보지 않았는데　　　　　　　　足趼不復省
힘들고 고달픔 어찌 기억하겠나?　　　　　　力疲那能記
해맑고 약한 몸 강건하게 화하였고 약골이 장사가 되었네　淸羸化强健 弱骨成壯士
(尹昉의 「無題」)

兄弟急難 상황은 힘이 센 장사라 할지라도 극복할 수 없다. 월간과 같은 약골이 장사도 해낼 수 없는 일을 해낼 수 있었던 것은 형제애 때문이다. 형제애가 요인이 되어 그로 하여금 고도의 정신력을 샘솟게 했다고 볼 수 있다.

고모담은 혹 마를지라도　　　　　　　錮鈺潭或渴
백화산은 혹 허물어질지라도　　　　　白華山可隳
거룩하도다 천지 간에　　　　　　　　偉哉天壤間
길이 남으리 상체의 시여　　　　　　　長留常棣詩
(柳根의 「題 急難圖後 用芝峰韻 賦古詩」)

상주 달내마을 月磵·蒼石 兄弟의 兄弟愛는 한때 기억되다가 사라지는 것이 아니라 그 友愛事가 『兄弟急難圖』에 담겨 400여년이 지난 오늘에도 새롭게 빛을 발하고 있다. '고모담은 혹 마를지라도[錮鈺潭或渴], 백화산은 혹 허물어질지라도[白華山可隳]' 이 友愛事는 길이 世間에 오르내리면서 귀감이 될 것이다.

4. 맺으면서 - 설화의 현장성

필자는 1993년 6월 25일 李楨萬씨[26]의 안내로 『兄弟急難圖』의 현장인 尙州市 靑里面 佳川洞 달내마을 棣華堂을 답사한 바 있다.

---

26) 경북 상주시 남성동 그린맨션 A동 302호, 당시 73세, 상주시 담수회장

체화당[경북문화재자료 178-1호]은 月磵 李㙉의 宗宅[宗孫:李晩澈, 54세]
이다. 「兄弟急難圖」[경상북도 유형문화재 217호]는 체화당에 보관되어 있
고 종손이 관리하고 있다. 체화당 뒤에는 蒼石祠堂[경상북도 문화재 자료
178-2호]이 있다. 필자는 그곳에서 『兄弟急難圖』 실물을 직접 보지 못한 아
쉬움은 있었으나, 다행히 출판되어 누구에게도 배부되지 않은 『兄弟急難圖
·朱書節要』를 한 권 구득할 수 있었다.27)

▲ 체화당, 慶北 尙州市 靑里面 佳川洞 달내

필자는 『兄弟急難圖』에 담긴 월간·창석 형제의 友愛談을 「상주 달
내마을 兄弟美談」이라고 명명하고자 한다. 이때까지 고찰한 바와 같이
「상주 달내마을 兄弟美談」은 오늘날에도 생명력이 있는 보기 드문 兄
弟美談으로 思料된다. 그러므로 「상주 달내마을 兄弟美談」은 초등학교
교과서에 교재화되어야 마땅하다고 본다. 그 이유는 현행 교과서에 실

27) 『兄弟急難圖·朱書節要』의 求得은 전적으로 이정만·이만철 諸氏의 후의에
   의한 것이었다. 이 자리를 빌려 감사의 말씀을 드린다.

린 兄弟美談 교재는 편수가 빈약하기도 하고 현실적인 교재로서는 문제점이 있다고 생각되기 때문이다.

「상주 달내마을 형제미담」이 교재화되기 위해서는 그 현장이 학습 교재의 현장으로 활용될 수 있어야 한다.『兄弟急難圖』와 체화당 및 蒼石祠堂은 말할 것도 없고 兄弟急難의 현장인 白華山과 錮鈒潭 등을 학습 교재원으로 개발할 필요가 있다. 그리고 尙州 義兵活動의 근거지인 鄕兵所도 복원해야 할 것이다.

Ⅲ. 피리에 담긴 형제미담 – 塤篪錄

『훈지록』 즉 「피리에 담긴 兄弟愛 이야기」는 烏川鄭氏 萬陽(1664~1730)·葵陽(1667~1732) 兄弟의 美談이다. 塤篪는 피리 이름인데 그 出典은 『詩經』 小雅篇 「何人斯章」에 보인다.

형은 흙피리 불고 아우는 대피리 불 듯　　　　　　　　伯氏吹塤 仲氏吹篪
그대와 의좋게 지내고 싶은 마음 진정 몰라 준다면　　及爾如貫 諒不我知
닭·개·돼지 내어다가 그대를 저주하리라.　　　　　　出此三物 以詛爾斯[1]

위의 시는 원래 가까운 친구에게 모함을 받아 해를 입고 그를 풍자한

---

1) 번역은 河正玉 譯, 『詩經』, 平凡社, 1976, p.475에서 취함. 註釋도 이 책 p.477의 내용을 참조했음.
　塤 : 흙을 구워 만든 피리[악기]이다. 크기는 거위 알만하고 모양은 저울추처럼 생겼다. 위쪽 뾰족한 곳에 하나의 구멍이 나 있어서 입으로 불도록 되어 있고 돌아가면서 여섯 개의 구멍이 있는데 구멍을 손가락으로 눌러 소리를 낸다.
　篪 : 대로 만든 橫笛이다. 길이는 1척 4촌이고 둘레는 3촌이다. 일곱개의 구멍 외에 위쪽으로 한개의 구멍이 따로 있다.
　如貫 : 줄에 꿴 듯 의좋음을 말함.
　三物 : 닭, 개, 돼지. 옛날 사람들은 남을 저주할 때 이 세 가지를 제물로 바쳐 재앙을 내리도록 빌었다.
　詛 : 犧牲을 찔러 피를 내며 저주하는 것.

시이다. 여기에 나오는 塤과 箎는 일반적으로 형제 간의 우애가 돈독한 것을 비유할 때 쓰인다.

공[정만양]은 북산 횡계에 수 칸 집을 세우고 두 동생과 더불어 동거하여 陸農師의 三禮圖를 상고하여 塤과 箎 두 악기를 만들고 또 악보를 지어 형제 간의 우애를 나타내 보이고 저술한 것을 모두 塤箎錄이라 했다.2)

실제로 정만양·규양 형제는 호를 각각 塤叟와 箎叟라 했고 塤과 箎를 만들어 창하고 답했다. 『塤箎錄』은 형제의 共著로 되어 있다.

이들 형제는 영천군 화북면 횡계리에서 同居하며 科擧에는 뜻을 두지 않고 학문에만 전심하면서 우애롭게 살았다.

훈수 정만양이 운명하기 3일 전에 남긴 「자손들에게 경계하는 글[遺誡子孫]」을 보기로 한다.

우리 집안은 가난하여 토지와 노비가 없으므로 오직 충효공검 네 글자를 남긴다. 진실로 충성으로 임금을 섬기고 효도로 어버이를 섬기며 공경으로 마음을 다스리고 검소로 덕을 기른다면 그 쓸 수 있는 富裕함이 어찌 다만 기름진 땅 몇 이랑과 많은 노비 뿐이겠는가? 죽음에 이르러 하는 말은 정말 지극한 정에서 나오니 너희들은 힘껏 받들고 지켜서 대대로 전하는 家法으로 삼도록 하여라.3)

우리는 忠孝恭儉과 그 실천 방향을 제시한 塤叟의 遺訓에서 淸廉高

---

2) 公結數木楹屋於北山之橫溪 與二弟同居 而陸農師三禮圖作塤箎二器 仍著樂譜 以示友愛之義 凡有所述 摠名之曰塤箎錄(『嶺南人物考』)

3) 遺誡子孫 庚戌 六月 二十七日 卽易簀前三日 吾家淸寒 無以土地臧獲 遺惟以 忠孝恭儉四字 苟能忠以事君 孝以事親 恭以處心 儉以養德 其受用之富 奚但饒 畝數頃少鬚百指哉 臨死之言 實出至情 汝等 十分奉持 以爲世傳家法(『塤箎兩 先生文集』 卷之二十一)

潔한 선비적 풍모를 접할 수 있다. 이러한 생활 자세였기 때문에 남다른 兄弟愛까지 우러나올 수 있었을 것이다.

이제 정만양·규양 형제의 이력을 살펴 보기로 하자.

정만양 형제자매는 모두 6명이었는데 누이 동생은 출가하고 두 아우는 어릴 때 죽었다. 『塤篪錄』自序는 만양 삼형제가 기거하던 太古窩에서 만양·규양이 함께 짓고 夢陽은 두 형이 지은 글을 붓으로 썼다.4)

정만양은 27세 때 부친상에 뒤이어 祖母喪을 당했다. 이들 형제는 한번 걸리면 살아날 가망이 어려운 천연두를 앓으면서도 治喪 등 상주로서의 예를 극진히 했고, 천신만고 끝에 병마에서 살아날 수 있었다. 이들의 지극한 효성은 老境에 이르러서도 시들지 않아 부모의 손 때 묻은 물건만 보아도 눈물을 그칠 줄 몰랐다.

▲ 玉硯亭. 경북 영천시 화북면 횡계리. 만항·규양 형제가 講學하던 곳이고, 오른쪽 건물은 橫溪書堂이다.

특히 이들 형제가 보여준 우애는 역사에 길이 남을 귀감이 된다. 형제의 우애가 아주 돈독할 때 곧잘 비유되는 『詩經』의 塤과 篪를 따서 雅號로 삼고 피리를 만들어 和唱하기도 했다. 또 만양·규양의 우애는 너무나 두터워서 항상 침식을 같이 하며5) 공동으로 수많은 책을 저술하는 한편, 남에게

---

4) 1706년 5월 상순에 만양·규양은 함께 서문을 짓고 몽양에게 붓을 들어 태고와에서 쓰게 했다.(崇禎甲申後六十三年丙戌仲夏上浣 萬陽葵陽合手爲序 使夢陽把筆書于太古窩)〈『塤篪兩先生文集』卷之一, 塤篪錄 自序〉

5) 근년에 형제가 모두 병이 들어 尼南山 아래에서 같이 살았다. 그 앞에 시냇물이 흐르는데 열보 마다 자주 흐름이 꺾여, 제1곡에 먼저 기둥 세 개를 쌓아 막

보내는 서신도 연명으로 할 정도였다.

형 만양은 李麟佐의 亂 때(1728, 경종 4) 여러 고을에 격문을 돌려 의병 수백 명을 모아 아우 규양으로 하여금 의병장을 삼고 규율을 모두 갖추게 했으나, 관군이 亂을 토평하였다는 소식을 듣고 해산했다.

정만양은 호를 塤叟로, 규양은 호를 篪叟로 지은 뒤 그들이 학문을 연마하고 후학을 가르쳤던 橫溪의 정경을 대상으로 「塤篪新舊圖」[6]를 그리는 한편 그들이 지은 시에 곡을 붙여 「塤篪樂譜」를 만들었다. 형제의 공저로 되어 있는 『塤篪文集』 62권이 전한다.

만양·규양 형제는 자손 만대까지 우애 정신을 전승시키기 위해, "우리 집안의 형제는 몇 10대를 내려 가도 친형제 자매와 다름없이 지내야 한다. 이 뜻을 잇기 위해 자녀들의 이름은 반드시 塤과 篪의 획이나 변을 따서 지어야 한다."고 후손들에게 명령했다.[7] 이 遺言은 累代를 거쳐 지금까지 지켜지고 있다고 한다.[8]

내 동생[夢陽]에게 주고, 제2곡과 제3곡은 서로 마주 보고 움막을 지어 첫째와 둘째가 나누었다. 그리하여 낮에도 같이 살고 밤에도 같이 자기 때문에 옆에 비록 집은 세 채를 지었으나 두 채는 버려짐을 면하지 못했다.(近年來 兄弟俱病 同住尼南山下 前有溪水 十步累折 第一曲 先築三楹 以付少弟 第二曲 第三曲 相對立窩 伯仲分占 而晝則同處 夜則同寢 故雖設三窩 而二窩未免廢棄)〈『塤篪兩先生文集』 卷之一, 「塤篪錄」 自序〉

6) 마침내 『詩經』에 실린 상체 8장을 취하여 樂譜를 짓고 방안에서 唱和하는 바탕으로 삼았다. 차례로 「훈지신구도」를 벌려 놓고…(遂取周詩中 常棣八章 作爲樂譜 以爲房中唱和之資 次列塤篪新舊圖…)〈『훈지양선생문집』 권지일, 훈지록 자서〉

7) 雖世代漸遠 服制已盡 而亦能務相敦睦 至於命名之際 亦以塤篪二字 從旁從畫 間世取義 則此錄亦足爲吾家孝悌之本 (『훈지양선생문집』 권지일, 훈지록, 자서)

8) 정만양·규양의 履歷 작성은 『塤篪兩先生文集』과 『嶺南學脈』(대구매일신문 연재물) 제 119회 「鄭萬陽·葵陽 兄弟」를 주로 참고했고, 『한국민족문화대백과사전』, 『국사대사전』, 『유교대사전』, 『영남인물고』, 영천군 문화공보실 편, 『내 고장 전통 가꾸기』, 1981, 『永川郡政史』, 한진종합인쇄사, 1994 등을 참조했다. 『塤篪兩先生文集』은 塤叟 鄭萬陽 선생의 10대손 鄭克 교수(울산과학대학, 56세)께서 巨峽의 복사본을 필자에게 증정하여 이 글을 쓰는데 많은 도움을 입었다. 玉磵亭과 橫溪書堂 사진도 정교수께서 제공했다. 이 자리를 빌려 정교수께

慶北 永川市 華北面 橫溪里 439-3에는 정만양·규양 형제와 관련한 유적이 아직 많이 남아 있다. 형제가 직접 橫溪川에 건립하고 싶었다는 慕古窩[原名은 太古窩]와 향나무[수령 280여년]9)를 비롯하여 형제가 講學하던 玉礀亭[경상북도 유형 문화재 270호]과 橫溪書堂 등이 현존한다. 玉礀亭은 塤箎 형제가 後學을 양성하기 위하여 숙종 42년(1716)에 세운 정자이다. 塤叟와 箎叟 형제는 이 곳에서 학문을 연구하면서 후학을 양성하여 名賢, 碩學들을 많이 배출하였다. 그리고 兄弟愛가 수록된 『塤箎文集』 62권이 현존함은 전술한 바와 같다.

이들 형제에게 나라에서는 누차 관직을 除授하였으나 사양하고 일생 동안 鄕里에서 학문 연구와 저술, 제자 육성에 전념하였다.

「피리에 담긴 兄弟愛 이야기」는 각급 학교 교과서에 교재화할 가치가 있는 이야기라고 생각한다. 「피리에 담긴 兄弟愛 이야기」가 교과서에 교재화되기 위해서는 교재의 현장 檢證과 기록물을 통한 분석 및 考證 등이 뒤따라야 한다.

四教堂

▲ 橫溪書堂과 四敎堂 현판. 四敎堂은 '忠孝恭儉'을 가르치는 곳이라는 뜻이다.

감사드린다.

9) 향나무는 紫檀稚莖인데 정각산에서 사귀었던 스님이 준 것이다. 塤叟는 29세 되던 1692년에 普賢山과 正覺山 암자에서 공부에 몰두한 적이 있었다.

Ⅳ. 과거길 단념한 兄弟愛 - 安東 水谷 마을 兄弟美談

「과거길 단념한 兄弟愛 이야기」는 柳道源(1721~1791)·長源(1724~1796) 兄弟美談이다.

　유도원의 자는 숙문이고 호는 노애며 본관은 전주이니 승현의 아들(生父: 觀鉉)이다. 경종 신축년(1721)에 나서 당저[正祖] 무신년(1788)에 학행으로써 참봉을 제수했고 신해년(정조 15, 1791)에 졸했다.

　공은 나이 10세에 부모상을 당했는데 7세 된 아우가 묻기를 "형처럼 곡하고 눈물을 흘리려고 해도 되지 않으니 어쩌면 좋을까요?"라고 하니, 공은 "부모님의 목소리와 얼굴과 사랑해 주셨음을 생각하며 울면 눈물이 나는 법이지만, 눈물은 억지로 나오게 할 수는 없단다."라고 했다.

　일찍이 과거길에 올랐다가 하루는 갑자기 아우가 함께 오지 않은 것을 생각하고 창연히 말 고삐를 돌려 돌아 왔다.1)

위의 글에는 도원·장원 형제의 일화가 두 가지 있다. 부모상에 눈물을 흘리면서 다 곡을 하는데, 동생 장원은 눈물이 나오지 않아 형 도원

---

1) 柳道源字叔文號蘆厓全州人參議升鉉子 景宗辛丑生 當宁戊申以學行除參奉 辛亥卒 公年十歲遭喪 有七歲弟 問曰 欲如兄哭 而有淚不可得奈何 公曰 思父母聲容及嘗愛也 以哭則有淚 淚不可强也 嘗赴擧行 一日忽念季氏不偕 悵然回轡而還(『嶺南人物考』)

에게 그 까닭을 물었다. 天眞無垢한 형제의 문답 광경이 바로 눈으로 보는 것 같이 선하다.

도원은 동생과 같이 과거 보러 가기로 했지만, 동생이 아파서 같이 가지 못하자, 부득이 혼자 과거길에 올랐다. 형 도원은 누워서 앓고 있는 동생을 생각하고는 발길을 돌려 버렸다. 이후부터 이들 형제는 두번 다시 과거 시험에 나아가지 않고 학문과 求道에 전념했다.

부친상을 당한 뒤 3형제[통원·도원·장원]의 전 가족은 한 곳에 모여 화목하게 살았다. 맏형 通源이 세상을 떠나자 이들은 헤어져 살게 되었다. 도원은 이를 크게 상심하여 좋은 집을 마다하고 조그마한 흙집을 지어 독서와 사색과 저술활동에 전념했다고 한다.2)

▲ 東巖亭. 柳長源이 門徒들을 講學했던 곳이다. 臨河댐으로 수몰되었으나, 건물은 경북 구미시 해평면 일선리에 移建했다.

2) 유도원·장원 형제에 관한 자료는 『完山世蹟』(三櫃亭 編, 서울대 출판부, 1971) 과 『嶺南學脈』(대구매일신문 연재물) 제133~134회 「柳道源·長源 兄弟」 및 『한국민족문화대백과사전』, 『국사대사전』, 『유교대사전』, 『영남인물고』 등을 참조 했다.

　이상에서 「과거길 단념한 兄弟愛 이야기」의 바탕이 될 수 있는 일화 3가지를 보았다. 「과거길 단념한 兄弟愛 이야기」의 현장은 安東市 臨河面 水谷洞이었으나 임하댐으로 인해 수몰되어 버렸고 수몰 지역에 있던 문화 유적은 수몰되지 않은 水谷洞과 龜尾市 海平面 一善里로 옮겨 복원되었다. 「과거길 단념한 兄弟愛 이야기」는 교과서에 교재화될 만한 이야기이긴 하지만, 이 방면에 대한 資料 수집과 현장 및 문헌을 통한 고증 등이 계속적으로 이루어져야 하겠다.

제2부

感虎傳說 教材의 이해

호랑이는 우리 民族說話의 先鞭을 잡은 「檀君神話」를 비롯하여 傳來說話[傳說]에 유난히 많이 등장한다. 한국인이 가지는 호랑이의 이미지는 단순히 야수적인 짐승으로서의 호랑이라는 일반적 범주를 벗어나서 보다 특수화되고 성격화되며 傳統的인 民族 감정과 관련되어 나타난다. 호랑이는 한국이라는 풍토 속에서 다양하고도 深奧한 이미지를 형성해 왔다.1) 이를테면, 호랑이는 우리의 日常事[友情, 報恩, 義理, 背恩, 慾心 등]와 밀접한 관련을 가지는 의인화의 주인공으로 등장할 때가 많다.2)

虎說話에 관한 연구자는 張德順과 黃浿江 외에 柳增善3), 崔來沃4), 이호주5), 라인정6), 崔雲植7) 등을 들 수 있다. 최래옥은 韓國孝行說話의 性格을 규명하고 孝行說話 중에서 비극적으로 끝나는 孝子 호랑이 說話를 話素에 따라 분석하여 비극의 원인이 어디에 있는지 고찰했고, 이호주는 한국 호랑이 설화의 유형과 설화 속에 나타난 호랑이의 양상을 분류하여 여기에 나타난 한국인의 의식 구조가 어떠한 지 살폈다. 라인정은 忠南地域 口碑說話에 나타난 호랑이의 성격을 유형 분류하고, 그 유형적 성격을 토대로 호랑이의 행동 관계를 유추했다. 최운식은 孝至

---

1) 黃浿江, “韓國民族說話와 호랑이”,『국어국문학』55~57 합병호, 1972, pp.149~150, 참조.
2) 張德順,『韓國說話文學研究』, 서울대출판부, 1978, p.93, 참조.
3) 柳增善, “說話에 나타난 孝行思想”,『藏菴池憲英先生回甲紀念論叢』, 1971. 孝行說話에 관한 전반적인 면을 다루는 가운데 感虎說話를 예시·고찰했다.
4) 崔來沃, “韓國孝行說話의 性格研究”,『韓國民俗學』제10호, 民俗學會, 1977.
5) 이호주, “호랑이 설화에 나타난 한국인의 의식 고찰”, 고려대 대학원, 석사학위 논문, 1982.
6) 라인정, “口碑說話에 나타난 호랑이의 성격 고찰”,『語文研究』제18집, 1988, 참조.
7) 崔雲植,『韓國說話研究』, 集文堂, 1991, “孝行說話에 나타난 傳承集團의 意識”, pp.139~175, 참조.

上主義的 思考와 孝行異蹟과 孝觀念의 형성 과정을 살펴서 이런 설화를 전승하는 집단의 의식이 무엇인지 고찰했다. 필자는 "국민학교 교과서에 실린 傳說敎材에 관한 硏究"에서 感虎傳說8)에 관해서 살펴 본 바가 있다.

제6차 교육과정에 의해 편찬된 초등학교 국어 교과서에는 24편의 〈호랑이 관련 교재〉가 실려 있다. 이 중 感虎說話 [傳說] 로 분류될 수 있는 교재는 「호랑이의 선물」9) 1편을 들 수 있으나, 민담적인 내용이라서 劇的 感動素가 나타나지 않는다. 그래서 여기서는 제5차 교육과정에 의해 편찬된 국어 5-1『읽기』교과서에 실린 바 있는 「효자리의 세 무덤」에 대해서 구체적으로 살펴 보기로 한다. 그리고 感虎傳說을 발굴하여 교과서에 교재화할 가치가 있는지 고찰해보기로 한다.

「효자리의 세 무덤」은 孝子 朴泰星(1679~1758)의 지극한 孝行에 호랑이까지 感應하여 박태성의 侍墓살이를 도운 이야기이다. 역시『읽기』교과서에 실린 「젊은 의원과 호랑이」는 마음씨 착한 의원이 상처 난 새끼 호랑이를 치료해 준 이야기인데, 호랑이가 의원에게 報恩한 이야기는 없다. 이 이야기의 뒷부분에 해당하는 報恩譚은 학습 문제로 돌렸다. 전자는 호랑이가 박태성을 도운 행위가 죽음에 이르는 희생으로 끝난다. 이는 일방적인 끝맺음이어서 호랑이의 행위에 상응하는 報償行爲로 이어지는 이야기 즉 報恩譚이 없다는 점에서 교재의 문제점이 있지만,

---

8) 설화(전설) 속에 나타난 호랑이의 모습을 라인정은 報恩的, 感孝的, 痴愚的, 加害的, 被害的 성격으로, 이호주는 山神虎, 孝感虎, 報恩虎, 被害虎, 加害虎, 痴愚虎 등으로 유형 분류했다. 본고에서 말하는 感虎傳說은 호랑이가 인간의 忠, 孝, 烈行에 감동하여 인간을 도우고, 호랑이가 위기에 처했을 때 사람으로부터 구원되는 이야기이다. 따라서 '感虎'는 孝感虎에 忠과 烈의 의미가 더 포함된다.

9) 「호랑이의 선물」은 2-1『읽기』교과서 (42~43쪽)에 삽화 없이 실려 있는데, 인물의 말과 행동을 생각하여 읽어 보자는 문제를 제시했다. 저학년이기 때문에 이에 관한 삽화를 싣는 게 바람직하다.

感虎傳說이라는 점에서 교과서에 다시 교재로 실을 필요성이 있다. 후자의 뒷부분은 반드시 호랑이가 젊은 의원에게 報恩하는 이야기로 이루어지게 되어 있다.

『靑邱野談』所載「守貞節崔孝婦感虎」에 나오는 洪州땅 靑霜寡婦는 자식도 없이 남편을 여의고 四顧無親의 不具者인 시아버지를 지성껏 奉養하는 치열하고도 애틋한 삶을 보여 주고 있고, 湖南 興德縣 化龍里의 孝子 吳浚[成宗 때 사람, 1444. 4. 6. ~ 1494.1. 6.] 10)과 같은 孝行은 남다른 바가 있어서, 호랑이와 샘물까지도 感應케 한다. 이 두 이야기는 興味性과 敎訓性을 아울러 보여 주는 敎材이다.

洪州땅 靑霜寡婦事는 함정에 빠진 호랑이를 구해주므로 해서, '베풀음'에 대한 '은혜 갚음'의 구조로 된 報恩譚이다.11) 蔚山廣域市 蔚州郡 上北面 香山里12)에 전해 오는 烈婦淑人文化柳惠至(1386~1415)妻 東萊鄭氏(1390~1417)13)의 傳說도「효자리의 세 무덤」에 없는 報恩譚이 설정되어 있다. 東萊鄭氏烈行感虎傳說은 그 현장에 무덤, 정려각, 비석, 비문 등과 기록이 남아 있다. 오준의 感泉虎事도 그 현장에 무덤, 정려각, 비석, 비문, 感泉 등이 남아 있고 문헌기록은 同福吳氏感泉公派門中에서 편찬한『感泉吳先生事實文集』14)과『靑邱野談』같은 野談集 등

10) 吳浚의 生沒年은 1989.5.7.에 同福吳氏感泉公派宗中에서 발행한〈感泉吳先生略史〉에서 취했다.

11) 이신성, "국민학교 교과서에 실린 傳說敎材에 관한 硏究", pp.111~112, p.125, 참조, 이에 관해서는 뒤에서 다시 언급하겠다.

12) 香山里는 향산과 陵山의 두 행정 마을로 갈라져 있다.(蔚山文化院刊,『蔚山地名史』1986, p.589.). 필자가 현지 답사한 결과 旌閭閣이 위치해 있는 곳은 陵山里였다. 울주군수 명의로 정려각에 부착한 기록물도 능산리로 되어 있으나, 香山里 능산부락이 정식 명칭이다. 뒤에서 언급하겠지만, 원래 전설의 현장은 상북면 吉川里 소목골(牛牧谷)이라고 한다. 傳說記錄은 다 향산리이다.

13) 柳惠至와 東萊鄭氏의 生沒年代는 柳惠至墓碑에 기록된 것을 취했으나, 의문점이남는다. 이에 관해서는 뒤에서 문헌 기록과 대조해 보기로 한다.

에 전한다.

이 밖에도 효자의 효성에 감동한 호랑이 이야기는 인물의 「孝行記」나 「行狀」 및 「孝行旌閭上書」 등에 단편적으로 언급되는 경우가 있다.[15]

우리 나라에는 傳統的으로 忠·孝·烈行에 관한 이야기가 무수히 많고, 忠孝烈閣은 고을마다 여러 곳에 세워져 있다. 우리는 전국에 산재하고 있는 忠·孝·烈行의 구체적 현장인 忠孝烈閣이나 전설들을 목도하면서, 그 존재 의미가 무엇인지 찾아내는 노력이 필요하다. 이런 노력의 결과는 많지 않는 일부 인물의 행적이 오늘날 인구에 膾炙되거나 교과서에 교재화되고 있는 사례에서 확인할 수가 있다. 그러나 앞으로도 우리는 무수한 忠孝烈閣群 속에 무의미하게 빠져들고 있는 인물들 중, 오늘날 우리의 삶의 지표로 삼을만한 인물의 행적을 계속적으로 발굴하고 선양해야 한다.[16]

---

14) 연세대학교 도서관본 외 2종이 있다.

15) 이에 관한 자료는 「城南處士公孝行記(盧俊相 撰)」, 「莊南處士公孝行記(鄭學源 撰)」, 「連栗堂李公行狀後識(李邁久 撰)」, 「李時檜孝行旌閭上書(金海儒林 撰)」 등이 있다.

　　「城南處士公孝行記」(盧俊相 撰) …깊은 산속에 들어가 밤낮으로 목욕재계하여 100일 동안 치성을 드렸는데, 밤에 호랑이가 곁에 와서 지켜주어 개처럼 순하게 길들여 졌다…(… 入深山 畫宵齋沐 百日致誠其祭 夜每有虎來衛馴之如家狗…)

　　「莊南處士公孝行記」(鄭學源 撰) …3년 동안 한결같이 시묘살이를 했다….밤에는 호랑이가 공의 곁에 와서 지켜 주었으니, 이는 호랑이가 효성에 감동한 일이 아니겠는가?…(…侍墓三霜恒如…夜虎來衛亦非孝感所致耶…)

　　「連栗堂李公行狀後識」(李邁久 撰) …약을 구하여 눈내린 밤을 무릅쓰고 돌아오는데 호랑이가 집까지 인도해주고는 갔다…(…求藥衝雪夜歸 有虎前導 及門而逝…)

　　「李時檜 孝行旌閭上書」(金海儒林 撰) …고개를 넘어 갈 때는 사나운 호랑이가 먼저 산모퉁이를 지고 물러나 보호하였사옵니다… 사나운 저 호랑이도 시험이라도 하듯 감화했으니…(…越嶺之際 猛虎初負嵎而退護…暴彼猛虎若有試而化焉…)

16) 李愼成, "국민학교 교과서에 실린 兄弟美談과 感虎傳說에 관한 연구", 『한국초등국어교육』 제9집, 1993, p.186에서 다시 인용함.

Ⅰ. 효자리의 세 무덤 - 朴孝子 感虎傳說

1. 虎說話의 類型과 教材化 樣相

「효자리의 세 무덤」은 제5차 초등학교 국어과 교육 과정에 의해 편찬된 5학년 1학기『읽기』교과서(122~129쪽)에 실려 있다. 「효자리의 세 무덤」은 김한룡이 엮은『동굴 속의 금돼지』[1]에 실린 22편의 전설 중 9번째 수록된 작품을 손질하여 교재화했다. 김한룡의 「효자리의 세 무덤」은 본 이야기에 앞서서 이 이야기의 이해를 위한 도움말을 곁들었으나, 교과서에서는 생략했다.

「효자리의 세 무덤」에 관한 연구는 이신성의 "국민학교 교과서에 실린 「효자리의 세 무덤」에 대하여"[2]와 "국민학교 교과서에 실린 傳說教材에 관한 研究"[3]가 있다. 후자의 논문 내용 중 「효자리의 세 무덤」은 전자의 논문을 거의 그대로 수용했다. 여기서는 앞의 논문에 자료를 보충하고 墓碣銘 原文을 모두 번역하여 실었고, 내용 또한 수정·보완했다.

---

1) 김한룡 엮음,『동굴 속의 금돼지』, 대일출판사, 1987.
2) 이신성, "국민학교 교과서에 실린 「효자리의 세 무덤」에 대하여",『어문학교육』
   제13집, 한국어문교육학회, 1990, pp.23~47, 참조.
3) 이신성, 앞에서 든 논문, 참조.

孝子里는 京畿道 高陽郡 神道邑[현 경기도 고양시 덕양구 효자동]에 있는 地名이다. 효자리는 이름 난 孝子를 배출했기 때문에 붙여진 地名이므로 이 이야기는 地名由來譚에 속한다. 朴泰星(1679~1758)의 孝誠은 호랑이까지도 感動시킬 수 있는 것이어서 神道邑 孝子1里에는 朴泰星의 묘와 함께 正祖 2년(1778)에 건립한 「有明朝鮮孝子通德郎密陽朴公泰星字景淑之墓」라는 墓表와 憲宗 2년(1836)에 건립한 「朝鮮孝子朴公泰星旌閭之碑」가 남아 있다.

「효자리의 세 무덤」은 다음과 같은 순서로 짜여져 있다.

朴泰星의 孝誠 - '出天之孝'에 호랑이가 감동함 - 호랑이가 朴泰星의 侍墓살이 도움 - 朴泰星 죽음 - 호랑이 죽음 - 朴泰星의 무덤 옆에 호랑이의 무덤이 생김

▲ 효자 박태성 묘역 입구. 孝子朴泰星旌閭碑와 박태성이 호랑이를 타고 묘소에 참배 다니는 그림 등이 설치되어 있다.

朴泰星의 孝心에 감동한 호랑이는 朴泰星을 지성으로 모신다. 朴泰星의 죽음은 호랑이로 하여금 '지성으로 모실 상대자'를 상실하게 했다. 김한룡은 朴泰星이 죽은 뒤의 호랑이 동정을 다음과 같이 나타내고 있다.

박태성이 죽은 뒤였습니다. 호랑이는 숲 속에 숨어서 박태성의 상여 행렬을 지켜보며 눈물을 지었습니다. 그 호랑이는 마침내 박태성의 무덤을 찾아가 스스로 목숨을 끊었던 것입니다.

김한룡은 호랑이를 더욱 인격화시켜서 호랑이의 死因을 밝혀놓고 있다. 이 내용은 교과서에는 실리지 않았다. 이 부분의 생략은 교육적으로 타당성이 있다고 본다. 어린이로 하여금 고정화시킨 호랑이의 死因에 구애받지 않고 '호랑이는 왜 죽었을까?'라고 하는 死因에 대한 상상의 폭을 다양하게 펼칠 수 있도록 하기 때문이다.

張德順은 虎說話를 ①孝烈傳說(㉠虎患 ㉡孝感) ②報恩(㉠虎報恩 ㉡義馬·義牛) ③神異傳說[4] 등으로 나누고 있다. 孝子 朴泰星의 죽음에 이은 호랑이의 죽음 등에서 우리는 「효자리의 세 무덤」이 地名傳說이며 孝感傳說임을 알 수 있다.

「효자리의 세 무덤」은 호랑이의 일방적인 행위[孝子 朴泰星을 위한 희생]로 끝난다. 인간과 호랑이 사이에 은혜를 주고받는 관계가 없다. 孫東仁은 전래동화 속의 호랑이 성격을 ㉠獰猛型 ㉡情義型 ㉢愚直型 ㉣中性型 ㉤遁甲型 ㉥報恩型 등으로 나누고 있다.[5] 「효자리의 세 무덤」의 호랑이는 ㉡情義型에 속한다고 할 수 있다. 그런데 호랑이의 일방적인 행위, 희생은 그 동기가 어디에서 나왔든지 간에 설득력이 약하다.

---

4) 張德順, 『韓國傳說文學硏究』, 서울大出版部, 1981, pp.93~104, 참조.
5) 손동인, 『한국 전래 동화 연구』, 정음문화사, pp.346~373, 참조.

3학년 2학기 『읽기』 교과서(단원 : 6. 옛날 옛적에, 42쪽)에 실려 있는 「호랑이의 선물」을 살펴보기로 한다.

인물의 말과 행동을 생각하며 「호랑이의 선물」을 읽어 봅시다 .

옛날 옛적 어느 산골 마을에, 인정 많은 의원 한 분이 살았습니다. 하루는 아기호랑이 한 마리가 의원을 찾아 왔습니다.
"의원님, 저의 아버지 좀 살려 주세요."
"뭐? 네 아버지를?"
"네, 저의 아버지 목구멍에 뼈가 걸렸어요."
의원은 아기호랑이와 함께 호랑이 굴로 갔습니다. 호랑이는 몹시 아픈 표정을 지으며 말하였습니다.
"의원님, 빨리 이 뼈를…… ."
의원은 호랑이 목구멍에 걸린 뼈를 빼내고 치료해 주었습니다. 호랑이 가족이 모두 인사를 하였습니다.
"의원님, 정말 고맙습니다."
다음날 새벽, 호랑이는 의원 집 마당에 황소만한 멧돼지를 물어다 놓았습니다. 아침 일찍 일어나 이것을 본 의원은 깜짝 놀랐습니다.
"아니! 이게 웬 멧돼지야?"
호랑이는 사립문 뒤에 숨어서 지켜 보고 있었습니다.

젊은 의원의 의술은 귀천이나 물질이나 거리 등에 관계없이 베풀어진다. 젊은 의원의 착한 마음씨는 칭송받게 되었고, 호랑이까지도 그 마음씨를 헤아리기에 이르렀다. 상처 입은 호랑이를 치료해 주었더니 호랑이는 '은혜 갚음'으로 의원 집 마당에 멧돼지를 물어다 놓았다. 이 교재는 虎報恩說話[傳說] 이다. 어린이들은 은혜를 입은 호랑이가 젊은 의원에게 보답했다는 이야기를 통해 報恩의 의미를 알게 된다. 그러나 이 교재는 극적 긴장미가 전혀 나타나지 않는다.

「車氏의 先祖」 이야기를 보기로 하자.

　咸從 車氏의 선조는 醫者였다. 어느 날 山을 넘다가 호랑이를 만났더니 호랑이가 땅에 엎드려 타라는 시늉을 하였다. 호랑이는 그를 雌虎의 곁으로 데려 갔다. 雌虎는 비녀가 목에 걸려 앓고 있었던 것이었다. 빼주었더니 虎가 擇地하여 주고 그 結果 車氏의 後孫은 번영하였다[6]

　이 이야기는 「호랑이의 선물」과 유사하다. 아기호랑이가 수호랑이로, '은혜 갚음'으로 멧돼지 대신 擇地로 바뀌었다고 해도 본질적인 면은 변하지 않는다.

　우리 나라 민간 설화 중에서 동물 설화를 논의하려고 하면, 호랑이와 용을 들지 않을 수 없다. 호랑이는 實相의 동물로 인간적인 면에서 이야기되는 반면 龍은 非實相의 동물로 神的인 면에서 이야기된다. 그런데 초등학교 국어 교과서에는 龍에 관한 교재가 한 편도 나오지 않는다. 이는 神格化의 主人公으로 등장되는 龍의 속성에 기인한다고 본다.

　이제 제6차와 제7차 교육과정에 의해 편찬된 초등학교 국어 교과서에 실린 호랑이 관련 교재를 표로 나타내면 〈표1〉과 〈표2〉와 같다.

〈표1〉 제6차 교육과정기 교과서에 실린 호랑이 관련 교재 일람표

차례	학년	단원	제재	내 용	분류
1	1-1〈말하기·듣기〉 63~65쪽	11.이야기 나라	곶감과 호랑이	아기가 호랑이가 왔다고 해도 그냥 울었다. 마침 그때 문 밖에 호랑이가 와 있었다. 아기에게 곶감을 주겠다고 하니 아기는 울음을 뚝 그쳤다. 호랑이는 곶감이 자기보다 무서운 것인 줄 알고 도망쳤다.	愚直型
2	〈쓰기〉 65쪽			호랑이가 놀라는 삽화를 제시하고, 짧은글을 짓도록 한다.	獰猛性

---

6) 張德順, 앞에서 든 책, p.97.

3	1-2 〈말하기 · 듣기〉 61쪽	12. 옛날 이야기	돌이와 호랑이	돌이라는 아이가 떡을 먹고 있는데 호랑이가 떡을 먹고 싶어했다. 돌이는 호랑이에게 떡 대신 돌멩이를 던져 주었다. 호랑이는 이가 아파서 먹을 수 없었다. 떡과 돌멩이를 동일시한 호랑이는 돌이가 무서워서 도망가 버렸다.	愚直型
4	〈읽기〉 85~87쪽			호랑이 삽화 2개를 제시하여 이야기를 꾸미게 한다.	
5	〈쓰기〉 74~75쪽			삽화 4개를 장면별로 제시하여 낱말과 문장을 적게 한다.	
6	2-1 〈말하기 · 듣기〉 50~51쪽	교 과 서 표지화		추운 겨울날 토끼는 호랑이가 잡아 먹으려고 하자, 호랑이를 연못가에 데리고 가서 꼬리를 담그게 했다.	愚直型 情義型 報恩型
7	2-1 〈읽기〉 42~43쪽	9.마음의 선물	호랑이 의 선물	길 잃은 아기구름을 호랑이 등이 부모를 찾아주고, 구름은 그 보답으로 무더위를 식혀 준다.	
8		6 . 옛 날 옛적에		인정 많은 의원이 호랑이를 치료해 주어 호랑이는 그 보답으로 의원 집에 멧돼지를 물어다 놓는다.	
9	2-2 〈읽기〉 81~83쪽	11. 재미 있는 이 야기	장난꾸 러기 토 끼	경솔하고 깔보기를 잘하는 토끼가 다른 짐승에게 하던 수법으로 호랑이를 속이려다가 도리어 호랑이에게 잡힌다.	獰猛性
10	3-2 〈말하기 · 듣기〉 52~53쪽	10. 이야 기 샘	소년과 호랑이	삽화 교재이다. 피리를 잘 부는 소년이 나무 하러 산 속에 갔다가 호랑이를 만났다. 소년은 호랑이를 피해 나무에 올라가니, 호랑이는 여러 마리의 호랑이를 데리고 와서, 포개어 올라서서 소년을 잡아 먹으려고 했다. 소년이 피리를 부니, 호랑이가 덩실덩실 춤을 추다가 떨어져 바위에 부딪혀 죽었다.	獰猛性 愚直型
11	〈읽기〉 64~70쪽	8.이야기 를 나누 어요	쓴약 단약	극본이다. 배경은 숲 속의 동물나라이다. 쓴약은 입에 쓰나 몸에 이롭다는 사실을 알게 한다. 호랑이, 사슴, 여우 등의 성격을 알아보도록 한다.	獰猛性
12	4-1 〈말하기 · 듣기〉 40쪽	7.책과의 만남		호랑이가 어리둥절한 표정으로 있고, 선비는 부들부들 떨며 넙죽 엎드려서 뭔가 열심히 설명하고 있다.	情義型 獰猛性 愚直型
13	〈읽기〉 23쪽	4.개미처 럼 부지 런히	토끼의 재판	호랑이를 만난 여우가 도망가는 삽화를 제시하여 그림 내용을 말하게 한다.	
14	〈쓰기〉 15쪽	3.이야기 세계		함정에 빠진 호랑이가 나그네의 도움으로 구출되었으나, 오히려 나그네를 잡아 먹으려고 했다. 그러나 호랑이는 토끼 꾀에 넘어가 제발로 다시 함정에 들어갔다.	

15	4-2 〈읽기〉 55~57쪽	7.아니 땐 굴뚝에 연기날까	목숨보다 귀한 호랑이 가죽	지독한 구두쇠가 호랑이에게 물려가자 아들이 쫓아가 호랑이를 겨냥하여 활 시위를 당기려 하는데, 구두쇠가 이마에 맞으면 가죽이 상하니 겨냥을 밑으로 하라고 하다.	獰猛性
16	60~61쪽		귀여운 새끼 호랑이	나물 캐던 산골 처녀가 짐승 새끼가 귀엽게 노는 것을 보고 어루만지고 있는데 커다란 호랑이가 나타나 처녀는 혼비백산 달아났다. 호랑이는 처녀의 나물 바구니를 처녀집 밖에 운반해 놓았다.	情義型
17	5-1 〈말하기·듣기〉 18쪽	2. 언어 생활을 풍부하게	호랑이 잡기	호랑이 굴에 무기를 들고 호랑이를 잡으러 들어가는 사람의 삽화를 제시했다. 호랑이 굴에 들어가야 호랑이를 잡지.	獰猛性
18	64~65쪽	8.말과 글의 힘1		호랑이와 고양이의 사진을 제시하고 두 대상의 공통점과 차이점을 찾아본다.	
19	106쪽	3. 아이들의 노래	동물 이름 동요	여러 동물을 제시해놓고 동물의 이름으로 재미있는 동요를 만든다.	
20	6-1 〈 말하기·듣기·쓰기〉 16~17쪽	2. 고전의 향기	해와 달이 된 오누이	호랑이가 도끼로 나무에 자국을 내어 나무 위에 올라 오는데 오누이는 하늘에서 밧줄이 내려와 밧줄 타고 올라가고 호랑이는 낭패해 하는 모습의 삽화를 보고 실감나게 묘사해 본다.	獰猛性
21	93쪽		며느리의 효성	잔칫집에 간 시아버지가 돌아오지 않아 며느리가 등불 들고 찾아 나섰더니 시아버지는 길에 술이 취해 잠들어 있고 옆에 호랑이가 쭈그리고 앉아 있다.	情義型
22	〈읽기〉 128~133쪽	12.주제를 생각하며	단군의 건국 이야기	곰과 호랑이가 환웅에게 사람되기를 원했으나 호랑이는 금기 사항을 지키지 않아 소원을 이루지 못하다.	
23	6-2 〈 말하기·듣기·쓰기〉 72~73쪽	9. 늘 푸른 나무처럼	토끼의 재판을 읽고	나그네가 함정에 빠진 호랑이를 구해주니 호랑이가 도리어 잡아 먹으려 하자 소와 소나무는 사람을 잡아먹어야 한다고 하고 토끼는 상황을 알아야 한다면서 다시 함정에 들어가 보라고 한다. 삽화는 나그네가 토끼를 안고 있고 호랑이와 소, 소나무가 한편이 되어 있는 사이에 학생이 호랑이의 背恩 행위를 질책하는 모습이다.	愚直型
24	109쪽	14.상상 속의 인물		호랑이가 갑자기 사람에게 덤벼들어 사람이 뒤로 넘어지는 모습의 삽화를 제시하여, 알맞은 몸짓과 표정으로 말하도록 한다.	獰猛性

〈표1〉에 의하면 호랑이 관련 교재는 전부 24편이며, 각 학년별로 2~3편 씩 수록되어 있다. 그러나 양적으로는 많지만 인간과 호랑이와의 관계를 완전한 이야기로 전하는 편 수는 몇 편에 지나지 않는다. 9, 10, 12, 15, 20 24 등에서 처음에는 호랑이의 獰猛性이 나타나 위협적이었으나 그것이 愚直型으로 바뀌고 직접적으로 虎患으로 이어지지 않는다.

7, 12, 16, 21 등은 情義型이고 8은 報恩型의 호랑이로서 獰猛性은 전혀 나타나지 않는다.

유일하게 「호랑이의 선물」은 報恩型 교재이기는 하나 호랑이가 크게 감동한 이야기는 아니다. 제6차 교육과정에 의해 편찬된 교과서에서 인간의 행동에 호랑이가 감동한 교재가 실리지 않은 것은 문제가 있다고 본다. 왜냐하면 우리 나라에는 인간의 忠孝烈行에 대한 感虎傳說이 많이 전해 오고 있다는 사실과 忠孝烈行과 같은 德目은 교육 현장에서 마땅히 교육되어져야 할 필요성이 있고, 감호전설 교재는 교재로서의 흥미성과 교육성을 풍부히 지니고 있기 때문이다. 따라서 앞으로 편찬되는 교과서에 「효자리의 세 무덤」을 다시 싣는 방안과 뒤에서 언급할 感虎傳說을 교재화하는 문제가 논의되기를 기대한다.

〈표2〉 제7차 교육과정기 교과서에 실린 호랑이 관련 교재 일람표

차례	교과서	대단원(단원)	제재	내 용	분류
1	1-2〈말하기·듣기〉	표지 그림	곶감과 호랑이	방안에서 할머니가 우는 아기에게 곶감을 주자 울음을 그치는 광경에, 방밖에서 동정을 살피고 있던 호랑이가 크게 놀라는 표정을 제시했다.	愚直型
2	1-2〈읽기〉 104~105쪽	넷째마당 바르게 전해요 (살펴보고 정리하여:쉼터)	꾀돌이와 호랑이	호랑이 출몰로 양들이 무서워하고 있는데, 꾀돌이가 양들에게 사자울음 소리를 내게 하여 호랑이가 접근하지 못하게 하다.	獰猛性

3	1-2〈읽기〉 75~79쪽	셋째마당 내가 만 들 었 어 요 (즐거운 하루: 더나아가기)	떡시루 잡기	호랑이가 찐 떡을 두꺼비에게 주지 않고 혼자 먹으려고 꾀를 부리다가 도리어 자기 꾀에 자기가 넘어가버렸다는 이야기이다. 이야기 全文과 삽화 4개로 되어 있다.	愚直型
4	2-1〈말하기·듣기〉 92~93쪽	다섯째 마당 상상의 나라로 떠나요(꿈을 가꾸는 동산: 되돌아보기)	곶감과 호랑이 (삽화)	내가 가장 좋아하는 이야기를 친구에게 들려주는 내용이다. 삽화로 제시했다. 아기는 곶감을 주겠다고 하자 울음을 뚝 그쳤다. 호랑이는 곶감이 자기보다 무서운 것인 줄 알고 도망쳤다.	愚直型
5	2-1〈말하기·듣기〉 94~95쪽	다섯째 마당 상상의 나라로 떠나요(꿈을 가꾸는 동산: 더 나아가기)	해와 달이 된 오누이	「해와 달이 된 오누이」 이야기를 듣고 기억에 남는 장면을 말하고 친구하고 비교하도록 한다. 삽화를 제시하고 이야기는 들려준다.	獰猛性
6	2-1〈쓰기〉 79쪽	다섯째마당 상상의 나라로 떠나요(대단원 개관)	나그네 와 호랑 이	나그네가 다리를 다친 새끼호랑이를 치료해주었다. 뒤에 호랑이는 나그네집에 사슴 등을 물어다 놓고 갔다.	情義型
7	2-2〈말하기·듣기〉 38~39쪽	둘째마당 이야기가 재미 있어요(상상의 나라:더 나아가기)	은혜갚은 호랑이	「은혜 갚은 호랑이」를 듣고 생각이나 느낌을 말하게 한다. 4개의 삽화를 장면별로 제시하여 그림을 보면서 이야기를 듣는다.	情義型
8	2-2〈읽기〉 52~53쪽	둘째마당 이야기가 재미 있어요(상상의 나라:되돌아보기)	소금장수와 기름장수	소금장수와 기름장수가 호랑이에게 먹혀 뱃속에서 등잔불을 켜 놓고 빠져나갈 궁리를 하는데 호랑이가 움직여 등잔불이 엎어져 호랑이가 죽을 지경이 되었다. 이어질 내용 상상하게 한다.	獰猛性
9	2-2〈쓰기〉 68~69쪽	넷째마당 아름다운 꿈을 가 꾸어 요(간직하고 싶은 이야기)	토끼의 재판	호랑이가 은혜를 베푼 사람을 잡아먹으려다가 도리어 토끼의 지혜로 다시 함정에 빠지게 된다. 삽화(4개)를 보면서 이야기를 듣고 생각과 느낌을 말하게 한다.	愚直型
10	3-1〈말하기·듣기〉	표지그림		민화「호랑이와 까치」	愚直型
11	3-1〈말하기·듣기〉 98~101쪽	다섯째마당 앎의 즐거움 (알면 힘이 솟아요:재미있게 꾸며 보아요)	토끼의 재판	호랑이가 은혜를 베푼 사람을 잡아먹으려다가 도리어 토끼의 지혜로 다시 궤짝에 들어가게 된다. 연극으로 꾸며보게 한다. 실감나게 연극으로 꾸미게 한다. 함정이 아닌 궤짝으로 바뀌었다.	愚直型

12	3-1〈읽기〉 148~157쪽	다섯째마당 앎의 즐거움(알 면 힘이 솟아요: 실감게 읽어 보 아요)	토끼의 재판	호랑이가 은혜를 베푼 사람을 잡아먹으려다가 도리어 토끼의 지혜로 다시 궤짝에 들어가게 된다. 인물의 성격을 생각하며 극본을 읽어보게 한 다. 함정이 아닌 궤짝으로 바뀌었다.	愚直型
13	3-1〈쓰기〉 106~109쪽	다섯째마당 앎의 즐거움(알 면 힘이 솟아요: 실감게 읽어 보 아요)	토끼의 재판	호랑이가 은혜를 베푼 사람을 잡아먹으려다가 도리어 토끼의 지혜로 다시 궤짝에 들어가게 된다. 그림(6개)을 보고 줄거리를 말하게 한다. 함정이 아닌 궤짝으로 바뀌었다.	愚直型
14	4-2〈 말 하 기·듣기〉 42~43쪽	둘째마당 책속의 길을 따 라(이야기 세계: 기억에 남는 이 야기)	해와 달 이 된 오 누이	「해와 달이 된 오누이」는 「미운 오리새끼」, 「토 끼와 자라」, 「신데렐라」 삽화와 함께 실려 있 다. 장에 갔다가 집으로 돌아오는 길에 호랑이 를 만난다. 쓰기 학습의 도입을 위한 삽화이다.	獰猛性
15	5-2〈읽기〉 178~179쪽	넷째마당 말과 실천(곧은 생각 좋은 세상: 쉼터)	의로운 소	기년이라는 사람이 소로 밭을 갈고 있는데 호 랑이가 소를 덮치자, 기년이 호랑이를 쫓으려 했다.호랑이가 기년에게 덤벼들자 소는 호랑이 와 싸워 호랑이를 죽였다. 기년이 죽자 소는 울 부짖다가 죽었다. 의로운 소의 무덤을 만들어 주었다. 8폭 義牛圖이다.	獰猛性
16	6-2〈읽기〉 88~93쪽	둘째마당 살며 배우며(여 러 갈래의 길:더 나아가기)	단군의 건국 이 야기	곰과 호랑이가 환웅에게 사람되기를 원했으나 호랑이는 禁忌사항을 지키지 않아 소원을 이루 지 못하다.	

　〈표2〉에 의하면 호랑이 관련 교재는 전부 16편이다. 제6차 교육과정
에 의해 편찬된 교과서에 실린 24편에 비해 8편이나 줄었다. 호랑이 관
련 교재는 각 학년별로 1편씩은 실려 있으나, 제6차 교육과정에 의해 편
찬된 교과서와 마찬가지로 인간과 호랑이와의 관계를 완전한 이야기로
전하는 편 수는 많지 않다.

　호랑이 관련 교재의 분포는 2학년 교과서에 6편으로 가장 많이 실려
있다. 3학년 교과서에는 3편이 실려 있으나 3편 다 「토끼의 재판」이다.
「토끼의 재판」은 2학년 교과서에도 1편 실려 있다. 그런데 같은 「토끼

의 재판」을 제재로 실었으면서도 교과서에 따라 호랑이가 함정에 빠지거나(2학년) 궤짝에 갇힌 것(3학년)으로 되어 있다. 이에 대한 비판은 제5부 "고전문학 교재의 문제점과 개선 방안"에서 구체적으로 언급했다. 2, 5, 8, 14, 15 등에서 호랑이의 獰猛性이 드러난다. 이중 實話라고 할 수 있는「善山義牛圖」(15)에서만 맹수 본래의 영맹성이 존재한다.「토끼의 재판」(9, 11, 12, 13)에서 호랑이는 약자적인 처지에서는 가면을 덮어 쓴 情義型이었다가 强者的인 위치로 바뀌자 위협적인 獰猛性을 드러내지만 결국 愚直型으로 전락하고 만다.

「단국의 건국 이야기」속의 호랑이는 분류의 대상에서 제외시켰다.

愚直型을 드러내는 호랑이 이야기는 호랑이 본래의 獰猛性을 우직형으로 만들어 인간생활로 끌어들여 虎患 아닌 친밀한 사이로 변모시켜 삶을 즐기고 위로하고자 했다. 즉 代償的 滿足을 얻고자 했다고 볼 수 있다.

학습 현장에서는 어린이들이 이야기에 재미를 느끼도록 지도해야 하며, 행동에 제약을 가하는 일은 피해야 한다. 그리고 이런 이야기를 허무맹랑한 이야기로 인식하도록 해서도 안 된다.

情義型, 報恩型 호랑이 이야기는「守貞節崔孝婦感虎」[7]「安峽孝婦」[8]「廬墓側感泉虎」[9]「聞韶人三代孝行」[10]「효자와 호랑이」[11]「康孝子와

---

7) 東國大學校 附設 韓國文學硏究所 編,『韓國文獻說話全集』二卷,. 1981, pp.108~110, 참조 .『東野彙輯』(『한국문헌설화전집』4卷의「郭氏烈女旌閭」는 烈婦內容이고, 報恩構造로 되어 있다.)

8) 南秉吉(1826~1869)이 1866년에 편찬한『熙朝軼事』에 실려 있다.『破睡錄』(古今笑叢 所收)에도「安峽孝婦」와 비슷한 이야기가 제목없이 수록되어 있다.

9)『韓國文獻說話全集』二卷, pp.313~315, 참조.

10)『靑邱野談(下)』(栖碧外史海外蒐佚本), 亞細亞文化社, 1985. pp.89~91, 참조.

11) 민족문화추진회편,『효자와 호랑이』, 1984, pp.9~60, 참조.

호랑이」[12] 등을 들 수 있다.

2. 「효자리의 세 무덤」 현장

필자는 「효자리의 세 무덤」에 관한 자료 조사 차, 1990년 5월 7일 경기도 고양군 신도읍 효자1리[현 고양시 덕양구 효자동]에 있는 孝子 朴泰星의 墓를 답사했다. 1987년에 발행한 『高陽郡誌』에는 「효자리의 세 무덤」

▲ 孝子朴泰星旌閭碑

과 관련이 있는 자료가 실려 있으나, 필자가 구하고자 하는 墓碣銘이 없었다. 필자는 박태성 묘소에서 730자에 이르는 墓碑文을 탁본했다. 이 비문은 조선조 후기 委巷詩人인 李聖中이 짓고 朴泰星의 孫子인 弘梓가 글씨를 썼는데, 비석 건립 연대는 崇禎 紀元後 三戊戌 5月이니까 1778년(正祖 2년)이 된다. 『高陽郡誌』나 孝子墓 입구 목조 안내판에는 朴泰星을 高宗 때 사람으로 잘못 표기해 놓았고[13],

---

12) 徐有英 著, 金種權 校註, 『錦溪筆談』, 明文堂, pp.323~324, 참고. 원래 제목이 없다. 校註者가 「호랑이와 무덤을 지킨 강효자」로 제목을 붙였으나, 본고에서는 제목을 「康孝子와 호랑이」로 했다.

13) '효자 박태성이 호랑이를 타고 묘소에 참배 다니는 그림'을 그려 놓은 목조 안내판은 철거되어 버렸다. 전설과 현장 학습의 현장감을 살리기 위해서는 목조 안내판의 잘못된 내용을 수정하여 빨리 복원할 필요가 있다.

고양군 공보실에서 정려비 옆에 설치한 안내판에는, 박태성을 조선 말기 사람이라고 했다. 비문에는 「公生 肅廟己未 七月 十三日」로 되어 있으므로 朴泰星은 1679년 7월 13일에 태어나, 1758년 7월 16일에 사망했다. 그러므로 박태성은 숙·영조대나 조선조 후기 사람으로 해야 적합하다.

참고로 『高陽郡誌』에 실린 관계 자료를 열거해 보기로 한다.

○ 傳說 - 「孝子里의 朴孝子」(1430~1431쪽)
○ 墓所 碑石 사진 - 「有名朝鮮孝子通德郎密陽朴公泰星字景淑之墓」(1430쪽)
○ 解說, 사진 - 「朴泰星孝子碑」(해설, 1382쪽), 「朝鮮孝子朴公泰星旌閭之碑」(사진, 1382쪽), 「朴泰星墓」(해설, 1258쪽)

『高陽郡誌』(1430~1431쪽)에 실린 「孝子里의 朴孝子」는 孝子2里에 거주하는 이소순(84세, 여)이 구술한 것[채록 연월일 미상]으로 되어 있다. 줄거리를 요약, 제시한다.

(1) 옛날 四大門 안에 사는 朴氏는 鐘路通에서 큰 점방을 했다. 朴氏는 부친상을 당하여 門 밖에 묘소를 마련하여 눈, 비바람에도 불구하고 날마다 묘소를 참배했다.

　묘소 참배길에 나선 어느 날 호랑이가 나타나 朴氏의 갈 길을 방해했다. 朴氏는 두려웠으나, 호랑이의 참뜻을 알아 차리고 호랑이 등에 탔다. 이 이후는 날마다 호랑이를 타고 묘소를 참배할 수 있어서 가게 일과 집안 일에 지장이 생기지 않았다.

　朴氏가 죽고 묘소에서 자녀들이 제사를 지내려는데 호랑이가 이리저리 날뛰다가 朴氏墓 앞에 넘어져 죽었다. 사람들이 탄복하여 호랑이를 朴氏墓 옆에 묻어 주었다. 그때부터 이 부근을 효자리라고 불렀다.

다음 전설은 1935년 10월에 神道面에 사는 陳老人과 金昌燁老人에게 채록한 것으로 되어 있다.

(2) 수백년 전 漢城判尹 朴昌先의 先代 중 효성이 지극한 사람이 있었다. 효
자는 부친상을 당한 뒤 날마다 부친묘를 참배했다.

묘소 참배길에 나선 어느 날, 호랑이를 만났는데 박씨는 참배길을 방해
한다고 호랑이를 꾸짖었으나, 타라는 시늉을 하여 호랑이 등에 탔더니 묘
소까지 태워 주었다. 날마다 호랑이는 효자를 태워 주었다.

효자가 죽자 박씨는 효자리 뒷산에 묻혔다. 다음 날 호랑이가 묘 옆에
죽어 있었다. 호랑이를 박씨 무덤 옆에 묻어 주었다.

이 사실이 대궐에 전해져 王은 朴氏를 出天之孝라 하여 하사금을 내리
고 묘 옆에 사당을 짓고 효자문을 세우게 했다. 그리고 마을 이름을 효자
리라 했다.14)

『高陽郡誌』의 발행년(1987)으로 본다면, (2)는 (1)보다 50년 이상 먼저
채록된 전설이라고 할 수 있다. 필자가 채집한 박태성과 관련된 孝子里
전설은 (1), (2)와 「효자리의 세 무덤」등 3편이다. 후론하게 될 ①「朴泰
星墓碑文」과 ②「朴泰星傳」15) 2편이 본고와 직접적인 관련이 있는 자
료이다. 5편 중 전자 3편은 전설이고 후자 2편은 사실에 가까운 자료이
다. 특히 후자 ①은 사실 자체라 해도 좋다.

전설 (1)과 (2)는 구술자의 口述意識이 담겨 있다. (1)은 생업에 타격
을 입어가면서까지 묘 참배를 가는 朴氏의 孝行에 짐승까지 감동하여
효자를 도와 생업에 순조롭게 종사할 수 있게 했다는 점을 역설했고, (2)
에는 없는 내용이다. 商人은 다른 계층에 비해 이익 추구 욕구가 강하
다. 큰 가게를 경영하는 朴氏가 가게 일을 팽개치고(이익을 거의 포기하

---

14) 崔常壽, 『韓國民間傳說集』, 通文館, 1958, pp.58~60, 참조.
15) 뒤에서 인용할 趙熙龍, 『壺山外記』와 張志淵, 『逸士遺事』 所載 자료 참조.

고) 효도하는 일에만 몰두했다는 사실에서 보통 사람에게는 있기 어려운 면을 부각시키려고 했다.

(1)은 막연한 朴氏임에 비해 (2)는 한성판윤 朴昌先의 선조라고 했다. 효자의 후손이 높은 벼슬을 하고 있음을 내세웠고, 후손의 이름[16]까지 밝혔다는 점에서 사실에 일보 접근한 전설이라 할 수 있다. 또한 (2)의 하사금과 효자문은 (1)에는 없는 내용이다. 실제로 旌閭碑가 남아 있으니 (2)의 이 내용도 사실에 접근한 것이라 할 수 있다.

교과서에 실린 「효자리의 세 무덤」은 조선 중엽 박태성으로 시작된다. 실존 인물 박태성을 밝히고 막연하지만 시대를 설정했다.

이제 孝子 朴泰星墓가 있는 지역을 그림으로 살펴보기로 한다.[17]

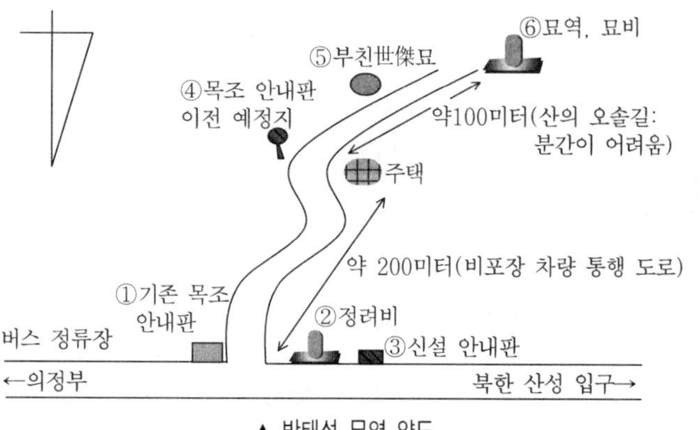

▲ 박태성 묘역 약도

① 안내판 내용은 朴泰星을 고종 때 사람으로 표기, 두건을 쓴 박태성이 호랑이를 타고가는 그림이 있었으나, 철거해버렸음.

---

16) 실제로 박태성의 후손인지는 확인하지 못했다.

17) 이 그림은 필자가 고양군 문화공보실을 방문(1990.5.7)했을 때 求得한 자료에다가, 그 뒤 2-3차례 박태성 묘소를 방문(1995, 2000)하여 ④박효자의 부친 世傑의 묘소를 발견한 내용을 첨가했다.

② 旌閭碑 앞면 : 朝鮮孝子朴公泰星旌閭之碑

　　　　　뒷면 : 崇禎四紀元丙申八月改建不肖曾孫允默謹書

③ 고양군 공보실 제작 안내판 ①의 내용을 거의 수용하여 제작, 曾孫을 會孫으로 誤記

④ 2000년 현재까지 설치되지 않았음.

⑤ 墓碣銘, 石人石獸像, 望柱石 등이 있음.

⑥ 묘 3기, 墓碑

　　앞면 : 有明朝鮮孝子通德郎密陽朴公泰星字景淑之墓

　　　　　宜人完山李氏祔左

　　　　　宜人金海金氏祔左

　　측면·뒷면 : 碑文 730字

②의 연대는 1836년(헌종 2)이 되는데『高陽郡誌』(1382쪽)에는 고종 30년(1893)으로 표기했다.『高陽郡誌』의 연대(1893)는 이 글씨를 쓴 允默의 생몰연대(1771~1850)[18]와도 맞지 않는다.

③에서도 박태성을 조선 말기 사람으로 표기하고 曾孫 允默을 會孫 允默으로 誤記했다. 연대를 조선조 후기로 해

▲ 효자리의 세 무덤 전경. 세 무덤의 주인공은 효자 박태성과 두 부인이다.

야 박태성의 생존연대인 숙·영조 연대가 될 수 있다.

⑥墓碑 앞면의 글씨로 보아 朴泰星墓는 가운데 묘임을 알 수 있다. 세

18)『逸士遺事』所載「朴允默傳」에 允默의 生沒年代가 나와 있다.

무덤 바로 밑에 자연석을 床石으로 한, 봉분이 다 무너져 내린 묘 1기가 있었다. 이 묘는 碑文의 내용으로 보면 側室의 묘일 가능성이 있다.

여기서 한 가지 중요한 사실을 도출해 낼 수 있다. 전설 상에는 「효자리의 세 무덤」 중 1기는 朴泰星의 부친묘이고 또 1기는 朴泰星墓이며 다른 1기는 호랑이묘로 인식하게끔 한다. 묘비에 朴泰星과 두 配位의 무덤이라고 명시되어 있는 이상, 세 무덤 중 1기를 호랑이묘라고 해서는 설득력이 약하다. 그래서 세 무덤 바로 밑에 있는 묘를 호랑이묘로 하면, 전설과 전설의 현장이 어느 정도 개연성을 가질 수 있지 않을까 여겨진다.

3. 孝子 朴泰星 관련 기록

이제 朴泰星의 실제 행적과 비교적 가깝다고 생각되는 2편의 「朴泰星傳」과 사실 자체라 해도 될 「朴泰星墓碑文」에 관해서 언급하고자 한다. 이는 사실이 立傳되기도 하고 傳說로 口傳되기도 하면서 그 變異過程이 어떠했는지 추적해 볼 수 있다.

먼저 趙熙龍(1797~?)이 1844년에 지은 『壺山外記』에 첫번 째로 실려 있는 「朴泰星受天傳」을 살펴보기로 한다. 受天은 泰星의 아들이다. 이 傳에는 아들 受天도 아버지의 誠孝에 이어서 효성이 지극했다는 내용을 함께 실었다. 그리고 泰星의 曾孫이 되고 「朝鮮孝子朴公泰星旌閭之碑」의 글씨를 직접 쓴 允黙은 名筆로 널리 알려져 있다고 부기하고 있다. 『壺山外記』에 실려 있는 「朴泰星受天傳」은 다음과 같다.

박태성의 字는 景淑이요 영조 때 사람이다. 태어난 지 삼년 만에 아버지를 여의고 어머니를 효성으로 섬겨서 조정으로부터 內醫에 보직되었는데 탄식하며 말하기를

"아버지의 얼굴도 모르는데 어떻게 의관을 갖추고 세상에 설 수 있겠는가?"
하고는 기어이 벼슬을 사양했다.

아버지 死後 그의 나이 예순 세 살이 되어 상복을 입고 묘 옆에 여막을
짓고 슬퍼하는 것이 처음 상을 당한 것과 같이 하였다. 묘에 올라가 문득 부
르짖으며 우니, 이상한 새 한 마리가 나무 위에서 울며 삼년을 하루 같이 같
은 곳에서 울었다. 묘는 靑潭의 위에 있는데 골짜기는 깊고 숲은 빽빽하여
호랑이가 출몰하는 근심이 있었다. 박효자가 여막에 기거한 뒤부터는 마을
사람들은 밤에도 다닐 수 있었고, 가축들도 무사했으며 그래서 여막 곁에
사는 사람들도 많아졌다.

고양 땅에 사는 모든 주민들은 같은 소리로 편지를 써서 관찰사에게 천거
하고, 관찰사는 조정에 알렸다. 처음에는 벼슬을 주자는 의논이 있었으나
효를 가지고 벼슬을 얻게 하는 것은 효자의 본의가 아니라 하고 특별히 旌
門을 세우라고 명했다.

新齋 洪樂命이 별도로 贊하여 전했다.

우리 동방 사람 중에 효로써 표창 받은 이는 전대에는 李東岳이 있고 후
대에는 박효자가 있어 고금에 나란하고, 진실로 千秋에 전할 만하다. 이와
같이 追服한 일을 세상 선비들이 혹 예가 아니라고 논하니 슬프다! 이 일이
불행하게도 성인의 뒤에 있어서 성인에게 일컬어지지 않은 것이다. 삼년의
喪은 천하에 공통된 의리거늘 宰予는 오히려 짧게 하고자 하였는데, 하물며
자식을 낳은 지 삼년 만에 아버지께서 돌아가시고 해가 이미 예순 번이나
바뀌고 서랴! 이 일이 만약 공자의 세상에 있었다면 반드시 취하여 재여를
경계하였을 것이다. 증자께서 말씀하시기를 '小功은 추복을 하지 않는다.'
고 했다. 疏에 '해와 달이 이미 지나서 처음으로 죽음을 듣고 복을 입는 것
은 大功 이상은 그러하나 소공은 가볍기에 추복하지 않는다. 그러므로 五服
의 제도에 삼년상보다 큰 것이 없다. 만약 자식이 외국에 있어 부모의 상을
듣지 못하고 몇 년 뒤에 돌아옴이 비록 蘇武가 십 구년 만에 돌아온 것과
같을 지라도 역시 추복해야 한다.'하거늘 박효자는 태어난 지 삼년 만에 아
버지 돌아가심을 알지 못하다가 예순 세 해 만에 아버지의 죽음을 알고 상
복 입고 시묘살이 하니, 거의 愼終追遠의 뜻에 섭섭함이 없다. 오호라! 불행

하게도 성인의 뒤에 나서 성인의 칭송을 받지 못함이여.

朴受天의 字는 聖守요. 태성의 아들이다. 집이 가난하여 兵曹의 아전이 되어 아버지를 효도로써 섬겼다. 아버지가 여묘를 마친 뒤에 그대로 청담에 산다는 말을 듣고 청담과 서울의 거리가 삼십 리나 되는데 날마다 酉時에 퇴근하면 문득 가서 아버지를 살피고 돌아 오지만 卯時에 출근하는 일은 남에게 뒤지지 않았다. 이와 같이 하기를 삼십 년을 폐하지 않아 禮部에서 그 일을 임금께 아뢰니 비답하기를

'부자가 모두 살아 있는데 정문을 세우는 것은 효자가 편히 여기지 않을 것이다.'

하고는 戶役을 면제해 주었다.

손자 允默은 금년에 일흔 네살인데 널리 배우고, 많이 익혀 글로써 이름이 났다.

贊하여 말한다.

『詩經』에 '효자는 다함이 없도다. 길이 너에게 무리를 주리라.' 하였거늘 하물며 그 자식을 줌이랴. 아버지도 효도하고, 자식도 효도하는 것은 박씨 집안의 법이다. 날마다 삼십 리 길을 昏定晨省한 것은 옛부터 듣지 못했다. 사람의 힘으로 능할 수 없는 것을 능히 한 것은 귀신이 도운 것이리라.[19]

---

19) 「朴泰星受天傳」

朴泰星 字景淑 英廟時人也 生三年而父沒 事母以孝 聞以蔭補內醫 嘆曰 不識 父面 何可束帶立於世乎 力辭之追 父沒之歲 年六十三 衰経而廬其墓 衰毁如初 終焉 上墓輒攀號 有異鳥哀鳴樹上 有常處三年如一日 墓在靑潭之上 谷邃林密 虎豹爲患 自孝子居廬 村民夜行 鷄犬安閑 人多就居廬側 高陽全境之民 同聲狀 薦於道伯 道伯啓聞于朝 初有授職之議 以孝得官 非孝子之意 特命旌之

洪新齋樂命 別有傳贊曰 我東人之生 而旌孝者 前有李東岳 後有朴孝子 雙炳今 古 良足千秋 若夫追服一事 世儒或有非禮之論 噫 此事不幸出於聖人之後 不見 稱於聖人也 三年之喪 天下之道誼 而宰予猶短之 況子生三年而父沒 星霜已六 十易者乎 此若在於孔子之世 必取而警宰予矣 曾子曰 小功不稅 疏曰 日月已過 始聞其死 追而爲之服 大功以上則然 小功輕故不稅 然則五服之制 莫上乎三年 之喪 若子在外 父母之喪 不相聞 後幾年而返 雖如蘇武之十九年 亦可稅矣 孝子 生三歲 不知父沒 追父沒之歲 衰服廬墓 庶無憾於愼終追遠之意 嗚呼 不幸出於 聖人之後 不見稱於聖人也

위의 내용을 요약하여 제시한다.

(1) 박태성은 영조 때 사람인데 3살 때 아버지를 여의었다. 어머니를 효성으로 섬겨서 조정으로부터 內醫에 보직되었다. 그러나 '아버지의 얼굴도 알지 못하면서 어떻게 의관을 갖추고 세상에 나설 수 있겠는가?' 하고는 보직을 기어코 사양했다.

(2) 아버지 死後, 그의 나이 63세인데, 상복 차림으로 여막을 지어 초상당한 것 같이 했다.

(3) 새 한 마리가 일정한 나무 위에서 울기를 3년 동안 하루같이 했다.

(4) 무덤이 있는 청담 위에는 숲이 우거져 맹수의 출몰이 잦았다. 박효자가 여막에 있게 된 뒤로는 밤에는 마을 사람들이 다닐 수 있었고, 가축의 피해도 없게 되었다.

(5) 고양 군민이 뜻을 모아 도지사에게 박효자를 효자로 추천하고 도지사는 조정에 啓聞하였다. 박효자에게 벼슬을 주자는 의논도 있었으나, 이는 효자의 본의가 아니라 하고 旌閭을 세우라고 명했다.

(6) 洪樂命은 讚에서 朴孝子의 追服은 공자 이후의 예이기 때문에 널리 알아주지 못함을 애석히 여겼다. 아들 受天도 지극히 효자였고 손자 允默은 글로 세상에 이름이 났다.

위의 내용에 의하면 무덤 주위는 人命을 해치는 맹수가 자주 출몰했으나 박효자가 묘소 참배를 시작한 이후에는 맹수가 출몰하지 않았다고 했다. 맹수로 대표되는 호랑이의 직접적인 언급은 없으나 맹수를 바로 호랑이로 인식하면 된다. 효자의 묘소 참배 시각에 맞추어 묘 곁에 사는

朴受天 字聖守 泰星之子也 家貧 爲騎曹吏 事父以孝 聞父廬墓之後 仍居靑潭 靑潭距國都一舍 日日酉退之暇 輒往省焉歸 而卯進不後於人 如是三十年不廢 禮部上其事 批曰 父子生旌 非孝子之所安 命復其戶 孫允默 今年七十四 博學强記 以書名家 贊曰 詩云 孝子不匱 永錫爾類 況其子乎 父孝子孝 朴氏之家法也 日日三十里之 定省 古來未聞 人力之所未能 而能之 神其相之哉 『壺山外記』

새가 3년 동안 빠지지 않고 울었다는 내용은 미물인 새를 등장시켜 박효자의 지극한 효심을 돋보이게 했다고 할 수 있다.

南秉吉이 편찬한 『熙朝軼事』에 실려 있는 李孟休가 지은 「朴泰星傳」을 보기로 한다.

효자 박태성의 본관은 밀양이다. 어려서 서울에 살 때 서울 사람들이 '박효자'라 이르고 늙어서는 고양의 청담에 살았는데 청담 사람들이 그가 사는 곳을 일컬어 '효자동'이라 했다.

박효자가 태어난 지 삼년 만에 아버지가 돌아가셨다. 점점 장성하여서는 무릎을 꿇고 어머니께 고하기를

"살아서는 아버지 얼굴을 보지 못했고, 돌아가셨을 때 居喪도 못하였으니 저는 어디에다 저의 정을 펴겠습니까?"

하고는 追服할 것을 청하자 어머니가 말씀하셨다.

"너의 아버지께서 불행하여 일찍 돌아가셨지만 내가 차마 살고 있는 것은 너 때문이다. 네가 돌아가신 분을 위해서 죽기보다는 살아 있는 이를 위해서 사는 것만 같지 못하니 어떠하냐? 다행히 장성함에 이르면 살아 있는 이에게도 말이 있을 뿐 아니라, 죽은 자도 죽지 않는 것이다."

효자는 울면서 공경히 명을 받들어 상복을 입지는 않았으나, 냄새 나는 음식이나 고기를 멀리 하고, 삼년 동안 죽 먹기를 원하니 어머니 또한 억지로 말리지는 못했다. 어머니께서 일찍이 병이 났는데 효자는 옷과 띠를 풀지 않고 봉양하는데, 미음은 반드시 친히 끓이고 약은 반드시 먼저 맛 보았다. 또 평생토록 사사로이 재물을 저축하지 않았고 어머니를 위해 쓸 때는 한계를 짓지 않았으며 일은 반드시 여쭙고 행했다. 그렇게 봉양한 지 마흔여섯 해만에 어머니께서 돌아가셨다.

어머니가 돌아가신 지 열 일곱 해 되는 때가 아버지가 돌아가신 지 甲年이 되어 아버지 묘소에 가서 뛰고, 어깨를 드러내고, 상복과 지팡이 갖기를 처음 상을 당할 때와 같이 하였다. 산 아래에 여막을 짓고 날마다 두 번 무덤에 가서 통곡하는데 비록 비바람과 눈이 몰아쳐도 그만두지 않았다. 산길

은 좁고 위험하며 바위도 많고 수풀이 우거져 사람의 자취가 끊어져 사나운 짐승이 길가에 오고가는 데도 거처하기를 편안히 하였다. 매번 서리 내린 새벽, 달은 어두운데 홀로 길을 가는 것이 당당하고 숙연하여 도깨비도 감히 희롱하지 못하였다. 또 한 마리 새가 효자와 함께 울었으며, 앉은 자리도 일정하여 효자가 슬피 곡하면 새도 따라 울고, 곡이 그치면 새도 그쳤다. 새는 물총새 모양에 비둘기 색을 가졌는데 사람들은 끝내 새의 이름을 알지 못하였다.

李槎川과 趙閣老가 「異鳥詩」를 지었다. 居喪한 지 이년이 되어 여러 자식에게 말했다.

"나는 돌아가지 않고 무덤 곁에서 죽을 때까지 조금도 나태하지는 않겠다."

이에 집을 이사했는데 따르는 자가 사년 만에 마을을 이루었다.

관찰사가 장차 막하로 불렀는데 효자가 굳이 사양하자 관찰사는 의리로 허락하였다. 그때 임금께서 在位한 지 스물 한 해에 효로써 다스리기를 돈독히 하여 팔도 군현에 명을 내려 초야에서 행실이 뛰어난 자를 찾게 하니, 고양군수가 박효자를 조정에 알려 그의 대문에 旌表하게 했다. 박효자는 공손히 감당하지 못하니 객이 일깨워 말했다.

"임금의 명을 감히 어기지 못 할 것이네."

마을의 자제들도 함께 정문을 세우고 말하기를 '孝子朴泰星之門'이라 했다. 아아! 아름답도다.

贊하여 말한다.

내가 이인석에게 들으니 박효자의 부인 집은 재산이 넉넉하였는데 송사하는 자가 있어 관청에서 공평하게 나누어 박효자에게 주니 효자는 의리가 아닌 것을 얻는 것을 부끄럽다 하여 사양하고 받지 않았다. 효자의 집은 매우 가난하여 옷이 해어져 허리뼈를 가리지 못하였으나 몸가짐을 깨끗이 하고 절조에 힘쓰는 것이 이와 같았다. 선비는 재물에 임하여 청렴한 후에야 모든 일을 할 수 있다. 이 사람이 어찌 이름나는 것을 구했겠는가! 朱夫子께서 '추복하는 뜻은 近厚하지만 예에 합당하다고는 할 수 없다.'고 했다. 근후하다는 것은 후세에 교훈이 되지 못한다는 것이다. 후세에 교훈이 되

지 못하는 것은 사람들이 미칠 수 없다
는 것인데, 박효자는 이런 近厚함이 있
었다.[20]

위의 글에는 『壺山外記』에 나타나지
않는 박효자와 偏母와의 관계를 상세히
기술해 놓았다. 즉 박효자가 3살 때 아
버지를 여의어서 아버지의 얼굴도 모르
고 執喪하지 못했음을 늘 한스럽게 여기
다가 장성하여 어머니께 追服을 청하는
내용이다. 그리고 묘 근처로 이사를 와

▲ 孝子朴泰星墓碑

---

20) 「朴泰星傳」

朴孝子泰星 其先密陽人 少居漢城 漢城人 謂之朴孝子 老居高陽之淸潭 淸潭人
稱其居爲孝子洞 孝子生三歲父歿 稍長 跽告母 生不承顔 歿不執喪 吾烏乎用吾
情 請追服 母難之曰 若父不幸早死 吾忍而生 爲若 故 若爲死者死 孰若爲生者
生 幸而至於壯大 不獨生者有辭 抑死者不死 孝子涕泣敬受命 遂不敢服 願遠葷
肉啜饘者 三年 母亦不復强 母嘗寢疾 孝子不解衣帶而養 粥必親煮 藥必先嘗 平
生財無私畜 用不爲槪 事必稟而後行 奉養母四十六年 而母歿 母歿之十七年 爲
父歿之歲 之父墓成踊成祖成經衰且杖 如始喪 廬於山下 日再上塚悲號 雖風雪
不廢 山蹊危 巖多奔湍叢密 人烟曠絶 猛獸交於道 居之晏如也 每霜晨月黑 獨行
顧影蕭然 彪魁不敢爲嬲 有鳥與孝子偕鳴 止有常處 孝子噉然而哭 則鳥從而噪
哭止噪亦止 鳥鷫身鳩色 人竟莫能名 李槎川趙閣老 爲賦異鳥詩 旣再朞謂諸子
曰 吾其勿歸 沒齒於阡壟之傍 庶有多乎 於是有徙家 從之者四年成村 觀察使將
辟致幕下 孝子固辭 使義而許之 時上在位二十一年 敦孝理 使八道郡縣 訪草野
節行卓卓者 高陽守臣 以孝子 聞命表其閭 孝子踧然不敢當 客譬之曰 君命也 不
可違 鄕里子弟 乃共成之旌曰 孝子朴泰星之門 嗚呼懿哉
贊曰 吾聞諸李君寅錫 孝子婦家 饒於産 有健訟者 官爲平析之 孝子與焉 恥以
不義 得辭不受 孝子貧甚 襞布衣不掩骼 其潔身勵操 乃如是 士必臨財廉而後
百事可做 斯人豈噉名者哉 朱夫子謂 追服意 亦近厚 不曰合禮 而曰近厚 爲其
不可爲訓於後世也 卽其不可爲訓於後世也者 而人有所不能及也者 孝子有之矣
李佐郎孟休撰 『熙朝軼事』

서 追服의 禮를 지극 정성으로 하여 맹수나 異鳥도 감응을 일으키는 과정이 구체적으로 묘사되어 있다. 특히 일반적인 새가 異鳥로 바뀌었고 「異鳥詩」까지 지어졌다고 했다. 깊은 산골은 박효자의 孝心으로 사람들이 모여들어 마을을 이루었다고 했다.

張志淵(1864~1921)의 『逸士遺事』에도 「朴孝子泰星傳」이 있다. 張志淵은 「朴孝子泰星傳」에서, 洪樂命(1722~1784)과 星湖 李瀷(1681~1763)의 장남인 李孟休(1713~1752)와 趙熙龍(1797~?) 등이 「朴泰星傳」을 지었고 李秉淵(1675~1735)이 朴孝子와 행동을 같이 한 異鳥에 대한 詩를 지었다고 했다.

이런 기록을 통해서 우리는 당시 박태성의 孝行이 얼마나 世人의 관심을 끈 감동적인 요소였는지 짐작할 수 있다. 洪樂命의 「朴泰星傳」은 지금까지 전해지는지 알 수 없다. 李孟休가 「朴泰星傳」에서 朴泰星의 孝行을 贊한 내용은 「朴孝子泰星傳」(『逸士遺事』)에 실려 있다.

이제 박태성의 墓碑銘을 보기로 한다.

● 「有明朝鮮孝子通德郞密陽朴公泰星字景淑之墓」

고양군 동쪽 청담리 辛坐에 넉 자 정도 되는 묘가 있는데, 나무꾼과 목동들도 밟지 않고 지나가는 이도 반드시 경건히 하니, 이곳이 故 효자 박태성의 묘다. 그 자손들이 돌을 다듬고 표하기를 도모하여 나[聖中]에게 비문을 부탁하였다. 나는 通家[21]의 자제로 만나 뵌 뒤로 오래도록 마음으로 부러워하며 한 마디 교훈을 들은 것이 다행이었다.

삼가 諸家의 傳記 및 군수가 정려를 청했던 表狀을 살펴 보니, 박효자가 난지 삼년 만에 아버지를 여의고 어릴 때부터 어머니를 섬겨 뜻을 어기지 않았다. 열 여덟살이 되어 어머니께 울면서 말했다.

"태어나서 아버지의 얼굴을 모르는 것은 사람의 자식으로 지극히 슬픈 일

---

21) 通家:대대로 집안끼리 교분이 있는 것.

이옵니다. 청컨대 追服하여 소자의 정을 펼까 하옵니다."

어머니가 책망하여 말했다.

"너의 나이 弱冠에 성품이 효성스러워 추복 중에 몸이 상하게 되지 않으면 병이 들 것이니 나는 누구와 함께 살겠느냐?"

이에 효자는 나무 숟가락과 대 젓가락으로 나물밥을 먹으면서 삼년을 마치고, 상복을 입고 가슴치며 곡하여 어머니 마음을 상하게 하지는 않았다.

어머니를 봉양한 지 마흔 여섯 해에 어머니는 天壽를 마치셨다. 날마다 부르짖으며 울어서 위독한 지경에 이르렀으나 겨우 온전하였다.

그후 열 여덟 해 뒤 아버지 돌아가신 해를 만나 드디어 여막을 짓고 어깨를 드러내며 상복을 입고 아침 저녁으로 통곡했는데 비바람이 불어도 그치지 않았다. 물총새 모양에 비둘기 색을 한 새 한 마리가 효자가 곡할 때마다 약속한 것처럼 날아와 따라 울었다. 머무르는 곳도 일정하여 그 때문에 나무가 말라버렸다. 歸鹿趙相公과 槎川李公이 「異鳥詩」를 짓자 한 때의 공경 대부들이 따라 화답하는 자가 수십 명이었다.

마을 사람 孫碩彬 형제 세 사람이 무덤에 제사하고 햇볕을 쬐며 자는데 꿈에 키가 한 길이나 되는 사람이 지팡이로 등을 두드리며

"일어나라. 일어나라. 박효자의 곁에 사람이 없다."

라고 하였다. 깜짝 놀라 깨어 가 보니 박효자에게는 손님만 있고 밥 지을 사람이 없었다. 박효자가 服을 마치고 인하여 그 자리에 집을 짓고 평생 살 것을 계획하니 따라서 집짓는 자들이 많아 수년 만에 마을을 이루었다. 마침내 마을에다 石表를 세웠다. 관찰사 李箕鎭이 그것을 듣고 명령하여 불러도 무덤 일로 사양하니 억지로 하지는 못하였다.

고을에서 모두 기이한 행적이라 하여 조정에 알리니 영의정 金在魯와 우의정 閔應洙가 아뢰기를

"참으로 특이한 일입니다. 旌門을 세움이 마땅합니다."

하니 임금도 그것을 옳게 여겼다. 효자는 울면서 말하기를

"제가 종신토록 슬퍼해야 하거늘 오히려 이런 명예에 차마 거할 수 있겠습니까? 정녕 머리를 풀고 깊은 산에 들어갈 따름입니다."

하니 한 두 대신이 자못 글을 써서 깨우쳐 말하기를

"임금의 명이다."

하였다. 태수가 몸소 여막에 나가 정표하였다. 묘를 지킨 지 열 여덟 해 만에 나이 여든으로 세상을 마쳤다.

오호라! 어질도다. 공의 성품은 검소하고 깨끗하였다. 부인의 집에 옛부터 재물이 넉넉하였는데 그것을 송사하는 자가 있어 관청에서 나누어 공에게 주니, 공이 말하기를

"나누는 것은 의리가 아니다."

하고 마침내 사양하고 받지 않았다. 자손들에게 경계하여 무릇 혼인과 상례와 장례와 제사에 각각 제도를 만들어 지키게 하였다.

공의 자는 경숙이요. 본관은 밀양이다. 증조의 諱는 良臣이니 萬曆 丁丑(선조 5년)에 內司官 執事 瀋舘으로 寧陵[세종릉] 다스리기를 극진히 하여 그 수고로움을 기록하여 折衝將軍 벼슬이 더해졌다. 조부의 휘는 承勳이니 軍資監正에 증직되고 아버지의 휘는 世傑이니 工曹參議에 증직되었다. 어머니는 全州金氏 左尹 漢弼의 딸이다.

공은 숙종조 己未年 칠월 십삼일에 나서 영조조 戊寅年 칠월 십육 일에 세상을 마쳤다. 처음에 절충장군 完山李氏 世根의 딸과 혼인하였는데 자혜롭고 온순하며 부인의 도리를 잘 따랐다. 丁卯年 구월 일일에 태어나서 戊戌年 칠월 십삼일에 죽었다. 뒤에 다시 金海金氏 忠翊公 尙彬의 딸과 혼인하니 효성이 돈독하여 아버지 초상에 나물밥만 먹기를 삼년을 하고, 이모에게 양육한 은혜 때문에 또 나물밥 먹기를 삼년 하였으니 공이 집안에 본보기가 됨이 이와 같았다. 丙子年 십이월 십칠일에 나서 甲寅年 오월 십구일에 죽으니, 이남 일녀가 모두 이씨에게서 났다.

장남은 受天이니 折衝將軍 벼슬을 지냈고, 차남은 受文이니 영묘조에 瀋舘으로 임금을 호종한 신하였기에 자손들을 불러 특별히 모두 中樞를 제수받고 삼대까지 덕이 미쳤다. 공은 嘉義大夫 漢城府左尹 兼五衛都摠府副摠管에 贈職되고 부인은 모두 貞夫人에 증직되었다. 딸은 李時輝에게 시집 갔고, 측실에서 난 한 아들 受完은 折衝將軍 벼슬을 지냈다. 수천은 네 아

들을 두었으니 重梓는 武科習讀官이요 弘梓, 晚梓, 亨梓는 모두 通德郎을 지냈으며, 한 딸은 彭天老의 아내다. 수문의 한 아들은 義梓요. 두 딸은 白祥淳, 金世文의 처가 되었다. 수완의 한 아들은 春梓요, 한 딸은 李鳳雲의 처다. 증손자들은 많아서 다 기록하지 못한다.

銘에
살아서는 旌表되고,
죽어서는 贈職되어
자손 계속 이어졌으니
선한 이에게 복 내림은 증거가 있도다.

라 했다.

崇禎紀元後 三戊戌(1778년, 正祖2) 五月 日 세우다.
양산 이성중이 짓고 불초 손자 홍재 삼가 쓰다.[22]

---

22) 「有明朝鮮孝子通德郎密陽朴公泰星字景淑之墓」
高陽治東淸潭里 直辛之原 有四尺之墳 樵牧不敢踐 過者必式 此故孝子朴公諱泰星之藏也 子孫謀伐石表之 屬聖中記其陰 聖中以通家子獲拜狀下 心艷之久矣 得一言之 幸也 謹按諸家傳記 及太守請旌表狀 曰孝子 生三歲而孤 自幼事母無違志 年十八泣告于母 曰生不識父面 人子之至悲也 請追爲之服 以伸情 母難之 曰汝年弱而性孝 幾何不毀而病也 吾誰與爲命 於是孝子木匙竹箸蔬食終三年 亦不爲衰經 哭擗以傷母心 奉養母四十六年 而母以天年終 日號泣危 綴董全 後十八年而値父歿之歲 遂廬墓爲袒括縗杖 朝夕臨號慟 不以風雨廢 有鳥鶖身鳩色 每孝子哭 鳥如期而至 隨而噪 止有常處 樹爲之枯 歸鹿趙相公樅川李公爲賦異鳥詩 一時公卿大夫從 而和者屢十家 里人孫碩彬 昆弟三人 祭墦抱陽而眠 夢一丈人 以杖叩其背 曰起起 無人乎朴孝子側 驚寤 往視之 蓋孝子有客而無執爨者也 服闋仍築室于場 爲終焉計 從而家者數年成村 遂立石表其洞 觀察使李公箕鎭聞 而辟之 以畢命松楸辭義之 亦不强 郡學異行 聞于朝 領議政金公在魯右議政閔公應洙 奏曰 誠異行也 宜旌之 上可之 孝子泣曰 以余終身慟 尚忍居是名乎 寧披髮入深山耳 一二大臣殆書 譬之曰 君命也 太守躬造墓廬 旌之 守墓凡十八年 壽八十而終
嗚呼 賢哉 公性儉而潔 婦家故饒財 有訟之者 官析之及公 公曰 訟而析不義也 竟辭不受 戒子孫 凡婚喪葬祭 各爲制俾守之 公字景淑貫密陽 曾祖諱良臣 萬曆

위의 碑文에도 異鳥가 나온다. 異鳥가 서식하던 나무가 말라 죽었다는 내용은 앞의 글에는 나타나지 않았다. 또 비문에는 異鳥詩를 지은 사람이 李秉淵과 『逸士遺事』의 「朴泰星傳」에는 없는 歸鹿 趙顯命(1690~1752)을 들었다. 비문에는 박태성의 효행뿐만 아니고 성품이 검소하고 깨끗했다는 점도 예를 들어서 나타내 보였다.

비문의 내용에 따라 朴泰星의 家系를 그려보면, 다음과 같다.

良臣(內司官 執靮 潘館寧陵御極 折衝將軍)
|
承勳(贈 軍資監正)
|
世傑(贈 工曹參議)
|
泰星 (贈 嘉義大夫 漢城府左尹兼五衛都摠府副摠管, 1679~1758)

受天　　受文　　受完

重梓　弘梓　晚梓　亭梓　義梓　春梓

▲ 孝子 朴泰星 家系圖

丁丑以內司官 執靮 潘舘 寧陵御極 記其勞 加折衝 祖諱承勳 贈軍資監正 考諱世傑 贈工曹參議 妣全州金氏 贈左尹諱漢弼女 公生肅廟己未七月十三日 卒英廟戊寅七月十六日 初配完山李氏折衝世根女 慈惠溫順 克循婦道 生丁卯九月一日 卒戊戌七月十三日 後配金海金氏 忠翊尙彬女 誠孝篤至 父喪食素三年 爲姨母養育恩 亦蔬食三載 公之刑於家者如此 生丙子十二月十七日 卒甲寅五月十九日 有二男一女 皆李氏出也 男長受天 折衝 次受文 英廟朝以潘官扈從臣 子孫召入侍 特授同中樞 推恩三世 贈嘉義大夫漢城府左尹兼五衛都摠府副摠管 夫人俱贈貞夫人 女適李時輝 側室 一男受完 折衝 受天四男 重梓 武科習讀官 弘梓 晚梓 亭梓 皆通德 一女 彭天老 受文一男 義梓 二女 白祥淳 金世文 受完一男 春梓 一女 李鳳雲 曾孫多 不盡記
銘曰 生而旌 歿而贈 子孫繩繩 福善其有徵
崇禎紀元後 三戊戌五月日立 楊山李聖中撰 不肖孫弘梓謹書

비문의 글씨는 泰星의 손자 弘梓가 썼고, 「朝鮮孝子朴公泰星旌閭之碑」는 曾孫 允默(1771~1850)이 썼다. 允默은 受天의 손자이나 受天의 四子 중 누구의 아들인지는 확실하지 않다.23) 『逸士遺事』에는 「受天·允默傳」이 있고, 『壺山外記』에는 「受天傳」은 있으나 允默은 당대의 名筆이라는 사실만 간략히 밝혔다. 「受天傳」에서는 受天의 孝行이 특별해서 禮部에서 이 사실을 임금께 아뢰어, 復戶24)의 명을 받게 되었다고 했다.

'살아서 정려받고 죽어서 증직 받았으며, 자손이 계속 이어졌으니 선한 이에게 복을 내린다고 함은 징험이 있도다[生而旌 歿而贈 子孫繩繩 福善其有徵].'라고 한 碑銘은 바로 '孝는 百行之本'이라는 德目의 孝行勸誘文이라고 할 수 있다.

4. 맺으면서

이제까지 「효자리의 세 무덤」과 관련하여 ①虎說話 ②朴泰星傳說 ③朴泰星傳 ④朴泰星墓碑文 등을 중심으로 살펴 보았다. 박태성의 행적과 가깝다고 생각되는 차례는 ①~④의 역순인 ④③②①이 된다.

필자는 「효자리의 세 무덤」이 있는 傳說의 현장을 직접 답사했다. 그 결과 傳說과 현장과는 현격한 차이가 있음을 확인했다. '傳說이 사실과 다르다.'고 하는 것만 가지고 傳說을 허무맹랑한 것으로 생각한다면, 이는 說話(神話, 傳說, 民譚)의 진정한 의미를 이해하지 못함이다.

「효자리의 세 무덤」은 朴泰星과 두 夫人의 무덤이다. 이것이 사실이

---

23) 徐後轉(1770~1856)이 찬한 「朴允默傳」이 『熙朝軼事』에 실려 있는데, 朴允默의 曾祖·祖는 밝혀져 있으나, 父는 나타나 있지 않다.

24) 충신, 효자, 열녀 기타 특수한 자에게 戶役을 면제한다는 恩典

다. 그러나 傳說은 사실만 가지고 이해해서는 안된다. 傳說에 담겨 있는 참뜻이 어디에 있느냐 하는 것을 파악하는 것이 더욱 중요하다. 그러기 위해서는 傳說만 가지고는 부족하다. 사실[傳說]의 기록이나 현장이 있으면 사실의 의미를 인지하고, 현장을 답사하여 실체를 정확히 정립하는 노력이 필요하다.

3편의 「朴泰星傳」과 1편의 墓碑文에는 호랑이가 孝子를 도왔다는 내용은 없으나, 異鳥에 관한 이야기가 공통적으로 나온다. 산에 사는 새는 어느 곳에서나 흔히 볼 수 있는 것이고, 새가 앉아 있던 나무가 말라버렸다는 것도 있을 수 있는 일이다. 그러나 이 4편의 글에서는 日常性을 特殊性으로 나타내 보였다. 그 표현도 異鳥라고 했다. 박태성의 효성은 남다른 면이 있기에 特異한 장치를 해둘 필요가 있다. 그것은 듣는 이로 하여금 재미를 느낄 수 있게 한다. 이러한 심리가 異鳥에서 효자를 돕는 호랑이로 바꾸어 등장하게 했을 법하다.

虎患에서 벗어나고자 하는 민중들의 심리는 호랑이를 愚直한 것으로 만들어 代償的 滿足(compensation)을 취했다고 본다. 이는 愚直, 情義, 報恩型 虎說話로 나타난다. 「효자리의 세 무덤」은 무섭기만 한 호랑이가 孝子의 孝誠에 감동하여 獰猛性은 자취를 감추고 情義型 호랑이가 되어 버렸다. '호랑이를 타고 간다.'고 하는 것은 거짓말인 줄 알면서도 거짓말로 여기지 않고 흥미와 감동을 불러 일으킬 수 있게 한다.

「효자리의 세 무덤」은 일방적인 희생만 있다는 데 교재의 문제성이 있다. 대부분의 虎報恩 이야기와 같이 본 교재도 報恩 이야기가 덧붙여져야 한다고 본다. 그렇지만 교과서에 교재로 실린 유일한 傳說이기 때문에 계속 교과서에 교재로 남아 있어야 하는데 제6, 7차 교육과정에 의해 편찬된 초등학교 국어 교과서에는 실리지 않았다. 풍부한 문헌 설화와 전설의 현장이 완벽하게 남아 있을 뿐만 아니라 '孝子洞'이라는 地名

이 널리 인구에 膾炙되고 있으므로, 앞으로 편찬되는 교과서에 「효자리의 세 무덤」이 다시 교재로 채택되기를 바란다.

그리고 앞에서 지적했듯이 현장 답사 결과, 세 무덤 바로 밑에 있는 또 하나의 무덤을 이 傳說에 활용해 보는 문제도 신중히 생각해 볼 일이다.

또한 효자 박태성의 부친 朴世傑의 묘에도 묘갈명과 망주석 및 석인상 등이 남아 있다. 부친의 墓碣銘을 탁본해서 면밀히 살펴보면 박태성의 드러나지 않은 孝行을 건질 수 있을지도 모른다. 이러한 작업은 과제로 남겨두고자 한다.

II. 東萊鄭氏烈行 感虎傳說

여기서는 「東萊鄭氏烈行 感虎傳說」에 관한 수집된 文獻資料를 검토하고 이를 「東萊鄭氏烈行 感虎傳說」의 현장과 결부시켜 보기로 한다. 이런 작업을 통해서 이 전설이 초등학교 교과서에 교재로 채택되어야 할 필요성을 제기하게 될 것이다. 라인정은 호랑이가 주인공의 효성에 감복하여 이루어지는 感孝的 性格을 주제와 관련시켜 〈感虎不取型〉, 〈加護型〉, 〈補助型〉, 〈變身型〉 등으로 나누었다.[1] 「東萊鄭氏烈行 感虎傳說」은 호랑이가 주인공의 烈行에 감복하여 주인공의 열행을 보호하고 보조하게 되니, 〈加護補助型〉 호랑이라고 할 수 있다.

이제 「東萊鄭氏烈行 感虎傳說」을 고찰하기에 앞서서 烈과 孝가 함께 나타나는 感虎談인 「守貞節崔孝婦感虎」에 대해서 살펴 보기로 한다.

1. 守貞節崔孝婦感虎

● 정절을 지킨 최효부가 호랑이를 감동시키다[守貞節崔孝婦感虎]

홍주땅에 최씨의 딸이 있었는데 얼굴이 제법 아름다웠다. 나이 18살에 남

---

1) 라인정, "口碑說話에 나타난 한국인의 의식 고찰", 『語文研究』 제18집, 1998, pp.377~381, 참조.

편을 여의고 단지 병들고 앞을 보지 못하는 시아버지와 살았다. 최씨는 남편이 일찍 죽었으나 개가하지 않고 물 긷고 방아 찧는 삯일을 하여 정성껏 시아버지를 봉양했다. 혹시 외출이라도 하게 되면 시아버지가 잡수실 음식을 좌우에 벌려 놓고는 말씀드렸다.

"잡수실 음식이 여기에 있사옵니다."하며, 시아버지로 하여금 손으로 더듬어 찾아서 잡숫게 하였다.

이웃 사람들이 그 효를 칭찬하였다.

친정 부모는 딸이 일찍 과부가 되어 자식이 없음을 가련히 여겼다. 그래서 정을 끊어 다른 곳에 시집보내기 위해 심부름꾼을 딸에게 보내어

'어머니의 병환이 위중하다.'

고 핑계하여 데리고 오도록 했다.

최씨는 정중하게 이웃에 부탁하여 시아버지께 진지를 지어 올리도록 했다. 그리고는 창황히 친정에 가서 어머니를 뵈니 어머니는 병환이 없으셨다. 그녀는 마음 속으로 아주 의아스러웠다. 친정 부모가 말했다.

"너의 나이 스물 전에 과부가 되어 의탁할 곳 없이 청춘을 허송하고 있으니 인생이 가련하구나. 그래서 널리 좋은 신랑을 가려 내일 혼례를 하려고 하니, 거절하지는 말아라."

그녀는 거짓으로 허락했다. 부모는 매우 기뻐했다.

최씨는 밤이 깊었을 때, 몸을 빼어 몰래 집을 나와 걸어서 혼자 시가를 향해 달렸는데 거리가 거기서 80리나 되었다. 걸어서 겨우 20리 쯤 왔을 때, 양 발이 부르터서 한 발짝도 옮기기 어려웠다. 한 고개에 이르렀는데 큰 호랑이가 길에 쭈그리고 있어서 갈 수가 없었다. 최씨는 호랑이에게

"너는 영물이니 내 말을 들어다오."

라고 하고는 사실대로 호랑이에게 말했다. 그리고 또 말했다.

"나는 죽으려고 했으나 죽지 못했다. 네가 나를 해치고자 하면 곧장 나를 잡아 먹어라."

그녀는 마침내 곧바로 호랑이 앞에 갔다가는 물러났다. 이와 같이 여러 번 했다. 문득 호랑이가 구부려 땅에 업드렸다. 최씨가 말했다.

"너는 혹시 내가 연약한 여자의 몸으로 한 밤중에 혼자 가는 것을 근심해서 나를 타라고 하는건가?"

호랑이는 고개를 끄덕이며 꼬리를 흔들었다. 최씨는 호랑이의 등에 타고 호랑이의 목을 끌어 안았다. 호랑이는 나는 것 같이 달려서 오래지 않아 시가의 문밖에 도착했다. 최씨는 호랑이 등에서 내리면서 호랑이에게

"너는 반드시 배가 고플 것이다. 내가 너에게 개 한 마리를 먹이로 주마." 하고는 집에 들어가서 개를 몰고 나와 호랑이에게 주었다. 호랑이는 개를 잡아갔다.

며칠이 지났다. 이웃 사람이 전하는 말에 한 마리의 큰 호랑이가 함정에 들어가서 어금니를 갈고 입술을 떨면서 크게 으르렁거려 사람들이 가까이 할 수 없어서 호랑이가 굶어 죽기를 기다리고 있는 형편이라고 했다. 최씨는 이 소문을 듣고 아마 그 호랑이일지 모른다고 생각하고 가서 보니, 털빛이 그 호랑이와 서로 비슷한 것 같았다. 그러나 밤중에 갔기 때문에 분명히 알 수 없었고 자세히 판별되지 않았다. 그녀는 호랑이에게 말했다.

"너는 접때 밤에 나를 업고 온 호랑이냐?"

호랑이는 또 머리를 끄덕이면서 눈물을 흘리는 것이 동정을 구하는 것 같았다. 최씨는 비로소 그 본말을 이웃 사람에게 말하고 이어서 말했다.

"저것은 비록 사나운 호랑이지만, 저에게는 어진 짐승입니다. 저를 위해 호랑이를 놓아 주신다면 저는 비록 가난하여 가진 게 없지만, 마땅히 호랑이 가죽값은 마을에 납부하도록 하겠습니다."

이 말을 들은 이웃 사람들은 칭찬하지 않는 이가 없었다.

"효부가 말하는 것을 어찌 베풀지 않을 수 있겠습니까? 다만 이 호랑이를 놓아 줄 것 같으면 반드시 상하는 사람이 많게 될 것이니, 이를 어찌 해야 되겠소?"

최씨가 말했다.

"제가 시키는대로 하십시오. 제가 함정을 열려고 하면 모두 멀리 피하십시오. 그리하시면 저는 호랑이를 놓아 주겠습니다."

이웃 사람들은 그녀의 말과 같이 했다. 최씨는 마침내 함정을 열어 호랑

이를 놓아 주었다. 호랑이는 최씨의 옷을 물고는 차마 놓지 못하고 있다가
한참만에야 사라졌다.[2]

전통적으로 우리 나라는 忠, 孝, 烈行에 관한 이야기가 무수히 많고,
忠孝烈閣은 고을마다 여러 곳에 세워져 있게 마련이다. 이런 점에서 생
각하면, 위의 이야기도 흔히 이야기될 수 있다고 본다. 그러나 자식도
없이 남편을 여의고 눈 먼 시아버지를 정성껏 봉양하는 靑霜寡婦의 남
다른 효행에 호랑이까지 感應한 점은, 여인의 끈끈한 인간애에 젖어들
게 한다. 여인에게는 四顧無親의 不具者인 시아버지를 '차마 버리지 못
하는 마음'이 改嫁의 행복한 삶보다 더 깊이 가슴 속에 자리하고 있다.
烈이 孝行으로 나타나는 이 여인의 치열하면서도 애틋한 삶이 독자로
하여금 숙연한 정서를 불러 일으키게 한다.

위와 비슷한 이야기는 「安峽孝婦」[南秉吉 撰, 『熙朝軼事』 所載]와 제

---

2) 洪州地有崔氏女 頗有姿色 十八喪夫 只有病盲之舅 崔氏夭死不改適 井臼傭賃
　 備盡奉養 或出他 則可食之物 列置左右 曰某物在斯 使舅手探取喫 隣里稱其孝
　 其父母憐其早寡無子 欲奪情嫁他 委使邀之 曰母病方重 崔叮囑隣里炊飯供舅
　 蒼黃往見母 則無恙 女心訝之 父母曰 汝年未二十守寡無依處 送靑春人生可憐
　 廣擇佳郎 明日欲成婚 須勿牢拒也 女佯 曰諾 父母甚喜之 俟到夜深 脫身潛出
　 徒步獨行走向舅家 距此爲八十里矣 行僅二十里 兩足已繭寸步難移 至一嶺 有
　 大虎當路而蹲 不可以行 崔謂虎曰 汝是靈物 須聽吾言 仍實言其由 又曰 吾方求
　 死不得 汝欲害我 須卽噉我 遂直至虎 前虎乃退却 如是者屢 忽跪伏于地 崔曰
　 汝或憐我弱質之深夜獨行 欲使我騎之乎 虎乃點頭掉尾 崔騎其背而抱其項 行疾
　 如飛 少頃已到舅家門外矣 崔乃下謂虎曰 汝必餒矣 食我一狗 入其家駈狗而出
　 虎捉狗而去 過數日 隣人傳道 有一大虎入於陷穽 而磨牙鼓吻 大肆咆哮 人莫敢
　 近勢 將待其餓斃 崔聞之 疑其爲是虎 往見之 毛色若相彷佛 而夜中 所見不能分
　 明 無以詳卜 乃謂虎曰 汝是向夜負我而來者乎 虎又點頭垂淚 若乞憐者然 崔始
　 語其本末於隣人 仍曰 彼雖猛虎 於我則仁獸也 如蒙爲我放出 則吾雖貧無貲 當
　 以皐比之價奉納里中 隣人莫不嘖嘖曰 孝婦所言何不施 但此虎若放 傷人必多
　 其將奈何 崔曰 倘敎我以開穽之方 而隣人皆遠避 則我當自放之 隣人如其言 崔
　 遂開放其虎 虎嚙 崔衣不忽捨 良久乃去

목 없이 『破睡錄』[古今笑叢 所載] 등에 실려 있다.3) 특히 『韓國의 民譚』
에 실린 「효부와 호랑이」는 뒷부분에 효부가 호랑이를 타고 官家에 나
타나는 내용이 첨가되어 있다.4)

2. 烈婦 東萊鄭氏의 주변 기록

이제 東萊鄭氏의 烈行에 관한 기록을 살펴 보기로 한다.
① 東萊鄭氏의 烈行에 관한 최초의 기록은 『太宗實錄』에서 찾아볼
수 있다.

효자와 절부의 門閭에 정문하라고 명하였다. 경상도 관찰사가 보고하였
다. …신령감무 류혜지의 아내 정씨는 임진년(1412) 겨울에 그 남편이 죽으
니, 집에다 빈소를 차리고 아침 저녁으로 제를 올렸고, 이듬해 11월에 장사
를 지내자 묘 곁에 여묘살이를 하는데, 계집종 둘과 세살 난 어린 딸을 데리
고 무덤을 지키면서 복제를 마쳤다.5)

②『新增東國輿地勝覽』에는 다음과 같은 기록이 있다.

신령현의 감무 류혜지의 아내로서, 혜지가 죽자 3년을 여막에 거처하였으
므로, 태종조에 마을에 정려했다.6)

---

3) 구체적인 내용은 이신성, 국민학교 교과서에 실린 傳說敎材에 관한 연구, 『어
　문학 교육』 제14집 , 한국어문교육학회, 1992, pp.125~126, 참조.
4) 任東權 編著, 『韓國의 民譚』, 瑞文堂, 1972, pp.213~214, 참조.
5) 命旌表 孝子節婦之閭 慶尙道觀察使報 …新寧監務柳惠至妻鄭氏 壬辰冬其夫死
　殯于家 晨夕奠祭 翌年仲冬 乃葬廬于墓側 率二婢子女三歲幼女 守墳終制 『太
　宗實錄』 제29권 15년 1월 6일
6) 新寧縣監務柳惠至妻也 惠至死廬墓三年 太宗朝 旌表門閭(『新增東國輿地勝覽』
　제23권 ‘彦陽縣 人物條’)

③ 烈婦東萊鄭氏 旌閭閣 안벽에는 다음과 같은 내용이 붉은 글씨로 새겨져 있다.

義烈婦里
新寧縣監文化柳惠至妻東萊鄭氏爲夫廬墓三年
乾隆 五十六年辛亥四月

乾隆 56년은 1791년(正祖 15)에 해당한다. 정려각 정문에 蔚州郡守[7] 명의로 부착된 1979년 6월의 기록에 의하면, 이 정려각은 1920년에 건축한 것으로 되어 있다.

정려각 안에는 1975년에 세운 「新寧縣監文化柳公諱惠至妻烈婦淑人東萊鄭氏旌閭碑」와 역시 1975년에 揭板한 「烈婦淑人東萊鄭氏旌閭重修記」가 있다.[8] 여기서는 旌閭碑와 重修記 내용 중 전설적인 내용에 해당하는 부분만 옮겨 보기로 한다.

④ 新寧縣監文化柳公諱惠至妻烈婦淑人東萊鄭氏旌閭碑

柳姓이 國中에 흩어져 있는 수가 限이 없으나 文化로 貫한 집이 더욱 많으며 勳業忠烈이 世世不絶하였다. 李韓 中葉 諱惠至가 있으니 그 配는 淑人東萊鄭氏다. 정씨의 나이 25세일 때 一男을 낳았으나 그 아이 낳은 지 불과 40일만에 喪夫하였다. 정씨는 卽時 下從하기를 決心하였다가 아이를 위하여 잠시 保留한 사실. 三年 廬墓할 때 큰 범이 來虎하고 그 범이 陷穽에 걸렸을 때 정씨가 구출한 사실. 禫祭日에 墓 또 저절로 合封된 사실. 그 뒤 범이 墓前에 斃死하여 墓下에 묻어 준 사실. 이 모든 사실이 記文에 詳記되었으므로 여기서는 略한다.

---

7) 울주군은 1992년에 울산군으로 명칭이 변경되었다가 울산시가 광역시로 되자, 다시 울주군이 되었다.

8) 旌閭碑와 重修記 및 뒤에서 언급할 墓碑의 글은 모두 柳敏睦이 撰했다.

이 사실을 조정에서 알고 明廟 甲子年에 旌閭를 命하였다.

生卒年은 無傳이고, 一男의 諱는 鴻翼, 孫의 諱는 林鵬, 以下는 不錄한다. 지금 수백년 동안 閭閣 重修 二三次 있었으나 今番 중수는 특히 柱下 石柱를 連支함과 또 閣內 碑를 改立함으로써 巨費가 들게 되었다. 〈하략〉

▲ 烈婦 東萊鄭氏 旌閭閣과 靈虎永世不忘碑. 울산광역시 울주군 상북면 능산리

⑤ 烈婦淑人東萊鄭氏旌閭重修記

義烈婦淑人東萊鄭氏는 李韓 中葉 新寧縣監文化柳惠至의 妻이다. 縣監公이 年 30에 卒하고 淑人은 그 때 나이 25세로서 自決하여 同穴에 묻힐 뜻을 품었으나 一子가 난 지 겨우 40일이었으므로 亡人의 後承을 염려하여 自決의 뜻을 保留함과 동시 乳兒를 乳母에게 맡기고 3년 여묘살이 하였다.

이때 大虎가 밤마다 護衛하였던 것인데 그 뒤 어느 날 밤 淑人은 그 대호가 찾아와서 陷穽에 걸려서 죽게 되었으니 구해 달라고 애원하는 것을 꿈꾸었다. 夢兆의 비상함을 直覺하고 十餘 里 밖에 있는 利佛村 陷穽에 달려 가서 보니 과연 호위하던 범이 걸려 있었다. 숙인은 곧 村人에게 向하여 이 범은 나의 범이니 함정을 풀어 달라고 호소하였다. 촌인들은 이상히 여겨 숙인의 말을 應從하여 숙인으로 하여금 풀어 주게 하였다. 숙인은 촌인의 요구대로 범을 풀어 주었으며 범은 숙인에게 감사한 태도를 보였다.

禫事를 마치는 날 于歸時에 衣裳을 입고9) 墓前에 가서 통곡을 하니 별안간 묘가 갈라지므로 숙인이 종용히 墓中에 들어가 누우니 묘가 다시 어

느덧 合封이 되었다. 그 뒤에 범이 墓前에 斃死하였으므로 묘전에 묻어
주었다.

　이 사실을 郡侯가 道伯에게 도백은 朝廷에 알리어 廷命으로 旌閭를 褒
하였으니 때는 李朝 明宗 甲子年이다. 당시 정려를 세우고 인해서 범의
무덤을 정려 右便山에 移葬해 주었다. (하략)

▲ 호랑이 무덤 床石. '靈虎之塚'이라 새겨져 있다.

⑥ 通訓大夫縣監文化柳公諱惠至之墓碑 : 蔚州郡 上北面 陵山里
　(현 蔚山廣域市 蔚州郡 상북면 능산리)

　公의 諱는 惠至요 字는 萬相이요 號는 淸沙요 姓은 柳氏요 文化는 貫鄕
이다. 高麗 翊贊壁上二等功臣大丞 諱 車達이 始祖이고 高麗朝부터 韓朝
에 이르기까지 太宗朝 佐命功臣 右議政 藝文舘大提學 文城府院君인 忠
景公 같은 儒賢仕宦이 많이 이어왔다. 公은 小時에 忠南 舒川에서 蔚州
郡 上北面 巨里에 移居한 뒤 벼슬길에 올라 新寧縣監通訓大夫에 있었
다. 신령은 지금 永川에 屬한 邑이다. 縣監 當時 百姓들 雜役을 덜어 주
고 賦稅를 輕減함과 同時에 一切 民弊를 一掃하였으며 나아가 서로서로

---

9) 시집올 때 입었던 옷을 입었다는 말이다.

가 孝友를 勸獎함으로써 新寧 一境은 太平世界로 化하여 至今까지도 전해지고 있다. 曾祖의 諱는 世卿이요 祖의 諱는 安江이요 考의 諱는 眞陽이요 妣는 全州李氏 禮曹判書 武一의 女이다. 公은 丙寅 二月二十日에 生하여 乙未 十月 十五日에 卒하니 享年이 三十歲이다. 安葬 後 配烈婦 淑人東萊鄭氏는 享年 二十五歲의 나이로 三年 間 侍墓살이를 계속하다가 禫祭日을 期하여 嫁時의 옷으로 갈아 입고 公의 墓에 痛哭하니 별안간 묘가 갈라져서 淑人이 그 속에 드러눕자 묘가 다시 自然 合封이 되었다. 얼마 후 墓前에 大虎가 와서 엎어져 죽었는데 그 大虎는 삼년 동안 숙인의 여막을 호위해 주던 호랑이였다. 이 사실을 조정에서 알고 즉각 旌閭를 명하였다. 男은 鴻翼이요 孫은 林鵬이요 曾孫은 文秀니 守門將原務原從功臣이다. 後孫 鶴善이 家狀을 가지고 와서, 家勢가 世貧하여 陵山里 陵山 丑坐原 公의 墓道에 表石이 없었는데 舍弟 鳳善이 巨貨를 專擔해서 비로소 세우게 되었다면서 文字를 請하기에, 봉선의 祖上에 대한 誠心誠意는 千秋에 빛날 孝誠이라 나는 그 誠意에 感歎하여 사양치 아니하고 이 글을 쓴다.

晋陽 柳敏睦 撰 光復 三十三年 丁巳(1977) 三月 日

十五歲孫 鳳善 謹書

⑦ 靈虎永世不忘碑

靈虎는, 威로써 아니라 義로써 높이는 것이기에 靈虎라고 이름한다. 그 理由는 아래와 같다.

옛날 우리 先祖 諱惠至通訓大夫縣監公이 別世하셔서 配烈婦淑人東萊鄭氏가 三年 廬墓를 하실 때 이 靈虎가 밤마다 주위를 守護하였고 죽을 때도 淑人墓 앞에 와서 죽었다. 숙인의 子孫인 우리들은 이 事實을 永世토록 잊지 아니한다.

그러므로 이 靈虎의 뼈를 烈婦墓前에 묻었다. 그 후 烈婦 旌閭閣 옆에 다시 옮겨 묻은 바이며 금번에 또 돌을 세워 靈虎의 恩功을 표한다.

烈婦淑人十六世孫濟環 竪

光復 三十三年 丁巳(1977) 三月 日

⑧ 烈女鄭氏와 虎墓

옛날에 이 곳에는 열녀 정씨 부부가 살고 있었다. 그런데 부인 정씨의 나이 스물 다섯살이 되던 해 어린 아들 하나를 남겨 놓은 채 남편이 세상을 떠나고 말았다. 부인은 哀痛之情 속에 남편을 마을 뒷산에 장사지냈다.

부인 정씨는 아직 남편의 체취가 남아 있는 듯 무덤 앞에 움막을 짓고 날마다 侍墓살이를 했다. 캄캄한 밤중에 소나무 숲이 우거지고 바람이 스산하게 부는데 이 산 저 산에서 짐승들 우는 소리가 들려 오는 산기슭이라, 남자라 할지라도 감히 견딜 수 없을만큼 무시무시한 곳인데도 부인 정씨는 참고 견디며 남편의 묘 옆을 떠나지 않고 정성껏 시묘살이를 하였다. 마을 건달들 가운데는 젊은 과부가 산에서 홀로 시묘살이를 한다는 것을 알고 기웃거리는 자들도 있었다. 그러나 그 모든 어려움도 아랑곳 없이 삼 년 간이나 시묘살이를 하였다.

이 갸륵한 젊은 청상과부의 지성어린 정성에 하늘이 감동되었는지 어느 날 밤 부인의 움막에는 한 마리의 호랑이가 어슬렁어슬렁 찾아 왔다. 부인은 그만 깜짝 놀라 기절을 하고 말았다. 잠시 후 정신이 좀 돌아 왔다. 살그머니 눈을 뜨니 호랑이는 다리를 쭉 뻗고 부인에게 비스듬히 기대어 누워있는 것이었다. 이상하다고 느낀 부인은 눈을 뜬 채 꼼짝도 않고 호랑이를 노려 보았으나, 호랑이는 태연하게 누워 하품을 하면서 전혀 사람을 해칠 것 같지 않았다. 부인은 떨리는 손으로 살며시 호랑이의 머리를 쓰다듬기 시작했다. 그랬더니 호랑이는 무척이나 기분이 좋은 듯 머리를 부인의 가슴에 파묻고 파고드는 것이었다. 부인은 마음을 놓았다. 이렇게 해서 부인과 호랑이는 친해지기 시작했다. 그날 밤은 부인과 호랑이가 함께 움막에서 잤다. 부인은 약간 불안하기는 했으나 마음이 든든함도 느껴졌다. 호랑이만 해치지 않으면 그 다음은 이제 모든 것이 두려울 게 없었다. 아침에 눈을 뜨니 호랑이는 어디론지 사라지고 말았다. 그런데, 그 날 저녁 날이 어둡자 또 호랑이가 나타났다. 이젠 부인과 호랑이는 마치 한 집에 키우는 개와 주인처럼 다정해져 버렸다. 호랑이는 날이 밝으면 가 버리고 날이 저물면 찾아왔다. 이러한 나날이 계속되었다.

　어느 날 밤이었다. 마을 불량배가 과부를 넘보고 슬금슬금 움막으로 접근을 했다. 호랑이는 사람이 가까이 오는 것을 미리 알아 차리고 슬그머니 일어나더니 움막 밖으로 나가서 '으르릉! 으르릉!' 하고 두어 번 咆哮해버렸다. 가까이 기어들던 불량배는 그만 혼비백산이 되어 줄행랑을 치고 말았다. 그 다음부터는 마을에 과부가 호랑이를 데리고 시묘살이를 한다는 소문이 퍼졌다. 이 같은 소문이 퍼지고 부터는 마을 불량배들이 과부를 넘볼 생각을 아예 하지 않았다.

　그러던 어느 날 밤, 꼬박꼬박 찾아오던 호랑이가 나타나지를 않는다. 부인은 밤이 늦도록 기다리며 걱정을 하다가 잠이 들었다. 부인은 꿈을 꾸었다. 꿈에 보니 호랑이가 덫에 걸려서 살려 달라고 애원을 했다. 꿈을 깨고 나서 한참 생각해보았다. '아무래도 심상치 않구나. 어디 호랑이를 찾아가 보아야겠다.' 이렇게 생각하고 호랑이를 찾아 나섰다. 여기 저기를 찾아 헤매다가 한 곳에 갔더니, 아니나 다를까 호랑이가 덫에 걸려 있는데 마을 사람들은 죽창과 몽둥이를 들고 둘러서서 호랑이를 잡으려 하고 있질 않는가? 부인은 마을 사람들에게 호랑이를 살려 달라고 눈물로 호소했다. 부인은 호랑이가 자기에게 베풀어 준 일들을 죄다 얘기하고 절대로 사람을 해치는 호랑이가 아니라고 주장했다. 마을 사람들도 부인의 얘기를 듣더니 착한 호랑이라고 생각하고 잡지 않았다. 부인은 호랑이 한테로 가서 덫에 걸린 것을 끌러 주었다. 그랬더니 풀려 난 호랑이는 부인을 등에 업고 바람처럼 달려서 남편 묘소 앞 움막에 내려 주었다. 이렇게 하여 부인은 호랑이의 보호를 받으면서 남편의 시묘살이 삼년을 무사히 끝냈다.

　삼년 시묘살이를 끝낸 사흘 째 되던 날 부인은 남편의 묘소로 참배를 갔다. 묘소 앞에서 참배하고 있는데 묘가 절반으로 짝 갈라 졌다. 이 때 부인은 '여보!' 하고 갈라진 묘 속으로 뛰어 들어가 남편이 들어 있는 곽을 안고 엎어졌는데, 그 순간 갈라진 묘는 다시 딱 닫히고 말았다. 부인과 남편은 한 무덤 안에 영영 잠들고 말았다. 한 쌍의 부부가 이렇게 되어 합장이 된 것이다.

　이런 일이 있은 지 삼일 후에 호랑이가 찾아왔다. 호랑이는 무덤 옆에 와서 온통 산천이 떠나가라고 울었다. 호랑이는 이렇게 밤낮 사흘을 울고 나서 묘 앞에서 죽고 말았다.

마을 사람들은 정씨 부부의 무덤 앞에서 죽은 호랑이를 묘 옆에다 정성껏 장사 지내고 무덤을 만들어 주었다. 이런 일이 있고 부터 그 무덤의 후손들은 정씨 부부의 합장묘와 호랑이 무덤을 해마다 찾아가서 깨끗이 벌초를 해주고 있다.

지성이면 감천이라 하더니 부인의 정성이 지극하니 호랑이가 지켜 주었고 호랑이가 부인을 보호했기에 덫에서 풀려 날 수가 있었으리라. 인간과 호랑이의 깊고 깊은 인연이라고나 할까.[10]

⑨ 鄭氏

鄭氏는 新寧縣의 監務 柳惠至의 아내이며 李朝 太宗 때의 사람이다. 젊어서 류혜지가 죽자 지아비의 무덤 앞에 廬幕을 얽고 3년 동안을 한결 같이 侍墓하였다. 3년 동안의 시묘살이라고 하는 것은 여자의 몸으로는 매우 어려운 일이었다. 더구나 젊은 나이로는 더욱 그러하였다. 그러므로 정씨의 시묘살이에 관하여 전해오는 말이 있다.

3년 동안 여막에서 居喪하는 동안 靈虎가 이를 도와 밤마다 시묘하였다 하며, 3년의 거상을 마치자 지아비의 묘가 갈라지고 정씨도 그 무덤에 들어가 죽으니 합장하였다 하며, 범도 또한 무덤 앞에서 얼마 후에 죽었다 한다.

이를 알게 된 조정에서는 마을에 旌閭하였으며 上北面 香山里에는 旌閭閣이 있다.

이 사실 또한 『東國輿地勝覽』에 기록되어 있다.[11]

⑩ 烈女鄭氏와 虎墓

울주군 상북면 향산리에는 열녀 정씨 부부의 묘소, 열녀각, 靈虎之墓가 있다.

옛날 이곳에는 금실 좋은 부부가 살았는데 남편은 현감으로 본관은 문화류씨였다. 정씨 부인이 꽃다운 나이에 남편을 잃고 시묘살이하는데 미

---

10) 金錫保, 『蔚山遺事』, 昭文出版社, 1979.12.

11) 蔚州郡 編, 『내 고장의 精氣』, 1985, pp.295~296, 3절 孝子와 烈女 (李有壽 執筆)

모의 젊은 여인이 산 속의 묘소에서 외로이 시묘살이 하고 있음을 아는 마을의 음흉한 젊은이들이 이곳을 기웃거렸다.

이 때 난데없이 호랑이가 나타나서 '으르릉' 하는 포효를 하니 젊은 사나이들은 그만 혼비백산이 되어 도망치고 말았다. 그날부터 호랑이는 부인의 곁을 떠나지 않고 밤마다 나타나 부인을 지켜 주었다. 부인도 처음에는 호랑이고 보니 무서웠으나 차츰 친숙해지기 시작하여 이젠 예사롭게 여겨지고 호랑이도 마치 집에서 키우는 개짐승과도 같이 부인을 따르고 몸을 기대어 비비곤 하였다. 정씨 부인은 해가 지고 날이 저물기만 하면 호랑이를 기다리게 되었다.

그런데 하루는 호랑이가 오지를 않았다. 부인은 애타게 기다리다가 살며시 잠이 들었다. 비몽사몽 간에 꿈을 꾸었는데 호랑이가 덫에 걸려서 울고 있었다. 호랑이는 부인을 보더니 살려 달라고 애원을 한다. 깨고 보니 꿈이었다. 부인은 날이 새기를 기다렸다가 서둘러 호랑이를 찾아 헤매었다. 부인이 한 마을의 뒷산에 많은 사람이 모여 소란을 피우고 있음을 보았다. 무슨 일인가 하고 정씨 부인이 뛰어가 보았더니 함정 속에서 덫에 걸린 호랑이가 신음하고 있고 몽둥이를 든 마을 사람들이 둘러 서서 호랑이를 떼려 잡으려고 야단들이다. 부인이 보니 바로 그 호랑이가 자신을 보호하던 호랑이임을 알았다. 부인은 마을 사람들에게 애원했다.

"여보세요, 여러분께서는 제 말을 좀 들어 주세요! 이 호랑이는 남편 무덤에 시묘살이 하는 저를 보호하던 착하고 고마운 호랑이입니다. 간밤에도 내 곁에 와서 나를 보호해 줘야 할 호랑이가 오지를 않아 기다리다가 잠이 들었는데 꿈에 이 호랑이가 덫에 걸려 살려 달라고 애원을 했습니다. 그래서 저는 호랑이를 찾다가 여기서 이 호랑이를 만났습니다. 여러분! 부디 이 호랑이를 살려 주십시오. 부탁입니다."

이 같은 부인의 애원으로 마을 사람들은 감동되어 호랑이를 잡지 않겠다고 했다. 부인은 함정으로 뛰어 내려서 호랑이의 발목에 묶인 덫을 풀었다. 호랑이는 부인을 등에 업고 부인이 시묘살이 하는 묘소의 움막으로 쏜살 같이 달렸다. 이런 일이 있고부터는 전날과 같이 밤마다 호랑이는 부인 곁을 찾아 와서 부인을 보호해 주었다.

그러다가 부인은 남편의 3년 간 시묘살이를 마치고 집으로 내려 갔다. 시묘살이를 마친 3일 후에 부인은 남편의 묘소로 갔다. 부인이 남편의 묘소에서 큰 절을 하자 순식간에 묘가 두 조각으로 쩍 갈라지고 말았다. 이때 부인은 "여보!" 하고 갈라진 묘 속으로 뛰어드니 갈라졌던 묘가 다시 닫히고 말았다. 이렇게 하여 정씨부부는 천생연분으로 땅속까지 함께 나란히 묻히고 말았다.

묘가 갈라져서 부인이 남편과 합장된 지 3일 만에 호랑이가 나타나 산천이 떠나가라고 울어대다가 묘 앞에서 죽고 말았다. 그 후 사람들은 열녀 정씨의 열행을 나라에 상소했더니 나라에서 열녀비를 세우고 열녀각을 지었다. 그리고는 가상한 호랑이에게도 무덤을 만들어 묻어 주고 '영호지묘'라는 비석을 세워줘서 오늘날까지 전해져서 후세의 사람들에게 사표가 되고 교훈이 되고 있다.12)

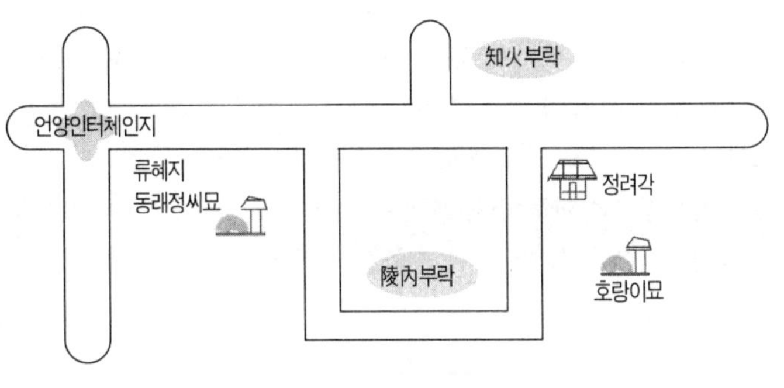

▲烈婦 東萊鄭氏 旌閭閣

3. 蔚山 소재 東萊鄭氏 烈行碑와 靈虎墓

蔚山廣域市 蔚州郡 上北面 陵山里에는 新寧縣監文化柳公諱惠至妻 烈婦淑人東萊鄭氏旌閭碑와 烈婦淑人東萊鄭氏의 烈行과 관련한 靈虎墓가 남아 있다.

---

12) 울주군 편, 앞에서 든 책, PP.520~521, 제2절 傳說, (金錫保 執筆)

彦陽 시외버스 정류소에서 石南寺(上北面 德峴里)行 버스를 타고 가다 보면 10여 분 쯤 소요되는 거리 오른편에 산모퉁이가 있고 그 반대편에 知火부락으로 들어가는 입구 표석이 보인다. 산모퉁이를 돌기 직전 산모퉁이 쪽 車道 옆에 백일홍 여러 그루가 감싸고 있는 旌閭閣을 쉽게 찾을 수 있다. 이것이 바로 烈婦淑人東萊鄭氏의 旌閭閣이다. 정려각 바로 뒷편 산에는 정려각과 불과 5~6m 거리에 靈虎의 무덤과 靈虎碑가 있다.

앞에서 烈婦淑人東萊鄭氏의 烈行에 관한 문헌 기록과 전설의 현장에 남아 있는 기록물을 열거해 보았다. 柳惠至의 후손되는 柳濟漢(상북고등학교 서무과장 역임, 상북면 길천리 거주)의 말에 의하면 길천리에 세거하는 文化柳氏는 忠南 舒川에서 좌의정을 지낸 柳曼殊가 王子亂을 피해 이곳에 移居했다고 한다. 그리고 원래 「東萊鄭氏烈行 感虎傳說」의 현장은 吉川里 소목골[牛谷]이었다고 한다.13)

---

13) 王子亂이나 충남 서천에서 이곳으로 移居한 연대 등은 不明이다. 吉川里 知火부락 뒷편을 '後里'라고 하고, 후리의 뒷편에 있는 골짜기를 '소목골[牛谷]'이라 하는데 소목골에 얽힌 新羅 때의 전설은 다음과 같다.
　이곳에 어느 사람이 청상과부가 된 며느리를 데리고 있었다. 하루는 이 사내가 눈이 뒤집혀 며느리에게 갑자기 달려 들었다. 놀란 며느리는 몸을 뿌리치며
　"왜 이러십니까? 참으세요, 참으세요."
하며 울부짖었으나 손목을 잡은 시아비는 이를 놓아주질 않았다. 며느리는 하는 수 없이
　"뒷골에 가서 소울음을 세번하고 오신 뒤에는 마음대로 하세요."
하며 울부짖는 것이었다. 미친 듯한 시아비는 그 말을 듣고 뒷 산골에 가서
　"우메, 우메, 우메."
하며 세번을 울고 나서 쏜살같이 집으로 돌아 왔으나 며느리는 이미 죽어 있었다.
　며느리가 세번의 소울음 소리를 내고 오라 하였음은 相避를 거절하는 매서운 한 마디 말이었던 것이다. 이렇게 추잡한 일이 있은 뒤로는 사람들이 그 골짜기를 '소음골'이라 하였는데 변전하여 '소목골'이 되었다 한다.
(蔚山文化院 刊, 앞에서 든 책, pp.600~604, 참조. 배들못의 유래는 柳濟漢 씨의 도움말에 힘입었음.)

앞에서 보인 烈婦東萊鄭氏의 烈行記錄은 모두 10가지이다. 먼저 이 烈行記錄에 보이는 의문점에 관해서 살펴 보기로 한다.

첫째, ③과 ④에는 정려가 내려진 연대를 각각 乾隆 五十六年 辛亥(1791, 正祖 15)와 明宗 甲子年(1564, 명종 19)으로 명기해 놓았으나,『正祖實錄』과『明宗實錄』에는 동래정씨에게 旌閭한 기록이 보이지 않는다. ①의 정려 기록을 취해야 할 것이다. ①은 ②에서 사실임을 인정해주고 있다.

둘째, 류혜지(1386~1415)와 동래정씨(1390~1417)의 생몰연대가 맞지 않다. ①은 1415년의 일을 기록한 것이다. ①에는 류혜지가 1412년에 죽었다고 했다. ④에는 '生卒年은 無傳'이라고 했는데, ⑥에서는 生卒年代를 밝혔고 무덤에 설치한 床石 前面에도 生卒年代가 쓰여져 있다. ④는 1975년에 작성한 것이고 ⑥은 1977년에 세웠다. 이는 후대에 와서 生卒年代를 작성했음을 알 수 있다. ①의 류혜지 卒年은 1412년이고 동래정씨에게 정려를 내린 해는 그 삼년 뒤인 1415년이다. 따라서『太宗實錄』의 기록대로 하면 류혜지는 1387년에 태어나서 1412년에 죽었고, 동래정씨는 1387년에 출생하여 1415년에 죽었다. 즉 ①과 ④는 生卒年代의 경우 3년 차이가 있다.

위와 같은 의문점이 있으면서도 이러한 점이 「東萊鄭氏烈行 感虎傳說」의 의미에 영향을 미치는 것은 아니다. 우리는 序頭에서 說話[傳說]를 교재화해야 할 필요성에 관하여 언급했던 것처럼, 전설은 전설로써 이해하는 것이 전설을 접하는 올바른 자세임을 알기 때문이다.

이제 東萊鄭氏의 烈行 事實이 感虎傳說로 變異되어 나타나는 과정을 차례대로 열거해 보기로 한다.

事實 【①태종실록(1415) → ②신증동국여지승람(1530)】 ⇒ 傳說 【④정려비

⑤정려중수기(1975) → ⑥류혜지묘비 ⑦영호영세불망비(1977) ⑧열녀정씨와 호묘(1979) → ⑨정씨 ⑩열녀정씨와 호묘】

이를 다시 연대만 순서대로 표시해 보면 다음과 같다.

事實【1415 → 1530】 ⇒ 傳說【1975 → 1977 → 1979 → 1985】

위에서 보면, 1530년 이후 동래정씨의 열행 사실은 오랜 세월 동안 口傳되어 오다가 1920년에 지금과 같은 정려각이 세워지고[14] 1975년에 정려각을 重修할 때 ④와 ⑤를 撰했다. 정려각은 1920년에 세웠지만, ④와 ⑤의 글 속에 그 이전에 정려비문이 있었다는 내용은 없다. 그리고 52년 뒤인 1977년에 柳惠至墓碑와 靈虎永世不忘碑가 세워졌다.

▲ 烈婦 東萊鄭氏 묘소. 남편 柳惠至와 合墳이다.

---

14) 앞에서 1920년에 열부동래정씨 정려각이 세워졌다는 언급이 있었다.
　　柳大善(71, 上北面 巨里 潤蒼부락 거주) 氏의 증언(1993.5.3.)에 의하면, 東萊鄭氏旌閭閣 안의 自然石에 새겨진 東萊鄭氏의 旌閭記錄(東萊鄭氏烈行記錄)은 아주 먼 옛날 것이고, 호랑이묘는 언제 지금의 위치에 있었는지 모른다고 했다. (鄭寅泰〈61,상북면 능산 거주〉氏도 같은 증언을 했다(1993.5.3.). 이 증언으로 보아 虎墓와 旌閭閣은 1920년 이전에 마련되어졌고, 현 정려각은 1920년에 改築한 것을 1975년에 重修했다고 본다.

1979년에는 鄕土史學者 金錫保에 의해 烈婦東萊鄭氏의 傳說 내용 (⑧)을 담은『蔚山遺事』가 저술·출판되었다. 1985년에 다시 鄕土史學者 李有壽·金錫保가『내 고장의 精氣』에 각각 ⑨와 ⑩을 게재하여 東萊鄭氏의 烈行 感虎傳說를 거의 마무리한 것 같다.15)

⑧과 ⑩은 口傳과 ④·⑤를 참고하여 김석보가 지은 것인데, ⑩은 ⑧의 내용을 다듬었다. ⑩은 여러 전설 중 가장 잘 갖추어진 전설이라고 보고 미비점이라고 생각되는 부분은 보충해 가면서 논지를 펼쳐 나가기로 한다.

이제 ⑩의 줄거리를 순차적으로 적으면 다음과 같다.

(1) 울산군 상북면 향산리에는 열녀동래정씨부부묘소, 열녀각, 영호지묘가 있다.
(2) 꽃다운 나이에 남편을 여읜 정씨는 남편 묘소에서 시묘살이를 하는데, 음흉한 사내들이 기웃거리다.
(3) 시묘살이 하는 곳에 호랑이가 나타나 정씨를 보호 해주다.
(4) 정씨는 함정에 빠진 호랑이를 구해주다.
　(1) 정씨는 함정에 빠진 호랑이가 구해 달라고 애원하는 꿈을 꾸다.
　(2) 호랑이는 꿈과 같이 함정에 빠져 있었다.
　(3) 정씨는 사람들에게 自初至終을 말하여 함정에 빠진 호랑이를 구해주다.
(5) 시묘살이를 끝낸 정씨는 갈라진 남편 묘 속으로 뛰어 들어가 남편과 합장 되다.

---

15) 필자는「東萊鄭氏烈行 感虎傳說」이 전해지는 현지에 가서 그곳 촌로들에게 이에 관해 물어 보았으나, 대부분 전설 내용이 막연하고 불완전하기만 했다. 따라서「東萊鄭氏烈行 感虎傳說」은 앞으로 口傳되는 일은 거의 기대할 수 없고 사실상 ⑩으로 정착했다고 볼 수 있다.
　다만 정인태 씨는「東萊鄭氏烈行 感虎傳說」에 좀 색다른 내용을 구술했다. 즉 함정에 빠진 호랑이를 구출한 내용 없이, 동래정씨가 죽고 난 뒤 호랑이가 무덤에 나타나서 주인을 찾아 울부짖다가 주인을 찾지 못하자, 호랑이는 무덤 앞에 쓰러져 죽었다고 했다.(1993.5.3.정인태 씨의 구술 내용 일부 요약)

(1) 시묘살이를 끝낸 3일 후, 남편 묘소에 가서 큰 절을 하다.

(2) 남편 묘가 두 쪽으로 갈라져 정씨가 묘 속으로 뛰어 들었더니, 묘가 다시 합봉되다.

(3) 天生緣分이다.

(6) 며칠 뒤 호랑이가 묘에 나타나 울부짖더니 죽다.

(7) 나라에서 정씨에게 정려하고 열녀각을 세우다. 호랑이도 무덤을 만들어 주다.

(8) 후세 사람들에게 사표가 되고 교훈이 되다.

이제 ⑩에서 보완해야 할 점을 들어 보기로 하자.

첫째, 남편이 죽은 뒤, 정씨가 시묘살이하는 서술 내용이 너무 추상적이고 단순하다. ④, ⑤, ⑥ 등과 같이 정씨가 시묘살이하게 되는 과정의 서술을 구체적으로 할 필요성이 있다.

둘째, ⑤의 내용 중 '…于歸時에 衣裳을 입고 墓前에 가서 통곡하니…'라는 내용을 줄거리 (5)에 첨가하는 것이, 묘가 갑자기 두 쪽으로 갈라지는 異變에 개연성이 있을 것 같다.

셋째, 호랑이의 죽음에 이어 호랑이를 장사지내고 무덤을 만들어 주도록 하는 내용으로 구성되어야 한다. 즉 줄거리 (7)에서 새삼스럽게 호랑이 무덤을 만들어 주었다는 내용은 호랑이의 죽음에 대한 설득력이 약하므로, 이는 줄거리 (6)에 와야 한다.

위의 줄거리를 敍事段落別로 縮約하면 다음과 같다.

①남편 시묘살이 ……………………烈行

②호랑이의 보호받음 …………………烈行 感動

③함정에 빠진 호랑이 구함 ……………烈女의 報恩

④시묘살이 끝내고 남편과 합장됨 ……烈女의 歸依(烈行의 마침)

⑤호랑이 죽음, 虎墓 ·····················죽음과 갚음
⑥정려각 세움 ·····························烈行 表彰

우리는 여기서 이 전설의 홍미성과 교훈성을 찾아낼 수 있다. 호랑이가 烈婦를 불한당으로부터 보호해 주고 있었다는 사실은 열부의 열행이 얼마나 지극했길래 미물인 호랑이까지 감동시킬 수 있었나 하는 심정을 불러 일으켜, 至誠感天과 끈끈한 情을 음미하게 한다. 호랑이가 여인을 보호하다가 여인이 죽자 여인의 죽음을 슬퍼한 나머지 무덤을 찾아 울부짖다가 죽었다고 하는 점은 호기심을 자극할만한 홍미를 유발시킨다.

4. 맺으면서

지금까지 「東萊鄭氏烈行 感虎傳說」에 관해서 살펴 보았다.

박태성은 아버지 묘에 지성으로 참배하는 효자이고, 東萊鄭氏는 남편 묘 곁에 廬幕을 읽어 놓고 三年喪을 마친 후, 남편 곁으로 가는 烈婦이다. 이들의 至誠은 孝와 烈行으로 나타나기는 하지만, 시사하는 바는 같다고 할 수 있다.

앞에서도 언급했지만, 제5차 교육과정에 의해 편찬된 국어 교과서(5-1 『읽기』)에 실려 있는 「효자리의 세 무덤」은 報恩譚이 없는 것이 교재의 문제점이다. 「東萊鄭氏烈行 感虎傳說」은 보은담이 나타나는 전설이기 때문에 「효자리의 세 무덤」이 지닌 문제점을 보완해 줄 수 있다. 그리고 전자는 孝行인 반면, 후자는 烈行이다. 교과서에 孝行과 烈行에 관한 感虎傳說이 같이 실린다면, 학습 경험의 폭을 넓히는 측면에서 의의 있는 교재가 될 수 있다고 본다.16) 따라서, 「東萊鄭氏烈行 感虎傳說」은

---

16) 제6차 교육과정에 의해 편찬된 국어 6학년 2학기 『말하기·듣기·쓰기』 교과서

문헌에 기록되어 있고, 전설의 현장이 온전히 보존되어 있을 뿐만 아니라, 지방화 시대에 걸맞는 교재의 발굴, 교재의 현장화, 교재의 다양화 등의 필요성에 비추어 볼 때, 교과서에 교재로 채택되어야 한다고 본다.

단원 12.'전통 문화의 향기' 96쪽에 烈女門과 孝子門 사진을 실었으나 사진만으로는 불완전한 교재에 지나지 않는다.

Ⅲ. 吳孝子 感泉虎傳說

1. 吳浚의 事實 기록

吳浚(1444~1494)에 관한 事實은 『中宗實錄』과 『海東雜錄』 및 『邑誌(興德縣)』 등에 기록되어 있고, 同福吳氏感泉公派門中에서 편찬한 『感泉吳先生事實文集』과 『同福吳氏感泉公派譜』 등 몇 종에도 전한다. 『中宗實錄』과 權鼈(?~?)이 편찬한 『海東雜錄』 등에는 吳浚이 吳俊으로 나타나는데, 이는 吳浚의 잘못이므로 바로 잡아서 인용하기로 한다.

① 興德縣 錄事 吳浚은 아비가 종기를 앓을 적에 고름을 입으로 빨아내기도 하고 人糞을 맛보기도 했습니다. 아비가 죽어서는 예에 지나치게 슬피 울면서 양념친 음식과 菜果를 먹지 않았습니다.[1]

위는 全羅道 觀察使 柳灌(1484~1545)이 孝烈婦[18명]의 狀啓를 올렸는데, 그 내용 중 吳浚事에 관한 것이 들어 있다. 계속해서 吳浚事 관련 기록물을 보기로 한다.

---

1) 興德縣錄事吳浚 其父腫疾 或吮疽 或嘗糞 及歿 哀毀過禮 不食鹽醬菜果(『中宗實錄』 제57권 21년(1526) 7월. 원문은 吳俊인데, 吳浚이 맞기 때문에 吳浚으로 바로 잡았음.)

② 吳浚 : 아버지가 종기를 앓고 있었는데 患部를 입으로 빨았고, 병이 위중했을 때는 똥을 맛보았다. 부친이 죽자 예에 지나치게 슬퍼했다. 이런 일이 나라에 보고되어 정문이 세워졌다.[2]

1530년에 편찬한 『新增東國輿地勝覽』 제34권(興德縣)에 실린 오준의 효행 기록이다. 『新增東國輿地勝覽』의 효행 기록은 『中宗實錄』에 있는 음식물 관계가 빠져 있고 내용은 같다.

③ 본관은 홍덕으로 아버지가 종기를 앓자 종기를 빨았으며 병이 위태롭게 되자 대변을 맛보았다. 아버지가 죽으니, 예를 다하여 슬퍼했다.[3]

1670년에 편찬한 『海東雜錄』의 기록인데, 위의 ①②와 같은 내용이다.

④ 오준은 한림 자귀의 후손이다. 효행으로 직장에 제수되었다. 부친이 종기를 앓아 입으로 환부를 빨았으며 병환을 고치려고 대변을 맛보았다. 부친이 돌아가시자 애훼하는 예를 다했다. 여묘살이를 할 때 맹호가 사슴을 잡아와 제전에 보탰다. 어미개를 길렀는데 고개를 넘어가서 젖을 먹이고 여막에는 접근하지 않았다. 더욱이 곁에 잔을 드릴 물이 없어서 제사지낼 때마다 멀리 산 밖에 가서 물을 길러 왔다. 어느 날 갑자기 우뢰소리 진동하고 땅이 갈라지더니 맑은 물이 솟았다. 사람들은 이 샘을 효감천이라고 했다. 고을원이 와서 보고는 이 일을 계문하여 정려가 내려 졌다. 영조 정묘년(1747)에 유생이 상소하니 임금은 오준의 사당을 세우라고 허락했다. 이것이 彰孝祠이다. 무신년(1728)에 훼철되었다.[4]

---

2) 吳浚 : 父患腫吮之 病革嘗糞 及歿 哀毁盡禮 事聞旌閭 (吳俊으로 표기되어 있으나, 吳浚으로 바로 잡음.)

3) 興德人 父患腫吮之 病革嘗糞 及歿 哀毁盡禮(國譯 『大東野乘』 제23권 所載, 『海東雜錄』 5권). '興德人'을 '본관은 홍덕'이라고 해석했는데, 여기서는 同福吳氏興德派로 봄이 옳을 것 같다.

4) 翰林自貴孫 以孝行除直長 父患腫吮之 病革嘗糞 及歿 哀毁盡禮 居廬時 猛虎

『邑誌』에는 오준의 효행이 상당히 상세하게 기록되어 있다. 이 기록은 『感泉集』에 실린 「感泉虎圖」 7폭이나 序跋文과 詩文讚, 그리고 野談 등에 표현되어 있는 孝行異蹟과 비슷하다.

위에서 인용한 全羅道 觀察使 柳灌의 孝烈婦[18명]의 狀啓에 의하면 효자의 효행은 여러 측면에서 나타난다. 즉 부모의 병환에 應急處置하는 효행은 '斷脂한다. 대변 맛을 본다. 종기를 입으로 빤다. 허벅지의 살점을 도려내어 조제하여 먹인다. 소변이 나오지 않게 되자 입으로 陽莖을 빨아 尿道를 트이게 한다.'는 등의 일들이 주류를 이룬다.5) 孝子 吳浚의 孝行도 이와 같은 특출한 孝行을 보였기 때문에 旌閭가 내려 졌다고 볼 수 있다.

親喪을 당하거나 남편이 죽었을 때, 孝烈行은 侍墓살이로 나타난다.6) 父母喪이나 男便喪을 당하여 시묘살이 하는 중 孝行과 烈行에 感應하는 이야기로 전자는 「효자리의 세 무덤」과 吳浚感泉虎事 등을 들 수 있

舍鹿以助奠所 畜雌狗越峴而乳 不近廬 況又旁無勺水 每祭時 遠汲山外 忽天雷震地圻 淸流湧出 人之謂孝感泉 主倅來見 事聞旌閭 英廟丁卯儒生上言 許令立祠 是爲彰孝祠 戊辰毁撤(『邑誌』 四 全羅道①, 아세아문화사(影印), 1983, p.275.)

5) 장성현 단암역리 차순년은 지극한 효성으로 어버이를 섬겨 특별히 맛있는 음식을 먹으면 반드시 어버이에게 바쳤습니다. 佳節을 만날 때마다 어버이를 위해 잔치를 베풀고 헌수했으며, 반드시 고장의 父老들을 초청해서 즐기게 했습니다. 그 아비 차인보가 임질에 걸려 소변이 막혀 기절해 쓰러지자, 순년은 아비를 끌어안고 하느님을 부르면서 살려 달라고 애걸하였습니다. 이어 아비의 양경을 2일 간 입으로 빨자 요도가 트였습니다. 이리하여 아비는 소변이 통하게 되어 다시 살아났습니다. (長城縣丹巖驛吏車舜年 事親至孝 如得異味必獻 每遇佳節 獻壽父母 必邀鄕黨父老以樂 其父仁甫得淋疾 便澁不通氣絶 舜年 抱持顝天乞命 吮其陽莖二日 尿道自開 小便通下)
〈『中宗實錄』 제57권 21년 7월, 「全羅道觀察使 柳灌狀啓」〉

6) 「東萊鄭氏烈行 感虎傳說」과 같이 여자가 시묘살이 하는 경우는 드물기는 하지만 가끔 기록을 통해 볼 수 있다.

고, 후자는「東萊鄭氏烈行 感虎傳說」등을 들 수 있다.

同福吳氏感泉公派門中에서는 吳浚을 感泉公이라고 부르고 同福吳
氏感泉公派門中에서 편찬한 문헌도『感泉吳先生事實文集』이나『同福
吳氏感泉公派譜』등으로 되어 있다. 이와 같은 호칭이나 기록물을 가지
고 표면적으로만 생각한다면 吳浚의 感虎事는 찾아볼 수 없다. 본고에
서는 문헌이나 事蹟碑 등에 오준의 感虎事도 실려 있기 때문에「吳孝
子 感泉虎傳說」로 명명하기로 했다.

논의의 순서는 먼저『感泉吳先生事實文集』에 실려 있는 吳浚 感泉
虎事를 고찰하고 다음에는 野談에 전하는 吳浚 感泉虎事와 그 현장을
살필 것이다. 그리고 吳浚 感泉虎事가 초등학교 교과서에 교재로 채택
되어야 할 필요성을 提起하기로 한다.

2. 오준의 感泉虎事

오준의 感泉虎事는『感泉吳先生事實文集』이나『同福吳氏感泉公派
譜』등 여러 문헌에 수록되어 있다.『感泉吳先生事實文集』에는 宋寅明
(1689~1746, 左相), 李天輔(1698~1761, 領相, 文衡), 黃胤錫(1729~1791) 등에
서 奇正鎭(1798~1876)에 이르기까지 17·8세기 당시의 高官과 有名人士들
이 지은 오준의 感虎事를 선양한 글로 채워져 편찬되어 있다.『同福
吳氏感泉公派譜』는 2冊으로 되어 있는데, 1冊에 오준의 救虎傳說이 실
려 있다.

필자가 입수한 吳浚感泉虎 事實 記錄 書籍物은『同福吳氏感泉公派
譜』를 포함하여 모두 4종이다.『同福吳氏感泉公派譜』권1에는「感泉先
生墓碣銘」과「救虎傳說」등이 실려 있다.『感泉吳先生事實文集』은 3종
이다. 즉 ㉠『感泉集』[연세대 도서관본] ㉡『感泉吳先生孝感圖』㉢『感泉

吳先生實記』 등이다.

㉠은 표제가 『感泉集』으로 되어 있으나 내용은 「感泉吳先生事實文集序」로 시작하니 『感泉吳先生事實文集』이라고 해도 될 것 같다. ㉡㉢은 표제가 없고 내용은 각각 「感泉吳先生孝感圖序」와 「感泉吳先生實記序」로 시작한다. ㉡㉢도 ㉠과 같이 '序'를 빼고, 冊名을 『感泉吳先生孝感圖』와 『感泉吳先生實記』로 해도 될 것 같다. ㉠㉡㉢에는 奇正鎭과 黃允錫의 序文에서부터 跋文에 이르기까지 거의 같은 내용을 실었으나 판본이 다르다. 다만 ㉢은 續集(『感泉先生實記』 권3)에 「孝子還甦說冥府」 등이 더 실려 있다. ㉠㉡에 실린 「感泉虎圖」 7장은 같은 그림이나 ㉢은 그림을 다시 그렸다. ㉠㉡㉢에는 간행 연대가 분명하게 명시되어 있지 않다. ㉢에만 실린 별도의 내용이 있지만, 편의상 앞으로 ㉠㉡㉢을 통칭할 때는 『感泉集』으로 하기로 한다.

〈표2〉에 따라 『感泉集』의 序·跋文과 詩文讚 등을 통해서 『感泉集』의 간행 연대와 간행 회수를 살펴 보기로 한다. ㉠㉡㉢에는 똑 같이 서문의 차례가 奇正鎭, 黃胤錫, 張集紹의 찬술로 되어 있다. 서문을 쓴 연대는 수록 차례와는 반대로 장집소는 1666년에, 황윤석은 1785년에, 기정진은 1848년에 서문을 썼다. 발문은 두 종류로 나눌 수 있다. 즉 책 중간에 실려 있는 1742년에 趙顯命(1690~1752)과 李忠國(?~?)이 쓴 발문과 책 맨 끝에 실린 直孫이 쓴 5편의 발문이다.

『感泉集』 所載 詩文讚 일람표

차례	제목	연대	지은이	비고
1	序	1848	奇正鎭	7폭(뒤에 祠宇圖 첨가)
2	感泉虎圖	1785	黃胤錫	
3	序	1666	張集紹	興德縣 원(邑倅)
4	序		洪景輔	時挺의 글 부탁
5	說	1743	韓必壽	

6	說	1766	許汲	時挺의 글 부탁
7	記	1747	趙明鼎.曹命敎	
8-9	記	1742	李壽沆	時挺의 글 부탁
10	記		鄭羽良.李天輔.宋寅明.鄭來周	후손이 글 부탁
11-14	記	1742	吳光運	
15	記	1741	金履萬.金漢喆.李弘濟	
16-18	銘			
19-21	歌		南容.梁廷虎.姜亻寅	
22	讚	1742	閔宅洙	
23-24	跋	1742	趙顯命.李忠國	
25-26	題詠	1744	權적景.金在魯	
27-28	題詠	1742	李秉淵.南漢紀	
29	碣		南有容	
30-31	祭文	1753	兪取基.白時明	
32	祭文	1765	李馨復	錫直의 글 부탁
33	感泉祠叙		南碩憲	世瑢. 漢振의 글 부탁
34	感泉齋記		奇宇萬	
35-36	跋	1798	世浩(1849).漢益(1895)	
37-39	跋	1897	世喆(1910).炳模.然必(1967)	

11대손 世喆이 1910년에 쓴 발문의 일부를 보기로 한다.

이 실기의 편집은 孝感圖, 祠宇圖와 작가들의 序, 記, 銘, 跋, 歌, 讚, 題詠과 아울러 한 묶음을 만들어 '感泉集'이라 하여 간행한 지가 오래되었다. 지난 때 上皇(高宗) 을미년(1895)에 嗣孫 漢益[改名 전 漢奎]이 간혹 글자가 잘못 되고 글이 다 수록되지 않음을 한탄하여 문중의 의논을 수습하여 중간했다.7)

위의 기록에 의하면 1895년 이전에 『感泉集』이 발간되었음을 말해 준다. 序跋文을 쓴 연대를 차례대로 나열하면, ①1742년[跋] ②1748년[序] ③1749년[跋] ④1785년[序] ⑤1895년[跋] ⑥1910년[跋] ⑦1967년[跋] 등이다.

---

7) 是編也 以孝感圖若祠宇圖　並作家序記銘跋歌贊題詠　裒成一咎　名曰感泉集　刊行久矣　往在上皇乙未　嗣孫漢益　或病字或訛誤　文未盡蒐　收門議重刊矣

『感泉集』은 최소한 4차례는 간행된 것으로 추산된다. 즉 1회[①~④], 2회[⑤], 3회[⑥], 4회[⑦] 등이니, 1회:1742~1785년 사이, 2회:1895년, 3회:1910년, 4회:1967년 등으로 정리할 수 있다.

『感泉集』은 吳浚의 6대손 時挺(1696~1758)의 노력으로 간행될 수 있었다.

時挺 : 자는 사수이고 숙종 병자년(1696)생이다. 영조 병인년(1746)에 급제했다. 나이 47살에 서울에 올라가 대신들과 사귀고 시문을 받아 왔다. 무인년(1758) 10월 22일에 졸했다. [『同福吳氏感泉公波譜』권1, 19면 참조.][8]

시정의 나이 47세는 바로 1742년이 된다. 〈표2〉에 나타난 글의 지은 연대를 보면 1742년이 가장 많다. 이는 시정이 상경하여 縉紳들과 교유한 연대와 일치한다. 時挺 이후에도 오준의 후손들은 『感泉集』을 重刊할 때마다 文士들에게 꾸준히 글을 청탁했음을 알 수 있다.[〈표2〉 비고, 참조.]

『感泉集』에는 「感泉虎圖」 7폭[뒤에 祠宇圖 1폭 첨가됨]이 그려져 있다. 그림마다 제목이 붙어 있다. 이제 祠宇圖를 포함하여 感泉虎圖와 함께 제목과 번역문을 그림 아래에 제시하기로 한다.

---

8) 字士秀 肅宗丙子生 英宗丙寅及第 年四十七 行京洛交遊縉紳受詩文 戊寅十月
   二十二日卒

(1) 感泉廬墓圖
여묘살이 하는데 샘물이 감응한 그림

(2) 提壺汲水山外
항아리를 들고 산 밖에 있는 샘물을 길러 오다

(3) 天雷湧泉廬下
천둥 번개가 치더니 여묘 아래에 샘물이 솟다

(4) 邑倅卽馳甃井
고을 원이 이내 달려와 우물에 벽돌을 쌓다

(5) 朔望虎獻生鹿
　　삭망에 호랑이가 산 사슴을 잡아오다

(6) 狗虎同庭乳雛
　　개와 호랑이가 같은 뜰에서 새끼에게
　　젖을 먹이다

(7) 雲伊汚泉震死泉邊
　　운이가 샘에서 더러운 빨래를 하다가
　　샘가에서 벼락을 맞아 죽다

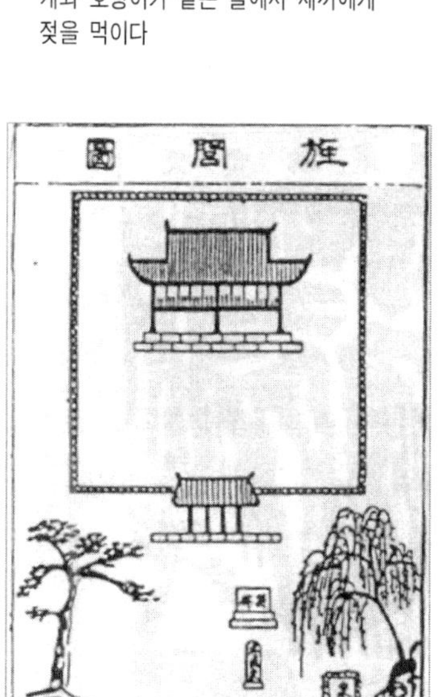

(8) 旌閣圖

『感泉集』에서 오준의 感泉虎事 몇 편을 살펴 보기로 한다.

(1) 홍덕은 호남의 바닷가 고을이다. (縣에서) 남쪽으로 15리 되는 곳에 鷲嶺山이 있고 산 아래에는 샘이 있는데 孝感泉이다.

(2) ① 샘이 이름을 얻은 것은 옛날 효자 오공에서부터 비롯된다. 공의 휘는 浚이요 성종조 때 사람이다. 어버이 섬김에 지극한 행실이 있었고 어버이 돌아 가시자 여묘살이를 했다.

② 무덤 근처에 있는 샘물은 모두 더럽고 흐려서 5리 밖에 맑은 샘이 있었는데 공은 몸소 항아리를 지고 가서 물을 길어 와 아침과 저녁의 제수로 올렸는데 날씨가 비록 춥더라도 사람을 시켜 대신 물을 길어오게 하지 않았다.

③ 하루는 하늘에서 크게 우뢰를 치며 여묘 곁의 땅이 갈라지면서 샘물이 솟아났는데 물이 매우 淸洌했다.

④ 고을 원님이 이를 듣고 기이하게 여겨 즉시 말을 달려 와 보고는 '孝感泉'이라고 이름을 지었다.

⑤ 어떤 사람이 이 샘물에 떨어진 옷을 씻었더니, 잠깐 뒤에 이 사람은 벼락을 맞아 죽었다.

⑥ 감사가 공의 효행을 임금님께 아뢰었더니 旌閭를 내리시고 특히 벼슬을 除授하셨으나, 취임하지 않았다.

(3) 온 고을의 이름으로 발의하여 鄕賢祠를 세웠는데, 금상 17년(1741,영조17)에 조정대신의 건의로 팔도의 서원·사당 중 조정의 명령으로 세워진 것 외는 헐어라 명령하시니 공의 사당도 그 중의 하나였다.

(4) 天輔[筆者]가 바야흐로 館職[成均館이나 藝文館]으로 죄를 기다리며 상소를 올려 구별하시기를 청했으나 享祀하기에 합당한 서원으로 채택· 嘉納하지 않으셨다.

(5) 아아 ! 공과 같은 자는 옛날에 '鄕先生이 죽으면 社稷에 祭한다.'고 하는 사람[鄕先生]에 해당한다. 그런데 지금 국가에서 일체 모두 훼철한다는 것은 국가의 謀策으로는 정말 잘못이다. 비록 그러하지만 군자는 스스로 그 內心을 닦을 뿐이어서, 그 지성에 감동되어 天地神明을 감동시키는 것

이니, 외부로부터 오는 屈伸榮辱 따위는 그 마음에 담아둘 것이 못된다.

(6) 공이 돌아가신 지 이미 수 백년인데도 한 고을의 尊奉을 받고 지금까지 이 享祀가 쇠퇴하지 않은 것에서 세상을 교화한 사실을 볼 수 있으니, 살아서는 벼슬과 녹을 받으며 죽어서는 향사를 받는 것이 모두 한 가지이다. 만약 공의 지극한 행실이 남이 알아주기를 바라고 억지로 한 것에서 나왔다면 그 효도가 순수했겠는가? 그러므로 공의 사당이 헐어지거나 남거나 하는 일로 공의 인격이 무겁거나 가벼워질 수 없으며, 하늘이 공에게 보답한 한 줄기 아직 샘물이 있으니, 시대에 따라 興廢하거나 사람에 따라 드러나거나 숨겨지지 않는 것이다. 길가는 사람이 손가락으로 가리키며 '孝感泉'이라 한다면 공이 天心을 얻은 것이니, 사람에게 용납되지 못했다고 해서 어찌 슬퍼하겠는가? 어떤 사람은 '공의 사당이 헐린 것은 공에게는 진실로 손해가 없는데, 향토의 인사들이 어찌 공의 덕을 살펴 興起하겠느냐?'고 했다.

(7) 내가 말한다.

"샘[효감천]의 이름을 듣고서도 숙연하여 마음을 일으킬 수 없다면, 비록 날마다 공의 당에 올라 공의 기침소리를 듣더라도 돌아보건대 發心이 되지 않을 것인데 하물며 공의 사당에 있어서랴!"

(8) 공의 6대손 時挺(1696~1758)이 서울에 와서 縉紳士大夫 사이에 노닐며 詩文을 구하여 공의 遺事를 서술하니, 天輔가 泉記를 지어 그 청을 따르며 인하여 그 고장의 인사들께 孝에 興起하도록 勸勉하노라.

壬戌(1742) 孟冬에 延安 李天輔(1698~1761) 記 領相 文衡[9)]

---

9) 興德湖之濱海邑也 南至十五里有鷲嶺山 山下有泉曰孝感泉 泉之得名 蓋自故孝子吳公始 公諱浚 成廟朝人也 事親有至行 及親沒居廬 近墓泉皆汚濁 五里外有淸泉 公躬擔壺汲之以潔朝夕祀奠 雖寒暑不使人代之 一日天大震 當廬側坼泉湧出甚淸洌 邑倅聞而異之 卽馳往見之 名之曰孝感泉 有隣人臨泉 濯其弊褌已而震死 道臣奏以公之孝行上聞旌閭 特除官不就卒 一鄕建鄕賢祠 上之十七年因廷臣建議 命毀諸道院祠之 設於朝令之外者 公之祠卽其一也 天輔方待罪館職上章請區別 其合於祀典者 不賜採納 噫 若公者 古所謂 鄕先生沒而祭於祀者 而又一切毀之 今之爲國家謀者 誠過矣 雖然 君子自修于內 其至誠所感有足以格天地動神明 而其自外至者 則屈伸榮辱 無所容其心焉 公之卒已數百年 而爲一

편의상 내용별로 묶어 보았다. 위의 글은 다음과 같이 요약된다.

(1) 효감천의 위치와 생긴 유래

(2) 孝行과 그 感應 : ①②③④⑤는 感泉虎圖에 그림으로 그려져 있
다. 感泉虎圖 6화, 7화의 내용은 없고, ⑥의 내용은 感泉虎圖에
그려져 있지 않다. ①②는 孝行이고 ③④⑤⑥은 孝行에 대한 감
응이다. ④⑥은 가능한 일이나, ③④⑤는 異蹟이다.

(2)와 관련한 효행과 그 감응을 나타낸 글을 보기로 한다.

…아아, 위대하구나 ! 공의 휘는 준인데 순수한 효자였다. 어버이가 종기
가 났을 때 입으로 빨아 드디어 종기가 아물었고, 또 어버이의 병환에 손가
락을 끊어 그 피를 (어버이의 입에) 넣었더니 기절한 어버이가 소생했다.
…근래에 어떤 어리석은 백성이 더러운 옷을 이 샘물에 씻다가 벼락을 맞
아 죽었으니 사람마다 기이하게 여겼다…10)

위의 글에는 평소 오준의 효행과 孝行 異蹟 중 孝感泉圖 제7畵의 내
용이 보인다.

…어버이상에 여묘살이를 했다. 묘 곁에는 맑은 샘물이 없어 공은 반드시

鄕所尊奉 至今不替斯享者 可以觀世敎 而生而爵祿 死而俎豆 其爲外物一也 如
使公之至行 出於求人之知而有所勉强 則其爲孝也 得無不純乎 然則公祠之毁不
毁 固無以輕重公 而天之所以報公者 尙有一泓之泉 不與時興廢 不與人顯晦 行
路之人 指點爲孝感之泉 則公之得於天 而不得於人者 庸何傷乎 或曰公祠之毁
在公固無損 而鄕之人士子 何以考德而興起乎 余曰 聞泉之名 而不能肅然而知
所興起 則雖日升公堂而聞公之謦咳 顧無所發其心 況公之祠乎 公之六代孫時挺
入京 遊縉紳間 求詩文 以述公遺事 天輔爲其泉記以副其請 而仍勉夫鄕之人 士
焉壬戌孟冬 延安 李天輔 記 領相 文衡

10) …嗚呼偉哉 公諱浚 純孝人也 其親患疽而吮之 疽遂已 又遇親病斷脂而進其血
親 殊絶而甦焉 …近有愚民 濯汚於玆泉 爲雷震敎 人愈異之…(『感泉集』, '記',
吳光運 지음)

몸소 항아리를 가지고 수 리 밖에까지 가서 물을 길어 와 제수물을 드렸다.
…하루는 갑자기 하늘에서 뇌성이 울리고 비가 쏟아져, 벼락을 맞은 곳에 땅이 갈라지며 근원이 깊고 흐름이 긴 샘이 솟았는데, 물맛이 달고 淸冽했다. 대개 공의 효성에 감동하여 개가 여묘를 피하여 젖을 먹이며 호랑이가 사슴을 물고 오는 이적들이 있었는데 孝感泉은 더욱 탁이한 것이었다. 그때 감사와 어사가 그 일을 올려 정려를 내리고 복호를 했으며, 특별히 관직을 주었으나 취임하지 않았다…11)

許汲의 글에는 「感泉虎圖」 중 제1, 2, 3, 5, 6畫 등의 내용이 담겨 있다.

(3)~(5) : 오준을 享祀하는 鄕賢祠 훼철12)의 부당성에 대한 상소를 했으나 嘉納되지 않음.

(6)~(7) : 효행에 대한 올바른 인식의 필요성을 역설함.

(8) : 이 글을 짓게 된 동기 서술

---

11) …親喪廬墓 墓側無淸泉 公必自躬挈壺 遠汲于數里外 以供祭 …忽一日天大雷雨 當霤而坼地 根源深流長 味甘且冽 蓋公之孝感 有乳狗避廬 大蟲唧鹿之異 感泉尤其卓異者也 伊時道伯繡衣 上其事 旌閭復戶特授官不就…(『感泉集』, '記', 許汲 지음)

12) 오준을 향사하는 鄕賢祠가 훼철되고 다시 중건되는 과정의 기록은 許汲의 '記'에서 살필 수 있다.

영조 18년 임술년(1742)에 조정 대신들의 의논으로 갑오년(1714) 이후의 원사를 훼철했는데 공의 사당도 여기에 참여되어 훼철되었다. 그러나 효감천은 옛날과 다름없이 콸콸 흐르고 있다. 병인년(1746)에 홍덕현 선비들이 일제히 상소했다. (이에 성상께서는) 중건하라고 명하셨다. 아아! 공의 순수한 효도가 이미 하늘을 감동케 하고 또 성상의 마음을 감동시킴이로다. (當宁十八年壬戌 用廷臣議 毁甲午以後院祠 公之祠亦與焉 而感泉則潑潑然如故也 丙寅 興德之章甫齊籲 命重建 鳴呼 公之純孝旣感乎天 而又有以感聖主也)

서원의 건립을 금하고 향현사를 폐쇄하는 조처는 위의 기록과는 1년의 차이가 있다.

즉 '辛酉年(1741, 영조 17)에 書院의 私建 私享을 금하고, 1714년 이후에 창건한 鄕賢祠 影堂을 閉鎖했다.'에서 알 수 있다.(柳洪烈 監修, 『국사대사전』, 동아문화사, '韓國史年表', 참조.)

이상에서 우리는 『感泉集』이 간행될 수 있었던 동기가 어디에 있었는지 알 수 있다. 즉 그것은 바로 1741년에 조정에서 鄕賢祠 影堂 폐쇄와 享祀를 금지하는 조처가 내려졌기 때문이다. 그래서 오준의 6대손 時挺은 1742년에 상경하여 縉紳들에게 吳浚感泉虎事에 관한 글을 청탁하기에 이르렀다. 이는 時挺이 『禮記』에 '先祖의 美德이 있는데도 일컫지 않으면 不仁이 된다[先祖有美 而不稱不仁也].'고 한 말을 염두에 두지 않더라도, 향현사 복원은 시급한 문제로 생각했기 때문일 것이다.

결국 시정의 노력은 주효하여 吳浚感泉虎事는 널리 알려지게 되었고 오준을 享祀하는 鄕賢祠 復元을 위한 儒林들의 通文이 빗발쳤고, 이는 유림들의 上訴로 이어졌다.13) 급기야 폐쇄되었던 鄕賢祠는 다시 복원되었다.

　…오공의 효성은 본디부터 가능한 것이었지 이름을 얻기 위하여 샘물이나 호랑이가 있었던 것이 아니니 오공의 효성에는 미심쩍은 것이 없다.
　아깝구나! 그 사당을 이름한 자가 '吳公祠'라 하지 않고 '感泉祠'라고 했으며, 지금 사당의 기문을 쓰는 사람들이 오공의 지극한 성품과 실제의 행동은 줄이고 샘물과 호랑이에 관해서만 誇張했으니, 어찌 오공의 孝를 참되게 알았다고 말할 수 있겠는가?…
　오공의 후손이 나를 찾아와 感泉에 대한 사실을 말하며 한 마디 말을 구함이 매우 부지런하기에 드디어 이 말을 써서 그를 돌아가게 했다.
　壬戌年(1742) 초겨울에 藏密病夫 宋寅明(1689~1746) 謹識 左相14)

---

13) 『感泉集』에는 많은 분량의 통문과 상소문이 실려 있다.

14) …吳公之孝固可也 而耤令無泉與虎 亦無嫌於吳公之孝矣 惜乎 名其祠者 不曰 吳公而曰感泉 而今之爲祠記者 又或略之於吳公之至誠實行 而乃就泉與虎而張 大之 則尙可謂眞知吳公之孝者也耶 …吳公後孫謁余 誦感泉事求一言 甚勤 遂 書此以歸之 壬戌初冬 藏密病夫 宋寅明謹識 左相(『감천집』, '記', 宋寅明 지음)

위의 글은 오준의 孝行 사실에 대한 感應이 너무 異蹟的인 면으로 만 흘러 효자 오준의 진면목이 가려질 우려가 있음을 경계하고 있다. 이는 韓必壽가 '…공의 효감은 샘물에 있지 않고 공 자신의 인품에 있다. 感泉이나 범을 길들인 것은 다 공의 誠孝 중의 한 가지 일이다. 내가 걱정하는 것은 세상에 효도를 일컫는 사람들이 평소 효도에 대한 실행이 어떠한가는 살펴보지 않고 반드시 그 異蹟만 전파하며, 남에게 알려지기를 요구하는 일이다…'15)고 한 말도 宋寅明의 견해와 같다고 할 수 있다.

▲ 孝感泉과 旌閭閣. 정려각과 孝感泉 중간에 孝感泉碑가 세워져 있다.

高敞郡 新林面 外化里에 있는 吳孝子 旌閭閣에는 정려 내용을 새긴 정려판과 비석이 보존되어 있다. 「孝子除通善郎軍資監直長吳浚之門」의 내용은 다음과 같다.

---

15) …公之孝感 不在泉在人也 感泉與馴虎 皆公誠孝中一事也 余病世之稱孝者 不究其平日實行之如何 而必傅會其異蹟 求之於人也…(『感泉集』, '記', 韓必壽 지음)

孝子除通善郞軍資監直長吳浚之門

1951년 9월에 중수하다.崇禎紀元後五回甲辛卯九月重修

공은 성종 때 사람이다. 일찍이 부친이 악성 종기를 앓았다. 의원이 와서 환부를 보고는 돌아 가버렸다. 공은 엎드려서 환부를 사흘 낮밤을 빨아 부친의 병환이 나았다. 어머니가 병환이 드셨다. 공은 대변을 맛보고 자신의 손가락을 잘라서 어머니의 병환에 효험을 보았다. 모친상을 당하자 묘 아래에서 여묘살이를 했다. 날마다 죽 한 그릇을 마시고 아침 저녁으로 제사를 드릴 때는 꼭 세수를 하여 몸을 깨끗이 했다.

어느 날 저녁 호랑이가 여막에 왔다. 호랑이는 며칠 밤을 지낸 뒤에는 밤과 낮에 항상 왔다. 호랑이는 삭망 때마다 산 사슴 한 마리를 잡아와서 墓庭에 두고 갔다.

묘 가까이 있는 샘과 도랑물은 모두 더러웠다. 산 밖에 샘이 있었는데 물이 맑았다. 비록 매우 춥거나 덥거나 비가 와도 공은 반드시 항아리를 지고 손수 물을 길러 왔다. 하루는 산악을 흔드는 우뢰가 크게 울리더니 여막 앞 땅 구덩이에서 샘이 솟았는데 물이 아주 차거웠다. 고을 원이 달려와 이를 보고는 백성들과 상의하여 샘에 벽돌을 쌓아 울을 만들었다. 그리하여 이름을 '효감천'이라고 했다. 이 일을 조정에 보고했더니 정려가 내려지고 복호되고 부역을 면제해 주었다. 그리고 춘추로 지내는 제사에 제수를 내렸는데 대대로 준수하여 실행하도록 했다. 홍치 7년 갑인년(1494)에 명에 따라 세움.16)

정려각에 새겨져 있는 오효자의 효행은 이제까지 살펴 본 내용과 별

---

16) 孝子除通善郞軍資監直長吳浚之門 崇禎紀元後五回甲辛卯九月重修 公成廟朝 人也 考嘗患疽 醫來旋走 公伏吮三晝夜得瘳 妣嘗疾病 公嘗糞 斷指見效 及丁內 艱 居廬墓下 每日一粥 朝夕奠祭 必親盥滌致潔 一夕有虎來伏廬側 數宵後 夜晝 恒來 朔望則每舍一生鹿 以置墓庭而去 近墓泉渠皆汚 山外有泉頗淸澈 雖祁寒 暑雨 公必擔壺之自汲之 一日天大震 撼山岳 當廬前地穴泉湧 水甚冽焉 邑倅往 視之 董民甃之 因名孝感泉 事聞旌閭復其戶除其役 賜春秋祭需 使之世世遵行 焉 弘治 七年 甲寅 命立

차이가 없다. 그런데 孝感虎事도 분명히 있는데 '孝感泉虎. 感泉虎'로 부르지 않고 '孝感泉.感泉'으로 일컫고 있다. 그 이유는 샘은 아직까지 남아 있으나 호랑이事는 흔적이 없다는 것과 호칭이 손쉽다는 측면이 작용한 것으로 본다. 본고에서는 感泉虎事가 분명히 나타나므로 '孝感泉虎. 感泉虎. 吳浚感泉虎 傳說' 등으로 부르고 있다.

3. 野談에 전하는 吳浚 感泉虎傳說

이제 野談으로 전하는 吳浚 感泉虎傳說에 대해서 살펴 보기로 하자. 먼저 辛敦復이 편찬한『鶴山閑言』에 제목 없이 실려 있는 야담을 보기로 한다.

① 성종 때 湖南 興德縣 化龍里에 吳浚이라는 양반이 살았다. 오준은 어버이를 지극한 효성으로 섬겼다. 어버이가 돌아가시자, 靈鷲山에 장사를 지내고 묘 옆에 廬幕을 지어 시묘살이를 했다.

오준은 날마다 흰죽 한 그릇을 마시고 애통하게 곡을 했는데, 곡소리를 들은 사람들은 눈물을 흘릴 정도였다. 오준은 제물로 늘 玄酒를 차려 놓았다. 샘물은 산골짜기에 있었는데, 물이 아주 맑고 맛이 달았다. 샘물은 여막에서 5里 되는 거리에 있었다. 오준은 반드시 몸소 항아리를 가지고 가서 물을 길러 왔다.

▲ 孝感泉과 旌閭閣 중간에 세워진 孝感泉碑

어느 날 저녁 산속에서 뇌성 같은 소리가 나더니 온 산을 다 흔들었다. 吳君이 아침에 일어나 보니 여막 옆에 샘물이 솟아났는데, 깨끗하며 물맛이 달고 찬 것이 골짜기에 있는 샘물과 같았다. 吳君은 골짜기에 있는 샘에 가서 보았더니, 샘물은 이미 말라 버렸다. 마침내 吳君은 뜰에 있는 샘물을 쓸 수 있게 되어 먼 곳에 가서 물을 길러 오는 수고를 덜 수 있었다. 고을 사람들은 이 샘을 孝感泉이라고 이름지었다.

여막은 깊은 산속에 있었다. 호랑이와 승냥이가 살고 도적들이 자주 나타나는 곳이어서 식구들이 매우 걱정을 했다. 소상을 지낸 뒤 어느 날, 문득 큰 호랑이 한 마리가 여막 앞에 나타났다. 吳君이 훈계했다.

"너는 나를 해치려고 하느냐? 피할 수 없으니 네가 하는대로 맡기겠지만, 나는 죄가 없다."

호랑이는 문득 꼬리를 흔들고 머리를 수그려 엎드리고 꿇어 앉는 것이 공경함을 다 하는 모양과 같았다. 吳君이 말했다.

"나를 해치지 않을 모양인데 또 어찌 가지 않는가?"

호랑이는 문밖으로 나가더니 엎드리고는 가지 않았다. 날마다 호랑이는 그렇게 하고 있었다. 吳君은 호랑이를 쓰다듬고 희롱하기를 가축인 개와 돼지 같이 했다.

호랑이는 초하루와 보름 때마다 반드시 큰 사슴이나 산돼지를 묘 옆에 가져 와서 朔望의 제수로 바쳤는데 1주년 동안 한번도 빠지지 않았고, 맹수와 도적들도 자취를 감추었다. 吳君이 복을 마치고 집에 돌아오니, 호랑이는 비로소 가 버렸다.

기타 효성에 감복한 異蹟은 매우 많지만, 샘물과 호랑이의 일은 특히 가장 드러난 일이다. 그 당시 관찰사가 이 일을 조정에 알렸다. 성종이 특별히 旌閭를 명했고 비단뭉치를 내렸다.

吳君은 나이 65세에 죽었다. 司僕正에 추증되었고, 고을 사람들이 오군을 鄕賢祠에서 祭享했다.

② 지금 임금이 보위에 오르셔서 근래에 書院과 祠宇의 폐단을 매우 근심하시어 갑오년 이후의 祠宇는 훼철하라고 명하셨다. 홍덕의 유생들이 군의 효행 사실을 나열하여 啓聞했더니 임금은 유독 吳君의 祠宇는 훼철하지 말고 또한 이 때까지 없었던 의식을 베풀도록 했다. 그 사우는 근래에 좀

피폐해졌다. 오군의 후손 태운이 그 사실을 갖추어 와서 태학에 고하여, 태학이 편지를 써서 본읍 향교에 通文하여 유생들로 하여금 힘을 합하여 수리할 수 있게 해 달라고 청했다.

③ 내가 들은 게 있다.

동한 때 촉나라 사람 강시가 어머니를 지극한 효성으로 섬겼다. 어머니가 강수 마시기를 좋아했고 또 생선회를 즐겼다. 시의 처 방씨는 날마다 6, 7리 거리에 있는 물을 길러 왔다. 시는 힘을 써서 회를 장만하여 올렸다. 하루는 집 곁에 갑자기 감천이 솟았는데 물맛이 강수와 같았다. 매일 아침에 잉어가 뛰어나와 장만하여 올렸다. 그때 도적떼가 지나가면서 말하기를 '지극한 효성에 반드시 귀신이 놀라 감동한 것이라.'고 했다. 광무 때 시는 낭중을 제수받았다. 또 『稗海拾遺』에 보인다고 한다.

조증은 노나라 사람인데 어버이 섬김에 예를 다했다. 가뭄이 심해 우물과 땅이 모두 말랐다. 어머니가 맑고 단 물을 생각하기에 증은 꿇어 앉아 병을 잡고 있었더니 곧 감천이 솟아났는데 吳君의 일도 이처럼 符節을 꼭 합한 것과 같았다. 盆에는 '至誠感神'이라 했고, 傳에는 '지성에 감동하지 아니한 것이 없다.'고 하니, 명백한 일이로다.

효감천은 지금까지도 맑은 물이 용솟음치고 있는데 고을 사람이 석축을 쌓아 애호한다고 했다. 이는 진실로 동국이 생긴 이래로 있지 않은 일이다. 기이하도다 기이하도다.[17]

---

17) 成廟朝時 湖南興德縣化龍里 有吳浚者士族也 事親至孝 親歿葬於靈鷲山 結廬墓側 日啜白粥一甌 哭泣之哀 聽者隕淚 祭奠常設玄酒 而有泉在山谷中 極淸甘 距可五里 吳日君必親 自提壺汲之 不以風雨寒暑小懈 一夕有聲發自山中 如雷轉一山盡撼 朝起視之 則有泉湧出廬側 淸潔甘冽 一如谷泉 往視谷泉 已渴矣 遂取用庭泉 得免遠汲之勞 邑人名之 孝感泉 廬在深山之中 豹虎之所宅 盜賊之所華 家人甚憂之 過小祥 一日忽見大虎 蹲坐於墓前 吳君戒之 日汝欲害我耶 旣不可避 任汝耳 但我無罪 虎便掉尾低頭俯伏而跪 若致敬者然 吳君日 旣不相害 何不可去 虎卽出門外伏而不去 日以爲常 至於撫弄 若家畜犬豕 而每當朔望 虎必致一大鹿 或山猪於墓前 以供祭需 周年不一闕矣 猛獸盜賊 仍以屛跡 及吳君闋服還家 而虎始去 其他孝感異蹟甚衆 而泉虎事 特其最著者也 其時道臣 上聞於朝 成廟特命旌閭 賜束帛 吳君年六十五卒 贈司僕正 邑人享之鄕賢祠 今上卽阼

위의 야담은『靑邱野談』에 ①의 내용이「여묘살이 하는 곁에 샘물과 호랑이가 孝에 感應하다[廬墓側感泉虎]라는 제목으로 거의 그대로 실려 있다.『靑邱野談』에는 이야기 뒤에 붙여진 ②③과 같은 편찬자의 주관적 논평과 附帶敍述 부분이 나타나지 않는다. 시묘살이 하는 오준의 극진한 효성에 샘물과 호랑이가 감복하여 오준을 도왔다는 '孝子吳浚 感泉虎事'이다.

『梁山郡誌』(1986)에도 호랑이의 感應事는 없이, 吳浚 아닌 吳俊의 이야기가 실려 있다.18) 崔常壽의『韓國民間傳說集』에도「孝感泉」이라는 제목으로 실려 있는데,『양산군지』와 마찬가지로 오준을 양산 사람이라고 했다. 즉 '이조(李朝) 성종왕(成宗王) 때, 경상남도(慶尙南道) 양산(梁山) 고을에 오준(吳俊)이라고 하는 효자가 있었는데…'로 시작된다.19)

오준은 호남 홍덕현 사람인데『양산군지』와『한국민간전설집』등에 보이는 것은 내용 속의 靈鷲山과 관련을 맺은 것 같다.「吳浚感泉虎傳說」과 관련 있는 산은 鷲嶺이다. 취령이라는 이름은 구전되는 과정에서

深患近來院宇之弊 命撤甲午以後祠宇 興德儒生列君孝行以聞 上命獨不毁亦曠典也 其祠近頗傷弊 吳君之後泰運具其事來告于太學 請自太學行簡通于本邑 鄕校 令其章甫同力修茸 吾以得聞 東漢時蜀人 姜詩 事母至孝 母好飮江水 又嗜魚膾 詩妻龐氏 去舍六七里汲水以繼 詩力作供膾 一日舍側忽湧甘泉味如江 水 每朝躍出進鯉以供 其用赤眉施兵而過 曰鷲大孝必觸鬼神 光武拜詩爲郎中 又見稗海拾遺云 曺曾魯人事親盡禮 亢旱井地皆竭 母思淸甘之水 曾跪而操瓶 卽甘泉自湧 吳君之事如此 若合符契 益曰至誠感神 傳曰誠未有不動者 信哉 孝感泉至今尙在鷥沸瀅澈 邑人愛護以石築云 此誠自有東國所未有之事 奇哉奇哉

18) 전술한 바와 같이『中宗實錄』제57권,『海東雜錄』(『大東野乘』제23권 所載) 등에도 吳俊으로 나오나 이는 吳浚의 잘못이다.

19) 崔常壽,『韓國民間傳說集』, 通文館, 1958, pp.187~188쪽, 참조.
 이 전설의 구술자는 양산군 양산읍내 金小洪이고 채록년월은 1934년 8월이다. 이 전설의 색다른 점은 여막 곁에 샘이 솟았는데 맛을 보니 물이 아니고 술이었고 삼년 여묘살이가 끝나는 날 샘이 말랐다는 것이다.

영취산으로 인식될 수도 있는 일이다.

● 효자가 다시 살아나 저승 이야기를 하다.[孝子還甦說冥府]

『東野彙輯』[20]에 실려 있다. 전술한 ㉢『感泉先生實記』 권3(續集)에도 실려 있는데, 『東野彙輯』의 내용과 같고 제목은 「孝子還甦說冥府」로 되어 있다. 제목 밑에 '東野彙報在卷之三'이라고 出典을 밝혀 놓았는데 '東野彙報'는 바로 『東野彙輯』을 지칭한 것임을 알 수 있다.

『東野彙輯』의 「효자환소설명부」는 『靑邱野談』에 실려 있는 「盧墓側感泉虎」의 내용을 거의 그대로 수용하고 후반부는 흔히 전해 내려 오는 還生說話[還生·저승순례]를 吳浚事에 결부시킨 것이다. 즉 이 이야기의 전반부는 「盧墓側感泉虎」와 거의 같고, 후반부는 「盧墓側感泉虎」로 끝내지 않고 오준이 죽었다가 蘇生하여 저승에 다녀 온 이야기의 내용이 첨가되어 있다. 후반부 내용을 간단히 요약하면 다음과 같다.

오준은 나이 40에 병으로 죽었다. 가족들이 모두 슬퍼했는데 가슴에 실낱 같은 온기가 있어서 시체를 염습하지 않고 하루[『感泉先生實記』에는 이틀로 되어 있음]를 지냈다. 그런데 오준은 문득 소생하여 자신이 저승에 다녀 온 이야기를 한다. 鬼卒이 盈德에 사는 不孝子를 잡아가야 하는데 자신을 誤認하여 잡아 갔다고 했다. 저승에서 들었다는 이야기는 다음과 같이 묶을 수 있다.
① 자신의 수는 일찍 죽은 아들의 수까지 합하여 80세이다.
② 두 아이를 만났는데 그 아이는 다 일찍 죽은 아들이었다.
③ 부친을 만나 뵐 수 있게 해 달라고 간청했으나 허락되지 않았다.
④ 아들을 데려 가게 해 달라고 했으나 죽은 지 오래 되어 바로 데려 가지 못하고 한 아이만 光州 모촌에 사는 김씨 집 아이로 태어나게 할 것이니, 그 때 데려 가면 된다고 하였다.

20) 鄭明基 編, 原本 『東野彙輯』(상) 권3, 寶庫社, 1992.

저승 다녀 온 이야기 다음에는 오준의 후일담으로 이어진다. 오준은
저승에서 한 말대로 80세에 죽었다. 오준은 사람들에게 '광주에 사는 김
씨집 아이를 데려 와서 보고 싶었지만 이름을 모르고 일이 허탄하기 때
문에 실행하지 못했다.'고 했다. 그리고 작품 끝에는 편찬자가 '外史氏
曰'이라 하여 評語를 붙였다. 편찬자는 평어에서 '…저승 이야기에 이르
러서는 황당하여 믿기 어려울 것 같으나, 효성으로 말마암아 수명이 연
장된 것은 이치 밖의 일은 아닌 것 같다.'고 했다.21)

---

21) 『靑邱野談』과 거의 같은 『東野彙輯』의 전반부는 생략하고, 孝子 吳浚이 저승
　　에 갔다 온 내용의 원문을 『東野彙輯』에서 살피면 다음과 같다.
　　　吳年四十而病死 家人擧哀 而以其胸臆間 有一線溫氣 姑不歛絞 過一日 忽回甦
　　而言曰 世所謂冥府之說 果不虛矣 吾於病中精神昏昏 忽聞鬼卒高聲而呼我姓名
　　故驚訝出門 隨鬼卒而行 不分東西 但見大路潤長 行幾里到一處 則有一大家如
　　官府樣 吾立於門外 鬼卒先入而告曰 吳某捉來矣 使之拿入吾俯伏於庭下 乍覘
　　堂上有王者服色之人 問鬼卒曰 捉來於何處 對曰興德地捉來矣 堂上人厲聲曰
　　吾使汝捉來 盈德縣不孝子吳姓人矣 何爲而誤捉孝子乎 此人壽限已定八十 尙有
　　四十年 卽速還送可也 鬼卒聽命 惶蹙推我出門 故吾以旣入冥府 不得一拜父母
　　而歸 心甚痛 缺勉强而出道 見兩介童子游戲道傍 見吾而欣然 牽衣欲隨熟視之
　　乃前日夭折之兩兒 心甚慘愕 更入門而懇乞於堂上人曰 陽界之人 入冥府而還歸
　　者 此是不易得之機會也 旣入而不得見父母而歸 則此豈人子情理也哉 萬望使之
　　一面 堂上人掉頭曰 此則不可 須速出去 吾乃再三涕泣而懇乞 終不許 吾又懇請
　　兩兒之率去 則又不許曰 汝之命壽自來 無子今不可許施然 汝欲率去 則一兒當
　　使托生於光州某村金姓人家 汝可於後日陽界上率去也 乃促令出送 吾無奈何 出
　　門則兩兒號哭欲隨爲 鬼卒揮逐 心甚慘痛 且以一見父母之意 懇請於鬼卒曰 雖
　　不得一拜 可指示所佳處 鬼卒指一亭曰 此雖相望之地 程道甚遠 不可以往因促
　　行 吾以父母之不得逢拜 兩兒之不得挈歸 心竊痛隕之際 鬼卒自後推而仆地 精
　　神恍惚 遂至驚覺云云 人皆駭異之 其後年果八十而終 以孝贈職旌閭 嘗對人語
　　曰 光州金姓人 家兒欲率來見之 而不知名字之爲誰 且事近誕妄 故未果云矣 外
　　史氏曰 孝爲百行之源 自古至孝之人多 天佑神助奇異之事 許孜宅墓次而猛獸馴
　　其庭 曺曾思療母渴而甘泉自湧 吳孝子之廬側得泉虎 致奠需亦通天孝感之所 致
　　誠奇哉 至若冥府之說 荒唐難信 而盖因孝延壽 則似非理外之事也

▲ 吳孝子 墓碑(2기)와 墓, 묘는 맨 위 오른쪽에 위치한 것임

오준의 실제 壽命은 1444년에 태어나서 1494년에 죽었으니, 50세이다. 그런데 오준의 수명이 「廬墓側感泉虎」에는 65세이고, 「孝子還甦說冥府」에는 80세로 되어 있다. 이와 같이 수명이 실제보다 긴 것은 口傳되는 과정에서 바뀌어질 수도 있는 일이다. 50세는 短命했다고 볼 수 있는 나이이기 때문에 효자의 단명은 민중의 기대 심리 즉, '효자니까 그 정도 수를 할 수 있었다.'는 것과 거리가 있고, 또 孝至上主義的인 思考[22] 등이 복합적으로 반영되어 오준의 수명을 실제보다 연장했을 가능성도 생각해 볼 수 있다. 이와 같은 기대 심리와 孝至上主義的 思考는 결국 「孝子還甦說冥府」라는 이야기까지 창출하기에 이르렀다고 본다.

앞에서 언급했듯이 『同福吳氏感泉公派譜』에는 孝子 吳浚과 관련한 「救虎傳說」이 실려 있다.

---

22) 孝至上主義的 思考는 모든 孝行說話의 기반을 이루고 있는데, 특히 犧牲孝說話에 두드러지게 나타난다.(崔雲植, 앞에서 든 책, 141쪽.)

감천공이 취령산 아래에서 시묘할 때 朔望마다 범이 생사슴을 잡아오고 날마다 아니 오는 날이 없어 감천공은 호랑이를 가축과 같이 사랑했다. 어느 날 밤 공이 흙베개를 베고 잠이 들었는데, 非夢似夢 간에 한 노인이 방장산으로부터 내려 와 공의 앞에 당도하여

"그대의 사랑하는 범이 지금 장성 백암 땅에서 함정에 빠져 벗어날 길이 없으니, 급히 가서 구원하라."

고 말하고는 간 데가 없었다. 공은 놀라 깨어 보니 꿈에 들은 말이 역력히 생각났다. 문을 열어보니 밤중인데 범이 올 시간이 지났으나 오지 않았다. 공은 드디어 상복을 입고 빠른 걸음으로 거기까지 달려 갔더니 날이 밝아오고 있었다. 여러 사람이 산기슭에 모여서 창과 몽둥이를 가지고 서두르는 것이 보였다. 그 형세가 심히 급박하므로 크게 소리쳤다.

"여러분은 잠깐 멈추고 나의 범을 상하게 하지 마시오."

여러 사람이 크게 웃으며

"당신은 반드시 미친 사람이로다. 산중에 사는 짐승을 당신의 것이라고 할 수도 없고 설사 당신의 범이라고 한들 어찌하려고 하오?"

라고 했다. 공이 말했다.

"내가 장차 구원하겠소."

여러 사람이 말했다.

"안 됩니다. 이미 잡아 놓은 범을 내줄 수도 없고, 저 무서운 짐승이 나오는 날이면 몇 사람이 상할지도 모르니 두말 하지 마시오."

공이 말했다.

"걱정할 것 없소. 그대들은 무섭거든 멀리 피하시오. 내 홀로 당하겠소."

공은 드디어 함정을 풀어 범을 나오게 하니 범은 좋아라고 꼬리를 흔들고 쳐다보고 앞뒤로 설치며 따르기를 집에서 기른 개나 염소와 다름이 없었다. 멀리 달아났던 사람들이 다시 모여 말했다.

"공은 오효자 감천선생이 아닙니까? 우리들은 범이 사슴을 잡아온다는 소문을 듣고 항상 의심스럽게 생각했는데, 오늘 보니 과연 헛소문이 아니구료. 우리가 알지 못하고 자칫 神虎를 죽일 뻔 했소."

사람들은 저마다 공을 치하했다.

범은 함정에서 나오자 공의 바지 사이로 파고 들면서 등에 타라는 시늉을 했다. 이에 공은 범을 타고 산에서 내려 오니 길가의 사람들이 황급히 달아났다. 이 날은 마침 고창 장날이라 원근의 행상들이 모두 모여 점포를 벌이던 중이었다. 범은 고의로 시중을 거쳐 지나가니 장꾼들이 크게 놀라 서로 밟고 밟혀 큰 소동이 벌어졌다. 범이 시장을 지나간 뒤 범을 구출한 소문을 듣고서야 비로소 참효자가 있음을 알 수 있었다. 공은 이내 무사히 여막까지 돌아왔다고 한다.

이 말은 홍덕 고을 노인들이 입으로 전하여 이야기거리가 되었기 때문에 이에 책머리에 쓴다.23)

위의 「救虎傳說」 내용은 범의 특이한 報恩行爲를 보여 주고 있다. 범은 오효자를 등에 태우고 일부러 사람들이 많이 모인 市場[高敞 장날]을 지나간다. 사람들은 하나 같이 범을 보고는 혼비백산했지만, 범의 이런 행위는 오효자의 효성을 널리 宣揚시키기 위한 행위로 볼 수 있다.

이 傳說도 報恩譚으로 귀결되지만, 報恩譚은 「救虎傳說」이란 제목으

---

23) 感泉公 廬幕於鷲嶺山下 每朔望 虎必獻鹿 自後無日不至 撫愛如家畜矣 公於一夕 枕塊而臥 非夢似夢間 有一老人自方丈山下來 近前而言曰 君之愛虎 方在長城白岩地 誤墜陷穽 無路脫出 急往救焉 因忽不見 驚覺而起 夢敎歷歷可記 開戶視之則夜將半矣 已過虎來之時候 而虎尙不來 遂曳衰而行 急往其處則 天色微明 遙看山麓 有多數人 各持創棒 將欲下手 其勢甚急 乃大呼曰 僉位暫止 休傷我虎 衆人大笑曰 公必狂也 山中自在之物 何謂公之虎也 設爲公虎 公將何爲 公曰吾將救出矣 衆人曰不可 旣得之虎 不可放出 且如彼猛虎 出穽之時 傷人必多 則休煩再言 公曰無憂也 君等畏之則可以遠避 吾自獨當 遂就而解穽 使虎出來 則 虎甚喜悅 仰面掉尾 無異於家畜之犬羊故 衆人散而復聚 曰公非吳孝子感泉先生乎 吾等已聞獻鹿之說而常 在疑信間 今日觀之則信不誣也 吾等無知 幾殺神虎 面面相賀而 虎卽出入袴下 以示背負之意 乃騎虎而下山 沿道人惶怯逃避 適値高敞市日 遠近商旅齊會 將設廛舖之際 虎故意貫市中通過 市人大驚失色 互相踐踏 其後 傳聞救虎之說 始知有眞孝子也仍無事還廬云 此說縣之故老 口口傳承 以爲奇談故 玆書于卷端

로 실려 있다. 그런데 이 전설에는 「효자리의 세 무덤」이나 「東萊鄭氏 烈行 感虎傳說」과 같이 호랑이가 무덤에 나타나 죽었다는 내용은 나타나지 않는다.

4. 맺으면서 - 感泉虎傳說의 현장

필자는 1993년 4월 23일에 孝子 吳浚의 15代孫이 되는 秉龍[60, 고창군 부안면장] 씨의 안내로 吳孝子 感泉虎傳說의 현장을 답사했을 뿐만 아니라, 吳浚 感泉虎傳說의 일차적 자료인 『感泉集』 ⓛⓒ과 『同福吳氏感泉公派譜』 등을 대출받아 이에 관한 본격적인 연구에 착수하였다. 「吳孝子 感泉虎傳說」의 현장은 全北 高敞郡 新林面 外化里 化龍부락이다.

그곳에는 오준의 兩親[父親 諱·彭年]墓, 吳浚墓, 시묘살이 한 곳, 感泉, 孝感泉碑, 旌閭閣, 感泉先生居廬遺墟碑, 彰孝祠 등의 유적들이 잘 보존 관리되고 있었다. 孝感泉碑는 碑石의 前面에 '孝感泉'이라 새겨져 있고 碑文은 달리 없었다. 感泉先生居廬遺墟碑에는 널리 알려진 吳浚의 感泉虎事를 명기해 놓았다.

彰孝祠는 感泉吳先生을 享祀하는 곳이다. 창효사는 명칭이 원래 鄕賢祠였는데 서원의 훼철과 복원 등의 과정을 거쳐서 彰孝祠로 命名하게 되었다. '彰孝'란 名稱에는 神異한 이야기가 전하고 있다. 즉 彰孝祠 앞에 세워진 感泉吳先生追慕碑(愼思範 撰, 1980년 건립)의 비문에는

> "…사림들이 논의하여 사당을 세웠다. 벌레가 대나무 잎에 '彰孝'라는 글자를 새겨서 이로 해서 사당을 彰孝祠라고 命名했다."…24)

라는 기록이 있다. 吳孝子의 孝誠에 感應한 이야기라 할 수 있다.

---

24) …士林議建祠也 虫篆彰孝字于竹葉 仍命名…

▲ 彰孝祠. 창효사 앞에는 感泉吳先生 追慕碑가 있다.

이제 『高敞郡誌』(1992)에 실린 「孝感泉」을 소개하기로 한다.

孝感泉(지방 기념물 제43호)

이 고장 효의 상징인 孝感泉은 신림면 외화리 산 39번지 彰孝祠 앞에 있다. 화강암으로 조성된 이 샘의 규모는 가로 137cm, 세로 129cm이다.

효자 吳浚은 世宗 26년(1444) 이곳 외화리에서 출생했다. 아버지가 등창을 앓으매 입으로 빨고, 병환이 위독하매 변을 맛보아 병세를 증험하고 손가락을 잘라 입에 피를 쏟고 허벅지살을 베어 구완하였다. 喪中에 侍墓를 하는데 물길이 멀어 고생이 많았다. 하루는 갑자기 뇌성벽력과 함께 맑은 물이 샘 솟으니 현감이 우물을 파 주고 사람들이 '孝感泉'이라 일렀다. 成宗 때 復戶가 내리고 旌閭했으며 士林이 孝感泉 옆에 彰孝祠를 세워 享祀했다.[25]

위의 기록은 오준의 孝感泉事만 다루었고 感虎事는 빠져 있다. 旌閭閣[정려판과 정려비]과 『興德邑誌』 및 기타 많은 자료에 感虎事가 기록

---

25) 『高敞郡誌』, 1992, p.1340.

되어 있기 때문에『고창군지』에도 오준의 感虎事를 보충하여 게재해야
된다고 본다.

이상에서 살펴 본 바와 같이「吳孝子 感泉虎傳說」은 자료가 풍부하
게 남아 있을 뿐만 아니라 그 현장[孝感泉, 孝感泉詩碑26), 孝感泉碑, 旌閭
閣, 吳孝子居廬遺墟碑, 感泉吳先生追慕碑, 彰孝祠, 感泉吳先生의 墓, 吳孝子
兩親의 墓]이 잘 보존·관리되고 있다.

「吳孝子 感泉虎傳說」은 說話의 興味性과 教訓姓을 아울러 보여주는
教材일 뿐만 아니라,「吳孝子 感泉虎傳說」의 현장이 거의 완벽하게 잘
보존·관리되고 있고 또한 이 일대는 앞으로 同福吳氏感泉公派宗中에
서 대대적으로 정화할 계획을 세우고 있는 등의 사안을 생각할 때, 초등
학교 교과서에 수록하여 교재화할 가치가 충분히 있다고 본다.27)

그러나「吳孝子 感泉虎傳說」의 현장을 보완하는 의미에서 同福吳氏
感泉公派宗中에 한 가지 제안해 둘 일이 있다. 즉「吳孝子 感泉虎傳說」
의 현장에는 感虎事에 관한 구체물이 없다. 그러므로 이를 보완하기 위
한 한 가지 방법으로『感泉集』에 실려 있는「吳孝子 感泉虎圖」7폭을
彰孝祠 안에 그려 奉安하는 방안을 제안하고자 한다.

---

26)「효감천시비」의 비문은 전북대 최승범 교수가 지었고 1978년 5월에 세웠다.『동
복오씨감천공파보』권1에도 실려 있는데, 全文은 다음과 같다.
  여기 청렬한 샘물이/내내 솟고 있다/겨레의 숨결과 더불어/또한 이어 흐르리라
/어버이 살아 계실젠/섬기는 일 다 하셨고/돌아가신 후도/반드시는 마음 생시
같으셨다//아아 吳浚선생/아름다운 이 효행을/하늘도 끝내 느껴워/이 샘물을 내
셨거니/효감천 나라에 들려/창효사를 이룩했고/오백년 선비들은/효의 본을 삼
아 왔다.//취령산 솔 바람 소리/어제런 듯 맑혀 주고/산짐승 미물들도/삼가 비켜
우러르네/이제야 사람들 효심을/어찌 아니 깨칠건가.

27)「吳孝子 感泉虎傳說」의 현장은 부지가 일만여 평이나 되고 문중에서 이 일대
를 진입로 포장 등 대대적으로 정화하여 聖域化하겠다는 의지를 표명하고 있으
니, 교재화하기에 쉬운 입지 조건을 갖추고 있다고 할 수 있다. 이에 관한 사항
은 同福吳氏感泉公派宗中에서 발간한〈感泉吳先生略史(189.5.7.)〉를 참조했다.

Ⅳ. 黃忠孝子 感虎傳說

1. 들머리에

17세기 旌表政策에서 충신은 전장에서 국가를 위해 싸우다가 순절하는 경우가 대부분이지만,[1] 忠孝를 겸비한 인물의 행적도 보인다. 즉 임진왜란 때 군에 응모하여 敵將을 사로잡는 공을 세우고, 國喪에는 父母喪과 같이 상복을 입으며, 지극정성으로 효성을 다하는 생활을 하여 나라로부터 忠孝라는 시호를 받은 인물이 있다.[2]

여기서는 강원도 원주 골무내기 마을에 전해오는 「黃忠孝子 感虎傳說」에 대해서 살펴 보고자 한다. 연구 방법은 전설의 현장을 답사하여 자료를 채집하고, 문헌을 통해서 관련 자료를 찾아내어 고찰하기로 한다. 이에 관해서는 이미 필자의 "국민학교 교과서에 실린 兄弟美談과 感虎傳說에 관한 연구"에서 일정한 언급이 있었지만, 그 동안 자료를 보완하고 수정을 거쳤다.

---

1) 송철호, "17세기 旌表政策의 强化와 壬·丙兩亂 人物傳", 東洋漢文學會 제51차 연구 발표회(1996.3.28, 부산교육대학교) 발표 요지, p.2, 참조.

2) 본고에서 살펴게 되는 원주 골무내기 마을의 忠孝祠의 주인공인 黃戊辰과 같은 인물이다. 황무진은 임금으로부터 子龍이라는 이름을 하사받았으며, 골무내기 마을에는 忠孝祠가 현존하고 있다.

2. 世譜實錄으로 본 黃戊辰

필자는 1993년 9월 11일에 黃忠孝子 感虎傳說의 현장인 江原道 原城郡 文幕面 潘溪 3里에 있는 忠孝祠를 찾았다. 忠孝祠는 黃戊辰의 12대손 寅澤[63, 반계 3리 96] 씨가 관리하고 있었다.

忠孝子 黃戊辰(1568.3.22.~1652.4.22.)에 관한 기록을 들어 보기로 한다.

먼저 『昌原[檜山]黃氏世譜實錄』의 기록 일부를 보면 다음과 같다.

● 부사과충효공묘표[副司果忠孝公墓表]

공의 성은 황이요 이름은 자룡이다. 처음 이름은 무진이었는데 무진년(1568)에 태어났기 때문에 무진으로 이름을 삼았다.3) 무진은 본관이 창원인데 회산 부원군 석기의 후손이다. 부친의 이름은 징이다. 일찍 부모를 여의고 품팔이로 떠돌아 다니다가 만년에 원주에서 공을 낳아 마침내 원주에서 살게 되었다. 공은 나면서부터 특이한 자질이 있어서 가르치지 아니해도 스스로 법도를 알게 되니 듣는 사람들이 기특하게 여겼다. 임진왜란 때 군에 응모하여 賊將을 사로잡는 공이 있었다. 부모를 효도로 섬기며 그 마음을 즐겁게 해 드렸다. 두 번이나 부인을 내 보낸 것도 어버이 뜻에 순종함이었다. 어버이가 돌아 가시자 묘소에 여막을 짓고 슬퍼하는 예를 다하였다."…

---

3) 이와 같은 命名法은 仁祖反正 功臣인 李起築(1589~1645)의 이름에서도 나타난다. 기축이라는 이름의 유래담을 인용해 보기로 한다.

이기축은 점사(店舍)에 고용된 종이었다. … 주인집에는 시집갈 나이가 된 딸이 있었는데 글자를 좀 알고 성품 또한 영민하여 부모가 아주 사랑했는데 좋은 사위감을 골라 시집 보내려고 했다. 그러나 그녀는 이렇게 시집가는 것을 원하지 않았다. 그리고는, "제 남편은 제 스스로 택하겠사옵니다. 저는 이기축에게 시집 가려 하옵니다."라고 했다. 기축(己丑)이란 기축년에 태어났기 때문이다. 이름을 부를 때는 기축(起築)이라고 하는데, 뒤에 고친 것이다. 부모는 크게 놀라 꾸짖었다. (李起築店舍雇奴也 …主家有女 年及笄 而稍解文字 性又穎敏 父母鍾愛 欲擇佳婿 而嫁之 其女不願曰 吾之良久人吾自擇之 願嫁于李己丑矣 己丑者 己丑生 故仍以名呼之起築云者 後改之故也 其父母大驚而叱責)

인조 갑술년(1634)에 정려를 명하고 今上 경인년(1650, 孝宗 1)에 優老로 절충장군 용양위 부사과에 올랐다. 임진년(1652) 4월 22일에 졸하니 향년 85세였다… 부제학 조순 지음.[4)]

위의 기록에는 황무진의 효성에 호랑이가 감동한 내용은 보이지 않는다. 황무진의 충효심에 韓浚謙 등과 같은 인물이 시를 지어 극찬했다는 내용도 있으나 뒤에 제시하는 자료에 나오므로 인용은 생략했다.
江原道 『原州邑誌』에 실려 있는 내용은 다음과 같다.

황무진은 奴僕이었는데 임진왜란 때 군공을 세워 속량되었다. 아버지가 돌아 가시자 여묘살이를 했고 어머니의 병환에 손가락을 잘랐다. 그는 옛주인의 병이 위중하여 겨울인데도 붕어를 구하러 못에 갔다. 얼음을 깨뜨리고 꿇어 앉아 하늘을 우러러 호소했다. 오래지 않아 붕어가 절로 튀어 나왔다. 무신년과 기축년 전후에 國喪을 당했다. 무진은 베옷과 나물밥으로 親喪을 당한 것 같이 행동했다. 조정에서는 무진의 忠孝를 가상히 여겨 忠臣孝子의 旌門을 세웠다. 그 뒤 西平 韓浚謙, 仙源 金尙容, 澤堂 李植, 觀雪堂 許厚, 畏齋 李厚慶 등 諸賢이 시를 지어 포상했다.[5)]

---

4)「副司果忠孝公墓表」
公姓黃諱子龍 初諱戊辰 生於隆慶戊辰 因以爲名 系昌原檜山府院君諱石奇之后 考澄 早孤 餘生傭賃流離 晚年生公于北原 遂爲原人 生有至性異質 不待施敎自能知 方聞者奇之 至萬曆壬辰之亂 應募軍門 獲酋有功 事父母孝 務悅其心 至再出其妻 以順其意 及之歿 廬墓而致毁 …仁祖甲戌 命旌其閭 至今上庚寅 優老頌恩 陞折衝將軍 叙龍驤衛副司果 壬辰四月二十二日卒于室 享年八十五… 副提學 趙純 撰(昌原[檜山]黃氏大同譜編纂委員會 編,『昌原(檜山)黃氏世譜實錄』, 1979, pp.184~185, 참조.)
5) 本朝 黃戊辰 以私賤 壬辰立軍功 從良 父歿居廬 母病斷指 舊主病甚 當寒求鮒 戊辰就淵 叩氷跪坐仰天 未幾 魚自躍出 戊中己丑前後 國恤 麻衣素食一如親喪 朝廷嘉其忠孝 立忠臣孝子之門 其後 韓西平 金仙源 李澤堂 許觀雪 李畏齋 諸賢作詩 褒賞(江原道 邑誌 [영인본] ①原州, 아세아 문화사, 1986, p.61.)

위의 기록에도 孝感虎 내용은 보이지 않는다. 임진왜란 때 노복의 몸으로 軍功을 세워 속량되었고 國喪에 친상을 당한 것 같이 행동했으며, 양친에게 지극한 효성을 다했기 때문에 忠臣孝子의 旌門이 세워졌다. 그리고 여기서는 옛주인의 병 구완을 위해 붕어를 구한 것으로 되어 있으나, 다른 기록에는 모두 어머니의 병 구완을 위해 붕어를 구한 것으로 되어 있다. 그러나 옛주인에게 쏟은 황무진의 충직성은 신선하고 감동적이다. 황무진의 충효심은 忠孝의 旌閭가 내려진 데서 알 수 있고 이를 기려 名士들이 시를 지어 황무진의 충효심을 포상하기도 했다.

『北原의 자취』에는 忠孝子 黃戊辰에 관한 내용이 두 군데 있다. 제목은 각각 「萬古에 길이 빛날 黃戊辰[제1장 내 고장을 빛낸 사람들 11명 중 한 인물로 기록]」과 「孝子 黃戊辰의 忠孝祠[제2장 내 고장 孝烈行 유적 6개 중 하나로 기록]」이다. 후자는 黃忠孝子의 행적을 간단히 기술해 놓았고 전자는 황충효자의 전반적인 행적을 길게 서술했다.

여기서는 전자의 내용은 感虎 내용을 중심으로 제시하고 후자는 전문을 인용하기로 한다. 후자의 내용부터 먼저 보자.

▲ 忠孝祠가 있는 原州 문막면 반계 3리 골무내기 마을 입구 標石

● 孝子 黃戊辰의 忠孝祠

효자 황무진은 조선 인조 때 사람으로 부모에 대한 효성이 지극하여 하늘이 낳은 효자라는 칭송을 받았다. 그의 어머니가 병으로 위독하였을 때는 황효자의 효성에 神도 감동한 듯 그로 하여금 잉어를 얻게 하여 어머니의 병환을 낫게 하였으며 호랑이도 감동하여 그에게 순종한 듯 황효자는 출입할 때 호랑이를 타고 다녔다는 전설이 있다.

1624년(인조 12) 조정에서는 부모에 대한 황효자의 지극한 효성을 기리기 위해 효자 정문과 함께 벼슬을 내렸다.

또한 황효자는 충성심이 대단하여 折衝將軍의 칭호를 받았다. 인조 때 충효의 旌閭가 내려져 그때부터 忠孝祠라 하였다. 현재 원성군 문막면 반계리에 있다.6)

위의 기록에는 황효자의 효성에 호랑이가 감동했다는 내용이 보이지만, 단순한 내용에 지나지 않는다. 感虎傳說이 되기 위해서는 感虎 내용을 좀 더 구체적으로 형상화시킬 필요가 있다. 이제 孝行記와 行狀 및 孝子鄕薦狀 등에서 단순한 孝感虎 기록들을 들어보겠다. 각 편에 보이는 孝感虎 부분의 기록을 제시하고, 原文에 있는 孝行 기록은 길기 때문에 인용하지 않고 줄거리를 요약하여 해당 원문 밑에 附記하도록 한다.

● 城南處士公孝行記

공의 휘는 종면이고 자는 성관이며 호는 성남처사이다… 깊은 산속에 들어가 밤낮으로 목욕재계하여 100일 동안 치성을 드렸는데, 밤에 호랑이가 곁에 와서 지켜 주어 개처럼 순하게 길들여 졌다…7)

---

6) 원성군 문화공보실 편,『北原의 자취』, 1987, p.46.

7) 公諱鍾冕字聖冠號城南處士… 入深山 晝宵齋沐 百日致誠其祭 夜每有虎來衛 馴之如家狗…(盧俊相 撰)
〈효자 이종면(1850~1929)은 추운 겨울에 기침병을 앓고 있는 어머니가 잉어를 먹고 싶다고 하자 얼음 위에 앉아 하늘에 빌었더니 잉어가 튀어 나와 모친께 드려 병이 조금 낫도록 했다. 또 기침병이 심해져 병환을 낫게 해 달라고 치성을 드렸으나 효험이 없자, 자신의 불효를 책하면서 깊은 산속에 들어가 100일 동안 치성을 드리던 중, 호랑이가 효자 곁에 와서 지켜 주고 효자를 인도하여 山蔘을 캐어 어머니 병 구완을 하게 했다.〉

● 莊南處士公孝行記

공의 휘는 봉규이고 자는 신백이며 호는 장남처사이다… 3년 동안 한결 같이 시묘살이를 함에 소매를 걷어 부치고 아침 저녁으로 제전을 드렸는데, 처음부터 끝까지 예의범절에 따라 봉행했다. 밤에는 호랑이가 공의 곁에 와 서 지켜 주었으니, 이는 호랑이가 효성에 감동한 일이 아니겠는가?…8)

● 連栗堂李公行狀後識

휘는 학필이다 …약을 구하여 눈 내린 밤을 무릅쓰고 집으로 돌아오는데 호랑이가 집까지 인도해 주고는 갔다…9)

● 孝子李時檜鄕薦狀

김해의 유림 조석규, 허교, 노필연 등은 삼가 목욕재계하고 백배하여 안렴 사 각하께 글을 올리나이다… 김해부 태야면에 유학 이시회가 있으니, 어릴 때부터 성품이 본래 순일하여 일찍이 부모의 명령을 어긴 적이 없사옵니 다… 고개를 넘어 갈 때는 사나운 호랑이가 먼저 산모퉁이를 지고 물러나 보호하였사옵니다… 사나운 저 호랑이도 시험이라도 하듯 감화했으니… 1874년 고종 11년 8월 일10)

---

8) 公諱奉圭字愼白號莊南處士… 侍墓三霜恒如 袒括晨夕侍奠 初終凡節遵禮奉行 夜虎來衛 亦非孝感所致耶…(鄭學源 撰)

〈효자 이봉규(1780~1845)는 어버지가 중병에 걸렸을 때, 제단을 만들어 목욕재 계하고 10개월 동안 하늘에 빌어 天神을 감동시켜 약을 얻어 부친의 수명을 연 장시켰다. 부친이 돌아가시고 3년 시묘살이에 호랑이가 묘 곁에 와서 지켜 주었 다. 그곳 사람들은 그의 효성에 감동하여 그 마을을 '효자동'이라고 불렀다.〉

9) 諱學弼… 求藥衝雪夜歸 有虎前導 及門而逝…(李邁久 撰)

〈효자 이학필(1804~1887)은 12살에 부친상을 당했는데, 땅을 치고 펄펄 뛰면서 애통해 하였고, 자라서 묘소를 이장했을 때는 아침 저녁으로 애통하게 號泣하 여 꿇어 앉은 곳에 움푹 구덩이가 생겼다. 병환 중인 어머니를 지성으로 간호했 는데, 겨울에 어머니가 오이를 찾자 오이를 구할 길 없어 울부짖는데 땅에서 오 이가 솟아 나왔다. 또 사나운 호랑이가 약초를 찾는 눈 쌓인 산에 나타나 공을 인도했으니 공의 정성이 하늘을 감동시킨 것이다.〉

위의 내용은 호랑이가 효자의 효행에 감동하여 호랑이의 情義的인 면을 보이기는 했지만, 感虎전설로 자리잡기에는 부족하다. 感虎錄이 앞으로는 더 이상 창출되지 않으리라 볼 때, 孝行記錄 속에 단편적으로 전해오는 이런 感虎 내용을 발굴하여 소중한 유산으로 활용될 수 있도록 하는 일이 우리들의 과제라 하겠다.

黃忠孝子의 孝行에 호랑이가 감응한 구체적인 내용은 다음에 인용되는 기록에 나온다.

▲ 忠孝祠의 忠臣孝子 黃戊辰의 旌閭板

10) 金海儒林曹錫圭許僑盧佖淵等 謹齋沐百拜 上書于按廉之下… 本府台也面 有幼學李時檜 而自齠齔之性本純一 未嘗有違越父母之命…越嶺之際 猛虎初負嵎 而退護…暴彼猛虎若有試而化焉 …甲戌 八月 日…(李沂福 所藏)
〈효자 이시회(1831.4.21~1911.11.6.)는 부친의 나이 80에 근력이 쇠미하여 한 걸음도 걷지 못했는데 부축해 모신 것이 20여 년이었다. 관부에 6달 쯤 머문 적이 있었는데 집과의 거리는 멀고 험난했지만 비바람이 몰아치는 날에도 아침 저녁으로 문안드림에 소홀함이 없었다. 나루를 건너갈 때 뱃사공이 먼저 언덕에 당도하여 배를 대어 띄울 준비를 하고 기다렸으며, 고개를 넘어 갈 때에는 사나운 호랑이가 먼저 산 모퉁이를 지고 물러나 보호했으니 미물까지도 감동시켰음은 지극한 정성 때문이라 할 수 있다.〉

● 萬古에 길이 빛날 黃戊辰

황무진은 원주 봉산동 무진고개에서 가난한 집안의 외아들로 태어났는데 일찍 아버지를 여의고 편모 슬하에서 자라다가 지금의 原城郡 文幕面 潘溪 3里 골무내기로 이사했다. 비록 가난해도 천성이 온순하고 효성이 지극한데다가 학문에도 열중하였는데, 총명하게 빛나는 그의 눈은 샛별같이 광채를 품었으며 용모 또한 준수하여 그를 보는 사람이면 누구나 범상한 인물이 아님을 깨달았다.

그가 처음 출사한 곳은 江原 監營이다. 골무내기 마을에서 강원 감영까지는 거리가 50리나 되었기 때문에 새벽밥을 지어 먹고 일찍 집을 나서서 감영에 도착하면 그때야 치악산에 아침해가 뜨곤 했다. 그는 대개 점심과 저녁밥을 감영에서 먹게 되는데 항상 집에 노령의 홀로 계신 어머니 끼니 걱정으로 가슴이 아팠다. 그래서 그는 자기가 먹을 저녁밥을 먹지 않고 싸 두었다가 퇴근할 때면 가지고 돌아가 어머니께 드리곤 했다. 그것도 행여나 음식이 식을새라 품속에 품고 다녔으나 집에 가면 식곤 해서 더운 음식을 어머니께 드릴 수 없음을 또한 안타깝게 생각했다.

그러던 어느날 저녁일을 마치고 원주의 동구 밖인 누문(지금 원주역 부근)을 나오고 있을 때였다. 어둑어둑한 길 한복판에 무엇이 웅크리고 있는 것을 보자마자 소스라치게 놀랐다. 시퍼런 두개의 불, 그것은 호랑이가 분명했다. 담력이 있다고 자부하던 그도 가슴이 덜컥 내려 앉으며 머리 끝이 쭈뼛했다. 그는 정신을 가다듬고 용기를 내어 호랑이를 노려 보면서 꾸짖었다.

"호랑이는 산중의 왕이며 영물이란 말을 듣는 짐승이라 하는데 어찌 무고한 사람을 해치려고 하느냐?"

이 말을 들은 호랑이는 머리를 좌우로 흔들며 그렇지 않다는 뜻을 표시했다. 황효자는 가슴에 품고 가는 음식을 한번이라도 어머니께 따뜻할 때 드리고 싶은 마음이 일어나 호랑이에게 말했다.

"그렇다면 나는 지금 노령의 어머니가 집에서 내가 어서 오기를 고대하고 계셔서 한 시가 급한 사람이니 네가 나를 집까지 데려다 줄 수 없겠느냐?"

호랑이는 황효자의 심정을 알았다는 듯이 그에게 등을 돌려 댔다. 황효자

는 황소만한 호랑이의 등에 털썩 앉았더니 호랑이는 달려 잠깐 사이에 골무
내기 자기 집 앞에 내려 놓아 주었다. 황효자는 호랑이에게 고마움을 표하
고 어머니 앞에 음식을 내어 놓았더니 어찌나 빨리 왔던지 음식은 조금도
식지 않았다.

이때부터 그는 이침 저녁으로 호랑이를 타고 왕복 일백리 길을 출퇴근하
게 되었다. 특히 좀 늦게 퇴근하여 어두운 밤길을 달릴 때면 모습은 보이지
않아도 황효자의 형형한 두 눈과 호랑이의 푸른 눈빛이 어찌나 밝은지 사람
들은 '四燈先生 行次'라고 일컬었다.

그러던 중 며칠 동안 호랑이가 나타나지 않았다. 몹시 궁금하게 생각하고
있는데 어느 날 밤 꿈에 자기가 타고 다니던 그 호랑이가 함정에 빠져 울부
짖고 있었다. 황효자는 깜짝 놀라 잠을 깨고는 꿈에서 본 곳을 찾아 나섰다.
몇 십리 산길을 달렸는데 날은 밝고 어느덧 점심 때가 되었다. 忠州 어느
깊은 산골짜기에 다다랐을 때, 몇 명의 사냥꾼이 모여 쑥덕공론하고 있었다.
"이것을 어떻게 잡아야 하지?"
황효자는 사냥꾼들이 함정에 빠진 호랑이를 어떻게 잡을까 의논하고 있
는 것을 보고 그 호랑이는 바로 자기를 태워 출퇴근시켜 준 호랑이임을 알
았다. 황효자는 사냥꾼에게 자초지종을 이야기하고 호랑이를 구해 주었더
니 호랑이는 마치 길들인 강아지 같았다…11)

黃忠孝子 감호전설은 至孝至忠으로 정려가 내려졌다는 것과 忠孝祠
의 위치를 밝혀 놓았다. 황무진은 가난한 집 외아들로 태어났으나 두뇌
가 명석하고 효심이 지극했으며 임진왜란 때는 무공까지 세웠다. 황무
진의 효성에 감동한 호랑이는 황무진의 백리길 출·퇴근을 도운다. 황
효자의 진지하고 성실한 면모는 '四燈先生 行次'라는 말에서 충분히 읽
을 수 있다. 이 이야기에서도 호랑이가 함정에 빠지고 이를 구해주는 내

---

11) 『北原의 자취』, pp.27~30, 참조. 필자가 내용 연결을 위해 문장을 얼마간 다듬
었음.

용이 나온다. 虎說話에 일반적으로 나타나는 報恩談이다. 앞에서 살핀 吳孝子感泉虎傳說과 같이 죽음의 구조는 나타나지 않는다.

3. 黃忠孝子 碑文

忠孝祠는 황충효자의 사당이다. 필자는 1994년 8월 4일에 두번 째로 原州 골무내기 忠孝祠를 방문했다. 충효사의 오른쪽에는 황충효자의 비석이 세워져 있었다. 1994년 5월에 제막한 비문을 소개하기로 한다. 편의상 내용 파악을 위해 내용 단락 앞에 번호를 표시한다.

● 忠孝公 昌原 黃子龍 旌閭碑銘幷序

1) 公의 性은 黃이요, 이름은 戊辰年에 낳았다 하여 戊辰이라 불렀다. 서기 1568년 陰 3월 23일 沙堤里 산기슭 움막집에서 아버지 澄과 어머니 原州 李氏 사이에 외아들로 태어났다. 貫鄕은 昌原이요 檜山府院君 石奇의 後孫이다. 타고난 性品이 어질고 才質이 뛰어났으며, 氣骨이 壯大하여 凡常치 않은 데가 있었으나, 가난하고 미천한 탓으로 세상에 알려지지 않아 늙은 父母를 모시느라 밭 갈고 나무 하며 어린 시절을 보냈다. 1592년 壬辰倭亂이 일어나자 軍門에 들어가 勇猛을 떨치고 敵將을 잡은 功이 있어 사람들이 '黃壯士'라 불렀다.

2) 이로부터 공의 才能이 認定되어 당시 原州牧使였던 韓浚謙에게 兵房으로 拔擢되었다. 孝誠이 지극하여 저녁마다 어버이가 즐기는 장국밥을 사들고 50리길을 걸어나가 奉養하고 돌아오기 100일, 마침내 호랑이가 나타나 공을 태우고 다녔다. 이를 모르는 사람들은 축지법을 하는 줄 알았다고 한다. 하루는 꿈에 老人이 나타나서 빨리 忠州로 가 보라 하므로 깨어나 급히 달려가 본 즉 함정에 빠진 호랑이를 잡는다고 사람들이 모여드는 것이었다. 공은 해치지 말라고 외치며 함정에 뛰어들어 호랑이를 구해내니 호랑이는 눈물을 흘리면서 한참 동안 공의 곁을 떠나지 않아 사람들은

그제서야 공이 호랑이를 타고 다니는 것을 알고 하늘이 낸 孝子라고 우러러 보기 시작했다고 한다.

3) 1608년 宣祖가 昇遐하시매 3년喪을 입으시니 大司諫 趙誠이 글을 지어 기리고 相國 李元翼, 持平 任叔英, 判書 金世㢢, 監司 李命確이 忠義를 讚揚했다. 1610년 아버지의 病患이 危篤하자, 스스로 무명지를 깨물어 피를 내어 드리니 死境의 아버지가 5년을 더 살았다 돌아가심에, 묘 옆에 廬幕을 짓고 살아실 때와 같이 섬기니 개미도 느꼈는지 산소를 범하지 않았다고 한다. 柳川 韓浚謙이 이를 보고 크게 감동하여 시를 지어 읊으니 仙源 金尙容, 四寒 金昌一, 澤堂 李植 등 세 어진이가 차례로 和答하여 공의 孝行은 한 때 士林의 佳話가 되었다.

▲ 골무내기 마을의 忠孝祠와 忠孝子 黃子龍旌閭碑. 忠孝祠 왼쪽 忠虎閣에는 忠虎碑가 있다

4) 이로부터 名賢들은 공의 나이나 신분을 가리지 않고 사귀기를 즐겼으며 공을 對하되 스승의 예로 하여 洞口 밖까지 걸어나가 맞이하고 보냈다고 한다. 부인 坡平 尹氏 또한 孝婦였다. 어느 겨울날 빨래 갔다가 돌아오는

길에 老妄기가 심한 시어머니가 기름을 오줌으로 잘못 알고 주는 것을 보고는, 그게 오줌이 아니라 기름이라고 하면 놀라실까 염려하여 恭遜히 어머니를 들어가시게 한 뒤 축난 기름을 채워 놓았다. 이를 안 공은 부인에게 2번 절하고 서로 붙들고 울었다고 한다. 孝子만으로 孝子 못 되고, 孝婦만으로 孝婦가 못 된다는 말은 이를 이름이다.

5) 1623년 江原監察使 崔晛이 공의 집을 새로 지어 주었고, 兵房으로 다시 일하게 했으며, 橫城 李仁居와 사귀게 되었다. 1627년 10월 이인거의 亂이 일어나자 공이 逆賊과 친하다 하여 原州牧使 洪寶에게 잡혀 서울로 押送되는 화를 당했다. 저녁 무렵, 지금의 솔치고개에 이르러 어머니가 돌아가셨다는 悲報를 들었다. 공이 하늘을 우러러 크게 우니 갑자기 하늘이 흐리고 큰 눈이 내려 삽시간에 온누리가 하얗게 되고 고개길이 막혀 버렸다. 이 소식을 듣고 달려온 당시의 義兵將 金昌一과 그의 참모 許厚의 도움으로 풀려나 무사히 滋喪을 치루었다고 한다. 이로 인해 그 고개를 雪峙라고 불렀다. 오늘에 솔치는 설치의 訛傳이다.

6) 공의 孝行은 온 나라에 퍼졌다. 1634년 仁祖는 靑色의 旌門을 세워주고 1635년에는 中國皇帝에까지 알리니 少連, 大連, 黃香과 함께 四孝라 하고 二連二黃이라는 말을 하게 되었다. 1650년 孝宗은 공의 이름을 子龍이라 지어 주시고 老人職으로 折衝將軍龍釀衛副司果에 敍하니 前例없던 特典이었다. 이로서 공은 士大夫의 班列에 서게 되었으나 賤人으로 自處하고 변함이 없더라는 것이다. 이에 毗盧道人 楊萬古와 五臺, 雪岳, 風樂, 關東에 노닐다가 돌아오니 사람들이 龍潭道人이라 불렀다. 어버이 산소 밑에 집을 짓고 꽃과 나무를 가꾸며 朝夕으로 龍潭에 목욕하고 성묘하는 것을 日課로 삼으니 공의 孝는 幽明을 통하여 天倫을 누리고 공의 生은 自然에 묻혀 天命을 즐기는 完人에 이르렀다. 이 어찌 孝誠의 至極함이 아니랴.

7) 1652년 음 4월 22일 子女와 親知가 지켜 보는 가운데 '나는 본래 미천한 사람이니 죽은 뒤라도 賤人의 禮로 장사를 지내라.'는 遺言을 남기고 세상을 떴다. 仁壽 85세에 4남 4녀를 두셨다. 士林에서는 士大夫의 禮로 장

사지내려 했으나 유언을 지키려는 유족들에 의해 沙堤里 酉坐에 초라하게 묻히니 사람들은 공의 이 진실됨에 더욱 感服하여 3년 동안 弔客이 줄을 이었고, 香火가 끊일 줄 몰랐다.

1653년 나라에서 다시 紅色의 旌門을 세우고 諡號를 忠孝라 하니 세상에서는 이를 生靑死紅이라 불렀다.

8) 여기 공의 誕辰四百周年을 맞아 이 돌을 세우니 이는 人生의 本然을 되찾게 하는 거울이며 道義와 紀綱을 바로 세우려는 머릿돌이다.

銘을 쓰노니 貧과 賤을 딛고 서서 一代 明賢의 師友가 되셨고, 富와 貴가 없으셔도 百世後人의 儀表가 되셨다. 名門仕官이 못 따른 至忠을 지키셨고, 天地를 움직이고 수충을 느끼게 한 至孝를 행하셨다. 하늘에 반짝이는 별, 땅에 피는 꽃, 그 보다도 참되고 아름다운 至誠을 갖추셨다. 忠, 孝, 誠 三德에 達하니 공은 天地에 化育을 도운 完人이시다.

1994년 5월 吉日 13대 嗣孫 吉煥은 祭를 지내고 10세 外孫 戊辰生 金鼎烈은 篆額을 썼으며, 그의 아우 陰 3월 30일생 忠烈은 글을 짓고 글씨를 쓰다.

위의 내용을 단락별로 축약하여 제시하면 다음과 같다.

1) 황무진은 미천한 출생이나, 품성이 어질고 재질이 뛰어나고 기골이 장대하였으며, 임진왜란에 軍功을 세워 황장사로 불리게 됨.

2) 황무진의 지극한 효심에 감동한 호랑이는 효자의 출·퇴근길을 도우다가 함정에 빠지게 되었는데 황무진의 구원을 받아 살아나게 됨.

3) 황무진의 남다른 忠孝心은 당대 名士들을 감동시켜 시를 지어 읊게 되는 등 한 때 士林의 佳話가 됨.

4) 부인의 孝行에 감복한 황무진은 부인에게 엎드려 절을 올림.

5) 李仁居亂에 연루된 황무진이 서울로 압송되어 가는데, 하늘이 눈을 내려 압송길을 막아 목숨을 구함. 원주 솔치고개는 여기서 유래함.

6) 황무진은 효행으로 靑色旌門이 내려지고 중국에까지 그 효행이 알려지게 됨. 절충장군 용양위 부사과에 올라 사대부의 반열에 들었으나 賤人으로

自處함. 임금이 子龍이라는 이름을 하사함.

7) 황무진은 끝까지 자신을 모든 사람이 미천한 사람으로 알아주기를 바라고 85세에 숨을 거두었지만, 그의 진실됨에 감동한 조객들이 줄을 잇고 香火가 계속 이어졌음. 紅色旌門이 내려지고 諡號를 '忠孝'라함. 生靑死紅으로 일컬어짐.

8) 墓碣銘과 건립 연 월 일.

위의 비문은 앞에서 살핀 황무진의 여러 기록들을 다 수렴하여 忠孝로 일관한 황무진의 行路를 살펴 볼 수 있게 서술해 놓았다. 2)에는 孝感虎 내용이 나오고 報恩譚까지 연결되어 있다.

忠孝祠의 정면에서 왼편으로 보면 조그마한 건물이 한 채 있다. 충효사에 딸린 이 건물은 황충효자가 100리길을 출퇴근할 때 그를 도운 호랑이의 忠直을 기리기 위해 세운 忠虎碑閣이다.

忠虎閣 안에는 다음과 같은 내용이 비석에 새겨져 있다.

忠虎碑

하늘은 공의 효성에 감동되어	天感公孝
龍驤衛의 벼슬을 내려 주셨네.	賜示驤衛
목숨 바쳐 주인 섬겼으니	盡命事主
忠虎라 이름하네.	號曰忠虎

戊申(1968) 十二月 十八日 建立 黃忠孝公 12代 宗孫 寅俊

여태까지 살펴 본 黃忠孝子에 관한 기록에는 호랑이가 죽었다는 내용이 없다. 그런데 忠虎碑에는 '盡命事主'라고 하여 호랑이가 죽은 것으로 되어 있다. 만약 이 호랑이가 주인을 극진히 모시다가 죽었다면, 「효자리의 세 무덤」에서의 박태성과 호랑이, 「東萊鄭氏烈行感虎傳說」에서의 동래정씨와 호랑이처럼 황무진이 죽자 호랑이도 죽는 구조가 되어야 한다.

필자는 이에 관한 기록의 유무를 寅澤 氏에게 문의해 보았으나 아는 바 없다고 했다. 아마 이 비를 세울 때 비문을 찬한 이가 황무진과 호랑이事를 근거로 해서 忠孝子 황무진의 충효 행적을 선양하고 호랑이의 忠直性을 드러내기 위해서 '盡命事主'라는 표현을 썼으리라 본다. 그러나 이 忠虎碑閣과 忠虎碑가 忠孝教育의 현장으로 활용되기 위해서는 '盡命事主'에 걸맞게 호랑이가 충효자를 따라 죽는 구조를 설정해야 한다고 본다. 설화는 설화로서의 가치를 충분히 지니고 있기 때문에 사실 유무로 판정을 내려서는 안 된다.

4. 맺으면서

「黃忠孝子 感虎傳說」은 그 현장이 잘 보존·관리되고 있고, 孝感虎에 대한 자료도 갖추어져 있는 편이다. 그러나 忠孝祠에 현존하는 忠虎碑閣과 忠虎碑의 碑文은 황충효자 감호전설과 일치되지 않는 부분이 있다. 즉 忠虎碑에 새겨져 있는 '목숨바쳐 주인 섬기다. [盡命事主]'는 내용은 「黃忠孝子 感虎傳說」에는 나타나지 않는다. 남다른 황무진의 孝誠이므로 이러한 내용이 첨가된다고 하더라도 흠이 될 수는 없을 것이다.

說話[傳說]가 교재화되기 위해서는 설화의 興味性과 教訓性을 아울러 보여 주어야 한다. 原州 골무내기 忠孝祠와 黃忠孝子 感虎傳說이 산 교육장으로 활용되고 교과서에 교재화되기 위해서는 위에서 지적한 바와 같이 설화의 教材性[흥미성과 교훈성]을 염두에 두고 보완점을 서둘러 보완해야 할 것이다.

제3부

義狗說話 教材의 이해

일찍이 손진태는『韓國民族說話의 研究』에서 우리 나라에 유포되어 있는 義狗說話[1]는 중국으로부터 영향을 받았다고 주장했다.[2] 우리 자료보다 앞선 중국의 자료에 실린 의구설화를 예시했기 때문에 그 영향 관계를 무시할 수 없다.[3] 우리 문학과 중국 문학과의 영향 관계는 비단 의구설화에만 한정된 것은 아니다. 문학 전반에 걸쳐 授受關係가 있음이 여러 논자들의 논증에 의해서 계속 언급되어 왔다.

필자는 초등학교 국어 교과서에 실린「오수의 개」가 문헌과 현장이 보존되어 있는 산 교재라는 인식 아래 이에 관한 연구에 착수했다. 먼저 崔滋의『補閑集』所載 獒樹義狗의 현장인 全北 任實郡 獒樹面 獒樹里의 獒樹義犬碑閣을 답사하고 현지에서 오수의구에 관한 자료 수집과 탁본을 했다. 이를 토대로 해서 "국민학교 교과서에 실린「오수의 개」에 대하여"[4]와 "국민학교 교과서에 실린 전설교재에 관한 연구"[5] 등을 발

1) 說話는 通說的으로 神話·傳說·民譚 등으로 분류하지만 총체적으로 범칭하기도 하고 부분적인 명칭으로 사용하기도 하는 등 그 범주가 명확하지 못하다. 여기서는 義狗에 관한 신화·전설·민담뿐만 아니라 傳도 나타나기 때문에 이를 묶어서 說話로 범칭하기로 한다.

2) 孫晉泰,『韓國民族說話의 研究』, 을유문화사, 1981, 참조.

3) 孫晉泰는 東晉의 干寶가 찬한『搜神記』에 실린〈殺身救主型 義狗說話〉등을 인용하면서 중국 의구설화의 한국 영향설을 제기했다.『搜神記』는 원본이 전하지 않고 所載作品들은 후대의『法苑珠林』,『太平御覽』등에 재구성되어 전한다.『搜神記』의 義狗說話는 '昔 吳王孫權時 有李信純者…'로 시작된다. (『韓國民族說話의 研究』, 을유문화사, 1947, pp.19~31, 참조.)
   崔滋(1188~1260)의『補閑集』에 전하는 金蓋仁의「獒樹 義狗說話」와『搜神記』所載 義狗說話는〈滅火殺身救主型 義狗說話〉이다.

4) 李愼成, "국민학교 교과서에 실린「오수의 개」에 대하여",『어문학 교육』제13집, 한국어문교육학회, 1991, 참조.

5) 이신성, "국민학교 교과서에 실린 傳說敎材에 관한 研究",『어문학교육』제14집, 한국어문교육학회, 1992, 참조

표한 바 있다.

韓國 義狗說話의 효시는 최자(1188~1260)의 『보한집』에 실려 있는 「오수 의구설화」이다. 이후 의구설화는 문헌에 많이 전해 온다.6) 즉 『新增東國興地勝覽』(1530)을 비롯하여 李晬光(1563~1628)의 『芝峯類說』(1614), 李惟弘(1567~1619)의 『艮庭集』, 柳夢寅(1559~1623)의 『於于野譚』(1621), 善山府使 安興昌이 1665년에 撰한 「義狗傳」,7) 金若鍊(1730~1802)의 『斗庵先生文集』, 『朝鮮邑誌』, 『青邱野談』, 李源命(1807~?)의 『東野彙輯』(1869), 『增補文獻備考』(1908) 등에서 의구설화를 찾을 수 있다. 또한 『韓國口碑文學大系』는 수십 편의 의구설화를 채집·수록하고 있다.

손진태가 『한국민족설화의 연구』에서 義狗傳說(其一, 其二)에 관해서 언급한 이후, 의구설화의 연구 성과를 들면 다음과 같다.

손진태가 한국 의구설화의 중국 영향설을 피력한 이후, 김현룡은 『於于野譚』에 전하는 寧邊校生 郭太虛의 의견설화가 중국 측 『太平廣記』 所載 張然의 義犬說話 영향을 받았다고 하는 등 우리 의구설화의 중국 영향설을 제기했다.8) 그러나 필자는 중국의 영향 관계 이전에 우리 땅에서도 義狗가 자연발생적으로 나타났으리라 생각한다.

최인학은 "구경전담의 민속학적 연구"9)에서 개가 밭을 가는 모티브가 있는 민담을 민속학적으로 고찰했다. 그는 狗耕田譚은 因果應報의 教

---

6) 개를 지칭하는 漢字語는 '狗', '獒', '尨', '犬' 등이 있다. '獒'는 중국 기록인 『書經』 「旅獒篇」에 나오기 시작해서 李漁(1611~1679)가 지은 「瘞犬文」 등에 보이고, 한국 기록에는 崔滋의 『補閑集』 이후 쓰인 예는 찾기 어렵다. 본고에서는 '狗'로 통일하되 원전 인용 때는 그 원전에 사용된 말을 쓰기로 한다.
7) 金樹基氏 소장 『義烈圖』(1869)에 수록되어 있다.
8) 金鉉龍, 『韓中小說說話比較研究』, 일지사, 1976, pp.134~140, 참조.
9) 崔仁鶴, "狗耕田譚의 民俗學的 研究", 『關東大學 論文集』 4집, 1976, pp.183~200, 참조.

訓的인 테마가 중심이 되어 있다고 할 수 있지만, '개'라고 하는 동물이 富 혹은 행복을 초래하는 것을 주제로 하여 '善人과 惡人의 대립'을 根本理念으로 해서 善人의 승리를 가져오게 하는 줄거리로 되어 있다고 했다.10) 특히 최인학의 이 논문에서는 日蝕·月蝕의 根源說話가 될만한 「불개」와 개가 福을 가져다 주는 「단똥과 떡나무와 생명 나팔」 및 「사람이 죽어 개로 다시 태어난 이야기[轉生 모티브의 민담」 등을 예시하여, 개는 轉生할 수 있는 동물의 하나이고, 死者를 저승으로 안내하는 神의 使者이며, 福을 가져다 주는 靈物이라는 점 등을 우리 민속에서 엿볼 수 있다고 했다.

이상익은 "시화집에 정착된 설화들"에서 최자의 『보한집』 소재 의구설화와 『증보문헌비고』의 기록 및 普通學校 『朝鮮語讀本(卷四)』(1921)에 실린 「義狗」 記錄 全文을 소개했다.11) 이는 〈契樹型 義狗說話〉에 관한 본격적인 학적 고찰이라는 의미가 있다.

최래옥은 "오수형의견설화의 연구"에서 「오수 의구설화」를 論題로 삼아 '契樹型 說話의 分布', '契樹說話의 史的 考察' 등 〈契樹型 義狗說話〉에 관한 폭넓은 자료 제시와 본격적인 학적 고찰을 기했다.12) 이는 〈오수형 의구설화〉의 전국적인 분포로 보아 「오수 의구설화」가 契樹라는 지역성을 초월하여 전국적 범민족적인 說話로 定着되었음을 입증한 것이다. 또한 최래옥은 "한·중 설화의 동물담 연구"에서 한·중 의구설화를 간략히 비교했으며,13) 이신성도 "한·중 의구설화의 비교 연구"를 발

---

10) 崔仁鶴, 앞에 든 책, p.187, 참조.

11) 李相翊, "詩話集에 定着된 說話들 - 麗朝散文學小考④ - ", 『국어 교육』 31집, 한국국어교육연구회, 1977.12, pp.31~144, 참조.

12) 崔來沃, "契樹型 義犬說話의 硏究", 『韓國文學論』, 日月書閣, 1981.3, 참조.

13) 최래옥, "韓·中 說話의 動物譚 硏究", 『설화연구』, 국어국문학회, 1998, pp.205~ 225, 참조.

표한 바 있다.14)

홍순석은 의견설화의 형성, 특징 등을 살핀 데15) 이어 獒樹義犬과 「善山 義狗說話」의 相似性을 밝히고 「선산 의구설화」를 집중적으로 고찰했다.16)

한양명은 善山地方에 전해오는 義牛·義狗說話를 살폈는데, 이들 설화는 忠義라는 지배이데올로기 실천의 典範으로 이용되었다고 했다.17)

이형우는 "한국의 동물설화 연구"에서 수집한 141편의 犬·狗·獒說話를 지역별, 주제별, 원인별로 분류하고 犬·狗·獒說話가 구비문학과 記錄文學에 미친 영향 등을 살폈다.18) 이 논문에서는 주로 義狗에 관한 내용이나 개가 사람을 해친 경우도 나타난다.

윤승준은 "동물전 연구 서설"19)에서 李惟弘(1567~1619)의 「義狗傳」과 金若鍊(1730~1802)의 「忠狗傳」 및 「義狗傳」 등을 고찰했다.

여기서는 먼저 초등학교 교과서에 실린 「오수의 개」에 관해서 살펴보기로 한다. 이어 교과서에 교재화된 것과 교재의 현장을 연관시켜 구체적 교재로 교과서에 수록되어야 할 필요성을 제기해 보겠다.

「오수의 개」는 오수 지방에 한정된 「獒樹 義狗說話」만 있는 것이 아니다. 그와 비슷한 줄거리를 담고 있는 〈오수형 의구설화〉가 전국적으

---

14) 李愼成, "韓·中 義狗說話의 比較研究", 『東洋漢文學研究』 제11집, 東洋漢文學會, 1998, pp.275~357, 참조.

15) 홍순석, "韓國義犬說話研究", 『강남대학 논문집』 제21집, 1993, 참조.

16) 홍순석, "善山義狗說話의 考察", 『韓國學論集』 제1집, 강남대학, 1993, 참조.

17) 한양명, "지배이데올로기의 실천을 위한 畜生의 도구화와 義牛·義狗傳說", 한국구비문학회 하계 학술대회(1998년 8월 10일~8월 11일) 발표 요지 참조.

18) 李亨雨, "韓國의 動物說話 研究 - 犬·狗·獒를 중심으로- ", 석사학위논문, 公州大學校 教育大學院, 1993, 참조.

19) 尹勝俊, "動物傳 研究 序說", 『漢文學論集』 第14輯, 檀國漢文學會, 1996.11, 참조.

로 분포되어 있다. 따라서 「오수의 개」는 오수라는 한정된 지역의 설화가 아닌 전국적 범민족적 설화이며 그 현장도 남아 있다.

〈오수형 의구설화〉는 개가 불을 꺼서 주인을 살리고 죽는 '滅火殺身救主型 說話'이다. 〈오수형 의구설화〉 가운데 하나인 「善山 義狗說話」는 「義狗傳」과 4폭의 「義狗圖」 및 설화의 현장이 남아 있기 때문에 「善山 義狗說話」의 독자성이 인정된다.

다음으로 한국 의구설화와 중국 의구설화를 비교해보기로 한다. 우리 나라에는 '滅火殺身救主型'을 비롯하여 다양한 내용을 담은 의구설화가 많이 전한다. 중국도 마찬가지로 풍부한 의구설화가 전한다. 이와 같이 한·중 의구설화 자료를 가지고 韓·中 義狗說話의 獨自性과 相似性을 살펴 보고자 한다.

Ⅰ. 獒樹의 개

1. 補閑集 所載 「오수의 개」

「오수의 개」는 최자의 『보한집』에 처음으로 등장한다.

김개인은 거령현[1] 사람이다. 개 한 마리를 길렀는데, 매우 영리했다. 어느 날 개인이 외출하는데 개도 주인을 따라 나섰다.

개인이 술에 취하여 길바닥에 쓰러져 자는데, 들불이 일어나 불길이 번져 오고 있었다. 개는 곧 옆에 있는 시냇물에 들어가 몸을 적시어 불 주위를 빙빙 돌면서 풀을 적셨다. 그래서 불길을 막았으나, 개는 힘이 빠져서 죽었다.

개인은 잠에서 깨어나 개의 모양을 보고는 슬프게 여겨 노래를 지어 슬픈 심정을 나타내었다. 개인은 개의 무덤을 만들어 장사를 지내주고 지팡이를 꽂아서 그것을 기록했다.

그런 일이 있고 난 뒤 지팡이는 나무가 되었으므로 그 땅 이름을 오수라고 부르게 되었다. 악보 가운데 견분곡이 이것이다.

뒤에 어떤 사람이 시를 짓기를, '사람은 짐승이라 불리는 것 부끄러워하지만 / 공공연히 큰 은혜 저버린다네 / 사람으로서 주인 위해 죽지 않으면 / 어찌 개와 같이 논할 수 있겠는가?'라고 했다.

---

1) 지금의 전북 임실군 지사면 영천리이다.

　진양공 崔怡(?~1258)는 문객들에게 개의 傳記를 지어 세상에 유행하게 했
다. 이는 세상의 은혜를 받은 사람들이 그 은혜를 갚을 줄 알도록 하기 위한
뜻이었다.2)

　이 說話는 地名由來譚이며 殺身救主한 忠犬의 情理를 담고 있다. 꽂
은 지팡이가 살아서 나무가 되어 '오수'라는 지명을 얻게 되었으니, 이
설화는 최이가 생존했던 시대보다 훨씬 전에 발생하여3) 최이와 동시대
에 살았던 최자의『보한집』에 실려 전하게 되었다고 하겠다. 「樧樹 義
狗說話」는 최이가 개의 전기를 짓게 했으니, 최이에 의해 전승되게 되
었다고 볼 수 있다. 최이는 殺身救主한 개의 감동적인 情理를 빌어 受
惠者의 報恩을 강조했다.『新增東國輿地勝覽』卷39, [南原 驛院條 樧樹
驛]에도「오수 의구설화」가 실려 있다.『보한집』에 실린 詩와 최이의
기록이 없는 대신 李奎報가 오수에 머문 적이 있음을 나타낸 詩가 수록
되어 있다.
　「오수 의구설화」는 부분적으로나마 교재화되었고,「오수 의구설화」
의 현장인 樧樹園 동산4)은 그 조경 미화가 빼어나게 잘 되었으며, 온
郡民의 참여와 관심 속에 樧樹義犬祭가 해마다 열리고 있다. '희생과 충

---

2) 金蓋仁居寧縣人也 畜一狗甚怜 嘗一日出行 狗亦隨之 蓋仁醉臥道周而睡 野燒
　　將及 狗乃濡身于傍川 來往環繞以潤著草茅 令絶火道 氣盡乃斃 蓋仁旣醒 見狗
　　迹悲感 作歌寫哀 起墳以葬 植杖以誌之 杖成樹 因名其地爲樧樹 樂譜中有犬墳
　　曲是也 後有人作詩云 人恥呼爲畜 公然負大恩 主危身不死 安足犬同論 晉陽公
　　命門客作傳記行於世 意慾使世之受恩者 知有以報也
3)『신증동국여지승람』39권, 南原 驛院條 樧樹驛에 보면, 李奎報(1168~1241)가
　　지은 詩 '鳥原侵午出 樧樹時留……'에 '樧樹'라는 지명이 나온다. 따라서, 최이
　　보다 반세기 이상 앞에 살았던 이규보 생존 그 이전부터「樧樹 義狗說話」가 있
　　었다고 생각된다.
4) 원래 전설의 현장은 上里 부근이지만 이곳이 거의 전설의 현장이 되다시피 했다.

성이 담긴 충직한 義犬의 넋을 위로하고 의로운 정신을 길이 보전시키자.'는 獒樹義犬祭에는 지역민의 향토애와 긍지가 흠뻑 나타나 있다.

그러나 이와 같은 성과는 오수리 주민 沈昞鞠[1984년 작고] 씨의 19년간(1965~1984)에 걸친 헌신적인 노력과 先親의 遺志를 받든 아들 奉茂(43세) 씨의 '오수의 개'에 대한 꾸준한 홍보 활동이 있었기에 가능한 일이었다.5) 이와 같은 활동은 〈제5회 오수의견제〉 준비 위원장 이종화 씨의 인사말 중 "…의견비 이야기를 교과서에 전문 수록하고자 노력할 것이며…."(팸프릿 16쪽 참조)에서도 잘 나타나 있다.

〈오수형 의구설화〉는 전국적인 분포와 그것이 지닌 교훈성, 감화력 등과 그 학적인 성과 및 잘 보존된 현장, 說話가 담고 있는 정신을 오늘에 되살리려는 지역민들의 향토애, 자긍심 등으로 해서 지역성을 초월하여 〈獒樹型 義狗說話〉로 정착했다고 할 수 있다. 따라서 〈獒樹型 義狗說話〉는 구체적인 교재로 교과서에 수록되어 교육 현장에서 학생들에게 면밀한 교육이 이루어져야 마땅하다.

2. 교육과정의 변천에 따른 「獒樹 義狗說話」

「오수 의구설화」가 최자의 『보한집』에 수록된 이후, 說話가 지닌 교훈성, 감화력 등에 힘입어 역대의 여러 문헌에 〈獒樹型 義狗說話〉가 전해오고 있다. 또한 『韓國口碑文學大系』 등을 통해 전국 곳곳에 구전으로 전해오던 〈獒樹型 義狗說話〉를 간접적으로나마 일별할 수 있게 되었다.

---

5) 심봉무 씨는 부산교대 도서관을 직접 방문(1990. 8)하여 이준연의 『오수의 개』, 〈제 5회 오수의견제〉 팸프릿, 오수의견제 행사 내용을 담은 비디오 테이프 등을 부산교대 도서관에 기증했다. 본고는 이 기증 자료에 힘입은 바 크다. 이때까지 심봉무씨는 '오수의 개' 홍보 테이프 2,200여 개, 동화책 1,500여 권을 각급 교육청과 학교 도서관 등에 기증했다고 했다. [심재석 씨의 증언]

「오수 의구설화」가 교과서에 처음으로 등장한 것은, 1911년에 간행된 보통학교 『朝鮮語讀本』 卷四에 「義狗」라는 제목으로 說話의 全文이 삽화와 함께 실린 적이 있다.

『조선어독본』 이후, 1973년에 간행된 국민학교 국어 교과서(3학년 2학기)에 '오수의 개'에 관한 짤막한 내용이 보인다.6) 4차 교육 과정기 국어 교과서에도 「오수의 개」에 관한 내용이 짤막하게 실려 있다.

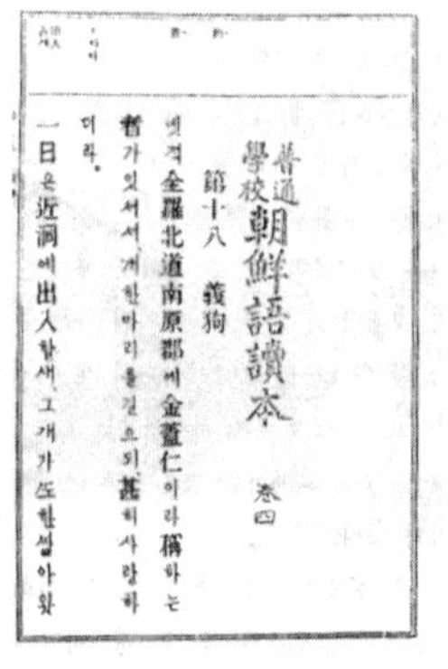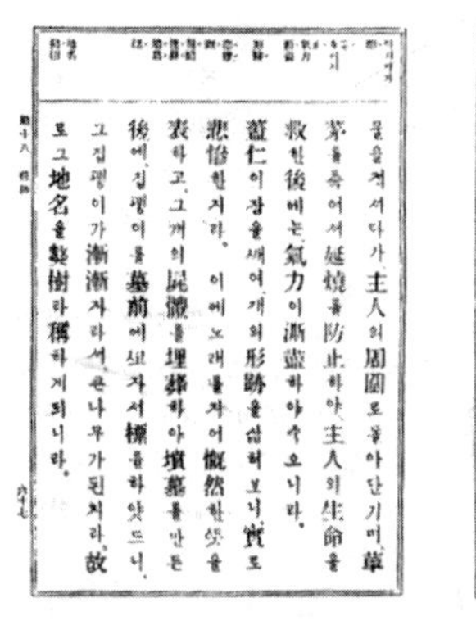

▲ 1911년에 발간한 『朝鮮語讀本』 卷四에 실린 「義狗」

「오수의 개」는 제5차 교육 과정에 의해 편찬된 3학년 1학기 국어『읽기』교과서(42쪽)에, 獒樹義犬像 사진과 '주인을 살리고 죽었다는 오수의 개 이야기는 유명합니다.'라는 짤막한 내용이 함께 실려 있다. 그리고 1학년 2학기『말하기·듣기』교과서(62쪽)에 「충성스러운 개」라는 제재로 「오수의 개」와 같은 義狗譚을 내용으로 한 삽화 6개가 제시되어 있고, 63쪽에는 삽화에 관한 학습 문제를 실었다. 이 삽화는 제5차와 제6차 교

---

6) 「개 가운데에는 주인을 살리고 죽은 개도 있습니다. 우리 나라에 전해 오는 옛날 이야기 가운데, 전라 북도 '오수의 개' 이야기는 유명한 이야기입니다.」

육 과정에 에 의해 편찬된 교과서에 다 실려 있는데 다른 점은 지팡이 有無에 있다. 제5차 교육 과정에 의해 편찬된 교과서는 지팡이를 들었고 6차는 지팡이를 들지 않았다. 지팡이는 「오수의 개」에만 나온다. 「오수의 개」는 오수 지방에 한정되는 설화이지만 〈獒樹型 義狗說話〉는 전국적으로 분포되어 있는 '滅火殺身救主型 의로운 개'이므로 양자는 구별되어야 한다. 그러므로 제6차 교육과정에 의해 편찬된 교과서의 삽화는 오수라는 지명에만 한정시키지 않고 전국적으로 분포되어 있는 滅火殺身救主型[獒樹型] 義狗說話를 지칭할 수 있으므로 타당하게 제시되었다고 볼 수 있다.

제4차 교육과정에 의해 편찬된 교과서의 「사냥꾼과 사냥개」 삽화가 제5차 교육과정에 의해 편찬된 교과서에서는 실물 사진 [獒樹義犬像]으로 바뀐 변화는 상당히 의미가 있다.7) 막연하게 전해 오는 이야기가 아닌, 설화의 현장이 남아 있다는 사실을 말해 준다. 이는 추상적으로만 여겨지던 「오수의 개」를 구체적인 교재의 현장으로 떠올릴 수 있게 만든다. 제6차 교육 과정에 의해 편찬된 교과서에는 '오수의견상' 사진이 빠지고 盲人 引導犬 사진 등이 실려 있다. 이제 각 교육 과정기 별

▲ 오수 의견상

---

7) 제4차 초등학교 국어과 교육과정에 의해 편찬된 3학년 1학기 국어 교과서 44쪽에는 獒樹義犬像 사진 대신 '사냥꾼과 사냥개'의 그림이 그려져 있다.

로 교과서에 실린 「오수의 개」 관련 내용에 대해서 알아보기로 한다.

개는 충성스럽습니다. 주인이 위협을 당하면 재빨리 뛰어들어 주인을 보호합니다. 주인을 살리고 죽었다는 '오수의 개' 이야기는 유명합니다. '플란더즈의 개'라는 동화도 개의 이러한 성질을 그린 동화입니다.
우리 나라의 개 중에서 가장 뛰어난 것은 진돗개입니다. 진돗개는 똥오줌도 자리를 가려서 누고, 쥐와 새를 잡을 정도로 빠르며, 집도 잘 지킵니다.
[제4차 교육 과정기 교과서, 42쪽~43쪽]

개는 충성스럽습니다. 주인이 위험한 일을 당하면 재빨리 뛰어들어 주인을 보호합니다. 주인을 살리고 죽었다는 '오수의 개' 이야기는 유명합니다.
우리 나라에서 가장 뛰어난 개는 진돗개입니다. 진돗개는 비록 몸은 작지만, 쥐나 새를 잡을 정도로 빠르며 집도 잘 지킵니다.
[제5차 교육 과정기 교과서, 42~43쪽]

개는 영리하고 충성스럽습니다. 주인의 생각을 알아차리는가 하면, 발소리만 듣고도 주인을 알아봅니다. 또, 집을 지키고 심부름을 하기도 합니다. 사냥을 돕는 개도 있고, 앞을 보지 못하는 사람들을 돕는 개도 있습니다. 게다가 주인이 위험한 일을 당하면 재빨리 뛰어들어 주인을 보호하기도 합니다. 주인을 살리고 대신 죽었다는 '오수의 개' 이야기는 널리 알려져 있습니다.
개는 의리를 잘 지킵니다. 우리 나라의 토종개 중에서 의리를 잘 지키는 개로는 진돗개와 삽살개가 있습니다. 진돗개는 첫 정을 준 주인을 오랫동안 잊지 못한다고 합니다. [6차 교육 과정기 교과서, 42쪽~43쪽]

제5차 교육과정에 의해 편찬된 교과서는 제4차 교육과정에 의해 편찬된 교과서의 문맥을 수정하고 일부 내용이 빠졌다. 즉 '플란더스의 개'에 관한 설명이 제5차 교육과정에 의해 편찬된 교과서에는 없다. 제6차 교육과정에 의해 편찬된 교과서도 '오수의 개'에 관한 내용은 문맥 수정이 있을 뿐이다.

全北 任實郡 獒樹面 獒樹里의 獒樹園 동산에 세워져 있는 義犬像[1975년 건립]은 진돗개 수캐의 형상이다. 이런 점은 '오수의 개=진돗개 일종'으로 연결된다.8) 그러나 오수의 개가 진돗개가 아니라는 의견이 제시되어 제6차 교육과정에 의해 편찬된 교과서에는 오수의견상 사진이 실리지 않았다. 토종개는 진돗개만 있는 것이 아니고 삽살개도 있기 때문이다.

필자는 「오수의 개」에 관한 자료 조사 차, 1986년 9월 12일, 1990년 1월 18일, 1991년 4월 3일 등 세 차례에 걸쳐 「오수의 개」 현장을 답사했다.

1986년 1차 답사 때 필자는 현장 사진 촬영과 1955년 4월 8일에 세운 「獒樹古蹟紀實碑」에 새겨진 비문을 적어올 수 있었다. 1차 답사의 결과는 필자로 하여금 「오수 의구설화」에 관해 눈을 뜨게 했고, 교재의 현장으로서 교육적 가치를 인식하게 했다9)

3차 현장 답사 때(91.4.3) 필자는 「獒樹古蹟紀實碑」의 탁본과 「오수의 개」와 관련한 이야기를 들을 수 있었으며, 沈載錫[35세, 오수 청년회의소 사무국장] 씨의 안내로 원래 義狗碑가 서 있었던 곳[上里 철로 부근]과 김개인이 거주했던 지사면 영천리[上里 철로 건널목에서 6km]까지 다녀 올 수 있었다.

▲ 거령현. 현 임실군 지사면 영천리. 「오수 의구설화」의 발생지이다.

---

8) 제4차와 5차 및 제6차 교육과정에 의해 편찬된 교과서에는 똑같이 진돗개의 사진을 실었다.

9) 구체적인 기록물은 필자의 "예술·문화의 향훈이 넘치는 곳, 전라도를 찾아서," 『한새벌』 제24집, 1987. 2, pp.144~146을 참조하면 된다.

「오수의 개」는 설화의 현장이 잘 보존되어 있을 뿐만 아니라, 忠犬으로서의 풍부한 내용을 담고 있고, 우리 나라 거의 전역에 類似說話가 분포되어 있다. 그러므로 「오수의 개」[또는 〈獒樹型 義狗說話〉]를 비롯한 義狗說話]는 당연히 說話와 함께 교과서에 구체적인 교재로 실려, 이에 대한 교육이 이루어져야 한다고 본다.10) 이런 점에서 생각할 때, 최인숙의 "국민학교 교과서에 나타난 설화 교재의 구체적 교재화에 대하여"11)는 「오수의 개」에 관한 구체적 교재화의 필요성을 지적한 타당한 연구물로 꼽을 수 있다.

3. 獒樹古蹟紀實碑

獒樹園 동산에 세워진(1955. 4. 8) 「獒樹古蹟紀實碑」의 비문은 다음과 같다.

距今 약 천여 년 전에 巨寧縣 오늘의 只沙面 寧川里에 金蓋仁이라는 분이 살고 있었는데, 한 마리의 개를 기르고 있었다. 蓋仁은 至極히 개를 사랑하였으며 개도 또한 無限히 주인을 따르고 언제나 그림자처럼 身邊을 떠나지 않았다.12)

어느 해 이른 봄에 獒樹에서 大醉한 蓋仁은 歸路途中 잔디밭에 쓰러져

---

10) 원래 義狗碑는 오수원 동산에 있었던 것이 아니고 上里 鐵路 건너편에 있었다. 그런데 한 때 비석이 없어져 20원의 현상금을 걸어서 찾게 했다는 이야기가 있다. 그후 철로 반대편으로 옮겨졌고, 1939년경 당시 오수 소방대장 김용암 등 소방대원에 의해 현 위치(오수리 232번지)로 옮겨졌다고 한다. 이와 같은 증언은 오수리 주민 金泰九(82), 朴準基(75), 趙奇勳(74), 이일문(66) 諸氏가 했다.

11) 최인숙, "국민학교 교과서에 나타난 설화 교재의 구체적 교재화에 대하여 - 「오수의 개」를 중심으로 - ", 『국어과 교육』 제8집, 부산교육대학 국어교육연구회, 1988. 2, pp.133~144, 참조.

12) 윗점은 필자가 찍었다.

그만 깊이 잠이 들었다. 때마침 附近에서 일어난 野火는 猛烈한 힘으로 前後不覺의 蓋仁身邊 가까이 타오르고 있었다. 그 날도 주인의 옆을 떠나지 않고 따르던 개는 主人의 生命이 危殆로움을 깨닫자 近處에 흐르는 개울에 뛰어 들어 물에 몸을 적시어 主人이 누워 있는 周邊의 燃燒處에 구르기 始作하였다. 猛火의 불길에도 不屈하고 이렇게 하길 數 十번 겨우 주인의 生命을 救出한 개는 氣盡脈盡하여 그 자리에 쓰러져 버리고 말았다. 얼마 後 잠이 깨인 蓋仁은 몸을 받쳐 自己를 救해 준 愛犬의 死體를

▲ 남원- 전주 국도 상에 세워져 있는 김개인과 의견 동상

부여안고 痛哭하였다. 그리고 그 자리에 死體를 厚히 묻은 後 가졌던 지팽이를 무덤 위에 꽂아 주었다. 얼마 후 지팽이에 싹이 트기 始作하더니 漸漸 자라서 하늘을 찌를 듯한 巨木이 되니, 그때 부터 이 巨木은 이름지어 槩樹라고 稱하고 이 고장의 이름까지 槩樹라 부르게 되었다 한다. 날이 가고 달이 가고 幾百年의 歲月이 흐르고 흘렀다. 茂盛했던 나무도 有限한 生命의 天則을 어길 길 없어 枯死하고 古人이 義犬의 忠誠을 길이 기념키 爲하여 建立한 碑의 文字마저 헤아리기 困難케 되었다. 그러나 거룩한 義犬의 忠魂은 이 곳 鄕土人의 代를 이어 가슴 깊이 살아 있으며 바로 그것이 이 碑를 改刻하는 원동력이 된 것이다. 그리고 앞으로도 槩樹의 地名과 더불어 永久히 사라지지 않고 社會가 淨化될수록 더욱 높이 萬人의 讚揚을 받게 될 것이다.

檀紀 四千二百八十八年 四月四日 建立

海州後人 崔東春 謹書

崔東春이 글씨를 쓰고 지방 유지들의 명의로 1955년 4월 8일(단기 4288년 4월 8일)에 비가 세워졌는데, 비문은『보한집』에 실린「獒樹 義狗說話」의 줄거리를 유지하면서 논리적으로 설득력있게 문장화했다. '義犬의 忠魂은 이곳 鄕土民의 代를 이어가면서 살아 숨쉴 것'이라는 내용은 愛鄕心의 뜨거운 표출로 보인다.

그러나 여기서 原典의 誤譯에 대하여 간과해서는 안될 점이 있다.「金蓋仁 居寧縣人也 畜一狗甚怜」에서 '甚怜'은 '매우 영리했다.'로 번역되어야 한다. 碑文의 윗점한 부분에서 보듯이, '김개인이 개를 매우 사랑했다.'는 말로 바뀐 것은, 主客의 전도이다. 이는 국역『보한집』(1972, 대양서적) 등에서 '怜'을 '영리하다'로 하지 않고, '사랑하다.'로 잘못 번역한 데서 기인했다고 보여진다.

한국정신문화원에서 간행한『韓國口碑文學大系』에 실려 있는 의구담을 표로 보이면 다음과 같다.

〈표1〉 의로운 개 이야기 일람표

유 형	차례	제 목	채 록 지		채록일지	구술자	채록자
주인을 불에서 구하고 죽은 개 (滅火殺身救主型)	①	주인을 불에서 살리고 죽은 개		부안읍	81. 7. 28	이상희	최래옥외
	②	오수의 개	전	부안군보안면	81. 7. 28	채규택	〃
	③	경주 최부자네 개무덤		남원군대강면	79. 7. 31	임상모	〃
	④	오수의 개 무덤	북	전주시 동완산동	80. 1. 31	홍귀순	〃
	⑤	개무덤과 최부자		완주군운주면	80. 1. 31	이순근	〃
	⑥	익산의 개무덤		〃	80. 2. 1	옥련화	〃
	⑦	개무덤	경	경주군현곡면	79. 2. 24	김원락	조동일외
	⑧	〃	북	경주군외동면	79. 4. 6	김수봉	임재해외
	⑨	마흘리 개고개의 유래	경 남	밀양시	81. 7. 30	김동선	류종목

주인을 불에서 구하고 죽은 개 (減火殺身救主型)	⑩	주인을 위해 죽은 개	충남	당진군당진읍	79. 8. 25	유진선	인권환외
첩실이 내버린 아기를 구한 개 (妾室棄兒救濟型)	⑪	사람을 살린 개	강원	양양군양양읍	81. 9. 21	정연옥	김선풍외
	⑫	개무덤 다른 이야기	경북	경주군현곡면	79. 2. 24	임대순	조동일외
	⑬	최부자네 개무덤	경기	남양주군 별내면	80. 9. 21	조의형	조희웅외
	⑭	주인의 아들을 구한 개	경남	거제군장목면	79. 7. 30	양또순	류종목외
묘막살이 한 개 (侍墓型)	⑮	묘막살이한 忠犬	강원	강릉	79. 10. 22	함종태	김선풍
옛주인 집에 와서 죽은 개(歸巢型)	⑯	의로운 개	제주	제주시오라동	80. 11. 19	양구협	김영돈
주인 묘자리 점지한 개(地官型)	⑰	名狗무덤		〃	80. 11. 19	〃	〃
요괴 물리치고 부자되게 한 개 (義狗妖怪退治型)	⑱	경주 개무덤의 최부자	충남	보령군오천면	81. 3. 7	김재식	박계홍외
	⑲	주인을 도와 준 개		당진군송산면	79. 11. 10	김봉한	인권환외
	⑳	최씨 개무덤	경북	영덕군달산면	80. 2. 29	조유란	임재해외
	㉑	개 무덤의 최부자 집터		진양군금곡면	80. 8. 10	류성만	정상박외
개로 다시 태어난 어머니(狗還生型)	㉒	개무덤		〃	80. 8. 10	김숙분	〃
기타형	㉓	주인을 구한 개	경남	거제군연초면	79. 8. 2	류치만	류종목외
	㉔	개무덤의 최부자		진양군금곡면	80. 8. 10	류성만	정상박외
	㉕	주인 은혜 갚은 고양이와 개		보령군웅천면	81. 2. 23	황용연	박계홍외

　〈표1〉에서 보면, 의구담이 25편이고, 이 중 10편이 〈檴樹型 義狗說話〉이다. 10편 중에서도 6편이 「오수의 개」의 고장인 전북에 분포되어 있다. 『韓國口碑文學大系』에 실린 자료는 일부에 지나지 않는다. 이 자

료 이외에도 채록되지 못한 現傳하는 의구담이 많이 있을 것이기 때문
이다.13)

'주인을 불에서 구하고 죽은 개[滅火殺身救主型]' 이외에도 '의로운 개'
이야기는 다양한 소재로 口傳하고 있음을 알 수 있다. ㉓~㉕[기타형]는
좀 특이한 구조로 되어 있고, 직접적으로 사람에게 '의로운 개'로 역할하
지 않은 것도 있다. ㉔는 '부자 자랑'이 주제인데, 개무덤 가까이 살았기
때문에 부자가 되었다는 것을 암시하고 있다.

이때까지 義狗說話에 관한 문헌과 碑文 기록을 살폈다. 義狗說話는
「오수 의구설화」와 〈오수형 의구설화〉 및 그 밖의 義狗說話 등 그 유형
과 설화 수가 많을 뿐만 아니라 전국적으로 분포되어 있다. 시공을 초월
한 義狗說話의 전파력과 감화성을 짐작케 한다.

이와 같은 점을 생각할 때, 〈獒樹型 義狗說話〉는 충분히 그 교육성이
인정되기 때문에, 교과서에 구체적인 교재로 실려 교육되어야 한다고
본다.

4. 교재화된 「의로운 개」

이제 교과서에 교재화한 '의로운 개'[주로 「오수의 개」이대]에 관해서
열거해 보자.

「獒樹 義狗說話」가 맨 먼저 교재화된 것은 普通學校 『조선어독본』
권4 (1911)이다. 『朝鮮語讀本』 4권에 실린 내용은 『보한집』 소재 「獒樹
義狗說話」의 뒷부분 '악보 가운데 견분곡이 이것이다. 뒤에 어떤 사람
이 시를 짓기를…'이 생략되었을 뿐이지, 내용은 거의 같다. 『조선어독

---

13) 최래옥은 앞에 든 논문에서 義狗이야기를 ①鎭火救主 ②鬪虎救主 ③變身除去
　　④防毒救主 ⑤吠官報主 ⑥守屍訃告 ⑦守主解難 ⑧報恩殉死 등 14가지로 분
　　류해 보였다.(pp.285~287, 참조.)

본』에는 제목을 「義狗」라고 하여 「오수 의구설화」 全文이 교과서에 실렸다. 이 이후에는 앞에서 살펴본 바와 같이 지극히 짤막하게 교과서에 실었을 뿐이다.

제6차 교육과정에 의해 편찬된 교과서에는, 1학년 2학기『말하기·듣기』교과서[단원 12, 옛날 옛적에, 62쪽~63쪽]에 삽화 6개와 학습 문제가 실려 있다.

학습 문제는 다음과 같다.

옆의 그림을 보고, 여섯 사람이 함께 이야기를 꾸며 봅시다.
◦여섯 사람이 말할 차례를 정합시다.
◦한 사람이 그림 한 장의 내용을 말하여 봅시다
◦이야기 토막이 잘 이어지도록 말하여 봅시다
◦친구들의 이야기를 듣고, 누가 이야기를 가장 잘 꾸몄는지 말하여 봅시다.
　개가 한 일에 대해서 말하여 봅시다.

위의 학습 문제는 그림을 보고 이야기의 내용을 이해하게 하고, 이해한 내용을 이야기로 꾸며서 말하도록 한다. 이 이야기의 요점은 '목숨까지 잃으면서 주인을 불에서 구한 개 이야기'이다. 어린이들이 이 이야기에 대해서 흥미와 관심을 유발하도록 수업을 이끌어야 한다. 이 교재의 주제는

충성 - 주인을 구하고 죽은 忠犬의 행위
보은 - 주인이 길러 줌, 개가 주인을 살림, 개무덤

이라고 할 수 있다. 현실성이 약한 면이 있어, 추상적인 교재로 생각될 수 있다. 그러나 獒樹義狗를 비롯한 義狗의 현장이 여러 곳에 남아 있고 구체적인 기록이 전해 오고 있으므로, 다양한 학습 자료를 활용하면 흥미 있는 수업으로 이끌 수 있을 것이다.

　여기서 알아두어야 할 일은, 이 교재가 〈樊樹型 義狗說話〉를 그림화한 것이지만 '오수'라는 지역에만 한정해서는 안 된다는 것이다. '오수의 개' 이야기를 하면서 다른 지역에도 이와 비슷한 이야기[〈표1〉 의로운 개 일람표, 참조]가 많이 있음을 알고 수업에 임해야 한다.

　제6, 7차 교육과정에 의해 편찬된 교과서의 개[狗] 교재를 들어보면 다음과 같다.

〈표 2〉 제6차 교육과정기 교과서에 실린 개(狗) 교재 일람표

차례	교과서	단 원	제 재	내 용	비 고
①	1-1 〈말하기 ·듣기〉 51~52쪽	8. 이야기 잔치	욕심 많은 개	개가 뼈다귀를 주워서 냇가에 이르러 다리를 건너면서 물 속을 보니 뼈다귀를 문 개가 보였다. 물 속의 뼈다귀를 빼앗아 먹으려고 컹컹 짖었다. 개는 마침내 제 입에 물고 있는 뼈다귀마저 물 속에 빠뜨렸다. 개는 꼬리를 떨어 뜨리고 어슬렁 어슬렁 걸어갔다.	◦4개의 삽화
②	1-2 〈말하기 ·듣기〉 62~63쪽	12. 옛날	의로운 개 (오수형 의로운 개)	樊樹型 義狗說話	◦6개의 삽화
③	2-1 〈말하기 ·듣기〉 77~79쪽	14. 보람 있는 생활	원숭이에 게 속은 여우와 개	고깃덩어리를 발견한 여우와 개가 서로 먹으려고 다투다가 원숭이의 판결을 부탁했다. 원숭이는 꾀를 써서 고기를 다 먹고는 도망가 버렸다.	◦3개의 삽화
④	3-1 〈읽기〉 42~43쪽	5. 자세히 설명하기	개	개의 특성을 설명하는 가운데 忠犬으로서의 '오수의 개'와 진돗개에 대한 설명이 나옴	◦오수의견상과 진돗개의 사진
⑤	3-1〈쓰기〉 30~31쪽	5. 자세히 설명하기	동물의 설명	동물의 크기, 생김새, 색깔, 좋은 점 등을 설명하는 가운데 개도 나옴	◦개 삽화
⑥	4-1 〈읽기〉 150~151쪽	17. 사랑의 천사	나이팅 게일	나이팅게일의 전기를 서술하는 도입부에 나이팅게일이 덫에 걸린 개를 구하여 치료해 주었다는 내용이 나옴.	◦개를 치료하는 나이팅게일의 삽화
⑦	4-2 〈읽기〉 130쪽	14. 편지	정우의 편지	내용은 없음	◦軍犬을 앞세운 국군의 순찰하는 모습을 담은 삽화

⑧	5-1 〈말하기 ·듣기〉 86쪽	14. 중심내 용과 제목	동물의 감각	개가 발달한 감각	◦개의 삽화
⑨	5-1〈쓰기〉 108쪽	17. 이번 여 름방학에는	방학 동안 하고 싶은 일	철수가 개집을 만들고 있음	◦개, 개집 만드는 삽화
⑩	6-2〈쓰기〉 35~37쪽	6. 글로 그 리는 그림	진돗개	진돗개의 모양을 설명한 글	◦진돗개 사진

위의 표에 따라 개를 교재로 한 내용이나 그림을 분류해 보면, 다음과 같다.

◦의로운 개 : 3회(②④⑦)
◦욕심 많은 개 : 2회(①③)
◦개의 특징 : 3회(⑤⑧⑩)
◦개를 보살핌 : 2회(⑥⑨)

⑦은 軍犬으로 임무를 수행하는 삽화가 제시되었을 뿐이고, ⑤⑥⑧⑨⑩도 忠犬이나 보은의 의미를 내포하고 있지 않다.

개를 교재화한 것 중 삽화로 제시된 ①②③이 완전한 줄거리를 가지고 있는 교재이다. ③은 개 이외의 다른 동물이 등장하기 때문에 개만의 교재라고는 할 수 없다. ④는 「오수의 개」에 대한 짤막한 내용과 오수의견상의 사진을 교재화했다. 獒樹義犬像 사진은 제5차 교육과정에 의해 편찬된 교과서에 실렸다가 제6차 교육과정에 의해 편찬된 교과서에는 실리지 않았다. 오수의견상 사진을 실은 것은 현장을 교재화한 면은 있지만, 〈오수형 의구설화〉의 구체적 교재화와는 그 거리가 멀다. 오수 원동산에 세워져 있는 오수의견상은 진돗개상이다. 오수의견은 진돗개가 아닌 옛날부터 있었던 토종개이기 때문에[14) 오수의견상 사진이 제6차 교육 과정에 의해 편찬된 교과서에는 빠져 있다.

〈표 3〉 제7차 교육과정기 교과서에 실린 개(狗) 교재 일람표

차례	교과서	대단원(단원)	제 재	내 용	비 고
①	1-2〈말하기·듣기〉 40~41쪽	둘째마당 이렇게 하였으면 좋겠어요(하나되는 우리:되돌아보기)	기르고 싶은 동물	내가 기르고 싶은 동물과 왜 그런 동물을 기르고 싶은지, 말할 때 주의할 점을 지키면서 말하게 한다. 개, 거북, 금붕어 등의 삽화를 제시했다.	◦4개의 삽화
②	1-2〈말하기·듣기〉 80~85쪽	넷째마당 바르게 전해요(살펴보고 정리하여:더 나아가기)	충성스러운개 돌아온 진돗개 白狗	「槃樹型 義狗說話」 삽화와 「돌아온 진돗개 백구」 삽화 및 내용을 제시하였다. 이야기 내용을 듣고 분명하게 말하게 한다.	◦4개의 삽화 ◦槃樹義犬像 사진 ◦삽화
③	1-2〈읽기〉 32쪽	둘째마당 이렇게 하면 좋겠어요(대단원 개관)	강아지와 뼈다귀	강아지 두 마리가 뼈다귀를 놓고 다투는데 누구것인지 판단하도록 하는 내용을 만화로 제시했다.	◦삽화 2개
④	2-1〈읽기〉 132~135쪽	다섯째마당 상상의 나라로 떠나요(꿈을 가꾸는 동산:더 나아가기)	개와 돼지	할머니가 개와 돼지를 길렀는데, 할머니는 이들 동물을 무척 사랑했다. 돼지는 할머니의 사랑을 더 받으려고 하다가 도리어 시장에 팔려가게 되었다.	◦개와 돼지 삽화
⑤	2-1〈쓰기〉 40~41쪽	둘째마당 이야기가 재미있어요(상상의 나라:더 나아가기)	개와 고양이	개가 고양이를 등에 태우고 강을 건너는 삽화를 제시하고, 아는 이야기 중 기억에 남는 장면을 써 보게 한다.	◦삽화
⑥	3-1〈읽기〉 150~151쪽	다섯째마당 앎의 즐거움(알면 힘이 솟아요)	개	개의 생김새와 특성 및 사람을 돕기도 하는 짐승임을 설명한 설명문이다. 「오수의 개」 이야기에 대해서 알아보자는 학습문제를 제시했다.	◦삽살개, 진돗개, 맹인을 돕는 개의 사진
⑦	3-2〈쓰기〉 64~67쪽	넷째마당 인물과 하나 되어(소중한 만남)	「플랜더스의 개」	「플랜더스의 개」의 장면'을 삽화로 제시하고 어떤 장면인지 이야기해보도록 한다.	◦장면별 삽화

---

14) 오수견연구위원회(위원장 윤신근 한국동물보호연구회장)는 1997년 1월 모임에서 문헌과 민화, 동북아 개 혈통, 개뼈 등을 토대로 오수의 개는 티베트산 마스티프가 토종화한 개로 ①체격이 마스티프보다 약간 작고 진돗개보다 크며 ②털이 많고 길며 ③귀가 처져 있고 ④길게 올라간 꼬리를 갖고 있으며 ⑤총명하면서도 온순하고 충직한 內面을 담고 있을 것으로 결론지었다.(중앙일보, 1997월 7월 20일자 참조.)

 이에 따라 임실군은 오수원 동산 의견동상(「오수의 개」:삽살개상)과 남원-전주 간 국도변에 있는 김개인과 의견의 동상을 교체했다.

| ⑧ | 4-2〈읽기〉5쪽 | 첫째마당 생각의 열매를 모아(대단원 개관) | 개 기르기 | 개를 기르는 곳에 대한 여러 가지 주장과 내 의견을 말하게 한다. | ◦개와 단독주택 및 아파트 삽화 |
| ⑨ | 6-2〈말하기·듣기·쓰기〉28~29쪽 108쪽 | 첫째마당 마음의 결을 따라(이야기 속으로:더 나아가기) | 방학 동안 하고 싶은 일 | 「돌아온 진돗개 백구」에 대한 느낌과 생각을 주고받으며 새로 알게 된 점을 말하게 한다. | ◦개 삽화 |

〈표3〉에서 교재의 내용이나 그림을 분류하면 다음과 같다.

◦의로운 개 : ②⑦⑨
◦개의 특징 : ⑤⑥
◦기르고 싶은 동물 : ①⑧
◦욕심 많은 개 : ③⑤

②는 說話[獒樹義狗]와 實話[돌아온 진돗개 白狗]를 함께 실어서 예나 지금이나 忠犬의 의미가 퇴색되지 않았음을 보여준다. ⑦[플랜더스의 개]도 忠犬이다. ②와 ⑦을 통해 忠犬은 동서양에 두루 존재하고 있음을 보여준다.

①⑧은 애완동물로 널리 개를 사육하고 있으나 이로 인해 야기되는 문제점을 인식케 하는 교재이다.

임실군 당국은 오수의견을 로고와 마스코트로 만드는 등 토산품 상표로 이용하고 이 지역의 문화적 상징물로 발전시켜 名犬의 고장으로 발돋움하겠다는 의욕을 보이고 있다.[15] 그래야만 「오수 의구설화」가 교재의

---

15) ① 이에 관한 것은 1997년 1월 「오수의 개」 복원도'가 확정되고 난 뒤, 바로 필자가 임실군 문화공보실과 오수청년회의소에 전화 통화하여 확인한 사실이다.
② 임실군 당국은 〈오수의견 공원 조성 추진팀(팀장 李壽喆)〉을 가동하여 「오수의 개」 문화·관광지 조성 계획 청사진을 마련했다. 이 계획서에 의하면 1996년~2001년까지 193억 6백만원의 예산을 투입하여 上里 부근 철로 변 등 9개소 77,200평에 競犬場, 써비스犬 사육 훈련장, 名犬 동산, 오수원 동산 사적지 복원

현장을 담은 구체적 교재로 교과서에 수록될 수 있으리라고 본다.[16]

▲ 「오수의 개」 복원도

사업 등을 추진하고, 거령현 영천리에 金蓋仁의 生家를 복원한다고 한다. 이 사업 중 99년까지 오수원 동산에 있는 獒樹義犬像을 '「오수의 개」 복원도'로 교체한다고 한다.

  필자는 1999년 2월 18일 임실군 李壽喆 씨와 전화 통화로 〈오수의견 공원 조성 추진팀〉이 가동했음을 알았고, 임실군 당국은 '「오수의 개」 복원도'와 「오수의 개 육종 사업 계획서」 및 「오수의 개 문화·관광지 조성 계획서」를 우송해 왔다. 이 자리를 빌려 임실군 당국과 이수철 팀장께 감사드린다.

16) SBS TV는 일요일 오전에 「동물농장」
  을 방영하고 있다. 2003년 8월 17일에
  방영한 내용 중에는 「오수의 개」 현
  장인 전북 임실군 오수면 獒樹園 동
  산에 현존하는 「獒樹義狗古碑」에 관
  한 새로운 사실을 보도했다. 「獒樹義
  狗古碑」 하단에 개의 모습이 조각되
  어 있었는데, 「오수의 개」 복원도와
  비슷한 모습이라고 했다. 개는 넘어
  져 있는 모습이었는데, 이는 개가 불
  을 끄고는 지쳐 쓰러진 모습을 나타
  낸 것이라고 하기도 한다.

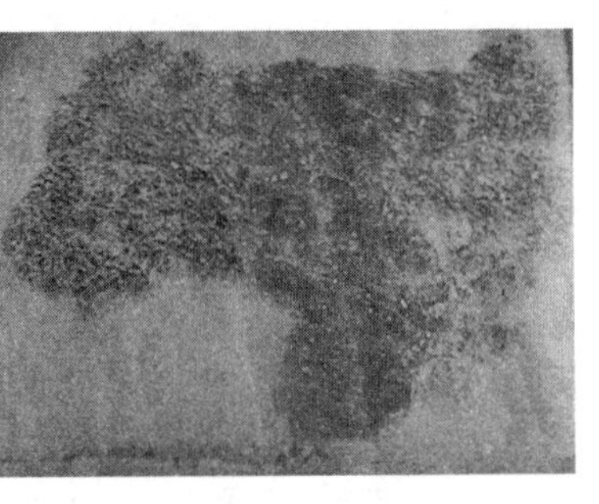

II. 선산의 의로운 개[善山義狗]

善山義狗에 대해서는 善山府使 安應昌이 1665년에 지은 「義狗傳」이 전한다. 義狗譚에 관한 「義狗傳」이 전하는 것은 善山義狗 밖에 없을 것이다. 「義狗傳」은 金樹基 씨가 소장하고 있는 『義烈圖』 속에 1745년에 작성된 「善山義狗圖」와 함께 실려 있다.

「義狗傳」은 김수기 씨의 번역으로 『善山의 脈絡』(1983)에 原文없이 소개된 적이 있었다. 필자는 1991년 2월 24일에 김수기[68세, 경북 구미시 형곡동 풍림 아파트 202동 702호] 씨 댁을 방문하여 『義烈圖』를 복사해 왔다. 「義狗傳」을 보기로 한다.

● 의로운 개의 전기(義狗傳)

내가 이 고을에 부임하여 옛 사실을 듣고 地誌를 참고하니, 상하 수 천년 동안 忠孝한 자와 義烈이 있는 자가 계속 이어져 빛나고도 빛이 났다. 이는 사람들은 능히 할 수 있는 일이지만, 꿈틀거리는 벌레와 미물도 의를 취하고 본받음이 있었으니, 앞에는 義狗가 있었고 뒤에는 義牛가 있었다. 의우의 죽음은 지금부터 겨우 30여 년에 지나지 않는다. 그때 조부사가 立石하여 그 무덤을 旌表하고 傳을 지어 그 사실을 기록했다. 그런데 義狗는 무덤만 있고 표적이 없으니, 어찌 風聲을 세우고 義烈을 드러내는 데 잘못된 일이 아니겠는가? 나는 義狗의 사실이 오래 되어 전해지지 않을까 걱정하여 고을 노인을 불러 옛 이야기를 물었다.

본 고을의 동쪽 延香에 있는 郵吏[1]가 집에 한 마리의 黃狗를 길렀는데, 천성이 영리하여 사람의 마음까지 꿰뚫어 볼 수 있었으며, 주인의 명령에 잘 따랐고 주인과 동정을 같이 하여 떨어진 적이 없었다.

하루는 주인이 이웃 마을에 갔다가 술이 취하여 돌아오는데 월파정 북쪽 한길에 오다가 말에서 떨어졌다. [쓰러져 정신없이 자는데 : 원문에는 없음] 숲에서 들불이 일어나 주인에게로 불길이 타 들어갔다. 개는 꼬리에 낙동강 물을 적셔서 불을 껐다. 불 난 곳에서 강물까지는 수 백 보 떨어져 있고 길도 험했지만, 개는 있는 힘을 다하여 불끄기를 되풀이하다가 힘이 빠져 마침내 죽고 말았다. 술이 깬 주인이 일어나 보니 개가 자기 곁에 죽어 있었는데, 개의 몸은 젖었고 꼬리는 불에 탔다. 괴이하게 여겨 두루 살펴보니, 개가 불을 껐던 흔적이 있고 젖은 재가 사방에 흩어져 있었다. 그제야 비로소 개가 자기를 구하고 목숨을 잃었다는 사정을 알고는 마음에 깊이 감동하여 추도하고 널을 갖추어 장사지내 주었다.

뒷사람들이 개의 의로움을 애닯아 하며 그곳을 狗墳[무덤]이라 불렀다. 한줌의 보잘 것 없는 무덤이 지금도 전과 다름없이 있어서 길을 가는 사람들이 개무덤을 가리키며 차탄하지 않은 이 없다고 하는데, 이 어찌 시대가 바뀌고 사건이 멀어진다 하여 그 자취를 없앨 수 있겠는가? 이에 작은 돌을 깎아 그 무덤에 세우고 '義狗塚'이라 했으니, 이곳은 영원히 없어지지 않을 것이다.

아! 한 가닥 순수하고 끈질긴 용기가 하늘과 땅에 충만하여 인간에 모여서 忠孝와 節義가 되고 미물에 있어서는 義狗·義牛가 되었음을 여기에서 볼 수 있다. 산천이 기르고 뽑아 낸 신령스러운 기운을 속일 수 없으며, 임금의 敎化가 오래 쌓이어 이룬 것이니 더욱 빛나고 밝게 드러난 것이다.

아! 역시 다르구나, 세상에서 짐승 같은 마음을 가지고서 주인에게 짖고 물어 뜯는 사람은 홀로 어찌 마음에 부끄럽지 않겠는가? 개 주인은 곧 郵吏 노성원이라고 한다.

---

1) 延香은 지금의 해평면 산양이다. 郵吏는 지금의 우체부이다. 郵吏의 이름이 『義烈圖』에는 盧聲遠이고 『善山邑誌』에는 金聲發로 되어 있다.

「善山 義狗圖」

(一) 盧聲遠이 月波亭 부근에서 말을 타고 가는데 술이 취해 졸고 있고, 그 뒤에 義狗가 따라간다.

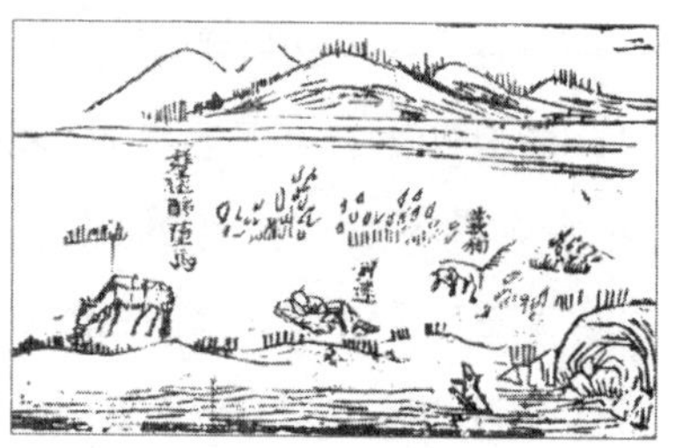

(二) 노성원이 말에서 떨어져 풀밭에 쓰러져 자는데, 들불[野火]이 일어났다. 의구가 주인을 구하기 위해 몸에 물을 적시어 불을 끈다.

(三) 노성원이 잠에서 깨어나 일어났다. 개가 자기를 살리기 위해 불을 끄다가 죽었음을 알게 된다.

(四) 노성원은 義狗의 情理에 감동하여 무덤을 만들어 장사지내 주었다. 義狗塚이 지금도 전해 온다.

숭정 을사(1665) 늦 여름 선산부사 순흥 안응창이 삼가 찬하고

숭정 후 재을축(1745) 초여름 고을 사람 박익령이 삼가 쓰다.

옛날본은 글자의 획이 많이 떨어져 나가, 이제 「義狗傳」을 「義烈圖」에 첨부하여 다시 써서 새겼다.2)

---

2) 「義狗傳」余忝是邑 據舊聞參地志 上下數千年 忠孝者 義烈者 踵相接而炳炳 是固取靈 之 或可能也 而至如蠢蝡低微物 亦有取義而效異者 前而有義狗 後而 有義牛 義牛之死 距今纔三十餘載 伊時趙使君立石 而旌其墓 作傳而記其實 獨 義狗有其塚 而無其表 豈非樹風聲 著義烈之一欠事乎 余懼其久而無傳 招耆舊 詢其故 則曰府東延香郵吏家 畜一黃狗 性馴而善 機警能通人意 服使惟命隨 其 主動靜而未嘗離主 於一日出鄕隣 被酒而廻 墮馬於月波亭北大道上 野火起藪林 將及於主 狗以尾濡江水撲滅之 自燎原至洛江遠可數百步許遷又傾險 狗竭心力 往復力盡而竟至斃 主於酒醒後 視之側 狗死其傍而沾其體焦其尾 怪而周覽之

1991년 2월 현재 의구총 비석은 경북 구미시 해평면 낙산동 류수양(49) 씨 댁 바로 뒷산 언덕에 있었다. 善山—大邱 간 국도에서 산쪽으로 10여 m 지점이었다. 비문은 원래 '義狗塚' 3자였는데, '塚'자가 보이지 않았다. 金樹基 씨는, 의구총이 있던 곳은 도로가 되었기 때문에 이곳에 옮겨졌고 도로공사 때[6·25 무렵] 의구총에 관한 인식 부족으로 塚자가 떨어져 나가 버려 塚자는 영영 망실해버렸다고 했다.3) 1990년 안동 임하댐 수몰민의 이주 단지가 이 지역에 조성되어 의구총 일대 부지가 편입되어 塚자가 떨어져 나간 비석만 외로이 서 있었다.

구미시에서는 1993년 해평면 낙산리 산 148-3번지 387평 부지에 의구총 봉분을 쌓아 비석을 세우고, 봉분 뒤에는 대리석 석벽을 하여 4폭의 「義狗圖」를 새겨 놓았다. 이에 발맞추어 선산 의구총은 1994년 9월 29일자로 경상북도 민속자료 제105호로 지정되었다. 이제 善山義狗塚은 안식처를 제대로 찾아 義氣를 길이 전할 수 있게 되었다.

火熄有痕濕燼四圍 於是始認狗之救己 而殞其命 心竊感念而追悼 其櫬而收瘞 後之人 義而愛之 名其地曰 狗墳 坊一抔荒塋 到于今宛然猶存 行路莫不指點而 嗟歎之 此烏可以時移事遠而沒其迹也哉 乃斲小石而竪其墓 題之曰 義狗塚 要 其不朽地也 噫 一端純剛之氣 充塞於宇宙間 鍾於人而爲忠孝節義 賦於物而爲 義狗義牛 於此可見 山川毓秀之不可誣 而王化積累之所致者 益彰明較著矣 吁 亦異哉 世之人面獸心而吠主反噬者 獨不愧於心乎 狗之主 卽郵吏盧聲遠云
　崇禎 乙巳 季夏 善山府使 順興 安應昌 謹撰
　崇禎後 再乙丑 初夏 邑人 朴益齡 謹書
　舊本 字劃多落 令仍義狗之傳 添補於義烈圖 改書而刻之

3) 구미시에는 義牛塚 二基가 있다. 義狗는 비석만 있는 반면, 義牛는 비석과 무덤이 잘 보존되어 있다. 義牛塚은 각각 구미시 봉곡동(善州 洞사무소 뒷편 200m 지점)과 구미시 산동면 인덕리 문수마을 입구 논바닥에 있다. 필자는 1991. 2. 25에 金樹基, 李澤容 (42. 구미시청 지역 경제과 근무) 씨의 안내로 義牛塚의 현장을 답사할 수 있었다. 문수 마을 義牛塚은 군비로 토지를 사들여서 義牛塚 주변 단장 공사를 하고 있는 중이었다.

善山義狗는 河東義狗와 함께 『靑邱野談』에 「吠官庭義狗報主」라는 제목으로 실려 있다. 『義烈圖』所載 「義狗傳」과 「吠官庭義狗報主」 등의 기록과 義狗塚의 現存 및 지역민들이 義狗譚을 實話로 인식하고 있는 점 등은 善山義狗의 事實性을 뒷받침해 주는 근거가 된다.

「善山 義狗說話」도 〈獒樹型 義狗說話〉이다. 그러나, 「善山 義狗說話」가 〈獒樹型 義狗說話〉라고 해서, 그 독자성이 손상되어서는 안 된다. 앞에서 살핀 「義狗傳」, 「義狗圖」, 「吠官庭義狗報主」, 義狗塚의 現存 등 善山義狗의 事實性을 입증할만한 풍부한 자료는 善山義狗가 독자적인 생명력을 가지고 전승되어 왔다는 것을 의미한다. 이런 점을 생각할 때, 서울신문 〈건널목〉에 「善山義狗圖」를 '전북 임실군 둔남면 오수리의 獒樹 義狗圖가 틀림없다.'는 보도(1987. 12. 5)는 잘못된 기사이다.[4]

▲ 새로 단장한 義狗塚. 낙산리 산 148-3번지

▲ 義狗塚. 경북 구미시 해평면 낙산리

그러나 문헌 자료가 현존하고 설화의 현장이 남아 있다고 해서, 그것

---

4) 손진태는 『한국민족설화의 연구』에서 義狗傳說은 중국으로부터 영향을 받아 생겨났다고 했다. 이 점에 대해 필자는 중국 영향과 관계 없이 우리 나라에서도 독자적으로 滅火殺身救主型義狗說話가 있을 수 있다고 했다. 따라서 「獒樹型義狗說話」가 '獒樹'라는 지역성을 초월하여 전국적으로 분포되어 있음은 사실이지만, 「善山義狗說話」의 독자성이 이로 인해 퇴색되어서는 안 된다고 생각한다.

이 살아 숨쉴 수는 없다. 이를 보존하고 계승·발전시키려는 노력이 부족하면 설화의 의미는 퇴색하게 마련이다. 이런 점에서 볼 때, 「善山 義狗說話」와 그 현장은 世人의 관심을 불러 일으킬만큼 조경이 잘 되어 있고 문화재 자료로도 지정되었다. 현재 선산 의구총과 「선산 의구설화」는 이에 대한 인식을 새로이 할 수 있는 여건이 조성되어 있다. 이를 바탕으로 해서 이 유적과 설화가 교과서에 교재화될 때, 의구총과 설화는 다시 살아 숨쉬게 될 것이다.

「오수 의구설화」와 〈오수형 의구설화〉는 교과서에 구체적인 교재로 실려 면밀하게 교육이 되어야 한다. 구체적 교재화 범위는 최자의 『보한집』에 실린 「樊樹 義狗說話」를 초등학교 아동 발달 수준에 맞게 개작하여 全文을 교과서에 실어 아동들에게 교육해야 한다는 입장이다.

여기서 간과해서 안될 일은 「오수의 개」가 '오수'라는 지역에만 한정되어서는 안 된다는 점이다. 「오수의 개」가 중심이 되면서 「善山義狗」에 관해서도 교재 속에 언급되어져야만5) 「오수의 개」의 의미가 생동감을 가질 수 있을 것이다. 또한 교과서에 구체적인 교재로 등장했다고 해서 만족해서는 안 된다. 교재의 현장화를 위한 노력이 있어야 한다. 이를 위해서는 직·간접적인 현장 학습도 병행되어야 한다. 이는 바로 산교육의 성과를 얻을 수 있는 지름길이기 때문이다.

---

5) 善山義狗에 관한 짤막한 내용과 「善山 義狗圖」를 삽화로 싣는 문제 등을 생각할 수 있다.

Ⅲ. 韓·中 義狗說話 比較

韓國 義狗說話에 관한 연구는 어느 정도 이루어져 왔으나 손진태 이후 韓·中 義狗說話에 관해서 비교 연구한 업적은 김현룡, 최래옥, 이신성 등에 지나지 않는다.

여기서는 한·중 의구설화의 類似性과 相異點을 고찰하여 한국 의구설화의 位相이 어떠한지 살펴보고자 한다. 이러한 작업은 중국 의구설화의 영향이나 한국 의구설화의 독창성과 성립, 전파 등에 관한 궤적을 드러내어 주리라 본다. 궁극적으로 韓·中 義狗說話의 비교는 다양한 義狗說話를 제시하고 그 의미를 살펴 의구설화의 教材化 방안에 도움을 주고자 한다.

1. 義狗說話의 分類

崔來沃은 義狗說話의 유형을 14가지로 분류했다. 다음은 최래옥이 분류한 유형 ①~⑪에다가 나타나지 않는 유형을 첨가하여 정리한 것이다.1)

───────────────

1) 최래옥의 義狗說話 類型 分類 중 ⑫~⑭까지의 유형은 다음과 같다.
　　遠路傳書(개가 중요한 문서를 먼 곳에 전달하다.)

① 滅火殺身救主 [불을 끄고 몸을 죽여 주인을 구하다.][2]

② 殉死報恩 [길러준 주인이 죽자 따라서 죽다.]

③ 吠官報主 [개가 주인의 억울한 죽음을 관청에 알리고 시체를 찾고 범인을 체포하여 주인의 원수를 갚다.]

④ 守屍訃告 [개가 글이나 옷자락을 물고 와서 주인의 죽음을 알려 주다. 또는 주인의 시체를 지키며 사람에게 알리다.]

⑤ 鬪虎救主 - 鬪惡漢 [殺身] 救主 [호랑이 또는 악한을 물리치고 〈몸을 죽여〉 주인을 구하다.][3]

⑥ 盲人引導 [개가 눈 먼 주인을 길 인도하여 동정을 사게 하다.]

⑦ 守主解難 [주인이 위험에 빠진 것을 개가 지키며 사람에게 알려 살게 하다.]

⑧ 黑狗耕田 [개가 죽어서 善人에게는 복을 주고 惡人에게는 厄運을 주다.][4]

⑨ 授乳救兒 [주인이 없는 사이에 어미개가 주인 아이를 젖을 먹여서 살리다.]

⑩ 明堂點指 [發福할 주인의 묘자리를 찾아 주다.]

⑪ 妖怪退治 [요괴를 물리치고 주인을 구하거나 부자되게 하다.][5]

⑫ 侍墓살이 [주인의 무덤을 지키다.]

山路開拓(개가 산길을 내어 사람이 다니게 하다. 또는 길을 잃었는데 찾아가게 하다.)

防毒救主(毒이 든 물건을 주인이 먹거나 만지려고 할 때 막아서 주인을 구하다.)

〈崔來沃, 앞에서 든 논문, pp.285~287, 참조.〉

2) 최래옥은 '鎭火救主'라고 했으나 '滅火殺身救主'로 바꾸었다.

3) 최래옥의 '鬪虎救主'에 '鬪惡漢(殺身)救主'를 첨가했다. '鬪惡漢(殺身)救主'에서 개가 죽는 경우와 죽지 않는 경우가 있다. 전자는 '鬪惡漢殺身救主'로 하고 후자는 '鬪惡漢救主'로 한다.

4) 최래옥은 '耕田寶樹'라고 했으나 '黑狗耕田'으로 했다.

5) 최래옥은 '變身除去'라고 했으나 '妖怪退治'로 했다.

⑬ 歸巢 [옛주인집에 와서 죽다.]

⑭ 狗還生 [어머니가 개로 다시 태어나다.]

⑮ 妾室棄兒救濟 [첩실이 내버린 아기를 구하다.]

위의 義狗型에서 보는 바와 같이 義狗는 바로 忠犬이라 해도 틀린 말이 아니다. 江贄의 『少微資治通鑑節要』의 내용을 보기로 한다.

盜跖의 개가 요임금을 보고 짖는다고 해서 요임금이 어질지 않은 것은 아닙니다. 개는 본래 그 주인이 아니면 짖으니까요. 그때를 당해서 신(臣)이 아는 사람은 韓信뿐이었고 폐하를 모르고 있었습니다.6)

위 내용은 漢高祖가 韓信의 반란을 도운 蒯徹을 처벌하려고 하자 괴철이 한고조에게 한 말이다. 개의 속성은 오로지 주인만을 위해 충성을 바침을 직시한 말이다.

위의 義狗型 중 韓國 義狗說話의 경우, ⑩~⑮는 앞에서 『韓國口碑文學大系』에 실린 의구담 25편을 나타낸 〈의로운 개 일람표〉로만 보고 구체적인 내용은 생략하기로 한다. ⑮는 ⑨와 비슷한 구조를 지닌 의구담이다.

(1) 韓國 義狗說話

앞에서 살핀 獒樹와 善山義狗에 관한 구체적인 언급은 생략하고 여타 지방에 전하는 의구설화를 살펴보기로 한다.

義狗說話에는 주인을 위해 의로운 행위를 한 개가 죽는 경우가 있는

---

6) 犬吠堯 堯非不仁 狗固吠其非主 當是時 臣惟知韓信 非知陛下
 (江贄 撰, 『少微資治通鑑節要』「漢紀, 太祖高皇帝(下)」)

가 하면 개의 죽음이 따르지 않는 결구도 있다. 이를 구분해서 논하기로
한다. 이는 中國 義狗說話에서도 마찬가지이다.

1) 개의 죽음이 따르는 結構

① 滅火殺身救主

주인이 술에 취해 쓰러져 자고 있는 주위에 불이 일어나자 개가 주인
을 구하기 위해 불을 끄고는 지쳐서 죽게 되는 설화이다. 여기에 해당하
는 설화는 ①「槃樹 義狗說話」, ②「善山 義狗說話」, ③「吾隱洞 義狗說
話」 등이 있다. ①과 ②는 앞에서 살펴보았으므로, 여기서는 ③만 보이
기로 한다.

〈오은동 15마리의 개〉

평안도『三和邑誌』「古蹟條」에 실린 義狗塚에 관한 기록이다.

의구총이 吾隱洞의 圓山 서쪽 큰 길 옆에 있는데 傳說이 전해 오고 있다.
옛날 어떤 사람이 개 15마리를 길렀다. 하루는 술에 취하여 들판에 쓰러
졌다. 들불이 일어나 점점 누워 있는 곳으로 타 들어왔다. 개들은 꼬리에 물
을 적셔 물을 뿌려 불을 꺼서 주인의 목숨을 온전히 할 수 있었다. 그러나
개들은 힘이 빠져 죽었다. 주인은 이들을 가련히 여겨 이곳에 묻었다. 개무
덤 15개가 지금도 여러 겹으로 쌓여 있다.[7]

15마리의 개가 주인을 구하고 다 죽어서 개무덤 15기가 연이어 있다
고 한 점이 특이하다.

이밖에 滅火殺身救主型 義狗說話는 黃海道『松禾邑誌』, 平安道『中

---

7) 義狗塚在吾隱洞圓山西大路傍 諺傳 古有一人 義狗十五頭 一日被酒倒野 野火
   漸近臥處 狗以尾洒水 滅火得專其主 而狗則力盡斃死 主人憐之埋于此 狗塚十
   五至今纍纍然

和邑誌』, 忠淸道『木川邑誌』등에도 보인다. 전북 김제시 올림픽 기념 숲에 의견비가 있는데 이는 연대 미상의 金得秋라는 이의 개비이다.8) 口傳資料集에서도 각 지방에 걸쳐 고르게 전해 온다. 그리고『靑邱野談』所載「吠官庭義狗報主」에는 河東義狗와 善山義狗 이야기가 실려 있다.

② 殉死報恩

주인이 병이나 사고로 죽었을 때 주인의 시체를 보호하거나 무덤을 지키다가 죽는 개이다.

〈갈산촌의 충성스런 개〉

金若鍊(1730~1802)의『斗庵先生文集』5권에 실려 있는「忠狗傳」이다. 편의 상 내용 앞에 ㉠~㉤의 기호를 붙였다.

㉠ 우리 군 갈산촌에 송생이라는 자가 있었는데 송생은 내 친구의 아들이다. 그는 같은 군의 김씨 딸에게 장가들어 부인으로 삼았다. 김씨는 결혼하기 전에 한 마리의 개를 길렀다. 시집감에 개가 그녀를 따라갔다. 매번 김씨가 친정에 가게 되면 개도 여정의 반쯤 되는 거리까지 쫓아갔다가 돌아왔다. 김씨가 친정에서 돌아오면 반드시 반쯤 되는 거리에 가서 맞이했다. 평소 개는 주인에게 충직을 바치는 기이한 일이 많았다. 김씨가 병이 들자 개는 떠나지 않고 문 밖에서 마치 사람을 逢迎하는 기색과 같았다. 병이 점점 위독하자 개는 먹지 않은 지 여러 날이었고, 임종에 이르러 사람을 따라 곡하는 것이 매우 슬펐다. 염을 마쳤는데 개가 갑자기 보이지 않았다. 집안 사람이 개를 찾았더니 당 아래 작은 담장에 목이 겨우 들어갈 정도의 구멍이 있었는데 개는 그 구멍에 목이 끼어 늘어져 죽어 있었다. 기이하도다 충직함이여. 사람은 혹 남의 녹을 먹으면서도 충으로서 보답하지 않음은 무엇 때문인가.

---

8) 金堤市史編纂委員會 編,『金堤市史』, 1995, p.1593~1596, 참조.

ⓛ 옛날에 선산에서 의로운 개가 나왔는데 의로운 개는 그 주인을 위해 불에 타 죽었다. 내가 낙동강을 지나는데 의구총이 있었다.

ⓒ 근자에 基木郡에 개가 있었는데 여자에게서 길러졌다. 여자는 후모[계모]가 용납하지 않아 고모에 의탁하려고 가다가 잘못 눈구덩이에 빠져 죽었다. 그 땅은 깊은 산속이었고 산에는 맹수가 많았다. 개는 그 시체를 지켜서 끝내 밤에도 가지 않았다. 날이 밝으매 독수리가 시체를 보고 모였다. 개는 분주히 이를 쫓았다. 동쪽으로 쫓으면 서쪽에 모이고 서쪽으로 쫓으면 동쪽을 핍박했다. 개는 힘을 다해 시체를 보호했다. 아침에서 저녁에 이르기까지 뭇 수리는 감히 그 시체를 먹지 못했다. 시체는 훼손되지 않고 장사 지냈다.

ⓔ 내가 어릴 때 한 늙은 여종이 개를 길렀다. 여종이 죽어 장사 지냈는데 개는 낮에는 그 무덤을 지켰고 밤에는 집에 돌아왔는데 오래 되어도 그만두지 않았다.

ⓜ 대개 개는 능히 그 주인을 알기 때문에 옛날부터 '견마지충'이라고 칭했다. 그러나 그 주인이 살아 있으면 알 수 있지만 그 주인이 발자취도 없는데 [아는 것은] 이상하다. 혹 물과 불을 꺼리지 않고 주인을 구하기는 어렵다. 혹 이리와 호랑이를 피하지 않고 주인의 시체를 보호하고, 혹 주인이 죽어 장사 지내고 나서 그 은혜를 잊지 않고 주인의 무덤을 지켜서 은혜를 갚는 것에서부터 스스로 목을 졸라 그 주인을 위해 죽는, 이와 같은 류가 어찌 개에서 나왔는가? 그와 같은 류가 전하지 못하고 없어짐은 의가 아니다. 그리하여 마침내 충구전을 지었다. 선산의 개는 옛날에도 반드시 전하는 자가 있었다.9)

---

9) 「忠狗傳」

　吾郡葛山村 有宋生者 吾友人子也 娶同郡金氏女爲婦 金氏未筓時 畜一狗 及嫁狗隨之 每金氏歸寧 狗從而至半程而歸 金氏返 必往迎于半程 其平日效忠于主多異事焉 及金氏病 狗不離 門外若候人之氣色者 疾漸篤 狗不食者累日 及屬纊隨人哭甚哀毁 旣殯 狗忽不見 家人蹤之狗 穴堂下小墻 纏容其項挾而垂之而死 異哉 忠矣 人或有食人之祿 而不以忠報者 何哉

　古有義狗出於一善 爲其主死於火 余過洛江 江有義狗塚焉

위의 「忠狗傳」은 갈산촌 의로운 개 뿐만이 아니고 ⓛ~ⓔ의 충성스런 개 이야기로 되어 있다. ㉠의 갈산촌 송생처의 개는 주인이 죽자 주인을 따라 죽는다. 지은이는 서두에서 송생은 친구의 아들이라고 밝혀 실화임을 뒷받침해 주고 있다. ⓛ은 널리 알려진 善山義狗로 滅火殺身救主型이고 지은이는 개무덤을 직접 보았다고 했다. ⓒ의 基木郡 여인의 개는 주인이 죽자 그 시체를 猛禽으로부터 온전히 보호하여 장사 지내게 했다. 『於于野譚』(一簑本, 서울대 소장)에도 이와 비슷한 설화가 전한다.10) 守屍訃告型이다. ⓔ의 늙은 종이 기르던 개는 주인이 죽자 侍墓살이를 했다. 지은이는 4편의 설화가 다 실화라는 점을 문맥 속에서 내비치고 있다. ⓒ과 ⓔ에는 개의 죽음은 나타나지 않는다.

③ 吠官報主

개가 관청에 나타나거나 죽음의 현장에서 관장에게 주인의 죽음을 알리고 주인을 죽인 범인을 체포하도록 한다.

近者基木郡有狗畜於女子 女子不容於後母 將往依其姑 誤陷雪坑而死 其地在深山 山多猛獸 狗守其屍 終夜不去 及明群鴉望屍而會 狗奔走逐之 逐東則西集逐西則東逼 狗竭力護屍 從朝至夕 群鴉終不敢啄其屍 屍得不毁而殯焉

余幼時 見一老婢畜狗 婢死而葬 狗晝則守其塚 夜則歸于家 久而不廢

盖狗能知其主 自古稱犬馬之忠 然其主生而能知其主 無足異也 而或不憚水火以救主難 或不避豺虎以護主屍 或主死葬而不忘 其恩守其塚以報之 乃至有自扼其項以殉其主人 若此者類 狗之出乎 其類者也 不傳而沒之 非義也 遂作忠狗傳

一善之狗 古也必已有傳之者

10) 정유재란 때 扶安 사람이 적병을 피해 개 한 마리와 같이 숲 속에 숨어 있었다. 그러나 그는 적병에게 발각되어 죽음을 당했다. 개는 슬피 울면서 시체를 지켰는데 가마귀나 솔개가 접근하면 짖어서 쫓아내었다. 그 후 사람들이 와서 주인의 시신을 거두었다. (徐大錫 編著, 『朝鮮朝文獻說話輯要』(Ⅰ), 集文堂, 1991, p.223, 「於于 540 丁酉之難扶安民」, 참조.)

〈연일의 개〉

이 「義狗傳」은 金若鍊(1730~1802)의 『斗庵先生文集』 5권 「忠狗傳」 바로 뒤에 실려 있다.

연일 원이 관아의 일을 보면서 앉아 있는데 개가 돌연히 문으로 들어왔다. 관리가 쫓아냈으나 겨우 동쪽으로 쫓겨나면 다시 서쪽으로 되돌아오고 잠깐 저쪽으로 나갔다가 문득 이쪽으로 들어왔다. 쫓아내기를 그치지 않았으나 들어오기를 마지 않았다. 원이 보고 이상하게 여겨 말했다.

"쫓아내지 말아라. 개가 하는 대로 맡겨라."

이에 개는 뜰에 엎드려서 원로 우러러 보면서 짖어대는 게 告訴하고자 하는 것 같았으나 말할 수 없었다. 원이 말했다.

"개야, 개야. 너는 하소연하고자 하는 것이 있는 것 같은데 나는 그 뜻을 통할 수 없다. 내 너에게 2명의 포졸을 줄테니 너와 함께 가서 네가 하고자 하는 말을 지시할 수 있겠는가?"

개는 일어나서 무수히 부복하면서 감사하다고 하는 것 같았다.

마침내 군교 2명에게 개를 따라 가게 했다. 개는 곧 문을 나서서 먼저 갔는데 사람이 미치지 않으면 돌아보고 꼬리를 흔들었다. 수 십리를 가니 백여 호 되는 큰 마을이 있었다. 개는 곧장 마을 뒤로 갔다. 조그마한 집에 한 부인이 칼을 맞아 배가 갈라진 채 죽어 있었다. 군교가 말했다.

"개야, 개야. 너는 너의 주인을 죽인 자를 아느냐? 너는 그 자를 가르쳐 다오."

개는 꼬리를 흔들면서 갔는데 촌가에 들어가 우러러 사람의 얼굴을 살폈다. 그 마을에는 이미 없어서 다시 다른 마을로 달려가 한 사내를 보더니 뛰어 들어가 그 사내의 옷을 물고는 컹컹 짖었다. 군교는 그 사내를 묶어서 관가에 이르렀다. 개는 관정에 따라 들어와 성낸 눈알로 사내를 똑바로 보면서 사내를 물면서 짖어댔다. 원이 그 사내를 심문하니 사내는 감히 숨기지 못하고 그 사실을 토해 냈다.

대개 부인은 반명이 있었으나 젊어서 과부가 되어 친척이 없었다. 사내가 그 과부의 정조를 빼앗고자 칼로 겁을 주었으나 부인은 저항하여 굽히지 않

아 죽였다. 사내는 남이 알까 두려워 하여 칼로 찔러 꽂아 그 자취를 없애고
자 했다. 원은 곧 서리를 시켜 그 사내를 쳐 죽였다. 부인의 옷과 관을 마련
하여 장례를 치루어 주었다. 부인의 장례를 마치고 나자 개도 따라서 죽으
므로 부인의 무덤 옆에 묻었다.

슬프도다, 기이한 일이여. 누가 꿈틀거리는 미물이 이러한 일을 할 수 있
다고 이르겠는가? 비록 그러나 이는 반드시 주인의 평소 행동이 미물에게
감동을 줄 수 있었기에 그러하다. 아, 슬프다. 그 주인이 일찍이 과부가 되
었는데 또 그 변고를 당하여 죽었으니.11)

이 「義狗傳」은 『靑邱野談』의 「吠官庭義狗報主」와 내용이 거의 같
다. 그 배경이 전자는 연일이고 후자는 河東으로 설정되어 있다. 지은이
는 개가 주인을 지극히 섬기는 것은 평소에 주인이 개를 잘 보살핀 결과
라고 했다.

〈하동과 선산의 개〉

『청구야담』에는 河東과 善山 義狗說話가 실려 있다. 河東郡 玉宗面

---

11)「義狗傳」

延日倅當衙而坐 有狗突入于門 官吏逐而出之 纔逐于東復反于西 俄出于彼輒
入于此 逐之不息而入之未已 倅見而怪之 曰勿逐也 任其爲也 於是 狗伏于庭 仰
視倅而嘷 若有欲訴而不能言者 倅曰狗乎狗乎 爾若有訴者 而吾未能通其意 吾
給爾二卒 爾可偕往 指示爾所欲言者否 狗起而伏無數也 若致謝者 遂命軍校二
人 使隨狗往狗 乃出門先之人 不及則反顧而搖其尾 行數十里 有大村百餘戶 直
往村後 一小屋有一婦人刳其腹而死 軍校曰 狗乎狗乎 爾知殺爾主者乎 爾其指
之 狗搖尾而去 編入村家仰察人面 旣盡其村 而復走他村 見一童男踴躍而入 齧
其衣而嘷 軍校縛其童至官 狗隨入官庭 怒目瞪視 且齧且嘷 倅鞫其童 童不敢隱
盡吐其實 盖婦人有班名而少寡無親戚 童欲奪其志 㤼之以刀 婦人抵死不屈 童
畏人之知而剚之 以泯其跡 倅卽使吏擊殺其童 具衣棺以葬 婦人葬訖 狗從而死
埋于塚傍
嗚呼異哉 誰謂蠢然者能是哉 雖然是必由主人平日之行有能感於物而然也 嗟乎
悲夫 其主人旣早寡而又遭其變以歿也

法大里에는 개고개[狗峴]가 있는데, 이는 河東義狗의 현장일 가능성이 높다.12)

㉠ 영남 하동 땅에 수절하는 한 과부가 있었는데, 단지 한 명의 어린 딸과 한 명의 계집종만이 같이 살았다. 어느 날 밤, 이웃에 살고 있는 모갑(某甲)이가 담을 뛰어 넘어 침실에 침입하여 강제로 겁탈하려고 하였다. 과부는 죽기를 작정하고 굳게 저항했다. 모갑은 한 칼에 과부를 찔러 죽이고 그녀의 딸과 종까지도 죽이고 가버렸다. 그 집에는 다른 사람이 없었으므로 아는 자는 아무도 없고 세 구의 시신만이 방에 방치되어 있으니, 지극히 원통하고 포악하기 짝이 없는 일이었다.

관청 문 밖에 문득 개 한마리가 왔다 갔다 하며 배회하였다. 문지기가 개를 쫓아 버리면 잠깐 갔다가는 다시 돌아와서 종내 피하여 도망가려고 하지 않았다. 이렇게 하기를 여러 번 반복했다. 고을 원이 그 형상의 괴이함을 알고는 그 개가 가는대로 맡겼다. 개는 곧장 官門에 들어가 동헌 앞에 가서 머리를 치켜들고 컹컹거렸다. 마치 所請이 있는 듯하였다.

---

12) 필자는 河東義狗의 현장을 답사하기 위해 1991년 4월 4일에 하동군 문화공보실 문화재 계장 金永涫(46) 씨와 河東女高 鄭燦甲(53, 국어 담당) 씨의 안내 말씀에 따라 河東郡 玉宗面 法大里 개고개[狗峴]를 찾았으나, 지형이 개의 형상이기 때문에 개고개라고 불리어진다는 것 이외는 의구에 관한 말을 들을 수 없었다. 『河東郡史』(1978) 290쪽에 『청구야담』 소재 「河東義狗」 내용을 요약하여 실었고, 소재지를 옥종면이라고 밝혔다. 『내 고장의 脈』(1990, pp.227~230, 하동군)에도 「義狗塚」이란 제목으로 『청구야담』의 내용을 부연·분석하여 실었다. 『내 고장의 맥』에는 과부가 불가항력으로 절개를 지키지 못한 것으로 되어 있으나, 이는 『청구야담』에 끝까지 괴한에게 항거하다가 죽었다는 내용과는 다르니, 바르게 고쳐져야 한다. 河東義狗의 현장은 꼭 찾아져야 하고, 찾아진다면 이를 유적지로 복원해야 한다고 본다.
앞에서 살핀 바와 같이, 善山義狗의 현장을 필자가 답사한 결과, 安應昌의 「義狗傳」과 「吠官庭義狗報主」의 현장은 동일한 것으로 확인된 셈이다.
산청군 신등면 법물리 鵲山 마을 뒷산에도 고려 때 것으로 보이는 義狗碑가 刻字 없이 세워져 있다. 이에 관해서는 뒤에서 언급하겠다.

고을 원은 한 將校에게 개를 따라가 보게 했다. 개는 곧 관문을 나가서 어느 조그마한 집에 이르렀는데, 방문은 깊이 닫혀 있고 사람의 기척이 없었다. 개는 장교의 옷을 당겨 방문으로 이끌었다. 장교는 의아스러워 방문을 열어 보았다. 방안에는 시체 세 구가 있었고 유혈이 낭자하였다. 장교는 크게 놀랐다. 관가에 돌아와 그 연유를 고을 원에게 고하였다. 관에서는 시체를 속히 검시하고자 하여 급히 말을 달려 갔다. 이웃집에 내막을 알아보려고 했는데, 바로 모갑의 집이었다. 모갑은 관가에서 사람들이 자기 집으로 오는 것을 보고 창황이 도망하여 피하려고 하였다. 개가 바로 모갑의 앞에 달려가 모갑이를 물어 뜯었다. 관가 사람이 괴이하게 여겨 물었다.

"이 놈이 네 원수놈이냐?"

개는 고개를 끄덕이었다. 관가에서는 마침내 모갑이를 잡아 와서 엄히 심문하였다. 매를 한 대도 내리치지 않았는데도, 사실을 낱낱이 자백하였다. 감영에 알리고 모갑이를 쳐서 죽였다. 그리고 세 구의 시체는 후하게 장사 지내 주었다. 개는 달려가 무덤 곁에 이르러 한바탕 슬프게 울부짖다가 죽었다. 마을 사람들은 그 개를 묘 앞에 묻어주고, 그 묘비에 '義狗塚'이라 썼다.

ⓛ 옛날 선산의 義狗가 그 주인을 따라 밭에 갔다. 그 주인은 날이 저물어 술에 취해 돌아오다가 밭 가운데 쓰러져 잠이 들었다. 마침 들불이 일어 점점 번져서 누운 곳까지 타들어 왔다. 개는 꼬리로 냇물을 적셔서 그 곁에 뿌려 불을 껐으나 힘이 빠져 죽었다. 잠에서 깨어난 주인은 이 사실을 알았다. 지금 이 곳에는 의구의 무덤이 있다.

ⓒ 아아! 선산의 개는 주인을 죽음에서 구하고는 자신의 죽음을 돌아보지 않았으니, 진실로 주인에게 은혜 갚은 의리가 있다. 하동 개는 처음 관청에 가서 원통함을 호소하고 끝내는 원수에게 분노를 드러내어 사또의 도움으로 그 원수를 갚고 자신의 목숨도 바쳤다. 이러한데도 그 누가 금수를 무지하다 할 것인가! 하동 개는 선산 개에 비한다면 역시 훌륭하다. 영남이 비록 사대부가 많이 나는 고장이라 하나 어찌 그렇게도 의로운 개가 많을꼬.13)

㉠의「河東 義狗說話」는『於于野譚』에 실린 義狗譚과 같이 不倫에 대한 治罪譚이다. 개가 관청에 訟事를 제기하여 살인 사건이 드러나게 되고 범인도 체포할 수 있었다. ㉡의「善山 義狗說話」는 〈獒樹型 義狗說話〉이다. 두 이야기[河東, 善山義狗]가 다 개의 죽음으로 끝난다. 선산 의구는 주인을 구하다가 氣盡해서 죽었고 하동의구는 비참한 주인의 죽음을 관청에 알려 범인을 체포하도록 한 뒤 주인의 무덤 곁에서 자결한다. 따라서 지은이는 ㉢의 評言에서 선산 개보다 하동 개가 훌륭하다고 했다.

지은이가 선산개보다 하동개가 훌륭하다고 한 것은 하동 개의 끈질긴 범인 체포 노력이 감동적이었기 때문일 것이다. 주인의 무덤에 가서 죽는 광경도 忠犬 그대로의 모습이다.

또 評言에서 지은이는 義狗가 많다는 사실을 자랑스럽게 생각하고 있다. 영남에 土大夫[선비]가 많기 때문에 義狗도 많다고 말하고 있다.

---

13)「吠官庭義狗報主」

　　嶺南河東地有一守節寡婦女 只與一幼女 一童婢同居矣 一日夜隣居某甲踰墻入寢內 欲强劫之 寡女抵死牢拒 某甲一釖刺殺之 幷殺其女與婢而去 其家無他人 人無知者 三屍在房至寃莫暴 官門外忽有一狗來往躑躅 闇者逐之則乍去旋來 終不避走 如是者屢 官家知之怪其狀 使之任其所之 狗直入官門至東軒前 仰首叫嘷 若有所訴 官家命一校隨狗往見之 狗卽出官門行至一小屋 房門深閉寂無人聲 狗牽校衣向房門去 校疑之開戶視之 則房中有三箇屍流血滿席 校大驚 歸告其由 官欲爲檢尸 火速馳往 依幕於比隣 適某甲之家也 某甲見官家臨其家 蒼黃趨避 狗直走某甲之前咬嚙某甲 官家怪之問曰此是汝之讐人乎 狗點頭 官家遂捉下某甲 嚴加盤問 不下一杖簡簡首實 卽報營杖殺之 厚埋其屍 狗走至墓旁 一場悲叫而斃 村人埋其狗於墓前 題其碑曰義狗塚

　　昔善山義狗 隨其主往于田 其主侵暮醉歸僵臥於田中 適野火起 將延燒於臥處 狗以川水濡尾潰其旁 得減火 力盡而斃 其主覺而知之 此地至今有義狗塚

　　噫 善山狗之救主死 而不恤自死 誠得報主之義 而河東狗則初旣訴寃於官家 末又逞憤於讐人 賴以報其仇 而償其命 孰謂禽獸之無知而乃若是乎 比諸善山狗亦勝矣 嶺南雖是士夫之冀北而 亦何多義狗也

사람의 행실 따라 짐승도 그러한 본을 받게 되기 때문이라는 인식이다.
『小學』「善行篇」에 보이는 江州陳氏 宗族과 그들이 키우는 개들의 일
화는 이런 면을 잘 뒷받침해 주는 이야기이다.[14]

④ 守屍訃告

주인의 부음을 알리고 죽는 개에 관한 설화이다.

〈주인 부음 알린 연풍현의 개〉

『增補文獻備考』 12권 「獸異(狗異)條」에 실려 있다.

연풍현 길가의 무너진 비탈에 무덤 2개가 있는데 오래 되어 길에 土石이
쌓여 있는 것 같았다. 지방 사람이 전하는 이야기는 이러하다.

옛날에 경주리(吏)가 있었다. 홀로 집에 기르는 개와 함께 책상자를 지고
걸어서 서울에 과거보러 떠났다. 길에서 병이 나 이곳에 이르러 경주리는
죽었다. 개는 집에 돌아가 집에서 왔다갔다 하면서 슬프게 컹컹거리는 것이
슬픈 하소연이라도 할 것 같은 모양이었다. 그 아들이 괴이하게 여겨 개를
따라 갔다. 개는 빨리 달려 먼저 주인이 죽은 곳에 도착하여 길게 짖어대더
니 기진하여 죽었다. 그 아들은 자신의 힘으로 歸葬할 수 없어서 아버지의
시신을 산 속에 모시고 개도 그 옆에 묻었다.[15]

---

14) 강주진씨의 종족이 칠백명이었는데 식사 때는 넓게 자리를 마련하여 장유가 차
    례로 앉아 함께 밥을 먹었다. 개를 백여 마리 길렀는데 한 우리에서 밥을 먹였
    다. 개가 한 마리라도 오지 않으면 모든 개가 밥을 먹지 않았다.(江州陳氏宗族
    七百口 每食設廣席 長幼以次坐而共食之 有畜犬百餘 共一牢食 一犬不至 諸犬
    爲不食)
15) 延豊縣道邊斷麓上有二塚 累累若路埃 土人相傳 昔有慶州吏 獨與一家狗 負笈
    徒步將赴擧于京師 道病至此而死 其狗還家 出入悲鳴 若有哀訴之狀 其子怪之
    隨狗而去 疾走先到死所 乃長嘷氣竭而死 其子力不能歸葬 擧父屍厝于麓上 幷
    瘞狗其傍云

위의 내용은 병들어 죽은 주인의 부음을 알리고 기진하여 죽은 義犬의 애틋한 이야기이다. 滅火殺身救主型의 說話와는 다르지만, 주인을 위해 생명을 바친 義狗譚이다. 결국 생명이 다하여 주인 곁에 묻히고야 마는 義犬의 悲壯美가 넘친다.

〈천리길 내기 시합한 초산읍의 개〉
『楚山邑誌』「古蹟條」에 실려 있다.

무덤은 초산부 남쪽 160리의 판막고개 아래에 있고, 개무덤은 선비의 무덤 아래 20리에 있다. 諺傳에 "옛날 어떤 선비가 개와 내기 하기를 '천리 거리의 서경을 하루 안에 갔다가 돌아오기로 하자…'고 했다. 개는 먼저 돌아왔는데, 선비는 힘이 다해 이곳에서 죽었다. 개는 선비가 돌아오지 않음을 괴이하게 여겨 돌아가서 보니 선비는 이미 죽어 있었다. 개도 주인을 따라 그 아래에서 죽었다. 그리하여 그곳에 묻었다. 지금 양쪽에 돌무덤이 완연하다. 아직 행로에 있는데 가리켜 '狗塚', '士塚'이라 이른다."고 하더라.16)

특이한 설화이다. 개에게 인격을 부여하여 사람과 개와의 친밀성을 부각시켰다. 識者인 선비가 무모하게 짐승과 경주 내기를 했다는 자체가 흥미를 불러 일으키지만 주인 따라 목숨을 다하는 忠犬의 모습은 숙연한 정서를 불러 일으킨다. 그러나 필연성이나 개연성이 떨어진다.

⑤ 鬪惡漢救主

주인을 해치는 악한과 격투하여 주인을 구하는 설화이다.

---

16) 土塚在府南一百六十里板幕嶺底 狗塚在士塚下二十里 諺傳云 古有一士與狗相睹云 千里西京一日之內能往還云云 而狗則先還 士則力竭死于此地 狗怪其士不來 返而視之則士已死矣 狗亦從死於其下 因埋其處 至今兩處 石塚宛然 尙存行路 指謂狗塚士塚云

〈鵲山 마을의 개〉

산청군 신등면 법물리 鵲山 마을 뒷산에 고려 때 것으로 보이는 義狗
碑가 刻字 없이 세워져 있다.

작산 마을 뒷산 도장골에는
의구비가 있다. 의로운 개의 무
덤을 표시한 비석으로 刻字 없
이 길이 1.5m, 너비 80cm가 되
며 고려 때의 무덤으로 추정되
고 있다.

지금까지 구전되어 오는 사연
은 상세하지 않고 다만 단편적
으로 남아 있다.

현재 법물에 일촌을 이루고
있는 商山 金氏들이 고려가 망
하여 입주할 당시, 이곳에 진양
류씨들이 거주하고 있었는데
그 중에는 만석꾼이 살고 있었
다고 한다. 지금도 그 만석꾼
집터에서 기와, 石片 등이 나오
고 있다.

▲ 鵲山 마을 개비. 義狗碑라고 전하지만, 비석 표면에 선
으로 새겨진 목 없는 불상이 있다.

그 집에는 영리한 개가 한 마리 있었다. 평소에 일반인과 도적을 잘 구별
하여 일반인이 찾아오면 꼬리를 흔들면서 반기지만 도적이나 심술궂은 사
람이 찾아오면 사납게 짖으며 달려들어 귀신잡는 개라고 소문이 나 있었으
므로 그 집에는 도적이 범접하지 못했다.

어느 여름철 밤에 그 집 과부가 마을 앞산에 있는 도장골 약수터에서 약
수를 길러오던 중 괴승에게 붙들려 납치되었다. 마침 이를 발견한 개가 달
려가서 그 괴승과 혈투 끝에 물어 눕히고 과부를 구하게 되었는데 이때 그

개는 큰 부상을 입고 사흘 만에 죽었다. 주인은 개의 죽음을 애통해 하여 음식을 갖추어 이곳에 장사를 지내고 비를 세웠다.[17]

이 義狗說話는 河東 義狗說話와 『어우야담』에 실린 義狗譚과 같이 非人倫的인 행위를 治罪하는 설화이다. 주인을 악한으로부터 보호하기 위한 치열한 격투와 그로 인한 개의 죽음은 忠犬의 모습을 생생하게 전달해 준다.

2) 개의 죽음이 따르지 않는 結構

① 鬪虎[惡漢]救主

호랑이나 악한으로부터 주인을 구한 설화이다.

〈석주 사람 김씨의 네 마리 개〉

李惟弘(1567~1619)의 『艮庭集』에 실려 있는 「義狗傳」이다.

집짐승 가운데 개는 가장 천한데 똥으로써 먹이니 지극히 더럽고 祭祀床에 올리지 않으니 쓰임이 지극히 천하다. 아이들에게 개한테 절하게 하면 발끈 성을 내고 천한 사람을 개한테 비교하면 매 맞는 것보다 아프게 여기니 개를 기름이 지극히 더럽고 쓰임이 지극히 추한 게 아니겠는가?

만력 정사년(1605)에 석주 사람으로 김성을 가진 자가 사냥을 업으로 삼고 있었다. 어느 날 사냥을 하다가 호랑이를 만났는데 화살을 쏘았으나 죽이지 못했다. 호랑이는 으르렁거리면서 이빨로 물어뜯고 씹으며 거의 잡아 먹을 지경이었다. 사냥개 네 마리가 주인 뒤를 따랐는데 사냥개는 주인이 구출되지 못할까 두려워하여 으르렁거리기만 하고 머뭇거리다가 용기를 내어 앞으로 달려 나갔다. 사냥개 두 마리는 호랑이의 겨드랑이 뒤를 물고 두 마리

---

17) 山淸郡 문화공보실 편, 『내 고장 傳統』, 1986, pp.147~148, 「義狗碑」 참조. 문맥은 필자가 다듬었다.

는 호랑이의 다리를 낚아챘다. 호랑이는 사냥꾼을 물어 뜯다가 놓자니 도리어 사냥꾼에게 당할까 두렵고 놓지 않으면 네 마리의 개에게 해를 당할까 두려웠다. 기세가 위축되고 다급해진 호랑이는 그 주인을 버리고 달아나니 김씨는 생명을 보전했다.

아! 개의 본분은 사람보고 짖고 처마 끝 아래에서 조는 게 그 직분이다. 주인이 아닌 사람에게는 짖어서 그 직분을 다한다. 누가 개에게 주인의 생명을 구하라고 하던가? 그런데도 개 네 마리는 사나운 범아가리에서 주인을 구제했으니 진실로 특이하도다. 김씨가 일찍이 네 마리의 개가 그 죽을 목숨을 구할 수 있다는 것을 알았다면 개를 지극히 더러운 것으로 기르지 않고 쌀과 고기로 길렀을 것이며 천한 사람이 이와 비교해도 부끄럽게 여기지 않고 아이들도 몸을 굽혀 공경함을 기꺼운 마음으로 했을 것이니, 개 중에서 사람이라 이를 만하다.

임금이 신하들을 녹으로 기르고 벼슬을 주어 영화롭게 하니 은혜가 지극히 두터우며 총애도 지극하다. 그런데도 한번 난리를 당하면 임금을 버리고 도망가는 자가 있으니 사람 중의 개이다. 이 때를 당하여 벼슬하지 않거나 미천한 신하들 중에 지극히 더럽게 길러지고 지극히 누추하게 쓰여진 자들이면서 도리어 공을 거두어 간 자는, 한나라의 기신과 당나라의 뇌래청과 같은 이들이지 어찌 김성이 기른 개이겠는가?

나는 이 개를 의롭게 여겨서 글을 써서 남긴다.[18]

---

18) 「義狗傳」

六畜之中 狗最賤 食以糞 養至穢也 不登俎 用至陋也 尺童使之拜 則不然怒 下賤與之比 則痛於筆 豈非養至穢用至陋也

萬歷丁巳 石州人金姓者 以獵爲業 一日行獵遇虎 發矢不中命 虎乃狺而剔牙而噬 幾爲食 有四田犬隨其後 悶其主之不可救 嘷唬躑躅 賈勇趨前 二犬噉虎之腋後 二犬搏虎之肱 虎旣噬其主 捨之則恐反噬 不捨則恐四犬之害 勢蹙氣迫 棄而遁 金乃得全

噫 狗之職司 吠人而睡於簷鈴之下 吠非其主 斯亦盡矣 孰責其救主命哉 然四狗者 能救主於猛虎之口 誠異矣 如使金姓人 早知四狗之能救其死命 則其不以養之至穢而以粱肉 下賤不曾羞與之比 而尺童亦甘心於偏僂矣 可謂狗中人也矣 人君倍臣下養以祿 榮以爵 恩至厚 寵至極矣 一有禍亂委而去之者 人中狗也 當

위의 「義狗傳」은 사건보다는 현실을 寓意·諷刺하고자 하는데 더 비중을 두었다고 볼 수 있다. 즉 개에 비유되는 草野의 人物들, 그들 가운데 진정한 義人·人才가 숨어 있다는 사실[19]을 드러내기 위한 立傳者의 의도가 깔려 있다.

〈영변 교생 곽태허의 개〉

柳夢寅의 『於于野譚』에 실려 있다.

영변 교생 곽태허는 정로위 김무량의 생질이다. 곽태허는 부처님 섬기는 일을 좋아하여 불도들과 교제를 많이 했다.

태허가 외출했을 때, 태허의 처가 중과 사통했다. 태허가 바깥 일을 보고 집에 돌아오자, 중이 태허의 가슴에 올라 앉아 눌렀다. 태허는 힘이 약해서 뒤집어 빠져나올 수 없었다. 중이 칼을 뽑았다. 태허가 칼을 쳐서 땅에 떨어지게 했다. 중이 태허의 처를 가리키면서, "여기에 칼을 가져다오"라고 했다. 처는 차마 손으로는 칼을 잡지 못하고 발은 점점 칼 앞에 가까이 다가갔다.

이때 개가 그 옆에 누워 있었다. 태허가 개연히 말하기를 "개야 개야, 네가 만일 이 사정을 알고 있다면, 마땅히 이 칼을 던져 버려라."고 했다. 개는 그 말을 듣고 일어나서 칼을 물어 바깥에 버렸다. 개는 다시 들어와 중의 목덜미를 물어 뜯었다. 중은 마침내 죽었다.

태허는 이 사실을 처가에 말하고는 개를 끌고 가버렸다. 이미 강을 건너고 고개를 넘었는데, 처가에서 달려와 부르며 맞이하려고 했으나 태허는 대답 않고 돌아보지 않았다. 처가에서는 태허 처의 목을 나무에 매달아 큰 망치로 가슴을 쳐서 죽였다.[20]

此時 草莽興臺之臣 養至穢用至陋者 乃反收功 紀信之於漢 雷海淸之於唐 豈非金姓人之狗乎
余義是狗爲書以識

19) 尹勝俊, 앞에서 든 논문, p.358, 참조.

20) 寧邊校生郭太虛 定虜衛金無良之甥也 喜佛事多與釋徒交 太虛出外而其妻私於

개가 주인인 곽태허의 말을 알아 듣고 태허 처와 私通한 중을 물어 죽여 주인을 죽음으로부터 구출했다. 태허 처는 悖倫的 행위로 인해 친정 식구들에 의해 비참한 죽음을 당했다. 애욕에만 눈이 어두운 인간[태허 처, 중]을 忠犬과 대비시켰다. 개에게 사리 판단력을 부여하여 인간의 비도덕성을 엄하게 다스리고 있다. 사람은 變心을 하지만, 짐승인 개는 끝까지 忠犬으로 남게 하여 人情과 義理의 의미를 되새기게 한다.

『東野彙輯』所載「義狗救人且復讐」에도 위와 같은 이야기 뒤에 또 다른 곽태허의 의구담 2편과 하동의구 1편이 이어진다. 「義狗救人且復讐」에는 義狗가 3차례나 주인 곽태허의 생명을 구한다. 맹호를 죽이고 주인을 살린 의구는 병들어 죽었다고 했다.21) 그러나 의구의 사망 원인은 맹호와의 격투로 입은 상처 때문으로 보인다. 의구는 맹호만 물리친 것이 아니고 중상을 입은 주인을 혀로 핥아서 치료하다가 주인의 생명이 위급하자 울부짖어서 사람들에게 알려 마지막까지 주인의 생명을 구하기 위한 충견의 직분을 다했다.

義牛說話도 있다.22) 특히 비겁한 주인을 治罪하는 「소를 저버린 주인의 죽음」은 충격적인 이야기가 아닐 수 없다.23) 이는 동물에게는 감정이나 사리 판별력도 없다는 식의 인간 중심적 사고가 얼마나 어리석

僧 太虛自外至 壓太虛而踞其胸 太虛力弱而不能轉 僧拔劍 太虛手批至擲劍於地 僧指其妻曰 將此劍來 妻不忍於手 而以足漸近於前 於是 犬臥其側 太虛慨然而言曰 犬呼犬呼 爾若有知 富去此劍 犬乃聞言 輒起咬劍棄於外 復入咬僧喉 僧遂斃 太虛說其事於妻黨 牽犬而去 已渡野陟嶺 其家疾呼邀之 太虛不應而顧之 妻黨繫頸於樹 以巨椎椎其胸矣

21) …然狗亦病矣 月餘而死 太虛哀之 瘞而墳之 因名義狗墓(…그러나 개도 병들어 한 달여 만에 죽었다. 태허는 슬퍼하여 개를 묻어 주고 이름하여 '의구묘'라 했다.) 〈鄭明基 編, 『原本 東野彙輯』(下), 1992, 寶庫社, p.755, 참조.〉

22) 구체적인 자료는 이 책 「善山義牛傳」과 「善山義牛圖」 참조.

23) 제4부 報恩談 敎材의 이해, 「소를 저버린 주인의 죽음」 참조.

고 위험한 것인가를 일깨우기에 충분하다.

② 盲人引導

앞 못 보는 주인을 위해 지팡이 구실을 해주는 개이다.

〈개성 이참의 개〉

『增補文獻備考』 12권 「獸異〔狗異〕條」에 실려 있다.

충렬왕(1296~1308) 때 서울에 전염병이 크게 돌았다. 이참에 앞 못 보는 아이가 있었는데 부모가 모두 병사하고 홀로 흰 개와 살았다. 아이가 개꼬리를 잡고 바깥에 나가면 사람들은 밥을 주었는데 개가 절대로 먼저 밥에 입을 대지 않았다. 아이가 목이 마르다고 하면 개는 우물까지 데리고 가서 물을 마시게 했다. 아이는 개에 힘입어 살 수 있었다. 이런 광경을 본 사람들은 이를 갸륵하게 여겨 의로운 개(義狗)라고 불렀다.24)

盲兒의 지팡이 역할을 성실히 수행하는 義狗의 끈끈한 情을 접할 수 있다. 이와 같은 개의 역할은 오늘날에도 종종 나타난다. 口碑傳承 義狗譚은 『韓國口碑文學大系』 등에서 다양하게 찾을 수 있다.

③ 義狗 現場 遺蹟

滅火殺身救主型을 비롯하여 義狗 유적은 여러 곳에 남아 있다. 산청군 신등면 법물리 鵲山 마을 뒷산에 글자가 없는 義狗塚이 전한다. 작산 마을 의구는 주인을 해치려는 악한과 격투하여 주인을 구하고 개는 죽는 설화인데, 오랜 세월을 거치는 동안 비문이 마멸된 것인지 아니면 처음부터 새기지 않은 것인지 비문은 전하지 않는다. 구체적인 것은 앞에서 살펴본 바와 같다.

---

24) 忠烈王時 京城大疫 泥站有盲兒 父母皆疫死 獨與一白狗居 兒執狗尾出 人施以飯 狗不敢先舐 兒言渴 狗引至井飯 兒賴狗以活 觀者憐之 號義犬

〈滅火殺身救主型 義狗說話〉의 현장은 임실 獒樹, 龜尾 海平, 金堤, 密陽 府北 등지에 있다. 義犬像이 세워진 곳은 전북 임실군 오수리의 獒樹義犬像과 경남 밀양시 부북면 등 두 곳뿐이다.

밀양 부북 義狗도 〈오수형 의구설화〉이다. 밀양시에서 무안

▲ 密陽 義犬像

면으로 가려면 마흘리 고개를 넘어야 한다. 밀양시 중심지에서 부북면 사포리를 지나 마흘리로 들어오는 가파른 고개길을 마흘리 고개라고 하는데 이 고개가 바로 滅火殺身救主한 義狗의 현장이어서 '개고개'라고 부르기도 한다. 의견상은 흰색 대리석상이다. 마흘리 고개를 넘어 마흘리를 지나 무안면 쪽으로 500여 미터 가다보면 왼편 도로가에 의견상이 있는데 密陽 義犬像 建立推進委員會[회장 밀양 교육청 교육장]가 1998년 12월에 세웠다. 이 곳에는 대리석 의견상과 '橡吏 許楚璧 廉潔碑 己酉 三月 日 立'이라 새겨진 碑 및 자연석에 '밀양 의견 고개'라고 새긴 臺가 있다. 안내판에 게시한 義狗碑 내용은 다음과 같다.

조선 숙종 때 세금을 징수하는 관리였던 허초벽이 3월 어느 날 이웃 마을의 잔칫집에 놀러 갔다가 술에 만취되어 집으로 오던 길에 집 앞 숲에 쓰러져 잠이 들었다고 한다. 때마침 그 곳을 지나가던 행인이 버린 담뱃불이 풀밭을 태우면서 허씨가 쓰러져 있는 곳까지 번져갔다.

이 때 허씨가 평소 아끼고 사랑하던 개가 주인을 깨우려고 짖고 발버둥쳤지만 술 취한 허씨는 일어나지 못했다고 한다. 영리했던 이 개는 30여 미터 떨어진 계곡의 물을 온몸에 적셔 허씨가 누운 풀숲 주변에 뿌려 불이 붙지

▲ 椽吏 許楚璧廉潔碑. 密陽 '義犬 고개' 비석

못하게 하여 허씨를 살렸다고 한다.

주인을 살리느라고 지친 개는 불이 꺼진 뒤 그 자리에서 숨지고 정신을 차린 허씨는 자기 주위에만 불이 타지 않은 것을 보고 눈물을 흘리며 개의 무덤을 만들었고 그 곳에 돌비석을 세웠다고 전해진다. 뒤부터 이 고갯길을 개고개라 불렀고 돌비석은 '의구비'라 일컬어지게 되었다.

그 후 개로 인해 목숨을 건진 허씨는 남은 여생을 세금을 거두는 관리이지만 인심이 후덕하고 청렴결백하게 살았다고 한다. 이 의구비가 이곳 풀숲에 초라하게 버려져 있는 것을 밀양시 무안면 全炳奎·柳錫英이 발견, 후세에 알리고자 이 곳 출신 全國三이 관계기관에 협조를 구하여 새로이 단장하게 되었다. 이 비석에는 '椽吏 許楚璧 廉潔碑 己酉 三月 日 立'이라 적혀 있다.

안내문에 적힌 내용은 의견상 옆에 황토빛 자연석에 새겨진 '椽吏 許楚璧 廉潔碑 己酉 三月 日 立'이라고 새겨진 비를 '義狗碑'라고 했다. 이 비는 청렴결백한 관리였던 허초벽을 기리는 비인데도 비석명을 '의구비'로 부르고 있다. 의견상 좌대에 새겨진 '밀양 의견상의 내력'을 살펴볼 필요가 있다.

밀양의 개고개에 얽힌 이야기는 사람들의 입에서 입으로 전해오던 중 마을 사람들에 의하여 '椽吏許楚璧廉潔碑'라 쓰여진 초라한 표석이 발견되었습니다. 이를 뜻 있는 사람들이 관계기관과 협조하여 비를 바로 세우고 주위를 단장하였습니다.

그 후 개의 충의로움을 기리기 위한 몇 분이 밀양 의견상 건립추진위원회를 구성하고 기존의 염결비 옆에 밀양 의견상이라 이름 지어 상을 세웁니다. (하략)

위의 내용을 보면 '橡吏許楚璧廉潔碑'를 바로 '의구비'라 한 것은 잘못이다. 허초벽이 義狗로 인해서 생명을 구했다는 구전을 바탕으로 하여 '마흘리 고개'가 '개고개'로 명명되었다는 점은 설득력이 있으나, '橡吏許楚璧廉潔碑'를 의구비로 한다거나 허초벽이 滅火殺身救主한 義狗의 보답으로 평생 청렴결벽하게 살았고, 그 정신을 기려 염결비가 세워졌다는 점은 연계성이 부족하다. 이에 관한 보완이 필요하다.

契樹와 善山義狗 유적지는 앞에서 살핀 바와 같다.

(2) 中國 義狗說話

中國 義狗說話의 참고 자료는 다음과 같다.

○『搜神記』

○『太平廣記』

○ 吉星 編, 『中國民俗傳說故事』, 中國民間文藝出版社, 1985, 北京.

○ 中國民間文學集成編輯委員會 編, 『中國民間故事集成』(吉林卷), 中國文聯出版公司, 1992, 北京.

○ 中國社會科學院文學硏究所 編, 『中國傳說故事大辭典』, 中國文聯出版公司, 1991, 北京.

○ 顔邦逸 主編, 『白話野史』, 大連出版社, 1993, 吉林省 長春.

○ 袁枚 著, 古曄 譯, 『子不語』, 中國國際廣播出版社, 1992, 北京.

○『古今滑稽文選』(영인본), 北京出版社, 1993, 北京.

위 자료는 일부분에 지나지 않기 때문에 中國 義狗說話의 전반적인 접근이나 성격 규명에는 한계가 있다. 義狗說話 유형 분류에 앞서「黃狗戀坡」를 소개하기로 한다.

「황구언덕[黃狗戀坡]」

전하는 이야기에 따르면 屈原이 玉笥山에 살고 있을 때 황구 한 마리를 길렀다고 한다. 평소 개는 주인을 따라 뒷산 언덕에서 놀곤 하였다.

秦나라 군사가 초나라의 수도 郢(지금의 荊州시)을 함락하자 굴원은 나라를 구할 가망이 없음을 알았다. 음력 5월 5일이 되던 날 굴원은 칼을 차고 말을 내몰아 河泊潭으로 달려갔다. 황구는 주인의 모습에서 평소와 다른 기미를 느끼고는 주인의 뒤를 바짝 따라갔다.

하백담에 도착한 굴원은 말에서 내려 고삐를 매어둔 뒤, 맷돌만한 돌 위에 앉아 세차게 흐르는 강물을 보며 깊이 탄식하였다. 황구는 주인의 감정이 지나치게 격앙된 걸 보고 굴원 옆에 쭈그리고 앉아 그의 옷자락을 꽉 물고 있었다. 갑자기 굴원이 벌떡 일어서더니 두 손으로 깔고 앉았던 돌을 가슴에 꽉 끌어안고는 몸을 멱라강에 던졌다. 황구는 황급히 물속에 뛰어 들어가 주인을 찾았다. 강바닥으로 깊이 가라앉는 굴원을 구하지 못한 황구는 다만 그의 신발 한 짝만 물고 강가로 헤엄쳐 나올 수 있었다.

황구는 옥사산에 내달려가 사방을 향해 미친 듯이 짖어대었다. 마을 사람들이 사정을 알고는 굴원을 구하러 하백담으로 배를 저어 갔다.

황구는 예전에 주인과 놀았던 옥사산에서 그저

▲ 屈子祠 芙蓉園 언덕의 義犬像

신발만을 문 채 며칠이 지나도록 먹지도 마시지도 않았다. 두 눈에선 줄곧 눈물만 흘리더니 며칠 뒤 언덕의 풀 속에서 굶어 죽었다.

　주인을 지극히 따른 황구의 이야기에서 사람들은 굴원과 황구가 놀았던 옥사산 언덕을 '황구언덕[黃狗戀坡]'이라 부르게 되었다.25)

▲ 「黃狗戀坡」 碑文

25)「黃狗戀坡」
　相傳屈原居玉笥山時　宅院裏養了一隻黃狗. 閒時　狗常常跟主人到後山坡裏嬉戲. 農曆五月初五日　屈原得悉秦軍攻陷郢都　知道救國無望　遂佩劍跨馬　昂首直奔河泊潭　黃狗見狀　似有所悟　緊跟主人身後　依戀不捨.
　到了河泊潭　屈原飜身下馬　緊好繮繩後　坐在一塊磨盤大的石頭上　眼見風浪急流　望江興嘆. 黃狗見主人神情異常　便蹲在主人身邊　並悄悄咬住主人長衫　突然屈原猛地站起身來　雙手將墊坐的盤石摟入懷中　縱身跳進了汨羅江. 黃狗急撲水裏　尋找主人　屈原沈入深潭　黃狗無力救助　祇得咬下主人一隻鞋子游上江岸　飛奔到玉笥山上　狂吠不止. 鄕親見狀　紛紛划小船到河泊潭　搭救屈原　黃狗則一直叼含着鞋子守在曾經與主人嬉戲過的山坡上　一連幾天　不吃也不喝　兩眼直流淚數天後餓死在山坡的草叢裏.
　因爲人們傳說黃狗十分懷念主人　便將屈原與黃狗曾經依戀嬉戲的山坡稱爲'黃狗戀坡'.

필자는 2004년 1월 4일부터 1월 18일까지 중국 貴州省, 湖北省, 湖南省 및 浙江省 일원 문화 유적 탐방길에 나섰는데, 2004년 1월 14일에 湖南省 汨羅市 玉笥山의 屈子祠에서 굴원 관련 의구설화인 「黃狗戀坡」를 수집했다. 이 설화는 굴자사 對面에 조성된 芙蓉園 언덕 위 碑石에 碑文으로 남아 있다. 비석 옆에는 울부짖는 黃狗와 굴원의 신발 한 짝을 새긴 具體物이 세워져 있다.

필자는 문헌 상으로 전해오는 굴원 관련 典籍에서 「黃狗戀坡」와 같은 忠犬說話를 아직 求得하지 못했다. 이 설화에는 충견의 모습이 生動感 있게 표현되어 있다. 충견은 굴원이 汨羅江에 投身할 때 한사코 주인의 투신을 막았지만, 무거운 돌을 몸에 묶어 깊은 물 속에 沈潛해버린 주인을 구할 수 없었다. 충견은 汨羅江上에 떠 오른 주인의 신발 한 짝만 물고 굴원과 노닐던 부용원 언덕 위에 와서 먹지도 마시지도 않고 울부짖다가 굶주려 죽었다.

1) 개의 죽음이 따르는 結構

① 滅火殺身救主

〈吳나라 李信純의 개〉

東晉의 干寶가 찬한 『搜神記』에 실려 있는 義狗說話이다.

옛날 오왕 손권 시대에 이신순이라는 사람이 있었다. 그는 양양 기남 사람이었다. 집에 개 한 마리를 길렀는데 자를 묵룡이라고 부르고 매우 사랑했다. 개는 항상 따라 다녔고 음식은 모두 나누어 함께 먹었다.

어느 날 신순은 성 밖에서 술을 마셔 크게 취하여 집에 돌아오다가 풀밭에 누웠다. 그때 태수 등하가 사냥했는데 밭에 풀이 우거져 있는 것을 보았으나 풀 속에 사람이 취해 자고 있는 것은 알지 못하고, 사람을 보내어 불을 놓아 풀을 태워 없애도록 했다.

신순이 누워 있는 곳은 마침 바람이 불었다. 개가 불을 보고 와서 입으로 신순의 옷을 물어 끌었으나 신순은 움직이지 않았다. 신순이 누워 있는 30~50보 쯤 떨어진 가까운 곳에 냇물이 있었다. 개는 곧 달려 가 물에 들어가 몸을 적셔 신순이 누워 있는 곳에 달려와 주위를 몸을 굴려 적셨다. 불은 젖은 곳에 이르자 곧 꺼졌다. 주인은 큰 재난을 면할 수 있었으나 개는 물을 운반하느라 지쳐서 곁에서 죽었다.

조금 뒤 신순이 술을 깨었는데 개는 이미 죽었고 개의 털은 다 젖어 있어서 매우 의아하게 여겼다. 그리하여 사방을 보고 불이 나서 꺼진 자취를 알고는 통곡했다. 태수가 이를 듣고 가련하게 여겨 말했다.

"개가 사람에게 은혜 갚음이 매우 깊구나. 사람이 은혜를 알지 못하면 어찌 개와 같겠는가."

곧 관곽과 옷을 갖추도록 하여 개의 장례를 치렀다. 지금 기남에 의구총이 있는데 높이는 십여 길이다.26)

崔滋의 『補閑集』에 전하는 의구설화와 줄거리가 비슷하다. 『搜神記』는 『보한집』보다 훨씬 앞선 연대이니 中國 義狗說話가 韓國 義狗說話 형성에 영향을 끼쳤다는 말이 설득력을 가질 수 있다. 그러나 그 내용을

---

26) 東晉의 干寶가 찬한 『搜神記』(孫晉泰, 『韓國民族說話의 研究』에서 재인용)

昔吳王孫權時 有李信純者 襄陽紀南人也 家養一犬 字曰墨龍 愛之惟甚 行坐相隨 飮饌之間 皆分與食 忽一日 於城外 飮酒大醉 歸家不及 臥草中 時過太守鄧瑕出獵 見田草深 不知人在草中醉眠 遣人縱火爇之 信純臥處 恰當順風 犬見火來 乃以口拽純衣 純亦不動 臥處比有一溪 相去三五十步 犬卽奔往 入水濕身走來臥處 週廻以身濕之 火至濕處卽滅 獲免主人大難 犬運水困乏 致斃於側 俄爾信純醒來 見犬已死 遍身毛濕 甚訝其事 因觀四廻 覩火蹤蹟 因爾慟哭 聞於太守 太守憫之 曰犬之報恩 甚於人 人不知恩 豈如犬乎 卽命具棺槨衣衾 葬之 今紀南 有義犬塚 高十餘丈

〈『수신기』에는 개의 이름이 墨龍이 아닌 黑龍, 犬 아닌 狗로 되어 있고, '不知人在草中醉眠'이라는 말은 없다.(林東錫 譯註, 『搜神記』 下, 東文選, 1997, p.737, 참조.)〉

보면 韓國 義狗說話의 창의성이 뚜렷하게 드러난다. 즉 『보한집』에는
義狗로 인해서 생긴 地名由來譚과 「犬墳曲」 및 이를 기리는 詩 등이
있는데 비해 『搜神記』는 개가 불을 꺼서 주인을 살리고 죽은 일을 기려
개무덤을 만든 사건 이외의 것은 보이지 않는다. 그리고 '獒樹'라는 지명
은 「獒樹 義狗說話」가 정착되기 훨씬 전에 존재했다는 사실도 간과해
서는 안된다.

〈山西 九原의 개탑〉

『中國傳說故事大辭典』에 「개탑의 전설[犬塔的傳說]」이라는 제목으로
실려 있다.

한족 동물 전설로 청 옹정 12년(1734)의 『山西通志』 60권에 보인다. 산서
九原 張家煙梁의 옛터에서 전해 온다. 어떤 사람이 술을 마시고 취해서 산
위에 넘어져 잠을 잤다. 갑자기 큰 불이 일어났는데 풀밭이 타 들어 오고 있
었다. 그를 따라 다니는 개가 이 정경을 보고는 가까이 있는 물로 뛰어가서
몸에 물을 적시어 적신 몸으로 불을 껐다. 한번 하고 또 다시 바삐 하느라
개는 지쳐서 죽었다. 그러나 주인은 불에 타 죽는 것을 면했다. 주인은 거기
에 탑을 쌓고 개를 묻어 주었다.[27]

『搜神記』의 내용을 『中國傳說故事大辭典』에서 재수록했다. 그러나
『搜神記』의 義狗說話에 있는 목격자는 없이 사건만 간략히 제시했다.

---

27) 「犬塔的傳說」
　　漢族動物傳說 見淸雍正十二年『山西通志』卷六十 相傳在山西九原故墟張家煙
　　梁 有人喝醉酒 倒在山上睡着了 突然起了大火 草地燃燒起來 跟隨他的一只狗
　　見此情景 便跑到附近的水裏 把身上濕透來 用身上的水減火 一次又一次狂奔
　　狗被累死了 但主人却得免燒死 主人在這裏築塔 埋葬了狗 (『中國傳說故事大辭
　　典』, 1992. 2, p.240)

② 鬪惡漢救主

〈罕王爺의 개〉

吉星이 편찬한『中國民俗傳說故事』에「의로운 개 이야기[義犬的故事]」
라는 제목으로 실려 있다.

　罕王爺가 이끄는 八旗의 人馬가 사얼허[薩爾滸] 지방에서 싸워 이긴 후
군의 위세가 크게 떨쳐졌고 명성이 커지게 되었으며 또 많은 부락이 그의
수하에 귀속 되었다. 罕王爺는 龍敦이라고 하는 아저씨가 있었다. 그는 성
질이 흉악하고 음험했으며 또 만 사람이 당하지 못할 용맹이 있었다. 평소
에 그는 자신이 罕王의 아저씨라는 것을 믿고 영중에서 마음대로 행사하고
한왕도 안중에 없었다. 그는 한왕의 세력이 날로 커지는 것을 보고, 마음 속
이 편치 못해 한왕을 죽이고 그 지위를 빼앗으려고 생각했다.
　어느 날 한왕이 군사들의 사기를 북돋아 주고 사얼허의 승리를 경축하기
위해 연회석을 벌려 貝勒, 貝子, 章京 등 수하 사람들을 장막으로 불러 들여
술을 마시며 공훈을 경축하고 상을 내렸다. 사병들도 각자의 영중에서 술을
마셨다.
　龍敦은 이 말을 들은 뒤 마음 속으로 하나의 간교한 계책을 생각해 내었
다. 그는 酒席宴이 시작되기 전에 평소의 오만 방자한 태도와는 반대로 가
까이 하고 믿는 수하를 시켜 한왕에게 은근함을 보이고 윤번으로 한왕에게
술을 권하게 했다. 한왕은 이것이 龍敦의 간계임을 모르고 술잔을 받아 들
고 유쾌하게 술을 마셨다. 얼마 지나지 않아서 한왕은 마침내 술에 크게 취
했다. 여러 사람들은 한왕이 술에 취한 것을 보고 그를 장막에 모시고 가서
휴식을 취하게 했다.
　주석연에서 한왕이 없게 되자, 분위기는 자유로워졌고 貝勒, 貝子 등은
큰 소리를 치고 마구 술을 마셔서 동서를 분간할 수 없게 되었다. 龍敦은
이 기회를 타서 가만히 몸을 빼 연회석을 떠났다. 그는 대영중을 한 바퀴 돈
후, 뒷 장막을 지키는 친위병도 다 술 마시러 가고 다만 罕王爺 한 사람만이
깊은 잠에 빠져 있는 것을 보고는 때가 왔다고 생각하고 허리에 찬 칼을 뽑

아 들고 장막으로 달려갔다.

이때 罕王爺가 기르고 있는 한 마리의 큰 누렁이가 장막 밖에 엎드려 있다가, 어떤 사람이 손에 칼을 쥐고 달려오는 것을 보고, 한왕 앞에 가서 짖어댔다. 그러나 한왕이 깨어나지 못하는 것을 보고, 큰 누렁이는 입으로 한왕의 옷깃을 아래로 잡아 당겼다. 한왕은 술을 너무 많이 마셨기 때문에, 몸을 돌리더니 또 잠들어 버렸다. 이 때 龍敦은 이미 장막 문턱까지 다가왔다. 큰 누렁이는 龍敦이 손에 칼을 쥐고 온 얼굴에 살기가 넘치는 것을 보고, 급한 나머지 한왕의 허벅지를 심하게 물었다. (개가 한왕의 허벅지를) 너무 힘주어 물었기에 한왕의 허벅지는 터졌고, 한왕은 아파서 깨어났다.

큰 누렁이는 한왕이 깨어난 것을 보고 몸을 돌려 용돈에게 덮쳐 들었다. 용돈은 큰 누렁이의 머리에 칼을 내리쳤는데 큰 누렁이가 칼을 피하니, 龍敦의 칼은 허공을 내리쳤다. 큰 누렁이는 龍敦이 칼을 빼어 가기 전에 힘을 내어 솟구쳐 올라 양 발톱을 龍敦의 어깨에 걸치고 입으로 龍敦의 목을 물었다. 龍敦은 놀란 나머지 식은 땀이 흘렀다. 그가 몸을 급히 피하자 큰 누렁이는 그를 물지 못했다. 龍敦은 손을 휘둘러 칼로 찍었는데 큰 누렁이는 죽어 버렸다. 그러나 큰 누렁이의 발톱은 이미 龍敦의 갑옷 속에 들어갔기에 누렁이의 屍身은 龍敦의 가슴 앞에 걸려 있었다.

龍敦은 도둑이 제발 저리듯이 한왕이 깨어난 것을 보고 황망 중에 자기 몸에 걸려 있는 개 시체를 떼 내려 했으나 떼 내지 못했다. 한왕은 이 정경을 다 보고서 비로소 큰 누렁이가 그를 물은 뜻을 알게 되었고, 주연석상에서 왜 龍敦과 그 몇 사람이 술로 그의 마음을 사도록 했는지 명백히 알게 되었다. 龍敦이 어찌할 바를 모르면서 손발로 바삐 개의 시체를 내어 던지려 하는 사이에 그는 칼을 뽑아 다가갔다. 龍敦은 한왕이 자기에게 오는 것을 보고 급히 칼로 칼을 막았다. 비록 그는 만 사람이 감당해 내지 못하는 勇力을 가지고 있었지만, 가슴 앞의 개 시체가 손발을 움직이는 데 장애가 되었기 때문에 힘이 있어도 힘을 쓸 수가 없었다. 몇 차례 會合 끝에 龍敦은 한왕의 손에 죽었다.

이 반란이 평정된 뒤 한왕은 큰 누렁이를 후하게 장사지냈다. 또 부하에게 분부하기를 "산 속에 있는 산고양이 들짐승들은 다 잡아먹을 수 있으나 지금부터는 누구도 개고기를 먹지 못하고 개 가죽옷을 입지 못하며 개가 죽은 후에는 매장해야 한다. 왜냐하면 개는 인성에 통하고 주인을 구하니 의로운 개이기 때문이다."

　만주족 사람들이 개고기를 먹지 않는 습관은 한왕이 그 때 내린 규정 때문이다.

　『滿族民間故事選』 제2집에서 뽑은 것인데 徐仲武가 講述하고 劉鐵民이 整理했다.28)

---

28)「義犬的故事(滿族)」

　罕王爺領着八旗人馬　在薩爾滸那個地方打了勝仗以後　軍威大振　名聲也大了又有許多部落歸附到他的手下　罕王爺有個叔叔叫龍敦　這個人性情凶惡陰險　又有萬夫不當之勇　平時仗着是罕王爺的叔叔　在營中橫冲直撞　連罕王爺都不放在眼裏　他看到罕王爺的勢力越來越大　心裏很不服氣　就想害死罕王爺　纂權奪位
　一天　罕王爺爲了鼓舞士氣　慶祝薩爾滸一仗的勝利　擺下慶功酒宴　請手下的貝勒　貝子章京等　到大帳來飲酒　慶功行賞　士兵們也都在各自的營中喝酒　龍敦聽說後　心裏就生出一條奸計　酒席筵前　一反平時的驕橫神態　和他手下的一幫親信向罕王爺大獻殷勤　輪番罕王爺敬酒　罕王爺也不知道這是龍敦使的奸計呀　就接杯暢飲　工夫不大　竟被灌得酩酊大醉　衆人一看罕王爺醉了　就把他送到後帳去休息　酒席宴前少了罕王爺　沒有約束了　那些貝勒貝子就開始呼五喝六地痛飲起來一個個喝得東倒西歪　龍敦趁這個機會　抽身悄悄地離開宴席　在大營中轉了一圈看到看守後帳的親兵也都喝酒去了　只有罕王爺一個人在帳中沈沈大睡　認爲時機到了　就拔出腰刀朝帳中奔來
　這時罕王爺養的一條大黃狗正趴在帳外　看到有人手握鋼刀來了　就跑到罕王爺的跟前狂吠起來　可是罕王爺沒醒　大黃狗就用嘴叼住罕王爺的衣襟往下拽　因爲罕王爺酒喝得太多了　飜了個身又睡着了　這時龍敦已經來到了帳門口　大黃狗一看龍敦手握鋼刀　滿臉殺氣地進來了　一着急　就伸嘴在罕王爺的小腿上狠狠咬了一口　因爲咬得太狠　把罕王爺的小腿都咬破了　罕王爺疼醒了　大黃狗看到罕王爺醒了　轉過身就向龍敦撲去　龍敦照着大黃狗的胸袋就是一刀　大黃狗一躲　龍敦的刀劈空了　大黃狗沒等龍敦的刀抽回去　使勁往上一躥　兩爪就搭在了龍敦的肩上冲着龍敦的脖子就要下口　這一下把龍敦的冷汗都嚇出來了　急忙一閃　大黃狗沒咬着　龍敦揮手就是一刀　砍死了大黃狗　可是大黃狗的爪子已經句進龍敦的衣甲縫裏　屍體就挂在龍敦的胸前　龍敦做賊膽虛　看到罕王爺醒了　在慌亂中挂在身上

忠犬의 모습이 잘 나타나 있다. 龍敦의 정권탈취 야욕이 일으킨 한왕야 개와 龍敦의 격투는 처절하기까지 하다. 처절한 격투는 발단-전개-위기 - 절정 - 결말의 서사구조로 이루어져 있다.

〈常 공자의 개〉

袁枚가 지은『子不語』에 「의로운 개가 죽어 다른 개에 혼을 붙여 나타나 악한을 물리치다[義犬附魂]」라는 제목으로 실려 있다.

북경에 성이 常氏인 사람이 있었는데 젊고도 용모가 매우 아름다웠다. 그는 花兒라고 부르는 개를 무척 좋아해서 외출할 때는 개를 데리고 갔다.

어느 봄날 豊臺에서 꽃구경을 하다가 너무 늦게 돌아 오는데 사람도 아주 드물었다. 길에서 3명의 악당을 만났는데 마침 길에 앉아 시끄럽게 술을 마시고 있었다. 잘 생긴 공자를 보고 비천한 말로 그를 희롱했다. 처음에는 그의 옷을 끌어 당기더니 이어서 또 그와 입을 맞추었다. 공자는 수치스럽고 성이 났다. 그는 힘을 다해 막았으나 그들을 대항할 수 없었다. 화아는 한쪽에서 멍멍거리더니 앞으로 달려 와 악당들을 물었다. 악당들은 성을 내어 큰 돌로 화아의 머리를 쳐서 화아는 가슴과 장이 터져 나무 아래에서 죽었다. 악소년은 조금도 꺼리지 않고 마침내 띠를 풀어 공자의 수족을 묶고 하의를 벗겼다. 두 악소년은 그 배를 밟고 한 악소년은 바지를 벗기고 그 신으로 음란한 짓을 하려고 했다.

的狗屍還摘不下來 這個情景罕王爺都看到了 這才知道大黃狗咬他的用意 也明白了剛才在酒席筵前龍敦和那几個章京用酒灌他的用心 趁龍敦還在手忙脚亂地往下摘狗屍的工夫 他拔刀上前 龍敦看到罕王爺奔他來了 急忙橫刀相迎 雖然他有萬夫不當之勇 但胸前的狗屍碍着手脚 有勁也使不上 幾個會合 就被罕王爺殺死了

平定了這次叛亂之後 罕王爺厚葬了大黃狗 又分付部下 山中有的是山猫野獸 盡可以打來吃用 但是今後不誰再吃狗肉 穿戴狗皮 狗死了要把它埋葬了 因爲狗通人性 能救主 是義犬 滿族人吃狗肉的習俗 就是罕王爺在那時後立下的規矩
講述:徐仲武, 整理:劉鐵民 ，選自『滿族民間故事選』第二集
(吉星 編,『中國民俗傳說故事』, 中國民間文藝出版社, 1985, pp.532~533)

갑자기 비루먹은 개가 수풀 속에서 뛰쳐 나와 등 뒤에서 악당의 불알을 물었는데 불알 두 개가 떨어지고 땅에는 피가 가득 흘러 내렸다. 두 악소년은 크게 놀라 부상자를 끌어안고 돌아갔다. 뒤이어 행인이 지나가다가 공자를 풀어주고 하의를 그에게 주어 집에 돌아가게 했다. 공자는 화아의 의로움에 감동되어 다음날 가서 그 뼈를 거두어 개무덤을 만들었다.

꿈에 화아가 나타나 사람의 말을 했다. "제가 주인의 은혜를 받고 마침 은혜를 갚고자 했으나 흉폭한 놈에게 맞아 죽었습니다. 혼령이 어리석지 않아 두부점의 비루먹은 개에게 혼을 붙여 마침내 그 흉폭한 놈을 죽였습니다. 저는 비록 죽었으나 저의 마음은 편안합니다." 말을 마치자 슬피 울면서 사라졌다.

공자는 다음날 두부 파는 집에 갔더니 주인이 말했다. "이 개는 이미 늙고 병들어 곧 죽게 될 것입니다. 사람을 물지 않습니다. 어제 집에 돌아왔는데 입에 피가 가득해서 무슨 영문인지 알 수 없었습니다."

사람을 보내어 악한의 소문을 들으니 악소년은 집에 와서 죽었다고 했다.[29]

상 공자의 개는 同性을 輪姦하는 장면을 보았다. 악한에게 당하고 있

---

29)「義犬附魂」

　京中常公子某 少年貌美 愛一犬 名花兒 出則相隨 春日豐臺看花 歸遲人散 遇三惡少 方坐地轟飲 見公子美 以邪語調之 初而牽衣 繼而親嘴 公子羞沮遮攔 力不能拒 花兒咆哮 奮前咬嚙 惡少怒 取巨石擊之 中花兒之頭 胸腸迸裂 死于樹下 惡少無忌 遂解帶縛公子手足 剝去下衣 兩惡少踏其背 一惡少褪其褲 按其腎將淫之

　忽有癩狗從樹林中突出背後 咬其腎囊 兩子齊落 血流滿地 兩惡少大駭 擁傷者歸 隨後有行人過 解公子縛 以下衣與之 始得歸家 心感花兒之義 次日往收其骨 爲之立塚

　夜夢花兒來 作人語曰 犬受主人恩 正欲圖報 而被凶人打死 一靈不昧 附魂于豆腐店癩狗身上 終殺此賊 犬雖死 犬心安矣 言畢 哀號而去

　公子明日訪至賣豆腐家 果有癩狗 店主云 此狗奄奄 既病且老 從不咬人 昨日歸家 滿口是血 不解何故

　遣人訪之 惡少到家死矣 (遠枚　저, 『子不語』, 中國國際廣播出版社, 1992.11. p.258.)

는 주인을 구하다가 악한에게 도리어 죽게 되지만, 죽어서도 주인의 安危가 걱정되어 다른 개의 몸체를 빌어 나타나 악한들로부터 주인을 구한다.

② 吠官報主

〈조갑의 개〉

顔邦逸 主編의 『白話野史』에 「義犬記」라는 제목으로 실려 있다.

조갑은 나이가 50살인데 예쁜 아내를 맞이해 들였다. 아내는 남편의 나이가 많음을 싫어하여 안분하지 못했다. 이웃에 성이 나씨인 젊은이가 있었는데 인물이 좋았다. 조의 처는 그를 유혹하여 사통하기 시작했다. 이 일을 조갑이 살펴 알게 되었다. 조갑은 그의 처에게 말했다.

"당신은 내가 늙었다고 생각하오? 당신이 私通하고 있음을 내가 다 알고 있소. 만약 나씨가 다시 온다면 나는 그를 죽일 테고 당신도 함께 죽이겠소."

그의 처는 응답하지 않았다. 그 뒤 그녀는 가만히 이 일을 나씨에게 알렸다. 나씨는 자기에게 불리함이 미칠까 두려워 하여 趙妻와 모의하여 趙甲을 독살하여 시체를 황산에 묻었는데 이웃에 살고 있는 사람들은 아무도 알지 못했다.

趙家에는 개가 한 마리 있었다. 조갑이 죽고 난 뒤 개는 집에서 아무 것도 먹지 않았다. 산 속에 달려가 조갑의 묘를 지켰는데 비바람이 쳐도 무덤을 떠나지 않았다. 사람들이 이곳을 지날 때마다 이 개는 울부짖을 뿐만 아니라 꼬리를 흔들면서 가련한 형상을 보였으나 사람들은 주의를 기울이지 않았다.

몇 개월이 지났다. 그 개는 무덤을 떠나 대로변에 누워 있었다. 어느날 현관이 고향길에 이곳을 지나가는데 그 개가 곧장 말 앞에 다가와서 미친 듯이 짖어대는 것이 원통함을 내보이는 모양이었다. 수행원들이 개를 쫓아도 가지 않았다. 현관은 이 개에게 무슨 까닭이 있을 것이라고 여겨 말했다.

"네가 무슨 원통한 일이라도 있으면 나는 너를 위해 펴 주겠는데 너는 말을 할 수 없으니 무슨 방법이 없을까?"

이에 그 개는 서쪽을 향해 짖으며 걸어갔다. 그런 후에 다시 앞으로 가는 것이 길을 가리키는 모양과 같았다. 이에 현관은 차역들에게 명하여 개와 함께 가게 했더니 곧장 개는 황산 속 조갑이 묻혀 있는 곳으로 갔다. 그 개는 또 발톱으로 묘를 헐어 시체가 드러나게 하였다. 차역들은 바삐 이 사실을 보고했다. 그런 뒤 시체를 꺼집어 내어 검사해 보니 중독으로 사망했음을 알 수 있었다. 그러나 죽은 이가 누군지 알 수 없었다. 부근에 사는 사람을 불러서 물어도 알지 못했다. 현관은 또 그 개에게 물었다.

"죽은 사람은 너의 주인이냐? 너의 주인은 무얼하는 사람이며 너의 주인을 독살한 사람은 어떤 사람이냐? 너는 이 일을 알고 있으면서 왜 나에게 알려 주지 않느냐?"

이에 그 개는 한편으로는 짖어면서 한편으로는 가는데, 마치 길을 인도할 것 같은 모양이었다. 현관은 또 차역에게 명하여 개와 함께 가게 했다. 그 개는 먼저 집으로 돌아갔다. 이때 조처는 바로 나씨와 마주 앉아서 술을 마시고 있었는데 그 개가 곧장 나씨에게 달려 들어 그의 다리를 물었다. 조처가 몸을 일으켜 몽둥이로 개를 쫓았으나 이때 이미 순라대가 도착했다. 이에 趙妻와 나씨를 함께 잡아갔다. 그들을 심문하여 두 사람 다 사형 판결을 내렸다.

선고 후에 그 개는 기둥에 자신의 머리를 부딪쳐서 죽었다. 사람들은 그 개의 忠義에 감복하여 모자와 옷을 입혀 조갑의 묘 곁에 묻고 비석을 세웠는데 비에는 '趙家義犬之碑'라 새기고 비의 뒷면에는 개의 사적을 적었다.30)

---

30) 「義犬記」

趙甲五十歲了　娶了個美貌的妻子　妻子嫌丈夫太老　所以就不安份起來　隣居有個姓羅的年輕人　長相很好　趙妻就勾引他　于是開始私通　此事被趙甲察覺了　他私下裏警告妻子說　你以爲我老了吧　你的私情我都知道了　如果姓羅的再來　我就要殺了他　幷且連你一起殺了　他妻子沒應聲　事後偸偸地把此事告訴了姓羅的　姓羅的害怕于己不利　就與趙妻合謀把趙甲毒死了　把屍體埋到了荒山中　隣居們誰都不知道

趙家有一條狗　自從趙甲死後　它就不吃家裏的食了　跑到了山中　守着趙甲的墳　卽使刮風下雨也不離開　每當有人經過此處　這狗就號叫起來　幷且搖着尾巴作乞怜狀　而人們都不注意

위의 「義犬記」는 관에 알려 주인을 죽인 범인을 잡게 하고 개는 자결하여 주인 무덤 곁에 묻혔다. 守屍訃告, 殉死報主型이기도 하다.

〈명나라 진방의 개〉

顔邦逸 主編의 『白話野史』에 「義犬伸寃」이라는 제목으로 실려 있다.

명나라 때 진방이라고 부르는 사람이 있었는데 형편은 부유했고 나이가 40이었지만 장사를 잘 했다. 영락 초년(1403)에 진방은 서울에 갈 생각을 하고 출발에 앞서서 점을 쳤더니 좋지 못한 징조가 보였다. 그의 처 허씨는 본래 그가 집을 떠나는 것을 원하지 않아서 남편에게 고생스럽고 위험하다고 했다. 진방은 아내의 말을 듣지 않고 뜻대로 떠나고자 했다. 그는 한 마리의 흰 개를 길렀는데 아주 영리했고 그가 출입할 때는 다 따라 다녔다. 진방은 흰 개를 사랑하여 데리고 길을 떠났다. 어느날 새벽, 배가 닻을 풀고 출항하려는데 갑자기 흰 개가 멍멍 크게 짖어대고, 배회하여 가려하지 않았다. 진방은 주의를 기울이지 않고 배 위에 뛰어 올랐는데 개가 주인의 옷을 물어

過了幾個月 這狗就離開了墳墓 躺在了大道邊 有一天 縣官下鄉 路過這裏 這條狗一直撲到馬前 狂奔號叫 就像是喊寃的樣子 隨從們赶它也赶不走 縣官疑心這是有原因的 就對它說 你有什麼寃屈 我要爲你伸張 但是你不能說話 怎麼辦呢 這狗于是就向西邊叫邊走 再退回來 然後再向前走 就像是在指路一樣 縣官于是就命令差役們跟着狗走 一直走到荒山中埋葬趙甲的地方 那狗又用爪子刨墳 使屍體露了出來 差役們連忙報告 然後挖出屍體驗看 證明是中毒而死的 但是不知道死者是什麼人 傳喚附近的人詢問 也沒有知道的 縣官又對那狗說 死者是你的主人嗎 你主人是什麼人 毒死你主人的是什麼人? 你一定知道這些 爲什麼不讓我知道呢 于是那狗邊叫邊走 像剛才那樣引路 縣官又命差役跟着狗走 那狗先回到了家 此時趙妻正與姓羅的對坐着喝酒 那狗直接撲向姓羅的 咬傷了他的脚 趙妻起身拿棍子赶狗 而這時巡邏隊已經赶到了 于是就把趙妻和姓羅的一起抓走了 一審他們就招了 把二人到判了死刑償命
宣判後 那狗就觸柱而死 人們爲那狗的忠義所感動 就爲它穿戴上衣帽 埋葬在趙甲的墓傍 幷且爲它立了碑 上書趙家義犬之墓 在碑的背面還記下了它的事迹
(顔邦逸 主編, 『白話野史』, 大連出版社, 1993, 吉林省 長春.pp.75~76, 出典：『南皐筆記』)

주인이 가려는 길을 막는 것처럼 보였다. 진방은 개가 무엇 때문에 이러한 모양을 하는지 알 수 없었다. 이에 개를 데리고 출발했다.

배가 장만에 머물렀을 때, 돌연히 한 무리의 강도가 화물선에 올라와 배에 타고 있는 사람을 다 칼로 찔러 죽였다. 흰 개는 배 뒤에서 뛰어 한 강도의 손을 물었다. 그는 거의 물려 죽게 되었다. 그 나머지 강도들은 칼을 들고 흰 개를 죽이려고 했으나 흰 개는 물 속으로 뛰어 들어 물로 해서 도망갔다.

강도가 약탈해 간 뒤, 흰 개는 몰래 뒤따라 강도집 문에까지 가서 묵묵히 그 주거지를 기억했다. 이 후, 흰 개는 낮에는 먹을 것을 찾고 밤에는 연안에 감추어 둔 진방의 시체를 지켰다. 몇 개월이 지났다. 부근에 있는 사람들은 흰 개가 있는 것을 보고 의혹스러웠으나 그 영문을 알 수 없었다. 뒤에, 순하어사 여희망이 장만을 순찰하는데 흰 개가 연안에서 슬프고 참담하게 울부짖으며 읍소하는 듯함을 보고 의아하여 말했다.

"여기엔 반드시 원통한 사정이 있다."

말을 마치고 이졸을 불러 함께 앞으로 갔다. 흰개는 발톱으로 땅을 긁어 진방의 시체를 꺼내었다. 흰 개는 시체 곁에서 울부짖기를 그치지 않았다. 여희망이 말했다.

"이는 반드시 개의 옛주인이 모해되었다. 개는 나쁜 놈의 사는 곳을 가리켜 낼 수 있겠는가?"

흰 개는 머리를 끄덕이면서 갔다. 여희망은 이졸에게 명하여 개를 바짝 붙어가라고 했다. 흰 개는 한 마을의 좁은 길로 가더니 어떤 집에 도착했다. 강도들은 마침 거기에 모여 술을 마시고 있었다. 흰 개는 곧장 집 안으로 들어가 나쁜 놈의 손을 물었다.

나쁜 놈은 이졸에게 잡혀 여희망 앞에 와서 얼마간 심문을 했으나 죄가 없다고 항거했다. 마침 이러한 때, 갑자기 어떤 사람이 여희망의 앞에 와서 곡하면서 말했다.

"저는 진방의 하인입니다. 주인은 피살되고 저도 칼에 찔려 물 속에 떨어졌는데 다행히 죽지 않았습니다. 이 시체는 저의 주인입니다."

강도들은 부인할 방법이 없어 죄를 달게 받아야 했다.

다행히도 목숨을 보전한 하인은 진방의 시체를 메고 흰 개도 함께 주인집
으로 돌아갔다. 흰 개는 밤낮 영구 곁에서 엎드려 슬프게 짖기를 멈추지 않
았다. 진방의 장례를 지내고 나자 흰 개는 나무에 머리를 부딪쳐 죽었다. 허
씨는 흰 개의 두터운 의로움을 알고 개를 그녀의 남편 묘 곁에 장사 지내
주었다.31)

개가 주인의 시신을 수습하고 범인을 체포하게 한 후 주인의 장례가
끝나자 따라 죽는다. 守屍訃告, 殉死報主型에 속하기도 한다.

---

31) 「義犬伸冤」

明朝有個叫秦邦 家境豐饒 年過四十 仍然喜好經商 永樂初年 秦邦想到京城去
臨行前占卜現出凶兆 妻子許氏本不願他離家 便苦苦勸阻 秦邦不聽妻子苦諫 執
意要去 他養了一只白犬 很有靈性 出入總跟着他 秦邦帶着他心愛的白犬上路了
一天早晨 當船解纜卽將啓行的時候 忽然白犬汪汪大叫 徘徊不行 秦邦不理睬它
它便跳到船上 咬住主人的衣襟 好像要阻攔主人前行 秦邦不明白它爲什麼會這
樣 于是 帶着狗上船出發了

船停靠在張灣的時候 突然有一群强盜登上貨船 船上所有的人都慘遭刺殺 白犬
從後艙跌出 咬住一個强盜的手 幾乎把他咬死 其餘的强盜擧刀要殺死白犬 白犬
跌入水中 泅水而逃

强盜搶走後 白犬偸偸地尾隨到强盜家門口 默默記住那個住處 此後 白犬白天
覓食 夜裏藏在岸邊 守護着秦邦的屍體 幾個月過去了 附近的人見到白犬都疑惑
不解 後來 巡河御史呂希望巡察到張灣 看見白犬在岸邊哀哀慘叫 如泣如訴 心
中生疑 便說 這裏必有冤情 說完叫吏卒跟隨前去 白犬用爪子刨地 扒出了秦邦
的屍體 白犬在屍體傍不停地慘叫 呂希望說 這一定是它的舊主人被謀害了 犬能
指出兇手的住處嗎 白犬搖搖頭便走 呂希望命令吏卒緊緊跟着它 白犬走了一里
來路 到了一小住屋 强盜們正聚集在那裏喝酒 白犬徑直撲進屋裏咬住兇手 兇手
被吏卒們捆到呂希望面前 幾經審問 拒不讓罪 正在這時 忽然有一個人來到呂希
望面前 哭着說 我就是秦邦的僕人 主人被殺死 我也被刺中落水 僥倖不死 這屍
體就是我的主人 强盜們無法抵賴 只好伏法讓罪了

那位幸存的僕人安排人擡回秦邦的屍體 白犬也跟着回到主人家裏 晝夜伏在靈
柩房邊 不停地慘叫 秦邦葬禮剛結束 白犬便一頭撞在樹上死去了 許氏認爲白犬
重義 把它葬在丈夫墓傍(顔邦逸 主編, 『白話野史』, pp.87~88, 出典:『涌幢小品』
卷三十一)

③ 殉死報主

〈상성 사람 심항길의 황개〉

顔邦逸 主編의 『白話野史』에 「義犬」이라는 제목으로 실려 있다.

상성 사람 심항길은 황개를 길렀는데 한 자도 되지 않는 크기였지만 아주 말을 잘 들었다. 심항길이 손님을 청하여 연회를 베풀 때마다 개는 늘 탁자 아래에 엎드려 있었다. 주인과 손님은 고기를 개에게 주어 먹였다. 삼년 동안 이와 같이 했다. 그 뒤 심항길은 근육위축병을 앓게 되었는데 개는 이때부터 아무 것도 먹지 않았다. 며칠이 지나 심항길이 죽었다. 그의 시신은 집의 정당에 있었는데 개는 관 주위를 왔다 갔다 하면서 계속 짖어대다가 어느날 저녁 겨우 멈추었다. 관은 1년 동안 놓여 있었다. 개는 밤낮 관 옆에 엎드려 있었다. 장례식을 치르자 개는 머리를 부딪쳐 죽었다.[32]

주인이 병들어 죽자 관을 지키다가 주인의 장례가 끝난 후 개는 스스로 머리를 부딪쳐 죽는다.

2) 개의 죽음이 따르지 않는 結構

① 妖怪退治

〈푸미족의 개 - 1〉

吉星 編의 『中國民族傳說故事』(吉林卷)에 「개가 주인을 구한 이야기 [狗救主人的故事]」라는 제목으로 실려 있다.

---

32) 「義犬」

相城人沈恒吉養了一條金絲狗 不到一尺長 很聽話 沈恒吉每次宴請客人 狗一定趴在卓子下面 主人客人都拿肉喂它 三年來 一直這樣 後來 沈恒吉得了筋肉萎縮病 狗就開始不吃東西 過了幾天 沈恒吉死了 在屋子的正堂盛殮屍體 狗圍着棺材轉來轉去 叫個不停 整整一個晚上才停下來 棺材放了一年 狗日夜趴在棺材傍 到了下葬的時候 就一頭撞死了(『白話野史』, p.52, 出典:『寓圃雜記』 卷六)

푸미족[普米族]이 살고 있는 지방에서는 양을 모는 곳에서도 개를 볼 수 있고, 소와 말을 방목하는 곳과 사람들이 일하는 곳에서도 개를 볼 수 있다. 각 마을마다 집집마다 한 마리 혹은 여러 마리의 개를 기른다. 푸미족 사람들은 무엇 때문에 개를 좋아하는가? 여기에는 하나의 이야기가 있다.

아주 먼 옛날, 큰 삼림 속에 살고 있는 한 푸미족 가정이 있었다. 늙은 부부는 5남 2녀를 두었고, 집은 매우 부유했다. 닭과 돼지가 집에 가득 찼고, 소와 양은 무리를 이루었다.

그러나 좋은 일은 오래 가지 못하였다. 몇 년 뒤에는 재난이 내려 가정이 피폐해지고 사람들이 죽었으며 가축도 줄어 들었다. 제일 마지막에는 작은 아들과 몇 마리의 가축과 한 마리의 검은 개만 남았을 뿐이다.

작은 아들은 대낮에는 밖에 나가 방목하고 밤에는 火塘가에서 잠을 잤다. 그러나 매일 저녁 검은 개는 언제나 멍멍하고 짖어대기만 했다. 시간이 오래 지나자 그는 검은 개를 미워하기 시작했다.

하루 저녁에는 작은 아들이 자정에 배가 고파서 이리 뒤척, 저리 뒤척 잠들지 못하고 있는데, 검은 개가 또 멍멍멍 뛰면서 짖어댔다. 그가 일어나 보니 아무 일도 없었다. 그래서 그는 검은 개를 손으로 때렸는데 검은 개는 계속 미친듯이 짖어댔다. 작은 아들은 화가 난 나머지 이튿날 이른 아침, 길 가는 상인에게 개를 팔아버렸다.

큰 검은 개를 팔아버렸더니 저녁에 집은 아주 조용해졌다. 작은 아들은 저녁을 먹은 뒤 한 아름의 소나무 땔감을 불구덩이에 넣고는 잠들어 버렸다. 그가 어슴프레 잠들었을 때, 갑자기 문 두드리는 소리가 났다. 그는 개의치 않고 누구냐고 물었다.

"나는 지나가는 가난한 사람인데 여기까지 오니 날이 어두워졌습니다. 하루 저녁 묵게 해 주시오."

라고 쉰 목소리로 대답했다. 작은 아들이 문을 열고 보니 머리가 하얗고 남루한 옷에 지팡이를 집고 있는 노파가 문 밖에 서 있는 것을 보고는, 아주 가련해서 노파에게 잘 곳을 마련해 주었다. 그는 노파가 잠들기를 기다린 뒤에 불구덩이에 몇 개의 나무를 넣고는 잠들었다.

한 잠 자고 깨어나니 불구덩이의 불이 점점 꺼져가고 있었다. 이때 노파를 보니 두 눈에서 흉악한 빛을 내고 입은 붉은 큰 입으로 변했으며, 부드득 이를 가는 이상한 소리가 들렸다. 이 노파는 원래 요괴였던 것이다.

작은 아들은 이런 광경을 보고 급히 불구덩이에 가서 나무 몇 개를 넣었다. 불빛이 밝아지자, 노파는 또 가련한 모습으로 변했다. 이때 작은 아들은 검은 개가 미친듯이 짖어댄 것이 눈 앞에 있는 노파와 관련이 있음을 알게 되어 자기가 검은 개를 팔아버린 것을 후회했다. 만약 큰 검은 개가 집에 있었다면 이 괴상한 노파가 감히 집에 들어오지 못했을 것이다.

얼마 후 집안의 땔나무는 모두 때고 없었다. 나가서 땔나무를 안고 오자니 밖의 더 무서운 요괴와 부딪칠까 두려웠고 그냥 있자니 눈앞의 노파가 점점 요괴의 모습을 나타내고 있었고 그를 삼켜버릴 것만 같았다. 이 지경에서 어떻게 하면 좋을 것인가! 그는 한숨을 내쉬면서 처연하게 눈물을 흘렸다.

바로 이때 멀리서 멍멍하고 개 짖는 소리가 들렸다. 작은 아들이 귀 기울여 들어보니 이 소리는 바로 검은 개의 짖는 소리가 아닌가? 그는 마음 속으로 '살았구나.' 하면서 기뻐했다. 그는 급히 문을 열었다.

노파는 개 짖는 소리를 듣고 일이 좋지 않음을 알고 도망치려 했는데, 검은 개가 이내 달려 들어와 노파의 목을 물었다. 작은 아들이 기회를 타서 칼을 들고 뛰어 와서 요괴의 머리를 향해 칼을 찍었다. 노파는 죽었다.

이로부터 작은 아들은 큰 검은 개와 침식을 같이 했고 생명을 구해준 은인으로 여겼다. 이로부터 푸미족은 개를 즐겨 길렀으며, 개를 특별히 애호하였다.33)

---

33)「狗救主人的故事」
　普米族聚居的地方　放羊處見狗　放牛馬處見狗　人們做活路的地方也見狗　總之 三里五鄕　南村北寨　家家戶戶都有一條或幾條狗　爲什麼普米族人民愛養狗　這裏 有這樣一則故事
　在很早很早的時候　有一戶住在大森林中的普米族人家　老兩口有五男二女　家裏 很富裕　鷄猪滿院　牛羊成群　可是好景不長　幾年後　災難降臨　家境破敗　人員死亡 牧畜減少　最後只剩小兒子一人　還有幾頭牲畜和一只黑狗
　小兒子白天出去放牧　夜間就在火塘邊蒙頭睡覺　可是每晚上黑狗總是汪汪汪　咬

요괴로부터 주인을 구한 설화이다.

〈푸미족의 개 - 2〉

『中國傳說故事大辭典』에 「개가 주인을 구하다[狗救主人]」라는 제목
으로 실려 있다.

普米族風俗傳說로 雲南省 蘭坪, 寧蒗, 永勝 등지에 전한다.
普米族은 개를 숭배하는 고대의 유풍이 있어서 각지에 살고 있는 普米族
은 모두 개고기를 먹지 않는 습관이 있다. 설날에 가족이 모여 과자와 찹쌀

個不停 久而久之 他對黑狗就厭惡起來 一天晚上 小兒子正飢腸轆轆 飜來復去
難以入睡 黑狗又汪汪汪 地蹦跳狂咬 他起來一看 不見什麼動靜 于是就動手打
了一臺黑狗 而黑狗照樣狂咬 這可把小兒子氣壞了 第二天一早 他把狗賣給了過
路的商人 賣了大黑狗 晚上家裏顯得淸靜極了 小兒子吃過晚飯 抱了一堆松柴往
火塘裏一添 就睡了 正當他睡得迷迷糊糊的時候 突然有人敲門 他不介意地問道
誰呀 我是過路的窮人 到這裏天晚了 讓我借宿一夜吧 一個沙啞的聲音回答 當
小兒子開了門 只見一位頭髮花白 衣着褸襤 拄着拐棍的老太婆站在門檻外 怪可
憐的 就動手給老太婆安排了睡處 待老太婆睡後 他往火塘裏加了幾根柴 也睡了
一覺醒來 火塘裏的火漸漸熄下去了 這時 只見老火婆的雙眼發出凶光 嘴變成
血盆大口 牙齒磨得 喀吃吃 怪響 這老太婆原來是一個妖怪 小兒子一見這情景
趕緊起來往火塘裏加了幾根柴 火光一亮 老太婆又恢復了可憐相 這時候 小兒子
想起了黑狗的狂咬也許和眼前的老太婆有關 于是 他埋怨自己不該賣掉黑狗 要
是大黑狗在家 這奇怪的老太婆就不敢進家門來了 後來屋裏的柴木燒完了 出去
抱麼 又怕碰上更可怕的妖怪 不出去抱麼 眼前的老太婆又漸漸現出妖形 似乎就
要生呑活剝他 這究竟怎麼辦啊 他長歎一聲 凄然淚下 正在這時 只聽見遠處傳
來汪汪汪的狗吠聲 小兒子仔細一聽 這聲音正是黑狗的吠聲啊 他心裏一喜 感到
有救了 急忙把門打開 老太婆也聽見狗咬 知道不妙 剛要逃走 黑狗已竄上來將
她脖子咬住 小兒子趁機也拿起砍刀跑過來 照着老妖怪的頭狠狠地砍了幾刀 老
太婆被砍死了
從此 小兒子與大黑狗同吃同睡 把它當成了自己的救命恩人看待 從此 普米人
也就愛養狗 并特別愛護狗了
搜集整理:季志超米(吉星 編,『中國民族傳說故事』, pp.530~531, 原載:『山茶』 1981
年 제3期)

밥을 먹을 때도 주먹밥 3개를 개에게 먹였다. 영승 푸미족은 부모가 죽으면 효자는 바로 그날 먼저 사람을 보거나 개를 보면 다 공손히 절을 했다.

전해지는 이야기가 있다. 요괴가 개의 주인을 잡아 먹으려고 했으나 개가 주인을 보호하고 있었기 때문에 요괴는 개가 매우 두려워 손을 쓸 방법이 없었다. 뒤에 주인이 개를 팔자 요괴는 대담하게 주인을 잡아 먹으려고 왔는데, 아주 긴박한 때에 돌연히 개가 뛰어 와서 요괴를 물어 죽이고 주인을 구했다. 주인은 개에 대해 매우 감격했다. 개는 자기의 생명을 구한 은인이었다.

이로부터 푸미인은 개를 사랑스레 길렀고 개를 숭배했다.[34]

푸미족의 풍속 전설이 ①-1은 지역을 한정하지 않았으나 ①-2는 지역을 한정했다.

〈어룬춘족 사냥꾼의 개〉

吉星 編의 『中國民俗傳說故事』에 「사냥꾼은 왜 개는 기르고 승냥이는 기르지 않는가?[獵人爲什麼養狗不養狼]」라는 제목으로 실려 있다.

이전에는 사냥꾼이 개도 기르고 승냥이도 길렀는데, 지금은 무엇 때문에 개만 기르고 승냥이는 기르지 않을까? 여기에는 하나의 이야기가 있다.

아주 오랜 옛날에 어룬춘족[鄂倫春族]의 한 사냥꾼이 있었다. 그는 늘 자기가 기르는 개와 승냥이를 데리고 산에 사냥하러 갔다. 한번은 며칠 동안이나 돌아 다녔지만, 아무 것도 사냥하지 못하고 가지고 간 고기도 다 먹어 버렸기에 방법이 없어서 빈 손으로 돌아왔다.

---

34) 「狗救主人」

　　普米族風俗傳說 流傳雲南省 蘭坪 寧蒗 永勝

　　普米族有崇拜狗的古代遺風　各地普米族都有不吃狗肉的習慣　過年家人團聚吃酥油糯米飯時　要以三個飯團喂狗　永勝普米族父母死後　孝子于當天先見人見狗都要磕頭　相傳　一個妖怪要吃狗的主人　但因狗保護着主人　妖怪最怕狗　無法下手　後來主人把狗賣了　妖怪便大膽地來吃主人　在最緊急的時候　狗突然跑回來咬死妖怪　救了主人　所以主人對狗非常感激　視它爲自己的救命恩人　從此普米人也就愛養狗　崇拜狗(『中國傳說故事大辭典』, 中國文聯出版公司, 1992, p.556.)

사냥꾼은 배고프고 지쳐서 날이 어두워질 때 삼림 속에서 노숙했다. 이때 승냥이는 너무 배가 고파서 한걸음 한걸음 사냥꾼에게 다가가서 사냥꾼이 자고 있는 틈을 타서 그를 잡아 먹어 버리려 했다. 개는 이런 광경을 보고서 멍멍 짖어대며 승냥이와 격투를 벌였다. 사냥꾼은 개가 짖는 소리에 잠을 깼다. 승냥이는 곧 아무 일도 없었던 모습을 짓고 얌전히 옆에 엎드려 있었다.

개는 방금 일어난 일을 사냥꾼에게 알리려 했으나, 말을 할 줄 몰라 앞에 다가가 친근하게 사냥꾼의 손을 핥아 주었다. 사냥꾼은 말했다.

"시끄럽게 굴래? 빨리 한 쪽에 가서 쉬어라."

사냥꾼이 또 자려고 할 때에 승냥이는 또 한발자욱씩 사냥꾼 앞으로 다가갔다. 개는 또 멍멍 짖으며 승냥이와 싸웠다. 사냥꾼은 또 시끄러워서 깨었다. 승냥이는 또 아무 일도 없었던 모양을 하여 저쪽에 엎드려 있었다. 개는 또 방금 일어난 일을 주인에게 말하려 했으나 말을 할 줄 몰라서 더욱 친근하게 주인의 손을 핥았다. 사냥꾼은

"빨리 쉬어라. 떠들지 말고."

라고 말하고는 잠들어 버렸다.

이번에 사냥꾼은 사실 자지 않고 손으로 눈을 가리고 코를 골기 시작하면서 잠든 체 하였다. 손가락 틈으로 그는 무엇이나 똑똑히 볼 수 있었다. 승냥이는 입을 벌리고 한걸음 한걸음 그에게로 다가갔다. 개는 조금도 그의 곁을 떠나지 않고 그를 지키고 있다가 승냥이와 싸우기 시작했다. 사냥꾼은 칼을 잡고 일어나 승냥이를 찍어 죽였다.

그때부터 어룬춘족의 사냥꾼은 모두 개만 기르고 다시는 승냥이를 기르지 않았다. 사냥을 나갔을 때 승냥이를 보면 창으로 거꾸러뜨렸다. 사냥개도 승냥이를 보면 결사적으로 결단을 내지 않고는 절대로 그만 두지 않았다.[35]

---

35)「獵人爲什麼養狗不養狼」

從前 獵人養狗也養狼 以後爲什麼光養狗不養狼了呢? 這裏頭有麼一個故事
早先年間 有個鄂倫春獵人 他經常帶着自己養的狗和狼進山打獵 有一回 轉悠了好幾天什麼也沒打着 把帶來的肉乾兒也吃光了 沒有辦法 只好空着手往回走 獵人又餓又累 天黑的時候在林木裏露宿 這時 狼餓急眼了 步步靠近獵人 想趁他垂覺的時候吃掉他 狗見到這個情況 就汪汪吠咬着跟狼干起架來 獵人聽到狗

주인을 잡아 먹으려는 승냥이를 물리친 내용이지만 요괴 퇴치와 비슷하기 때문에 여기에 분류해 놓았다.

〈吳나라 華隆의 개〉

『太平廣記』권 제437(畜獸 四, 犬上)에 「華隆」이라는 제목으로 실려 있다.

　진나라 태흥 2년(B.C. 319) 오나라 사람 화융은 사냥을 좋아했다. 그는 개 한 마리를 길렀는데 이름을 '적미'라 하고 늘 그 개를 데리고 다녔다. 융이 뒤에 강변에 이르렀는데 큰 뱀에게 몸을 칭칭 감기게 되었다. 개는 마침내 뱀을 물어 죽였는데 화융은 뻣뻣이 엎어진 채 정신을 잃고 있었다. 개는 그 곁을 오가며 부르짖으면서 길을 왔다갔다 했다. 집사람이 개가 이와 같이 하는 것을 괴이하게 여겨 개를 따라 갔더니 융은 땅에 기절해 있었다. 가족이 융을 싣고 집에 돌아온 지 이틀만에 융은 소생했다. 화융이 소생하지 않은 동안 개는 종내 먹지 않았다. 이로부터 융은 개를 더욱 아껴 친척처럼 대하였다. 출전은 『유명록』이다.36)

咬就醒了　狼馬上裝成沒事的樣子規規矩矩地趴在一旁　狗想把剛才的事告訴獵人　却不會說話　上前親熱地舔舔獵人的手　獵人說　你吵啥　快到一邊歇會兒吧　等獵人又躺下睡着的時候　狼又一步一步地往獵人跟前挪　狗又汪汪叫着跟狼打起架來　獵人又被吵醒了　狼又裝作沒事的樣子趴在那裏　狗又想把剛才的事告訴主人　却不會說話　更加親熱地去舔獵人的手　獵人說　快歇歇吧　別吵啦　說完　又躺下睡了　這次　獵人根本就沒睡　他用手捂着眼睛　他起唿嚕來　假裝睡着了　透過手指縫兒　看得淸淸楚楚　明明白白　狼張開血口一步步逼近他　狗寸步不離地守着他和狼干起架來　獵人緊握獵刀　一骨碌爬起來就把狼捅死了　從那以後　鄂倫春獵人光養狗　不再養狼了　出獵的時候　只要見到狼　就一槍撂倒它　獵狗見了狼　不拼個你死我活　也絶不罷休

　講述:莫希那, 搜集整理:王朝陽(吉星　編, 『中國民俗傳說故事』, pp.528~529, 出典:『呼倫貝爾民間文學資料匯編』 第1集)

36) 晉泰興二年　吳人華隆　好弋獵　畜一犬　號曰的尾　每將自隨　隆後至江邊　被一大蛇圍繞周身　犬遂咋蛇死焉　而華隆僵仆無所知矣　犬彷徨嗥吠　往復路間　家人怪其如此　因隨犬往　隆悶絶委地　載歸家　二日乃蘇　隆未蘇之間　犬終不食　自此愛惜如同於親戚焉　出幽明錄

주인을 해치려는 뱀을 죽였으나 기절해 버린 주인을 살리기 위해 가족에게 알려 졌으며 주인이 소생할 때까지 먹지 않고 기다리는 개의 모습이 잘 나타나 있다.

〈납서족의 개〉

『中國傳說故事大辭典』에 「개를 놓아 요괴를 물다[放狗咬妖怪]」라는 제목으로 실려 있다.

납서족 영괴고사인데 운남성 여강 일대에 전한다.

여강 탑서지방에 老奶奶가 있었는데 '奪鬧'라고 부르는 惡狗를 길렀다. 이 개는 밤이 되면 짖기를 멈추지 않아 그녀는 안심하고 베를 짤 수 없었다. 마음에 고민하다가 개를 내 쫓았다.

의외로 개가 간 뒤, 요괴가 노파로 변장하여 들어와 잡담을 했는데 간간이 흉악한 모습을 드러내었다. 할머니는 한눈에 알아차리고 지연책을 써서 큰 솥에 숫돌을 넣어 끓이고선 요괴에게 말했다.

"나는 땔감을 주우러 갈 테니 너는 불을 지펴라. 배고프면 먼저 솥 안에 있는 고기를 먹어라."

말을 마치고 문을 나서 개를 불렀다. 요괴가 악구를 보자 바삐 침상 아래에 숨었다. 개는 달려 들어 요괴[승냥이]를 물었다. 할머니는 뜨거운 물을 가져 와 부었더니 교활한 요괴는 더운 물에 삶겨 죽었다.[37]

---

37) 「放狗咬妖怪」

納西族靈怪故事　流傳于雲南麗江一帶　寫麗江塔城地方有個老奶奶　養着名叫奪鬧的惡狗　這狗一到夜裏就吠個不停　使他無法安心績麻　心一煩就把狗赶走了誰料狗一走　妖怪就裝成老太婆進來閑聊　聊着聊着就露出一對獠牙　老奶奶一眼識破　用個緩兵計　把磨刀石煮在大鍋裏　對妖怪說　我去揀柴　你來添火　餓了先吃鍋裏肉　說罷出門去把狗喊回來　妖怪一見惡狗　忙躱在床下　狗撲上去狼咬　老奶奶就勢提着一盆滾水來燙　狡猾的妖怪立刻被燙死了(『中國傳說故事大辭典』, p.729.)

개는 주인을 요괴의 침입으로부터 막기 위해 짖었는데 그 이유를 모르는 개 주인은 시끄럽다고 개를 쫓아 내었으나 주인은 결국 개의 도움으로 요괴를 퇴치할 수 있었다.

② 鬪惡漢報主

〈이통현 남매의 개〉

『中國民間故事集成』(吉林卷)에 「흰 개가 신방에서 소란을 피우다 [白狗鬧洞房]」라는 제목으로 실려 있다.

일찍이 성이 유씨인 늙은 부부가 있었다. 그들은 아직 시집 장가 보내지 않은 아들과 딸을 두고 세상을 떠났다. 아들은 정직하고 성실했으며, 딸은 용모가 빼어났고 말을 잘하고 영리하며 손재주가 있고 그림도 잘 그렸다. 그녀가 그린 꽃, 새, 고기, 벌레는 살아 있는 것 같아 거리에 가져 가서 팔면 단번에 다 팔렸다. 부모가 돌아가신 후 兄妹 두 사람은 그림을 팔아 생활했다.

어느 날 오빠가 누이동생이 그린 그림을 들고 거리에 나가 파는데 때마침 조정의 진해후가 그림을 보게 되었다. 이 진해후는 회갑을 지낸 늙은 나이에 자잘한 마음이 있어서 권세를 믿고 남자들에게는 사기치고 여자는 독점하여 나쁜 일을 하지 않음이 없었다. 경성의 백성들은 이를 갈며 그를 미워했다. 진해후는 그림을 보고 마음이 움직여 누가 그린 것이냐고 꼬치꼬치 물었다. 젊은이는 솔직한 사람인지라 사실대로 말해 주었다. 그런데 진해후는 처녀가 그린 그림이라는 말을 듣고 사악한 마음이 생겨 빙 둘러 말을 하여 처녀집의 주소를 알아냈다.

이튿날 이른 아침에 한 무리의 관부 시종꾼들이 은을 들고 비단을 어깨에 짊어지고 유씨집에 왔다. 오빠와 동생은 이 정경을 보고 무슨 영문인지 알 수가 없었다. 한 심부름꾼이 그들 형매에게 말했다.

"이것은 우리 나리께서 혼인 채단을 보낸 것이고 나리께서는 3일 뒤에 장가 들러 오십니다."

차관은 말을 마치자 관부 사람들에게 물건을 내려 놓게 하고는 관부로 돌아갔다.

형매 두 사람은 이 말을 듣고 맑은 하늘에 벼락치는 것과 같아 놀라 멍해졌다. 그리고 두 사람은 낭패하여 통곡했다. 그들은 아침부터 저녁까지 울어 눈물이 마르고 목도 쉬었는데 무슨 방법이 떠오르지 않았다. 여동생은 자기 운명이 고달픔을 원망했고 오빠는 자기 마음이 솔직해서 진해후에게 사실대로 말한 것을 한스럽게 생각했다.

두 사람은 생각할수록 마음이 상하고 생각할수록 살아갈 방법이 없어서 나중에는 함께 죽기로 했다. 그들은 고기를 사서 물만두를 빚어 그 안에 독약을 넣었다. 물만두를 쪄서 아직 먹지 않았는데 어떤 노스님이 목탁을 치면서 집으로 들어와서 두말하지 않고 물만두를 들고 먹으려고 했다. 兄妹 두 사람은 물만두를 급히 막으며 눈물을 흘리면서 말했다.

"스님, 우리들은 스님이 잡수시는 게 아까워서가 아니라 이 물만두에는 독약이 들어 있습니다."

노스님은 형매 두 사람을 보고는 물만두를 내려 놓으면서 말했다.

"무슨 영문이지?"

오빠 동생 두 사람은 진해후가 강제로 혼인하려고 하는 것을 사실대로 말했다.

노스님은 다 듣고는 권고했다.

"자네 兄妹 두 사람은 자살할 필요가 없네. 이 일은 내가 있으니 안심하게."

그는 집에 큰 흰 개 한 마리가 업드려 있는 것을 보고 말했다.

"이 흰 개더러 진해후와 결혼하도록 하지."

형매 두 사람은 이 말을 듣고는 급히 노스님에게 머리를 숙여 감사하다고 했다. 그러나 마음 속으로는 편치 못했다.

신부를 맞이하는 날 노스님은 흰 개에게 법술을 써서 진해후가 보내온 옷과 신을 개에게 입히고 신겼다. 얼굴에는 붉은 베를 씌워서 드러나지 않게 분장을 시켰다. 관부의 시종들은 꽃가마를 메고 신부를 맞이하러 왔다. 노스님은 처녀를 잘 감추어 두고 오빠에게 흰 개를 붙잡아 가마 안에 들어가게 했다. 젊은이는 가마 밖에 서서 가마 속의 흰 개에게 부탁의 말을 했다.

"누이야, 오늘부터 너는 진해후의 사람이 되니, 절대로 나리를 성내게 하지 말고 나리를 잘 모셔야 한다. 3일 지난 뒤 오빠는 너를 보러 갈테다…"

가마 속의 흰 개는 '형형끼끼' 하니 정말 처녀가 우는 것 같기도 하고 처녀가 대답하는 것 같기도 했다. 관부 시종꾼들은 듣고서 모두 득의양양하여 가마를 메고 갔다.

꽃가마가 간 뒤 노스님은 형매 두 사람에게 법술을 불어넣고 입 속으로 중얼거렸다.

"누이동생은 강을 건너가라."

兄妹 두 사람은 구름을 타고 멀리 갔다. 노스님도 눈 깜짝할 사이에 보이지 않았다.

진해후의 관부에는 상하가 다 즐거운 기색이었고 악기를 불면서 시끌벅쩍했다. 아첨하러 온 사람, 축하하러 온 사람이 끊임이 없었다. 꽃가마가 도착하자 진해후는 사람에게 명하여 신부를 신방에 부축하여 들어가게 했다. 사람들은 신부를 보겠다고 소리쳤으나 진해후는 못하게 했다. 신부가 신방에 들어 간 후 진해후는 신부의 머리에 씌운 천도 벗기지 않고 흰 개와 입을 맞추려고 했다. 들으니 '아야' 하는 소리와 함께 진해후는 땅에 넘어졌다. 피가 뚝뚝 떨어지는 코는 흰 개에게 물린 것이다. 사람들이 보고는 요괴로 여기고 살기 위해 사방으로 흩어져 도망쳤다. 흰 개는 신부의 옷과 신을 다 벗어버리고 대청으로 달려가 밥상의 음식을 다 먹어 버렸다. 그리고는 꼬리를 흔들면서 주인을 쫓아갔다.38)

---

38)「白狗鬧洞房」

　　早年　有一戶姓劉的老兩口　死後撇下了一雙未婚嫁的兒女　兒子爲人憨厚老實　女兒能說會道　長得俊俏　心靈手巧　又畵一手好畵　她畵出的花鳥魚虫就像活的一樣　拿到街上去賣　一哄就賣光了　自從父母死後　兄妹二人就靠賣畵過日子

　　有一天　哥哥拿着妹妹畵的畵到街上去賣　石並巧被朝中的鎭海侯看見了　這鎭海侯年過花甲　有少心　依仗權勢欺男孀女　無惡不做　京城百姓個個咬牙切齒　恨之入骨　鎭海侯見畵動心　便刨根問底地打聽是什麼人畵的　小伙子是個老實人　就實打實鑿地說了　誰知這鎭海侯一聽是姑娘所畵　立卽起了邪念　轉彎抹角地就把姑

권력을 이용해 여색을 탐하는 악한을 개를 이용해 치죄한다. 노스님
을 등장시켜 신통력을 써서 개로 하여금 악한을 治罪하는 역할을 부여

娘家的住址打聽明白了

　第二天一大早　一伙兒扛拾銀　肩挑綢緞的差官衙役來到劉家　兄妹倆見此情景
一時丈二和尙摸不着頭腦　一個差官對他們兄妹說　這是我家侯爺送來的訂親彩
禮　三日之後就來娶親　差官說完　命衙役們放下東西就回府去了　兄妹二人聽了這
話　如同晴天打了霹靂　驚呆了　隨後二人抱頭痛哭　他們從早一直哭到晚　泪水哭
干了　嗓子哭啞了　也想不出個主意來　妹妹怨自己的命苦　哥哥怨自己的眼兒實
不該把實話說給鎭海侯聽

　倆人越想越傷心　越想越覺得沒法活　最後一起想到了死　他們買肉包餃子　裏面
放進了毒藥　餃子煮好還沒等吃　一個老和尙敲着木魚闖進屋來　二話沒說　拿起餃
子就要吃　兄妹二人慌忙往下奪　含泪說道　師父啊　不是我們捨不得給你吃　這餃
子裏有毒藥啊　老和尙看了看兄妹二人　放下餃子　問道　這是爲什麽　兄妹二人便
把鎭海侯逼婚的事一五一十地說了　老和尙聽完勸說道　你們兄妹二人不必尋短
見　這事有我只管放心　一看見屋地上趴大白狗　就說　讓這白狗去跟鎭海侯完婚吧
兄妹二人聽了　連忙給老和尙磕頭謝恩　可心裏還是覺着沒底

　娶親這天　老和尙給大白狗吹了口法氣　把鎭海侯送來的嫁衣綉鞋給它穿上　臉上
蒙塊紅布　裝扮得一絲不露　差官衙役拾着花轎娶親來了　老和尙把姑娘藏好　讓
小伙子把白狗扶進轎去　小伙子站在花轎外　對轎中的白狗假裝囑咐說　妹妹呀
從今以後你就是侯爺的人了　千萬別惹侯爺生氣　好好服侍侯爺　過三過五哥哥再
去看你…花轎裏的白狗"哼哼嘰嘰"眞像姑娘在哭　又像姑娘在答話　差官衙役們
聽了　一個個得意洋洋　拾起轎就走了　花轎走後　老和尙給兄妹二人吹了口法氣
口中念道　妹妹哥哥過江河　只見兄妹二人騰空駕雲遠去了　老和尙也貶眼不見了
鎭海侯府中上下一派喜氣　吹吹打打　熱熱鬧鬧　溜須拍馬前來賀喜的人不斷溜兒
花轎一到　鎭海侯命人把姑娘子扶進洞房　衆人嚷着要看新娘子　鎭海侯也等不及
了　他們走進洞房　鎭海侯也不打開蓋頭　扳過白狗就要親嘴　只聽　嗳喲一聲　鎭海
侯昏倒在地　一個血淋淋的鼻子被白狗咬去了　衆人一見　以爲妖怪　各自四散逃
命去了　白狗用掉嫁衣綉鞋　奔進大廳把一桌飯菜吃個精光　搖搖尾巴追主人去了

講述者:蘇慶蘭, 女, 62歲, 漢族, 伊通縣板石鄕

採錄者:王福金, 男, 37歲, 漢族

採錄：1987年

(吉星　編,『中國民俗傳說故事』, p.539.)

했다. 역할을 끝낸 개는 주인을 찾아 나선다.

〈사냥개의 붉은 끈〉

『中國傳說故事大辭典』에 「사냥개의 붉은 끈[獵狗的紅纓]」이라는 제목으로 실려 있다.

몽골족 풍속 전설로 내몽골 동부 지역에 광범위하게 전한다.

전해지는 이야기가 있다. 鐵木眞이 15살 때, 한 獨眼諾諺에게 모질게 구타 당하고 또 諾諺의 검은 개에게 다리를 물려 상처가 났다. 10년 뒤에 孛兒只斤 부락이 강대해지고 鐵木眞은 성장하여 이미 영웅적인 수령이 되었다. 한번은 獨眼諾諺을 사로 잡았다. 거기에 큰 검은 개가 위태로움을 두려워하지 않고 쫓아와 諾諺을 묶은 가죽끈을 씹어 끊으려고 했다. 어떤 사람이 개를 잡아 鐵木眞에게 먹이려고 했다. 그는 감탄하여 말했다.

"주인의 귀천에도 그 주인에게 은혜 갚는 마음은 변하지 않고, 주인의 영욕에도 그 주인을 보호하는 정성을 옮기지 않는다. 개는 진실로 양심적인 동물이니 개를 죽여서는 안된다."

말을 마치고 가죽끈을 풀고 머리에 씌운 모자에 붉은 끈을 매어 諾諺에게 몰고 가게 했다. 이로부터 몽골족의 사냥개는 붉은 끈을 매는 습관이 생겼다.39)

忠犬을 통해 鐵木眞의 인품이 부각된 설화이다.

---

39) 「獵狗的紅纓」

蒙古族風俗傳說. 廣泛流傳于內蒙古東部地區 相傳鐵木眞十五歲時 曾遭一獨眼諾諺的毒打 幷被諾諺的黑狗咬傷了腿 十年後孛兒只斤部落强大起來 鐵木眞已成爲英雄的首領 一次獨眼諾諺被抓獲 那只大黑狗不畏衆威撲上來企圖咬斷梱綁諾諺的皮繩 有人欲殺死它被鐵木眞喝住 他感歎地說 主之貴賤不變其報主之心 主之榮辱不移其護主之誠 狗是有良心的動物 不該殺他 說罷解下皮帶 扎上帽頂的紅纓諾諺給狗帶上 從此 蒙古族的獵狗就有了戴紅纓的習俗(『中國傳說故事大辭典』, p.448.)

③ 吠官報主

〈이수현의 개〉

『中國民間故事集成』(吉林卷) 권47에 「황개가 현관의 수레를 가로 막다[黃狗攔轎]」라는 제목으로 실려 있다.

아주 오랜 옛날 이런 집이 있었다. 형제는 다 결혼을 했고 형은 아들 하나를 두었다. 다섯 식구는 화기애애하게 즐거운 생활을 했는데 형편은 풍족한 편에 속했다. 생각지도 않게 사람은 조석으로 화복이 있게 마련인지 형이 갑자기 병들어 부인과 6개월 된 아들을 남긴 채 죽었다.

동생과 그 아내는 형이 남긴 부인과 아들이 일하지 않고 밥만 먹는 것을 보고 나쁜 마음을 품고 분가하기로 했다. 그러나 그 부인과 아들이 한 집에 있어서 재산을 양분하려고 하니 적합하지 못했다. '어떻게 처리한담?' 부인은 남편에게 조카를 죽이고 과부는 맨 몸으로 집을 나가도록 하라고 했다.

어느 날, 큰 동서는 이웃마을에 있는 친정에 바느질하러 가면서 동서에게 반나절 아기를 봐 달라고 했다. 둘은 그렇게 하겠다고 응답했다. 큰 동서가 가자, 둘은 집에 있는 생아편을 아이에게 먹였다. 오래지 않아 아이는 입에 흰거품을 뿜어내고 얼굴이 창백해지며 다리를 꼬더니 죽어버렸다.

큰 동서가 돌아와 아이를 보니 얼굴빛이 좋지 않아 아이도 아버지와 같은 병을 앓아 죽은 것으로 생각하고 통곡하면서 자기의 운명이 좋지 않다고 여겼다. 둘째 부부는 상심한 것 같이 가장을 하고 아이를 마을 동쪽의 황무지에 버렸다. 며칠 지나지 않아 마음 나쁜 둘째 부부는 큰 동서를 친정으로 돌려 보냈는데 그녀에게 일할 때 쓰는 너덜너덜한 물건 몇 점을 주었다.

이곳 현에 태수가 있었는데 성은 程이고 별명이 정백정[程大屠夫]으로 불려졌다. 그는 사람을 죽여도 눈 하나 깜빡하지 않았다. 다만 그는 청빈한 관원이어서 전문적으로 불충불효하고 어질지 못하고 옳지 못한 사람들을 죽였다.

어느 날 그는 관아를 나와 미행하여 몸소 민정을 살폈다. 가까운 지름길로 가기 위해 마부들이 풀이 수북히 난 황폐한 방목지로 들어갔다. 갑자기

맞은 편에서 큰 누렁이 한 마리가 왔다. 개는 앞에 와서 가마 장막을 물었다. 마부들은 이상하게 생각하여 발길을 멈추고 가마를 내려 놓았다. 현관은 영감이 떠올라 그 중에 반드시 연고가 있음을 알고 황구에게 말했다.

"황개야, 네가 원통한 일이 있으면 원통하다고 소리치고 일이 있으면 일을 말하라. 내 꼭 공정하게 일을 처리하마."

한참 기다려도 황개는 까딱하지 않고 현관을 바라보았다. 현관이 또 말했다.

"그렇지 않으면 네가 우리에게 길을 안내해도 된다."

이때 황개는 머리를 끄떡이고는 껑충껑충 뛰면서 그들을 데리고 앞으로 뛰어 갔다. 황개는 한 마른 풀더미 앞에 이르러 걸음을 멈추고 코로 둥근 동굴을 향해 냄새를 맡고 그런 뒤 또 머리를 돌려 그들에게 보게 했다. 현관이 가마에서 내려 그곳을 가 보았는데 놀라서 멍해 졌다. 허리에 연꽃 배두렁이를 맨 남자 아이가 누워 있었는데 손가락을 입 안에 넣고 물어 '찍찍' 소리가 났다. 몸 옆에는 강아지 네 마리가 죽어 있었다. 현관과 마부들은 아이를 꼭 구하기 위해 강아지 네 마리를 굶어 죽게 했다는 사실을 대략 알게 되었다. 현관은 매우 감동을 받아 마부에게 아이를 안게 하고 황개를 데리고 관청으로 돌아왔다. 그는 이 일의 내막을 꼭 밝혀야겠다고 생각했다.

다음 날 현관은 放牧地에 사는 동서남북 마을 사람들을 다 모으고 衙役을 불러 아이를 안고 나와 사람들에게 보였다. 사람들은 누구나 다 모르겠다고 했다. 이 때 큰 동서가 갑자기 군중 속에서 뛰쳐 나와 아이를 빼앗아 안고 대성통곡을 했다.

"이 애는 내 아이가 아니냐? 어째 살아났나? 오오…"

현관은 이 정경을 보고 본 건에 단서가 생겼다고 생각하고 그녀를 가까이 불러 자세히 캐어 물었다. 그녀는 아주 온화한 현감을 보고 흐느껴 울면서 아이가 죽은 전후 경과를 쭉 말했다. 둘째 부부는 일이 좋지 않음을 보고 도망치려고 하는데 관청에서 사람을 보내어 그들을 붙잡아 왔다. 곤장을 치기 전에 그들은 모든 걸 자백했다. 진상은 명백히 밝혀졌다. 현관은 一罰百戒로 죽이기로 하고, 백성의 분함을 진정시키기 위해 두 사람을 사형에 처했다. 그리고 수하인에게 큰 동서와 아이를 집으로 돌아가게 하여 살게 했다.

이 이후 아이를 구한 황개를 다시 보고자 했다. 그러나 황개를 아무리 찾았
으나 그림자도 보이지 않았다.

구술자는 李完伍[男, 67歲, 漢族, 농민]이고 探錄者는 王玉林[男, 32歲, 文
化幹部]이며 1987年 여름에 梨樹縣 石嶺鄕 哈福村에서 채록했다.40)

---

40)「黃狗攔轎」

很早很早以前 有這麼一家子 哥兒倆都娶了媳婦 只有老大生有一子 五口之家
和和氣氣 歡天喜地 日子過得倒也富裕 不曾想 人有朝夕禍福 老大突然得了個
暴病死了 扔下了媳婦和一個剛滿六個月的兒子 老二和媳婦見剩他們娘兒倆光
吃飯不能干活兒 就起了壞心 想分家 可是那娘兒倆也算一戶人家 財産得對半兒
分 不合算 怎麼辦呢 媳婦讓老二把老大孩子弄死 好讓寡婦淨身出戶

這天 大嫂要去隣屯兒娘家取點兒針線活兒 讓老二媳婦給看半天孩子 兩口子答
應了 嫂子一走 倆人就把家裏的大烟土給孩子灌進去了 不一會兒 孩子嘴冒白沫
兒 臉色發青 腿一登 就沒氣了 大嫂回來 一見孩子臉色不對 以爲也是他爹得的
那種暴病 就沒有想什麼 大哭一場 只怪自己的命不好 老二兩口子假裝傷心了一
陳子 就把孩子給扔在村東邊的一個大荒草甸子上了 沒過幾天 狼心的兩口子就
把大嫂攛回娘家去了 只給拿點兒她能帶動的破爛東西

此地有個縣太爺 姓程 外號叫程大屠夫 殺人不眨眼睛 但他是個淸官 專門殺那
些不忠不孝 不仁不義的壞家伙 一天 他出衙私訪 体察民情 爲了抄近道兒 轎夫
們拾着他走這個荒草甸子 突然 迎面來了一條大黃狗 上前叼住了轎簾子 轎夫們
感到奇怪 便停住脚步落了轎 縣官靈機一動 知道其中必有緣故 就對黃狗說 黃
狗呀 你有寃喊寃 有狀告狀 老爺我一定秉公辦事 待了一會兒 黃狗還是一動不
動地望着他 縣官又說 如若不然你給我們帶個路也行 這時 大黃狗點點頭 顚兒
顚兒地領着他們向前跑去 來到一個枯草垜前 黃狗停住脚步 用鼻子朝一個圓洞
裏聞着 然後又回過頭看着他們 縣官走出轎去往裏一看 立時驚獸了 原來一個腰
系荷花兜肚的小男孩兒躺在裏面 挿進嘴裏的手指被嘣嚕得"吱嘍吱嘍"直響 身旁
躺着四只死了的小狗崽兒 縣官和轎夫們一看就明白了八九分 大黃狗一定是爲
了救活孩子才把四只狗崽兒餓死的 縣官很受感動 命轎夫抱着孩子領着黃狗回
到縣衙 要弄它個水落石出

第二天 縣官把住在草甸子東西南北屯兒的人們都聚在一起 叫衙役抱出小男孩
兒讓人們來認 人們都說誰也沒見過 這時候 老大媳婦突然從人群裏冲出來 一把
奪過孩子大放悲聲 這不是我的兒子嗎! 怎麼又活啦? 嗚嗚…

縣官見此情景 覺得本案有了點兒頭緒 便把她拉到身邊細細盤問 她見老爺很是
和氣 就抽抽搭搭地把孩子死的前後經過說了一遍 老二兩口子一見大事不好 剛

　정체불명의 황개가 가족 간의 갈등으로 독약을 먹여 내버린 아기를 소생시켜 젖을 먹여 키웠다. 정작 황개의 새끼는 아기에게 젖을 빼앗겨 굶어 죽고 말았다. 황개는 관리에게 알려 아기를 독살하려 한 범인을 잡게 했다.

　뒤에서 살펴 볼 守屍訃告의 「崔仲文의 개」에서도 범인을 官家에 알리는 내용이 나온다.

　④ 守屍訃告

〈이명도의 개〉

『白話野史』에 「義犬」이라는 제목으로 실려 있다.

　이명도는 원나라 말 풍성인이다. 반란에 편승하여 군사를 일으켜 먼저 서수휘에 붙었다가 뒤에 진우량에게 붙었다. 일찍이 주원장의 부하 호대해에게 사로잡혔는데 주원장은 그에게 행성참정을 임명하여 길안을 지키는 임무를 부여했다. 뒤에 또 모반하여 진우량에게 붙었다. 우량이 패망하자 이명도는 수염을 자르고 무령 산중에 도피하여 숨었다. 그는 어떤 차 상인에게 적발되어 사로잡혔다. 주원장은 변절하는 죄[無常之罪]를 되풀이한다고 하여 그를 점어구사탄에서 죽이게 했다.

　이명도는 일찍이 개 한 마리를 길렀다. 명도가 죽은 것을 본 개는 처참하게 울부짖기를 계속하더니 입으로 명도의 흩어진 시신을 한 곳에 모아 모래

想脚底下抹油溜掉　就被縣官派差人把他倆提了過來　沒等黑紅棍下落　就全招認了　眞相大白　縣官爲了殺一儆百　以平民憤　把老二兩口子判了死刑　命差人送大嫂和孩子回家度日　過時候　人們都想再看一看這條救活孩子的大黃狗　可是左尋右找　連它的影子都不見了
　講述者：李完伍　男　67歲　漢族　梨樹縣　石嶺鄕　哈福村　農民
　採錄者：王玉林　男　32歲　文化幹部
　採錄時間：1987年　夏
　採錄地點：梨樹縣　石嶺鄕　哈福村(『中國民俗傳說故事』(吉林卷), PP.446～447.)

위에 매장했다. 주원장은 이 개의 의로운 행동에 감동하여 이명도의 시체를
다시 거두어 장례를 잘 치루었다.[41]

사람은 이익이나 목숨을 부지하기 위해서 여러 차례 變心하지만 개는
한결같이 주인을 따른다. 의리를 저버린 주인이 잡혀 죽임을 당하자 개
는 주인의 屍身을 한 곳에 모아 묻으니 주인을 처형한 사람이 감동하여
시체를 다시 거두어 장례를 치루어 주었다.

〈최중문의 개〉

『태평광기』 卷437에 실려 있는데 출전은 『廣古今五行記』이다.

安帝 義熙 年間(405~418년)에 초현의 최문중과 회계의 석화가 함께 劉府
君撫의 관리가 되었다. 중문은 개 한 마리를 길러 순록과 사슴을 사냥하는
데 잡지 않음이 없었다. 석화가 개를 아주 사랑하여 힘센 하인과 개를 바꾸
자고 했지만 중문은 허락하지 않았다. 석화와 중문은 산에 들어가 사냥을
하는데 풀 속에 이르러 석화는 중문을 죽이고 중문의 개를 가지려고 했다.
개는 석화를 깨물고는 땅을 긁어 시체를 덮고 주인의 시체를 지켰다. 뒤에
諸軍이 사냥 나와 개가 시체를 지키는 것을 보고 사람들은 개 주인의 시체
임을 알고 돌아가 유부군에게 아뢰었다. 석화는 돌아와 府門에 당도했는데
개가 문득 석화의 옷을 끌면서 짖어댔다. 사람이 다시 무군에게 아뢰었다.
"이 사람이 반드시 개 주인을 죽였습니다." 그리하여 죄상을 기록했다. 무군
이 고문을 하자 과연 그 실상을 알 수 있었다. 마침내 석화를 죽였다.[42]

---

41) 「義犬」

李明道 元末豊城人 乘亂起兵 先歸附徐壽輝 後附陳友諒 曾被朱元璋部下胡大
海擒獲 朱元璋任其爲行省參政守吉安 後又叛歸陳友諒 友諒敗亡 李明道剪鬚鬢
逃匿武寧山中 被一茶商發現 因而被擒 朱元璋數落他反復無常之罪 將其殺死在
鮎魚口沙灘之上 李明道曾蒙養一犬 見明道被殺 悽慘地叫個不停 幷用嘴吻起明
道零散的屍體聚在一起 創起沙土來埋葬 朱元璋爲此犬之義擧所感動 命將李明
道之屍體重新好好埋葬(『白話野史』, pp.61~62, 出典 :『國初群雄事略』 卷四)

탐욕이 지나쳐서 사람을 죽이자, 개는 주인의 시체를 지켰고 관가에서 범인을 잡도록 역할했다.

⑤ 黑狗耕田

〈납서족의 개〉

납서족 개가 밭 가는 유형의 고사로 곤명 서북지방에 전한다.

양 형제가 분가를 할 때에 큰 형은 좋은 밭과 집을 차지하고 동생은 산지와 흑개를 줄 따름이었다. 봄에 파종할 때 동생은 개에게 땅을 갈게 했는데, 길을 지나가는 상인이 개가 밭을 갈 수 있을 지 믿지 못해 일백냥의 돈으로 동생에게 내기를 걸어 왔다. 큰 형이 알고는 개를 빌려 왔는데 개가 쟁기질을 하러 들지 않으니까 개를 때려 죽였다. 동생은 개를 집 뒤에 묻었다.

무덤에는 금죽이 자랐다. 동생은 금죽을 한번 흔들었더니 많은 은돈이 나왔다. 큰 형이 흔들었더니 개똥이 떨어졌고 이내 불타 재가 되었다. 동생은 재를 땅에 묻고 호박씨를 심었더니 큰 호박이 많이 열렸다. 원숭이가 몰래 호박을 따러 왔다. 동생은 가장 큰 호박이 없는 것을 알고 안에 비어 있는 가장 큰 호박 속에 숨어서 엿보았다. 뭇 원숭이가 마침 큰 호박을 산 동리로 운반했다. 여러 원숭이가 연회 열기를 기다려 동생은 맹렬히 뛰어 나왔더니 뭇 원숭이들이 놀라 흩어졌다. 많은 은잔과 옥그릇을 주웠다.

큰 형이 알고는 동생에게 배워서 그렇게 했다. 뭇 원숭이가 큰 형의 큰 호박을 산으로 운반했다. 큰 형은 방귀를 꿰었다. 원숭이는 냄새를 맡고 호박이 썩었다고 여기고 골짜기 바깥으로 버렸다. 큰 형은 큰 호박이 떨어진 곳을 따라 천길 낭떨어지에 떨어져 버렸다.[43]

---

42) 安帝義熙年 譙縣崔仲文與會稽石和俱爲劉府君撫吏 仲文養一犬 以獵麋鹿 無不得也 和甚愛之 乃以丁奴易之 仲文不與 和及仲文入山獵 至草中 殺仲文 欲取其犬 犬齧和 守其主尸 爬地覆之 後諸軍出獵 見犬守尸 人識其主 因還啓劉撫軍 石和假還 至府門 犬便往牽衣號吠 人復白撫軍 曰 此人必殺犬主 因錄之 撫軍拷問 果得其實 遂殺石和 出廣古今五行記

43)「黑狗耕田」
納西族狗耕田型故事 流傳于滇西北

개가 죽어서 착한 주인에게는 복을 주고, 나쁜 마음을 가진 이에게는
액운을 가져다 주는 因果應報的인 설화이다.

〈금 개[金狗]의 斷罪〉

『中國民間故事集成』(吉林卷)에 「金狗」, 「母狗金」 등의 제목으로 실려
있는 이 설화는 황금[물질]이 의로운 형제 사이를 이간질시킴을 보여주고
있다.

「金狗」의 줄거리는 다음과 같다.

형제가 의좋게 살다가 형이 결혼하게 되자 형수는 동생을 싫어하여 동생
은 형의 마음을 편안하게 해주기 위해 따로 나가 살았다. 동생은 물에 빠진
개를 구하여 길렀는데 뒤에 개어미가 나타나 황금 개발[犬足]을 두고 갔다.
마음씨 착한 동생은 형을 찾아가서 이것을 보였다. 형수는 시장에 가서 팔
아 돈을 챙길 욕심으로 황금 개발을 들고 시장에 갔으나 황금 개발[犬足]은
구리로 변해 팔 수 없었다. 동생은 그것을 들고 시장에 가서 팔아 돈을 한
광주리 들고 왔다. 그 돈으로 좋은 집을 지어 형제가 같이 살기로 했다. 그
러나 형수는 동생에게 알리지 않고 먼저 이사를 했고, 밤에 개 짖는 소리가
나자 남편에게 개를 잡아 오라고 했다. 남편이 밖으로 나오자 집은 불길에

寫兩兄弟分家時 老大占了好田 好屋 只給老二一塊山地和一只黑狗 春播時老
二使狗耕地 一過路的生意人
不信狗能犁田 拿一百兩銀子來賭 輸給老二
老大知道了 把狗借去 狗不肯拉犁 被打死 老二把狗埋在屋后
長出一顆金竹子 老二一搖就搖下許多銀錢 老大却搖下狗屎 就把金竹燒成灰
老二把灰埋在地裏 種上南瓜籽 結了很多大南瓜 猴子來偸摘 老二把最大的南瓜
掏空 躱進裏面偸看 猴群恰好把這個大瓜抬到山洞里 等猴群開宴時 老二猛地跳
出 驚散猴群 撿回許多銀盞玉碗
老大得知 也學老二那樣做 猴群把躱着老大的大瓜抬上山了 老大放了個屁 猴
子聞到臭味 以爲是爛瓜 投出洞外 老大隨大瓜滾落到千丈懸崖下去了,『中國傳
說故事辭典』, p.731.)

휩싸였고 형수는 불에 타 죽었다. 형제는 다시 만나 의좋게 살았다.[44]

위 설화의 주제는 善因善果요 惡因惡果이다. 「黑狗耕田」의 유형에 포괄될 수 있는 내용이다. 「母狗金」[45]도 「金狗」와 비슷한 주제를 지닌다. 의형제를 맺은 사람이 「金狗」 때문에 의로 맺은 형제에게 등을 돌렸고, 나쁜 마음을 먹은 형은 그 應報로 敗家한다는 줄거리이다. 이들 설화는 義狗說話라기보다는 友愛와 信義의 중요성 및 背恩은 엄하게 斷罪됨을 황금으로 분장시킨 개를 통해 나타낸 것이라 할 수 있다.

⑥ 기타

〈곡식 종자를 가져 온 개〉

『中國神話故事』(下卷)에 「神母狗父(一)」라는 제목으로 실려 있다.

전하는 말에 의하면 신농시대에 서방의 恩國에 穀種이 있었다. 신농은 皇榜을 내어 천하에 포고했다.

"누가 은국에 가서 곡식 종자를 가져 온다면 내 딸 伽價公主를 그에게 시집보내겠다."

伽價公主는 신농의 일곱 딸 중에서 가장 아름다워서 꽃에 비하면 꽃의 빛이 감퇴되고 달에 비하면 달이 빛을 잃었으니, 누가 그녀와 짝을 이룰려고 하지 않겠는가? 서방 은국은 길이 아주 멀고 산과 물이 많아 가는 길이 어려워 간다고 해도 돌아올 수 없고, 가서 돌아온다고 해도 70, 80살이나 먹어버리는데 누가 공주의 배필이 될 자격이 있겠는가? 그래서 아무도 황방을 뜯을 수가 없어서 신농은 아주 실망했다.

어느 날 갑자기 황개 한마리가 방을 물고 궁정으로 들어왔다. 신농이 보니 궁정에 보초를 서는 개 翼洛이었다. 신농은 물었다.

---

44) 『中國民間故事集成』(吉林卷), pp.743~746, 「金狗」, 참조.

45) 『中國民間故事集成』(吉林卷), pp.746~750, 「母狗金」, 참조.

“네가 은국에 가서 곡식 종자를 가져올 수 있겠느냐? ”

익락은 고개를 끄떡이며 꼬리를 흔들면서 갈 수 있다고 했다. 신농은 웃으면서 말했다.

“그럼 좋아, 내일 떠나도록 해라.”

이튿날 날이 밝자, 익락은 출발했다. 그는 999개 산을 넘고 999개 강을 건너서 千辛萬苦 끝에 마침내 은국에 도착했다. 그때 은국에서는 가을걷이를 한 지 얼마 되지 않았다. 황궁의 창고 속에는 황금색의 벼가 꽉 차 있었다. 익락은 가만히 창고 속으로 기어 들어가 거기서 딩굴어서 온몸에 벼 낱알을 묻혔다. 그는 다시 기어나와 왔던 길을 되돌아 가는데 생각지도 않게 국왕에게 발각되어 국왕은 사람들을 데리고 쫓아왔다. 국왕의 말은 매우 빨리 달려 왔는데 익락은 잠깐 사이에 잡히게 될 판이었다. 그는 급한 중에 꾀가 생겨서 사납게 몸을 돌려 뛰쳐 말에 오르면서 한 입에 국왕의 목을 물었다. 국왕은 물려 죽고 다른 사람들은 감히 쫓아 오지 못했다. 익락은 비로소 안전하게 궁중으로 돌아왔다.

신농은 곡식 종자를 얻고는 마음으로 매우 기뻤다. 신농은 익락을 칭찬하기도 하고 위로하기도 했지만, 伽價公主를 그에게 배필로 허락한다고는 한 마디도 말하지 않았다. 그는 익락이 기뻐하지 않는 것을 보고 물었다.

“네가 곡식 종자를 가지고 돌아 왔는데, 공로가 아주 커구나. 내가 궁중에서 영원히 너를 기르면 좋지 않겠나?”

익락은 서서 움직이지 않고 머리를 끄덕이거나 꼬리도 흔들지 않았다. 신농은 또 물었다.

“내가 너를 少公으로 삼으면 좋지 않겠나?”

익락은 서서 움직이지 않고 머리를 끄덕이거나 꼬리도 흔들지 않았다.

신농은 크게 노하여 익락을 죽이려고 했다. 늙은 신하가 곁에서 왕에게 아뢰었다.

“太公께서는 노여움을 가라 앉히십시오. 익락을 죽여서는 안 됩니다. 태공께서는 전에 황방을 걸어 천하에 알린 약속이 있었습니다. 익락에게 신의를 잃으면 천하에 신의를 잃게 되는데 어찌 사람들이 복종하겠습니까?”

신농은 이 말을 듣고 도리가 없는지라, 익락에게 말했다.

"내가 공주에게 물어보아 공주가 원하면 너에게 시집가도록 하겠다."

익락은 이 말을 듣고는 두 앞다리로 꿇어 앉아 머리를 끄덕이고 꼬리를 흔들면서 감사한 뜻을 표시했다. 신농은 공주에게 가서 물었다. 뜻밖에 공주는 대뜸 대답했다.

"익락은 부왕의 명령을 받들어 千辛萬苦 끝에 곡식 종자를 가지고 와서 인민에게 복을 만들어 주었고 만세에 공을 세웠습니다. 저는 그에게 시집가기를 원합니다."

이리하여 신농은 공주와 익락을 불러 혼례를 거행했다.46)

---

46) 「神母狗父(一)」

傳說 神農時代 西方的恩國有穀種 神農張出皇榜 布告天下 誰能去恩國取來穀種 愿把親生女兒伽价公主嫁給他 伽价公主是神農七女兒中最美的一個 比花花減色 比月月無光 誰不想配成雙 只因西方的恩國太遙遠 山重水復 路途艱難 去了就回不來 卽使回得來 也是七老八十的人啦 哪裏還能配公主 所以無人敢揭皇榜 叫神農很失望

一天 突然有只黃狗叼着榜文跑進宮來 神農一看 原來是宮中御狗翼洛 神農問道你能去恩國取穀種嗎 翼洛點頭搖尾 表示能去 神農微笑說 那很好 明天就啓程 第二天 天剛亮 翼洛就出發了 它爬過九百九十九座山 涉過九百九十條河 歷盡千辛萬苦 終于到了恩國 那時 恩國秋收已過 皇倉裏堆滿了金黃的稻穀 翼洛悄悄爬進倉裏 滾了又滾 沾了一身稻穀 爬出來就往回跑 不料被國王發現了 帶着人騎馬追來 國王的馬跑得很快 翼洛眼看就要被抓住了 它急中生智 猛地回身一蹦 跳上馬去 一口咬住了國王的喉嚨 國王被咬死了 再也沒人敢來追 翼洛才安全回到宮中

神農得到了穀種 心中高興 對翼洛又是夸獎又是安慰 却只字不提許配伽价公主的事 他見翼洛悶悶不樂 就問 你敢回穀種 功勞很大 我把你永遠養在宮中好嗎 翼洛站着不動 頭不點 尾不搖 神農又問 我封你爲少公好嗎 翼洛站着不動 頭不點 尾不搖 神農大怒 要殺死翼洛 老臣在一旁奏道 太公息怒 不可殺翼洛 你張過皇榜 布告天下 有言在先 失信于翼洛 便是失信又天下 何以服人 神農聽了 覺得有理 便對翼洛說 等問過公主 她若愿意 就許配 你爲妻 翼洛聽了 一雙前腿跪下來 又是點頭 又是搖尾 表示謝恩

神農去問公主 誰知公主滿口答應說 翼洛奉父王之命 經歷千辛萬苦取來穀種 造福于民 立萬世之功 女兒愿意嫁給它 于是 神農便叫公主和翼洛擧行了婚禮

중국 남방의 소수민족 중에는 개를 토템으로 하는 민족이 적지 않다. 위의 설화는 중국 내 개를 숭배하는 중국 苗族의 민간 신앙적인 측면을 살필 수 있다. 「神母狗父(二)」는 神農의 딸[공주]이 翼洛[개]과 결혼한 지 2년만에 7명의 아들[苗族]과 7명의 딸[漢族]을 낳았다는 내용으로 이어진다.

여기까지 韓·中 義狗說話를 일부나마 소개해 보았다. 앞에서도 언급했듯이 손진태는 『韓國民族 說話의 研究』에서 우리 나라에 유포되어 있는 義狗說話는 중국으로부터 영향을 받았다고 했다. 우리 자료보다 훨씬 앞선 중국측 자료에 義狗說話가 나오기 때문에 그 영향 관계는 무시할 수 없다.

그러나 한국 의구설화는 우리 나름의 독창성이 존재한다. 뒤에서 그 유사성과 독창성을 검증하기로 한다.

선편을 잡는 義狗說話는 〈滅火殺身救主型 義狗說話〉라고 볼 수 있다. 이는 중국의 『搜神記』와 고려 시대의 『補閑集』에 등장하여 義狗說話의 장을 열었다. 모든 義狗說話는 忠犬의 이야기로 집약된다. 忠犬의 이야기는 滅火殺身救主型에서부터 시작하여 여러 가지 유형으로 나타나고 있다.

지금까지 살핀 義狗說話는 제한적인 문헌자료를 통한 고찰이었다. 韓國 義狗說話는 그 현장까지 답사할 수 있었고, 의구설화가 교과서에 교재화되었음을 살필 수 있었다. 중국은 의구설화의 현장을 답사할 수 없었다. 중국의 초등학교 국어 교과서는 『語文』이다. 『語文』 13책을 검토해 보았으나 의구설화가 교재화된 것은 없었다.

이제 韓·中 義狗說話의 類似性과 獨創性 및 교재화에 관해서 살펴보자.

(『中國神話故事』下卷, 中國吉林省北方婦女兒童出版社, 1992.7. pp.109~110.)

2. 韓·中 義狗說話의 類似性

韓·中 義狗說話는 滅火殺身救主型 義狗說話에서 그 始原을 찾을 수 있다. 滅火殺身救主型 義狗說話 이외의 유형도 이 유형에 뿌리를 두고 있다. 義狗說話는 그 줄거리가 다르다고 하더라도 그 주제는 똑같이 忠犬的인 면에서 찾을 수 있다. 이런 맥락에서 보면 韓·中 義狗說話는 서로 비슷한 양상을 띠지 않을 수 없다. 여기서는 주인을 위해 충성을 바치다가 개가 죽는 結構와 죽지 않는 結構로 구분해서 살폈다. 죽음이 따르는 설화는 悲壯美를 더해 주지만 개가 죽지 않는다고 해서 주제 구현에 영향을 미치는 것은 아니다.

이제 韓·中 義狗說話의 類似性을 표로 나타내 보자.

〈표3〉 韓·中 類似한 義狗說話 일람표

의구설화유형	한 국	중 국	비 고
滅火殺身救主	① 槻樹의 개 ② 善山의 개 ③ 吾隱洞 15마리의 개 ④ 김제 金得秋의 개	① 吳나라 李信純의 개 ② 山西 九原의 개탑	『한국구비문학대계』所載 10편
吠官報主	① 延日의 개 ② 河東의 개	① 趙甲의 개 ② 명나라 秦邦의 개 ③ 梨樹縣의 개	
殉死報恩	① 葛山村 충성스러운 개	① 相城人 沈恒吉의 개	
鬪惡漢救主	① 鵲山 마을 과부의 개 ② 寧邊校生 郭太虛의 개	① 罕王爺의 개 ② 常氏 아들의 개 ③ 이통현 남매의 개	
鬪虎救主	① 石州人 김씨의 4마리 개		
守屍訃告	① 연풍현의 과거길 개 ② 천리길 내기 시험한 초산읍의 개 ③ 基木郡 여인의 개 ④ 金若鍊 下女의 개	① 李明道의 개	③과 ④는 金若鍊의 『斗庵先生文集』所載 「忠狗傳」에 함께 실려 있음.
妖怪退治	①「경주 개무덤의 최부자」 외 3편	① 푸미족의 개 ② 어룬춘족 사냥꾼의 개 ③ 납서족의 개	한국은 『한국구비문학대계』에 실려 있는 자료임.

〈표3〉에서 보는 바와 같이 여러 유형에서 類似 義狗說話가 나타난다. 제한된 자료에 의한 고찰이기 때문에 표로 제시된 유형 이외의 유형이 더 있을 수 있다는 점도 고려해야 한다.

유사성은 영향을 주고 받았다는 측면에서만 보게 되면 단순한 영향 관계 그 이상이 될 수 없다. 유형이 같은 설화를 유형별로 묶었지만 내면을 들여다 보면 독창적인 면을 찾아낼 수 있기 때문에 다음 항목에서 구체적으로 살피고자 한다.

3. 韓國 義狗說話의 獨創性

먼저 義狗說話의 장을 열었다고 생각되는 滅火殺身救主型 義狗說話부터 보기로 한다. 滅火殺身救主型 義狗說話는 한국이 14편[『한국구비문학대계』所載 10편 포함][47)이고 중국은 2편이다.

전자는 편수가 많고 후자에는 나타나지 않는 독창성을 띤 의구담이 보인다. 즉『보한집』에 전하는 獒樹義狗는 의로운 행위로 '獒樹'라는 地名이 생겼다는 地名由來譚과 「犬墳曲」 및 이를 기리는 詩 등이 있다.

善山義狗는 「義狗傳」과 「義狗圖」까지 전한다. 이 두 편에는 개의 의로운 행위를 끌어 와 인간의 도리를 깨닫게 하려는 편찬자의 편찬 의도를 짙게 드러내었다. 이는 후대의 여러 의구설화에 영향을 미친다. 「픔隱洞 義狗 15頭」는 집단적이다. 한 마리가 15마리로 변한 의미는 그만큼 의구가 많았거나 의구설화가 보편화되었다고 할 수 있겠고 의구설화의 俗化된 면에 홍미성을 더할 수 있다.

중국『搜神記』의 義狗說話는 의구의 행위를 목격한 목격자[태수와 관

---

47) 李亨雨의 논문에는 滅火殺身救主型 義狗說話가 22편으로 되어 있다.

웬가 등장하고 개의 주인 李信純이 아닌 목격자가 개의 장례를 치루어 주었다. 滅火殺身救主한 일을 기려 개무덤을 만든 사건 이외의 것은 보이지 않는다. 「山西 九原의 개탑」도 마찬가지이다.

그 다음으로 논의할 것은 악한이나 맹수로부터 위급한 상태에 놓인 주인을 구하는 義狗說話인데, 설화의 양상이 다양하게 나타난다. 吠官報主型, 殉死報恩型, 鬪惡漢[虎]救主型 등이 이에 속한다. 이들 유형은 한국보다 중국의 의구설화가 훨씬 독창적이고 다양하게 나타난다.

한국의 〈吠官報主型 義狗說話〉는 延日과 河東의 개 두 편인데 주인공과 배경이 다를 뿐이지 과부를 죽인 사내가 과부 개의 고발로 잡혀 처형되는 줄거리는 같다. 고발 장소는 관청이다. 중국은 ①趙甲의 개 ② 秦邦의 개 ③ 梨樹縣의 개 등 3편이다. 이 세 편은 개가 범인을 체포토록 역할한 점은 한국의 설화와 같으나 고발 장소는 관청으로 한정되어 있지 않고 내용도 다르게 나타난다.

①은 趙甲 妻가 젊은 情夫와 짜고 남편을 독살하자 조갑의 개는 아무것도 먹지 않고 울부짖으면서 주인의 묘를 지켜 그곳을 지나는 사람들에게 주인의 억울한 죽음을 알리기에 여념이 없다. 그렇게 해도 별 효과가 없자 개는 큰길까지 나와 그곳을 지나가는 현관에게 짖어서[고발하여] 사건을 해결한다. 조갑의 개는 끝까지 忠犬으로서의 소임을 다하고는 기둥에 부딪쳐 죽는다. 이를 요약·제시하면 다음과 같다.

나이 많은 남편에 대한 불만 → 젊은 情夫와 通情 → 남편 독살 → 개가 주인 묘 지킴 → 주인 독살 사실 만인에게 알리기 → 현관 認知 →조갑 처와 情夫 처형 → 개의 自殺 → 趙家義犬之碑

②는 개를 데리고 장사길에 나선 진방이 도적들의 습격을 받아 죽게

되자, 개는 도적들의 은신처를 은밀히 탐지하여 알아내고 주인의 시신을 지키면서 울부짖어 관에 고발한다. 그로 인해 도적이 체포되게 하고 주인을 반장하여 장례를 치르자 나무에 머리를 부딪쳐 죽는다.

③은 정체불명의 황개가 독약을 먹여 버려진 아기를 소생시켜 젖을 먹여 키우고 현관에게 알려 범인을 체포하게 한다. 그러나 황개의 새끼는 젖을 얻어 먹지 못하여 굶어 죽는다. 소임을 다한 황개는 자취를 감춘다. 정체불명의 개는 主從關係가 아니어서 다른 의구설화에 비해 색다른 점이 있다. 인간의 일을 개를 통해서 해결하게 한 것은, 반인륜적인 행위는 반드시 治罪된다는 점을 보인 것이며 역설적으로 友愛의 의미도 일깨우고 있다.

이상에서 살핀 〈吠官報主型 義狗說話〉에서 한국 의구설화는 소재와 배경이 고정적이지만, 중국 의구설화는 각기 다른 소재와 배경 및 구성적인 면에서 독창성을 찾을 수 있다.

〈殉死報恩型 義狗說話〉에서 한국은 송생 처 김씨의 개가 있고 중국은 심항길의 개가 있다. 둘 다 주인이 병들어 죽게 되자 울부짖다가 자결하는데 죽는 방법이 각기 다르다. 즉 김씨 개는 구멍에 목을 넣어 질식하여 죽고 심항길의 개는 머리를 부딪쳐 죽는다. 주인의 관을 1년 동안이나 지킨 심항길의 개는 忠犬의 이미지를 더욱 부각시키기 위한 의도적인 장치로 보인다.

〈鬪惡漢[虎]救主型 義狗說話〉는 鬪惡漢救主型과 鬪虎救主型으로 나뉜다. 鬪虎救主型은 石州人 김씨의 4마리 개[한국] 1편뿐이다. 萬曆 丁巳年(1617)에 개 4마리가 호랑이 습격을 당한 주인을 구한 설화이다. 호랑이와 싸우는 義狗의 奮鬪記가 선명하게 와 닿는다. 金起年을 호랑이로부터 구한 선산부사 趙纘韓이 1630년에 지은 「善山 義牛傳」을 연상시킨다. 「善山 義牛傳」의 義牛는 당시의 상황을 박진감있게 사실적으로 묘사했을 뿐만 아니라 8폭의 「善山義牛圖」까지 전하기 때문에 사실로 받아들이게 한다. 석주인 김씨의 義狗는 한반도 산야에 자주 출몰했던 호랑이가 빚은 虎患과 관련된 實話일 수도 있다.

〈鬪惡漢救主型 義狗說話〉에 해당하는 韓國 義狗說話는 ①鵲山 마을 과부의 개 ②寧邊校生 郭太虛의 개가 있고, 中國 義狗說話는 ①罕王爺의 개 ②常 공자의 개 ③이통현 남매의 개 등이 있다. 전자의 ①과 ②는 다 같이 愛慾이 빚은 사건인데 人心의 無常함과 忠犬의 恒心을 보여주고 있다.

후자의 ①②③은 각기 다른 주제와 줄거리를 가지고 있다. ①은 권력암투와 권력탈취 작전을 여실히 보여준다. 罕王爺의 개는 죽은 후에도 주인에게 도전한 세력을 끝까지 거세할 수 있도록 역할한다. 대담하고도 치열하게 주인 위해 滅身한 忠犬的인 모습이 진한 감동을 불러 일으킨다. ②도 ①과 비슷한 정도의 忠犬의 면을 보여준다. 惡漢에게 당하고 있는 주인을 구하려다가 죽은 개는 다른 개에 혼을 부쳐 나타나 惡漢으로부터 주인을 구한다. ③은 주인 대신 개가 신통력을 빌어 신부로 가장하여 사건을 해결한다. 권력을 마음대로 행사하여 양민의 희생을 강요하는 무리들에게 경종을 울리는 측면이 잘 나타나 있다. 이 세 편은 설화이지만 발단 - 전개 - 위기 - 절정 - 결말의 구조로 한 편의 단편[소설]을 읽는 느낌을 준다.

〈守屍訃告型 義狗說話〉는 한국이 4편[①연풍현의 과거길 개 ②천리길 내기 시합한 초산읍의 개 ③基木郡 여인의 개 ④金若鍊 下女의 개]이고 중국은 1편[①李明道의 개]이다.

전자는 ①연풍현의 과거길 개 ②천리길 내기 시합한 초산읍의 개와 ③基木郡 여인의 개 ④金若鍊 下女의 개로 묶을 수 있다. 전자의 ①과

②는 개가 주인을 따라 길을 가다가 중도에서 주인이 죽자 주인의 죽음을 알리고 주인 따라 죽는 줄거리로 되어 있다. 사람과 개라는 느낌이 들지 않을 정도로 개에게 인격을 부여하여 사람과 개와의 親和力을 생생하게 묘사하고 그로 인해 숙연한 정서를 불러 일으키게 한다. ③과 ④는 개의 죽음은 나타나지 않으나 주인의 屍身을 猛禽으로부터 지켜 시신을 온전하게 했다거나 오랫동안 주인의 무덤을 지키는 줄거리로 되어 있는데, 짤막하게 사건의 개요를 기록한 것에 지나지 않는다.

후자는 이익이나 목숨을 부지하기 위해 變心을 茶飯事로 하는 주인과 한결같이 주인을 섬기는 忠犬의 모습에서 사람과 개의 처신이 선명하게 대비된다.

〈妖怪退治型 義狗說話〉는 중국 쪽에서 훨씬 많이 보인다.[자료 조사한 것을 여기서 다 언급하지 않았음] 그렇다고 해서 중국의 〈妖怪退治型 義狗說話〉가 다양한 줄거리나 독창성을 지니고 있는 것은 아니다.

〈義狗救人且復讐〉[東野彙輯 所載] 중 세 개의 사건으로 이어진 곽태허 개 이야기는 韓國 義狗說話가 倫理 道德的인 德目을 의도적으로 표출하는 틀에서 벗어나 풍부한 문학성을 지닌 「의로운 개 이야기」로의 가능성을 보여준다.

자료 조사된 것만으로 한정하면 韓國에만 나타나는 義狗說話는 盲人 引導型을 비롯하여 歸巢型, 地官型, 狗還生型 등을 들 수 있다.

그리고 개를 소재로 한 소설은 金東里의 「殺伐한 黃昏」과 黃順元의 「목넘이 마을의 개」 등을 들 수 있다.

중국은 「곡식 종자를 가져 온 개」가 있다. 이는 氏族創造와 결부된 신화의 영역에 들 수 있는 義狗說話라고 할 수 있다.

중국은 광대한 국토에 56개 민족[漢族 포함]이 고유의 문화와 생활 습속을 지니고 있기에 義狗說話의 경우, 숫적으로도 많아 다양한 유형의

義狗說話를 접할 수 있었다. 중국 초등학교 국어 교과서『語文』에는 義狗說話가 교재화되어 있지 않았다.

「獒樹 義狗說話」는 오수라는 지역성을 초월하여 한국 전역에 유포되어 〈獒樹型 義狗說話〉를 뿌리내리게 했다. 〈獒樹型 義狗說話〉 중에서도 「善山 義狗說話」는 「義狗傳」과 「義狗圖」 및 그 義狗塚이 현존하고 있기에 「善山 義狗說話」의 독자적인 가치가 인정된다. 이러한 점을 감안할 때 현행 교과서에 실린 義狗說話로는 만족할 수 없고, 교과서에 다양하고도 구체적인 교재화가 이루어져야 한다.

이를 위해서는 單線的이고 姑息的인 義狗說話의 범주에서 벗어나 變改過程을 거쳐 풍부한 문학성을 지닌 의구설화나 소설로 발전할 수 있도록 義狗說話에 관한 자료[유적 및 문헌] 발굴에 관심을 기울여야 한다. 이런 면에서 보면 앞에서 언급한 釜山 水營城 南門에 石狗로 現存하는 朝鮮犬과 全南 樂安邑城 城門 앞의 石狗 등은 흥미있는 구체물이라고 할 수 있다.

韓國 義狗說話의 효시는 崔滋의 『補閑集』에 실린 「獒樹 義狗說話」이다. 「獒樹 義狗說話」는 우리보다 훨씬 연대가 앞선 中國의 『搜神記』에 실린 殺身救主한 義狗說話의 영향을 받았음직하다.

▲ 전남 순천시 낙안 읍성 성문 앞의 石狗

　그러나 滅火殺身한 義狗의 줄거리는 비슷하지만 「獒樹 義狗說話」는 『捜神記』에 실린 義狗說話에 없는 독창적인 내용이 보이므로 「獒樹 義狗說話」의 독창성을 뒷받침할 수 있다. 또 獒樹라는 지명은 崔滋의 『補閑集』보다 훨씬 전의 기록에 이미 나타나고 있으므로 「獒樹 義狗說話」는 시대를 위로 더 소급할 수 있다. 獒樹라는 지명이 생겨 「獒樹 義狗說話」가 世人의 입살에 오르내리게 되었다는 것은 「獒樹 義狗說話」의 발생 연대를 그 전의 연대로 끌어올리는 추정을 가능하게 해준다. 만약 오수 지명에 관한 연대 추정 작업으로 그 연대가 『捜神記』와 비슷한 연대나 그 이전으로 올라갈 수 있다면 韓國 義狗說話의 중국 영향설은 불식될 수 있으리라 본다.

IV. 맺으면서

韓·中 義狗說話는 비슷한 유형으로 묶을 수 있는 설화가 많았다. 그러나 같은 유형으로 나타나는 義狗說話도 내용을 들여다 보면 제각기 독창성을 지니고 있다.

韓國 義狗說話는 「獒樹 義狗說話」부터 倫理 道德的인 德目을 의도적으로 표출시켰기에 후대의 義狗說話도 그 영향을 짙게 드러내었다. 이는 單線的이고 姑息的인 설화로 머물게 할 뿐이어서 다양한 變改過程을 수용하여 풍부한 문학성을 지닌 설화나 소설의 출현을 기대하기는 어려운 일이다. 그렇지만 「義狗救人且復讐」(『東野彙輯』 所載)에 나오는 곽태허의 개 이야기는 기대해봄직한 義狗說話라 할 수 있다. 개를 소재로 한 소설도 없는 것은 아니다. 「殺伐한 黃昏」〔金東里〕은 전쟁의 와중에서도 개가 주인을 찾는 의리를 보여주고, 「목넘이 마을의 개」〔黃順元〕는 일제 강점기 우리 민족의 고난과 哀歡을 사람들에게 쫓기는 흰둥이〔白衣民族〕라는 암캐로 상징하여 해방 직후 우리 민족이 이데올로기의 混亂에 처해 있을 때 민족의 의미가 무엇인가를 느끼게 해준다.

韓國 義狗說話는 義狗의 遺蹟이 全北 獒樹面 獒樹里와 慶北 善山郡 海平面 및 慶南 밀양시 부북면 마흘리 등에 남아 있다. 「獒樹 義狗說話」

는 오수라는 지역성을 초월하여 한국 전역에 유포되어 〈獒樹型 義狗說話〉를 뿌리내리게 했다. 〈獒樹型 義狗說話〉 중에서도 「善山 義狗說話」는 「善山 義狗圖」 및 義狗塚이 현존하고 있기에 「善山 義狗說話」의 독자적인 가치가 인정된다.

중국 義狗說話는 그 유적이 湖南省 汨羅市 玉笥山 屈子祠에 義狗碑와 義狗像이 남아 있다. 이 유적은 언제 누가 세웠는지 밝혀져 있지 않다. 그런데 屈原 관련 자료에 의구설화의 존재여부는 확인하지 못했다.

현행 초등학교 교과서에는 짤막하게 '오수의 개'가 있다는 정도의 소개글과 의구설화와 관련한 6폭의 삽화가 실려 있다. 이 정도의 義狗說話 교재화로는 만족할 수 없고, 교과서에 구체적인 교재화가 이루어져야 한다고 본다. 왜냐하면 가치관의 혼돈 속에 방황하고 있는 현대인들에게 의구설화를 통해 忠直한 가치관을 심어 줄 수 있기 때문이다.

제4부
報恩談 敎材의 이해

보은담 교재는 필자의 논문 "국민학교 교과서에 실린 傳說教材에 관한 연구"[1]와 "국민학교 교과서에 실린 兄弟美談과 感虎傳說에 관한 연구"[2]와 밀접한 관련성을 가진다. 이 논문들에서 논의된 교재[3]들은 자료가 풍부하게 남아 있고 그 현장이 잘 보존되어 있다. 또한 이들 교재가 지닌 교훈성과 홍미성은 충분히 교과서에 교재로 실을 만하다는 인식을 하기에 이르렀다.

필자는 교과서에 실린 보은담 교재가 빈약하거나 진부하다고 판단되어 보은담 교재를 다양화할 필요성에서 연구작업을 시작하였다.

1. 보은담 개관

제6차 교육과정에 의해 편찬된 초등학교 국어 교과서에는 報恩談과 관련한 교재[背恩談 1편 포함]가 3편 실려 있다.

- 2 - 1. 『읽기』 단원: 9. 마음의 선물, 제재 : 「호랑이의 선물」(42~43쪽) → 報恩談
- 5 - 2. 『읽기』 단원: 9. 홍겨운 마당, 제재 : 「까치의 보은」(81쪽) → 報恩談
- 4 - 1. 『쓰기』 단원: 3. 이야기 세계, 제재 : 「토끼의 재판」(15쪽) → 背恩談
- 6 - 2. 『말하기·듣기·쓰기』 단원 : 9. 늘푸른 나무처럼, 제재 : 「'토끼의 재판'을 읽고」(72~73쪽) → 背恩談

「호랑이의 선물」은 앞의 感虎傳說 교재에서 언급한 내용이다. 인정

---

1) 『어문학 교육』 제14집, 한국어문교육학회, 1992, pp.103~179, 참조.
2) 『한국초등국어교육』 제9집, 한국초등국어교육학회, 1993.12, pp.1~79, 참조.
3) 위의 두 논문에서 말한 教材는 교재도 있고 교재화할 수 있는 자료도 있지만, 이를 다 教材라고 통칭했다.

많은 의원이 호랑이를 치료해 주어 호랑이는 그 보답으로 의원 집에 황소만한 멧돼지를 물어다 놓는다.

「까치의 보은」은 단원의 표지화로 모두 5장면이 제시되었다. 이 교재는 원래 치악산 상원사 꿩 전설인데 꿩이 까치로 바뀌어 교재화되었다. 이에 관해서는 뒤에서 상세히 논하겠다.

전자는 동물과 사람 간의 이야기이고, 후자는 동물과 동물 간의 이야기가 사람 간의 이야기로 확대되었다. 두 편 다 施惠에 대한 은혜 갚음의 報恩談이다.

「토끼의 재판」은 施惠가 도리어 화를 불러 일으킨다. 死地[함정]에서 살아 나온 호랑이는 오히려 자신을 살려 준 사람을 잡아 먹으려고 한다. 그러나 호랑이는 背恩忘德한 행위로 해서 다시 함정에 빠지게 된다. 이 교재는 역설적으로 背恩談을 통해 報恩의 의미를 강하게 심어주고 있다.

제7차 교육과정에 의해 편찬된 초등학교 국어 교과서에는 보은담과 관련한 교재(背恩談 4편 포함) 7편이 실려 있다.

○ 1-2. 『읽기』, 첫째 마당, 「은혜갚은 꿩」(12~15쪽)
○ 2-2. 『말하기·듣기』, 둘째 마당, 「은혜갚은 꿩」(24쪽)
　　　 『말하기·듣기』, 둘째 마당, 「은혜갚은 호랑이」(38~39쪽)
　　　 『쓰기』, 넷째 마당, 「토끼의 재판」(68~69쪽)→背恩談
○ 3-1. 『말하기·듣기』, 다섯째 마당, 「토끼의 재판」(98~101쪽)
　　　 『읽기』, 다섯째 마당, 「토끼의 재판」(148~157쪽)
　　　 『쓰기』, 다섯째 마당, 「토끼의 재판」(106~109쪽)

위에서 보면 배은을 통한 보은의 절실함을 일깨우는 내용의 비중이 보은담보다 더 많다. 제6차 교육과정에 의해 편찬된 초등학교 국어 교과서에는 「은혜갚은 까치」로 잘못 교재화되었는데, 현행 교과서에는 「은

혜갚은 꿩」으로 바로 잡혀 교재화된 점은 다행한 일이다

여기서 다루고자 하는 보은담은 사람과 소[牛], 사람과 꿩, 사람과 호랑이 사이에 얽힌 報恩談이다. 「의로운 소 이야기」는 구미시 山東面 仁德洞 文殊 마을에 그 현장이 보존되어 있고 「義牛傳」과 「義牛圖」가 전한다. 「꿩 보은담」은 江原道 原州市 雉岳山 上院寺[해발 1090m]가 그 현장이다. 거기에는 「치악산 상원사 보은의 종 유래비」와 '종각'이 세워져 있다. 「호랑이 보은담」은 유사한 이야기가 많이 전해 오지만, 본고에서는 忠南 公州市 反浦面 鶴峰里 鷄龍山 淸凉寺址 雙塔4)에 얽힌 호랑이의 보은담에 대해서 살펴 보고자 한다.

보은담에 관한 언급은 교과서에 報恩談 教材가 多樣化되어야 할 필요성과 궁극적으로는 교과서에 새로운 보은담 교재가 收錄되어야 한다는 認識의 소산이다.

2. 보은담의 유형과 전개

보은담 교재가 될 보은담 자료의 소재지와 증빙 자료를 들면 다음과 같다.

〈소의 보은담〉
◦善山 義牛 : ① 慶北 龜尾市 山東面 仁德洞 文殊 마을
　　　　　　증빙 자료 : 「義牛傳」과 「義牛圖」(義烈圖 所載 : 金樹基氏
　　　　　　所藏, 구미시 형곡동 풍림 아파트 202동 702호)
　　　　　　② 慶北 龜尾市 蓬谷洞[善州洞 사무소 뒷편]
　　　　　　증빙 자료 : 義牛塚과 비석, 문헌 기록
◦尙州 義牛 : 慶北 尙州市 낙동강변
　　증빙 자료 : 『尙州郡誌』 所載 기록

---

4) 일명 남매탑[오뉘탑]인데 여기서는 남매탑으로 지칭한다.

〈꿩의 보은담〉
  ◦ 꿩 傳說 : 江原道 原州市 神林面 城南里 雉岳山 上院寺
   증빙자료 : 雉岳山 上院寺 報恩의 鐘과 報恩의 鐘 由來碑, 雉岳山 上院寺
   事蹟碑, 문헌 자료

〈호랑이의 보은담〉
  ◦ 남매탑[오뉘탑] : 忠南 公州市 反浦面 鶴峰里
   증빙자료 : 公州郡 反浦面 鶴峰里 鷄龍山 淸凉寺址 雙塔5)

이제 위에서 제시한 보은담 자료에 관해 살펴 보기로 한다. 본고에서
는 보은담이 소재하고 있는 현장을 답사하여 자료를 채록하고, 각종 문
헌에 전하는 관련 자료를 추출하여 비교 · 검토하는 작업을 거쳐 이들
보은담이 교육적 교재로서 가치가 있는지 고찰해 보고자 한다.

(1) 소의 報恩談

여기서 다룰 보은담은 소가 주인의 은혜에 보답하는 내용이다. 「義牛
傳」이나 「義牛圖」 등이 전하기 때문에 ‘소’는 ‘의로운’이라는 수식어를
붙여서 ‘의로운 소’라고 부르기로 한다.
‘의로운 소’의 보은담은 3편이다. 이 3편은 각각 문헌마다 전하는 내용
이 相異한 점이 있으므로 함께 제시하기로 한다.

1) 善山 의로운 소

善山 義牛는 善山府使 趙纘韓이 1630년에 지은 「義牛傳」에 전한다.
의로운 소의 이야기와 관련하여 「義牛傳」과 「義牛圖」가 전하는 것은

---

5) 청량사지 쌍탑은 5층 석탑과 7층 석탑인데, 1998년 9월 15일자로 5층 석탑은 보
  물 1284호, 7층 석탑은 보물 1285호로 지정되었다.

善山 義牛 밖에 없을 것이다. 「義牛傳」은 金樹基(1991년 당시 71세, 경북 구미시 형곡동 풍림 아파트 202동 702호)씨가 소장하고 있는 『義烈圖』 속에 1745년에 작성하여 첨부한 「善山義牛圖」와 함께 실려 있다.6) 「의로운 소 이야기」는 「義牛傳」 말고 『善山邑誌』에도 같은 이야기가 「義牛塚」 이란 제목으로 짤막하게 전한다.

① 의로운 소의 전기[義牛傳]7)

문수점[지금의 산동면 인덕동]은 선산부 동쪽에 있는데 삼면이 모두 산이다. 이 마을에 사는 김기년이 암소 한 마리를 길렀다. 올해 여름8), 주인이 농기구를 갖추어 소와 함께 밭을 갈고 있을 때였다. 밭을 다 갈기도 전인데 홀연히 숲 속에서 호랑이가 뛰어나와 소에게 달려 들었다. 기년은 너무나 놀라 괭이를 들고 고함을 지르며 호랑이를 치려 하니 호랑이는 소를 버리고 사람에게 덤벼들었다. 기년은 급하여 어찌할 수 없어서 창졸간에 다만 양손으로 호랑이와 싸웠다. 창황히 자빠지고 넘어지면서 어찌할 줄 모를 때, 소가 사납게 울부짖으면서 호랑이를 떠 받았다. 두세 번 만에 호랑이의 허리와 등이 그 뿔에 꿰뚫어져서 피가 흘러 상처가 깊게 되었다. 호랑이는 마침내 기진맥진하여 기년을 버리고 달아났는데 몇 리 못가서 죽었다.

기년은 비록 호랑이에게 장단지와 넙적다리를 물렸으나, 얼마 뒤 정신을 차려 절름거리며 소를 몰고 집으로 돌아왔다. 김기년은 이로부터 호랑이에게 물린 상처가 깊어져 이십일 만에 죽게 되었다. 그는 죽을 때 가족에게 유언하기를,

---

6) 필자는 1991년 2월 24일에 金樹基氏宅을 방문하여 『義烈圖』를 복사해 왔다. 이 자료에 관한 것은 필자의 논문 "국민 학교 교과서에 실린 傳說敎材에 관한 연구", 『어문학교육』 제14집, 한국어문교육학회, 1992.에서 밝힌 바 있다.

7) 趙續韓은 1629년에 義牛의 무덤에 비를 세웠고, 1630년에 義牛傳을 지었다. 그 뒤 善山府使 趙龜詳은 1703년에 遂菴 權尙夏(1641~1721)에게 요청하여 발문을 짓게 했다. 義牛圖는 1745년에 선산부사 민백남의 요청으로 邑人 朴益齡이 그렸다. (『義烈圖』 및 龜尾新聞 117호, 1993.11.22, 참조).

8) 義牛事가 일어난 연대를 1575년이라고 밝힌 자료가 있다.(龜尾新聞 117호, 참조.).

"내가 호랑이의 밥이 되지 않고 지금까지 숨을 이어 온 것이 누구의 힘인지 너희들도 알겠지. 내가 죽은 뒤에 이 소를 절대로 팔지 말고, 비록 소가 늙어 저절로 죽더라도 그 고기를 먹지 말며, 반드시 내 무덤 옆에 묻도록 해라." 고 말을 마치자 죽었다.

소는 비록 사나운 호랑이와 치고 받고 싸웠으나 조금도 물린 곳이 없었으며 주인이 상처를 입어 누워 있을 때도 전과 다름 없이 논밭을 갈았고 평소와 다름 없이 먹었다. 그런데 주인이 죽던 날에 소는 갑자기 큰 소리로 울부짖으며 미친 듯이 날뛰더니 물과 쇠죽을 끊은 지 삼일 되는 날 밤에 드디어 죽었다.

오호라, 나는 뿔을 가진 동물이 잘 치받는 줄 알고 있는데 소의 숫놈이 그걸 해낸다. 그러므로 몸은 매우 투박하지만 힘은 세고 뿔은 매우 무디지만 받으면 상처가 심하게 된다. 비록 호랑이와 표범 사이에 있더라도 그 뿔과 힘으로 벗어날 수 있다. 또한 아직까지 소가 호랑이나 표범을 받아서 호랑이와 표범을 죽였다는 말은 듣지 못했다. 이제 우리의 소는 암소여서 힘과 뿔이 견실하지 못하지만 다만 주인을 지켜 죽음에서 구하려는 정성만으로 제 힘과 뿔의 모자람은 잊어버린 채 죽음을 무릅쓰고 떠받아서 호랑이를 죽이고 주인을 살렸으니 이것만으로도 이미 기특하다. 그 주인이 죽던 날에는 미친듯이 울부짖으면서 먹지도 않고 3일 만에 죽었으니 어찌 이렇게도 열렬함이 忠義의 선비보다 못하지 아니할까! 사람은 도덕을 천성으로 가지고 있어 충의는 곧 고유한 것이지만 드문드문 서책에 실린 것이 백년에 겨우 수십에 지나지 않는다. 그런데도 무지한 짐승에게 이러한 이치가 있었던가? 저 가축이나 금수가 은혜를 갚은 것이 어찌 한정되리오마는 이와 같은 것은 들어보지 못했다. 이는 겉으로만 소이지 안으로는 사람이요, 또 안으로 보통 사람의 마음에 그치는 게 아니라 곧 사람 중에서도 충의의 인사이다. 내 그 충의를 보니 그것을 소로 여기지 못하겠다. 비록 그렇지만 미물이 이렇게까지 할 수 있는 것은 미물 스스로의 성질이 아니다. 곧 지극한 성덕의 교화에서 이루어진 것이로다. 3대 성인의 시대에도 듣지 못했던 것을 이제 와서 홀연히 생기니 비단 義牛가 가상할 뿐만 아니라 저으기 임금의 교화에도 감응이 있다.

숭정 경오년(1630, 인조 8) 맹추 부사 현주 조찬한 서[9]

위의 내용은 크게 두 부분으로 나눌 수 있다. 즉 소의 의로운 행위와 죽음을 순차적으로 나타낸 부분과 이에 관한 論評이다.

의로운 소의 행위는 「義牛圖」 8폭에 잘 나타나 있다.

1. 의로운 소 그림(義牛圖). 起年이란 사람이 밭을 갈다[起年耕田]

2. 호랑이가 소에게 덤비다[虎搏牛]

---

9) 「善山 義牛傳」

　　文殊店在善山治之東　三面皆山也　店民金起年畜一牸牛　今年夏載耒耟而田之田未了有猛虎突林中　而搏其牛　起年愰惑手耒具而號逐之　虎廼捨牛而攫人　起年急無以應　猝徒以兩手捍虎　而蒼黃顚踏之際　牛已叫躍觸其虎　不數虎之腰背通受其角也　血射而瘡緊　虎遂氣窘勢奪　釋起年而走　不數里而外斃　起年雖腿脚被嚙　移時定氣然後　蹣跚牽牛而還　自此痛益彌　凡二十日而死　將死願家人曰　得免於虎腹　延息到今　誰之力耶　吾死後　勿賣此牛　牛雖老自斃　勿食其肉　必葬吾墓傍　言訖而逝　牛則雖經虎搏　而曾無所被嚙也　自起年臥病連服耕載之役　猶自如也　飮齕亦自如也　及其主殞之日　即狂叫騰突　絶水芻而遑遑者　凡三日夜而竟死焉　嗚呼　角者吾知其能觸　而牛之牡者任其責　故體甚朴而力甚劫　角甚琤而觸甚瘡　雖處於虎豹之間　以其角與力而免焉　亦未聞觸虎豹而能斃者　今我之牛　牝而不力　與角　徒以衛主　救死之誠　忘其力與角　殊死觝觸之　能使虎斃　而主活　斯已奇矣　逮其主死之日　狂奔呼吼不食　三日而死　是何忠義之烈烈　不下於忠義之士耶　人之有秉彝之天者　忠義廼所固有　而班班載籍者百歲而堇數十　廼以冥然迷畜　而有是理耶　彼畜物禽虫之報恩者　終古何限　而未聞有如此　此特外乎牛而內人　又不特內人而已　廼人之忠義之士也　吾見其忠義而未見其爲牛也　雖然　物之能是者　非物之自性也　廼至德之化有以致之者也　三代聖世之所未聞　而乃今忽有之　非惟以義牛爲可尙　而竊有感於王化焉耳　崇禎庚午孟秋府使玄洲趙纘韓序

3. 호랑이가 기년에게 덤비다[虎搏起年]

4. 소가 호랑이에게 덤비다[牛搏虎]

5. 소가 호랑이를 죽였다

6. 起年이 그로 인해 병상에 누웠다

7. 사람이 죽자 소도 죽었다.[人亡牛斃] 〈기년
이 죽자 3일 간 소가 울부짖다 따라서 죽다〉

8. 의로운 소의 무덤[義牛塚]을 써 주었다

의로운 소에 관한 논평은 다음과 같이 요약할 수 있다.

① 황소는 맹수와 대결할 수도 있지만, 문수 마을 의우는 암소인데도
호랑이와 대결하여 호랑이를 죽이고 주인을 구했다.

②힘이 호랑이에 비해 열세인데도 불구하고 호랑이를 물리칠 수 있었
던 것은 주인을 구하려는 일념과 정성이 맹렬하게 작용한 결과이다.

③ 주인이 죽자 먹지도 않고 울부짖으며 죽은 것은, 그 열렬함이 忠義

의 선비와 비견할 수 있다.

④ 충의의 선비는 퍽 드물다. 의우는 짐승이 아니고 사람이다. 사람 중
에서도 충의의 선비이다.

⑤ 의우의 출현은 지극한 聖德의 教化 때문이다.

「義牛傳」과 「義牛圖」를 놓고 볼 때, 호랑이와 사람과 소와의 대결은 實話일 수 있다는 생각이 든다. 급박한 장면을 8장면으로 그림화한 것을 보면, 善山 義牛의 奮鬪를 더욱 實感할 수 있다.

주인은 호랑이로부터 소가 위태롭게 되자 소를 구하겠다는 마음이 촉발되었는데, 그 순간 자신의 안위보다 소를 구해야 한다는 생각이 더 강했을 것이다.

농경 사회에서 주인은 목숨을 걸고 소를 지킬 수밖에 없는 일이기는 하다. 그러나 인간과 동물 사이에서 인간의 보호와 안전을 위한 동물의 희생을 요구하는 경우가 보통인데, 文殊 마을 義牛事는 자신의 소를 지키기 위해 인간이 목숨을 거는 내용을 넣어 독자로 하여금 독특한 이야기로 인식할 수 있게 한다.

소는 소대로 자신을 구한 주인이 위태롭게 된 것을 본 순간, 황소라도 대적하기 힘든 호랑이를 단숨에 해치웠다. 호랑이와 싸운 소가 암소라는 사실은 더욱 감동적이다. 「義牛傳」을 지은이도 황소가 아닌 암소의 奮鬪에 흥분과 찬사를 보내고 있다. 의우를 논평한 내용 중 ①~③은 의로운 소의 행위를 극찬했다. ④와 ⑤는 소를 너무 인격화시키고 忠을 강조하여 오히려 의우의 義氣를 퇴색시킨 감이 있다.

② 문수 마을 의로운 소 무덤[義牛塚]

선산부 동쪽 사십 리의 문수산 아래에 사는 김기년이 산 아래에서 밭을

갈고 있었다. 이때 호랑이가 기년에게 달려 들었다. 소는 그 주인이 호랑이에게 눌려 있음을 보고 크게 부르짖고는 憤激하여 호랑이에게 뛰쳐 들어가 무수히 뿔로 받았더니 호랑이는 땅에 거꾸러져 뻐드러졌다. 몇 일 뒤 소도 죽었다. 고을 원이 이를 기특하게 여겨 소를 묻어주고 비석을 세웠다.[10]

▲단장되기 전의 文殊마을 義牛塚. 경북 선산군 산동면 인덕동 문수마을(1991.2.24)

「義牛傳」보다는 내용이 훨씬 간결하고 다른 점이 보인다. 소가 암소인지 황소인지 밝혀져 있지 않고 호랑이와의 奮鬪에서 이로 인해 소가 죽는 것으로 되어 있다. 김기년의 生死는 밝혀져 있지 않다.

善山 義牛는 報恩談으로 손색이 없을 뿐만 아니라 극적인 긴장감까지 불러 일으킨다. 그러나 무엇보다도 중요한 것은 義牛事가 實話로 인식될 수 있다는 점이다.[11]

---

10) 「義牛塚」

在府東四十里 文殊山下 金起年耕田于山下 有虎搏起年 牛見其主爲虎所扼 大吼 奮躍觝觸無數 虎仆地而斃 數日 牛亦死 府官異之 埋而立碑 (『邑誌』, 慶尙道 ①, 亞細亞文化社, 1982, 善山府邑誌, p.400)

11) 善山府使 趙龜祥(?~?)이 찬한 「香娘傳」(『義烈圖』에 所載) 末尾에 있는 다음과 같은 기록은 文殊 마을 義牛가 實話임을 뒷받침해 주는 하나의 증거가 될 수 있다.

"아, 할아버지가 善山府使로 부임하셨을 때 의우가 있었고 내가 이 부에 부임했을 때 향랑이 있었다. 고을 사람들이 모두 奇異한 일이라고 했다."(噫 王考之茬此府也 有義牛焉 不肖之茬此府也 有香娘焉 鄕人皆稱爲異事爾)

위의 내용 중 王考는 「義牛傳」을 지은 趙纘韓(1572~1631)이다. 즉 趙纘韓은 趙龜祥의 祖父이다.

필자는 1991년 2월 24일과 1994년 1월 16일 두 차례에 걸쳐 義牛의 현장을 답사한 바 있다. 선산군에서는 1993년 의우총 일대 부지를 매입하여 봉분을 새로 쌓고 봉분 뒤에 대리석 벽에는 8폭의 「義牛圖」를 새겨 놓는 등

▲ 단장된 文殊마을 義牛塚. 무덤 뒤 대리석 벽에는 義牛圖 8폭을 조각하고 그림 설명을 해 놓았다.(1994.1.16)

의우총 현장을 말끔히 단장하여 산 교육장으로 활용할 수 있도록 해 놓았다. 그리고 의우총은 1994년 9월 29일자로 경상북도 민속자료 제106호로 지정되었다. 이제 善山 義牛塚은 안식처를 제대로 찾아 길이 義氣를 전할 수 있게 되었다.

③ 할미가 키운 의로운 소의 무덤[義牛塚]

구미시 봉곡동〔옛 지명은 선산군 구미면 봉곡리〕에 현존하는 의우총이 있다. 蓬谷洞의 나즈막한 野山 기슭에 소재한 이 표석은 花崗岩으로 높이 92cm, 너비 39cm, 두께 8.7cm이며 앞면에 '事實在邑誌 義牛塚 丁卯 八月 日 立'[12]이라 새겨져 있다. 의우총의 사실 기록은 『善山府邑誌』에 실려 있다.[13]

---

12) '丁卯 八月 日 立'의 정확한 연대는 미상이다. 金樹基 씨는 '義牛塚의 題字는 仁祖朝에 慶州府尹을 歷任한 朴守弘(1588~1644)이 했다고 한다.'하였다.(이 내용은 김수기씨가 필자에게 보낸 편지〈1994.4.1.〉에 있음.) 박수홍이 題字를 썼다면, 이 義牛塚의 건립 연대는 1627년이 되므로, 이 義牛事도 이 시기이거나 그 이전에 있었을 것이다.

13) 『龜尾市誌』(1991.12. pp.849~850)와 『龜尾의 脈絡』(1992.12. p.147)에도 김수기

㉠ 선산부의 남쪽 봉곡리에 할미가 늘 소를 길렀다. 할미가 죽자 소는 개령 땅에 팔렸다. 소는 옛주인에게서 떨어져 있게 되자 밤낮 슬피 울었다. 할미의 장사날에 소는 우리를 뛰어 넘어 분연히 삼십 리를 돌진하여 곧장 장사 지내는 곳에 다달아서는 슬피 울부짖으며 비실비실 몇 걸음 치다가 오래지 않아 죽었다. 마을 사람은 이 사실을 관에 보고하고 소를 묻어 주었다.14)

㉡ 구미시 봉곡동에 의우총이 있다. 驪陽人 陳洙發의 부인 密陽朴氏는 家勢가 가난한 처지에 또한 일찍 과부가 되었다.

이러한 형편에 암소 한 마리를 길렀는데, 이 소는 새끼를 낳은 지 사흘만에 죽었다. 어미소를 잃은 갓난 송아지의 처연한 정경은 차마 볼 수 없었으며 이대로는 도저히 살기 어려워 죽고 말 것만 같았다.

박부인은 나물죽을 끓여 자기 손에 발라 가지고 송아지가 핥게 하기도 하고 간혹 보리죽도 먹여가며 근근히 어린 송아지의 생명을 살리기에 정성을 다했다. 송아지는 차차 먹는 것이 길들어 갔는데 어느 덧 2년이라는 세월이 지나갔다. 소가 제법 숙성하게 되자 박씨는 開寧에 가서 소를 팔아 버렸다.

그 뒤 몇 해가 지났는데 박씨는 병이 들어 세상을 떠났다. 박씨의 장례를 지내는 날, 상여가 곧 출발하려 할 때였다. 한 누런 암소가 난데 없이 달려와서는 상여 앞에서 눈물을 흘리면서 미친 듯이 부르짖고 날뛰는 것이 아닌가. 그러기를 몇 번이나 하다가 드디어 소는 죽고 말았다. 이를 바라본 동네 사람들은 모두 기특하고 이상함에 놀라지 않는 이가 없었다. 소의 義烈은 인간의 忠義에 못지 않은 것이다. 죽은 소는 박씨의 무덤 아래 장사 지내 주었다.([金樹基 씨 구술, 1994.1.16.])

씨가 구술한 것과 거의 같은 내용이 실려 있다. 이 두 책에 실린 義牛 관련 내용 등은 김수기 씨가 집필했다.

14)「義牛塚」
在府南 蓬谷里 嫗常畜牛 嫗死 賣牛開寧地 自離舊主 晝夜悲鳴 及嫗葬日 超越圈牢 奔突三十里 直抵葬所 哀叫彳丁 未幾牛死 里人報官 埋之(『邑誌』, 慶尙道①, 亞細亞文化社, 1982, 善山府邑誌, p.400)

다른 곳에 팔려 갔던 소는 옛 주인이 죽자, 옛 주인에게 달려 와 울부 짖다가 죽었다. ㉠은 주인의 길러준 은혜가 나타나 있지 않기 때문에 소가 옛 주인의 죽음에 나타나 죽었다는 내용은 설득력이 약하다. ㉡은 부인이 어미 잃은 새끼를 지극 정성으로 돌보아 길렀다. 그래서 그 소는 옛 주인의 상여 앞에 달려 와서 죽었다. 施惠에 대한 은혜 갚음의 구조 로 짜여 있어서 감동적이다.

봉곡동 義牛塚에는 비석과 무덤이 있다. 필자는 문수 마을 의우총 답 사와 같은 시기에 두 차례 이곳을 현장 답사했다.

▲ 봉곡 구획 정리 지구 내 공원 지구에 移葬한 의우총. 이곳은 의우의 영원한 안식처가 될 것이다.

▶ 구미시 봉곡동의 義牛塚. '事實在邑誌, 丁卯 八月 日 立'이라 새겨져 있고 왼쪽에 移葬 번호 13이 꽂혀 있다.(1994.1.16.)

의우총이 있는 이 일대는 앞으로 도로와 건물들이 들어설 곳이라서 철거 작업이 한창 진행되고 있었다. 의우총의 移葬 번호 13이 의우총 옆 에 꽂혀 있었다.

이 義牛塚은 현재 봉곡 구획 정리 지구 내 공원 지구에 移葬했고, 2000년에 의우총 일대를 정비할 계획을 세우고 있다고 한다.15)

---

15) 1999년 2월 5일 구미시청 李澤容 관광문화재 계장과 전화 통화로 확인했고, 봉

2) 尙州의 의로운 소

『尙州誌』에 실린 「의로운 소 이야기」를 보기로 한다.

지금으로부터 백여 년 전 낙동강변에 權氏 집안이 살고 있었다. 부유한 편은 아니었으나 슬하에 자식[상복이] 하나를 둔 단란한 가정이었다.

어느 날 밤이었다. 집에서 부리던 암소가 새끼를 낳았다. 송아지를 낳은 일이 권씨 내외에게도 기뻤지만 열 살이 넘은 외아들에게는 더욱 기뻤다. 그 후, 송아지를 몰고 밖에 나가 노는 것이 아들에게는 커다란 즐거움이었다. 송아지에게 정신이 팔린 아들한테 부모는 우선 공부를 해서 가문을 빛내는 일이 급선무라고 타일렀으나 아들의 정신은 송아지한테 더 있었다. 부모들은 외동 아들이라 또한 강경하게 억박지르지는 않았다.

송아지는 어느 덧 자라서 황소로 변했고, 상복이는 서당에 갈 때마다 소를 타고 다녔다. 서당이 파할 시간이 되면 황소는 미리 서당 앞으로 나올 정도가 되었다.

어느 날 상복이는 서당에서 늦게 귀가하게 되었다. 물론 상복이는 그 황소를 타고 있었다. 어둠이 깔린 들판을 지나가고 있었는데 난데 없이 大虎 한 마리가 나타났다. 상복이는 너무나 놀란 나머지 그만 소 잔등에서 떨어지고 말았다. 그 순간 호랑이가 돌진해 왔고 황소 역시 호랑이에게 달려 들었다. 얼마나 지났는지 모른다. 정신을 잃었던 상복이가 눈을 떴을 때는 두 짐승의 격렬했던 싸움은 끝나 있었다. 대호는 황소 뿔에 찔려 죽어 있었고 황소 역시 심한 상처를 입어 숨이 경각의 지경에 있었다. 상복이는 눈물을 흘리며 피투성이가 된 황소를 한동안 쓰다듬다가 집으로 달려 갔다. 이 사실을 들은 부모와 동민들이 현장에 달려 갔다. 모여 든 사람들은 이구동성으로 탄성을 질렀다.

"보통 소가 아니구만!"

권씨 부부는 의로운 소를 그냥 둘 수 없다고 생각하고는 소를 묻어 주고

곡 공원 지구 내 의우총 사진은 이계장이 촬영하여 우송해 왔다. 이계장의 후의에 감사드린다.

그 앞에 '義牛塚'이란 비석을 새겨 세웠다.16)

尙州의 의로운 소도 앞에서 살핀 문수 마을 의로운 소와 같이 호랑이의 奇襲으로 빚어진 불상사이다. 사람과 소 사이의 다정한 관계가 사람과 사람 사이의 우정 이상으로 강하게 다가온다.

이와는 상반되는 설화도 있다. 비겁한 주인을 治罪하는 「소를 저버린 주인의 죽음」은 충격적인 이야기가 아닐 수 없다.

● 소를 저버린 주인의 죽음

옛날에 그 울산군 강동면 후유리라 카는데 내가 살았는데, 그 때는 인자 참 어릴 때 거든. 한 열살 안쪽이나 이래 댔는가 싶네. 지금 생각하이까네. [예] 그런데 할아버지가 하루는 이야기를 하시는데, 그 동네 사램이, 그래, 할아버지도 젊을 때겠지. 그래 그 동네 사램이 나무로, 소로 몰고 나무로 하로 갔는데, 그래 한창 나무를 하다가 보이까네 범이 한 마리 나오더래. 그래 가지고 마 겁이 나가 탁 이래 가 있는데, 마 그 소캉 범캉 마 눈이 맞아 가지고 마 막 싸우는기라. 인자, 소도 안되겠다 싶으니까 쌈하는데, 그래 이, 이 사람이 마 같이 지도 짝대기로 가이고 마 호랑이로 같이 때릴라 카고, 마 이랬시몬 이 소캉 마 힘이 나가지고 그 호랑이로 제치고 왔을낀데. 그래 안하고 마 이 할배가 마 겁이 나가지고 마 도망을 왔어. 와 가지고 저거 집에 떠억 문을 닫고 인자 앉아 가이고 간이 펄럭펄럭하이 해가 앉아 있으니까네, 한참 있으니까네 마 소가 마 씽을 내 가이고 마 꼬리를 치키들고, 마 어찌 씽이 나가지고, 그래 꼬리를 치키들고 들어오디마는 마 막 씩씩거리더니 문을 콱[강조] 받아뿌는기라. 놀래가 보이까, 마 쫓아 방에 들어오디마 그 할배를 마 뿔로 가지고, 마 배로 콱 받아가이고, 그래가 마 할배가 그 자리서 마 죽었어예.

그러이까네, 그 소가 지 편을 안들고 [예] 갔다, 인제 이런 마음을 가이고

---

16) 『尙州誌』, 尙州市・郡文化公報室, 1989, p.1180.

그래 하는 모양이라. 그 마 죽었는데. 놀래가주고 그 산에 나무하러 인자 도
저히 다 몬갔다는데, 겁이 나가, 호랑이 때문에. [웅] 그러이까네 옛날에는
그 좀 짚은 산에 가모, 호랑이가 많이 있었는데, 요새는 없어. [그럼 그 할배
이름은 모르네? 할배 이름 알 수 없지, 그지요?] 죽은 사람, 할배, 모르지.
모르지. 나는 마 그냥 이 얘기를 들었지. 옛날에 그랬다고 이야기하시데.
[아, 예. 알겠심니더.]
  구술 : 劉貞子, 74세, 부산광역시 금정구 장전1동 96-4 25통 3반
  채록 : 한지영
  채록일시 : 1996. 8. 30.

구술자는 「소 이야기」라고 했지만 필자가 제목을 「소를 저버린 주인
의 죽음」이라고 했다. 이는 동물에게는 감정이나 사리 판별력도 없다는
식의 인간 중심적 사고가 얼마나 어리석고 위험한 것인가를 일깨우기에
충분하다.

(2) 꿩의 報恩談

雉岳山 上院寺와 관련된 꿩 전설이다. 먼저 치악산 상원사에 관해서
살펴 보기로 한다.

(1) 상원사는 12칸이다. 치악산 높은 산마루에 있는데, 世上에 전하는 이야기
  가 있다. '용추폭포를 메워서 암자를 세웠다. 지금도 큰 샘이 부엌 아래에
  서 솟아난다. 암자 앞의 돌 위에는 말의 핏자국이 남아 있다. 居僧은 이
  를 가리켜 〈용마의 자취〉라고 했다.' 옛사람이 시로 찬했다. '해묵은 돌엔
  핏자국 새롭고 말의 자취 살아 있는 듯, 그윽한 향기 풍기어 龍泉에 스며
  드네'.17)

---

17) 十二間 在雉岳山高頂 世傳 塡龍湫建菴 至今大泉 湧出廚下 菴前石上 有血痕
  馬跡 居僧指謂龍馬跡 古人有詩讚曰 古石血新騰馬跡 微爛香動蟄龍泉(『邑誌』,

(2) 학성의 동쪽에 산이 있는데, 雉岳이라. 이곳은 이조 오백년 전성 시대에 나라를 복되게 하고 세상을 도와 주는 東岳의 檀이다. 전해오는 말이 있다.

구렁이 사라지고 꿩 날아가 모두 허공 속으로 흩어짐은	蛇沒雉飛兩解空
크고 작은 종소리 새벽녘에 울려 퍼짐이라.	大小磬音四更中
꿩과 구렁이의 원수 사이 한 밤 중에 풀어짐은	雉蛇兩寃半宵解
정령 무착조사 보시의 종소리임을 알겠도다.	正知無着報酉守鍾

대개 사방 각지 禪林의 起寢法은 치악산에서 발하였으며, 산을 치악이라 이름한 것은 또한 이 때문이다. 산 위에 사찰이 있는데 上院이다. 이곳은 신라 경순왕의 王師 무착조사가 창건했다. 국내에 '상원'으로 사찰을 이름한 곳

▲ 치악산 상원사 일주문

은 세 곳인데, 치악산의 상원사가 가장 높은 곳에 자리 잡고 있으니, 四時의 빼어난 경치와 천리의 장엄한 경관을 말하지 않아도 상상할 수 있다. 그런 까닭에 무착선사는 일찍이 노래하기를,

치악산이여, 眞仙의 경개로다.	雉岳山兮眞仙境
상원사여, 선사를 편하게 할 곳이로다.	上院寺兮安禪居
삼귀석이여, 원기를 북돋을 터로다.	三龜石兮助揚址
사자석이여, 절집을 옹호하도다.	獅子石兮寺擁護

라고 하였으니, 이것이 그 증험이며 저 계수나무를 손수 심고 용을 타고 왕래할 때는 더욱 기이한 경관과 특이한 자취일 것이다.(하략)[18]

江原道①, 亞細亞文化社, 1986, 原州邑誌, p.58.)

(3) 꿩과 구렁이의 전설로 유명한 상원사는 꿩의 報恩處所로 알려져 있으며 밤중에 꿩이 울렸다는 종이 있었다고 전해진다.[19]

위의 내용 중 (1)은 妻妾 간의 시새움에 얽힌 龍馬岩 전설만 나타나고 꿩의 보은담은 없다. (2)와 (3)은 꿩과 관련된 내용이 나타나 있다. (2)는 상징적이며 (3)은 간략하고 설명적이어서 꿩의 보은담으로 와 닿지 않는다.

「치악산의 유래」[20]와 상원사에 세워진 「치악산 상원사 보은의 종 유래비」에 있는 내용은 꿩의 보은담을 구체적으로 기술해 놓았다. 둘의 내용이 비슷하기 때문에 「치악산 상원사 보은의 종 유래비」에 있는 꿩의 보은담을 소개하기로 한다.

경상도 의성의 한 나그네가 과거길에 올라 치악산을 지나던 중 어디선가 꿩의 비명이 처절하게 들려 주위를 둘러 보니 커

▲ 치악산 상원사 보은의 종 유래비

---

18) 「雉岳山上院寺事蹟碑記」

　鶴城之東　有山曰雉岳　卽李朝五百年全盛時代　福國佑世之東岳檀也　傳曰　蛇沒雉飛兩解空大小磬音四更中　雉蛇兩冤半宵解　正知無着報酉守鍾　盖諸方禪林起寢之法　發於雉岳山　而山之得名雉岳者　亦以是也　山之上有寺曰上院　卽新羅敬順王師無着祖師之所創也　國內以上院名寺者有三　而雉岳之上院　最居其高處　則四時之勝景　千里之壯觀　不言可想也　故無着嘗爲歌曰　雉岳山兮眞仙境　上院寺兮安禪居　三龜石兮助揚址　獅子石兮寺擁護　此其徵也　而若夫桂樹之手植　騎龍之往來　尤其奇觀異跡也　(하략)

19) 上院寺 경내 안내판 내용 중의 일부이다.

20) 原城郡, 『北原의 자취』, 1981.12. p.100~101, 참조.

다란 구렁이가 꿩을 잡아 먹으려는 것을 보았습니다. 나그네는 활을 당겨 구렁이를 쏘아 꿩을 구하여 주고는 길을 재촉하였습니다. 산은 깊고 어두워지는데 인가가 나타나지 않아 헤매던 중 멀리 불빛을 보고 찾아가 문을 두드리니 여인이 반가이 맞는지라 나그네는 하루밤을 지내게 되었는데 얼마를 자다 보니 잠결에 온몸이 답답하여 눈을 뜨니

▲ 報恩의 종이 종각에 안치되어 있다.

커다란 구렁이가 온몸을 감고 '오늘 낮에 내 남편을 죽였으니 보복을 하겠다.' 하므로 나그네는 '殺生하는 것을 보고 그냥 지나치느냐?'고 반문하니 '그러면 이 절 뒤 높은 종루의 종을 세 번만 치면 살려 주겠노라.' 하여 나그네는 몸이 묶여 있는 상태여서 어쩔 수가 없어 죽기만을 기다리는데 갑자기 종루에서 희미하게 종소리가 세 번 울렸습니다. 몸을 감고 있던 구렁이는 사라지고 나그네는 신기하여 날이 밝기를 기다려 종루에 올라 가 보니 세 마리의 꿩이 피투성이가 된 채 죽어 있었습니다. 그리하여 이때부터 적악산을 치악산이라고 불렀습니다.

불기 2536년(1992년) 보은의 종 복원을 기념하여 주지 박경덕[21]

널리 알려진 꿩의 보은담이다. 이 보은담은 보은의 의미를 강조하기

---

21) 雉岳山 上院寺 「보은의 종 유래비」全文이다. 내용 중 ' '는 필자가 가필했다. 「치악산 유래」 보은담은 다음과 같은 점이 「보은의 종 유래비」와는 다른 점이다. 나그네가 종을 울릴 자신이 있다고 해서 구렁이는 다시 여인으로 변해 나그네와 같이 종루에 갔다. 나그네는 화살을 몇 번 쏘았으나 종을 울리지 못했는데 갑자기 종이 세 번 울려서 종루 밑을 살펴 보았더니 그곳에는 꿩 세 마리가 머리가 터진 채 죽어 있었다.

위해 구렁이와 꿩이 죽어야 하는 처절함이 깔려 있다. 꿩이 까치로 바뀌어 이야기되기도 하여 초등학교 국어 교과서에서도 꿩이 까치로 바뀐 채 실려 있다. 그 이유는 까치가 우리 생활 주변에서 자주 볼 수 있는 吉鳥로 보기 때문이다. 다행히 제7차 교육과정에 의해 편찬된 초등학교 국어 교과서에는 「은혜갚은 꿩」으로 나온다.

필자는 1993년 9월 10일, 해발 1,090m에 위치한 치악산 상원사를 답사한 바 있다. 현 상원사 대웅전은 1988년에 세웠고, 「보은의 종 유래비」와 梵鐘閣은 1992년에 세워졌다.

전설로만 전해 오던 「꿩 보은담」의 현장에 늦게나마 그와 관련한 구체물이 건립되었음은 다행한 일이다. 상원사의 범종과 범종각은 표면적으로는 흔히 절에서 볼 수 있는 범종과 다를 바 없다. 그러나 우리는 상원사 범종이 갖는 또 다른 의미, 즉 교재의 현장임을 인지할 필요가 있다.

(3) 호랑이의 報恩談

善山 문수 마을 義牛와 尙州 義牛는 당시에 있을 수 있는 虎患이 현실로 나타난 사건이다. 여기서 소개하는 남매탑에 얽힌 보은담도 虎患과 결부되어 있다. 이 보은담은 목에 비녀가 걸려 신음하고 있는 호랑이를 구해주는 것에서 시작되는데 호랑이의 목에 비녀가 걸려 있다는 것은 사람을 잡아 먹었기 때문이다.

비녀가 목에 걸려 신음하는 호랑이를 구해준 것과 같은 류는 「車氏 先祖 이야기」가 널리 알려져 있다.

咸從車氏의 선조는 醫者였다. 어느 날 산을 넘다가 호랑이를 만났더니 호랑이가 땅에 엎드려 타라는 시늉을 하였다. 호랑이는 그를 雌虎의 곁으로 데려 갔다. 雌虎는 비녀가 목에 걸려 앓고 있었다. 빼 주었더니 虎가 擇地

하여 주고 그 結果 車氏의 後孫은 번영하였다.22)

清凉寺址 雙塔은 일명 ‘남매탑’이라고 불린다. 청량사지는 東鶴寺에서 서쪽으로 2km 정도 鷄龍山을 오르면 산의 7부 능선 쯤 비로봉 바로 아래에 위치하고 있는데, 남매탑 바로 언덕 아래에는 鷄鳴精舍가 자리하고 있다. 필자는 1993년 10월 8일에 이곳을 답사했는데, 남매탑 현장에 세워진 두 개의 안내판에 적힌 전설의 주인공이 각각 달랐다.

① 鷄龍山 清凉寺址 雙塔

이 탑은 고려시대의 청량사에 세워졌던 것으로서 절은 壬辰兵禍로 소실되었고 이 탑만 남아 있다.

전설에 의하면 신라 선덕여왕 15년(646) 上願이라는 승려가 이곳에서 수도하던 중 어느 날 목에 커다란 뼈가 걸려 고생하는 호랑이를 구해 주었더니 그 후 호랑이는 아름다운 처녀를 업어다 놓고 갔다.23) 上願僧은 기절한 처녀를 따뜻이 간호하여 소생시켰다. 그 처녀는 상원의 아내가 될 것을 고백하였으나 사랑과 수도의 고뇌 속에 상원은 단호히 거절하여 남매가 될 뜻

---

22)「車氏 先祖 이야기」는 “感虎傳說 教材의 이해”에서 소개한 바 있지만, 여기서 다시 인용해 보았다.

23) 경북 영주시 풍기읍 수철리 소백산 蓮花峰 아래에 喜方寺가 있다. 이 절은 643년(선덕여왕 12)에 杜雲이 창건했다. 창건설화는 청량사지 쌍탑과 비슷하다. 두운은 태백산 深源庵에서 이곳의 천연 동굴로 옮겨 수도하던 중, 겨울밤에 호랑이가 찾아 들어 앞발을 들고 고개를 저으며 무엇인가 호소하였다. 살펴 보니 목에 여인의 비녀가 꽂혀 있었으므로 뽑아 주었다. 그 뒤 어느 날 소리가 나서 문을 열어 보니 어여쁜 처녀가 호랑이 옆에 정신을 잃고 있었다. 두운은 처녀를 정성껏 간호하고 원기를 회복시킨 다음 사연을 물었다. 그녀는 鷄林의 戶長 留石의 무남독녀로서, 그날 혼인을 치르고 신방에 들려고 하는데 별안간 불이 번쩍하더니 몸이 공중에 떴고, 그 뒤 정신을 잃었다고 했다. 두운은 굴 속에 싸리나무 울타리를 만들어 따로 거처하며 겨울을 넘긴 뒤 처녀를 집으로 데리고 갔다. 유호장은 은혜에 보답하고자 동굴 앞에 절을 짓고 농토를 마련해 주었으며, 무쇠로 水鐵橋를 놓아 도를 닦는데 어려움이 없게 했다.

을 약속하고 수도하였다는 것이다. 이 소식을 들은 처녀의 아버지는 그 뜻을 가상히 여겨 이 탑을 세워 男妹塔이라 하였다 한다.

그러나 이 석탑은 고려시대의 건립으로 특히 작은 탑이 백제 석탑의 형식을 따르고 있어 주목된다.

② 오뉘탑 명월

일명 남매탑이라고도 부르며, 학명은 청량사지 쌍탑이다.

큰 탑은 화강 석조의 7층 탑으로 상륜부는 결실되었고, 작은 탑은 원래는 5층탑이었으나, 4층까지만 남아 있고 부여 정림사지 석탑을 충실히 모방하고 있다.

이 탑은 멸망한 백제의 왕족과 호랑이가 업고 온 경상도 상주 여인 간의 애틋한 사랑 이야기가 전설로 전해 오고 있다. (하략)

위에서 보면 전설의 주인공은 ①에는 上願僧으로 되어 있고 ②는 멸망한 백제 왕족이다. 또 ①은 아름다운 처녀이고 ②는 상주 여인이다. 이제 주인공을 하나로 정하는데 도움이 되는 ③④⑤ 자료를 다음과 같이 제시하기로 한다.

③ 오뉘塔

계룡산에 오뉘탑이 있다. 그 유래는 이러하다. 三國時代에 懷義和尙이 동학사를 창건했다. 上願和尙은 그의 스승이었다.

어느 날 상원화상께서 큰 바위를 지고 산을 오르는데 매우 가볍게 느껴져 가만히 살피니 호랑이가 뒤에서 떠받쳐 주는 것이었다.

며칠 후 그 호랑이가 다시 나타나 큰 입을 벌리는지라 이상히 여겨 목구멍을 보니 큰 뼈가 걸려 있었다. 화상은 곧 이를 제거하여 주었다.

이러한 일이 있은 뒤 얼마 있다가 호랑이는 묘령의 처녀를 업고 와서 상원화상 앞에 내려 놓는 것이었다. 알고 보니 그녀는 신라 상주가 고향이었다. 상원화상은 그 처녀를 고향으로 돌려 보냈다.

그녀의 부모는 상원화상에게 부부가 될 것을 원하였다. 그러나 화상은 이를 거절하고 남매의 義를 맺었다. 그리하여 계룡산 비로봉 밑에 와서 여승이 되게 하였다.

이들이 죽은 뒤 처녀 친정에서 많은 돈을 들여 둘이 수도하던 장소에다 탑 두 개를 건립하였다. 이것이 소위 오뉘탑[男妹塔]이다.[24]

④ 남매탑

때는 거금(距今) 천 사백여 년 전, 신라(新羅) 선덕여왕(善德女王) 원년(元年)인데, 당승(唐僧) 상원대사(上原大師)가 이곳에 와서 움막을 치고 기거(起居)하며 수도(修道)할 때였다.

비가 쏟아지고 뇌성벽력(雷聲霹靂)이 천지(天地)를 요동(搖動)하는 어느 날 밤에, 큰 범 한 마리가 움집 앞에 나타나서 아가리를 벌렸다. 대사는 죽음을 각오(覺悟)하고 눈을 감은 채 염불(念佛)에만 전심(專心)하는데, 범은 가까이 다가오며 신음(呻吟)하는 것이었다. 대사가 눈을 뜨고 목 안을 보니 인골(人骨)이 목에 걸려 있었으므로 뽑아 주자, 범은 어디론지 사라졌다.

그리고, 여러 날이 지난 뒤 백설(白雪)이 분분(紛紛)하여 사방을 분간(分揀)할 수 조차 없는데, 전 날의 범이 한 처녀를 물어다 놓고 가 버렸다. 대사는 정성(精誠)을 다하여, 기절(氣絶)한 처녀를 회생(回生)시키니, 바로 경상도(慶尙道) 상주읍(尙州邑)에 사는 김화공(金化公)의 따님이었다. 집으로 되돌려 보내고자 하였으나, 한겨울이라 적설(積雪)을 헤치고 나갈 길이 없어 이듬해 봄까지 기다렸다가, 그 처자(處子)의 집으로 데리고 가서 전후사(前後事)를 갖추어 말하고 스님은 되돌아오려 하였다.

그러나, 이미 김 처녀는 대사의 불심(佛心)에 감화(感化)를 받은 바요, 한없이 청정(淸淨)한 도덕(道德)과 온화(溫和)하고 준수(俊秀)한 풍모(風貌)에 연모(戀慕)의 정(情)까지 골수(骨髓)에 박혔는지라, 그대로 떠나 보낼 수 없다 하여 부부(夫婦)의 예(禮)를 갖추어 달라고 애원(哀願)하지 않는가? 김화공도 또한 호환(虎患)에서 딸을 구원(救援)해 준 상원스님이 생명(生命)의 은인(恩人)이므로, 그 은덕(恩德)에 보답(報答)할 길이 없음을 안타까와하며, 자꾸 만류(挽留)하는 것이었다.

---

24) 公州郡, 『公州郡誌』, 1988, p.453.

여러 날과 밤을 의논한 끝에 처녀는 대사와 의남매(義男妹)의 인연을 맺어, 함께 계룡산(鷄龍山)으로 돌아와, 김화공의 정재(淨財)로 청량사(淸凉寺)를 새로 짓고, 암자(庵子)를 따로 마련하여 평생토록 남매(男妹)의 정으로 지내며 불도(佛道)에 힘쓰다가, 함께 서방정토(西方淨土)로 떠났다.

두 사람이 입적(入寂)한 뒤에 사리탑(舍利塔)으로 세운 것이 이 남매탑(男妹塔)이요, 상주(尙州)에도 이와 똑같은 탑(塔)이 세워졌다고 한다.[25]

▲ 남매탑 전설의 현장. 忠南 公州市 反浦面 鶴峰里 (1993.10.8.)

⑤ 오뉘탑에 얽힌 사연

줄거리를 요약하여 보이기로 한다.

백제가 나당군에 의해 짓밟히자 백제 왕족의 한 사람이 계룡산에 숨기 위해 찾아들었다. 그는 우선 토굴 하나를 판 다음 거기에서 기거했는데 낮에는 농사일을 하고 밤에는 토굴에서 도를 닦았다.

---

25) 李相寶,「甲寺로 가는 길」중 남매탑에 관한 것만 그대로 옮겼다.
   (고등학교『국어』1, 문교부, 1988.3, pp.279~281, 참조.)

하루는 목에 비녀가 걸려 신음하는 호랑이를 구해주고 사람을 해치지 말 것을 당부했다. 다음날 밤에 호랑이는 맷돼지 한 마리를 잡아왔다. 그는 호랑이를 가상스럽게 생각했으나 잔인한 짓을 하지 말라고 꾸짖었다.

며칠이 지난 뒤, 호랑이는 상주땅 어느 양반집 결혼할 처녀를 납치해 왔다. 때는 한겨울이라 처녀를 보낼 수 없었다.

봄이 되어 그는 처녀를 남장을 하게 하여 상주땅 본가로 돌아가게 했다. 집에 돌아온 처녀는 그간의 일을 상세히 이야기했다. 부모는 딸을 다른 곳에 출가시키고자 했으나 그녀는 듣지 않고 다시 산으로 돌아와 그와 남매의 의를 맺고 철저한 수행 생활에 들어갔다.

그 두 남녀는 곱게 늙어 열반했다. 뒷 사람들은 이들의 거룩한 수행을 기리어 대소 두 탑을 만들고 사리를 각각 봉안하였다.26)

우리는 위에서 살핀 남매탑 전설에서 전설의 향유자나 전승자가 누구인가에 따라 전설의 내용이 바뀐다는 사실을 알 수 있다. 위에 제시한 5개의 남매탑 관련 자료에서 보면, 남주인공은 上願和尙이 3번27), 백제 왕족이 2번 나온다. 남주인공이 僧이건 백제 왕족이건 간에 둘 다 修道者임에는 틀림 없다. 그리고 수도의 결과 탑이 세워졌으니, 남주인공은 스님으로 보아야 한다. ③의 자료에는 上願和尙이 東鶴寺를 창건한 懷義和尙의 스승이라고 계보까지 밝혀 놓았으니, 남주인공은 上願和尙이라고 해야 될 것 같다. 여주인공은 상주땅 처녀로 하면 된다.28)

---

26) 公州郡, 『公州傳統과 脈』, 1987.12, pp.163~165, 참조.

27) 唐僧 上原大師로 나오는 것도 上院和尙에 포함시켰다.

28) 백제 후예들이 이러한 전설을 민간에 퍼뜨렸다면, 남주인공을 백제 왕족이라고 했을 법하다. ②오뉘탑 명월과 그 옆에 세운 남매탑 전설 상상도는 관이 아닌 민간 차원에서 설치했다. 남주인공을 백제 왕족이라고 호칭한 자료 ②와 민간과의 상관성을 생각할 수 있다.

3. 맺으면서

남매탑 전설은 緣起說話이기는 하지만, 이를 교재로 보는 우리는 한 편의 완전한 報恩談임을 인식하게 된다. 그리고 남매탑 전설은 이미 고등학교 교과서에 교재화되어 있기는 하지만, 독립된 교재로 교과서에 실린 것은 아니다.

이 교재는 보은담 교재의 다양화를 위해 초등학교 수준에 맞게 교재화하여 가르칠 수도 있고, 나아가 교과서에 교재로 싣는 문제를 적극적으로 검토할 필요성이 있다.

여기서는 보은담 교재에 대한 일차적인 자료의 제시에만 초점을 맞추었고 이들 자료들이 지닌 敎育學的·文藝學的인 검토는 제대로 행하지 못했다. 따라서 다음과 같은 작업은 계속 연구 과제로 남아 있다.

첫째, 자료끼리의 상대적인 비교이다. 여러 보은담을 살펴 보아 보은담 사이의 유사성과 이질성, 구조와 의미 분석 등을 밝힌다.

둘째, 자료 자체가 바로 교재가 되는 게 아닌 만큼 이들 자료를 교재화하기 위한 재구성 작업이다. 이는 자료의 단조로움을 피해 어떻게 극적인 교재로 교재화할 것인가 하는 문제, 그리고 현실 생활과 거리가 먼 자료를 현실적인 문제로 인식할 수 있도록 하기 위한 타당한 교재화의 방안을 해결해 줄 수 있다.

셋째, 현행 교과서에 실린 보은담과 제재 구성상에 있어서의 적절성에 대한 비교이다. 이는 여러 상이한 보은담이, 어떤 제재 구성일 때 가장 바람직한 교재가 될 수 있는지 알게 해 준다.

넷째, 이들 자료들을 교재화할 경우, 이해 가능한 학년 수준을 어떻게 보아야 할 것인가 하는 점이 해결해야 할 문제이다.

위와 같은 작업을 통하여 앞으로 이들 자료가 지닌 교훈성과 흥미성

을 점검해 보면, 이들 자료가 초등학교 교과서에 교재화할 가치가 있는
교재로 평가받을 수 있으리라 본다.

제5부

教材研究論

Ⅰ. 초등학교 교과서에 실린 「兄弟投金」에 대하여

1. 머리말

兄弟美談은 실제로 많이 있었을 것이다. 그러나 지금까지 전해 오는 兄弟美談이 극히 적은 이유는, 美談事가 발생하여 얼마간 화제에 오르내리다가 傳承力을 가지지 못하고 자연 소멸된 경우가 많았기 때문이라 짐작된다. 반면, 忠·孝·烈行이 상대적으로 많은 이유는, 그 행적에 대해 조정에서 旌表를 내린다든지 하여 의도적으로 기록하고 선양하는 일들이 끊임없이 이어져 왔기 때문일 것이다.

제6차 교육과정에 의해 편찬된 초등학교 교과서에는 「의좋은 형제」와 「兄弟投金」 등 兄弟美談 교재가 2편 실려 있다. 교과서에 형제미담이 두 편 뿐이고 이 두 편이 지속적으로 교재로서의 생명력을 지닐 수 있을 것인가 하는 점도 생각해야 한다.[1]

제7차 교육과정에 의해 편찬된 현행 초등학교 교과서에는 형제미담 교재로 「형제투금」 1편만 실려 있다. 이 책 앞에서 언급한 바와 같이 형제미담 중 교과서에 교재화할 만한 자료가 없는 것은 아니다. 이에 관해서는 교과서 연구진의 敎材觀에 문제가 있고 교재 개발에 대한 연구 노

---

1) 이 책 '제1부 형제미담 교재의 이해'에서 재인용했음.

력이 부족하다고 하지 않을 수 없다.2)

「兄弟投金」은 널리 알려진 民譚이다. 이 이야기의 주인공은 『星州李氏家乘』에 의하면 李兆年(1269~1349) 兄弟美談으로 기록되어 있고, 서울 근교에 投金灘의 현장[陽川 부근]을 찾을 수 있다. 이런 자료들은, 이 이야기가 막연히 전해 오는 美談이 아닌 實存人物의 實話임을 인식시켜 준다.

본고에서는 현행 초등학교 국어 교과서에 형제미담 교재로 유일하게 실린 「兄弟投金」으로는 부족하다고 인식하기 때문에 교과서에 교재화할 수 있는 형제미담 교재에 대해서 언급하고, 교과서에 유일하게 실린 형제미담 교재인 「금을 버린 형과 아우」에 대해서 살펴보기로 한다. 본고에서는 「금을 버린 형과 아우」를 포괄할 수 있는 제목인 「형제투금」을 쓰기로 한다.

2. 歷代 文獻 所載 兄弟投金談

역대 문헌들에 실려 있는 「형제투금」은 내용이 거의 비슷하다. 문장의 서술 상 차이를 보이는 정도이다. 이 중 19세기 이후 문헌에 「형제투

---

2) 형제미담 교재에 관한 연구는 필자의 다음과 같은 논문을 참고하면 된다.
　① "국민학교 교과서에 실린 兄弟美談과 感虎傳說에 관한 연구", 『한국초등국어교육』 제9집, 한국초등국어교육학회, 1993, 185~263쪽, 참조.
　② "국민학교 교과서에 실린 傳說敎材에 관한 연구", 『어문학교육』 제14집, 한국어문교육학회, 1992, 103~179쪽, 참조.
　③ "尙州 달내마을 「兄弟急難圖」에 대하여", 『語文硏究』 제26집, 어문연구회, 1995, 509~528쪽, 참조.
　④ "吳孝子感泉虎傳說에 대하여", 『陽河鄭尙卟博士華甲記念論叢』, 1995, 43~67쪽, 참조.
　위의 논문들은 이신성, 『우리 고전문학 교재의 이해』(1999, 보고사)에 수정·보완하여 수록했다.

금」의 주인공을 밝힌 자료가 있어서 관심을 불러 일으킨다.

(1) 『高麗史』 所載 「형제투금」

1) 당시에 또 백성 중에 함께 길을 가다가 아우가 황금 두 덩이를 주웠다. 아우는 그 한 덩이를 형에게 주었다. 陽川江에 이르러 함께 배를 타고 건너다가 아우는 갑자기 황금덩이를 강물에 던져 버렸다. 형은 괴이하게 여겨 그 까닭을 물으니, 아우는 대답했다.

"저는 평소에 형님을 사랑하는 마음이 매우 두터웠는데, 지금 황금덩이 하나를 형님께 드리고 나니 갑자기 형님을 꺼리는 마음이 싹틉니다. 이는 곧 상서롭지 못한 물건이라 강물에 던져버려 잊어버리는 것만도 못하다고 생각되었습니다."

이 말을 들은 형이 말했다.

"너의 말이 진실로 옳다."

형도 금덩어리를 강물에 던져 버렸다.

그런데 이 때 함께 배를 타고 강을 건너던 사람은 다 어리석은 백성들이어서 형제의 성명과 사는 곳[邑里]을 묻지 않았다고 했다.3)

위의 기록은 『高麗史』(下) 「鄭愈列傳」 속에 들어 있다. 鄭愈(?~1372)는 고려 공민왕 때 효자로 旌表를 받은 인물이다. 『고려사』는 1451년(文宗 1)에 편찬되었다.

(2) 『高麗史節要』 所載 「형제투금」

『高麗史節要』 高麗恭愍王 十六年 二月에 실린 기록이다.4) 2)는 1)의

---

3) 時又有民兄弟偕行 弟得黃金二錠 以其一與兄 至陽川江 同舟而濟 弟忽投金於水 兄怪問之 答曰 吾平日 愛兄甚篤 今而分金 忽萌忌兄之心 此乃不祥之物也 不若投諸江而忘之 兄曰 汝之言誠是矣 亦投金於水 時 同舟者皆愚民 故 無有問其姓名邑里云.(『高麗史』(下) 「鄭愈列傳」, 1955. 延禧大出版部)

『고려사』 所載 내용과 같다. 다만 1)의 '汝之言誠是矣'가 2)에서는 '汝言誠是'라고 한 차이 밖에 없다. 『高麗史節要』는 『고려사』보다 1년 뒤인 1452년(文宗 2)에 간행되었다.

(3) 『新增東國輿地勝覽』 所載 「형제투금」

공암진은 北浦라고도 하는데 陽川縣 북쪽 一里에 있다. 물 속에 구멍이 난 立巖이 있어서 나루명을 공암진이라고 했다.

고려 恭愍王 때 백성 중 함께 길을 가다가 아우가 황금 두 덩이를 주웠다. 아우는 그 한 덩이를 형에게 주었다. 나루에 이르러 함께 배를 타고 건너다가 아우는 갑자기 황금덩이를 강물에 던져 버렸다. 형은 괴이하게 여겨 그 까닭을 물으니, 아우는 대답했다.

"저는 평소 형님을 사랑하는 마음이 두터웠는데, 지금 황금덩이 하나를 형님께 드리고 나니 갑자기 형님을 꺼리는 마음이 싹틉니다. 이는 곧 상서롭지 못한 물건이라 강물에 던져버려 잊어버리는 것만도 못하다고 생각되었습니다."

이 말을 들은 형이 말했다.

"너의 말이 진실로 옳다."

형도 황금덩이를 강물에 던져 버렸다.

그런데 이때 함께 배를 타고 강을 건너던 사람은 다 어리석은 백성들이어서 그 성명과 사는 곳[邑里]을 묻지 않았다고 했다.[5]

1530년(중종 25)에 간행된 『新增東國輿地勝覽』에 실려 있는 기록이다.

---

4) 『高麗史節要』, 아세아문화사, 1973.

5) 孔巖津 一名北浦 在縣北一里 有巖立水中有竇 因以爲名 高麗恭愍王時 有民兄弟偕行 弟得黃金二錠 以其一與兄 至津 同舟而濟 弟忽投金於水 兄怪而問之 答曰 吾平日 愛兄篤 今而分金 忽萌忌兄之心 此乃不祥之物 不若投諸江而忘之 兄曰 汝之言誠是矣 亦投金於水 時 同舟者 皆愚民故 無有問其姓名邑里云.(『新增東國輿地勝覽』, 書京文化社, 1994)

공암진이라는 지명의 유래와 황금덩이를 던진 곳이 孔巖津임을 밝혀 놓았다. 1)과 2)의 '愛兄甚篤'이 여기서는 '愛兄篤'으로 되어 있다. 그리고 「형제투금」 내용 속에 고려 공민왕 때 일이었음을 밝히고 있다. 그런데 「형제투금」의 주인공이 李億年(1266~?)과 李兆年(1269~1343) 형제라면, 공민왕은 재위년이 1351~1374년이므로 맞지 않다. 충렬왕 때 일로 설정해야 맞다.

(4) 『京畿邑誌』所載 「형제투금」

공암진에는 금을 던진 여울이 있다. 옛날에 현명한 형제가 황금 두 덩이를 주웠다. 아우는 황금덩이 한 개를 형에게 주었다. 나루에 이르러 함께 배를 타고 건너는데 갑자기 강물에 황금덩이를 던지고는 말했다.

"저는 평소 友愛가 매우 돈독했는데 지금 황금을 나누고 나니 형님을 꺼리는 마음이 싹틉니다. 이는 상서럽지 못한 물건입니다."

형이 말했다.

"너의 말이 진실로 옳다."

(형) 또한 황금덩이를 강물에 던졌다. 이 말은 中國 天中記에서 나왔다. 그 성명과 史籍은 전하지 않는다. 『星州李氏家乘』에는 이조년과 이억년의 일이라고 했다.6)

위의 기록은 1871년에 간행된 『京畿邑誌』「陽川縣」에 실려 있다. '偕行'이라는 말이 빠졌고 황금덩이를 던진 주체가 누구인지 잘 나타나 있지 않다. 공암진에 황금덩이를 던진 여울이 있다고 밝혔다. 1) 2) 3)에 비해 간행 연대가 훨씬 후대이다. 문장이 불완전하지만 새로운 사실을 담

---

6) 孔巖津 有投金瀨 古之賢兄弟 得黃金二錠 以其一與兄 至津頭 同舟以濟 忽投金于江 曰 吾平生 友愛甚篤 今乃分金 忽萌忌兄之心 是不祥之物 兄曰 汝言誠是 亦投金于水 此言出於中國天中記 其姓名史失不傳 星州李氏家乘云 李兆年 李億年事.(『京畿道 邑誌』, 1985. 아세아문화사)

고 있다. 「형제투금」은 중국의 『天中記』에 실려 있다고 했는데 이는 잘
못된 표현으로 본다. 「형제투금」이 『고려사』에서부터 역대 문헌에 실려
오고 있는데 우리의 자료는 말하지 않고 근거를 밝히지 않은 채 중국 자
료만 들었기 때문이다. 그리고 『星州李氏家乘』에 전하는 것을 인용한
것이지만 「형제투금」의 주인공을 밝혔다는 점이다. 즉 「형제투금」은 李
兆年(1269~1343)과 李億年(1266~?) 형제의 일로 적었다.

(5) 『海東續小學』 所載 「형제투금」

『海東續小學』7)은 조선조 말엽 고종 때 학자 朴在馨(?~?)이 편찬하여
1882년에 간행했다. 이 책판에서는 「형제투금」의 출전을 『新增東國輿
地勝覽』이라 밝혀 놓았다. 그러니 내용은 『新增東國輿地勝覽』에 실린
것과 같다. 『海東續小學』은 '續'을 생략하고 『海東小學』이라는 이름으
로 成百曉 譯註本이 보급되었다.8)

(6) 『襃彰完議文』 所載 「형제투금」

① 本 鄕約所가 聖人의 사당을 창건하고 五倫行實을 다시 펴내어 선비의 도
를 숭상하며 착한 행실을 장려하다 보니 여러 고을의 자료가 계속 도착했
다. 그 중에서 경상도의 담당관과 지방 선비들이 합동해서 천장한 것을 審
按했다. 경상도 함양군 엄천면 억년동의 樂山 李億年公은 빼어난 인품으
로 개성유수를 증직받았다. 본관은 성주로 신라 정승 純由의 후손이다. 高
祖는 孝參, 曾祖는 敦文, 祖는 得禧이다. 모두 고려의 새 조정에 不服한
채 京山[지금의 星州] 땅에 갇혀 살아 덕을 숨기고 벼슬을 하지 않았다.

---

7) 필자는 1991년 8월 3일 仙岩書院[청도군 금천면 신지리]을 현지 답사했는데, 그
곳 藏板閣에 『海東續小學』(목판본)이 보관되어 있음을 확인했다.

8) 成百曉 譯註, 『海東小學』, 傳統文化研究會, 1996. 105~106쪽, 참조.

② 부친인 長庚은 三重大匡崇綠大夫로 元帝의 特命으로 隴西郡에 봉해졌다. 공은 오 형제를 두었는데 모두 文科에 급제하여 判書級 벼슬을 맡았다. 공은 넷째로 효도와 우애로 집안을 다스리고 문장과 행적으로 나라를 빛냈다.

③ 충렬왕 당시 元帝가 宋나라를 滅함을 보고는 왕조 기강이 점점 해이해질 것으로 보고 스스로 몸을 깨끗이 하려고 영남의 방장산 북쪽 기슭에 숨어 몇 채 집을 얽어 道正精舍라고 하고 읊기를 '십년 벼슬길이 번거롭고 꿈 같으니 어디매 청산을 찾아 홀로 즐길가.'라고 했다.

④ 아우 문열공 매운당 조년과 함께 문성공 晦軒 安裕선생을 스승으로 모셨다. 안선생은 우리나라 유학을 創學하셨다.

⑤ 공이 영남으로 떠나던 날에 아우 매운당이 한강의 楊花渡에서 형을 전송하는데 황금 두 덩이를 주웠다.9) 황금 하나를 공에게 주고 함께 배를 타고 건너다가 매운당이 황금을 강물에 던져버렸다. 공이 괴이하여 물었더니 대답했다. "형을 공경하는 마음이 금덩이를 나눈 뒤에 갑자기 시기하는 마음으로 일어나게 되니 이는 상서롭지 못한 물건입니다." 공은 "자네 말이 옳다."하고는 황금덩이를 강물에 던져 버렸다. 나루터 사람은 이름을 고쳐 投金江이라고 했다. 『고려사』와 『양천읍지』에 실려 있다.

⑥ 그 도학 행적이 본 향약소에 알려져 흥분하고 감탄하여 인쇄하고 비문을 새겨서 영원히 없어지지 않기를 도모하고자 完議文을 회람한다.

공자 탄생 2470년(1919) 월 일10)

---

9) 原文에 '捨二綻金'으로 되어 있는데 이는 '拾二綻金'의 잘못이다. 해석은 '得金二錠'의 뜻인 '황금 두덩이를 주웠다'로 했다.

10) 「襃彰完議文」

本所 創建先聖廟 重刊五倫行實 以爲崇儒奬善 而列郡單子繼續來到中 謹按慶尙道有司 及多士薦狀則 南道咸陽郡嚴川面億年洞 遺賢李公億年號樂山以逸贈開城留守 系出星州 新羅卿相諱純由 后高祖諱孝參 曾祖諱敦文 祖諱得禧 皆不服 麗朝廢居京山 隱德不仕考 諱長庚官三重大匡 元帝宣勅封隴西郡 公兄弟五人 俱登文科 官至公卿 公居其四孝友 以政家文行 以華國 當忠烈王時 見胡元纂宋王 綱漸解 潔身自靖 退隱於嶺之南方丈之北 結數椽楣曰道正精舍 有詩云 十載紅塵夢外事 靑山何處獨掩扉 蓋遯世之意也 與弟文烈公梅雲堂諱兆年 師事文

위의 完議文은 李寅圭(星州李氏 隴西郡公 23世孫) 씨가 〈星州李氏宗會報〉에 "楊花渡와 投金江"이라는 제목으로 「襃彰完議文」을 소개한 바 있고11) 필자는 李憲相(星州李氏 文烈公派 20世孫) 씨로부터 「襃彰完議文」복사본과 이와 관련한 서책을 구득할 수 있었다.12)

李億年(1266~?)은 고려 원종 7년(1266) 경북 성주군 용산리에서 隴西君 李長庚의 넷째 아들로 태어났다. 字는 仁汝, 號는 樂山齋 또는 隱塘이며 묘소는 함양군 벽천면 문정촌 노루목에 있다. 李兆年(1269~1343)은 고려 원종 10년(1269)에 성주군 용산리에서 농서군 이장경의 다섯째 아들로 태어났다.13) 字는 元老, 호는 梅雲堂이다. 묘는 경북 고령군 운수면 흑수리에 있다. 위의 「襃彰完議文」에는 「형제투금」의 前後事가 어느 정도 나타나 있다. 즉 길을 떠난 이유와 그 후의 이억년 행적이 보인다.

「襃彰完議文」 ①은 향약소에서 孔聖의 사당을 건립하고 五倫行實 관련 내용을 간행하는 일을 계기로 해서 형제미담의 주인공을 찾아내어 포상하게 되었다는 내용과 주인공의 先代 行蹟을 열거했다. 주인공은 이억년으로 설정했다. ②는 先考가 오 형제를 두었고 오 형제가 다 문과 급제하고 높은 벼슬을 했고 友愛가 돈독했다는 내용이다. ③④는

成公晦軒 安先生創學吾東 公下嶺之日 弟梅雲堂 餞于漢江之楊花渡 捨二綻金 以其一與公 而同舟濟之 梅雲堂以金投江 公怪以問之 答曰恭兄之心 分金之後 忽萌忌心 此不祥物 公曰 汝言是也 亦投江中 津人改名 曰 投金江 載麗史及陽川邑誌 其道學行義 本所聞而興感付鏝 梓勅硬永圖不朽之意 成完議文事 孔夫子誕生 二千四百七十年 月 日 …….

11) 李寅圭, "楊花渡와 投金江", 〈星州李氏宗會報〉 제10호, 제11호(1986. 12. 15, 1987. 4. 30) 참조.

12) 李憲相(성주이씨대종회 종회보 발간 主幹:서울 마포구 노고산동 31-158 星李빌딩 7층, 02-3273.8145~7) 씨는 「형제투금」 관련 자료인 〈星州李氏宗會報〉와 『星州李氏世眞錄』 및 『星州李氏文烈公派世譜』 등을 우송해 주었다. 이 자리를 빌어 감사드린다.

13) 이억년 오 형제의 이름은 百年, 千年, 萬年, 億年, 兆年이다.

이억년이 조정의 기강이 해이해져감을 보고 方丈山 아래 咸陽 땅에 道正精舍를 짓고 은거한다는 내용이고 아우 조년과 晦軒 門下에서 수학했다고 했다. ⑤는 바로「형제투금」내용이다. '兄弟偕行'은 이억년이 방장산에 隱居하고자 떠나는 길에 동생 이조년이 餞送하기 위한 同行이었다. 그러니 ④는「형제투금」의 계기를 마련해준 셈이 된다. 이억년의 묘가 함양에 현존함은 '兄弟偕行'의 의미를 뒷받침해주는 근거가 된다. ⑤에는 楊花渡와 投金江이 나온다. 이는 楊花渡 孔巖津과 投金灘을 말한다. ⑥은 이런 행적에 感發하여 완의문을 회람하게 되었음을 밝혔다.

여기서 우리는 '兄弟偕行'의 이유를 살필 수 있었고, 1919년에 儒林들의 薦擧로 兄弟美談이 公論化되었음에 주목하게 된다. 이는 형제미담의 주인공이『星州李氏家乘』이라는 한 家門의 기록에만 머물지 않고 널리 공론화되고 인정을 받았다는데 의미를 두어야 한다. 이「褒彰完議文」은『星州李氏世眞錄』[14]에 재구성하여 실었다.

(7)「형제투금」의 現場

서울특별시 강서구 가양 2동에 龜巖公園이 있다. 귀암공원은 이 지방에서 출생하여 생을 마친『東醫寶鑑』의 저자 許浚(?~1615)을 기려 그의 호로 公園名을 삼았다. 귀암공원 안내판에는 공원의 西門을 나서면 고려 말기의 名士인 이조년, 이억년 형제가 길 가에서 주운 황금덩이를 형제의 우애를 해친다 하여 강물에 던져버린 投金灘의 전설이 어린 공암 나루터[孔巖津]가 있다고 적혀 있다.

강서구청 '강서 새싹방'에는 "投金灘 - 형제 간의 아름다운 우애를 나

---

14) 성주이씨대종회 편,『星州李氏世眞錄』, 1995, 40~41쪽, 참조.

타낸 이야기"라는 제목으로 다음과 같은 내용을 실었다.

가양 2동 앞 한강여울을 투금탄이라 한다. 고려 말기에 이조년, 이억년 형제가 젊었을 적에 길을 가다가 우연히 금덩이를 주워 둘이 나눠 가졌다. 형제는 공암나루를 건너고자 나룻배를 탔는데 아우가 갑자기 금덩이를 한강 물에 던져 버리는 것이었다. 형이 깜짝 놀라 무슨 짓이냐고 물었다. 이에 동생은 "제가 어찌 황금 귀한 줄을 모르겠습니까? 평소에 두터웠던 우리 형제의 우애가 아닙니까? 그런데 황금을 주운 뒤에 '만약 형이 없었던들 나 혼자서 금덩이 두 개를 다 가질 수 있었을 텐데' 하는 사특한 마음이 들어 형제의 우애에 금이 가려고 해서 액물인 황금을 강물에 던져 버린 것입니다."고 했다. 이에 형님도 "네 말이 옳다."고 하면서 자신이 가졌던 금덩이 마저 물에 던져 버렸다고 한다.
현재 가양 2동 영등포공고 앞 '허가바위' 옆이 '공암나루터'였다.

위에서 「형제투금」 이야기가 실린 문헌과 현장을 살펴 보았다. 『고려사』나 『고려사절요』 등에는 「형제투금」의 주인공이 밝혀져 있지 않으나 훨씬 후대 문헌인 『京畿邑誌』에서는 『星州李氏家乘』의 기록을 근거로 해서 그 주인공을 이억년과 이조년 兄弟로 밝히고 있다. 1919년 鄕約所의 「襃彰完議文」에는 이억년과 이조년 형제가 함께 길을 떠나다가 황금덩이를 줍게 되는 과정과 投金事를 적었다. 兄弟投金事는 형제미담으로 公論化되어 儒林들의 이름으로 표창하는 글을 돌리게 되었다.
서울특별시 강서구 가양 2동 귀암공원 인근에 投金灘이 현존하고 있다. 주체적으로 황금덩이를 던진 사람이 동생인 이조년이기 때문에 귀암공원 유적지 안내판이나 강서구청 '강서 새싹방' 등에서는 순서를 이조년 이억년 형제로 기술하고 있다. 『서울史話』의 「공암나루」, 조선일보의 「옛 陽川 마을」 등에서 「형제투금」의 현장에 대해서 언급했다.15)

3. 교과서 所載 「兄弟投金」의 문제점과 개선 방안

「兄弟投金」은 교육과정기마다 다른 명칭의 題材로 실렸다. 제5차 교육과정에 의해 편찬된 국어 2학년 1학기『말하기·듣기』교과서(86쪽)에는 「형과 아우의 이야기」란 제재로 실려 있고 제6차 교육과정에 의해 편찬된 국어 3학년 1학기『말하기·듣기』교과서(24~26쪽)에는 「의좋은 형제」라는 題材로, 제7차 교육과정에 의해 편찬된 국어 3학년 1학기『말하기·듣기』교과서(38~39쪽)에는 「금을 버린 형과 아우」라는 題材로 실려 있다. 본고에서는 이를 포괄하는 명칭인 「兄弟投金」을 쓰기로 한다.

(1) 각 교육과정기 별 교과서 所載 「형제투금」의 問題點

「형제투금」은 財物 貪慾이 형제 간의 우애에 금이 가게 만든다는 내용이다. 금덩어리를 줍는 일은 흔히 民譚의 소재가 되는 橫材이다. 의가 좋았던 형제가 금덩어리를 줍는 橫財로 서로 꺼리는 마음이 생기게 되었으니, 이는 상서롭지 못한 물건이고, 없애버리는 것이 낫다는 판단을 하게 되었다. '萌忌兄之心'은 위기의 순간이다. 결코 쉽지 않을 所有慾의 포기는 智慧의 總和이며 劇的인 反轉이다.

본고에서는 제5, 6, 7차 교육과정에 의해 편찬된 교과서에 실린 「형제투금」의 문제점에 대해 살펴 보기로 한다.

1) 제5차 교육과정기 교과서 所載 「형제투금」

초등학교 교사용 지도서(제5차)『국어』(2-1, 248~249쪽)에 ① 〈들려 줄 이야기〉로 이야기 자료가 실려 있다.

---

15) 朴慶龍,『서울史話』, 正音文化社, 1986. 256~266쪽, 「공암나루」. 조선일보, 600년 서울, 1991. 12. 3. 「옛 陽川 마을」 기사 참조.

[들려 줄 이야기]

옛날에 가난한 형제가 있었는데, 아주 사이좋게 살고 있었어요. 하루는 둘이서 산길을 가다가, 무엇이 길바닥에서 번쩍거리는 것을 발견했어요. 천만 뜻밖에도 금덩어리 두 개가 떨어져 있었어요. 동생은 너무 기뻐서 얼른 주워서 큰 것은 형님에게 드리고 작은 것은 자기가 가졌어요. 그리고 나서 다시 길을 떠났는데, 동생은 금덩어리를 가지지 않았던 때보다 오히려 기분이 좋지 않았어요. 왜 그런지 알겠어요? 그것은 욕심 때문이었어요. 동생은 '내가 더 큰 것을 가질 걸' 하고 후회도 했어요. 또, '나 혼자 왔으면 금덩어리를 혼자 다 차지했을 텐데……' 하는 생각도 들었어요.

그러다가 형제는 나루터에 이르러 배를 타게 되었어요. 배를 타고 강 한 가운데 왔을 때 동생이 갑자기 가지고 있던 금덩어리를 강물 속에 던지는 것이 아니겠어요? 같이 배를 타고 가던 형은 깜짝 놀랐어요.

그래서, 그 까닭을 물었더니 동생은 이렇게 대답하였어요.

"이 금덩어리가 생기기 전에는 저희 형제가 얼마나 다정하게 살아왔어요? 그런데 금덩어리가 생기고 나서부터 형님이 자꾸 미워지고 욕심이 자꾸 더 생기는 것을 참을 수가 없지 뭐예요?"

이 말을 듣고 보니, 형도 동생을 미워했던 생각이 나서 동생한테 미안한 생각이 들었어요. 그리고 나서 형도 금덩어리를 꺼내서 강물 속에 던져 버렸어요. 두 형제는 서로 손을 꼭 잡고 마주 보고 환히 웃었어요.

같이 배를 타고 가던 사람들도 이 모습을 보고 칭찬을 아끼지 않았어요.

위의 〈들려 줄 이야기〉는 原典에 실린 내용을 좀 개작하기는 했지만 재물보다 友愛가 優位라는 점을 잘 보여주고 있다. 그러나 너무 지나치게 설명적이어서 劇的인 反轉과 感動素가 減少되었다. 原典을 번역한 내용이 어렵지 않기 때문에 뒷부분을 제외하고16) 그대로 교재화해도 문제가 없다고 본다.

16) 「兄弟投金」의 주인공은 고려 충렬왕 때 李億年과 李兆年 형제로 알려져 있다. 그러므로 뒷부분의 '그 성명과 사는 곳을 모른다고 한다.'는 생략해도 상관없다고 보기 때문이다.

2) 第6차 교육과정기 교과서 所載 「형제투금」

제6차 교육과정에 의해 편찬된 국어 3-1 『말하기·듣기』 교과서(24～26쪽)에는 삽화와 함께 학습 문제가 실려 있다.

1. 일이 일어난 차례를 생각하며 '의좋은 형제' 이야기를 들어 봅시다.
2. '의좋은 형제' 이야기를 다시 듣고, 일이 일어난 차례대로 그림의 순서를 바로 잡아 봅시다.
3. 바로잡은 순서대로 이야기의 줄거리를 말하여 봅시다. 그리고 친구들과 서로 비교하여 봅시다.
   • 줄거리를 간추리며 들으려면 어떻게 하여야 할지 알아봅시다.

「의좋은 형제」라는 題材로 순서 없이 삽화 8개를 제시하고 일이 일어난 차례대로 그림의 순서를 바로 잡아 보는 학습 내용이 실려 있다. 교사용 지도서 『국어』(3-1, 106쪽)에 ②〈들려 줄 자료〉를 실었다.

　옛날, 어느 마을에 의좋은 형제가 살았어요. 어느 날 형제는 강을 건너다가 강바닥에서 번쩍번쩍 빛나는 구슬을 발견하였어요. (1) 건져 보니 무척 값비싼 구슬이었어요. 그래서 형제는 매우 기뻐하였어요. (4) 아우는 형에게 그 구슬을 주려고 하였지만, 형은 받지 않았어요. (5) 형은 아우더러 구슬을 가지라고 하였지만 아우도 받으려고 하지 않았어요. (8) 서로 가지라고 다투던 형제는 결국 그 구슬을 원래 있던 강 속에 버리기로 하였어요. (2) 형이 멀리 구슬을 던져 버렸어요. 그런데 아우가 물 속을 보니, 그 곳에는 또 하나의 구슬이 빛나고 있지 않겠어요? (6) 그래서 형제는 두 개의 구슬을 건져 하나씩 나누어 가지게 되었어요. (3) 그 뒤 형제는 그 구슬을 팔아 큰 부자가 되어 오래오래 의좋게 잘 살았어요. (7)

삽화 8개는 교사용 지도서에 순서 없이 〈들려 줄 자료〉를 삽화를 제시한 배열과 같이 나열해 놓았다. 이 題材는 나도 좋고 너도 좋도록 결론 짓는 이야기라서 作意性이 짙고 감동소가 적으며 교재로 부적절하다. 물질만능주의가 교과서를 오염시킨 경우로 볼 수 있기 때문이다.

일선 교육 현장에서 ① 〈들려 줄 자료〉는 교사가 아동을 가르칠 때 아동들로부터 질문이 없지 않았을 것이다.

㉠ 습득한 물건은 파출소에 신고해야 하는 게 아니냐?
㉡ 불우 이웃돕기에 그것을 쓰면 되는 일인데, 아까운 재물을 왜 버리느냐?

교사는 위와 같은 질문에 말문이 막힐 수 있다. 그렇게 되면 교재로 적합하지 못하다는 인식을 하게 된다. 그래서 교재의 부적절성을 제기하게 되고 이런 요구를 받아들여 ②와 같은 교재를 교과서에 실었다고 본다. 이는 「형제투금」의 진정한 의미를 파악하지 못한 탓이다. 금덩이 2개를 습득한 동생은 형에게 1개를 주었다. 그러나 동생은 그 순간 형을 꺼리는 마음이 싹트기 시작했다. 형이 없었더라면 금덩이 두 개를 다 자신이 가질 수 있었는데, 형에게 1개를 주고 나니 그 금덩이를 준 것이 아깝게 여겨졌다. 이런 物慾이 발동하게 되면 형제 간의 우애는 위기에 봉착하게 되었다.

①은 짧은 내용 속에 재물보다 友愛가 優位임을 잘 나타내고 있다. '우애에 금이 갈 찰라'에 어떻게 대처한 것인가? 동생은 문제의 본질을 제대로 파악했다. 즉 '형을 꺼리는 마음'의 정체가 무엇인지 알아내었다. 그것은 재물에 대한 욕심이었다. 동생은 금덩이로 해서 형제 간의 義에 손상이 가서는 안 된다는 점을 깨달았다. 그래서 동생은 금덩이를 물 속에 던져 버렸다. 아무도 그것에 미련을 둘 수 없는 곳으로 침잠시켜 버렸다. '버리고 떠남'으로 해서 현안 문제를 원만하게 해결할 수 있었다.

3) 제7차 교육과정기 교과서 所載 「형제투금」

7차 교육과정에 의해 편찬된 교과서 3학년 1학기 『말하기·듣기』(38～39쪽)에는 「금을 버린 형과 아우」라는 제재로 실려 있다. 학습 문제는 이야기를 듣고, 느낌이나 생각을 말해 보는 것인데, 제재의 내용을 3개의 삽화로 제시하고 있다. 그런데 삽화에 문제가 있다. 형제가 금을 버리는 장면에 금을 버리는 사람이 놀란 표정을 짓고 있고, 그것을 보고 있는 사람은 무표정하게 서 있다. 보고 있는 사람이 놀란 표정으로 되어 있어야 한다.

교사용 지도서(141쪽)에는 ③ 〈들려 줄 이야기〉가 실려 있다.

옛날, 어느 마을에 의좋은 형제가 살았습니다. 어느 날, 아우가 강바닥에서 번쩍번쩍 빛나는 금덩이 두 개를 발견했습니다. 아우는 금덩이를 얼른 건져 냈습니다. 그리고 그 중에서 한 개를 형에게 주었습니다.

그런데 다리를 어느 정도 건넜을 때, 갑자기 아우가 금덩이를 강물에 던져 버렸습니다. 형은 깜짝 놀라 그 까닭을 물었습니다.

"저는 평소에 형님을 사랑하고 아끼는 마음이 매우 두터웠습니다. 그런데 지금 금덩이 하나를 형님께 드리고 나니 자꾸 형님을 미워하는 마음이 생기지 않겠어요?" 이 말을 듣고 형도 가지고 있던 금덩이를 꺼내어 강물에 던져 버렸습니다.

위의 〈들려줄 이야기〉는 원래 이야기를 터무니없이 개작했다. 금덩이를 강바닥에서 주웠고 다리를 어느 정도 건너다가 금덩이를 강물에 던졌다고 했다. 원래 이야기는 길에서 금덩이를 주웠고 배를 타고 가다가 금덩이를 강물에 던졌는데 여기서는 금덩이를 강바닥에서 줍고 다리를 건너가다가 금덩이를 던졌다고 했기 때문이다.

(2) 改善 方案

금덩이 주운 곳이 ① 〈들려 줄 이야기〉에는 '산길'로 되어 있고 ② 〈들려 줄 이야기〉에는 ③ 〈들려 줄 이야기〉와 같이 강바닥에서 주운 것으로 설정했다. 이런 현상은 原典을 제대로 보지 않고 책임없이 改作한 한 예로 볼 수 있다. 특히 제6차 교육과정에 의해 편찬된 교과서의 개작 정도는 매우 심하다고 할 수 있다. 이와 같이 ① ② ③의 〈들려 줄 이야기〉는 다 문제점을 지니고 있다. 교재관을 확립하여 原典 내용의 教育性과 感動素를 최대한 살리는 범위에서 「형제투금」을 교과서에 교재화하는 노력이 있어야 하겠다. 그리고 「형제투금」은 고려 충렬왕 때 이야기이니까, 막연히 '옛날'로 하지 말고, '고려 忠烈王 때'로 연대를 밝히는 것이 좋다. 위의 내용을 종합해서 〈들려 줄 이야기〉를 보이면 다음과 같다.

> 고려 충렬왕 때, 이억년과 이조년 형제가 의좋게 살았습니다. 어느 날, 함께 길을 가다가 아우인 조년이 황금덩이 두 개를 주웠습니다. 아우는 그 중 한 개를 형에게 주었습니다. 공암나루에 와서 함께 배를 타고 가다가 아우가 갑자기 황금덩이를 강물에 던져 버렸습니다. 형은 깜짝 놀라 아우에게 그 까닭을 물었습니다. 아우는 "황금덩이를 줍고 나니 형님을 꺼리는 마음이 자꾸 생겼습니다. 그래서 이 황금덩이는 틀림없이 좋지 못한 물건이라 생각되어 강물에 던져버렸습니다." 라고 했습니다. 그 말을 들은 형도 "너의 말이 옳다" 하고 황금덩이를 강물에 던져 버렸습니다.

위의 내용은 막연하게 전해오는 兄弟美談이 아닌 實存人物의 이야기임을 밝혔다. 이는 형제미담에 대한 신뢰성을 높일 수 있고 現存하는 遺蹟인 공암나루 投金灘과 이들 형제 관련 유적과도 쉽사리 연결시킬 수 있으리라 본다.

제6차 교육과정에 의해 편찬된 교과서에는 형제미담 교재가 2편 실려 있었는데, 현행 교과서(제7차 교육과정기 교과서)에는 兄弟美談 교재로「형제투금」밖에 없다. 앞에서 언급한 바와 같이 형제미담을 교과서에 교재화할 수 있는 자료는「兄弟急難圖」,「피리에 담긴 兄弟美談」,「과거 길 단념한 兄弟美談」등 여러 편이 있다. 이들 교재를 이해 가능한 수준에서 초등학교 교과서에 교재로 실어야 한다고 본다. 兄弟美談 敎材는 남을 배려하는 마음, 훈훈한 인정을 나누는 사회, 兄弟愛를 확인할 수 있는 산 교재가 되어 物神風潮가 활개를 펴는 삭막한 사회에 潤滑油 역할을 할 수 있기 때문이다.

4. 맺음말

본고에서는 역대 문헌에 전하는「兄弟投金」관련 기록을 고찰해 보았다. 최초의「형제투금」기록은『고려사』(1451년)에 전하지만「형제투금」의 주인공이 누군지 밝혀지지 않았고 그 뒤 문헌인『高麗史節要』와『新增東國輿地勝覽』등에도 마찬가지였다. 그러나 훨씬 후대의 문헌인『京畿邑誌』「陽川縣」(1871년)에는『星州李氏家乘』의 기록을 근거로 해서「형제투금」의 주인공은 李兆年과 李億年 형제라고 밝혀 놓았다. 이는 이조년과 이억년의「襃彰完議文」으로 이어진다. 그리고 서울특별시 강서구 가양 2동에 孔巖津 投金灘의 현장이 있다.

제5, 6, 7차 교육과정에 의해 편찬된 교과서에 실린 兄弟美談 교재와「형제투금」에 대해서 살펴 보았다. 제5, 6차 교육과정에 의해 편찬된 교과서에서는 兄弟美談 교재로「의좋은 형제」와「형제투금」2편이 실렸으나 제7차 교육과정에 의해 편찬된 교과서에서는「형제투금」1편 밖에 없다. 교과서에 실을만한 형제미담 자료는 여러 편 있으므로 이를 교과서 교재로 활용해야 마땅하다고 본다.

교과서에 실린 「형제미담」은 삽화나 〈들려 줄 이야기〉에서 여러 가지 문제점을 지니고 있었다. 즉 原典을 터무니없이 改作하여 非敎育的인 敎材가 되게 했다. 제6차 교육과정에 의해 편찬한 교과서가 더욱 심했다. 제7차 교육과정에 의해 편찬된 교과서는 삽화를 잘못 그렸고 원전을 도외시한 내용으로 문제가 있으니 제대로 고쳐져야 한다.

II. 生六臣 趙旅 관련 「虎背渡江傳說」의 意味

1. 머리말

漁溪 趙旅(1420~1489)는 生六臣 중의 한 사람이다. 『寧越邑誌』와 『韓
國口碑文學大系』에는 조려와 관련한 「虎背渡江傳說」이 전해지고 있
다. 『영월읍지』에는 記錄傳承이, 『한국구비문학대계』에는 口碑傳承이
한 편씩 전해지고 있는데, 그 내용은 大同小異하다. 즉, 어계가 端宗의
昇遐 소식을 듣고 淸泠浦를 찾았으나 배가 없어 강을 건너지 못해 애태
우고 있을 때, 호랑이가 어계를 건네주었다는 이야기이다. 호랑이에 얽
힌 전설은 많이 있지만 '호랑이 등을 타고 강을 건너다' 란 話素[1]는 아

---

1) 話素는 論者에 따라 다소 달리 정의된다. 본고에서는 여러 논자들의 견해를 참
　조하여 아래의 정의를 이용하고자 한다. '話素(motif)는 특이하고 인상적인 내용
　으로 이루어져 있어서 쉽사리 파괴되지 않고 용이하게 기억되며 독립적인 생명
　을 지닌다.' 화소의 상위 단위로는 揷話(episode), 삽화의 상위 단위로는 類型
　(type)을 들 수 있다. 화소에 대한 고찰은 다음을 참조하였다.
　崔來沃, 『韓國口碑傳說의 研究』, 一潮閣, 1993, pp.13~21.
　張德順 外, 『口碑文學槪說』, 一潮閣, 1995, pp.52~53.
　崔雲植, 『韓國說話研究』, 集文堂, 1994, pp.28~34.
　尹用植 外, 『口碑文學槪論』, 한국방송대학교출판부, 2000, pp.40~41.
　서울대학교 東亞文化研究所 編, 『國語國文學事典』, 新丘文化社, 1989, pp.463~464.

주 희귀한 경우라고 할 수 있다.

전설은 그 신빙성이 의심되지만 증거물에 의해 그 眞實性이 입증된다. 「호배도강전설」도 있을 수 없는 일 같아서 믿기 어렵지만,[2] '趙旅'라는 實存人物, 淸泠浦라는 실제 地名, 그리고 호랑이 등을 타고 강을 건넜다는 기록, 또한 當代人의 詩에 '虎背渡江'에 관한 내용이 나타남으로 인해[3] 진실된 이야기로 믿어진다. 하지만 희한하다는 느낌, 기이하다는 느낌을 떨칠 수 없는 것도 사실이다. 그러나 이 傳說에서 호랑이의 등장은 여타 전설과 마찬가지로 口碑傳承의 특성이라는 측면에서 보아야 하고, 조려의 節義를 널리 宣揚하기 위한 장치로 보아야 한다. 說話 향유자들은 파괴된 현실을 우회적으로 치유하고자 했을 것이다. 또한 한반도 山野에 호랑이 출몰이 잦았던 시대에 살았던 사람들이 虎患을 이야기 속에서나마 잊거나 克服함으로 해서 代償的 滿足(compensation)[4]을 취하고자 했을 수도 있다.

본고에서는 이러한 제재로 이루어진 「호배도강전설」이 어떤 의미를 전해주고자 하는지 고찰하고자 한다. 이를 위해 우선 기록과 구비로 전승되는 양상을 살피고, 그 다음 구조와 형식을 분석하고자 한다. 이러한 구조와 형식의 분석을 염두에 두고 작품의 해석을 시도했으며, 그 해석을 다름 아닌 「호배도강전설」의 의미로 보았다.[5] 이러한 전 과정은 '의

서울대학교 국어교육연구소, 『국어교육학사전』, 대교출판, 1999, pp.244~246.

2) 이는 超越的인 표현 양식 때문이라 할 수 있다. 임재해는 '話者와 聽者의 意識' 과 '이야기의 표현 양식'을 기준으로 하여 傳說을 '사실이라고 여기는 것이 사실 과 거리가 멀게 표현되는 것'으로 보았다.
임재해, 『민족설화의 논리와 의식』, 지식산업사, 1992, pp.41~52, 참조.

3) 『大東奇聞』에 '南秋江詩曰 虎渡淸泠浦하여 趙翁斂魯山이라 하다.'고 실려 있 다. 하지만 이 詩는 『대동기문』에만 전하고 다른 문헌에는 보이지 않는다. 後代 人이 삽입해 넣은 詩일 가능성이 크다.

4) 李愼成, 『우리 고전문학 교재의 이해』, 보고사, 1999, p.93, 참조.

사소통'이라는 상황을 전제로 한다. 전설의 전승 과정도 일종의 意思疏通過程이라고 보아,[6] '虎背渡江'이라는 하나의 傳言(message)을 통해 話者는 무엇을 전달하고자 했으며, 聽者나 讀者는 그 傳言에서 어떤 의미를 찾아내고자 했는지 밝히고자 한다.[7]

2. 「虎背渡江傳說」의 傳承樣相

生六臣 趙旅 관련 傳說은 記錄傳承으로는 『寧越邑誌』에 실려 있는 「虎背渡江傳說」과 『大東奇聞』 所載 「조려는 왕왕 채미시를 지어 뜻을 남기다[趙旅作詩往往採薇遺旨]」가 있다.[8] 口碑傳承으로는 『한국구비문

---

5) 예술 작품은 知覺의 對象이 아니라 意味的 대상이고, 이 의미의 해독을 다름아닌 해석으로 볼 수 있다(朴異汶, 『藝術哲學』, 문학과지성사, 1998, p.88, 참조).

6) '문학은 인간이 펼치는 創造的 言語藝術이요, 언어를 매체로 하는 일종의 意味傳達 行爲이며 동시에 수용을 기반으로 하여 독자의 의식을 擴大深化시켜 주는 사회적 문화적 소통'이다(허창운, 『현대문예학개론』, 서울대학교 출판부, 1993, p.7, 참조).

7) 이 논문은 필자의 다음 논문을 기반으로 해서 쓰여졌다.
　① "趙忠臣虎背渡江傳說", 『우리 고전문학 교재의 이해』, 보고사, 1999.
　② "生六臣 趙旅 관련 詩文과 虎背渡江傳說의 意味", 『東洋漢文學研究』 13집, 1999.
　③ "生六臣 趙旅 관련 「虎背渡江傳說」의 意味", 『說話와 歷史』, 集文堂, 2000.
　본고는 ③을 같은 論題로 해서 내용을 수정·보완하여 실었다.

8) 필자는 『東國六臣傳』이라 題號한 한글 筆寫本을 求得했는데 이 필사본에 「됴려전」이 있었다. 死六臣傳 다음에 生六臣傳이 실려 있는데 「됴려전」은 생육신 중 다섯 째에 보인다. 책 표지에 辛酉 七월로 筆寫年代가 明記되어 있고 작품 끝에 잇달아 쓴 편지에는 辛酉 七月 二十七日로 되어 있다. 책 표지에 배접된 신문 용지나 乙未年(1895)에 올린 상소문[草土臣上疏 - 을미년 폐비하올새 초토 중에 상소이 『東國六臣傳』에 실려 있는 것으로 보아 『東國六臣傳』의 신유년 은 1861년과 1921년 중 1921년에 해당되므로 이 책의 필사연대는 1921년이다. 이 필사본은 生六臣의 傳記에 이어 편지글이 계속된다. 편지 내용에서 筆寫者는 82세 되는 남자임을 알 수 있다. 필사자는 17세에 長女를 낳고 장녀 나이 16세

학대계』에 실린, 영월군 채록본 「호랑이를 타고 단종을 뵌 조려(趙旅)」
한 편이 전한다.

(1) 記錄傳承

「虎背渡江傳說」은 『寧越邑誌』에 실려 있다. 「虎背渡江傳說」은 端
宗에 대한 忠節에 감동한 호랑이가 조려를 등에 태워 물이 불어 건너기
어려운 강[淸泠浦]을 건네준 전설이다.

조려는 세종 2년(1420) 咸安趙氏 11대손인 安의 아들로 태어나 젊어서
학문에 뜻을 두어 端宗 원년(1453) 進士試에 합격하여 成均館에서 학문
에 精進하였다. 그러나 이때 首陽大君이 軍國의 大權을 장악하더니 2
년 뒤에 임금 자리를 빼앗고 말았다. 君臣의 義理를 統治秩序의 기본으
로 삼고 있던 儒敎 국가에서 이러한 정변은 어떠한 名分으로도 正當化
될 수 없었다. 이에 漁溪는 부당한 현실에 타협해가면서 영달을 추구하
기를 거부하고 고향인 경남 咸安郡 郡北面 伯夷山 밑으로 낙향하여 은
둔생활을 시작했다.

1456년 成三問·朴彭年·兪應孚 등 六臣의 上王復位運動이 실패로

에 安氏에게 시집보냈다. 65세 되는 장녀가 친정에 왔을 때 딸을 위해 이웃집에
서 책을 빌려 그것을 필사하여 딸에게 준 것이 『東國六臣傳』이다. 새로운 내용
은 담고 있지 않다. 현대어로 해석하면 다음과 같다.
「조려전」
조려의 字는 主翁이요 別號는 漁溪니 咸安人이다. 端宗大王 禪位하실 때 公
이 進士로 太學[成均館]에 거처하다가 여러 儒生들을 작별하고 고향으로 돌아
와 伯夷山 밑에 숨어 살았다. 世祖大王이 戶曹參議의 벼슬을 내리고 불렀으나
出仕하지 않았다. 九月 九日에 산에 올라 시를 읊었는데, "복희와 헌원의 시대
는 아득히 멀어 슬픈 감정을 詩로써 어찌 다 표현하겠는가? 堯舜 세상을 보지
못하니 마음이 自然히 傷心한다."고 하니 그 詩의 뜻은 伯夷叔齊의 採薇歌와
같았다.

끝나고 다음 해에 上王[端宗]이 魯山君으로 降封되어 寧越 淸泠浦로 유배되자, 어계는 함안에서 영월까지 멀고도 험한 길을 자주 내왕하면서 上王의 安危를 探問했다. 1457년 10월, 겨우 17세의 上王이 죽음을 당하게 되자 어계는 鄕里에서 영월로 달려갔다. 청령포 강물은 불었고 건너가기 어려울 때, 호랑이가 나타나 어계를 등에 태워 강물을 건네주었다.

이제『寧越邑誌』에서「虎背渡江傳說」을 보기로 하자.

노산군을 영월에 안치시키고 청령포 나루에 배를 금지시켜 사람들이 다니지 못하게 했다. 어계 조려는 함안에 살면서 오백여 리나 되는 영월 땅을 매월 세 번씩 찾아가서 단종께 문안드렸다. 그는 관란 원호의 초막에서 유숙하며 매일 밤 하늘에 端宗의 만수무강을 기원했다.

정축년 10월 24일 노산군이 승하하셨다는 이야기를 듣고 밤낮을 가리지 않고 달려가 밤에 청령포에 당도했는데, 역시 배가 없었다. 이에 동서로 방황하며 나루를 건너지 못하고 있다가 날이 밝아오려 하므로 하늘을 우러러 통곡하니 강물도 따라 울었다. 조려가 衣冠을 벗어 등에 지고 물을 건너려 할 때, 문득 누가 등에 진 옷을 당겨서 뒤를 돌아보니 큰 호랑이 한 마리가 있었다. 공이 말했다.

"상을 당하여 천리 먼길을 달려 왔는데, 이 강을 건널 수가 없구나. 내가 무사히 이 강을 건너 임금의 시신을 염습하면 다행이지만, 만약 건너지 못하면 푸른 물에 빠져 귀신이 될 것인데 너는 어찌 나를 잡아 당기는고."

이 때 호랑이가 머리를 숙이고 포구에 엎드리므로 공이 그 뜻을 짐작하고 등에 업혔더니 과연 나루를 건네주었다.

屍所에 들어가 보니 다만 수직하는 사람 둘 뿐이었다. 痛哭 四拜한 후 옥체를 수렴하고 문을 나오니, 호랑이가 다시 강을 건네주었다.9)

---

9) 魯山君安置於寧越也 淸泠浦禁津船 使人不通 漁溪趙公旅 居咸安 去寧越五百餘里 一月三次往探玉候 而留宿於元觀瀾昊家 每夜禱天聖壽萬歲矣 丁丑十月二十四日 聞君之昇遐 晝夜倍道 夜當淸泠浦 亦無船 東西彷徨 莫能渡津 天欲將曙 仰天痛哭 江水嗚咽 裹負衣冠 而欲赴水 忽挽負物 後顧 乃一大虎也 公曰 千里

『大東奇聞』에는「조려는 왕왕 채미시를 지어 뜻을 남기다[趙旅作詩往
往採薇遺旨]」라는 제목으로 조려의 忠義에 호랑이가 감동한 전설이 실
려 있다.

조려의 본관은 함안이고 자는 주옹이며 호는 어계이다. 단종 원년에 進士
가 되어 선비들의 名望이 매우 높았다.

어느 날 그는 諸生들을 향하여 하직하고, 을해년(1455) 이후 과거 공부를
폐지하고 두문불출하였다. 그의 시에 나타난 것은 왕왕 채미하는 백이숙제
의 뜻과 遁世無悶의 뜻으로 김시습과 마찬가지였다. 정암강 위에 묻히고자
했으니 백이산과 거리가 약간 떨어져 있었다. 정조 신축년에 이조판서에 증
직되고 시호는 靖節이다. …

추강 남효온이 다음과 같은 시를 지었다.

호랑이가 청령포를 건네주어	虎渡淸泠浦
조옹이 노산의 시신을 염하였네	趙翁斂魯山[10]

奔喪 一江不渡 爲渡此江 收斂王身 則幸矣 不然 欲作滄海之鬼 爾何挽我 虎伞
首浦伏 公知其意 卽負其背 虎果渡浦 公直入屍所 只有守直者二人 痛哭四拜 收
斂玉體而出戶 虎又渡江(『寧越邑誌』)

10) 趙旅는 咸安人이니 字는 主翁이오 號는 漁溪라. 端宗癸酉에 進士하여 士望이
甚重이러니 一日에 揖諸生歸하여 自乙亥로 遂廢科하고 杜門不出하니 其見於
詩者는 往往採薇遺旨와 遁世無悶之志라. 與金時習으로 同調러라. 自卜藏於鼎
岩江上하니 距伯夷山若干里라 正祖辛丑에 贈吏判하고 諡는 靖節이라.
魯山君이 安置於寧越也에 淸泠浦에 禁津船하여 使人不通할새 公居咸安하여
去寧越이 五百餘里라. 一月에 三次往探玉候 而留宿於元觀瀾家하여 每夜禱天
에 聖壽萬歲矣러니 丁丑正月十日에 聞君之昇遐하고 晝宵倍道하여 夜當淸泠浦
하니 亦無船하여 東西彷徨에 莫能渡津하고 天欲將曙에 仰天痛哭하니 江水鳴
咽이라. 裹負衣冠 而欲赴水할새 忽挽負物이어늘 後顧하니 乃一大虎也라. 公曰
千里奔喪에 一江不渡하니 爲渡此江하여 收斂王身則幸矣어니와 不然이면 欲作
滄海之鬼하노니 爾何挽我오. 虎伞首浦伏이어늘 公이 知其意하고 卽負其背하
니 虎果渡浦라. 公이 卽入屍所하니 只有守直者二人이어늘 痛哭四拜하고 收斂
玉體而出戶하니 虎又渡江하다.

『大東奇聞』은『莊陵誌』에 실린 漁溪 이력과『寧越邑誌』所載「虎背渡江傳說」로 되어 있다.『영월읍지』와『대동기문』에 실린 感虎事는 글자 출입은 다소 있지만 내용 차이가 거의 없으므로『대동기문』의 趙旅 이력은 번역문을 제시했고, 感虎事는 원문만 각주에 싣고 번역문은 생략했다.『대동기문』에는 조려의 시호를 '靖節'이라 했으나 이는 '貞節'의 잘못이다.

(2) 口碑傳承

口碑傳承되는「호배도강전설」은「호랑이를 타고 단종을 뵌 조려(趙旅)」라는 제목으로『한국구비문학대계』에 실린, 영월군 채록본 한 편뿐이다. 이를 全載하면 다음과 같다.

「호랑이를 타고 단종을 뵌 조려(趙旅)」

호랑이 애긴 저기, 이 생육신의 한 사람인 조려(趙旅)가 음, 이것은 여기 원 전해 오는 애기는 이렇읍니다. 여기 전설은 좀 맞지도 않는 것이긴 하지만 전설이 이렇게 되어 있어요. 에, 조려가 이제 생육신의 한 사람인데 단종을 지극히 흠모하고 있었는데, 단종대왕이 승하하셨다니까 영월을 찾아 왔던 것이죠. 그 때 조려가 알기로 단종대왕이 청령포에서 승하한 것으로 알았단 말야. 사실은 관풍헌(觀風軒)에서 돌아 가셨지만, 조려가 듣기로는 청령포에서 돌아 가셨다고 하니까 청령포를 건너 가 볼려고 나선거죠.

근데, 마침 물은 불었고 건너 갈 수는 없고, 그러니깐 강 이 쪽에서 청령포를 건너다 보면서 동동거리고 있었죠. 어떻게 하면 대왕이 승하하신데 가 봐야겠는데 배는 없고 남한테 배를 빌릴 수도 없고 어떡하느냐 동동거리고 있었는데, 호랑이가 나타났다는 거죠. 나타나가지고 등을 척 구부리면서 타라는 시늉을 했다는 것이죠.

南秋江詩曰　虎渡淸泠浦하여　趙翁斂魯山이라　하다.(『大東奇聞』)

그러니까, 조려가 그걸 타고 건너 가서 단종 시신에 조의를 표하고 돌아
왔다. 이것이 이제 조려가 호랑이에 대한 전설인데, 사실은 그 때 단종대왕은
관풍헌에서 돌아 가셨다는 기록이니깐 맞지는 않지마는 그런 전설이 전해
오고 있읍니다.[11]

영월군에서는 조려와 호랑이에 관한 설화가 採錄된 반면, 隱居地인 함
안에서는 조려 개인에 관한 民譚的인 설화가 채록되었다. 후자는 조려가
성장기에 총명했다, 점을 쳐서 과거길에 올랐다, 수양버들을 훑어 담아
준 물을 먹었다, 좋은 묘자리를 잡아주고 사례를 받았다, 과거에 급제했
다 등등 민담적인 흥미 요소를 조려와 관련시킨 듯한 내용이다.[12]

3. 「虎背渡江傳說」의 構造와 形式

기록으로 전승되는「호배도강전설」과 구비로 전하는「호배도강전설」
의 構造와 形式에 관해서 살펴보기로 한다.

(1) 人間의 禁止, 超自然의 위반

우선 기록으로 전승되는『영월읍지』에 실린「호배도강전설」의 구조와
형식을 살펴보기로 하겠다. 이 전설의 서술 순차 단락은 다음과 같다.

1) (임금이) 魯山君을 영월에 안치시키고 청령포 나루에 사람들을 다니지 못
   하게 했다.
2) 어계 조려는 함안에 살면서 매월 세 번 영월 땅의 단종에게 문안드렸다.
3) (조려가) 노산군이 승하하셨다는 이야기를 듣고 달려가 밤에 청령포에 당

---

11) 金善豊 外,『韓國口碑文學大系』2-8, 한국정신문화연구원, 1986, pp.419~420.
12) 鄭尙朴 外,『한국구비문학대계』8-4, 한국정신문화연구원, 1981, pp.422~432, 참조.

도했는데, 배가 없어서 나루를 건너지 못했다.

4) ① 조려가 의관을 벗어 등에 지고 물을 건너려 할 때, 호랑이가 나타났다.

4) ② 조려가 호랑이에게 강을 건너지 못하면 빠져 죽을 터인데 왜 잡아 당기느냐고 하다.

4) ③ 호랑이가 등을 구부리다.

5) 조려가 호랑이를 타고 강을 건넜다.

6) 조려가 옥체를 수렴하고 나왔다.

7) 秋江이 '호랑이가 청령포를 건네주어, 조옹이 노산의 시신을 염하였네'란 시를 지었다.

서술 순차 단락 1)에서 노산군[端宗]을 영월에 安置시키고 청령포 나루에 사람들의 통행을 금지한 주체는 世祖임을 추측할 수 있다. 단락 2)에서 조려는 임금의 금지에도 불구하고 이를 어기고 있다.13) 경상도 함안에서 강원도 영월까지 매월 세 번, 임금의 금지를 위반함으로 해서 사건의 긴장은 단락 2)에서부터 시작되고 있다. 즉, 임금의 금지에도 불구하고 조려는 한달에 세 번씩 단종을 찾아 뵈었는데, 이는 임금의 금지가 있을지라도 어길 수 있음을 보였다. 여기서 조려는 세조를 수양대군으로 볼 뿐이지, 임금으로는 보지 않았다는 가정을 할 수 있다.

단락 3)은 조려가 청령포 나루를 건너지 못했다는 내용이다. 단락 1)

---

13) 단종의 영월 유배 이후, 단종과의 접촉은 엄격히 금지되고 접촉이 있을 경우 죄로 다스려졌는데, 이와 관련된 기록이 『朝鮮王朝實錄』에 보인다. (『조선왕조실록 CD』 1)
'세조 009 03/10/22(임자) / 수박·호도를 가지고 노산군을 알현하려 한 종 독동·윤생 등에게 장 1백 대를 때리다.'
형조에서 아뢰기를, "本宮의 종[奴] 독동(禿同)과 전농시(典農寺)의 종 尹生 등이 수박[西瓜]과 胡桃를 가지고, 魯山君을 알현하기를 요구하였으니, 그 죄가 능지 처사(凌遲處死)하고, 籍沒하는 데 해당하니, 緣坐를 律과 같이 하소서." 하니, 임금이 다만 杖 1백 대를 때리도록 명하였다.

에 이은 또 다른 '接近禁止'로 볼 수 있다. 조려가 나루를 건너지 못한 표면적인 이유는 '배가 없어서'이다. 그러면 사람을 실어 나르는 나루에 당연히 있어야 할 배가 왜 없었는가? 다른 이유보다도 청령포에 배가 없는 이유는 '사람들을 다니지 못하게 했기' 때문이다. 임금이 왕래를 금지 했기에 배가 있을 리 없다. 이것은 단락 1)의 '임금의 금지'가 단락 3)까지 이어짐을 알 수 있다. 단락 4), 5), 6)은 단락 3)의 금지에 대한 연속적인 위반을 보여주고 있다. 사람의 통행을 금지했는데도 불구하고, 강을 건너고, 게다가 玉體까지 수렴하는 위반을 행하고 한 술 더 떠서 이러한 위반 행위를 칭송하는 시가 있음을 밝히고 있다.

더구나 단락 4)는 강을 건네준 존재가 사람이 아닌 '호랑이'란 점에서 단락 1)과 단락 3)의 금지에 대한 위반을 정당하게 만들고 위반에 대한 죄를 묻기 어렵게 만들고 있다. 사람이 금지한 사안을 초자연적인 행위 [虎背渡江]로 어김으로 인해 그 정당함이 훨씬 강해진다. 물론 여기서 호랑이는 자연적인 존재지만 그 행위는 초자연적인 것이라 볼 수밖에 없다. 호랑이가 사람을 해치지 않고 강을 건네준 것은 자연적인 행위로 보기 어렵다.

따라서 '호배도강'은 세조가 내린 금지를 호랑이가 위반하는 내용인데, 이는 바로 인간의 금지를 초자연이 위반하는 구도로 볼 수 있다. 인간과 초자연은 함께 대결할 수 없고, 설사 대결한다손 치더라도 그 승패가 明若觀火하기 때문에 至尊인 임금이 내린 금지라도 초자연 앞에서는 한없이 초라해지고 만다. 따라서 '世祖의 禁止'는 한없이 초라해지고 '虎背渡江'을 통한 조려의 위반은 아주 위대해지는 효과를 준다.

이러한 이야기의 흐름은 '금지①(단락 1) - 위반①(단락 2)-금지②(단락 3) - 위반②(단락 4, 5) - 위반③(단락 6) - 위반④(단락 7)'로 구분할 수 있는데, 이를 '금지와 위반'의 구조로 지칭할 수 있다. 위반의 정도는 뒤로 갈수록 더 크다고 볼 수 있다. 금지의 명령을 어기는 順次가 뒤에 있을수록 그 금지에 대한 더 큰 위반이 된다는 일반적인 사실과, 통행을 금지한 것은 어떤 접촉도 하지 말라는 명령임을 알 수 있는데, 이 금지를 어기고 옥체를 수렴하고 게다가 이를 기억하는 시를 짓는 행위는 더 큰 금지의 위반이라 할 수 있다.

따라서 서술 순차 단락을 금지와 위반으로 대별할 수 있고, 다음과 같이 구조화할 수 있다.

1) 임금의 금지(금지①)-2)조려의 위반(위반①)-3)나루를 건너지 못함(금지②)-4)호랑이의 등장(위반②)-5)호배도강(위반②)-6)옥체 수렴(위반③)-7)讚詩(위반④)

이 이야기는 전체가 금지와 위반의 구조를 보이지만 가장 劇的인 단락 5)가 이야기의 중심임을 알 수 있다. '호랑이를 타고 강을 건너다'라는 特異한 내용을 중심으로 전후 사건이 결합되어 있다. 이는 제목으로 삼은 '虎背渡江'과도 통하고 話素의 정의와도 통한다. 조려는 왜 호랑이를 타고 강을 건널 수밖에 없었는가? 임금, '世祖의 禁止' 때문이다. 따라서 이 傳說은 세조의 금지를 위반하고 있는 조려의 행위를 보여 주고 있다. 세조의 금지는 어디까지나 인간의 금지이다. 이러한 인간의 금지를 위반하는 호랑이의 등장은 초자연적인 위반이라 할 수 있다. 이러한 구조는 바로 인간의 금지에 대한 초자연의 위반으로 규정지을 수 있고, 전체 이야기에서 가장 두드러지는 위반이라 할 수 있으므로, 記錄傳承의 구조적 특징을 '인간의 금지와 초자연의 위반'이라 할 수 있다.

(2) 自然의 禁止, 超自然의 위반

구비로 전승되는 『한국구비문학대계』에 실린 「호배도강전설」의 서술 순차 단락은 다음과 같다.

1) 조려가 단종의 승하 소식을 듣고 청령포로 오다. (사실 단종은 觀風軒에
   서 돌아가셨다.)
2) 마침 물이 불어서 (조려는) 건너갈 수 없었다.
3) ① 배가 없어 조려가 애태우고 있을 때, 호랑이가 나타났다.
3) ② 호랑이가 등을 구부리다.
4) 조려가 호랑이를 타고 강을 건넜다.
5) 조려가 옥체를 수렴하고 나왔다.
6) 단종은 사실 관풍헌에서 돌아가셨다는 기록이 있지만 이런 전설이 전해오
   고 있다.

단락 1)은 상황 제시에 해당된다. 話者는, 사실은 단종이 觀風軒[14])에
서 승하했지만 이야기에서는 청령포에서 승하했다고 전해온다고 한다.
이는 실지 상황과 이야기 상황의 분리로 보아, 이 단락을 이야기 상황의
제시로 볼 수 있다. '호배도강'의 화소가 되려면 호랑이와 강이 있어야
하는데, 관풍헌과 강의 관련보다는 청령포와 강의 관련이 훨씬 자연스
럽기 때문에 단종이 승하한 장소가 '청령포'였다고 전해온 것으로 볼 수
있다.[15]) 단락 2)는 조려의 행동을 막는 일종의 금지라고 볼 수 있다. 건

---

14) 실지로 단종은 청령포가 아니라 관풍헌에서 승하했다. 觀風軒은 '寧越邑 영흥
    리에 자리잡고 있는 조선 시대의 관아 건물로 영월에 유배된 단종이 승하한 곳
    이다. 1971년 강원도 유형문화재 제26호로 지정되었다.'
    江原鄕土史硏究會,『寧越郡誌』, 강원일보사 출판국, 1992, p.858, 참조.
15) 事實이 아닌 거짓 이야기 아닌가, 실지 역사와 틀린 이야기인데 무슨 효용이
    있냐고 반문할 수 있지만, 說話의 세계는 '있었던 일'의 傳承이라기보다는 '있을
    법한 일', '있어야 할 일'의 전승이므로 眞僞를 따지는 문제는 範疇的 誤謬
    (categorical mistake)에 속한다고 볼 수 있다.(朴異汶,『앞의 책』, p.120, 참조.)
    眞僞가 문제가 아니라 왜 그런 이야기가 전승되는가, 무엇을 전하고자 하는가,
    그 속에 숨은 의식은 무엇인가를 밝히는 것이 설화 연구의 목적이라 할 수 있

너가고자 하나 건너가지 못하게 한다. 이 금지는 기록 전승처럼 '인간의 금지'로 보기보다는, '자연의 금지'로 보아야 한다. 임금이 통행을 금하여 건너갈 수 없는 게 아니고, 임금의 통행 금지 명령 이전에 홍수로 물이 불어서16) 건너갈 수 없다. 이는 인간의 금지가 아니라 자연의 금지라고 할 수 있다. 단락 3), 4), 5)는 記錄傳承과 유사하다. 끝 부분 단락인 단락 6)은 記錄傳承의 끝 단락 7)과 다른 양상을 보인다. 記錄傳承에서는 이러한 내용이 사실임을 알리는 詩가 있다는 것으로 끝을 맺고 있는데 비해, 口碑傳承에서는 사실과 다르지만 이런 '이야기'가 전해오고 있다는 말로 끝맺고 있다.

이처럼 口碑傳承의 대체적인 내용은 記錄傳承과 유사하다. 이는 단락의 구조에서도 확인되는데, 나루를 건널 수 없다는 항목 이하가 口碑傳承과 記錄傳承에서 동일하다는 것을 보면 알 수 있다. 즉, '나루를 건너지 못함' 이하의 구조는 '나루를 건너지 못함 - 호랑이의 등장 - 호배도강 - 옥체 수렴'으로 기록과 구비, 양 전승에서 유사하다. 그래서 記錄傳承에서 분석한 내용이 口碑傳承에도 그대로 적용될 수 있다. 따라서 이야기의 중심도 '호배도강'이라고 볼 수 있다. 단 '나루를 건너지 못함'은

다. 사실 역사 기록도 엄밀히 보면 勝利者의 기록이므로 敗者의 입장에서 객관적인 기록은 애초에 不可能하다. 勝者의 敗者에 대한 폄하적인 역사 기록의 빈틈을 메우는 것이 口碑傳承, 記錄傳承의 문학 작품이라 할 수 있다. 특히 설화는 기록보다는 구비전승에 의거함으로 인해 그 眞實性이 역사에 앞선다고도 볼 수 있다. 기록되지 않은 역사의 빈틈, 이것의 보충을 위해 설화 연구는 필요하다. 새는 좌우의 날개로 하늘을 나는 것처럼, 過去事 또한 역사와 문학[설화]의 양 날개로 그 진실이 지탱된다고 할 수 있다.

16) 실지로 단종은 1456년 청령포에 流配되었다가, 그 해 가을 홍수가 나서 처소를 觀風軒으로 옮기게 된다.
　江原鄕土史硏究會, 『앞의 책』, pp.858~859, 참조.
　朴熀, 『국역 莊陵誌』, 세종대왕기념사업회, 1979, p.46, 참조.
　엄홍용 편저, 『莊陵에 향을 사르며』, 端宗祭委員會, 1997, p.41, 참조.

주의 깊은 고찰이 요구된다. 記錄傳承에서 나루를 건너지 못한 이유는 임금의 금지 때문이라고 보았다. 하지만 口碑傳承에서는 임금의 금지는 나타나지 않는다. 口碑傳承에 의하면 조려가 나루를 건너지 못한 이유는 일차적으로 배가 없었기 때문으로 記錄傳承과 이유가 같다. 하지만 왜 배가 없었느냐를 살피면 記錄傳承과는 다른 深層的인 이유가 있음을 알 수 있다. 구비전승에서 조려가 강을 건너지 못한 이유는 배가 없었기 때문인데, 배가 없었던 이유는 '물이 불었기'때문이다. 기록전승에서는 임금의 금지로 인해 사람 통행이 제한되어서 배가 없었고, 구비전승에서는 물이 불어서 배 자체를 띄울 수 없는 상황으로 이해된다. 즉, '배는 없고 남한테 배를 빌릴 수도 없었기' 때문이다. 나루라면 당연히 배가 있어야 하는데, 물이 불었기 때문에 누구라도 배 띄우기를 꺼려했을 것으로 볼 수 있다.

기록전승에서는 배만 있으면 건너갈 수 있는 상황이고, 구비전승에서는 배가 있어도 건너갈 수 없는 상황이다. 배가 있으면 얼마든지 건너갈 수 있는 상황, 배가 있어도 건너갈 도리가 없는 상황, 어느 쪽이 더 절박할까? 상황의 절박성을 보자면 구비전승이 훨씬 더 절박하다. 이때 호랑이가 등장한다. 배가 건널 수 없는 물이라도 호랑이는 건널 수 있다. 기록전승에서 호랑이는 배의 역할을 대신한 것으로 볼 수 있는데, 구비전승에서는 호랑이가 아니면 도저히 건너갈 수 없는 상황을 제시하고 있다. 따라서 口碑의 호랑이가 더 큰 역할을 한다고 볼 수 있다.

배가 없어 강을 건너갈 수 없었던 이유를 기록전승은 세조가 청령포 나루에 사람들의 통행을 금지했기 때문이라 하고 있고, 구비전승은 물이 불었기 때문이라 하고 있다. 기록전승의 금지는 '임금의 禁止'로, 구비전승의 금지는 '自然의 禁止'로 볼 수 있다. 물이 분 것은 자연의 금지인 것이지 인간의 금지는 아니다. 따라서 구비전승에서 虎背渡江은 自

然의 禁止를 超自然으로 克服하는 구조를 보이고 있다.

이러한 구비전승의 내용은 다음과 같이 구조화할 수 있다.

1) 조려의 청령포행(상황 제시)-2) 나루를 건너지 못함(금지①)-3)호랑이의 등장(위반①)-4) 호배도강(위반①)-5) 옥체 수렴(위반②)-6) 전해오는 전설(겉 이야기)

단락 2)는 금지로 볼 수 있고 단락 3), 4)는 위반①로, 단락 5)는 위반②로 볼 수 있다. 단락 6)은 겉 이야기로 볼 수 있고 단락 1)은 상황 제시 단락으로 볼 수 있다. 이 이야기에서 화자는 단종이 청령포에서 죽지 않고 관풍헌에서 죽었다고 말하고 있다. 그러면서 전해오는 이야기로는 청령포에서 죽었다고 한다면서 이야기를 풀어 나가고 있다. 그러니까 조려가 영월에 온 것은 확실하지만, 그것이 청령포든 관풍헌이든 이야기 전개에는 별 상관이 없다는 태도를 취하고 있으므로 단락 1)은 상황 제시 단락으로 볼 수 있다. 이 상황 제시는 단락 6)에서 '그때 단종대왕은 관풍헌에서 돌아가셨다는 기록이니깐 맞지는 않지마는 그런 전설이 전해오고 있습니다'라는 부분으로 반복되는데, 이는 이야기가 일상적인 말과는 구분된다는 '서두와 결말의 형식'[17]과 관련시켜 생각할 수도 있다.

따라서 단락 1)과 단락 6)을 제외하면 구비전승의 「호배도강전설」 역시 크게 보면 금지와 위반의 구조를 취하고 있다는 것을 알 수 있다. 그리고 구비전승 또한 기록전승과 마찬가지로 조려가 호랑이를 타고 강을 건넜다는 내용인 단락 3)과 단락 4)의 '虎背渡江'이 중심이 되는 사건 전개를 보인다. 강을 건널 수 없는 일종의 '禁止'를 강을 건넘으로써 '위반'하는 것이 중심 내용이므로, 이 부분을 중심으로 구비전승의 전체 구조

---

17) 張德順 外, 『앞의 책』, pp.60~61, 참조.

를 규정하면 '자연의 금지와 초자연의 위반'이라 할 수 있다.

4. 「虎背渡江傳說」의 意味

'호랑이가 강을 건네주었다는 이야기'에서 儒敎倫理의 先唱, 端宗의 漸層的 强調와 世祖에 대한 隱密한 抵抗을 읽게 된다. 이러한 의미의 深層에는 당대의 설화 향유자들이 파괴된 현실을 우회적으로 치유하고자 한 의식을 엿볼 수 있다.

(1) 儒敎 倫理의 先唱

구비문학, 특히 說話는 口演에 특별한 훈련이나 장소가 필요하지 않기에, 話者와 聽者의 구분이 엄격하지 않다.[18] 오늘의 聽者가 내일의 話者가 되고, 내일의 청자는 또 다음 내일의 화자가 된다. 이러한 과정은 바로 소통의 상황과 통한다. 지금의 記錄文學처럼 작자와 독자가 엄격히 분리되어 일방향적인 소통만 일어나는 것이 아니라, 화자와 청자 간의 자유로운 雙方向的인 소통 과정이 설화에서는 통용되었다. 따라서 전설 또한 일종의 意思疏通過程으로 볼 수 있다. 의사소통과정은 '話者-傳言(message) - 聽者'의 요소로 이루어진다고 할 수 있다.[19] 그리고 이

---

18) 張德順 外,『앞의 책』, pp.15~17, 참조.
　　金承璨 外,『韓國文學槪論』, 三知院, 1995, pp.402~403, 참조.

19) 이러한 과정을 더 복잡하게 보면, 傳言의 부분에 전언 외에 맥락, 접촉, 약호 체계 등의 요소를 더해 그 각각 - 화자, 청자, 관련 상황, 전언, 접촉, 약호 체계 - 이 언어의 여섯 가지 기능을 이룬다고 한다. 즉, 이 여섯 요소 중 어디에 강조점을 두느냐에 따라 감정적, 능동적, 지시적, 시적, 친교적, 메타언어적 기능이 수행된다고 한다.
　　신문수 편역,『문학 속의 언어학』, Roman Jakobson, Language in Literature, 문학과지성사, 1997, pp.54~63, 참조.

의사소통과정에는 '의미[정보]의 전달'[20]이 반드시 따르게 된다.

위의 구조 고찰에서 「虎背渡江傳說」이 기록전승이든, 구비전승이든 '금지와 위반'의 구조로 구성되어 있다는 것을 알 수 있었다. 그러면 이 금지와 위반의 구조에 얹혀진 의미는 무엇일까? 「호배도강전설」의 금지와 위반의 구조를 통해, 話者는 어떤 의미를 聽者나 讀者에게 전해주려 한 것일까?

「호배도강전설」을 의사소통과정으로 보면, 전하고자 하는 주된 傳言(message)은 바로 '虎背渡江'이라 할 수 있다. '호배도강' 즉, '호랑이가 조려를 등에 태우고 강을 건넜다' 란 傳言은 호랑이와 조려, 두 등장인물로 이루어진 이야기이다. 호랑이가 사람을 등에 태워 강을 건네주었다는 내용은 話者와 聽者 모두에게 뜻밖의 정보를 제공하고 있다. 보통의 호랑이라면 사람을 해치든지, 아니면 사람 낌새를 알아차리곤 사라지든지 해야 하는데, 「호배도강전설」의 호랑이는 사람 앞에 나타나 타라는 시늉을 하고, 강을 건너고자 하는 조려의 어려운 처지를 해결해 주는 조력자의 역할을 하고 있다. 즉, 호랑이가 사람을 알아보아 해치지 않았을 뿐 아니라, 강을 건네주는 도움을 베푼, 예상 밖의 정보를 제공하고 있다.

이때 호랑이는 일반적인 猛獸로서의 특성을 보이지 않는다. 이야기에 나타난 여러 호랑이 유형[21] 즉 報恩型, 獰猛型, 愚直型, 遁甲型, 情義型, 中性型 중 이른바 '情義型'에 속하는 형태이다. 여기서의 호랑이는 '무엇'을 나타내고 있고, 이 호랑이가 나타내는 의미가 바로 「호배도강전설」이 화자나 청자에게 전해주고자 하는 여러 의미 중 하나로 볼 수 있다.

호랑이는 조려의 어려움을 해결해준다. 조려의 어려움은 강을 건너고 싶은데, 건너지 못하는 것이다. 이 '渡江'을 호랑이가 가능하게 해준다.

---

20) 이성영, 『국어교육의 내용 연구』, 서울대학교출판부, 1995, p.33, 참조.
21) 손동인, 『韓國傳來童話研究』, 정음문화사, 1984, pp.348~354, 참조.

이처럼 조려의 표면적인 어려움은 도강의 어려움이라 할 수 있다. 하지만 강을 건넘으로 해서 조려의 어려움이 모두 해결되는 것은 아니다. 강을 건너 端宗의 屍身을 수습해도 어려움은 계속된다. 따라서 조려의 궁극적인 어려움은 渡江의 여부가 아니다. 그러면 조려의 궁극적인 어려움은 무엇인가? 그것은 '의리를 지키지 못함'에 있다고 보아야 한다. 신하된 자로서 임금에 대한 신하의 도리[君臣有義][22]를 다 하지 못하는 것이 조려의 궁극적인 어려움이다.

호랑이가 조려를 건네줌으로써 나타내고자 한 의미는 건너기 어려운 강을 건네주었다는 표면적인 사건, 희한한 사건의 표출에 있는 것이 아니라, 바로 유교 윤리의 근간인 '義'를 드러내고자 한 것이라 볼 수 있다. 곧 사랑[仁]과 옳음[義]이 유교의 근본 원리인데, 사랑[仁]은 생명적인 유대의 원리요, 옳음[義]은 사회적인 秩序의 원리이다.[23] 임금은 하늘의 명을 받아 백성을 다스리고, 신하는 임금의 명을 받드는 것이 王朝社會의 秩序이다. 수양대군의 왕위 찬탈은 이 질서를 어긴 것이다.[24] 따라서 '호배도강'은 삼촌이 조카의 왕위를 찬탈한 사건을 悖逆의 행위로 여겼기 때문에 짐승도 '義'의 실천에 감응한다는 의미를 전달하고 있다. 조려는 자신을 端宗의 臣下라고 생각했고 王族인 大君의 신하는 아니라고 생각했다. 그러기에 위험을 무릅쓰고 영월을 한달에 세 번씩 왕래하여

---

22) 君臣은 天地之分이라. 尊且貴焉하며 卑且賤焉하니 尊貴之使卑賤과 卑賤之事
　　尊貴는 天地之常經이며 古今之通義라.(成百曉 譯註, 『童蒙先習』, 傳統文化研
　　究會, 1994, p.18.)

23) 治國과 平天下는 仁義로 하는 것이 儒敎의 정신이다.(金承璨 外, 『앞의 책』,
　　p.183, 참조).

24) 형제들을 죽이고, 조카의 왕위를 찬탈하는 것도 부족해 결국 단종을 죽여버린
　　패륜적인 행동이 명분과 예를 중시하는 유교적 입장에서 결코 받아들여질 수
　　없었기 때문에, 세조는 불교를 융성시키기도 했다.
　　(박영규, 『한권으로 읽는 조선왕조실록』, 들녘, 1996, pp.109~110, 참조.)

단종의 문후를 살폈다. 이러한 조려의 행동은 바로 임금과 신하 사이에는 義가 있어야 한다는 三綱五倫의 '義'를 몸소 행하고 있음을 보여주는 것이라 할 수 있다. 이러한 신하의 義를 가로막고 금지한 존재가 바로 당시의 임금인 世祖였다. 건너기 어려운 강은 단순한 강이 아니라, 임금과 신하의 의리를 끊어 놓는 깊은 深淵이기도 하고, 世祖의 禁令이기도 하고, 바로 世祖 自身이기도 하다. 이 깊은 심연을, 왕의 지엄한 금령을, 왕 아닌 왕을, 조려는 호랑이를 통해 위반하고 극복하게 된다.

따라서 호랑이가 조려를 건네준 행위는 삼강오륜 중의 하나인 '義' 실천의 연장으로 보아야 한다. 특히, 사람 아닌 짐승도 義에 감복한다는 설정을 통해, 當代 說話 향유자들이 '義'의 실천을 얼마나 갈구했는지 읽을 수 있다. 이렇게 보면 '虎背渡江'이라는 傳言은 유교 윤리의 근간인 '義', 즉 '君臣有義'를 드러내고 있다고 볼 수 있다. 또한 금지와 위반의 구조가 여기서는 '君臣有義'의 금지와 위반으로 나타난다는 것을 알 수 있다. 즉, 세조는 단종에 대한 君臣有義를 禁止하고, 조려는 호랑이를 타고 강을 건넘으로써 이 禁止를 위반하여 단종에 대한 君臣有義를 지키게 됨을 읽을 수 있다.

(2) 端宗의 漸層的 강조와 世祖에 대한 隱密한 抵抗

앞장의 고찰에서 「虎背渡江傳說」의 구조가 '금지와 위반'의 형태를 띠고 있음을 알 수 있었다. 이야기의 구조가 금지와 위반의 형태를 띠고 있을 뿐 아니라, 그 의미 또한 금지와 위반에 상응하고 있음을 위의 고찰에서 알 수 있었다. 그러면 여기서 생각해 볼 수 있는 것은 과연 그 금지와 위반의 중심에는 어떤 인물이 위치하고 있는가 하는 것이다. 사건이 어떻게 전개되던, 이야기가 '금지와 위반'의 구조와 의미를 지니고 있으므로 결국 여러 사건들이 중심 인물에 수렴될 것이기 때문이다. 따라서 그 중심 인물들에 수렴되는 사건들이 궁극적으로 어떤 의미를 표출하고 있는가를 고찰하면 「호배도강전설」의 또 다른 의미를 찾을 수 있을 것으로 믿는다. 앞장의 구조 고찰과 위의 '유교 윤리의 先唱' 항에서 알 수 있듯이 금지의 중심에는 세조가 있고,25) 이 금지를 극복하고자 하는 위반의 중심에는 端宗이 있다. 위에서는 조려와 호랑이의 행동을 중심으로 「호배도강전설」의 의미를 살펴보았는데, 여기서는 이야기의 여러 사건들이 세조와 단종에게 어떻게 수렴되는가를 중심으로 그 의미를 찾고자 한다.

「호배도강전설」에서 조려는 세조의 금지를 여러 번 위반한다. 세조가 단종이 있는 청령포 나루에 통행을 금지했는데도, 매월 세 번 영월 땅의 단종에게 문안드렸다. 또한 단종의 승하 소식을 듣고 호랑이를 타고 청령포로 간다. 그리고 옥체를 수렴하고 나온다. 매월 찾아 뵌 것도 위반이고, 청령포로 건너간 것은 더 큰 위반이고, 단종의 옥체를 수렴한 것은 가장 큰 위반이라 할 수 있다. 계속되는 금지에도 불구하고, 조려는 계속해서 그 금지를 위반하고 있다. 그리고 秋江은 '虎渡淸泠浦 趙翁斂魯山'라 하여 이를 詩로 나타내었다. 이 역시 금지에 대한 위반으로 볼 수 있다.

---

25) 口碑傳承에서는 인간의 금지, 즉 세조에 의한 禁令이 보이지 않기 때문에 금지의 중심 인물을 세조로 보기 어렵다고 할 수 있다. 하지만 구비전승에서도 단종에 危害를 가하는 인물은 세조임을 명백히 알 수 있다. 단 그 지역민들은 다 알고 있는 사실이라 일부러 언급할 필요를 느끼지 않았을 것으로 추정된다.(영월은 端宗祭를 지금도 가장 큰 문화 행사로 행하고 있음.) 또한 '물이 불었다'는 표현은 '世祖의 禁令'이란 의미가 변형된 형태로 볼 수도 있다. 둘 다 '물을 건너지 못함'이란 의미를 전달하고 있으므로, 傳承過程에서 서로 호환되었을 가능성을 고려할 수 있다.

세조가 청령포 나루에 사람의 통행을 금지한 것은 단종의 죽음을 예비한 것으로 볼 수 있다.26) 사람의 통행을 막은 것은 아무도 오는 사람 없이 혼자 살라는 말이고, 혼자 살라는 말은 그만 살라는 의미로 읽을 수 있다. 외부와의 소통 없이 한정된 공간에 고립된 존재는 움직이고 생각하는 참존재가 아니라, 움직이지도 못하고 생각하지도 못하는 죽은 존재에 가깝다. 그래서 조려가 매월 세 번 단종에게 문안드린 것은 端宗의 孤立과 孤獨27)을 解消시켜 주는 역할을 했다고 볼 수 있다. 이 問安은 많고 적음의 회수가 문제가 아니다. 그것은 통행이 금지되어 고립된,

---

26) 『朝鮮王朝實錄』에 보면 세조는 端宗을 寧越로 귀양보내면서 말한, '終始 목숨의 保存'이란 말을 보면 단종의 처지가 '목숨의 保存'을 걱정할 정도란 것을 알 수 있다. 이는 세조가 단종을 영월로 귀양보낼 때 이미 단종의 죽음을 예비한 것으로 볼 수 있다. '이에 특별히 여러 사람의 의논을 따라 〈上王〉을 魯山君으로 降封하고 궁에서 내보내 寧越에 거주시키니, 衣食을 厚하게 奉供하여 終始 목숨을 보존하여서 나라의 민심을 안정시키도록 하라.'《세조 008 03/06/21(계축) / 판돈녕부사 송현수 등의 반역으로 상왕을 강봉하고 영월에 거주시키다》
　世祖實錄을 편수한 자들은 모두 당시에 세조를 따르던 자들이어서 여우나 쥐새끼 같은 무리들의 간사하고 아첨하는 붓장난일 가능성이 많다.(朴炡 번역, 『앞의 책』, p.51, 참조.) 그런 무리들의 기록에도 '종시 목숨의 보존'이란 말이 있으니, 단종의 처지가 참으로 위급했다는 것을 읽을 수 있다.

27) 端宗의 孤獨은 觀風軒 동쪽 樓閣인 子規樓(원래는 梅竹樓인데, 단종이 子規詩를 읊은 이후 자규루라 불림.)에 올라 읊은 「子規詩」에서도 엿볼 수 있다.

한 마리 원한 맺힌 새가 궁중에서 나온 뒤로,	一自寃禽出帝宮
외로운 몸 짝 없는 그림자가 푸른 산속을 헤맨다.	孤身隻影碧山中
밤이 가고 밤이 와도 잠을 못 이루고	假眠夜夜眠無假
해가 가고 해가 와도 한은 끝이 없구나.	窮恨年年恨不窮
메아리 소리 끊어진 새벽 묏부리에 지새는 달빛만 희고	聲斷曉岑殘月白
피를 뿌린 듯한 봄골짜기에 지는 꽃만 붉구나.	血流春谷落花紅
하늘은 귀머거린가? 애달픈 이 하소연 어이 듣지 못하는지?	天聾尙未聞哀訴
어찌타 수심 많은 이 사람의 귀만 홀로 밝은고?	何奈愁人耳獨聰

(朴炡 번역, 『앞의 책』, p.47, 참조.)

죽음의 지경에 이른 단종에게 움직임과 생각을 주는 生命水 같은 問安이었을 것이다. 또한 조려의 이 문안은 단종을 없애려는 세조의 의도에 반하는 행위이기도 하다. 즉, 조려의 문안은 고립된 단종을 외부 세계와 연결시켜 주는 통로의 역할을 했고, 그럼으로써 단종의 삶을 유지시켰고, 이는 임금에 대한 한없는 충성, 바로 君臣有義였다. 조려의 君臣有義는 단종의 죽음 이후에도 계속되어 호랑이까지 感應하게 하여 '虎背渡江'의 異蹟을 이루게 된다.

이러한 조려의 행위는 궁극적으로 단종을 향한 것이다. 한 달에 세 번씩 찾아 뵈는 대상도 단종이었고, 건널 수 없는 강을 위험을 무릅쓰고 건너고자 한 것도 다름 아닌 단종 때문이었다. 그리고 호랑이가 강을 건네준 것은 超自然的인 도움이라고 할 수 있는데, 이는 달리 보면 하늘의 감응이라 할 수 있다. 이러한 감응 이야기를 듣게 되면 첫째로는 조려의 충성과 의리에 감동하지만, 결국 그 異蹟이나 感應도 단종을 향한 것이기에, 조려의 충성과 감응이 클수록 단종의 위상 또한 더 높아진다고 할 수 있다. 따라서 世祖에 대한 조려의 위반 행위가 커질수록 단종을 향한 義의 정도가 강해진다고 볼 수 있다. 즉, 위반의 중심에는 단종이 있음으로 인해, 조려의 여러 행동이 결국에는 단종에게 수렴되고 단종을 漸層的으로 强調하는 결과를 가져온다. 금지와 위반의 구조에서 위반이 더해질수록 조려의 충성은 높아가고 단종 또한 그 意味網이 漸層的으로 강조된다고 볼 수 있다.

이처럼 세조의 금지에 대한 조려의 위반은 단종에게는 점층적 강조로 다가온다. 하지만 금지의 주체인 세조에게는 그 반대로 다가온다. 즉, 단종의 점층적 강조는 바로 세조에 대한 저항으로 연결된다. 이야기 文面에는 직접적으로 形象化되지 않았지만, 세조의 금지를 위반하는 것 자체가 임금인 세조에 대한 저항이 된다. 하지만 임금에 대한 저항은 반역이 되므로, 노골적인 저항을 그대로 표현할 수는 없다. 그래서 시소 (seesaw)처럼 한쪽을 강조함으로써 다른 한쪽에 대한 下落의 效果를 주고자 한 것으로 읽을 수 있다. 즉, 조려의 행위는 단종을 점층적으로 강조함으로써 세조에 대한 隱密한 抵抗을 하고 있는 것으로 볼 수 있다.

(3) 파괴된 現實의 迂廻的 治癒

위에서 「호배도강전설」의 의미를 유교 윤리의 선창, 단종의 점층적 강조와 세조에 대한 은밀한 저항 등으로 살펴 보았다. 이러한 의미는 궁극적으로, 심층적으로 무엇을 나타내고 있는가? 즉 '虎背渡江'이란 이야기는 화자와 청자에게 어떤 효과를 주는가? 화자와 청자가 '호배도강' 이야기를 하고 들음으로써 얻게 되는 효과[28] 또한 「호배도강전설」의 의미라고 할 수 있다. 이 논의의 출발도 '虎背渡江'에서부터 시작하기로 하자.

호랑이가 강을 건네주었다는 이야기는 말을 바꾸면 현실적으로 강을 건너기가 불가능했다는 이야기가 된다. 땅의 일을 땅에서 해결하지 못하고 하늘의 도움을 받아 해결하게 된다. 즉, 현실의 문제를 현실에서 해결하기가 불가능하다는 뜻으로 볼 수 있다. 이는 古小說[貴族的 英雄小說]의 상투적인 구조인, 天上界의 질서를 地上界에서 이루려하기[29] 때문에 현실적이지 않은 해결책으로 현실의 문제를 해결하는 것과 유사하다. 林悌는 「愁城誌」에서 天君이 다스리는 나라에 문제가 생겼는데,

---

28) 이는 텍스트언어학에서 말하는 有效性(effectiveness:말하는 텍스트가 강한 인상을 남기면서 하나의 목표를 달성하는 데 알맞는 조건을 창출하는 것)과 통한다.
　金泰玉・李玄浩　共譯, 『談話・텍스트　言語學　入門』, Beaugrande Dressler, Introduction to Text Linguistics, 養英閣, 1990, pp.14~15, 참조.
29) 趙東一, 『新小說의 文學史的 性格』, 서울대학교출판부, 1986, p.153, 참조.
　조동일, 『한국문학통사』 3, 지식산업사, 1991, p.463, 참조.
　나병철, 『소설의 이해』, 문예출판사, 1998, pp.49~50, 참조.

麴將軍만이 반란을 평정할 수 있는 힘을 가졌다고 했다.30) 국장군은 술의 의인화이므로 제정신으로는, 현실적으로는 문제를 해결하기 어렵다는 것을 읽을 수 있다. 「호배도강전설」도 이와 유사한 의미를 話者와 聽者에게 주게 된다.

단종의 현실은 그야말로 '산산이 부서진 이름'이었다. 당당한 정통성으로 萬人之上인 왕위에 올랐지만 열 일곱의 나이로 세상을 닫고 만다.31) 그야말로 政爭의 소용돌이에 희생당한 어린 소년에 다름 아니다. 이런 꿈같은 현실은 일그러진, 뒤틀어진 정도를 넘어선 '破壞된 現實'이라고 할 수밖에 없다. 이야기 속에서도 도움을 받을 곳은 초자연적인 대상밖에 없을 정도로 당대의 상황은 파괴된 현실이었다. 단종 자신도 그랬고, 死六臣, 生六臣, 설화 향유자 모두에게 退位, 流配, 賜死는 파괴된 현실이었다. 復位의 시도도 번번이 무위로 끝났고, 옳지 않은 무리들은 나날이 승승장구하고, 仁義에서 멀어진 패륜이 행해진 시대였다. 그리고 그 현실을 극복하거나 제자리를 바로 잡아 줄 실질적인 힘은 아무데도 없었다.

이런 상황에서 설화 향유자들은, 마음으로 바라던 이상적인 현실을 이야기에 투영시키고자 했다. 實質的으로 파괴된 現實을 虛構的으로 再現함으로써 나름의 상처를 치유하고자 했다. 즉, 당시의 설화 향유자들은 파괴된 현실이 아니라 온전한 현실을 가지고 싶다는 욕망을 품었

---

30) 조동일, 『한국문학통사』 2, 지식산업사, 1991, pp.450~451, 참조.

31) '端宗(1441-1457)은 짧고 불우한 생애를 마친 인물이다. 왕세손(8세), 왕세자(10세), 왕(12세), 결혼(14세)의 일정한 상승과정과 上王(15세), 魯山君으로 강봉, 영월로 유배, 서인으로 강봉, 죽임을 당함(17세)의 급격한 하강 과정을 겪은 인물이다.'
이창식, 「寧越 地域의 端宗祭와 대왕굿」, 참조.
엄홍용 편저, 『앞의 책』, pp.473~474, 참조.

을 것이다. 그 욕망의 대상으로 많은 이야기를 남겼을 것이고, 「호배도강전설」도 그 중의 하나로 볼 수 있다. 따라서 「호배도강전설」 역시 당시 설화 향유자들이 생각했던 욕망의 대상으로 볼 수 있다. 설화 향유자들은 이러한 욕망의 대상화[32]를 통해 나름의 아픔을 치유하고자 했다. 그렇지만 파괴된 현실의 압제가 엄청나기에 직접적인 치유책은 실질적으로 불가능했다. 그래서 이야기를 통해서나마 그 파괴와 아픔을 간접적으로 해결하고자 했다. 바로 우회적 치유이다.

호랑이가 강을 건네주었다는 이야기에서 우리는 儒敎倫理의 先唱, 端宗의 漸層的 强調와 世祖에 대한 隱密한 抵抗을 읽을 수 있었다. 이러한 의미의 深層에는 당대의 설화 향유자들이 파괴된 현실을 우회적으로 치유하고자 한 의식을 엿볼 수 있다. 이러한 파괴된 현실의 우회적 치유라는 의미 역시 '금지와 위반의 구조'와 통하고 있다. 세조는 온전한 현실을 금지했다. 온전한 현실이란 무엇인가? 삼촌이 조카의 왕위를 잘 지켜주고 올곧은 충신들이 임금을 잘 보필하는 것이다. 하지만 세조는 이러한 온전한 현실을 완벽하게 부수어 파괴된 현실을 만들었다. 세조에게 온전한 현실은 금지되어야 하는 것이었다. 하지만 설화 향유자들은 이를 위반하여 나름대로의 온전한 현실을 추구하고자 했고, 파괴된 현실에 대해 '우회적 치유'를 얻고자 했다.

---

32) 욕망은 인간을 살아가게 하는 動力이다. 욕망의 주체는 대상을 얻음으로 결핍이 충족되리라 믿는다. 하지만 그 대상을 얻어도 욕망은 여전히 남는다(권택영 엮음,『자크 라캉 욕망 이론』, 문예출판사, 1998, pp.11~21, 참조). 당시 설화 향유자들은 온전한 현실이 결핍되어 있다고 여겼으며, 그 결핍을 충족시키기 위해 여러 이야기를 대상화했다고 볼 수 있다.

5. 맺음말

위에서 生六臣 중의 한 사람인 漁溪 趙旅(1420~1489)와 관련된 「虎背渡江傳說」의 의미에 대하여 살펴 보았다. 『寧越邑誌』에는 기록전승 한 편, 『韓國口碑文學大系』에는 구비전승 한 편이 전하고 있는데 그 내용은 대동소이하다. 어계가 단종의 승하 소식을 듣고 淸泠浦를 찾았으나 배가 없어 강을 건너지 못해 애태우고 있을 때, 호랑이가 어계를 건네주었다는 이야기였다.

「호배도강전설」이 어떤 의미를 전해주고자 하는지 考究하기 위해 먼저 기록과 구비로 전승되는 양상을 살폈고, 그 다음 구조와 형식을 분석했다. 이러한 구조와 형식의 분석을 염두에 두고 「호배도강전설」의 의미를 고찰했다. 전설의 전승 과정도 일종의 意思疏通過程이라고 보아, '虎背渡江'이라는 하나의 傳言(message)을 통해 話者는 무엇을 전달하고자 했으며, 聽者나 讀者는 그 전언에서 어떤 의미를 찾아내고자 했는지 밝히고자 했다.

기록 전승의 서술 순차 단락을 살핀 결과, 禁止와 위반으로 대별할 수 있었고, 다음과 같이 구조화할 수 있었다.

1) 임금의 금지(금지①) - 2)조려의 위반(위반①) - 3)나루를 건너지 못함(금지②) - 4)호랑이의 등장(위반②) - 5)호배도강(위반②) - 6)옥체 수렴(위반③) - 7)讚詩(위반④)

기록전승은 세조의 금지를 위반하고 있는 조려의 행위를 보여 주고 있다. 세조의 금지는 인간의 금지이고 이를 위반하는 호랑이의 등장은 초자연적인 위반이라고 보았다. 그래서 기록전승의 구조적 특징을 '인간의 금지와 초자연의 위반'이라고 했다.

구비전승의 서술 순차 단락을 살핀 결과, 금지와 위반으로 대별할 수 있었고, 다음과 같이 구조화할 수 있었다.

1) 조려의 청령포행(상황 제시) - 2)나루를 건너지 못함(금지①) - 3)호랑이의 등장(위반①) - 4)호배도강(위반①) - 5)옥체 수렴(위반②) - 6)전해오는 전설 (겉 이야기)

구비전승의 「호배도강전설」 역시 크게 보면 '금지와 위반'의 구조를 취하고 있다는 것을 알 수 있었다. 단 禁止에 대한 反作用이 인간의 위반이 아니라 자연의 위반이었으므로 구비전승의 전체 구조를 '자연의 금지와 초자연의 위반'이라고 규정했다.

이러한 '금지와 위반'의 구조는 의미의 추출에도 그대로 작용하고 있었다. 이를 살핀 결과 「호배도강전설」은 君臣有義라는 儒敎倫理를 先唱하고 있었고, 단종을 점충적으로 강조함으로써 세조에 대한 은밀한 저항을 전하고 있었다. 그리고 이러한 의미의 深層에는 파괴된 현실을 우회적으로 치유하고자 하는 당대인의 의식이 있다고 보았다.

趙旅와 端宗 및 世祖의 史實과 傳承을 考究하면서 힘이 正義인지, 정의가 힘인지에 대한 話頭는, 600년 前이나 지금이나 여전한 진행형이란 걸 씁쓸히 확인할 수 있었다. 마지막으로, 본 고찰은 각 한 편씩 제한된 자료를 분석의 대상으로 삼았다는 한계가 있음을 밝혀 둔다. 이러한 한계는 차후의 채록과 기록의 보완을 통해 극복하고자 한다.

Ⅲ. 感虎鳥傳說의 敎材化 方案에 대하여

1. 머리말

感虎鳥傳說은 사람이 호랑이나 새를 감동시킨 전설이다. 사람의 행위가 너무 진실했기에 미물인 호랑이나 새조차도 감동을 받은 이야기이다. 사람의 행위에 감동받은 호랑이나 새는 일반적인 호랑이나 새가 하기 어려운 어떤 異蹟을 행하고 있다. 이야기 文面에는 나타나지 않지만 그 이야기를 듣는 사람들이 호랑이나 새의 이적에 감동할 것이라는 假定을 염두에 두고 있다. 사람의 행위가 호랑이나 새를 감동시키고, 다시 호랑이나 새의 행위가 사람을 감동시키고 있다. 一方向的인 감동이 아니라 雙方向的인 감동이 이루어지고 있는 이야기가 바로 感虎鳥傳說이다. 그 감동의 핵심은 다름 아닌 孝이다.

여러 지역에서 효와 관련된 많은 감호조전설이 전하고 있는데, 본고에서는 두 편의 感虎鳥傳說[1]을 대상으로 교재화의 가능성을 탐색하고자 한다. 하나는 慕溪 趙綱의 이야기이고, 다른 하나는 也溪 都始復의 이야기이다. 조강의 이야기는 한여름에 송골매가 오리고기를 구해 주었

---

1) 感虎傳說의 敎材化에 관한 논의는 이신성, 『우리 고전문학 교재의 이해』, 보고사, 1999, 참조.

다는 이야기이고, 도시복의 이야기는 솔개가 고기를 집 뜰에 가져다 놓고, 호랑이로 인해 어머니가 먹고 싶어 하신 홍시를 한여름에 구했다는 이야기이다. 두 편의 이야기 모두, 구체적인 장소와 관련 인물이 확인된다. 그리고 호랑이와 새의 행위가 흥미를 주고, 또 미물도 孝를 안다는 암시에서 교훈성도 아울러 느끼게 된다. 그래서 이 두 편의 이야기는 교재화할 가치가 충분하다고 생각한다.

논의의 순서는 감호조전설을 개관하고, 그 다음 교재화의 의의를 알아보기로 한다. 그리고 교과서에 실리기 적당한 형태로 해당 전설을 變容하는 방안도 아울러 살피기로 한다.

2. 감호조전설 개관

慕溪 趙綱의 孝誠은 한여름에 모친이 먹고 싶다고 한 오리를 구할 수 있었다. 也溪 都始復은 숯을 팔아 모친의 진지상에 고기 반찬을 계속 이었으며, 철 아닌 때에 모친이 紅柿를 먹고 싶어 했는데 효자의 효성에 감응해서 홍시를 구할 수 있었다. 『慕溪集』에 전하는 「蒼鶻墜鴨圖」와 『明心寶鑑』에 실려 있는 효자의 孝行記錄을 중심으로 感虎鳥傳說에 대해서 살펴 보기로 한다.

(1) 蒼鶻墜鴨圖

「창골추압도」는 '송골매가 오리를 떨어뜨리는 그림'인데 모계 조강의 효행과 관련이 있다. 慕溪 趙綱(1496~1549)은 충북 淸原 蓮亭里 출신이다. 그를 기리는 사당인 孝忠祠가 武陵峰 기슭에 자리잡고 있다. 그는 효행과 충성으로 顯宗으로부터 '忠孝節義'란 네 글자를 下賜받은 사람이기도 하다.

모계의 모친이 편찮으실 때 한 여름에 오리고기를 먹고 싶어했다. 오리는 겨울에 한반도를 찾는 철새인데, 여름에는 당연히 구할 수 없는 새이다. 그러나 모계는 오리를 구하러 나갔다. 벌판에서 오리를 구할 길이 없어서 구슬프게 부르짖고 있는데, 갑자기 송골매가 오리를 한 마리 효자 앞에 떨어뜨리고 갔다. 송골매는 慕溪의 孝心에 감동하여 추운 지방에서 오리를 잡아와서 모계를 도왔다. 효자는 오리를 가져와 조리하여 어머니가 잡숫게 했다. 『慕溪集』에는 이와 같은 효행 기록이 그림과 함께 실려 있다.

「송골매가 오리를 떨어뜨리는 그림[蒼鶻墜鴨圖]」

어머니께서 편찮으신데 오리고기를 잡숫고 싶어 하셨다. 때는 마침 한 여름이라서 오리를 구할 길이 없었다. 선생은 울면서 벌판에서 방황했다. 문득 어떤 송골매가 오리를 쳐서 앞에 떨어뜨렸다. 그래서 오리를 가지고 집에 와서 어머니께 供養했더니 어머니는 묵은 병이 나았다. 사람들은 효성에 감동한 결과이고, 孟宗의 雪筍[2]과 王祥의 氷鯉[3]에 비유할만한 효성이라고 말했다.[4]

어머니의 食貪은 자식에게 무거운 짐을 안기는 행위라고 이해해서는 안 된다. 사람은 구하기 힘들고 귀한 것일수록 먹고 싶어진다. 어머니는 자식에게 오리를 구해오라고 요구했다기보다는 단지 오리고기가 먹고

---

2) 孟宗 : 중국 삼국시대 사람이다. 겨울에 대숲에서 그의 어머니가 좋아하는 죽순이 없음을 탄식하니, 홀연 눈 속에서 죽순이 솟아나서 어머니께 드렸다고 한다.

3) 王祥 : 중국 西晉시대 太保 벼슬을 지낸 왕상은 어려서부터 효성이 지극했다. 그의 繼母가 생선을 먹고 싶어했을 때, 옷을 벗고 얼음 위에 누워서 하늘을 향해 號哭했다. 하늘이 그 孝心에 감동하여 얼음을 녹이고, 잉어 2마리를 얻게 했다고 한다.

4) 母夫人病 思鴨肉 時適盛夏 無路求得 先生泣涕 彷徨於原野 忽有蒼鶻擊鴨落前 持歸供之 宿疴尋愈 人謂孝感所致 比雪筍氷鯉

싶었을 뿐이지만 효자는 이를 예삿일로 듣지 않았다. 효자는 불가능한 일인 줄 알면서도 오리를 구하러 나섰다. 이런 효심에 하늘이 감동하여 미물인 송골매로 하여금 효자의 懇願을 들어 주게 했다.

(2) 都始復의 孝行

경북 예천군 상리면 용두리 야목마을에 살았던 也溪 都始復(1817~1891)의 孝行에서도 感虎鳥 話素를 살필 수 있었다. 이 이야기는 『明心寶鑑』에 실려 있다. 『명심보감』에 실려 있는 都始復 관련 感虎事는 3편이다. 3편 중에서 홍시집 주인의 감효사가 1편이다. 그리고 경북 예천 야목마을에는 「也溪都始復旌閭碑」가 세워져 있다.

도씨는 집이 가난했으나 효성이 지극했다. 숯을 팔아 고기를 사서 어머니 진지상에 고기 반찬이 빠질 때가 없었다. 어느 날 시장에서 볼일을 보다가 늦어버렸다. 그래서 바삐 집으로 돌아오는데 문득 솔개가 도씨가 가지고 가는 고기를 낚아채 가버렸다. 도씨는 슬피 부르짖으면서 집에 왔는데 솔개가 이미 고기를 뜰에 던져 놓았다.

어느 날 편찮으신 어머니가 때 아닌 감홍시를 찾았다. 도씨는 감나무 숲에서 방황하다가 날이 저문 줄도 몰랐다. 그때 어떤 호랑이가 여러 번 도씨의 앞길을 막으며 타라는 뜻을 보였다. 도씨는 호랑이를 타고 백여 리 떨어진 산골 마을에 도착하여 인가를 찾아 묵게 되었다. 조금 있으니 주인이 제삿밥을 대접했는데 홍시가 있었다. 도씨는 기뻐서 주인에게 홍시의 내력에 대해서 묻고 또 자기의 심정을 말했다. 주인은 도씨의 말에 대답했다.

"돌아가신 아버지가 홍시를 즐겨 잡수셨기 때문에 해마다 가을에 홍시 2백 개를 골라 굴 속에 갈무리했습니다. 지금과 같은 5월에 보면 완전하게 갈무리된 홍시는 7, 8개에 지나지 않는데 올해는 온전하게 갈무리된 홍시가 50개나 되었습니다. 그래서 마음으로 이상하게 생각했더니 하늘이 그대의 효성에 감동한 일이었군요."

주인은 도씨에게 홍시 20개를 주었다. 도씨가 주인에게 사례하고 문밖을 나오니 호랑이가 아직 엎드려 도씨를 기다리고 있었다. 호랑이를 타고 집에 오니 새벽닭이 울었다. 뒤에 어머니가 천명으로 돌아가시니 도씨는 피눈물을 흘렸다.5)

솔개는 도시복이 사들고 가는 고기를 낚아 채갔다. 肉食動物인 솔개가 고기를 먹기 위해 낚아 채간 게 아니었다. 효자를 울리긴 했지만 솔개는 도시복을 돕기 위해 그런 일을 했다. 도시복이 늦게 집에 돌아가다가 짐승이나 도적의 피해를 당하지 않도록 하겠다는 것과 귀가 시간이 늦은 아들을 걱정하게 될 효자 어머니에게 효자가 무사히 집에 온다는 사실을 알리기 위해서 한 일이라고 말할 수 있다.

石氷庫는 여름에 쓰기 위한 얼음 저장 창고였다. 亡父가 生時에 홍시를 좋아했다고 해서 효자는 가을에 홍시를 굴속에 저장했다가 5월 제사에 홍시를 祭需로 썼다. 석빙고와 같은 原理로 때 아닌 철에 홍시를 쓸 수 있었다. 홍시를 구하기 위한 도효자의 絶叫는 지나가는 사람들에게 알려졌고 홍시가 있는 집을 알게 해주었음직하다. 그리하여 마침내는 미물인 호랑이까지 도효자의 효성에 감동하여 효자를 도운 것으로 볼 수 있다. 호랑이가 효자를 태워 홍시 있는 집에 데려다 주었다 한다. '얼마나 효성이 지극했길래 미물인 호랑이까지 효자를 도왔을까?'라는 의문이 들 정도로 효성에 대한 생각을 다시금 가다듬게 해 주는 이야기이다.

게다가 이 이야기 속에는 또 하나의 효 이야기가 숨어 있어 그 의미를

---

5) 都氏家貧至孝 賣炭買肉 無闕母饌 一日 於市 晚而忙歸 鳶忽攫肉 都悲號至家 鳶旣投肉於庭 一日 母病索非時之紅柿 都彷徨柿林 不覺日昏 有虎屢遮前路 以示乘意 都乘至百餘里山村 訪人家投宿 俄而主人 饋祭飯而有紅柿 都喜 問柿之來歷 且述己意 答曰 亡父嗜柿 故 每秋 擇柿二百箇 藏諸窟中 而至此五月 則完者不過七八 今得五十箇完者 故 心異之 是天感君孝 遺以二十顆 都謝出門外 虎尙俟伏 乘至家 曉鷄喔喔 後 母以天命 終 都有血淚

더하고 있다. 호랑이를 타고간 산골 인가엔 주인이 마침 제사를 지내고 있었고, 때 아닌 5월에 홍시를 제수로 사용하고 있었다. 주인은 생전의 선친이 즐기시던 홍시를 지난해 가을부터 정성껏 갈무리해오고 있었다고 했다. 이는 '이야기 속의 이야기'로 지극한 효성을 지닌 주인을 등장시켜 이야기의 주제를 강조하고 있을 뿐만 아니라, 5월에도 홍시를 얻을 수 있다는 비상식적인 일에 합리적인 설득을 가하고 있다.

이 두 이야기는 솔개와 호랑이의 등장으로 인해, 학습자에게 흥미를 불러 일으키게 하고, 그러는 가운데서 자연스럽게 효의 의미를 떠올리게 한다. 즉 이러한 이야기는 興味性과 敎訓性, 즉 문학의 기능을 충실히 드러내고 있는 것으로 볼 수 있다.

3. 感虎鳥傳說의 敎材化 方案

모계 조강과 야계 도시복의 孝行事가 나타나는 感虎鳥傳說의 敎材化에 대한 意義와 그 방안에 대해서 살펴본다.

(1) 敎材化의 意義

文學敎育은 문학 작품의 내외적인 요인을 고려하여 설계되어야 한다. 그러기 위해서는 문학 작품 속에 나타난 다양한 삶을 총체적으로 이해해야 한다.

1) 다양한 삶의 총체적 이해

傳說은 說話의 하위 장르6)이므로 敍事文學의 한 갈래에 속하는 文學

---

6) 說話의 分類 및 갈래에 관한 연구는 '임재해, 『민족설화의 논리와 의식』, 지식산업사, 1992, pp.15~52, 참조.

的인 産物이라 할 수 있다. 필자는 문학교육의 영역에서 전설의 교재化에 대한 여러 논의를 다루고자 한다.

　문학교육의 의의는 여러 가지가 있을 수 있다. 우선, 작품의 내용 분석을 충실히 하는 것, 작품의 내적 구조를 잘 찾아내는 것 등과 같은 文學內的 의의를 들 수 있다. 이는 문학의 내적 논리[7]라고도 하는데, 인물, 플롯, 작품의 時空間, 운율, 시점, 어조, 언어, 주제 등을 공부함으로써 작품 자체에 대한 이해를 넓히고자 하는 데 의의를 둔다.

　대부분의 문학 수업은 해당 작품의 내용을 분석하고, 주제를 찾아내는 작업을 중심적인 수업 활동으로 삼고 있다. 제7차 교육과정에 의해 편찬된 교과서에서도 예외는 아니어서, 많은 문학 작품들이 분석의 자료로 쓰이고 있음을 볼 수 있다. 제7차 교육과정에 의해 편찬된 초등학교 국어 교과서『읽기』를 보면 이 사실을 쉽게 확인할 수 있다. 5학년 1학기 26~27쪽에 「황새의 재판」이란 제재가 실려 있다.[8] 이 제재를 통해 학습자가 익혀야 할 학습목표는 '인물의 성격과 사건의 전개에 주의하며 이야기를 읽어 봅시다.'이다. 문학 제재를 통해 익혀야 할 학습목표가 '인물의 성격 파악', '사건의 전개 파악'이고, 학습활동도 그에 맞춰 전개되고 있다.[9] 이러한 사례는, 문학 작품을 언어 현상을 규명하기 위한 자료나 시대 배경을 알기 위한 자료로 활용한 것이라 할 수 있는데, 이것은 그 작품의 본질과는 거리가 멀고,[10] '고전'의 고전다운 요소가 약

---

7) 구인환 외, 『문학개론』, 삼지원, 1988, pp.113~171.

8) 韓國敎育課程評價院, 『국어』 읽기 5-1, 대한 교과서 주식 회사, 2002, pp.26~27.

9) 이 외에도 여러 곳에서 작품 자체의 내용 파악에만 머무른 문학 제재를 찾을 수 있다. 그 중 특히 두드러진 제재를 들면 다음과 같다.
　① 5학년 1학기 『읽기』, 「박제상 이야기」(46쪽), 「솥 안에 넣어 둔 돈」(110쪽), 「왕자의 공부」(192쪽), 「놀부전」(226쪽)
　② 6학년 1학기 『읽기』, 「구두쇠 이야기」(146쪽), 「장끼전」(186쪽)

화될 우려가 있다.[11]

이러한 문학교육은 문학 작품마저 言語使用能力의 신장을 위한 자료로 이용하고 있다는 혐의를 피하기 어렵다. 작품 자체의 고유한 가치를 학습하기 위해 문학 자료를 활용하는 것이 아니라, 敎育的 效用을 위해 언어 자료로 활용하고 있는 셈이다.[12] 그렇다보니 문학 수업을 통해 문학 작품의 의의와 가치를 배우기보다는, 문학 작품을 자료로 하여 듣기, 말하기, 읽기, 쓰기 능력 신장을 익히는 데 모든 노력을 기울이고 있는 실정이다. 즉, 「沈淸傳」을 배우면서 題材, 主題, 人物의 性格 등의 내용 이해나, '심청이 효녀인가 아닌가'에 대해 討論하는 것을 문학 수업의 대체로 여긴다.[13]

하지만 문학 수업은 내용 분석 그 다음에도 남는 그 무엇이 있다. 분석 다음에 남는 그 무엇은, 작품과 개인, 작품과 사회, 작품과 도덕의 관계인데, 이를 문학의 外的 論理라 부를 수 있다.[14] 「심청전」을 배우면서 심청이라는 인물의 행동 파악, 줄거리 파악, 주제 찾기 등의 활동에 머물

---

10) 정병헌, "고전문학교육의 본질과 시각", 이상익 외, 『古典散文敎育의 理論』, 집문당, 2000, pp.9~13.

11) 서인석, 「고전산문 연구와 국어교육」, 한국국어교육연구학회, 『국어교육』 107, 박이정, 2002, p.40

12) 고영화, "제7차 초등학교 국어 교과서에서의 문학 작품의 수용 및 활용 양상", 『문학과 교육』 제16호, 문학과교육연구회, 2001, p.113.

13) 「沈淸傳」의 主題는 孝이다. 明白한 주제를 놓고 "심청은 효녀가 아니다"라는 주제로 토론을 하는 내용이 제6차 교육과정에 의해 편찬된 교과서 6학년 2학기 『말하기・듣기・쓰기』(58쪽~59쪽 참조)에 실려 있고, 제7차 교육과정에 의해 편찬된 교과서 3학년 2학기 『말하기・듣기』(46쪽~47쪽 참조)에 '그림을 보며 "심청이는 효녀인가"를 들어봅시다'라는 題材가 실려 있다. 이런 학습 문제는 "심청이는 효녀가 아니다"라는 말이 優勢해야 재미가 있고 학습 목표에 도달하는 수업으로 인식되고 있는 실정이다.

14) 구인환 外, 『문학개론』, 삼지원, 1988, pp.172~233.

러서는 안 된다. 심청은 왜 아버지를 위해 목숨을 버리기까지 했는지, 심청이 목숨까지 버려가며 추구하고자 한 것이 무엇인지, 심청의 효가 나에게 던지는 의미는 무엇인지, 심청은 왜 그런 식으로밖에 효를 실천할 수 없었는지에 대한 질문과 대답을 考究해야 하고, 이렇게 하는 과정에서 다양한 삶에 대한 이해의 폭을 넓게 할 수 있다. 내용 분석 이후의 그 무엇이 바로 문학 수업의 의의인 '多樣한 삶의 總體的 理解'이다.[15]

이를 기존의 연구에서는 '삶의 總體的 體驗'[16], '삶의 總體的 理解'[17] 또는 '인간에 대한 합리적 이해 능력 배양[18] 이라고 표현하고 있다. 문학 수업은 내용 자체의 이해 외에 삶 자체에 대한 폭 넓은 이해를 던져 주어야 한다. 필자 역시 이 의견에 공감하면서, 感虎鳥傳說 역시 다양한 삶의 총체적 이해를 위해 학습자에게 꼭 필요한 자료라고 생각한다.

慕溪 趙綱은 한여름에 오리를 구하고자 했다. 오리는 겨울 철새이기에 여름에는 구할 수 없다. 하지만 모계는 오리를 구하기 위해 벌판을 헤매었다. 그러는 동안, 문득 어떤 송골매가 오리를 쳐서 모계에게 오리를 안겨 주었다. 사람들은 이 일을 모계의 효성에 하늘이 감동한 결과로 보았다.

也溪 都始復은 숯을 팔아 고기를 샀다. 그런데 오는 길에서 솔개가 고기를 낚아 채 가버렸다. 집에 왔더니 고기가 뜰에 놓여 있었다. 어느 여름날 편찮으신 어머니가 감홍시를 찾았다. 감나무 숲을 헤매는 중, 호랑이가 앞길을 막았다. 도씨는 호랑이를 타고 어느 산골 마을로 가서 제

---

15) 李愼成, 「초등 교과서 "沈淸은 孝女 아니다" 오류」, 〈새교육신문〉,1999.10.18, 기사 참조.

16) 구인환 外, 『문학교육론』, 삼지원, 1994, pp.77~86.

17) 최현섭 外, 『국어교육학개론』, 삼지원, 1999, pp.387~388.

18) 김대행 외, 『문학교육원론』, 서울대학교출판부, 2000, pp.63~64.

삿밥을 대접받았는데, 그곳에서 홍시를 구했다. 주인에게 자신의 심정을 말하고 그 내력을 물었다. 주인은 先親이 홍시를 좋아해서 매년 가을에 갈무리해 두는데, 그 해에는 홍시가 유난히 많이 남았다고 하면서, 하늘이 도시복의 효성에 감동한 것을 알겠다고 했다.

이런 행동과 이야기는 지금 상황에서 보면 이해하기 어려운 면이 있다. 심지어 허황된 이야기로 치부되기도 한다. 感虎鳥傳說을 허황된 이야기로 간주하지 않게 만드는 것은 그 속에 투영된 삶의 모습을 생각해 보는 일이다. '모계와 도시복은 왜 부모에게 맹목적인 효를 하였는가?' '微物인 짐승이 感化받았다는 것은 무엇을 의미하는가?' '나는 부모님께 어떤 정성을 쏟고 있는가?' '모계와 도시복의 효를 오늘날에 대비시키면 어떤가?' 하는 많은 질문을 던질 수 있고, 이는 다름 아닌 저자와의 대화이면서 자신의 삶의 넓이와 깊이를 크게 하는 작업이 될 수 있다.

이러한 多樣한 삶의 이해는 제7차 국어과 교육과정에서도 확인된다. '작품에 나오는 인물의 다양한 삶을 이해한다.'[19]나 '작품에 반영된 가치나 문화를 이해한다.'[20]와 같은 국어과의 학년별 내용을 보면 알 수 있다. 감호조전설이 아니면 다양한 삶을 이해할 수 없냐고 의문을 가질 수 있다. 다양한 삶의 이해에서 다양함이란 많은 것도 되지만 稀貴한 이야기, 찾기 힘든 이야기이기도 하다. 感虎鳥, 호랑이와 새를 감동시킨 사건은 지금 상황에서는 보기 힘든 이야기이다. 이런 드문 이야기를 읽고 이해하여 마음 속에 그 내용을 性格化시킴으로써, 다양한 삶을 이해할 수 있다고 본다. 물론 도덕 교과를 통해서도 다양한 삶을 배울 수 있다. 하지만 도덕 교과의 다양한 삶은 倫理 自體를 말하지만, 感虎鳥傳說은 文學糖衣說[21]처럼 이야기를 즐기는 가운데 다양한 삶, 효의 삶을 다시

---

19) 교육부, 『초등학교 교육과정 해설(Ⅲ)』, 대한 교과서 주식 회사, 1999, p.117.
20) 교육부, 『초등학교 교육과정 해설(Ⅲ)』, 대한 교과서 주식 회사, 1999, pp.138~139.

한번 생각하게 한다. 이것이 바로 感虎鳥傳說이 教材化되어야 할 意義
이다.

2) 創造的 수용의 자료

문학을 일종의 의사소통 과정으로 보면,[22] 受信者[學習者]에 의해 만
들어지는 '감상'이 문학 행위의 완성 단계라 할 수 있다. 감상은 독자가
작품을 수용한 것인데, 작자가 작품을 창작하고 독자가 이를 향수하여
수용해야 문학의 의사 소통이 완결된다. 저자가 작품을 완성했다고 해
도 소통 과정으로 보면 메시지의 전달에 불과하고, 독자가 읽어 낼 때,
진정한 작품의 완성이 이루어진다.

수용은 독자가 작품의 의미를 이해하고 해석하여 자신의 삶을 작품에
비추어 보는 것이라 할 수 있다. 이해는 말로 표현된 의미를 인식하는
것이며, 해석은 말로 표현된 의미에 기초하여 말로 표현되지 않은 의미
를 이해하고, 표현된 의미와 표현되지 않은 의미 사이의 관계를 알아 내
며, 이에 기초하여 작품 전체의 의미를 알아내는 작업이다.[23] 즉 이해와
해석은 작품 수용을 위한 기본 작업이다. 정확한 이해에 기초하지 않은
감상은 주관적이고 특수한 감상에 치우친 感情의 誤謬(affective fallacy)를
가져올 수 있다. 이것은 작품의 객관적이고 총체적인 수용을 어렵게 만
든다. 작품을 읽으면서 즐거움을 경험하고 감동을 받았다고 해서 작품
을 올바로 수용한 것은 아니다. 작품을 전혀 잘못 이해하고도 그 작품으
로부터 감동을 받을 수 있다.[24] 즉, 잘못된 이해로도 정서적 만족을 얻

---

21) 구인환 外, 『문학개론』, 삼지원, 1988, p.53.

22) 허창운, 『현대문예학개론』, 서울대학교출판부, 1993, p.7.

23) 이대규, 『수필의 해석』, 신구문화사, 1996, p.113.

24) 제임스 그리블/나병철 역, 『문학교육론』, 문예출판사, 1996, p.287.

을 수 있는데, 이는 '감동'이지 작품의 올바른 '수용'이 아니다. 그래서 수용을 위해서는, 작품에 대한 이해가 선행되어야 한다.

제7차 국어과 교육 과정에서는 작품의 수용을 상당히 강조하고 있다. 이는 교육 과정 개정의 기본 방향에서도 확인할 수 있는데, 학습자의 창의적 국어 사용 능력 배양[25]이라든지, 학습자의 의미있는 경험을 중시한다[26]든지 하는 것은 모두 작품의 수용을 강조한 것으로 볼 수 있다. 이는 국어과의 내용에서도 확인된다. '작품은 읽는 이에 따라 수용이 다를 수 있음을 안다.'[27]라든지 '작품에 창의적으로 반응한다.'[28]와 같은 내용을 볼 수 있다. 물론 이 경우의 수용은 전 작품을 읽고 나서 한다는 것을 전제해야 한다. 작품 일부분만 읽은 후의 감상은 작품의 총체적인 關係性을 유기적으로 파악할 수 없게 하기 때문에 바람직한 문학교육이 될 수 없다.[29]

이러한 수용을 위한 활동으로는 작품에 대한 친구의 다양한 느낌을 듣고 자신의 느낌과 비교하기, 讀書感想文을 바꾸어 읽기, 작품에 대한 나름대로의 생각이나 느낌 발표하기, 작품에 대한 여러 사람의 생각이나 느낌을 알아보기 등을 들고 있다.

도시복의 이야기는 이러한 수용에 알맞게 이용될 수 있다. 도시복의 이야기는『명심보감』의 기록 이외에 구비문학의 형태로 약 24편이 채록되어 있는데,[30] 그 형태가 아주 다양하다. '始復'이란 이름은 아예 나오

---

25) 교육부,『초등학교 교육과정 해설(Ⅲ)』, 대한 교과서 주식 회사, 1999, p.8.

26) 교육부,『초등학교 교육과정 해설(Ⅲ)』, 대한 교과서 주식 회사, 1999, p.8.

27) 교육부,『초등학교 교육과정 해설(Ⅲ)』, 대한 교과서 주식 회사, 1999, p.115.

28) 교육부,『초등학교 교육과정 해설(Ⅲ)』, 대한 교과서 주식 회사, 1999, p.138.

29) 오세영,「문학교육의 문제점과 개선의 방향」,『현대 한국 사회와 문학』, '96 문학의 해 조직위원회, 1996, pp.104~105.

30) '한국정신문화연구원,『한국구비문학대계』, 고려원, 1989.'에 채록된 도시복 관

지 않고, 성씨가 都氏로 나오는 이야기는 11편[이야기 번호 2, 6, 7, 12, 14, 16, 17, 18, 19, 20, 21]에 불과하다. 그리고 선친 묘소에서 선친께 빌어서 호랑이가 나타나고 그 호랑이가 홍시를 구해 준다는 내용도 있다.[이야기 번호 4] 봉양하는 대상이 아버님[각주 이야기 번호 3, 13, 17] 또는 부모님[이야기 번호 18, 23]으로 나오기도 하고, 감을 구하는 달이 동지 섣달[이야기 번호 11]로 나오기도 한다. 그 외에 홍시를 준 집을 찾아 은혜를 갚고 싶었지만 밤에 다녀와서 그 집을 못 찾아 은혜를 갚지 못했다는 이

련 설화 24편의 제목과 권수, 쪽수는 다음과 같다.
 1. 홍시를 구한 효자(1-4. pp.271~273)
 2. 여름에 홍시를 구한 효자(3-3. pp.36~38)
 3. 호랑이가 홍시 구해 준 효자(3-4. pp.318~321)
 4. 호랑이 타고 홍시 구한 효자(5-2. pp.180~184)
 5. 효자가 홍시 얻어 부모를 봉양하다(5-3. pp.147~151)
 6. 오뉴월에 홍시 구한 효자(6-4. pp.474~475)
 7. 호랑이와 효자(6-11. pp.200~203)
 8. 여름에 홍시를 구한 효자(6-11. pp.600~602)
 9. 효자를 도와 준 호랑이(6-12. pp.272~275)
10. 호랑이도 감동한 효성(7-4. p.197)
11. 홍시 구해 봉양한 효자(7-8. pp.433~434)
12. 감홍시 구한 효자와 호랑이(7-10. pp.607~608)
13. 효자와 호랑이(7-10. pp.659~665)
14. 도효자의 효성(7-10. pp.786~788)
15. 호랑이 덕에 홍시 구한 효자(7-15. pp.530~531)
16. 도효자의 두 가지 효행(7-17. pp.56~59)
17. 유월에 홍시를 구한 도효자(7-17. pp.319~323)
18. 오뉴월에 감을 구한 도효자(7-17. pp.492~493)
19. 독수리가 물어다 준 도효자의 고기(7-17. pp.493~494)
20. 오월에 홍시를 구한 도효자(7-18. pp.53~55)
21. 솔개가 도와 준 효자(7-18. p.55)
22. 효자와 홍시(8-6. pp.215~218)
23. 효자와 호랑이(8-8. pp.646~647)
24. 여름에 홍시를 구한 효자(8-9. pp.904~906)

야기도 있고[이야기 번호 3], 솔개가 고기를 물고 간 것이 아니라 호랑이
가 고기를 물고 갔고, 또 그 호랑이가 홍시가 있는 집까지 효자를 태워
주었다는 이야기도 있다.[이야기 번호 13] 심지어는 어머니가 홍시를 먹
자마자 죽었다는 이야기[이야기 번호 24]도 있다.

이렇게 다양한 口碑傳承은 다름 아닌 도시복 이야기의 수용이라고
할 수 있다. 기록으로 남겨진 이야기가 입에서 입으로 전승되면서, 話者
들은 나름의 수용을 거쳐 이야기를 다시 전달한 것으로 볼 수 있다. 可
變性은 積層文學인 口碑文學의 특징 중 하나인데,31) 이 가변성은 다름
아닌 다양한 수용과 맞닿아 있다.

학습자들은 기록으로 된 '도시복 이야기'를 학습한 후에 다양한 반응
을 보일 수 있고, 그 다양한 반응들이 다른 사람에 의해서도 나타났다는
것을 알게 됨으로써 작품의 수용에 대한 認識을 새롭게 할 수 있다. 한
이야기에 대해 많은 사람들이 다른 수용을 했다는 사실을 통해서, 학습
자 자신의 수용 또한 주관적이지 않고 객관적이고 총체적인 수용이라는
것을 직접 확인할 수 있다. 따라서 '도시복 이야기'는 학습자들에게 창조
적 수용의 자료로 활용될 수 있다.

(2) 교재화를 위한 다시 쓰기

고전 자료는 일차적으로 번역을 해야 하고 그 다음에 학습자의 知的,
情意的 水準에 맞게 變容되어야 한다. 感虎鳥傳說 역시 원문 번역 그
대로는 초등학생들이 배우기에 어렵고, 적당한 형태로 변용되어야 초등
학생의 학습에 타당한 학습 자료가 될 수 있다.

---

31) 김승찬 외, 『한국문학개론』, 삼지원, 1995, p.402.

1) 다시 쓰기의 基準

다시 쓰기를 위해서는 일정한 기준이 있어야 한다. 이를 '原典의 敎材的 變容'이라 이름붙일 수 있다. 하나의 자료는 변용 의도에 따라 여러 형태로 변용이 가능하다. 우리는 感虎鳥傳說을 학습 자료로 쓴다는 변용 의도가 있다. 즉 학습 자료로 제시하기 위해 感虎鳥傳說을 '다시 쓰기'한다는 말이다. 교재화를 위한 변용인데, 이를 위한 기준으로 人間要因, 言語要因, 活動要因과 관련시켜 추출할 수 있다.[32]

인간요인은 학습자인 학생을 연구한다. 언어요인은 음성언어와 문자언어, 표현언어와 이해언어, 언어의 구조와 기능 등에 관한 연구이다. 그리고 활동요인은 문예적인 표현과 이해에 대한 연구이다. 이를 매끄럽게 다듬으면 인간요인은 '學習者 想定'이라는 기준으로, 언어요인은 '영역·매체 고려'라는 기준으로, 활동 요인은 '原典의 의미 고려'라는 기준으로 설정할 수 있다. 간단히 말하면 교재화라는 의도로 原典을 변용하는 경우 학습자를 상정하고, 영역·매체를 염두에 두고 原典의 의미를 고려해야 한다는 기준을 설정할 수 있다.

이러한 기준에 의거하여 다시 쓰기의 방법들을 찾을 수 있다. 우선 인간요인은 학습자 상정이므로 이와 연관된 방법은 ①주제 이해 ②플롯의 단순·명쾌성 ③생동감 있는 대화 ④감각적 어휘 ⑤첫 문단의 빠른 전개 ⑥짧고 반복적인 문장 구조 등으로 들 수 있다. 이중 내용과 관련된 부분은 ①주제 이해이고 형식과 관련된 부분은 ②~⑥이다. 언어요인은 영역·매체 고려이므로 이와 연관된 방법은 ①융통성 있는 끝 범주 ②음성언어일 때 낭독, 발음 고려 등이다. 활동요인은 原텍스트의 의

---

32) 최현섭 外, 『국어교육학개론』, 삼지원, 1999, pp.42~43.
　　김대행 외, 『문학교육원론』, 서울대학교출판부, 2000, p.8.

미 고려이므로 이와 연관된 방법은 ①첨삭 ②중요 자질 포함 ③자연스러운 話者와 시점 등을 들 수 있다. 내용 관련은 ①과 ②이고 형식 관련은 ③이다. 이상의 결과를 나타내면 다음과 같다.[33]

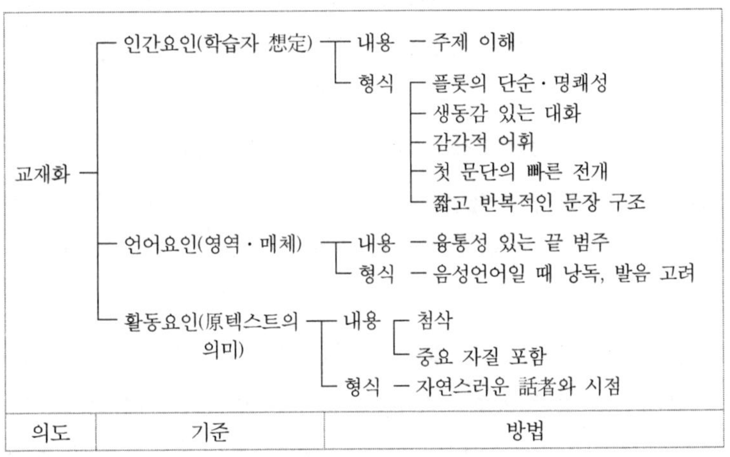

의도	기준	방법

2) 다시 쓰기

위의 변용 의도와 기준 그리고 방법을 고려하여 모계와 도시복의 이야기를 초등학교 5~6학년 수준에 적당한 학습 자료로 다시 쓰기를 해 보았다.

① 모계 조강 이야기[34]

지금부터 오래 전에, 충청북도 청원 땅에 모계 조강이란 사람이 살고 있었습니다. 조강은 정성을 다해 어머님을 모셨고, 마을 사람들 또한 그

---

33) 본항의 論旨 展開와 아래의 그림은 '辛源琪, "교재화를 위한 텍스트 변용 양상 고찰", 한국초등국어교육학회, 『문학수업방법』, 박이정, 2000.'을 참조했음.

34) 제목을 '蒼鶻墜鴨圖' 또는 '송골매가 오리를 떨어뜨린 이야기'로 하기보다는 '모계 조강 이야기'로 하는 편이 학습자에게 쉽게 認知될 것이라고 생각했음.

런 조강의 효행을 모두 다 흐뭇하게 여겼답니다.

어느 무더운 여름날, 조강의 정성에도 불구하고, 어머니가 병을 앓게 되었는데, 편찮으신 조강의 어머니는 오리고기를 잡숫고 싶어 하셨습니다. 지금은 오리 고기를 시절에 관계없이 구할 수 있지만, 그 때는 겨울에만 오리를 구할 수 있었습니다. 조강은 여기저기 다니면서 오리 고기를 구하려고 하였지만, 한여름이라서 오리를 구할 수 없었습니다. 조강은 어쩔 줄 몰라 하면서 울면서 벌판을 방황했습니다.

그때 갑자기, 울고 있는 조강 앞에 뭔가가 툭 떨어졌습니다. 조강이 깜짝 놀라 쳐다보니 그것은 다름 아닌 오리였습니다. 송골매가 오리를 쳐서 조강 앞에 떨어뜨린 것이었습니다.

조강은 하늘을 향해 감사를 드리고, 그 오리를 집으로 가져 와서 어머니께 요리를 해 드렸습니다. 오리를 잡숫고 난 어머니는 씻은 듯이 병이 나았습니다.

마을 사람들은 하늘이 낸 효성이라며 조강의 효를 칭송했습니다.

② 도시복 이야기

옛날 경상북도 예천군 상리면 용두리 야목 마을에 도시복이란 사람이 살고 있었습니다. 시복은 가난했지만 효성이 지극했습니다. 시복은 날마다 산에 가서 나무를 해서, 그 나무로 숯을 만들어 팔아 고기를 사서 어머니 진지상에 고기 반찬을 항상 올려 드렸습니다.

하루는 시복이 시장에 가서 볼일을 보고 해가 져서야 돌아 오게 되었습니다. 그래서 바삐 집으로 돌아오는데, 갑자기 솔개 한 마리가 날아오더니, 시복이 어머니에게 드릴 고기를 홱 낚아 채 가버렸습니다. 시복은 눈으로 솔개를 쫓았지만, 솔개는 곧 까만 어둠 속으로 사라져버렸습니다.

시복은 어머니께 드릴 고기 반찬이 없어져서 슬피 울면서 집으로 왔습니다. 집에 들어서니, 이상하게도 솔개에게 뺏긴 고기가 집 뜰에 있는 것이 아니겠습니까? 시복은 좋아라고 하면서 그 고기를 어머니 진지상에 올려 드렸습니다.

어느 날 편찮으신 어머니께서 감홍시를 찾으셨습니다. 그때는 오월이라 감홍시를 구할 수 없었습니다. 시복은 감나무 있는 곳은 어디든 가서 혹시나 감홍시가 있을까 찾았지만 헛수고였습니다. 시복은 감나무 숲을 방황하다가 날이 저문 줄도 몰랐습니다.

그 때 시복 앞에 집채만한 호랑이 한 마리가 나타났습니다. 시복은 너무 놀라 어쩔 줄 몰라 했습니다. 하지만 호랑이는 시복을 놀라게 하지 않고, 자꾸 타라는 시늉을 했습니다. 시복은 날도 저물고, 또 달리 어쩔 수가 없어서 호랑이 등에 올라 탔습니다.

호랑이는 그곳에서 백여 리 떨어진 산골 마을에 도착하여 시복을 내려 놓았습니다. 시복은 밤중에 불빛을 찾아 어느 집으로 들어 갔습니다. 조금 있으니, 주인이 제삿밥을 시복에게 대접했는데, 밥상에 감홍시가 있었습니다. 시복은 기뻐하며 자신의 사정을 말하며 주인에게 웬 홍시냐고 물었습니다. 주인은 고개를 끄덕이며 시복의 말을 듣더니 다음과 같이 대답했습니다.

"돌아가신 아버지께서 홍시를 즐겨 잡수셨기 때문에 해마다 가을에 홍시 2백 개를 골라 굴 속에 보관했습니다. 지금과 같은 5월에 보면 온전한 홍시는 7, 8개에 지나지 않습니다. 그런데 올해에는 50개나 온전하게 갈무리되어 있었습니다. 그래서 그 이유를 몰라 이상하게 여기고 있었는데, 오늘 보니 하늘이 바로 당신의 효성에 감동해서 홍시를 50개나 온전하게 만들어 준 것 같습니다."

말을 마친 주인은 시복에게 홍시 20개를 주었습니다.

시복이 주인에게 감사하고 문밖을 나오니 호랑이가 아직도 엎드려 시복을 기다리고 있었습니다. 시복은 다시 호랑이를 타고 집으로 오니 그 때 새벽 닭이 울었습니다.

그 뒤, 어머니께서 오래 사시다가 돌아가셨을 때, 시복은 어머니의 죽음을 슬퍼하며 피눈물을 흘렸다고 합니다.

4. 맺음말

이제까지 感虎鳥傳說의 교재화 방안에 대하여 고찰해 보았다. 사람의 행위가 호랑이나 새를 감동시키고, 다시 호랑이나 새의 행위가 사람을 감동시키고 있는 이야기가 感虎鳥傳說이다. 감호조전설에서는 一方向的인 감동이 아니라 雙方向的인 감동이 이루어지고 있었고, 그 감동의 핵심은 孝였다.

본고에서는 두 편의 感虎鳥傳說을 대상으로 교재화의 가능성을 살폈다. 하나는 慕溪 趙綱의 이야기였고, 다른 하나는 也溪 都始復의 이야기였다. 조강의 이야기는 한여름에 송골매가 오리고기를 구해 주었다는 내용이었고, 도시복의 이야기는 솔개가 고기를 집뜰에 가져다 놓고, 호랑이로 인해 어머니가 먹고 싶어 하신 홍시를 한여름에 구했다는 내용이었다. 두 편의 이야기 모두, 첫째, 구체적인 장소와 관련 인물이 확인되고, 둘째, 호랑이와 새의 행위가 흥미를 주고, 셋째, 微物도 孝를 안다는 암시에서 敎訓性도 아울러 느끼게 한다고 보았다. 그래서 이 두 편의 이야기는 교재화할 가치가 충분하다고 생각했다.

感虎鳥傳說을 교재화해서 얻을 수 있는 의의는 두 가지였다. 문학의 목표 중 하나인 '다양한 삶의 總體的 理解'를 위해 活用할 수 있고, 文學疏通의 완성 단계인 '創造的 受容'의 자료로 활용할 수 있다는 것이었다.

그리고 교재화를 위한 ‘다시 쓰기’의 기준과 ‘다시 쓰기’한 자료를 제시했다.

본고에서는 感虎鳥傳說을 개관하고 교재화의 의의와 교재화에 적합한 자료를 제시했다. 이 자료에 근거한 구체적인 교수·학습 활동을 제기하지 않은 것이 한계로 남는다. 이는 後考를 期約하기로 한다.[35]

---

35) 본고를 읽고 서울교대 方仁泰 교수는 크게 3가지를 보충·질의해 주었다.

① 문학 작품의 창조적 수용, 즉 문학 작품의 감상을 작품 소통의 최종 단계로 보았는데, 문학은 창작과 감상을 겸해야 하는 활동이어야 한다.

② 교재화를 위한 원전 자료의 변용 기준은 과연 타당한가?

③ 다시 쓰기 한 내용 중 일부에 약간의 무리가 보인다.

방교수의 이런 지적을 겸허히 받아들인다. 이 논고가 완성된 주장이 아니라 아직은 ‘試考’의 성격이기 때문이다. 필자 또한 이 지적뿐 아니라, 후속 작업을 통해 모자라는 부분을 보완하여 ‘感虎鳥傳說의 教材化 方案’을 계속 考究할 작정이다. 어떻게 보면 방교수의 질의는 필자가 스스로에게 ‘지금도’ ‘계속’ 던지고 있는 질문이기도 하고, 그 해답을 찾기 위해 ‘지금도’ ‘계속’ 노력하고 있다고 덧붙이고 싶다. 원고를 꼼꼼히 읽고 질의하신 방교수께 다시 한번 감사의 말씀을 전한다.

IV. 〈玭吝考妣〉 이야기의 意味와 교과서 敎材化 方案

1. 머리말

故事成語는 인간의 다양한 역사를 짧은 한 구절에 함축하고 있으면서 우리 삶의 모습을 그대로 반영하기도 하고 삶의 방향을 제시해 주기도 한다. 그러므로 고사성어는 단순히 옛날에 있었던 일이나 어떤 사실에서 유래한 成語로 끝나지 않고 지금까지도 시대나 개인의 제약을 벗어나서 보편적이며 다양하게 쓰여져 우리 언어생활의 一骨幹을 이루고 있다.

고사성어는 일반적으로 우리 언어 생활 속에 깊숙이 뿌리내린 '矛盾', '推敲', '管鮑之交' 등의 成語처럼 중국에서 유래한 것으로 생각하기 쉽지만, 동서양 어느 곳에나 있어 왔다. 우리의 생활 주변에서 자주 사용하는 우리 고유의 고사성어로는 최영 장군의 이야기에 나오는 '황금 보기를 돌과 같이 하라[視金如石]'라든가 '玭吝考妣', '안성맞춤' 등이 있다.[1]

---

1) 이 밖에도 '쟁반 위의 조홍감[盤中早柿]', '고양이 목에 방울 달기[猫項懸鈴]', '두더지의 결혼[鼴鼠婚]', '至誠感天', '童子蔘', '도깨비 방망이', '욕됨을 참고 기다리다[忍辱而待]', '개뱅이다리[佳芳橋]', '兄弟投金', '네말이 옳다[汝言是也]', '손톱이 손바닥을 뚫었다[爪甲穿掌]', '방울 차고 자신을 경계하다[佩鈴自戒]', '좋지 못한 꿈이 좋은 일을 이루다[凶夢大吉]' 등을 들 수 있다. 우리 옛 문헌에는 고사성어

漢文에서 유래한 고사성어는 '推敲'와 같이 二字成語일 때도 있지만 주로 四字成語일 경우가 많다. 고사성어의 의미를 알기 위해서는 漢字·漢文에 관한 기초적인 지식이 필요하다. 역사적으로 우리의 언어 생활은 한자 문화권 속에서 영위되어 왔고, 국어 어휘의 70% 이상을 한자어가 차지하고 있는 현실을 直視할 때, 한자·한자어 학습이 우리말의 올바른 사용에 얼마나 필요한 것인가를 알 수 있다.[2] 특히, 專門用語, 學術用語가 대부분 한자어임은 문자 생활에서 한자가 차지하는 비중이 그만큼 높음을 뜻한다. 그러므로 우리말을 정확하고 세련되게 구사하려면 한자학습이 무엇보다 중요하다.[3]

〈자린고비〉는 우리 고유의 고사성어이다. 〈자린고비〉와 〈자린고비〉와 같은 뜻을 지닌 구두쇠나 돈벌레에 관한 이야기는 제6차 교육과정에 의해 편찬된 교과서에 여러 번 제재로 나온다.[4]

본고에서는 먼저 〈자린고비〉의 語源과 의미에 대해서 살펴보고 사회 일각에서 '玭쏨考妣賞'을 제정하여 시상하는 작태에 대해서 비판한다. 이 賞은 지독하게 〈자린고비〉 행위를 한 실존 인물 조륵(趙玏)이 황혼기에 厚德人으로 變身한 일을 두고 제정한 賞이지만 그 발상 자체가 잘못되었음을 비판하고 앞으로 이 賞에 맞는 명칭을 제시하기로 한다. IMF 구제금융 이후 사회 경제적인 측면에서 절약의 이데올로기化는 사회 전반과 교육 현장에 〈자린고비〉 선풍을 일으켰다.

를 많이 수록하고 있다. 우리의 고사성어를 적극적으로 문헌에서 찾아내고 그것을 실생활에 활용하는 노력이 있어야 하겠다.
  (이신성, "故事成語 敎材의 이해", 『우리 고전문학 교재의 이해』, 보고사, 1999, 참조.)

2) 이신성, 『위와 같은 책』, 참조.

3) 河岡震, 『디지털 시대의 生活漢文』, 세종출판사, 2001, 3쪽, 참조.

4) 논고의 진행상 '구두쇠', '돈벌레', '수전노' 등을 〈자린고비〉로 부르기로 한다.

〈자린고비〉 이야기는, 「토끼의 재판」5)에서 보듯 背恩이라는 제재를 통해 報恩의 의미를 일깨울 수 있는 것과 같이 지독하게 인색한 사람의 행위를 통해 人情의 의미를 깨우칠 수 있어서 여러 교과에 다양하게 교재화할 수 있다. 〈자린고비〉와 이와 관련해서 일으킨 현상들이 교육적으로 어떤 성과와 폐해가 있었는지 알아보기로 한다.

口傳이나 野談으로 전하는 〈자린고비〉 이야기와 초등학교 교과서에 교재화 된 〈자린고비〉 이야기의 의미를 살펴보고 바람직한 교재화 방안에 대해서 고찰해 보기로 한다.

2. 〈玼吝考妣〉 이야기의 意味와 教材化

〈玼吝考妣〉는 '부모 제사 때 쓰는 紙榜을 기름에 절여 씀으로써 부모 제사에 흠이 될 정도로 지독하게 인색한 사람'을 뜻하는데6), 구두쇠[물

---

5) 「토끼의 재판」은 제4차와 5차 교육과정에 의해 편찬된 국어 교과서에 극본 형식으로 실렸고, 제7차 교육과정에 의해 편찬된 3-1학기 국어 『읽기』 교과서에 극본으로 실려 있다. 이 교재는 背恩을 통해 報恩의 중요성을 깨닫게 하는 교재라 할 수 있다. 「토끼의 재판」은 19세기에 편찬된 것으로 추정되는 『醒睡稗說』(古今笑叢 所收)에 실려 있는데, 토끼가 아니라 여우로 나온다. 제7차 교육과정에 의해 편찬된 교과서에 실린 「토끼의 재판」은 방정환 극본(1923년작)을 택했는데 호랑이가 궤짝에 갇혀 나그네에게 구원을 요청한다. 궤짝은 함정으로 고쳐야 한다.

6) 〈자린고비〉는 '(소금에) 절인 굴비'가 자린고비로 변한 말이라는 설이 있다. 〈자린고비〉가 반찬을 아끼기 위해 '매달아 놓은 굴비 한번 쳐다보고 밥 한 술 먹는다'는 '자린고비 이야기'는 '절인 굴비'에서 나온 이야기이다. '절인 굴비'는 〈자린고비〉의 語源으로 널리 알려져 있고, 일반적으로 그렇게 인식하고 있다.
  또 '(기름에) 절인 考妣'가 '자린고비'가 되었다는 설이 있기도 하다. 이는 〈玼吝考妣〉의 '자린'을 '(기름에) 절인'으로 생각하여 '기름에 절인 考妣[紙榜]', '기름 칠한 고비[紙榜]'가 되어 〈자린고비〉로 변했다는 설로, 〈玼吝考妣〉의 語源에 접근했지만 주객이 전도된 논리이다. 그러므로 〈자린고비〉는 〈玼吝考妣〉에서 그

질로 인해 마음이 몹시 굳고 인색한 사람, 守錢奴[돈을 지나치게 아껴 모을
줄만 알고 쓸 줄을 모르는 사람을 낮게 일컫는 말], 노랑이[옹졸하고 몹시 인
색한 사람], 깍쟁이[인색하고 利己에 밝은 사람], 돈벌레[자나깨나 돈밖에 모
르고, 돈이라면 목숨까지도 아깝게 여기지 않는 사람][7] 등이 같은 의미를
지닌다.

(1) 〈자린고비〉의 의미

〈자린고비〉는 '부모 제사[考妣는 제사 때 쓰는 紙榜을 의미함]에 흠[흠疵]
이 될 정도로 인색[인색할 좀]한 사람'을 지칭한다. 전통적으로 祭祀는 조
상을 追慕하는 마음으로 정성을 다해 모시는 것이 도리이다. 어떤 인색
한 사람이 부모 제사를 지내는데 燒紙해야 할 紙榜을 기름칠해 보관해
두었다가 다음 제사 때 다시 썼다. 이는 제사 절차를 무시한 행위이다.

〈자린고비〉 이야기는 물질적인 가치를 지나치게 추구하여 자신의 삶
과 주변인의 삶을 피폐하게 만든다는 것을 말함으로써 현대인들의 삶에
警戒를 주고자 한다. 또한 물질적 豊饒로 인한 지나친 자원의 낭비를
경계하고, 〈자린고비〉의 인색함 중에서 비용을 아끼는 점만은 낭비가
심한 사람에게 절약의 중요성을 일깨울 수 있다.

요즈음 어린 세대는 물질의 풍요로움 속에 거의 방임한 상태여서 생
활 속의 절약의 의미와 중요성을 모르고 성장하고 있다. 일부 학부모나
교육 현장에서 〈자린고비〉의 인색함을 절약의 의미로 잘못 인식하여 교
육되고 있음은 바로 인간성의 상실, 인간 관계의 단절, 금전만능과 재물
의 목적성을 주입시키는 愚를 범하게 된다.

의미를 찾아야 한다.

7) 제6차 교육과정에 의해 편찬된 국어 『읽기』 5학년 2학기, 134쪽, 「목숨보다 귀한
    호랑이 가죽」 참조.

일회용품이 넘쳐나는 시대에 살면서 절약이란 의미는 不知不識間에 퇴색해가고 있다. 따라서 〈자린고비〉가 보여주는 집요한 인색함은 절약하는 마음의 동기를 부여할 수도 있을 것으로 보인다. 그러나 〈자린고비〉의 몰인정적인 인색함은 그 자체로 매도되어야지 절약의 의미로 확대 해석되는 일이 있어서는 안 된다.

〈자린고비〉의 인색은 물질에만 그 목적이 있다. 물질은 비록 인간생활에 필요 불가결한 요소이긴 하지만, 인간이 이것을 다루고 조절할 때는 인간은 반드시 주체적 입장에 있어야 한다. 〈자린고비〉처럼 물질에 종속되어 인간관계를 황폐화시키는 행위나 사회 현상이 나타나서는 곤란하다.

현대 사회는 혼자서 살아갈 수 없는 조직화되고 분업화 된 사회이다. 이 점은 남과 더불어 나누고 살아야 함을 의미한다. 자신의 재산이나 건강조차도 남과 함께 할 때[장기 기증, 헌혈 등] 더불어 사는 진정한 의미가 있다는 것을 확인하고 내가 향유하는 물질을 보면서 다른 사람들의 노고에 감사할 줄 알아야 한다.

극단적인 낭비와 과소비를 IMF의 환란을 부른 요인 중의 하나로 보는 측면이 있다. 그 때의 절박한 상황이 절약을 이데올로기化하여 〈자린고비〉를 '模範的인 節約人'으로 찬미하는 어처구니없는 일이 벌어졌고 현재까지도 진행되고 있다. 이런 잘못된 현상이 빨리 시정되지 않는다면, 〈자린고비〉의 悖惡[인간성 상실, 인류에 대한 거부, 지나친 물질에 대한 집착으로 인한 남에 대한 극단적 무관심과 금전만능 사고 등]이 우리의 2세에게 씻을 수 없는 악영향을 미칠 것은 自明한 일이다.

다음 항에서 제시할 이야기에서의 〈자린고비〉는 인색의 차원을 넘어 물건·시간에 집착하여 인간의 도리나 인간성마저 상실하는 물질만능적 사고의 극단을 보여준다. 이것은 인간이 본연적으로 보여주어야 할 인간 삶에 대한 인식이 얼마나 왜곡되어 있는가 하는 부정적 면을 강조하고 있다. 물론 그 戲畵化된 이야기 속에서 절약의 정신을 스스로 찾고 인색함을 禁忌視해야 할 事案으로 內面化할 것이라는 전제 하에 〈자린고비〉 이야기를 이해해야 한다. 즉 절약하는 정신과 인색함과의 사이에 명확한 구분은 반드시 필요하다.

節約은 '吝嗇'과는 근본적으로 다르다. 인색이 인간성을 도외시한 물질 만능적 사고의 표본이라면, '절약'은 물건·시간 등을 아껴 사용하되 필요할 때 '쓰는 美德'이고, 이는 인간 중심적 생활 태도의 표본이라 할 수 있다.

인간이 살아가는 데는 물질적인 면뿐만 아니라, 정신적인 면도 매우 중요하다. 아니 오히려 정신적 빈곤이 인간생활에 끼치는 영향은 물질적 빈곤보다 그 害惡이 더 클 수 있다. '절약'이라는 측면은 물질, 정신적인 면에서 물질이 보다 나은 목적을 지향하는 수단적 역할을 한다는 기대를 가지게 하는 반면, 〈자린고비〉가 보여주는 '인색한 면'은 물질만능의 시대에 인간의 사고가 물질을 目的化하는 일면을 보여준다. 이것은 현대의 배금주의 풍조와도 맞닿아 있다.

인간이 추구하는 삶에서는 자기만 알아서 지나치게 아끼는 인색함보다 모두가 함께 살아가는 사회적 존재로서의 책임을 가진 절약정신이 더 중요시된다. 절약하는 생활과 〈자린고비〉의 인색한 생활과의 차이는 과연 무엇일까? 인색하게 돈을 모으는데 열중하다 생을 마감하는 〈자린고비〉는 비극의 극치이다. 營養失調에 이를 정도로 음식을 아끼고 쓸 곳에도 비용을 들이지 않음은 다름 아닌 〈자린고비〉이다. 최소한의 비용으로 살면서 꼭 소용되는 일에는 비용을 들이는 것이 절약이다. 〈자린고비〉는 인간 관계의 不在, 건전하지 못한 사고 방식, 인간성의 상실 등과 같은 문제성을 惹起시켜 미래에 과다한 기대 비용을 발생시킬 것임은 明若觀火한 일이다.

절약하는 생활 태도는 필요한 곳에 합리적인 계산을 통해 알뜰 소비를 함으로써 가능하며, 인색한 생활 태도는 吝嗇의 도를 더하면 더할수록 욕구 충족과는 괴리되어 극단적으로는 자기 파멸에 이를 수 있게 한다.

인간성과 사회를 황폐화시키는 〈자린고비〉 형상이 우리 사회 곳곳에 도사리고 있다. '구두쇠 정신을 본받자'라든가 '玼吝考妣賞'을 제정하여 施賞하는 일들이 이와 같은 현상을 부채질하고 있음이다. 우리는 이를 방관해서는 안 된다.

(2) 〈자린고비〉 조륵과 厚德人 조륵의 「慈仁考碑」

〈자린고비〉의 元祖는 충북 음성 출신 趙玏(1649~1714)이다. 『陰城郡誌』에 실린 기록을 살펴보기로 한다. 인용문은 내용을 다듬고 필요에 따라 문장을 잘라서 인용하였다.

1) 〈자린고비〉의 元祖 趙玏

이제 『陰城郡誌』에 실린 조륵에 관한 기록을 통해 자린고비의 語源, 자린고비 행각, 改過遷善한 조륵, 賞讚 및 후대인이 세운 「慈仁考碑」와 「玼吝考妣 조륵선생 유래비」에 관해서 살펴보기로 한다.

'자린고비'는 구두쇠, 지독히 인색한 사람, 지독하게 절약적인 사람의 대명 사로 통하는데 아마도 그 語源은 '절인 考妣'의 발음이 변하여 된 것이 아닌 가 생각된다. 옛날 한 자린고비가 그의 부모 제사에 쓰는 紙榜을 매년 갈아 쓰기가 아까워 그 지방을 기름에 절여서 쓴 데에 연유하여 '절인고비'→'자 린고비'로 변음한 것이 아닌가 생각된다. 자린고비는 옛부터 우리나라의 전 국 방방곡곡에서 많이 배출되어 가난을 슬기롭게 극복하고 부자가 된 사람 들의 일화와 애환을 남겨 놓았다.[8]

조륵(1649~1714)은 조선 후기의 자선가, 英祖 때 사람이다. 陰城郡 金旺
邑 三鳳里에서 出生하였다. 부지런히 일하고 절약하여 많은 재산을 모았다.
평생동안 재산을 모으고 쓰지 않았다. 回甲 전까지는 열심히 일만하고 쓰지
않았다.

회갑연에서 재산을 조금 쓰고, 그 후에 가난한 이웃을 도와 주었다. 재산
을 모으는데 대한 많은 일화가 음성과 충주 지역에 전한다.

그가 죽은 후에 그의 도움을 받은 많은 사람들이 은혜를 잊을 수 없어 비
를 세웠는데 비의 이름이 「慈仁考碑」라 하였다. 이는 재물로 어진 일을 한
연고로 비를 세운다는 뜻이다.

흔히 후대 사람들이 〈자린고비〉라 하여 구두쇠의 대명사로 쓰고 있으나
실은 자선 사업가를 찬양하는 대명사로 써야 할 것이다. 조륵은 평생 피땀
흘려 모은 재산을 자신의 호의호식하는데 사용하지 않고, 굶주리고 불쌍한
이웃에게 아낌없이 사용했다. 오늘을 사는 우리에게 자랑할만한 인물이고
그의 높은 뜻을 본받아야 마땅할 것이다.

「慈仁考碑」는 지금의 薪尼面에 있었으나, 新德貯水池를 만들기 전에 그
곳에 있었다고 전하고 있지만, 저수지에 잠겨 고증할 길이 없다. 1995년 10
월에 후손들에 의해 忠州市 薪尼面 대화리 화치마을 뒷산 중턱에 「慈仁考
碑」가 다시 세워졌다.9)

〈자린고비〉는 실존 인물 조륵의 생활 태도에서 나왔다. 그는 지독하
게 인색하여 〈자린고비〉로 불려졌고 재산을 많이 모아 부자가 되었다.
그는 황혼기에 접어들자 자선사업가로 변신하여 어려운 사람에게 모은
재산을 베풀었는데, 은혜 입은 사람들이 그를 위해 「慈仁考碑」를 세웠
고 나라에서는 加資를 내렸다.

〈자린고비〉의 어원 중 부모 제사에 쓰는 紙榜에 드는 종이가 아까워

8) 『陰城郡誌』, 1986, 1419쪽, 참조.

9) 『陰城郡誌』, 1996, 1593쪽, 참조.

서 한번 쓴 지방을 燒紙하지 않고 기름에 절여 쓰므로 '절인 考妣'가 자린고비로 변했다고 했다. 그러나 이 어원은 '玼吝[흠이 될 정도로 인색하다]'의 뜻이 담겨 있지 않아 玼吝考妣의 어원을 제대로 밝히지 못했다. 어원을 제대로 밝히지 못한 결과, '가난을 슬기롭게 극복하여 부자가 된 자린고비'나 '흔히 후대 사람들이 〈자린고비〉라 하여 구두쇠의 대명사로 쓰고 있으나 실은 자선 사업가를 찬양하는 대명사로 써야 할 것이다.'라는 등의 표현을 썼다. 이는 근검절약하는 사람에게 붙일 수 있는 말인데도 〈자린고비〉에게 썼고, 이와 맥락을 같이 하여 자린고비 조륵의 부정적인 측면은 조금도 기록되어 있지 않고 자선사업가로 미화시켰다.

  이러한 잘못된 〈자린고비〉 시각은 급기야 陰城郡廳이 이를 기리는 기념비를 세우기까지에 이른다. 즉 조륵의 출생지인 음성군 금왕읍 삼봉리 마을 입구에 「자린고비 조륵선생 유래비」 안내 표지석10)과 「자린고비 조륵선생 유래비」를 세우고 해마다 〈자린고비〉를 선발하여 '자린고비대상'을 수상11)하고 있다.

---

10) 음성군청에서는 1998년 12월, 150만원의 예산으로 「자린고비 조륵선생 유래비」 표지석을 2개소에 설치했다.

11) 음성군의 「자린고비대상」 포상 계획을 담은 유인물에 따르면, 「자린고비 조륵선생 유래비」를 제막한 1998년부터 해마다 4명에게 「자린고비대상」을 시상하고 있다. 이 상의 수상자 선정 기준은 다음과 같다.
  ①어려운 경제 여건 속에서 근검 절약을 실천하고 저축을 많이 한 자.
  ②지역 사회 봉사는 물론 자선사업을 실천하여 군민의 귀감이 된 자.
  ③근검 절약, 소비 절약 운동 확산과 시책 추진에 노력한 자.
  ④이웃 주민들과 상부상조하면서 주민들로부터 신망이 두터운 자.
  위의 선정 기준에는 〈자린고비〉의 뜻인 '지독하게 인색한 사람'에게 상을 준다는 내용은 없다. 따라서 음성군의 「자린고비대상」은 그 명칭을 「조륵상」, 「慈仁考碑賞」, 「근검절약상」 등으로 바꾸어야 한다.
  음성군은 1998년부터 「자린고비대상」을 해마다 시상(대상, 금, 은, 동상 각 1명)해 왔다. 2001년 10월 30일에는 朱相普(대상), 金美榮(금상), 趙成潤(은상), 崔起鵬(동상) 등 4명이 「자린고비상」을 수상했다. 음성군에서는 지금까지 16명의

이제 「자린고비 조륵선생 유래비」에 새겨진 내용을 소개하면 다음
과 같다.12)

조륵(趙玏) 선생(1649~1714)은 조선 인조 때 중부 참봉 유증(惟曾)의 넷째
아들로 음성군 금왕읍 삼봉리에서 태어났으며 선생의 생가가 있다. 선생은
평생을 부지런하게 일하고 절약하여 구두쇠라는 말을 들으면서 만석군의
재산을 모았다.13) 선생이 회갑을 맞아 당시 전라 경상도 지역에 심한 가뭄
으로 고통을 받고 있는 기근민들에게 그동안 모은 재산을 아끼지 않고 많은
도움을 주었다.

선생의 도움을 받은 기근민들이 선생의 고마운 뜻으로 공을 기리고자 자
인고비(慈仁考碑)라는 송덕비를 세웠는데 고(考)자는 나를 낳아준 사람도
부모지만 내가 죽게 되었을 때 도와 준 것 또한 부모라 하여 조륵 선생이
어려운 이웃을 도와 이들을 살게 해주었기 때문에 사랑스럽고 어질기가 부
모같다는 뜻을 명명한 것으로 전해진다. 또한 경상 전라 지방의 관리들이 선
생의 공을 조정에 상소하여 정3품에 해당하는 가자(加資)의 벼슬이 하사되

〈자린고비〉를 배출한 셈이다. 특히 「자린고비상」을 받은 趙成潤氏는 조륵의 十
代孫이 되어 조선일보, 중앙일보, 문화일보 등 6개 신문사와 KBS 충주, 충주
mbc 등 언론기관에서 「자린고비 후예 조륵선생 10대손 조성윤씨 표창」이라는
題下로 연일 보도되었다.(음성군 공업경제과에서 인터넷 검색 자료를 건네 받
았음. 2001.11.8.)
12) 음성군청에서 시행한 「자린고비 조륵선생 유래비」 설치 유인물에 의하면, 자린
고비 조륵의 출생지인 음성군 金旺邑 三鳳里 마을 입구에 1998년 12월에 650만
원의 예산을 들여 「자린고비 조륵선생 유래비」를 제막했다. 「자린고비 조륵선
생 유래비」와 관련한 자료와 비문은 음성군 문화 공보실에 근무하는 李淳元씨
와 조륵의 후손 趙成弼씨가 보내왔다. 필자는 2001년 11월 8일에 조륵의 후손
趙成弼(1950년생 : 청주시 홍덕구 분평동 1227번지 대상탑존 B동 406호, 043-29
1·4648)씨의 안내로 「慈仁考漢陽趙公玏之墓」와 「자린고비 조륵선생 유래비」
가 있는 현장을 답사했다.
13) 조륵은 참깨를 千石이나 수확했고, 가을에 벼를 쌓아 둔 노적가리가 조치원에
서도 보였다고 한다.(趙成弼氏가 필자에게 들려 준 이야기임. 2001.11.8.)

었으나 선생께서는 내 남은 재산으로 어려운 사람을 도와 주었을 뿐인데 그것이 무슨 대단한 일이냐며 끝가지 벼슬을 사양했다고 한다.

평생 동안을 피땀 흘려 모은 재산을 자신이나 후손들이 호의호식 하지 않고 어렵게 살아

▲ 〈자린고비 조륵선생 유래비, 음성군 금왕읍 삼봉리 입구〉

가는 이웃에게 아낌없이 도와 주었던 선생의 근검절약 정신과 자선사업의 행적은 우리 고장의 자랑이라 하겠다. 1995년 10월 후손들에 의해 충주시 신니면 대화리 화치마을 뒷산 중턱 조륵 선생의 묘소에 자린고비 정신이 담겨져 있는 묘비가 세워져 그의 높은 뜻을 후세에 기리고 있으며 지금도 선생에 대한 많은 일화가 전해지고 있다.

IMF 경제위기 상황에 처한 우리는 선생의 높은 뜻인 음성의 자린고비 정신을 몸소 실천하여 이를 극복하고 항상 어려울 때 일수록 근검절약을 생활화하면서 불우한 이웃을 내 가족처럼 돌보자는 취지에서 1998년부터 자린고비 대상제를 시행하고 있으며 그 뜻을 기리고자 이 유래비를 세우게 되었다.

1998년 11월 일   음성군수

「자린고비 조륵선생 유래비」는 표제어부터 문제성을 담고 있다. 이를 그대로 해석하면 '지독하게 인색한 조륵선생 유래비'가 된다. 더구나 「자린고비 조륵선생 유래비」의 내용 중 '음성의 자린고비 정신을 몸소 실천하여…'라는 내용은 言語道斷이다. 이런 오류는 근검절약과 자린고비를 같은 개념으로 보아 〈자린고비〉를 근검절약의 표상적인 인물로 인식했기 때문이다.14)

이제 음성군에서 시상한 「자린고비상」의 내용을 보기로 한다.

제 286호

자린고비상

품위 대상

주소 : 음성군 음성읍 읍내리
성명 : 주상보

위 분은 평소 근검 절약하는 알뜰한 생활을 통하여 저축에 힘써왔을 뿐만 아니라 어려운 이웃에게도 선행을 베푸는 등 자린고비 정신을 솔선 실천함으로써 이 시대를 살아가는 모든 이의 귀감이 되기에 이 상패를 드립니다.

2001년 10월 30일
음성군수 정상헌

위의 내용은 〈자린고비〉에게 주어지는 상이 아니다. 근검 절약하고 善行을 한 인물에게 주어지는 상이다.

조륵의 〈자린고비〉 행위와 慈仁考碑가 세워질 정도로 조륵이 시혜를 베푼 일은 별개의 문제이다.

이제 〈자린고비〉 조륵의 〈자린고비〉 행위에 관한 내용을 『음성군지』 '傳說란'에서 살펴보기로 한다.

처음에 조륵은 사람이 너무 지나치게 인색하고 지독한 구두쇠라고 해서 여러 사람에게 손가락질과 비웃음을 받기까지 했다.

① 쉬파리가 장독에 앉았다가 날아가니 그 다리에 묻은 장이 아깝다고 해서 "저 장 도둑놈 잡아라" 외치며 그 파리를 잡으려고 단양 장벽루까지 따라갔던 일

② 무더운 여름철이 되어 어쩌다 부채를 하나 사오면 그 부채가 닳을까봐 염려되어 부채를 벽에 매달아 놓고 그 앞에 가서 머리만 흔들거리도록

---

14) 「자린고비 조륵선생 유래비」는 이치에 맞지 않으니, 「조륵선생 시혜비」, 「慈仁考 조륵선생 유래비」, 「慈仁考 조륵선생 施惠 유래비」 등의 표제어로 바꾸고 비문도 이에 맞게 고쳐져야 한다고 생각한다.

했던 일

③ 하도 고기를 사먹지 않기 때문에 동네 사람이 어쩌나 보려고 생선 한 마리를 그 집 마당 가운데에 던져 넣었더니 조륵이 이를 발견하고는 "이 밥 도둑놈이 들어왔다"고 법석을 떨며 냉큼 집어 문밖으로 도로 내던진 일

④ 제삿날이 돌아와 어쩌다 바다생선(굴비)을 사오면 제사를 지내고 난 다음 그 고기를 천장에 매달아 놓고 쳐다보면서 밥 한 그릇을 치우는데 식구들이 두 번 이상 굴비를 쳐다보면 "애, 너무 짜다 물 켤라" 하며 호통쳤던 일

⑤ 자기가 없는 사이에 장모가 놀러 왔다가 돌아가는데 인절미 떡을 해서 먹고 약간을 보자기에 싸서 가지고 가는 것을 도중에서 조륵이 보고 펄쩍 뛰면서 그것을 도로 빼앗았던 일

⑥ 조륵은 일전 한푼도 남에게 빌려주는 일이 없고 인정도 사정도 눈물도 없는 木石과 같이 굳은 인간으로서 수십 년을 지냈더니, 마침내 그 지방에서 둘도 없는 구두쇠로 큰 부자가 되었다.

㉠ 이 소문을 들은 전라도 제일가는 구두쇠가 찾아왔다. 그는 조륵에게 물었다. "조선생님, 나도 전라도에서는 소문난 구두쇠올시다. 그런데 어느 정도의 구두쇠가 되어야 큰 부자가 될 수 있는 것입니까?" 조륵은 전라도 구두쇠의 묻는 말에 달다 쓰다 아무 말도 없이 있다가 "손님, 그러면 나하고 같이 나갑시다" 하고는 손님을 데리고 충주 탄금대로 향하고 있었다. 그런데 전라도 제일 가는 구두쇠가 신을 벗어 한 짝을 신고 한 짝은 들고 하여 교대로 신고 가는데, 음성 자린고비는 아예 신발 두 짝을 모두 들고 갔다. 이것만 보아도 음성 자린고비의 단수가 한 등급 위였다.

㉡ 손님을 데리고 탄금대까지 온 조륵은 시퍼런 강물이 굽이쳐 흐르는 쪽으로 뻗은 소나무 앞에 가더니 전라도 자린고비를 보고 말했다. "손님은 저 소나무 밑에 가서 두 손으로 매달리시오" 그리고 잠시 후에는 "이제는 한쪽 팔을 놓으시오" 이 말에 전라도 자린고비는 "아니, 그러면

저 시퍼런 강물에 빠져 죽지 않습니까?" 하고 죽을상이 다 되었다. 정말 그 밑에는 몇 십리 길이나 되는 낭떠러지에다 시퍼런 강물이 굽이치며 혀를 날름거리고 있었다. 손님은 얼른 두 손으로 나뭇가지를 붙들더니 죽을상이 되어 발발 떨고 있었다. 조륵은 "그러면 이제 올라오시오"하고 할 수 없다는 듯이 혀를 끌끌 찼다. 전라도 구두쇠는 온 힘을 다해 九死一生으로 올라오니, 그때서야 조륵은 말했다. "손님 들어보시오. 巨富가 되려면 예사로운 구두쇠 정도로는 안됩니다. 손을 놓으면 죽으니까요. 그러니까 萬事를 죽기를 각오하고 실행한다면 목적한 일을 달성할 수 있을 것이오." 아주 간단한 진리였지만 그 속에 담긴 불굴의 의지가 들어 있었기 때문에 그 손님은 말없이 고개를 끄덕였다.

ⓒ 저녁 때가 되어서 두 사람은 조륵의 집에 돌아왔는데 몇 년을 내버려두었는지 방은 창구멍이 뚫어져서 소슬바람이 새어 들어왔다. 손님은 저녁밥을 먹을 때 밥풀 몇 알을 남겼다가 자기가 가지고 온 창호지 조각을 끄집어내어 밥풀을 붙여 대강 창구멍을 가리고 잠을 잤다. 그 이튿날 아침에 이 집을 떠나는 손님은 고맙다는 인사말을 하고는 "조선생, 문에 발랐던 종이는 내 것이니 모두 뜯어 가지고 가렵니다." 하니 "암, 그래야지요, 떼어 가지고 가시오." 하고 서슴없이 승낙했다.

ⓛ 조륵의 집을 나선 전라도 구두쇠는 많은 것을 배웠다는 기쁨에 활개를 치며 걸어가는데 한 오리 정도쯤 가고 있는데 뒤에서 다급한 목소리가 들려 왔다. "여보 … 여보 … 손니임 … 나 좀 보고 가오" 뒤돌아 보았더니 조륵이 헐레벌떡 뛰어오는 것이 아닌가? 조륵은 숨이 턱에 바친 목소리로 "그 창호지는 손님의 것이니 가지고 가도 좋지만 그 종이에 묻은 밥풀은 내 것이니 떼어놓고 가야 마땅한 일이 아니겠소?" 한다. 손님은 하는 수 없이 주머니 속에 꼬기꼬기 집어넣었던 때묻은 종이 조각을 끄집어 내어주니 조륵은 준비해 가지고 왔던 木枕 위에 그 종이를 펼쳐 놓더니 칼로 밥풀 붙였던 자리를 박박 긁어내어 주머니에 담아 가지고 갔다. 전라도 구두쇠는 "과연 … 과연 …" 소리를 하며 귀향길을 재촉했다.15)

위의 내용은 지독하게 인색한 〈자린고비〉 조륵의 행위를 생동감있게 나타내 보였다. 〈자린고비〉 조륵의 자린고비적인 행위와 이를 배우겠다고 조륵에게 온 전라도 〈자린고비〉에게 〈자린고비〉가 되는 방법을 완벽하게 가르쳐 주는 두 부분의 행위로 나뉘어지며, 그 내용은 모두 9개이다. 조륵의 〈자린고비〉 행위 중 ⑤는 사위 집에 왔던 장모가 딸과 인절미를 만들어 먹고 남은 인절미를 보자기에 싸 가지고 가는데, 사위가 이를 알고는 그 인절미를 도로 빼앗아 갔다는 내용이다. 이는 吝嗇의 도를 넘어 悖倫的인 행위이다.

이와 같이 철저하게 물질의 노예가 되어버린 〈자린고비〉 조륵에게 가르침을 받고자 전라도 〈자린고비〉가 찾아왔다. 조륵은 전라도 〈자린고비〉에게 자린고비적 행위를 몸소 체험시킨다. 한쪽 신발을 벗고 가던 전라도 〈자린고비〉는 양쪽 신발을 벗고 가는 조륵을 보고 감탄했고, 탄금대에서 죽을 지경에 이르러 '萬事는 죽을 각오로 실행해야 된다.'는 조륵의 가르침을 몸소 체험하여 그 말을 뼛속에 새기게 되었고, 전라도 〈자린고비〉는 '창호지와 밥풀'에서 자신보다 훨씬 윗수인 〈자린고비〉 조륵에게서 많은 깨우침을 받았다고 생각하고 즐거운 귀향길을 재촉했다.

이와 같이 조륵의 철저한 자린고비적인 행위는 세인의 지탄을 받지 않을 수 없다.

조륵의 지독한 자린고비 행각16)은 결국 조정에까지 알려졌다. 조정에서

---

15) 『음성군지』, 1419~1421쪽, 참조.

16) 朝鮮朝 조정은 壬辰·丙子 兩大 戰亂을 겪고 난 뒤 民生苦는 극에 달하였다. 조륵은 이와 같은 어려운 배경 속에서 출생·성장했기 때문에 〈자린고비〉가 되지 않을 수 없었다. 특히 조륵의 伯父되는 趙惟顔은 孝子로 旌表를 받은 인물이었다. 이런 정황으로 보면 조륵이 晩年에 施惠한 일은 生育史에서 그 바탕이 이루어졌다고 본다.(이 내용은 趙成彌氏가 필자에게 들려준 말을 정리했다.)

는 너무 지독하고 不測한 자린고비 행위를 한 조륵에게 미풍양속을 해치는 일이라 하여 죄를 주기 위하여 암행어사 이모라는 이를 보내어 사실을 알아보게 했다. 이공은 客人 차림으로 가장하고 조륵의 집에 며칠 묵으면서 조륵의 행동을 살피게 되었다. 조륵은 암행어사 이공의 정체를 알 수 없는데도 웬일인지 전해들은 자린고비와는 전혀 달랐다. 이공에게 진수성찬에다가 고기와 안주, 떡 부침까지 대접하는 등 그야말로 勅使待接이었다. 친절하고 공손하기가 비할 데 없으니 이공은 오히려 의심이 부쩍 났다. 그런대로 며칠을 묵으며 두루 살피고는 그만 떠나려고 했더니 조륵이 "아니 이삼 일만 더 있으면 제 환갑이니 기왕이면 좀 더 쉬어서 놀다가 잔치나 보고 가십시오." 하고 한사코 만류했다. 이공은 못 이기는 체하고 며칠을 더 묵으면서 수소문해 보았다. 그러자 조륵은 환갑 나이가 되는 해에 접어들면서부터 누구에게나 후하게 대하고 너그러워지기 시작하여, 이웃의 어려운 사람을 불러다가 돈이나 곡식을 후하게 주는 등 인정을 베풀어 아주 딴판인 사람이 되어 있었음을 알게 되었다. 암행어사는 소문과는 아주 딴판이므로 조륵의 不測을 잘못 짚었다고 생각했다. 조륵은 세상에 소문난 것처럼 철저한 구두쇠가 아니라 厚德한 인물임을 알게 되었으므로 도리어 조륵을 고자질한 사람을 잡아다가 죄를 줘야겠다고 마음 먹었다.

그럭저럭 2-3일이 지나자 환갑날이 되었다. 초대받거나 구경온 손님들이 人山人海를 이루었다. 더구나 이 고장에서는 이름 난 갑부의 잔치이니 십여 마리의 소와 수십 마리의 돼지를 잡은 풍성한 잔치였다. 잔치가 한창 무르익을 무렵 조륵은 수백의 손님을 모아놓고 연설하기를, "여러분, 저는 저 혼자 잘 살려고 구두쇠 노릇을 한 것이 아니오, 오늘 찾아 오신 여러분을 위하여 도움이 되고자 근검절약을 내 평생의 사업으로 실천해 온 것인데 이제 그 뜻도 이루어지고 오늘이 마침 저의 환갑날이니 이제 제가 한 일은 끝난 것이요." 하고는 자기 재산을 모두 이웃들에게 골고루 나누어 주었다.[17]

조륵의 철저한 자린고비적인 행위는 미풍양속을 해치는 행위이다. 治

---

17) 『음성군지』, 1421~1422쪽, 참조.

者는 이를 방관할 수 없어서 암행어사를 파견하기에 이른다. 그러나 조륵은 소문과는 딴판이었다. 인생의 황혼기에 접어든 조륵은 자린고비적인 생활을 청산하고 厚德한 인물로 변신해 있었다. 그리고 자신이 지난날 자린고비적인 행위를 한 것은 어려운 사람을 돕기 위한 것이었음을 밝힌다. 이는 뒤에서 살펴 볼 野談 중 이야기꾼인 吳物音이 이야기 한 〈자린고비〉宗室 이야기와 비슷하다.

조륵의 변명과 변신은 납득하기 어려운 점이 있다고 하더라도 세인들에게 흐뭇한 일로 받아들여졌고, 지난날 지독하게 인색하기만 했던 자린고비적 행위는 문제시되지 않는다.

2) 厚德人으로 變身한 조륵과 賞讚

암행어사는 慈善事業家 조륵의 행적을 조정에 보고했고 조정에서는 조륵에게 賞讚을 내렸다.

조륵의 施惠 顚末을 지켜 본 암행어사는 자선가 조륵의 행적을 임금께 자세히 고했다. 임금도 기특하게 생각하여 조륵에게 친히 加資를 내리고 칭찬했다. 그리고 혜택을 받은 이웃과 사람들은 고마운 뜻을 실어 조륵에게 慈仁考碑라는 별명을 붙여 주고 그의 행적을 기리게 되었다. 그리고 그 이후 조륵의 은혜를 입은 경기, 전라, 경상도 백성들은 각기 그 곳에다 비석을 세워 그 비의 이름을 '慈仁考碑'라 하였는데, 이 '考'字는 '나를 낳아준 어버이'라는 뜻이라 한다.[18]

조륵의 은혜를 입은 사람들이 그를 기리기 위해 「慈仁考碑」를 세웠다. 「慈仁考碑」는 '아버지 같이 인자하고 어진 분을 기리기 위해 세운 비'라는 뜻이다.

---

18) 『陰城郡誌』, 1986, 1422쪽, 참조.

위의 내용은 조륵에 대한 賞讚이다.[19] 앞에서 언급했다시피 음성군에서는 1998년에 「자린고비 조륵선생 유래비」를 세웠고, 해마다 「자린고비 대상」을 수상하는 행사를 하는데 그 명칭은 「조륵상」이나 「慈仁考碑賞」 또는 「근검절약상」 등으로 바꾸어야 한다. 「근검절약상」은 진부한 느낌이 있으므로, 상의 명칭을 지역적 특성에 맞는 「조륵상」이나 「慈仁考碑賞」으로 바꾸는 것이 마땅하다고 본다.

(3) 口傳과 野談 속의 〈자린고비〉 이야기

〈자린고비〉 이야기는 口傳이나 野談에 다양하게 전하고 있다. 이제 이들 이야기가 우리에게 암시하는 바가 무엇인지 살펴보기로 한다.

1) 口傳하는 〈자린고비〉 이야기

앞에서 〈자린고비〉 조륵에 관한 口碑說話를 살펴보았는데, 여기에 제시하는 〈자린고비〉 관련 이야기 7편은 한국정신문화연구원 편 『韓國口碑文學大系』에서 뽑아 요약·정리했다.[20]

① 옛날 충주 지방에 이씨 성을 가진 지독한 구두쇠가 살았다. 얼마나 아껴 썼는가 하면, 제사를 지낼 때마다 紙榜을 새로 쓰지 않고 기름에 절인 지

---

19) 조륵의 慈仁考에 걸맞는 逸話를 많이 발굴하는 일이 중요하다고 본다. 다음은 조성필씨가 필자에게 들려준 이야기(2001.11.8.)인데, 家門에 대대로 전해져 내려온 일화라고 한다.
  같은 마을에 사는 사람이 할아버지[조륵]에게 쌀 한 말을 꾸어 달라고 했다. 할아버지가 볼 때 그 사람은 놈팽이와 같은 인간이라 쌀을 꾸어 준다고 바르게 살 인간이 아니라고 생각하고 박절하게 거절했다. 할아버지는 그 쌀 한 말을 장리를 놓아 논 다섯 마지기를 마련했다. 할아버지는 회갑 때 그 사람을 불러 논을 거저 주셨다고 한다.
20) 이신성, 『우리 고전문학 교재의 이해』, 299~301쪽에서 재인용.

방을 되풀이해서 썼다.

② 옛날 충주에 자린고비라는 사람이 살고 있었다. 그 사람은 마누라를 얻었는데, 장을 담고 난 뒤 마누라를 보고 지키라고 하고 마을 갔다 와서는 장이 줄어들었다고 하면서 장을 누구에게 퍼주었느냐고 야단이었다. 마누라는 견디지 못하여 영감에게 장독을 지켜보라고 했다.

자린고비는 장독 가에서 장을 지키고 있는데 쇠파리가 날아오더니 장독에 풍덩 빠지고 날아갔다. 그는 장물이 아까워서 바가지에 물을 담아서 쇠파리 발에 묻은 장물을 씻어야 되겠다고 생각하고는 쇠파리를 쫓아갔다.

자린고비는 쇠파리를 쫓아 충주에서 경기도 용인까지 갔다가 아차지 고개에서 쇠파리를 놓쳐 버렸다. 그래서 ‘아차지 고개’라고 한다.(경기도 안성읍 설화)

③ 진주 자린고비 김씨와 여주 자린고비 최씨가 사돈을 맺었다. 김씨가 최씨를 보고 “장 한 종지 가지고 1년을 먹습니다.” 하니 최씨는 “장 한 종지로 1년은 오래 못 먹는 거고 2년은 먹어야 합니다.”고 했다. 김씨는 “수제비에 장을 묻혀서 먹으니 1년 밖에 못 먹겠던데, 어떻게 2년을 먹습니까?” 하니 최씨는 “젓가락으로 장을 먹으니 한 2년은 먹어졌습니다.”고 했다.

어느 날 여주 자린고비 며느리가 집에 있는데 고기 장수가 왔다. 며느리는 고기는 안 사고 손으로 고기를 만지작거리기만 했다. 고기 장수는 고기를 사라고 했더니 주인이 없어서 못 사겠다고 했다.

며느리는 그릇에 물을 담아 손을 씻어서 그 물로 된장국을 끓였다. 시아버지는 된장국 맛을 보고 고기 냄새가 나서 며느리에게 물으니 자초지종을 이야기했다. 여주 자린고비는 며느리의 말을 듣고 꾸중했다. “한 끼만 먹으면 너무 아깝지 않나. 손을 물독에 넣어 씻었으면 그 물이 떨어질 때까지 국을 끓일 수 있지 않았겠나, 이 바보야.”라고 하더라.(전남 보성군 벌교읍 설화)

④ 자린고비 며느릿감 고르기(충남 당진군 석문면 설화)

⑤ 아들 살림 내주는데 장 한 종지로 3년을 먹으라고 해서 아들은 장 종지를 천장에 매달아 놓고 밥 먹을 때 밥 한 숟갈에 천장의 장 종지 쳐다보고 먹

기를 되풀이했다. 장은 오랜 시간 흘러 말라 버렸다. 아들이 아버지한테
장을 얻으러 가니 아끼지 않았다고 꾸중을 했다.(강원도 양양군 설화)
⑥ 고등어 한 손을 사 와서 천장에 매달아 놓고 밥을 먹을 때마다 고등어를
쳐다보면서 먹다.(강원도 양양군 설화)
⑦ 충주 자린고비가 서울 자린고비에게 속은 일(강원도 양양군 설화)21)

위에 예시한 이야기에서 〈자린고비〉의 語源을 어느 정도 밝힌 것은
①밖에 없다. 祭祀와 관련해서 유래한 〈자린고비〉는 제대로 傳承力을
가지지 못하여 〈자린고비〉는 '(소금에) 절인 굴비'가 〈자린고비〉로 變音
한 것으로 인식함이 상식화 된 듯하다. 이는 〈玼呰考妣〉라는 어휘 자체
가 어려운 뜻을 담고 있고 奉祭祀라는 무거운 형식이 話者나 聽者에게
재미를 불러일으키지 못한 면이 있기 때문이라 본다.

▲ 〈慈仁考 漢陽趙公功之墓, 陰城郡 薪尼面
화치리〉

②③④는 공통적으로 간장을 아끼
는 내용이다. 특히 ②는 간장독에 빠
졌다가 날아간 쇠파리 발에 묻은 간
장이 아까워서 충주에서 용인까지 파
리를 쫓아갔다가 놓쳤다는 이야기인
데 이는 자린고비의 인색함을 극적으
로 戲畫化하였다. 앞에서 살핀 〈자린
고비〉 조록의 자린고비 행위 ①과 위
의 ②는 전승되는 지역이 다를 뿐 같
은 내용이다.

③에서는 가장 아끼는 내용에 고
기를 만진 손 씻은 물로 국을 끓였다

---

21) 조록이 '충주 자린고비'로 나오는데, 이는 음성군 금왕읍이 옛날에는 충주 지역
이었기 때문이다. 金旺邑 지역은 1906년 음성군으로 편입되었다.

는 내용이 첨가되었고, ⑤는 고등어나 굴비 대신 간장 종지를 매달아 놓고 쳐다보면서 밥 먹는 내용이다. ⑥은 '절인 굴비'와 같은 내용인데 굴비 대신 고등어가 나온다. 위의 ⑥은 〈자린고비〉 조륵의 자린고비 행위 ④와 비슷한 내용이다. 〈자린고비〉 이야기에서 간장이 자주 등장하는데, 간장은 우리 식생활에 없어서는 안 되는 양념이기 때문이다.

2) 野談 所載 〈자린고비〉 이야기

여기서 제시하는 자료는 야담 소재 자료 중 극히 일부분에 지나지 않는다. 古今笑叢 所收 話集인 『攪睡襟史』 所載 〈자린고비〉 이야기 두 편과 中國 山西省에서 전하는 〈자린고비〉 이야기 두 편을 소개하기로 한다.22)

① 「아비를 구하는 데 값을 다투다.(救父爭價)」

옛날에 아비와 아들 두 사람이 있었는데 재물을 몹시 아껴서 거의 사람의 도리를 차릴 줄 몰랐다. 하루는 부자가 같이 이웃 고을에 가는데 물이 불어 나는 장마 때를 만났다. 한 내를 건너는데 아비가 먼저 건너갔다. 물살이 매우 급하여 물에 빠져 떠내려가는데 장차 죽을 지경에 이르렀다. 냇가에 마침 물에 익숙한 월천꾼이 있어서 그 아들이 급히 월천꾼에게 말했다. "우리 아버지가 물에 빠져 위급하니 구출해내면 후한 값을 주겠소." 월천꾼이 말했다. "물이 매우 급하니 나 또한 어렵소. 나에게 3냥 돈을 주면 마땅히 건져내겠소." 그 아들이 말했다. "그대는 물에 익숙한 사람으로 잠시동안 구출하는 일에 불과한데 값을 부르는 게 너무 무거우니 마땅히 한 냥을 주겠소." 월천

---

22) 中國 山西省 〈자린고비〉 이야기 2편은 필자가 산서성 여행(2001.7.5.~7.17) 중 山西省藝術家旅行社(주소:山西省 太原市 桃園北路 40號 紡織廳 招待所 1層) 秦海戀(여 27세) 가이드가 들려준 이야기이다. 필자는 秦양에게 부탁하여 이 이야기를 白話體로 文字化시켰다. 口傳되는 이야기이지만 문자화시켰으므로 野談에 넣어 논하기로 한다.

꾼이 기꺼워하지 않았다. 그 아들은 한결같이 값을 다투고 그 아비는 물 속에서 자식을 돌아보면서 말했다. "석 냥의 말은 너무 지나치고 지나치다. 다시 더 주지 말아라." 이와 같이 할 즈음에 마침내 물 속에 잠겨 버렸다.

그 아비에 그 자식이라고 이를 만하다. 그 자식의 사람 도리를 모르는 것은 또한 말할 것 없고 돈을 좋아하여 사람 일을 살피지 못한 놈도 벌을 받아야 할 일이다.(『교수잡사』)23)

돈보다 중요한 것은 인간의 생명임을 말해준다. 사람의 목숨이 위태로움에도 불구하고 자식의 도리를 모르고 값을 흥정하는 아들, 돈만을 밝혀 사람의 일을 살피지 못한 越川꾼, 죽음 앞에서도 돈을 생각하는 아비, 이들은 모두 世人들에게 돈만 아는 돈벌레들로 각인되었다. 고귀한 생명을 걸고 값을 다투는 행위에서 물질만을 추구하는 인간들의 生命輕視的 作態가 보인다. 越川꾼이나 아비나 자식이 생명을 볼모로 해서 값을 다툰 행위는, 인간성보다 물질만 추구하는 습벽에 근거한다. 이 작품은 생명 경시에 대한 경계의 내용임을 '그 아비에 그 자식이라고 이를 만하다. 그 자식의 사람 도리를 모르는 것은 또 말할 것 없고 돈을 좋아하여 사람 일을 살피지 못한 놈도 또한 벌을 받아야 할 일이다.'라고 한 『聽聞者』의 반응에서도 알 수 있다.

현대사회에서 빚어지고 있는 재물로 인한 가족 간의 다툼이나 목숨을

---

23) 古에 有父子二人하니 性甚惜財物하야 殆無人理也라 一日은 父子가 同往隣邑이어늘 時値漲潦 之時하야 渡一川에 父가 先渡之러니 水勢가 甚急하야 沈入流下에 將至死境이라 川邊에 適有慣水越川軍하야 其子가 急謂越川軍曰 吾父가 方入水危急하니 卽爲救出則 當給厚價也리라 한대 越川軍曰 吾亦難之 給我三兩錢則 當拯出也리라 其子曰 君以慣水之人으로 不過暫時救出之事에 呼價가 太重하니 當給一兩矣리라 越川軍이 不肯이어늘 其子는 一向爭價하고 其父는 在水中에 回顧其子曰 三兩之說이 太過太過하니 更勿加給云하라 한대 始是之際에 竟至沈沒하니 可謂其父其子而 其子之無人理者는 又無可言이요 當使愛錢으로 不省人事者도 亦可以懲之也리라(『攪睡襍史』)

잃는 사례와 대비시켜 물질과 인류에 대한 올바른 가치에 대해 이야기해 볼 수 있다.

中國故事에서 이와 비슷한 〈자린고비〉 이야기를 찾아볼 수 있다.

① 「부채 이야기(扇子的故事)」

산서인, 하북인, 하남인이 함께 북경에 과거보러 가는 도중 각각 접부채 하나씩 샀다. 며칠이 지난 뒤 뜻밖에 하남인의 부채가 찢어졌다. 하남인은 매우 이상하게 생각하고는 하북인에게 부채 사용법에 대해 가르쳐 줄 것을 요청했다. "어째서 당신의 부채는 아직 저렇게 새 것이고 좋은데 나의 부채는 벌써 찢어지나요?"하북인이 말했다. "당신은 날마다 접부채를 그렇게 힘을 다해 펴서 부채가 수명이 다해 찢어졌소. 당신은 우리 하북인이 어떻게 부채를 쓰는지 보시오."라고 말을 한 뒤 하북인은 손으로 접부채를 살짝 열어 가볍게 부채를 부쳤다. 한쪽에 서 있던 산서인이 황급히 크게 말했다. "만약 산서인이 저와 같은 모양으로 부채를 쓴다면 일찍이 집안에 영향을 끼쳐 당신은 아무 것도 없게 될 것이요." 하남인과 하북인이 다 매우 이상하게 생각하고 산서인을 보았다. 그가 어떤 방법으로 부채를 잘 쓰고 있는지 보았다. 다만 그 산서인을 보니 가볍게 접부채를 얼굴 앞에 펴놓고 부채는 움직이지 않고 머리를 좌우로 흔들기만 했다.

얼굴을 써서 산서인의 절약하고 인색한 면을 과장되게 말한 이야기이다.[24]

산서인은 부채가 닳을까 우려해서 부채는 움직이지 않고 부채 대신

---

24) 有一山西人, 河北人, 河南人上京趕考, 途中三人各買一折扇, 沒想到幾天之後, 河南人的扇子就壞了. 河南人非常奇怪, 就去請教河北人. "爲什麼, 你的扇子還那麼新, 那麼好, 我的扇子却已經壞了?"河北人說: "你每天打開折扇時, 那麼用力, 拼命地扇肯定就會壞, 你看我們河北人怎麼用." 說完後, 河北人, 用手輕輕打開折扇, 輕輕地扇了起來. 站在一旁的山西人急了起來, 大聲說: "如果山西人都像你這樣用扇子, 家早就被你敗光了." 河南人, 河北人都非常奇怪地看着山西人, 看他有什麼方法更省用扇子, 只見那个山西人, 輕輕地打開折扇, 放在面前, 扇子沒動, 而是頭左右扇來扇去.(用上面夸張的小故事, 形容山西人的節約各嗇.)

얼굴을 좌우로 흔들었다. 산서인의 행위는 절약이 아닌 吝嗇의 극치를 풍자적으로 보여주고 있다. 부채의 역할을 망각한 산서인은 吝嗇함에 이성이 마비되어 비상식적이고 비합리적인 행동을 표출했다. 산서인은 지혜로운 삶의 의미를 모른 채 물질의 노예가 되어 살아갈 수밖에 없다. 앞에서 살핀 〈자린고비〉 조륵의 자린고비적 행위 ②와 같은 내용이다.

②「산서성의 9.9마오(山西九毛九)」

황하 고도구에 어떤 산서 상인이 있었는데 황하에 빠졌다. 황하는 물살이 매우 급했다. 어떤 뱃사공이 그에게 말했다. "내가 그대를 구해줄 테니, 나에게 一元을 주는 게 어떻소." 물 속의 산서 상인이 생각하고 생각한 끝에 아주 비싸다고 여기고는 뱃사공에게 말했다. "나는 당신에게 9.9毛 줄 수 있소!" 그 뱃사공은 대답하지 않았다. 산서 상인은 한결같이 9.9毛를 외치다가 오래 지나지 않아 물 속에 빠져 버렸다.

이는 산서인의 절약하는 생활을 표현한 것이지만 너무 자잘하게 계산을 하여 재물을 목숨과 같이 지키는 이야기이다.[25]

「산서성의 9.9마오」와 「救父爭價」는 배경과 등장인물이 다를 뿐이지 똑같이 지독하게 인색한 〈자린고비〉 이야기이다.

사소한 이익을 계산하다가 결국 죽음에 이르게 되는 산서인의 지나친 인색함이 잘 나타나 있다. 돈을 자신의 목숨보다 더 중히 여기는 산서인의 전도된 가치관을 통하여 역설적으로 생명 존중의 의미를 일깨우고 있다. 사람의 목숨이 걸려 있는 위급한 상황에서도 값을 홍정하는 뱃사

---

25) 黃河古渡口, 有一晉商掉入黃河, 水勢非常急. 一船公, 對他講 "我把你救起來, 給我一元錢, 怎麼樣?", 河中的山西商人, 想了想, 實在太貴了, 就說: "我只能給你九毛九!" 那船公不答應. 山西人還是一直在叫九毛九, 沒過多久, 就被大水冲去了
  這是一个表現山西人生活節儉, 精打細算, 守財如命的故事

공의 비인간적인 모습이 물질 만능주의와 生命 輕視的 世態에 경종을 울리고 있다.

『교수잡사』所載 「三子獻見」은 「救父爭價」와는 다른 측면에서 살펴볼 수 있는 〈자린고비〉 이야기이다. 두 이야기가 다 같이 父子가 同參한다는 사실을 지적할 수 있다.

③ 「세 아들이 아버지에게 의견을 말씀드리다(三子獻見)」

옛날에 어떤 사람이 자수성가하여 집이 좀 풍족했으나 성질이 매우 인색했다. 죽은 뒤 혹 장사지내는데 비용을 지나치게 쓸까 걱정하여 큰아들에게 물었다. "내가 죽은 뒤 초종 장례 祭需는 네가 요량컨대 비용을 얼마나 쓸 것인가?" 아들이 대답했다. "옷과 이불, 관곽과 장례와 治山에 적어도 삼사백금은 들겠습니다." 아비가 눈을 부릅뜨고 크게 놀라면서 "그 무슨 말이냐? 너는 집을 망칠 아들이다."고 하고는 꾸짖고 물리쳤다. 둘째아들에게 물었다. "네 생각은 얼마를 들이면 되겠느냐?" 대답하기를 "사람이 죽으면 흙으로 돌아가는데 문구가 반드시 필요하지 않습니다. 몇 필 포목과 엷은 나무판 등 몇 가지를 쓰면 많아야 사오십 금에 지나지 않을 것입니다."고 했다. 아비가 말하기를 "너의 말은 조금 낫다."고 했다. 셋째 아들에게 물었다. "네 생각은 어떠하냐?" 대답하기를 "저의 뜻은 아버지가 돌아가신 후 돈들일 곳이 없을 뿐만 아니라 도리어 두 냥을 더하여 이익될 방도가 있습니다." 아비가 기뻐서 물었다. "너는 어떤 계책이 있느냐?" 아들이 대답했다. "아버지 돌아가신 후 屍身을 깨끗이 씻어서 문드러지게 삶아서 시장에 나가면 사오 냥은 받을 수 있을 것이니 어찌 두 냥을 더하는 이익의 방도가 아니겠습니까?" 아비가 말했다. "네 말이 가장 합당하지만 절대로 외상으로 주지 말아 수습하는 어려움이 없도록 함이 지극히 옳고 지극히 옳다." 이 이야기를 들은 사람은 놀라서 탄식했다.(『교수잡사』)26)

---

26) 古에 一人이 自手成家하여 家稍饒而 性甚吝이라. 死後에 或恐治喪過濫하여 問第一子曰 我死之後에 初終葬需는 汝之料量에 當費幾何오 對曰 衣衾棺槨과 營葬治山에 小不下三四百金矣니이다. 父가 瞋目大驚曰 此何言也오 汝는 乃敗

인류 도덕을 내동댕이친 행위로 말하면 이보다 더 잔혹한 일이 없다고 단정할 정도로 대단히 인색하고 悖倫的인 〈자린고비〉 이야기이다. 특히 셋째 아들과 아비의 대화는 葬禮의 참 의미는 안중에도 없고 오로지 물질에만 정신이 팔린 悖倫이 극에 달한 모습을 보여준다. 굶어 죽는 사람 사이에서 人肉을 먹는 일이 일어나는 것과 재물에 눈이 멀어 자신의 아비 시신을 삶아 내어 팔 생각을 한다는 것은 엄연히 다른 문제이다. 물질 위주 사고가 팽배해 가고 있는 요즈음 세태에 頂門一鍼이 될 수 있는 이야기이다.

여기에 나오는 인물 중 自手成家한 사람은 '空手來空手去', '逝去', '別世', '돌아가다'라는 의미를 전혀 모른 채, 죽음을 삶의 연장으로 인식하고 있다. '빈 손으로 왔다가 빈손으로 돌아간다.'는 말은 人生無常이나 虛無한 일생을 의미하는 게 아니다. 죽음은 '빈 손으로 왔다가 빈 손으로 돌아간다.'는 의미에 身體를 이루고 있는 모든 것 즉 體溫, 水分, 鑛物質 등을 '근원으로 돌아가게 한다[逝去, 別世].'는 뜻이 복합되어 있음을 알아야 한다.

이제 吳物품이라는 이야기꾼을 통해서 사람은 '빈 손으로 왔다가 빈 손으로 간다.'는 의미를 담고 있는 野談을 살펴보기로 한다.

서울에 吳가 성을 가진 사람이 있었다. 그는 古談 잘 하는 사람으로 유명해져서 두루 재상가의 집을 드나들었다. 그는 食性이 오이와 나물을 즐겨

家之子也라 하며 叱退之하고 問第二子曰 汝意則當入幾何오 對曰 人이 一死則 與土同歸에 不必文具라 以數匹布木과 以薄板凡百으로 稱之則 多不過四五十金矣니이다. 父曰 汝則 稍勝矣라 하고 問第三子曰 汝意則 如何오 對曰 子意則 父親死後에 非但無分錢所入이요 還有錢兩添益之道矣니이다. 父가 喜問曰 汝有何計乎아 曰 父親死後에 淨洗爛烹하여 出往市場則 可得四五兩錢이리니 豈非錢兩添益之道乎잇가 父曰 汝言이 最當然이나 切勿給外上하여 俾無收拾之難이 至可至可라 하니 聞者骸愧이러라.(『攪睡襍史』)

먹기에 사람들이 그를 吳物音이라고 불렀다. 대개 '물음'이란 익힌 나물의 方言이고 吳는 오이[瓜]의 俗名으로 음이 서로 비슷하다.

그 당시 어떤 宗室이 年老하고 네 아들이 있었는데, 물건을 사고 파는 일을 하여 큰 부자가 되었지만, 천성이 인색하여 추호도 남 주기를 싫어할 뿐더러, 여러 아이들에게조차 分財하지 않았다. 친한 벗이 분재하기를 권하면, "내게도 생각이 있노라." 고 대답하고 밍기적밍기적 세월이 흘러도 차마 나누어주지 못하였다.

하루는 그가 오물음을 불러 이야기를 시켰다. 오물음이 마음 속에 한 꾀를 내어 古談을 지어서 했다.

장안 갑부에 이동지란 분이 있었습니다. 이 분이 부귀 장수하고 아들을 많이 낳아서 사람들이 늘 '상팔자'라고 칭했습니다. 그런데 이동지는 젊을 때 가난으로 고생하다가 자수성가하여 富家翁이라는 말을 듣게 되었습니다. 그는 성질이 인색하고 괴팍해서 비록 자식 조카 형제에게도 물건 하나 주는 법이 없더랍니다. 죽음이 임박해서 곰곰이 돌이켜 보니, 世上萬事가 모두 虛事로되, 자기는 오직 재물 財字 한 자에 일평생 종이 되어서 얽매인 셈이었습니다. 병석에서 생각해보고 또 생각해보아도 어쩔 도리가 없는 일이라 생각했습니다. 그래서 여러 자제들을 불러 遺言하기를,

"내 고생고생하여 재물을 모아 비록 부자가 되었지만, 지금 황천길을 떠나는 마당에 온갖 생각을 해보아도 한 개 물건도 가져갈 도리가 없구나. 지난날 재물에 인색했던 일이 후회 막급이다. 명정이 앞을 서니 상여소리가 구슬프고, 공산에 낙엽 지고 밤비 내리는 쓸쓸한 무덤 속에서 비록 한 푼 돈인들 쓸 수가 있으랴! 내 죽어 염하여 입관할 제 두 손에 握手를 끼우지 말고, 관 양편에 구멍 한 개씩 뚫어 내 좌우 손을 그 구멍 밖으로 내어놓아 길거리 행인들로 하여금 내가 재물을 산같이 두고 빈손으로 돌아감을 보도록 하여라." 하고는 이내 운명했답니다.

이동지가 죽은 뒤 자제들은 아버지의 유언을 어기지 못하고 그대로 시행했답니다.

소인이 아까 우연히 길에서 喪行을 만났는데, 두 손이 관 밖으로 나왔음을 괴이하게 여겨 물어보았더니 바로 이동지의 유언이었습니다.

사람이 죽으려 할 때는 그 말이 착하다고 하더니 과연 옳은 말이 아닙니까?

그 종실 노인은 이야기를 듣고 보니 은연중 자기를 핍박하며 조롱하는 뜻이 들어 있었다. 그렇지만 말은 이치에 맞았다. 卽席에서 깨닫고는 오물음에게 상을 후하게 주었다.

그 이튿날 아침에 드디어 여러 자식 앞으로 분재하고 일가 친구에게도 寶貨를 다 나누어 주었다. 그리고는 山亭에 들어앉아 거문고와 술로 즐기며 종신토록 금전에 대한 말은 입에 올리지 않았다.27)

위의 작품은 吳物䭈이라는 이야기꾼이 얼마나 이야기를 잘 하는가 하는 실례를 들어 보인28) 액자 형식의 작품이다. 이 이야기는 먼저 이야기꾼인 '吳物䭈'이라는 이의 이름 자체가 절로 웃음을 머금게 한다. 이가 다 빠진 오물음이 오이 삶은 것과 같은 물렁물렁한 음식을 먹는 모습을 연상하게 되어 흥미롭다. 오물음은 〈자린고비〉 집에 가서 이야기를 할 때, 매사에 인색한 〈자린고비〉에게는 일상적인 흥미 유발 이야기로는 통하지 않을 것으로 생각하고 오물음 특유의 '이야기 技法'을 동원했다.

재물에 지독하게 인색한 〈자린고비〉의 인생관을 완전히 바꾸어 놓은 이야기꾼 吳物䭈의 이야기야말로 한 인간의 敎化에 머문 것이 아니고 富者 〈자린고비〉를 둘러싸고 있는 사회에 '재물과 베풂의 의미'를 的實하게 보여 주었다고 할 수 있다.

오물음은 부자 〈자린고비〉로 하여금 재물을 모으는 것도 결국 '나누고 베푸는 일'로 귀착해야 함을 일깨웠다. 오물음의 이야기는 평소 지독하게 인색한 생활을 견지하여 주변인들에게 정신적 피해를 주어 嫉視의

---

27) 李佑成·林熒澤 譯編, 『李朝漢文短篇集』(上), 一潮閣, 1973, 189~191쪽 참조, 번역문 중 표현 상 어색한 부분은 고쳤고, 맨 끝의 評言은 생략했다. 原文은 이 책 411쪽, 참조.

28) 이우성·임형택 역편, 『앞의 책』, 189쪽, 「이야기꾼」 解說, 참조.

대상이 되어 왔던 인물을 改過遷善시켰다. 〈자린고비〉는 厚德人으로 변신했다. 〈자린고비〉로 하여금 어떻게 생을 마감해야 할지 그 방법을 극명하게 암시 받게 했고 그것을 실천으로 옮기게 했으니, 이는 〈자린고비〉 일 개인의 인생관 변화뿐만이 아닌 주변인들에게 〈자린고비〉의 변화된 모습을 보여주고 혜택을 주었으니 큰 사건임에 틀림없다. 〈자린고비〉에게 집중되는 시선은 질시가 칭송으로 바뀌게 되고 世人들에게 재물의 사회 환원 의미를 주었음직하다.

앞에서 살핀 〈자린고비〉 조륵이 厚德人으로 변신한 내용과 일맥상통한다. 조륵은 스스로 깨쳤다면 〈자린고비〉 宗室은 吳物音이라는 이야기꾼에 의해 후덕인으로 변신한 점이 다르다.

3) 교과서에 교재화된 〈자린고비〉 이야기

위에서 예시한 〈자린고비〉 이야기가 현행 초등학교 국어 교과서에는 〈자린고비〉 이야기가 어떻게 교재화되어 있는지 살펴보게 된다. 교과서에 교재화된 일부 〈자린고비〉 이야기는 마치 절약의 표본인양 인식하도록 짜여져 있다. 이는 〈자린고비〉가 담고 있는 의미를 제대로 알지 못한 결과물이다.

〈자린고비〉 이야기의 교육적 가치는 지나치게 인색한 〈자리고비〉를 통해 역설적으로 나눔과 베풂의 의미를 일깨움에 있다고 본다. 아래에 제시한 ①②③은 제6차 교육과정에 의해 편찬된 교과서에 실렸고 ④⑤는 제7차 교육과정에 의해 편찬된 교과서[실험본]에 교재화된 〈자린고비〉 이야기이다.

① 5학년 2학기 국어 『읽기』, 134~135쪽, 「자린고비」

자린고비란 매우 인색한 사람을 일컫는 말로, 그에 대한 이야기가 옛날부터 충청도 지방에 전해 내려오고 있다.

어느 해 겨울, 자린고비의 집에 숙부가 하룻밤 묵고 가게 되었다. 저녁 때가 되어서 밥상이 들어오는데, 밥상 위에는 그릇 세 개만 덩그러니 놓여 있을 뿐이었다. 둘은 죽 그릇이었고, 다른 하나는 간장 종지였다. 죽은 멀건 것이 낟알이라고는 하나도 없는 물뿐이었고, 간장은 마치 소태처럼 쓴 것이었다.

숙부는 몹시 불쾌하였다. 조카 되는 자린고비가 아주 인색하다는 것은 이미 알고 있었으나, 이렇게 대접할 줄은 꿈에도 몰랐다. 그러나 숙부는 화를 낼 수 없었다. 할 수 없이 숙부는 죽을 한 번 떠 먹을 때마다 간장을 한 번씩 찍어 먹었다. 그러자 밥상 맞은편에서 죽을 먹고 있던 자린고비가 이맛살을 찌푸리며

"숙부님께서는 간장을 몹시 좋아하시는군요."
하고 말하였다. 자린고비는 숙부가 간장을 자주 찍어 먹는 것조차 못마땅하게 생각하고 있었다.

이 때, 숙부는 화가 머리끝까지 치밀어 올랐다. 그러나 소리는 지를 수 없고 화풀이는 해야겠기에 웃옷을 훌훌 벗기 시작하였다.

"숙부님, 진지 드시다 말고 왜 이러십니까? 바깥 날씨가 무척 춥습니다."
하고 자린고비가 말하였다.

"추운 줄은 나도 알고 있어. 죽 속에 낟알이 하나도 안 들었기에 죽 속에 들어가서 낟알을 좀 찾아보려고 웃옷을 벗는다."
하고 숙부가 퉁명스럽게 대답하였다.

그러자 자린고비는

"한여름 같으면 말리지 않겠습니다만, 겨울에 물 속에 들어가시면 감기드십니다. 내년 여름에 오셔서 들어가는 한이 있더라도 오늘은 참으셔야 합니다."
하며 옷을 입혀 드렸다고 한다.

〈자린고비〉에 관한 뜻매김에 이어 가까운 친척에게조차 지나치게 인색하게 대했다는 〈자린고비〉 이야기이다. 화풀이를 하기 위해 웃옷을 벗

는 숙부와 내년 여름에 들어가는 한이 있어도 지금은 참으라는 〈자린고비〉의 대응이 戱畵化되어 웃음을 자아낸다. 禮와 人情에 어긋나는 행위를 하면서까지 물건을 아끼는 것은 절약이 아니다. 절약정신과 인색함에는 분명한 차이가 있음을 시사한다. 그리고 올바른 절약정신과 경제 생활에 대한 토론을 할 수 있는 동기를 마련해 줄 수 있다.

이 〈자린고비〉 이야기는 원래 〈자린고비〉 語源과는 다른 이야기이다. 앞에서 살핀 口傳하는 〈자린고비〉 이야기와 같이 이 이야기에서도 간장이 등장한다.

② 4-2『읽기』55쪽 단원 7. 아니 땐 굴뚝에 연기 날까

제재 : 「목숨보다 귀한 호랑이 가죽」

옛날 어느 산골에, 지독한 구두쇠 한 사람이 살았습니다. 그 구두쇠는 자나깨나 돈밖에 모르는 사람이었습니다. 돈이라면 목숨까지도 아깝게 여기지 않았습니다. 그래서 마을 사람들은 지독한 돈벌레라고 그를 비웃기도 했습니다.

그러던 어느 날이었습니다. 큰 호랑이 한 마리가 산에서 내려와 그 구두쇠를 물고 달아났습니다. 참으로 어마어마하게 큰 호랑이였습니다. 구두쇠는 호랑이에게 잡아먹히게 되었습니다.

이 광경을 본 구두쇠의 아들이 활을 가지고 호랑이 뒤를 허겁지겁 쫓아갔습니다. 놓치기만 하면 그의 아버지는 영락없이 호랑이밥이 되고 맙니다. 그래서 아들은 숨을 헐떡거리며 호랑이를 쫓아갔습니다.

드디어 아들은 호랑이를 쏠 수 있는 거리까지 와서, 화살을 시위에 걸고 호랑이를 겨누었습니다. 마침내 겨냥이 끝났습니다. 잡아당긴 화살을 놓기만 하면 되는 순간이었습니다.

이 때, 호랑이 입에 물린 그의 아버지가 아들을 보고는 기겁을 하며 이렇게 소리질렀습니다.

"애야, 그 겨냥이 틀렸다. 네가 겨냥한 곳은 호랑이 이마 쪽이다. 이마에

화살이 맞으면 가죽이 상한다. 그보다 조금 아래쪽을 겨누어 쏘아라."

※호랑이가 사람을 물고 가고 호랑이를 향해 화살을 시위에 걸고 호랑이를 겨누는 장면이 단원 표지 그림으로 제시되어 있다.

※이야기의 결말을 여러 가지로 상상하여 말하여 봅시다.

죽음 앞에서도 호랑이 가죽이 상할까 염려하는 〈자린고비〉 이야기이다. 자신의 목숨이 경각에 달려 있는 시점에도 물질에 매달리는 인간의 모습을 통해 물질이 인간의 삶을 영위해 나가는데 편리한 수단임에도 불구하고 목적이 되어 버린 면을 보여주고 있다. 즉 목적이 전도된 상황을 잘 표현하고 있다.

앞에서 살핀 「救父爭價」와 「산서성의 9.9毛」와 관련시켜 물질은 수단일 뿐인데도 물질의 노예가 된 결과 목숨까지도 잃어버렸다는 〈자린고비〉 이야기를 통해서 인간성 존중의 의미를 일깨우게 하는 교재로 활용할 수 있다.

③ 6학년 2학기 『말하기·듣기·쓰기』, 37쪽

절약하는 생활을 나타내는 삽화를 3개 제시해 놓고 광고를 만들어 보게하는 학습문제가 실려 있다. 떨어진 양말을 깁고 돼지 저금통에 저금하는 삽화는 절약생활이다. 그런데 삽화 중 어떤 사람이 밥을 먹는데 밥상에 반찬은 없이 매달아 놓은 굴비 한번 쳐다보고 밥 한 숟가락 먹는 그림이 들어 있다. 이는 口傳되는 〈자린고비〉 이야기 중 ⑥ 강원도 양양군 설화와 같은 내용으로 지독하게 인색한 〈자린고비〉를 형상화해 놓은 삽화인데 절약생활의 표본처럼 제시되어 있다.

지독하게 인색한 〈자린고비〉가 어떻게 勤儉·節約의 대명사로 교과서에 교재화 될 수 있는 일인가. 〈자린고비〉의 의미를 제대로 알지 못했기 때문에 이와 같은 내용이 교과서에 교재로 실리게 되었다. 이 교과서로 교육을 받은 어린이들이 인색하기 짝이 없는 〈자린고비〉를 긍정적인 인물로 인식하고 있다면, 교과서 내용 오류는 자라는 세대에게 가치관 정립에 혼란을 야기시키는 등의 일로 해서 결코 간과해서는 안 될 문제이다.

④ 국어 『읽기』 1-1 78쪽, '구두쇠'

삽화[만화]가 4개 실려 있는데 만화 3은 '우리도 구두쇠 정신을 본받자.'라는 말이 쓰여 있다. 만화 4는 천장에 굴비가 한 마리 매달려 있고 두 어린이가 각각 한쪽 눈에 眼帶를 하고 밥상에 앉아 반찬 없는 밥을 먹고 있는데 그 광경을 놀라서 보고 있는 이에게 "두 눈으로 쳐다보면 굴비가 닳으니까…"라고 眼帶를 한 이유를 말한다.

그리고 '아껴쓰는 생활을 하기 위하여 우리가 할 수 있는 일은 무엇인지 말해 봅시다.'라는 학습문제가 있다. 이는 앞에서 구두쇠를 절약의 표본으로 배웠으니, '구두쇠 정신을 본받아 아껴 쓰는 생활을 하기 위하여…'라는 말로 바꾸어 써도 틀린 말이 아니다. 구두쇠는 辱이다. 구두쇠에 정신을 붙여 '구두쇠 정신'이라고 한 것은 言語道斷이다. 정본 교과서에는 이 내용이 실리지 않아서 천만 다행한 일이다. 그렇지만 전국 31개 초등학교에서 실험용 교과서를 이미 사용했으므로 그렇게 교육받은 어린이들은 '구두쇠'와 '아껴쓰는 생활'을 같은 개념으로 인식하고 있을 수 있음을 염려해야 한다.

⑤ 국어 『읽기』 6-1(실험용) 교과서 4~5쪽, 첫째마당 표제화[만화]

첫째마당 「의견을 모아서」의 단원 표제화에 만화를 제시했다. 이 만화는 〈자린고비〉의 인색한 면을 잘 부각시켰으나 兩班이 〈자린고비〉로 묘사되어 있다. 東班과 西班의 뜻을 지닌 兩班이 어떻게 〈자린고비〉로 罵倒될 수 있단 말인가. 이 또한 言語道斷이다.

이제 그 내용을 보기로 한다. 〈자린고비〉 집에서 고기를 굽고 있었다. 이웃 농부가 고기 굽는 냄새를 한창 맡고 있는데 〈자린고비〉가 돈을 내고 냄새를 맡으라고 한다. 이에 놀란 농부는 "아니 냄새만 맡았는데 무슨 돈을 내놓으라는 말입니까?"라고 항의를 했다. 이 말을 들은 어떤 사람은 "내가 농부라면 감기에 걸렸다고 하겠어…" 또 어떤 사람은 "나는 돈을 가져와서 양반에게 보이기만 할 거야."라고 했다. "…양반에게…거야."에서 '양반'은 '구두쇠'나 '자린고비' 등의 말로 고쳐야 한다.

3. 〈자린고비〉 이야기의 교재화 방안

〈자린고비〉 이야기가 교재화되기 위해서는 먼저 〈자린고비〉에 대한 유래와 정확한 개념 정립이 필요하다. 앞에서 살펴본 바와 같이 교과서에 교재화된 〈자린고비〉 중에는 〈자린고비〉의 의미를 제대로 熟知하지 못한 집필자의 실수가 엿보인다. 가치관 정립에 큰 영향을 미칠 수 있는 이런 교재가 교과서에 잘못 실려 있다는 것은 교육적으로 심각한 문제가 아닐 수 없다.

그러나 〈자린고비〉의 정확한 의미를 알고만 있다면 〈자린고비〉는 교재화하기에 따라 여러 교과에 다양하게 쓸 수 있는 교재이다.

(1) 교재화에 앞선 〈자린고비〉 이야기에 대한 인식

① 지나치게 인색한 사람을 조롱하고 경멸하는 의식이 諧謔的으로 나타난다.

② 他山之石으로 삼아 〈자린고비〉가 아닌 절약의 의미를 찾아내는 노력이 필요하다.

③ 物質·金錢萬能 世態를 비판하고 꼬집는다.

④ 조상들의 전통적인 생활 모습을 보여준다. 즉 奉祭祀와 孝의 참
　의미를 일깨운다.

(2) 교과서에 교재화 된 〈자린고비〉 관련 내용 비판

제6차 교육과정에 의해 편찬된 교과서와 제7차 교육과정에 의해 편찬
된 교과서[실험용]에 교재화 된 〈자린고비〉 중 일부 교재는 〈자린고비〉
가 마치 절약하는 사람으로 잘못 인식되어 본받아야 할 사람으로 그려
져 있음은 본질을 도외시했다.

① 〈자린고비〉의 非情한 悖惡性은 看過되고 節約의 개념과 혼돈을 불러일
　으킬 수 있다.
② 교과서에까지 〈자린고비〉를 긍정적인 내용으로 교재화한 결과 사회 일각
　에서 근검절약하는 사람에게 매년 "자린고비상"을 수여하는 寸劇이 벌어
　지고 있다.

(3) 〈자린고비〉의 올바른 교재화와 활용에 대한 提言

여기서는 지도 교사의 측면과 교재 집필자의 측면 및 교재 활용면에
걸쳐 살펴보기로 한다.

1) 지도 교사의 측면

① 교과서의 보이지 않는 권위에 눈이 어두워 교과서를 絶對視하여
　교재관 정립에 문제성을 나타낸다.
② 교재 연구가 충실치 못하여 〈자린고비〉의 유래나 교재의 교훈 및
　경계할 내용의 의미 전달이 제대로 안 되거나 혼돈을 야기하는 일
　이 일어난다.

2) 교재 집필의 측면

① 〈자린고비〉의 인색과 절약은 전혀 별개의 개념임을 인식시키도록 해야 한다. 절약의 긍정적인 면을 부각시키고 〈자린고비〉의 부정적 害惡的인 측면을 심어준다.

② 〈자린고비〉 이야기와 절약과 합리적인 소비와의 對比를 통해 가치 지향적인 의미를 찾아내게 한다.

③ 학습활동의 '물음' 제시에 〈자린고비〉의 인색함과 절약의 차이점을 정확하게 알 수 있게 한다.

3) 교재 活用面

① 국어 『읽기』

(ㄱ) 인물 성격 파악하기의 제재로 쓴다.(평면적 인물, 독특한 캐릭터)

(ㄴ) 반대되는 예화와 비교하여 자신의 생각을 말하게 한다.

② 국어 『말하기·듣기·쓰기』

(ㄱ) 자린고비가 되어 말하기

(ㄴ) 경험·생활에서 얻은 소재로 이야기 꾸미기.

(ㄷ) 주인공에게 편지 쓰기

(ㄹ) 4컷 만화로 요약하기. 상상하여 나타내기.

(ㅁ) 비인간적 요소 찾아내어 토의하기

(ㅂ) 모의재판

(ㅅ) 「삼촌 대접하는 자린고비 조카」는 웃음을 유발시켜 어색한 관계를 완화시켜 준다.

③ 사회

경제 생활에서 절약과 소비의 균형적 유지의 필요성에 대한 교재로 활용할 수 있다.

④ 도덕

(ㄱ) 손님 접대 예절

(ㄴ) 자신의 생활과 비교하게 한다.(씀씀이, 물건에 대한 소중함 알기)

(ㄷ) 나눔, 베풂의 삶과 〈자린고비〉를 對比한다.

⑤ 실과

영양면에서 〈자린고비〉는 흥미를 유발할 수 있는 교재이다.

4. 맺음말

〈玼吝考妣〉는 '부모 제사 때 쓰는 紙榜에 기름을 절여 계속 써서 부모 제사에 흠이 될 정도로 지독하게 인색한 사람'을 뜻하는데, 구두쇠, 守錢奴, 노랑이, 깍쟁이, 돈벌레 등이 같은 뜻으로 쓰인다.

본고에서는 먼저 〈자린고비〉의 語源과 의미에 대해서 살펴보았다. 사회 일각에서 '玼吝考妣賞'을 제정하여 시상하는 일이 벌어지고 있는 현상은 〈자린고비〉의 유래나 의미를 제대로 알지 못한 나머지 〈자린고비〉가 마치 價値指向的 德目을 가진 인격체로 糊塗되고 있기 때문이라고 진단했다. 이러한 昨今의 교육 내·외적인 현실은 비판을 받아 마땅하다. 특히 인색하기 짝이 없는 〈자린고비〉 이야기가 일부 교과서에 절약의 표상으로 잘못 실려 있는 어처구니없는 현실은, 가치관 정립에 큰 영향을 미칠 수 있으므로, 교육적으로 심각한 문제가 아닐 수 없다.

'자린고비대상'은 지독하게 〈자린고비〉 행위를 한 실존 인물 趙功이 황혼기에 厚德人으로 변신한 일을 두고 제정한 상이지만, 그 발상 자체가 잘못 되었음을 비판했고, 이 상에 맞는 명칭을 제시했다.

口傳이나 野談으로 전하는 〈자린고비〉 이야기의 의미와 초등학교 교과서에 교재화된 〈자린고비〉 이야기의 교육적 의미를 고찰했다.

IMF 구제금융 이후 사회 경제적인 측면에서 절약의 이데올로기化는 사회 전반과 교육 현장에 〈자린고비〉 선풍을 일으켰다. 이런 현상이 가져 온 교육적 성과와 폐해에 대해 알아보았다.

〈자린고비〉가 담고 있는 정확한 개념 정립이 전제된다면 〈자린고비〉 이야기는 여러 교과에 다양하게 제재로 쓰일 수 있음을 말했다. 「토끼의 재판」에서처럼 背恩이라는 제재를 통해 報恩의 의미를 일깨울 수 있는 것과 같이 지독하게 인색한 사람의 행위를 통해 人情의 의미를 깨우칠 수 있기 때문이다. 그리고 〈자린고비〉 이야기를 어떻게 교재화시킬 수 있는지 그 방안에 대해서 간략하게 살펴보았다.

Ⅴ. 西浦 金萬重의 南海時代와 『西浦漫筆』[*]

1. 머리말

　清國 使臣은 조선 국왕에게 明나라를 배반하고 淸나라를 섬기라는 모욕적인 國交를 맺자고 했다. 이에 忠正公 金益兼(1614~1637)[1]은 청나라 使臣을 베어 죽여야 한다고 상소를 올렸다. 1636년에 丙子胡亂이 일어나자 김익겸은 어머니 徐氏를 모시고 江華島로 갔고, 이듬해인 1637년 정월에 청나라 군사가 강화도로 쳐들어왔다. 김익겸은 이에 대항했으나 事勢가 급박하여 1월 22일 仙源 金尙容(1561~1637)을 따라 南城의 譙樓에서 焚身自殺했다. 선원 김상용은 殉義時에 짤막한 絶命詩를 남겼다.[2] 그 이튿날 徐夫人도 寓舍에서 자결했다.[3]

---

* 본고는 서포김만중선생 남해기념사업회 학술대회(남해스포츠파크 호텔 대연회장, 2002.7.7.)에서 "西浦의 南海時代와 『西浦漫筆』"이란 논제로 발표한 내용을 보완했음.

1)『國史百科大事典』,『韓國人名字號辭典』 등에 김익겸의 몰년을 1636년으로 잘못 기재하고 있고 이를 인용한 논문에도 몰년을 그대로 쓰고 있다. 김익겸은 병자호란이 일어났던 이듬해인 1637년에 강화도에서 仙源 金尙容과 함께 분신자살했다.

2)「해지는 강머리에 臣下는 힘이 없으니 어찌할꼬(日暮江頭 臣力無何)」(이신성,『우리 江山 천리만리 보아도 끝이 없고』, 보고사, 2002, pp.30~33, 참조)

남편인 忠正公의 悲報를 듣지 못한 尹氏夫人은 어린 萬基(1633~1687)를 데리고 滿朔의 몸으로 피란가던 兵船을 탔는데, 西浦 金萬重(1637~1692)은 이런 와중에 船上에서 태어난 遺腹子였다.4) 서포는 外家에서 어머니의 훈도를 받고 자라났다.

서포는 29세에 登科하여 38세까지 正言·副修撰·獻納·司書 등을 역임하면서 宦路가 순탄한 得意의 시절을 보냈다. 그는 禮訟 문제로 1673년 9월에 강원도 金城으로 유배되었다가 1674년 4월에 석방되었다. 1674년 庚申大黜陟으로 西人이 實權을 잡게 되자 서포는 禮曹判書에서 大司憲·大提學·兵曹判書 등을 역임하게 된다.

그러나 서포는 1687년 張淑儀 一家의 言事件으로 그해 9월에 關西 宣川府로 유배되었다가 1688년 11월에 석방되었으나 또다시 1689년 3월에 경상도 南海 櫓島에 유배되었다. 그리고 1689년 12월에 母親喪을 당했으나 奔喪하지 못했다. 그는 1690년 8월에 先妣 尹夫人의 行狀을 지었고, 先妣의 喪期가 끝나자마자 1692년 4월 30일에 南海 櫓島 謫所에서 卒했다. 그의 유해는 노도 頂上에 4개월 여 묻혔다가 경기도 廣州 蘆峙로 移葬했다. 그러나 그의 유해는 1711년 다시 휴전선 너머 長湍 大德山으로 移葬되었다.5)

『서포만필』에 대한 논설과 번역은 丁奎福의 “『西浦漫筆』 解說(1971)”6)

---

3) 『光山金氏文獻錄』, 「成均生員 贈補祚功臣議政府領議政光源府院君諱忠正公益兼墓表」, pp.204~205, 참조.

4) 김병국, “서포 김만중의 생애와 문학”, 『西浦文學의 새로운 探究』, 中央人文社, 2000, p.25, 참조.

5) 丁奎福, “金萬重論”, 『韓國文學作家論』, 형설출판사, 1982, pp.327~329, 참조. 『韓國文集叢刊』 해제 4권, “『西浦集』 해제”, 民族文化推進會, 1995, pp.171~175, 참조.

6) 丁奎福, “西浦集·西浦漫筆 解說”, 통문관, 1971.

이 있은 후, 成樂熏의 抄譯과 李明九의 解題(1977)[7], 崔信浩의 "『西浦漫筆』에 나타난 批評의 特性(1981)"[8], 洪寅杓의 "金萬重의 詩論 研究(1984)"[9]와 譯註 『西浦漫筆』(1987)[10] 등이 있다.

『西浦漫筆』[11]에는 다음과 같은 내용이 나온다.

　　내가 서새에 있을 때 한 老僧을 만났는데 그 말이 이와 같았다. 또 말하기를 無量世界는 天地水火 네 가지가 있을 뿐이다.[12]

위에서 말한 西塞는 바로 서포가 유배되었던 宣川을 말한다.[13] 그렇다면 『서포만필』은 서포가 선천 유배지에서 썼을 가능성은 적으며[14] 선천 流配 전에 집필하지 않았음은 확실하다. 앞에서 언급한 바와 같이, 서포는 1년 여 선천 유배생활 후 解配(1688년 11월)되었다가 1689년 3월에 다시 南海 樞島에 圍籬安置되었다. 서포는 선천 解配에서 남해 유배 사이의 3개월 여 동안에는 정신적으로나 짧은 기간으로 보나 『서포만필』의 집필 기회를 잡지 못했을 것이다. 따라서 『서포만필』은 남해

---

7) 『韓國思想大全集』18, 同和出版公社, 1977.

8) 崔信浩, "『서포만필』에 나타난 批評의 特性", 『韓國學報』 25집, 일지사, 1981.

9) 洪寅杓, "金萬重의 詩論 研究", 『省谷論叢』 15집, 1984.

10) 洪寅杓 譯註, 『西浦漫筆』, 일지사, 1987.

11) 본고에서 인용하는 『서포만필』 내용은 洪寅杓 譯註, 『西浦漫筆』(一志社, 1987)에서 취했다.

12) ....余在西塞時 逢一老衲 其言如此 又言無量世界 只是天地水火四物而已...
　　(『西浦漫筆』下卷, 8장)

13) 西塞가 宣川임을 밝힌 이는 丁奎福, 앞의 책 논문, p.329와 洪寅杓, 앞의 책, p.203, 참조.

14) 홍인표는 '지금까지 알려진 바에 의하면, 『서포만필』은 김만중이 만년에 南海 謫所에서 저술한 것이라 하지만, 필자는 이보다 앞서 그가 宣川에 유배되었을 때 상책을 완성하고, 남해에서 이를 이어서 하책을 마무리했다고 판단하며...'라고 했다.

노도에서 집필했다고 본다. 그렇지만 홍인표의 주장을 그대로 수용한다
면,『서포만필』의 上卷은 宣川에서 집필했고, 下卷은 南海 櫓島에서 집
필했다.

『서포만필』 상권은 거의 중국역사와 중국 인물 중심으로 서술했고,
하권은 우리나라 역사와 인물 및 詩話가 대부분이다. 따라서 본고에서
는 남해 노도에서 집필했을 것으로 보이는『서포만필』下卷 所載 逸話
몇 편에 대해서 살펴 보기로 한다.

2. 西浦漫筆 所載 逸話의 意味

逸話(ancedote, unpublished)는 세상에 알려져 있지 않은 이야기나 正傳
에서 빠진 이야기이다. 일화는 그 내용이 대중의 推仰을 받던 역사적 인
물들의 言行을 이야기하므로 事實性을 지니며, 인물의 알려지지 않은
일을 요점만 전승하려고 하기 때문에 그 묘사가 간단명료하다. 일화는
시간이 흐름에 따라 사실 여부와 관계없이 變貌되기도 한다. 일화는 道
德的인 것으로 출발하여 점차 娛樂的인 것으로 바꾸어짐에 따라 진지하
던 일화가 익살스런 일화로 바꾸어지는 경향도 생긴다.『서포만필』所
載 逸話 중「洪純彦逸話」에 대한 고찰은 몇 차례 있었다.15)『서포만필』

---

15) 이신성, "西浦漫筆에 실린 洪純彦逸話",『우리말교육』제1집, 부산교육대학 국
　　어과, 1986.2.
　　______, "小說 속의 實存人物에 대하여",『어문학교육』제10집, 한국어문교육
　　학회,1987.
　　______, "『西浦漫筆』所載〈洪純彦逸話〉의 文學史的 意義",『西浦文學의 새로
　　운 探究』, 中央人文社, 2000.(본고는 이신성,『韓國古典散文研究』, 보고사, 2001
　　에 재수록됨)
　　金碩會, "洪純彦逸話의 轉變過程에서 본 西浦의 文學世界",『국어교육』, 한국
　　국어교육연구회, 1986.12.

소재「홍순언일화」는 〈홍순언일화〉의 효시가 되면서 수십 편의 〈홍순언일화〉 生成에 영향을 주었고16) 여러 편의 소설까지 産生되었는데17), 이런 예는 다른 일화에서는 찾기가 어렵다.

洪純彦(1530~1598)은 선조 때 名譯官으로 宗系의 잘못된 것을 辨證한 공로로 光國二等功臣으로 錄勳되고 唐陵君에 봉해졌기 때문에 화제의 인물로 부상하여 무수한 〈홍순언일화〉를 창출하기에 이르렀다. 특정인물의 행적이 事實 → 逸話 → 小說化의 과정을 선명하게 보여주는 예는 당릉군 홍순언을 제외하고는 찾기가 어렵다. 이런 점에서 홍순언의 행적이 逸話化한 효시 작품으로 평가되는『서포만필』소재「홍순언일화」의 문학사적 의의는 매우 크다고 할 수 있다.18)

鄭明基, "〈洪純彦 이야기〉의 變異樣相과 意味硏究",『省谷論叢』제20집, 1989.

______,『韓國野談文學硏究』, 보고사, 1996.

16) 〈홍순언일화〉가 전하는 자료는 다음과 같다.

①柳夢寅(1559~1623)『於于野譚』②金萬重(1637~1692)『西浦漫筆』③鄭泰齊(1612~1669)『菊堂俳語』 ④鄭載崙(1648~1723)『公私見聞錄』 ⑤金指南(1654~?)『通文館志』⑥李瀷(1681~1763)『星湖僿說』⑦李重煥(1690~?)『擇里志』⑧『續齊諧志』⑨安錫儆(1718~1774)『雪橋漫錄』⑩李奎象(1727~1799)『幷世才彦錄』⑪李肯翊(1736~1806)『燃藜室記述別集』⑫朴趾源(1737~1805)『熱河日記』⑬李義準『溪西野談』⑭柳在健(1793~1880)『里鄕見聞錄』⑮李源命(1807~1887)『東野彙輯』⑯朴致馥(1824~1894)『晩醒先生文集』⑰李岱淵『海東惇史』⑱『記聞叢話』⑲『靑邱野談』⑳『瑣編』㉑『鷄山談藪』㉒『漢京識略』㉓姜斅錫『大東奇聞』㉔鄭寅普『唐陵君遺事徵』㉕彭國棟『中韓詩史』㉖『東野輯史』㉗한국정신문화연구원편,『한국구비문학 대계』2-2

위의 자료 중에서 ①은 사실에 가까운 이야기이지만 逸話에 포함시켰고 ㉔는 〈홍순언일화〉를 집성한 기록물로 볼 수 있고 ㉕는 중국인이 저술한 책이다. 唐陵君遺事徵에서 인용된 洪正求 소장본 洪氏家家傳唐陵遺事는 구득하지 못했다. 이 밖에도「唐城洪報」제15·16 합병호, 尹甲植 편저,『朝鮮名人典』등에서 〈홍순언일화〉가 보이는데, 이는 문헌에 기록된 일화를 재수록한 것들이다.

17) 〈洪純彦逸話〉가 소설화된 작품은「李長伯傳」,「李長白傳」,「洪彦陽義捐千金說」,「季氏報恩錄」등이 있다.

『서포만필』所載 일화 중「洪純彦逸話」는 일정한 논의가 있었으므로『서포만필』소재 여타의 일화에 대해서 살펴보고자 한다. 이 일화들은 내용이 짤막하고 단순해서 野談系逸話로 발전하거나 널리 膾炙된 작품은 보이지 않지만, 이 방면에 대한 고찰은『서포만필』이 지니고 있는 문학성의 일면을 찾아내는 작업이 되리라 본다. 여기서 논의하는 내용 중에는 逸話가 아니더라도 서포의 사상적인 저변을 읽을 수 있는 批評(단평이나 논설 등)은 논의의 대상으로 삼고자 한다.

(1) 安邊 釋王寺와 李太祖 관련 逸話

...안변에 釋王寺가 있는데, 그 이름을 취한 뜻은 마치 法王이나 空王과 같이 범석의 天王을 가리킨다. 그런데도 지금 승려들은 無學大師가 解夢했다는 설을 조작하여, 그 설이 비루하고 황당한데도, 사람들 또한 기만당했다고 여기는 사람이 드무니 가소롭다.[19]

위의 내용은 나타난 사실에 대한 批評이지 逸話라고 하기는 어렵지만, 다른 문헌에 전하는「無學解夢」과 관련을 짓기로 한다. 서포는 咸南 安邊郡 文山面에 있는 釋王寺의 李太祖 관련 創建說話를 전적으로 부인하고 있다. 이에 앞서 서포는 고려 태조 왕건의 탄생과 건국을 예언한 道詵을 요망하고 비탄하다고 평하고 지금 사대부들은 도선을 周公과 孔子보다도 더 존경하니 슬픈 일이라고 했다.[20]

서포는『서포만필』곳곳에서 佛家에 대한 긍정적인 시각을 나타내고

---

18) 이신성, "西浦漫筆 소재 〈洪純彦逸話〉의 文學史的 意義", 참조.

19) ...安邊有釋王寺 其取名之義 有法王空王 梵釋天王之稱也 而今之髡徒造作無學解夢之說 鄙陋矯誣 而人亦鮮不爲所瞞 可笑(홍인표 역주,『서포만필』하권, 12장, p.209).이하 章과 p.만 표시한다.

20) ...詵之妖妄鄙誕如此 而今世士大夫尊信過於周公孔子 哀哉(12장, p.209)

있다. 이 때문에 『서포만필』은 판본으로 간행되지 못하고 필사본으로 전해진 이유 중의 하나일 수 있다. 그런데 서포는 유독 고려와 조선 건국에 지대한 공훈을 세웠다고 알려져 있는 도선과 무학대사 關聯事를 신랄하게 비판하고 있다. 문헌에 전하는 「無學解夢」을 보기로 한다.

　중 無學이 안변 설봉산 아래 토굴에 살았다. 그리하여 호를 설봉이라고 했다. 태조가 왕이 되기 전에 무학을 찾아가 물었다.
　"꿈에 허물어진 집에 들어가 서까래 세 개를 지고 나왔는데 어떤 조짐이 있습니까?"
　이 말을 들은 무학은 하례하면서 말했다.
　"서까래 세 개를 짊어진 것은 임금 王자이옵니다."
　태조는 또 물었다.
　"꿈에 꽃이 떨어지고 거울이 깨지니 이것은 무슨 조짐입니까?"
　무학이 곧 말했다.
　"꽃이 떨어지면 결국 열매가 있을 것이요 거울이 깨지면 어찌 소리가 없겠사옵니까?"
　태조는 크게 기뻐하여 바로 그 땅에 절을 짓고 석왕사라고 이름했다. 옛날 태조의 친필이 있었으나 전쟁으로 불타버리고 다만 판각만 남아 있다. 중 휴정이 「산수기」를 지어 그 일을 구체적으로 실었다. 절에는 좋은 배가 많이 나와 해마다 조정에 공물로 바쳤다. 梨花堂이 있는데 경치가 빼어났고 물방아 30여 개가 있었다.
　내[芝峰 李睟光]가 시를 지었다.

샘물로 물방아를 찧으니 수 많은 공이소리 우뢰 같고	泉春水碓雷千杵
달빛이 배꽃에 비치니 뜰은 눈 온 것 같도다.	月照梨花雪一庭

곧 사실을 기록했다.(『芝峰類說』, 『大東奇聞』)21)

---

21) 釋無學 居安邊雪峰山下土窟中 因爲號雪峰 太祖龍潛時 訪而問之曰 夢 入破屋中 負三椽而出 何祥也 無學 賀曰 負三椽者 王字也 又問夢 花落鏡墜 此則何祥

위의 내용은 李睟光(1563~1628)의 『지봉유설』에 실려 있는데, 『대동기문』에 재록했다.[22] '解夢했더니 조선 왕조 창업을 위한 꿈이었다'는 「無學解夢」은 조선조 후기 여러 야담집에 다양한 내용으로 전해온다. 「無學解夢」에 대해 異論을 펼친 西浦의 眞意가 무엇인지 파악하기 어렵다.

(2) 昇平府院君 金瑬와 그 부인의 逸話

靖社諸公[23]이 일을 시작할 때 아마 임금을 선택하는 상의가 없지 않았을 것이다. 하루는 長陵君[24]이 昇f平君 金公[25]을 사택으로 방문하였다가 일어서서 문 밖에 나서자마자, 김공의 부인이 나와 묻기를 "아까 손님은 어떤 분입니까?" 하니, 공이 "부인은 어찌 이렇게 급히 묻습니까?" 하였다. "전에 꿈을 꾸었는데 가마를 타고 놀러 나가는 사람 중에 곤룡포를 입은 사람이 지금 조정에 있는 사람이 아님을 마음 속으로 이상하게 여겼으나, 감히 말씀드리지 못했는데, 방금 소년이 완연히 꿈 속에서 곤룡포를 입었던 사람이므로 그래서 물었습니다." 김공은 크게 놀라고, 그를 추대할 의론이 드디어 결정되었다.

어떤 사람은 말하기를, "부인이 그 손님을 모르지 않았지만, 김공이 일을 약간 지연시키므로, 꿈에 의탁하여 이를 촉진시켰다. 이 일은 漢나라 楊敞夫人의 경우와 같다." 하였다. 이 말은 사실에 가깝다.[26]

無學 卽曰 花飛 終有實 鏡落 豈無聲 太祖大喜 卽其地創寺 仍以釋王 名之 舊有太祖親筆 而失於兵火 只刻版 存焉 僧休靜 作山水記 備載其事 寺出善梨 每年上貢 有梨花堂 絶勝 有水 三十餘所 余題詩云 泉春水碓雷千杵 月照梨花雪一庭 乃實記也(『芝峰類說』, 『大東奇聞』)

22) 이신성, 『우리 고전문학 교재의 이해』, 보고사, 1999, pp.317~318에서 재인용.

23) 仁祖反正(癸亥年, 1623)에 공을 세웠던 인물들이다.

24) 仁祖(1595~1649)를 말한다.

25) 金瑬(1571~1648)를 말한다. 光海君을 廢位하고 綾陽君(長陵君)을 왕으로 추대하여 靖社공신 一等으로 昇平府院君에 봉해졌다.

26) 靖社諸公之首事也 盖不無擇君之議 一日長陵枉顧昇平金公於私第 纔起出門

夢中事를 이용하여 광해군이 逐出되고 새 임금이 登極하리라는 암시를 주는 逸話이다. 서포는 仁祖反正의 핵심인물 중 한 사람인 김류와 그 부인의 逸話에 대해, ‘此言近之’라는 짤막한 말로 평을 대신했다. 김류 부인과 같이 女性의 先見之明이나 知人之鑑은 女性人物野談에 자주 등장하는 慧眼이다.[27] 이 일화는 夢中事가 사실과 맞아떨어지는 이야기이다. 야담에서 이와 유사한 김류 부인의 夢中事를 보기로 한다.

선조가 말년에 여러 손자들을 불렀는데, 어떤 손자는 글씨를 쓰고 어떤 손자는 그림을 그렸다. 인조는 어릴 때 그림을 그렸다. 선조는 그 그림을 백사 이항복에게 下賜했다. 이항복이 북청으로 유배갈 때 승평부원군이 된 김류를 데리고 주막에서 묵었는데, 그 그림을 김류에게 맡기면서 말했다. "이 그림은 선왕께서 하사하신 거라네. 그 뜻이 어디에 있는가는 살피지 말고 다만 이 그림을 그린 사람을 찾아보게." 김류도 그 까닭을 알려고 하지 않고 집으로 돌아가 벽 위에 그 그림을 걸어 놓았다. 인조가 아직 임금이 되기 전이었다. 마침 외출하였다가 비를 만나 길가에 있는 집 대문 안으로 들어가 비를 피하였다. 조금 뒤에 계집종 하나가 나오더니 아뢰는 것이었다. "뉘신지 모르겠사오나, 비가 그치지 않으니 오래 서 계실 수 없사옵니다. 잠시 사랑채에 들어가 머무시기 바라옵니다."

인조는 주인이 없는데 그럴 수 없다며 사양하였다. 계집종이 거듭 안주인의 뜻이라며 굳이 청하여, 인조는 어쩔 수 없어 사랑채로 들어가 앉았다. 벽 위에 말 그림이 걸려 있기에 자세히 보니 자신이 어린 시절에 그렸던 그림

公夫人出而問曰 向客是何人 公曰 夫人問之何遽也 曰 疇昔之夢 觀乘輿出游而被弑之人 非今朝廷 心窃異之 不敢言 適來少年 宛是夢中被弑者 是以問之 公大驚推戴之議 遂定 或曰 夫人非不知客也 以金公見事稍遲 故托夢垂以動之 事同漢楊敞夫人 此言近之(21장, p.227~228)

27) 이신성, 『天倪錄 研究』, 보고사, 1994, 참조.
　　　　，『韓國古典散文研究』, 보고사, 2001, ‘제3부, 野談集『揚隱闡微』의 이해,’ 참조.

이었다. 마음 속으로 괴이하게 여겼다. 조금 뒤에 주인이 왔는데, 그가 곧 승평부원군이 된 김류였다. 처음에는 서로 알지 못하는 사이였다. 인조가 비를 피하게 된 연유를 갖추어 말하고 그 그림에 대하여 묻자, 김류가 말했다. "그건 어째서 물으시는지요?" "이 그림은 내가 어린 시절에 그린 것이라오." 조금 뒤에 안으로부터 푸짐하게 차린 음식상이 나왔다. 김류는 마음 속으로 괴이하게 여겼다.

손님을 보낸 뒤에 부인에게 물으니, 부인이 말했다. "간밤 꿈에 상감께서 우리집에 납시었습니다. 잠을 깨고 나서 이상한 생각이 들었었는데, 낮에 계집종 아이 말이 어떤 벼슬아치가 비를 피해 대문 안에 들어와 있다는 겁니다. 그래서 제가 몰래 엿보았더니 얼굴 생김새가 꿈에서 본 사람이기에 힘껏 대접을 했습니다."

김류는 이 때부터 몰래 왕래를 하여 드디어 중흥의 계획을 이루었다.[28]

仁祖反正에 얽힌 金瑬와 그 부인 夢中事 관련 야담이다. 『서포만필』 所載 김류 부인 夢中事와 유사하지만 『서포만필』 소재 夢中事는 사실 전달에 있다면 야담은 허구성을 가미하여 사실을 확장시켰다. 전자는 김류와 그 부인에 의해 구성된 단순한 夢中事이지만 후자는 宣祖, 李恒福, 馬畵, 避雨, 潛邸時 仁祖 등 등장인물이 다양하고 공간이 확장되어 내용이 풍부해졌다.

『서포만필』 소재 일화들은 대부분 내용이 짤막하고 단순하다. 그러나

---

28) 宣廟末年 召諸孫 或書或畵 仁廟兒時畵馬 宣廟以其畵賜白沙李公 及白沙北窓 時 携昇平金公宿逆旅 以其畵付之曰 此先王所賜 莫審其意 第審所寫之人 昇平 亦莫知所以 歸貼壁上 仁廟在邸時 適出遇雨 入道傍舍門內避雨 俄而一叉鬟出 告曰 未知何客 而雨不止 不可久立 願暫住外軒 仁廟辭以無主 叉鬟累以內意固 請 不得已入座 壁上有畵馬 諦視乃兒時所畵也 心怪之 俄而主人來 卽昇平也 初 未相識 仁廟具道避雨之故 仍問其畵 昇平曰 何以問之 仁廟曰 此吾兒時所畵也 俄而自內大供具以進 昇平心窃怪之 送後問夫人 夫人曰 夜夢 大駕臨門 覺而異 之 午間兒婢傳言 官人避雨入門 吾窺之 顔貌如夢中所見故 極力待之 昇平自此 密往 遂成中興之策(『記聞叢話』)

이 일화는 단순한 夢中事이지만 野談系逸話로 발전하거나 널리 膾炙될 수 있는 일화이다. 『서포만필』 소재 「홍순언일화」가 무수한 洪純彦逸話를 창출하고 소설로 발전할 수 있었던 것은 사실에 虛構性이 가미되어 내용이 풍부하고 흥미롭게 구성되어 있기 때문이다.

李起築(1589~1645)과 그 부인 야담도 仁祖反正 靖社功臣과 관련성이 있는 야담이다.

이기축은 주막집 머슴이었다. 사람됨이 둔하여서 배불리 먹는 것만 알았다. 주인집에 시집갈 나이가 된 딸이 있었는데, 한문을 좀 깨쳤고 성품이 영리하고 민첩하여 부모의 사랑을 받았다. 부모가 좋은 사위감을 고르려 하자, 그녀가 말하였다. "제 신랑감은 제 스스로 고를 수 있습니다. 저는 기축에게 시집가기를 원합니다." 이기축은 기축년에 태어난 까닭에 그렇게 이름을 지었다. 그녀의 부모가 딸을 꾸짖으며 말렸으나 끝내 듣지 않자, 부득이 이기축에게 시집가는 것을 허락했다.

그녀는 말했다. "이미 기축과 결혼했으니 여기서 살기를 원하지 않습니다. 기축과 함께 서울에 가서 집을 사서 생활해가고자 합니다." 그 부모 또한 남의 비웃음을 사면서 이곳에 사는 것이 각기 살아 좋게 되는 것만 같지 못하다고 여겨 재산을 주어 보냈다. 그녀는 기축과 서울로 가서 장동에 집을 사서 술집을 차렸다. 그 집에서 파는 술맛은 맑고 시원해서 사람들이 모두 술맛이 좋다고 했다.

하루는 그녀가 『史略』제1권의 '이윤이 태갑을 폐하였다.'는 구절에 표를 해서 기축에게 주면서 말했다. "이 책을 가지고 신무문 뒤로 가시면 사람들이 모여 있을 것입니다. 이 책을 그들 앞에 펼쳐 놓고 가르쳐 달라고 하십시오." 이기축이 그녀가 말한대로 가보니, 7, 8명의 사람들이 모여 이야기를 주고 받고 있었다. 이기축의 말을 듣더니, 그들은 서로 얼굴을 쳐다보다가 놀라서 물었다. "누가 시킨 것이오?" "소인의 처가 그러라고 했습니다." 그들이 이기축에게 집이 어디냐고 물은 뒤 함께 갔다.

그녀는 그들을 맞이하여 앉히고 술과 안주를 대접하며 말하였다. "여러 어르신네들의 일을 저는 이미 알고 있었습니다. 저의 남편이 어리석기는 하오나 완력이 있사오니 나중에 쓰실 데가 있을 것이옵니다. 성사가 된 뒤에 공신 명단에 오를 수 있다면 다행일까 하옵니다. 저희집에 술이 있사옵고, 또한 외딴 곳에 있사오니 일을 의논하실 때에 이리로 오시는 것이 좋을까 하옵니다." 그들이 모두 그리하겠다고 허락했다.

그들은 곧 뒤에 승평부원군이 된 김류와 연평부원군이 된 이귀 등이었다. 나중에 의병을 일으켜 창의문으로 들어갈 때에 이기축은 앞장을 서서 경복궁 문의 將軍木을 꺾어버림으로써 이등공신에 오르게 되었다고 한다.[29]

李起築妻는 남편 이기축을 金瑬와 李貴 등 靖社功臣에게 접근하게 하여 결국 이기축이 二等功臣에 오르도록 했다. 이기축처는 知人之鑑에 의해 이기축을 남편으로 맞이했고 주도적인 활동으로 주막집 머슴인 이기축을 이등공신의 반열에 오르게 했다. 女性人物野談의 하나이다.

---

29) 李起築店舍雇奴也 爲人甚魯鈍 不知東西而只以飽飯爲好 有絶倫之力 店主以奴隷使之 主家有女年及笄 而稍解文字 性又穎敏 父母鍾愛 欲擇家婿而嫁之 其女不願曰 吾之良人 吾自擇之 願嫁于李己丑矣 己丑者己丑生故仍以名呼之 起築云者 後改之故也 其父母大驚而叱責曰 汝何所緣而欲嫁于雇奴也 使勿更言 則其女以死自期 不願他適 父母責之諭之 終不聽 計無奈何 遂許之 女曰 旣以己丑作配 不願在此 與之欲上京 買斗屋而資生云云 其父母亦以爲在此惹人恥笑 不如各居之爲好 仍給家産之資而送之 其女與己丑上京 買舍於壯洞 而沽酒爲業 酒甚淸洌 人皆稱之 一日 以史略初卷授之 而標於伊尹廢太甲放桐宮篇而示曰 持此冊往神武門後松陰下 有諸人之聚會者 以冊置于前而願受學焉 己丑依其言而往 則果有七八人團會而酬酌 聞其言而相顧大驚曰 誰所使也 對曰 小人之妻如是云矣 諸人問其家而楷往 則其女迎之 座而設酒肴待之 仍打曰 列位之事 妾已知之 家夫愚痴 而有膂力 日後自有用處 事成之後 得參勳錄幸矣 吾家有酒而旨且多 議事時必會于妾家無妨 妾家靜僻 無有人知 衆皆驚異而許之 盖是昇平及延平諸人也 其後擧義而入彰義門時 己丑居前 折將軍木而入 事定策勳參二等功臣(『記聞叢話』)

(3) 鰲城 李恒福과 漢陰 李德馨의 逸話

　오성 李公이 掌銓으로 있을 때, 湖中의 부호가 어질지 못하다고 소문이 났는데도, 배에 쌀을 가득 싣고 상경하여 벼슬자리를 구했다. 사람들은 모두 이공은 재물로 먹혀들어갈 사람이 아니라고 여겼으나, 오래지 않아 부호는 과연 좋은 벼슬을 얻었다. 호인들은 놀라고 통분해 하지 않음이 없었다. 어떤 사람은 이공을 면전에서 꾸짖는 자도 있었다. 이공은 이렇게 말했다. "내가 어찌 이 사람을 알았겠는가? 明甫가 나에게 요청하므로, 나는 오직 명보만 믿었을 뿐이다. 명보가 어찌 뇌물을 받고 나를 속일 사람이겠는가?" 명보는 漢陰 이공의 字이다. 하루는 그 소문을 한음에게 말했더니, 한음은 경악하며 한참 탄식하며 말했다. "내 어찌 이 사람을 알았겠는가? 나는 불행히도 雙親을 여의고, 지금 홀로 70살의 고모를 모시고 있을 뿐이다. 고모가 이 사람을 말하면서 일찍이 우리 집안에 덕을 베풀었고, 위인이 謹愼하여 벼슬자리를 맡을 만하다. 네가 만약 나를 위해 힘을 써 주면 吏判이 네 말을 들어주지 않겠는가? 고모의 가르침이 이와 같은데, 내 어찌 자네에게 말하지 않을 수 있겠는가? 만약 그 사람이 어질지 못하다고 한다면, 내가 어찌 알 수 있었겠는가?"

　두 사람의 입장은 다 옳다. 그러나 부호가 벼슬을 얻었다는 것은 끝내 백성의 마음을 상하지 않을 수가 없었다. 趙忠簡과 岳武穆의 일도 이와 아주 비슷하다.[30]

---

30) 鰲城李公之掌銓　湖中有富戶以不仁聞　飽載米船　上京求官　人皆謂李公非可以利啗者　未久富戶果得美官　湖人莫不駭憤　有面責李公者　李公曰　吾豈知是人哉　明甫要我　我唯明甫信之耳　明甫豈受賂而欺我者哉　明甫者　漢陰李公字也　一日以所聞語之　漢陰驚愕嗟歎久之曰　吾豈知是人　吾不幸雙親棄背　今獨奉侍七十歲姑母爾　姑母言是人嘗有德於我家　爲人謹愼可任職　汝若爲吾宣力　吏判豈不聽汝言乎　姑母之敎如此　吾安得不言於令公乎　若其人之不仁　吾何能知之
　夫二公皆是也　而富戶之得官　終不免不厭人心　趙忠簡　岳武穆事　殆近乎此(51

오성과 한음의 두터운 信義는 남다른 우정을 싹틔울 수 있었다. 그러나 객관적인 검정을 거치지 않은 私事로운 信義와 友情이 빚은 행위는 타인의 비난을 받기 마련이다. 서포는 이런 점을 잘 피력하고 있다.

(4) 서포의 主和論과 斥和論에 대한 입장 표명

...내 생각으로는 丁丑年(1637) 이후에는 더욱 丙子年(1636)과는 같지 아니했다. 성이 함락된 뒤에는 임금의 위태로움과 욕됨은 호랑이 입안을 벗어나지 못했다. 비록 평소 초야에 있던 사람이라 하더라도, 모두 마땅히 달려가서 위문하고 합심협력하여 나라가 망하지 않도록 도모해야 하는데 어찌 차마 조정이 더럽다 하여 장차 자기도 더렵혀질 것처럼 행동해야 하겠는가? 저 두 노인31)의 행동은 정녕 사람마다 배울 수 있는 것도 아니지만, 또한 사람마다 배워야 할 것도 아니다. 요는 각각 그 마음이 편안한 바에 따라서 스스로 신하의 직분을 다할 따름이다. ...최명길은 끝내 주화론을 펴서 정녕 시비가 많았지만, 또한 어찌 스스로 그 직분을 다하여 마음에 부끄러움이 없는 자가 아니겠는가?

李植은 마음 속으로 斥和의 잘못을 알고 있었으나, 부형의 견제를 받아 이의를 내세울 수 없었고, 남한산성의 치욕을 보게 되자 평생토록 애통해 하면서 거적을 깔고 자기 집에서 지내다가, 죽으면 薄葬하도록 유언하고 죄인으로 자처했으니, 역시 孔距心과 같은 사람이 아니겠는가?

張維는 조정 의론이 척화론으로 되자 술을 마시며 쯧쯧 탄식하면서 사람들을 대하여 나라가 망한다는 탄식을 했다. 그러나 최명길처럼 힘써 화의론에 가담할 수 없었던 것은 아마도 말해야 반드시 소용이 없을 것임을 알았기 때문이다32)

장, pp.276~277)

31) 淸陰 金尙憲(1570~1652)과 棟溪 鄭蘊(1569~1641)을 말한다.

32) ....窃謂丁丑後尤與丙子不同 下城之初 君父危辱 未離虎口 雖素在草野者 皆宜 奔聞歸唁 同心合力以圖不亡 何忍汚㴸朝廷 若將⻊免己乎 彼二老之遉擧 固非 人人所能學 亦非人人所當學 要各求其心之所安 而自盡於臣子之職而已...崔完

서포는 事勢가 어떻게 할 수 없는데도 斥和論을 주장하는 안타까운 현실을 개탄하고 있다. 이는 서포의 先考 忠正公 金益兼의 일과도 무관하지 않다. 서두에서 밝힌 바와 같이 김익겸은 和議를 거부한 철저한 斥和論者이다. 즉 김익겸은 청나라 사신을 목베어야 한다고 주장하는 상소를 올렸고, 강화도에 淸軍이 쳐들어오자 抗戰하다가 결국 仙源 金尙容과 焚身自決했고, 서포의 祖妣 徐氏도 자결했다. 서포는 남한산성에서 청나라에 굴욕적인 항복을 해야 했던 國事에서부터 가정의 悲劇史를 초래한 것은 결국 청나라와 화의를 거부했기 때문에 일어난 일로 인식했다. 자신은 부친의 얼굴도 모른 채 戰船에서 遺腹子로 태어나 船生이라는 兒名을 쓰기도 했다. 서포는 당시 조정의 공론이 斥和論이어서 결국 國運을 기울게 했고 서포 자신에게도 비극적인 生育史를 초래한 것으로 인식하고 있다.

위의 글은 斥和論者와 主和論者의 제대로 드러나지 않은 일들을 거론하면서 이와 관련한 故事를 인용하여 자신의 견해를 제시하고 있다.

(5) 石洲 權韠 逸話

선조 때 여러 명사들이 簡易 崔岦(1539~1612)의 집에 모였는데 술이 반쯤 되자 汝章 權韠(1569~1612)이 일어서며 물었다. "지금 海東의 文宗으로는 공이 진실로 그 사람이지만, 風雅의 일은 어느 사람에게 속할까요?" (이 말은 권필이) 아마 자기를 인정하려는 것이었다. 간이가 대답하기를, "이 늙은 이가 죽은 뒤에는 그대들이 마음대로 하게!"하였다.[33]

城終始主和　固多是非　亦豈非自盡其職　無愧於心者耶　李澤堂心知斥和之非　而爲父兄牽制　不能立異　及見南漢之憂辱　終身傷痛　席藁私寢　遺命薄葬　以罪人自處　其亦孔距心之流乎　張谿谷當廟議斥和　燕居咄咄　對人有神州陸沈之歎　然未能力擔和議如完城者　盖知言之必無益也…(72장, pp.300~303,참조)

33) 宣廟朝諸名士會於崔簡易宅　酒半權汝章起而問曰　當今海東文宗　公固其人　但

石洲 權韠은 시를 잘 지어 세상에 널리 알려진 인물이다. 이와 관련한 야담을 보기로 한다.

석주 권필은 시 잘 짓기로 세상에 명성이 자자하여, 아이들이나 종들도 모두 그의 이름을 알 정도 였다. 그는 시골 마을을 지나다가 비를 만나 그 고을 좌수 집에서 머물게 되었다. 그 집 울타리 밖에서 시골 선비 대여섯 명이 모여 술을 마시며 시를 짓고 있었다. 권필이 떨어진 옷차림으로 인사를 하고 말석에 가서 앉으니, 그 자리에 있던 사람이 물었다. "자네는 누군가?" "소생은 양반이 아니옵고 그저 물건을 팔러 다니는 장사꾼입니다. 내주로 가는 길에 마침 이처럼 성대한 모임을 만나게 되었습니다. 혹시 남은 술이라도 있으면 굶주린 창자를 적셔볼까 합니다." 여러 선비들이 술잔을 잡고 시를 읊조리다가 권필에게 말했다. "자네 이런 맛을 알 수 있겠나?" 권필은 거짓 겸손하게 말했다. "저 같이 가난한 장사꾼이 어찌 그걸 알겠습니까? 여러 선비 나리께서 시를 읊조리시는 데 무슨 뜻이 있는지 모르겠습니다." "이런 게 바로 사물을 대해서 흥을 일으킨다는 것이네. 풍경을 그대로 그린다는 것일세. 말하자면 시 가운데 살아있는 그림이라고나 할까." 그들 가운데 한 사람이 자기가 지은 시를 자랑했다. "내가 지은 이 구절은 비록 李太白이라 할지라도 필시 한 수 양보를 해야 할 걸." 또 한 사람이 말했다. "내가 지은 이 연은 실로 두보도 아직 써보지 못한 걸세." 또 한 사람이 미간을 찌푸리며 말했다. 그러자 옆에 있던 사람들이 "그게 무슨 말인고? 저 나무를 보았는가? 나무가 너무 높이 자라면 바람에 꺾여지듯이, 내 시도 아주 고상하고 높아 또한 꺾여질까 두렵다는 말일세. 그걸 걱정하는 거지." 그들은 서로 손뼉을 쳐가며 우열을 견주었다. 그러더니 권필에게 술을 주며 말했다. "자네가 비록 한문을 모르더라도 모름지기 우리말로 글을 지을 을 수 있을 테지. 그렇게라도 해서 우리들을 빛내 주게." 권필은 술을 마시고 나서 즉시 다음과 같은 절구 한 수를 지었다.

未知風雅之業 當屬何人 盖自許也 簡易答曰 老漢死後 公等任自爲之(127장, p.359)

근자엔 문무가 다 이루어지지 않아	書劍年來兩不成
문관도 아니오 무관도 아닌 한 미친 선비일세.	非文非武一狂生
훗날 서울 가거든 물어보게나	他時若到京城問
술집에서도 아이들도 다 그 이름을 외운다네.	酒肆兒童盡誦名

　여러 선비들이 그 시를 보고나서 말했다. "괴이한지고! 자네가 이런 시를 지을 수 있다는 건 우연이아닐세." 한 사람이 웃으며 말했다. "시는 좋다마는, 자네 이름은 뭔가?" "소생은 바로 권필이오." 그 말을 들은 선비들은 서로 바라보다가 한편 놀라고 한편 부끄러워하며, 자리에서 내려와 열을 지어 권필에게 절을 올렸다.34)

　위의 내용은 권필의 詩才가 대단히 뛰어날 뿐만 아니라 아이들이나 종까지도 권필의 詩的 才能을 알고 있다고 전제하고 구체적으로 그 實例를 들었다. 鄕士들은 권필의 시를 보고 "괴이한지고! 자네가 이런 시를 지을 수 있다는 건 우연이 아닐세."라고 했는데 이 말은 권필이 지은 시임을 알아차렸다는 말이다. 『서포만필』에서 권필은 '文宗 자리는 簡易인데 風雅로 꼽을 수 있는 사람은 누구이겠는가'라고 簡易에게 물었다. 이에 대해 西浦는 石洲의 말에 대해서 '아마 자기를 인정하려는 것

---

34) 權石洲韠 詩名藉世 兒童僕隷 皆識姓名 嘗過鄕村遭雨 留滯於座首家 籬底有鄕
　　士五六人 會飮賦詩 石洲着弊衣 拜進席末 座中問曰 爾是何人 石洲曰 鄙生無與
　　文武 只業販貨 將往萊州 適値盛會 倘沾餘盃以潤飢腸 諸生把盃吟哦 謂石洲曰
　　爾能知此味乎 石洲佯爲遜辭曰 若余貧賈 安能知之 未審諸公吟哦有甚意味耶
　　諸生曰 此乃觸物起興模寫風景 盖詩中之活畵也 一人誇其所作曰 我之此句 雖
　　李白必讓一頭 又一人曰 我之此聯 實杜甫所未發者也 又一人蹙眉曰 吾詩恐折
　　也 左右曰 何謂 曰 觀夫木乎 至高則爲風所折 吾詩甚高 恐亦折也 是以憂之 相
　　與抵掌 較其優劣 因與石洲酒曰 爾雖不文 須以俚語作句 以發吾輩一粲 石洲飮
　　訖 則題一絶曰 書劍年來兩不成 非文非武一狂生 他時若到京城問 酒肆兒童盡
　　誦名 諸生覽畢曰 怪哉 爾能作此詩不偶然 一人笑曰 詩則佳矣 但爾名爲誰 石洲
　　曰 鄙生乃權韠也 諸生相顧愧驚 下席羅拜(『記聞叢話』)

이었다'고 간접적인 화법으로 評했고 간이는 석주의 질문이 석주 자신을 두고 한 말임을 알고 너무 지나치다는 투로 "이 늙은이가 죽은 뒤에는 그대들이 마음대로 하게!"라고 답변했다. 서포는 석주에 대한 직접적인 평을 하지 않고 簡易의 답변으로 대신했다고 할 수 있다.

석주는 詩歌를 잘 지었고 집안이 몰락하였으나 예절에 얽매이지 않았고 성격이 오만하여 과거에 응시하지 않았다. 결국 석주는 宮柳詩로 해서 죽게 되니 뛰어난 詩才가 筆禍를 당하고 말았다.[35]

(6) 白沙 李恒福 逸話

백사 이항복이 북청으로 유배될 때 철령을 지나면서 철령 「宿雲詞」를 지었다. 그 사에

孤臣冤淚를 비삼아 띄워다가　　　　孤臣冤淚作行雨
임 계신 九重深處에 뿌려볼까 하노라　往灑九重宮闕

라는 말을 하였다. 하루는 광해군이 후정에서 잔치를 벌이고 놀 때, 궁녀가 이 사를 노래부르는 자가 있었다. 광해군이 대답하기를 "아주 새로운 소리인데, 어디서 들었는가?" 물으니, "서울에서 전하여 불려지는데 이모의 작이라고 하옵니다."하였다. 광해군은 그것을 다시 부르게 하여 듣고는 슬퍼하며 눈물을 흘렸다.

詩가 사람을 감동시킬 수 있음이 이와 같았다. 광해군 같은 사람도 어찌 더불어 善政을 할만한 사람이 아니겠는가? 錦南 鄭忠信(1576~1636)이 이공을 따라 북쪽에 갔을 때, 이공의 謫中事를 아주 자세하게 기록하였다.[36] 이

---

35) 權石洲韠 善詩歌 落魄不拘節 傲世不赴擧... 宮柳靑靑鶯亂飛 滿城冠盖媚春輝 朝家共賀升平樂 誰遣危言出布衣...(『記聞叢話』) 권필은 궁류시로 해서 광해군의 노여움을 사, 문초를 받고 流配가다가 유배지에 이르기 전에 죽었다.

36) 『白沙北遷錄』을 말한다. 정충신은 庶出인데 백사 이항복의 청지기로 들어와 백사의 보살핌을 받아 출세하게 된다.

노인의 淮海와 같은 기상을 후인이 생각해볼 수 있을 듯하다. 요즈음 듣건
대 공의 자손들이 그것이 너무 호방하여 유자의 기상과 같지 않다고 하여
많이 刪改하였다고 한다. 또한 탄식할 일이다.37)

서포는 白沙의 短歌가 光海暴君까지 눈물을 흘릴 정도로 감동을 주
었다고 하여 詩歌의 感動力을 매우 注視하고 있다.38) 그리고 백사 후손
들은 백사의 호방한 기상이 녹아 사람을 감동시킨 詩歌를 儒家的이지
못하다고 하여 많이 고친 일에 대해 통탄했다.

서포의 우리 詩歌 感動力에 대한 이론은 松江의 「關東別曲」이나 「前
後美人曲」을 우리 東邦의 離騷라 극찬하고, 여항간의 樵童·汲婦가 서
로 주고 받는 노래가 비록 비루하다고 하지만 그것의 참된 값은 學士大
夫의 詩賦와 함께 논할 수 없다 하여 國文詩歌의 중요성을 十分 인정하
고 國民文學論을 강조함39)과 이어지는 논리이다.40)

(7) 西坰 柳根 逸話

서경 류근(1549~1627)의 시는 精鍊되고 穩怙41)하여 館閣詩나 昇平詩42)

---

37) ...白沙李公之竄北靑 行過鐵嶺作鐵嶺宿雲詞 有詞得 孤臣冤淚作行雨 往灑九重
　　宮闕 之語 一日光海主遊宴後庭 宮娥有唱是詞者 主曰 大是新聲 何處得來 對曰
　　都下傳唱云 是李某所作 主使之復歌 悽然泣下 詩之能感人如此 然若光海者 亦
　　豈不可與爲善哉
　　　鄭錦南從李公于北 記公謫事甚悉 此老淮海之氣 後人猶可想見也 比聞公之子
　　孫嫌其過於豪放 不似儒者氣象 多有所珊改云 亦可歎也...(142장, p.142~143)
38) 鄭奎福, “金萬重論”, 『韓國文學作家論』, 형설출판사, 1982, p.332, 참조.
39) 정규복, 앞의 논문, p.333, 참조.
40) 『서포만필』하권(159장, p.388~389, 참조)
41) 정련온첩은 부드럽고 편안하다는 뜻이다.
42) 관각시는 殿閣 등 장엄한 건물을 써 낸 시이고, 승평시는 태평성대를 읊은 시
　　를 말한다.

에 뛰어났다. 김공은 그의 데릴사위였는데, 매양 그의 시를 얕보고 그 단처
를 드러냈다. 김공은 그때 비록 나이는 어렸지만 이미 크게 才望이 있어서
유근은 이를 깊이 꺼렸다.

하루는 김이 신고 있던 신발이 헐어져 마침내 서경을 만나고는 말했다.
"장인의 신작시를 보고 싶습니다." 류근이 한 편을 내보이자, 김은 반도 읽
지 않고서 숙연하게 모습을 바꾸면서 말했다. "제가 일찍이 망녕되이 장인
의 시문이 정치하나 기력이 부족하다 하였는데, 이제 이 작품을 보니 峻壯
奇拔하여 전혀 그 전에 보던 것과 다릅니다. 이에 제가 전일에 알았던 것이
도리어 미진함이 있었음을 알겠습니다." 류근은 크게 기뻐하면서 "정말 그
러한가? 내가 요즈음 사마천의 사기를 읽었는데, 아마 그 효과가 아닐까?"
하였다. 김은 "이는 반드시 의심할 것이 없습니다."하면서, 이를 침이 마르
도록 칭찬하였다.

오래 앉아 있는 사이에 고의로 신발 찢어진 곳을 약간 드러내 보이자, 류
근은 그것이 망가진 것을 보고 "사위는 어찌 헐어진 신발을 신고도 말하지
않는가?" 하고, 곧 노비를 불러 "전일에 西師가 보낸 鹿皮靴를 가져 오너라."
하였다. 김은 곧 앉은 자리에서 헌신을 벗고 새신을 신고 벌떡 일어나 길게
읍하면서, "장인의 문장은 사실은 새우젖과 같지만, 제가 거짓 칭찬했던 것
은 새 신발을 얻고자 했던 것 뿐입니다."하였다. 그리고 드디어 밖으로 나오
자, 류근은 경악할 따름이었다.43)

장인과 사위의 이야기이다. 詩才가 뛰어난 사위가 장인이 지은 시를

---

43) 西坰之詩 精鍊穩帖 長於館閣昇平 金公贅婿 每低視而揚其短處 金時雖年少 已
大有才望 柳深憚之 一日金所着靴弊 遂見西坰曰 願見丈人新作 柳出示一篇 金
讀未半 肅然改容曰 小子間嘗妄謂丈人之文精緻有餘而氣力差欠 今見此作峻壯
奇拔 頓異前見 乃知小子前日之知之 猶有未盡也 柳大喜曰 信如此乎 吾近讀馬
史 無亦其效耶 金曰 是必無疑矣 稱之不容口
坐久 故微露靴觜 柳見其破也 曰 郎靴着弊靴而不言耶 急喚婢子曰 取向日西師
所送鹿皮靴子來 金卽於所坐 脫故着新 闢起長揖曰 丈人之文 其實如紫蝦醢 吾
之陽讚者 欲得新靴耳 遂趨出 柳愕然而已(144장, p.144~145)

보고 얕보고 시의 단점을 들추어내어 평을 하여 장인의 心氣를 불편하게 하는 내용이다. 서포는 이 일화에 대한 評은 없이 소개만 해놓았다. 사위가 장인의 시를 혹평하는 이유는 구체적으로 나와 있지 않다. 관각과 승평시를 잘 짓기로 유명한 류근이 무엇 때문에 자신의 시가 사위로부터 폄하되고 있는지 류근 자신은 모르는 것 같고 『서포만필』에도 그 이유를 밝혀 놓지 않았다. 시의 素材가 館閣과 昇平이기 때문일 수도 있다.

어느날 사위는 뜻밖에 장인의 시에 대해 찬사를 아끼지 않았다. 장인은 자신의 시를 사위가 좋은 시라고 하자, 기분이 좋을 수밖에 없었다. 그러나 칭찬의 이면에 도사리고 있는 의미를 파악하지 못했던 장인의 낭패감과 참담함은 클 수밖에 없었다. 이런 점이 이 일화의 妙味이다.

3. 맺음말

西浦 金萬重(1637~1692)은 晩年에 南海 謫所에서 『西浦漫筆』을 저술했다. 『서포만필』 상권은 宣川에서 지어졌다고 하더라도 『서포만필』 하권은 南海에서 저술되었음이 분명하다. 『서포만필』上卷은 중국 역사와 인물에 관한 내용이 대부분인 반면, 下卷은 우리나라 역사와 인물 및 詩話 등이 주류를 이루고 있다. 『서포만필』 하권은 우리나라 詩에 관한 詩話로 되어 있으나, 소설이나 散文에 관계되는 것도 섞여 있어 수필·평론으로 다루어야 할 부분도 있다. 뿐만 아니라 『서포만필』에는 서포의 思想的 遍歷과 該博한 지식에 바탕한 佛家·儒家·道家·算數·律呂·天文·地理 등에 대한 견해가 점철되어 있다.44)

---

44) 이신성, "『西浦漫筆』 所載 〈洪純彦逸話〉의 文學史的 意義", 『西浦文學의 새로운 探究』, 중앙인문사, 2000, p.117, 참조.

본고는『서포만필』(하권) 所載 逸話를 연구 대상으로 하였다. 이 작업은 필자의 “『서포만필』所載「洪純彦逸話」에 관한 고찰”과 관련성을 지닌다.『서포만필』소재「홍순언일화」는 ‘洪純彦逸話’의 효시가 되는 작품으로 그 뒤 무수한 ‘홍순언일화’를 창출하게 했고,「李長伯傳」,「李長白傳」,「洪彦陽義捐千金說」,「季氏報恩錄」 등과 같은 소설로 이어지게 했다.

본고에서는『서포만필』(하권)의 일화 가운데「홍순언일화」를 제외한 7편의 일화를 대상으로 그 의미를 고찰했다. 일화는 사실적인 내용에 기초하지만 虛構性이 가미되어 흥미를 불러일으키기도 한다. 이러한 특징은 “『서포만필』소재「홍순언일화」”에서도 나타난다. 7편의 일화는「홍순언일화」와 달리 野談系逸話로 발전하지 않았다. 다만 仁祖反正과 관련된 내용이 있는「昇平府院君 金瑬와 그 부인의 逸話」는 夢中事 등 허구성이 가미되어 흥미를 불러일으키는 면이 있고, 이와 유사한 내용이 야담에도 나타난다. 그러므로 야담과의 연관 관계에 대해 관심을 기울일 필요성이 있다고 思料된다.

『서포만필』에 내재된 서포의 사상이나 문학론 등은 先學들에 의해 어느 정도 논의되었다. 이제『서포만필』의 姑息的인 고찰 방식에서 눈을 돌릴 때가 되었다고 본다. 이를테면 필자가 시도한 바 있고, 본고에서 제기한 逸話의 野談化와 小說로의 移行過程 등에 대한 考究도 의의 있는 작업으로 본다.

Ⅵ. 古典文學 敎材의 問題點과 改善方案에 대하여

1. 머리말

본고는 초등학교 교과서에 실린 古典文學 敎材의 問題點과 그 문제점의 改善方案을 提示함을 목적으로 한다. 이를 위해 우선, 敎育目標와 敎育課程에 나타난 문제점을 살펴본 다음, 교과서와 교사용 지도서에 나타난 문제점을 고찰하고자 한다.

敎育課程은 國語敎育의 계획에 해당하고, 교과서는 국어교육의 實行과 밀접한 관련을 맺고 있다. 그래서 교육과정과 교과서는 국어교육을 이루는 수레의 두 축이라고 할 수 있다. 이 두 축이 제 기능을 발휘할 때, 국어교육은 훌륭히 이루어질 수 있다.

따라서 본고에서 살피는 교육과정과 교과서의 문제점에 대한 고찰은, 국어교육의 기본적인 틀을 이루고 있는 요소의 문제점을 살피는 것이라고 할 수 있다. 국어교육의 계획과 실행, 양 측면에 나타난 문제점을 살펴 보고, 그 改善方案은 주로 原典, 原典의 改作·變容의 측면에서 고찰하기로 한다.

2. 敎育目標와 敎育課程에 나타난 問題點

국어과교육 목표와 교육과정에 나타난 문제점을 제시해보기로 한다.

첫째, 국어과 교육목표에 문학교육 영역이 명확하게 제시되어 있지 않다. 문학교육은 문학의 기능인 審美的 體驗과 享受를 적절히 수용해야 한다. 현행 교육과정은 듣기·말하기·읽기·쓰기 등 言語能力 伸張에만 역점을 두었기 때문에 문학은 이를 위한 자료 제공으로 그친다. 그리고 民族詩인 時調를 詩의 하위 개념으로 분류하고 있다.[1] 시조에 관해서 제7차 교육과정에 의해 편찬된 5~6학년 교과서에 3차례 실려 있지만, 시조의 형식에 대해 학습할 기회를 놓칠 수가 있다.[2] 이런 식의 교과 운영으로는 文學敎育이 제대로 될 수 없다. 이는 문학교육의 황폐화와 다름 아니어서 문학 시간을 확보하여 문학 교재로 문학교육을 해야 한다는 절박한 시점에 와 있다고 할 수 있다.

제7차 교육과정은 反應中心 文學敎育 理論을 수용하고 있다. 이는 直觀→感情移入→享受의 단계를 거치도록 요구하고 있다. 이것을 좀 더 자세히 살펴보면 認知的 思考를 활용한 읽기 : 내용파악[직관]→感性的 사고 영역으로의 전이[感情移入]→감성적 사고의 극대화를 통한 享受와 創作이라고 할 수 있다. 창의적 국어사용능력 향상이라는 국어

---

1) 제 7차 교육과정 6학년 문학 영역에 '문학의 갈래를 안다.'가 명시되어 있다. 이 내용은 제7차 초등학교 교육과정 해설서(Ⅲ)에는 문학의 갈래를 시, 소설, 희곡, 수필문학 등으로 구분하고 있어, 時調는 그 갈래에 들어있지 않고 詩 속에 동시, 동요와 같이 하위 개념으로 처리하고 있다.

2) ① 5학년 1학기 『읽기』, pp.142~143 ② 5학년 2학기 『읽기』, pp.132~133 ③ 6학년 2학기 『읽기』, pp.44~45, 참조. ①에서는 時調의 내용에 관한 언급만 있고, ②③은 '쉼터'에 실려 있다. ③에서 비로소 時調의 形式에 대해서 언급하고 있으나, '쉼터'는 학습하지 않고 넘어갈 수도 있고, 교사용 지도서에 '쉼터'의 學習 指導 지침 내용이 없다.

과목표가 반드시 인지적 영역의 지식 이해와 사고의 활용이라는 측면만
을 강조하는 것은 아니다. 창의적 국어사용 능력 신장은 감성적으로 풍
부한 느낌이나 상상력[비약]을 자극하는 것도 포함되는 것이므로 인지적
영역만 지나치게 강조하여 논리가 정연한 것만을 교육목표와 교육과정
에서 강조하는 것은 제고해 보아야 할 문제이다.

둘째, 교육과정 상에 제시된 문학교육[고전문학 포함]의 목표는, 작품
에 나오는 인물의 삶의 모습이 작품에 반영된 시대적, 문화적 상황과 관
련지어 말한다.3)이다. 그러나 그 내용을 시대와 관련지어 다룰 수 있을
만큼의 학습 시간이 배당되어 있지 않다. 또 교사용 지도서에서 그런 부
분을 例示的으로 다루고 있지 않다. 고전문학 교재의 경우에는 작품이
만들어진 시대와 상황을, 그 시대의 시각으로 보아야 할 필요가 있다.

3. 教科書와 教師用 指導書에 나타난 問題點

초등학교 국어과 교과서에 등장하는 文學教材는 몇 가지 문제점을
안고 있다. 국어과의 教育目標, 교육과정, 교사용 지도서와 교과서로 나
누어 문제점을 짚어보고자 한다. 여기서는 제7차 교육과정에 의해 편찬
된 교과서의 고전문학 교재의 문제점을 주로 거론하면서 제6차 교육과
정에 의해 편찬된 교과서의 것도 살펴보기로 한다.

첫째, 교과서에 고전문학 관련 자료를 제시하는 방식에 문제가 있다.

1) 교과서에 고전문학 관련 자료를 제시하기 위해서는 정확한 出典과
根據를 가지고 있어야 한다.

① 「두더지의 결혼[鼴鼠婚]」의 경우, 제6차 교육과정에 의해 편찬된
교과서 3학년 1학기 『말하기・듣기』 표지화에 꼬리가 길고 주둥이가 뭉

---

3) 『제7차 교육과정 해설서』, 4학년 문학영역, 4)심화, 참조.

통한 '쥐의 결혼'이 그려져 있다. 두더지는 주둥이가 뾰족하고 꼬리가 짧은 게 특징이어서[4] 땅 속에서 구멍을 파고 생활한다.

② 제6차 교육과정에 의해 편찬된 교과서의 경우, 「자린고비(玼吝考妣)」는 지독하게 인색한 사람을 일컫는데 마치 '모범적으로 절약하는 사람'인 것 같이 교과서에 등장하여 가치관 교육에 큰 혼란을 惹起시켰다.[5]

③ 토론 주제 설정에 문제가 있다. 「沈淸傳」의 주제는 孝이다. 명백한 주제를 놓고 "심청이는 효녀가 아니다"라는 주제로 토론을 하는 내용이 6차 교육과정에 의해 편찬된 교과서 6학년 2학기 『말하기·듣기·쓰기』에 실려 있고[6] 제7차 교육과정에 의해 편찬된 교과서 3학년 2학기 『말하기·듣기』에 「그림을 보며 "심청이는 효녀인가"를 들어봅시다.」라는 제재가 실려 있다.[7]

④ 제6차 교육과정에 의해 편찬된 3학년 1학기 『말하기·듣기』의 '의 좋은 형제[兄弟投金]'의 8개 삽화는 「형제투금」의 진정한 의미를 모르고 題材化했다.[8]

---

4)...천하의 존귀한 것은 나만한 것이 없다. 짧은 꼬리에 날카로운 주둥이는 실로 나의 본 모습이다.(天下之尊莫我若也. 短尾銛嘴 實惟我儀...)『旬五志』

5) 이신성, "〈玼吝考妣〉 이야기의 意味와 敎材化 方案", 『어문학교육』 제23집, 한국어문교육학회, 2001.11, pp.283~318, 참조.

6) 제6차 교육과정에 의해 편찬된 교과서 6학년 2학기 『말하기·듣기·쓰기』, pp.58~59, 참조.
　이신성, 「초등교과서 "沈淸은 孝女 아니다" 오류」, 〈새교육신문〉, 1999년 10월 18일자, 기사 참조.

7) 제7차 교육과정에 의해 편찬된 교과서 3학년 2학기 『말하기·듣기』, pp.46~47, 참조. '심청은 효녀인가'는 '심청은 효녀가 아니다.'라는 말이 優勢해야 재미있고 목표에 도달하는 수업으로 인식되고 있는 실정이다.

8) 「형제투금」은 형제 간에 우애가 금을 주었기 때문에 위기에 봉착했다. 금을 버리고 떠남으로 해서 위기를 슬기롭게 극복했다. 이는 재물보다 友愛를 優位에 둔 美談이다. 제6차 교육과정에 의해 편찬된 교과서 3-1 『말하기·듣기』에 실린

제7차 교육과정에 의해 편찬된 교과서 3학년 1학기『말하기·듣기』에는「금을 버린 형과 아우(형제투금)」의 삽화가 잘못되어 있고, 원래 이야기는 길을 가다가 금덩이를 주웠는데 물 속에서 금덩이를 주운 것으로 설정했다.9)

⑤ 제6차 교육과정에 의해 편찬된 3학년 1학기『말하기·듣기』의「알묘조장(揠苗助長)」삽화 4개에 3까지는 같은 인물 [아버지]이고 4는 다른 인물[아들]이어야 하는데 똑 같은 인물로 그려 놓았다.10)

⑥ 제7차 교육과정에 의해 편찬된 교과서에 실린「토끼의 재판」에서 호랑이는 '함정에 빠진 호랑이'로 나오기도 하고 '궤짝에 갇힌 호랑이'로도 나온다.11)

이는 原典(『醒睡稗說』, 19세기 편찬 야담집)과 개연성으로 볼 때 함정에 빠진 호랑이로 해야 한다.

⑦ 제6차 교육과정에 의해 편찬된 교과서 2학년 1학기『말하기·듣기』의 표지화에 나오는 호랑이와 토끼의 그림은 호랑이와 여우라야 맞다. 이는 故事成語「虎死狐計」를 제재화했다. 호랑이에게 물고기 잡는 상황 설명에 여우는 꼬리가 길기 때문에 가능하지만, 토끼는 그렇지 못하다.

제재(pp.24~25, 참조)는 물질만능주의가 교과서를 오염시킨 경우이다.

9) 형제가 금을 버리는 장면에 금을 버리는 사람이 놀란 표정을 짓고 있고, 그것을 보고 있는 사람은 무표정하게 서 있다. 보고 있는 사람이 놀란 표정으로 되어 있어야 한다. 또 길을 가다가 금을 주운 게 아니고 깊은 물속에 빠진 금을 줍는다. 이에 관한 상세한 논의는 이신성, "초등학교 교과서에 실린「兄弟投金」에 대하여,"(『어문학교육』제24집, 2002.5, pp.285~306)를 참조하면 된다.

10) 제6차 교육과정에 의해 편찬된 교과서 3학년 1학기『말하기·듣기』의「알묘조장(揠苗助長)」p.39, 참조

11) 제7차 교육과정에 의해 편찬된 2학년 2학기『쓰기』교과서에는 호랑이가 함정에 빠진 삽화(p.68, 참조)이고, 3학년 1학기『읽기』교과서(pp.148~157, 참조)와『쓰기』교과서(p.106, 참조)에는 궤짝에 갇힌 호랑이로 나온다.

그리고 호랑이가 물 속에 긴 꼬리를 드리우고 있는데 이는 잘못이다. 호랑이의 긴 꼬리를 꼬불꼬불하게 물속에 들여 놓아야 꼬리가 땔 나무 쌓은 것과 같이 보여 물고기가 몰려 들게 된다. 이는 물고기가 집이라고 생각하기 때문이다.[12]

⑧ 地名由來談은 명확하게 그 유래를 밝혀야 한다. '박석고개'는 이야기 자체만으로는 '박석고개'의 유래를 알 수 없다.[13]

⑨ 〈구두쇠〉의 삽화에 '우리도 구두쇠 정신을 본받자'라는 말이 나오는데, '구두쇠'는 '인색해서 써야 할 곳에도 쓰지 않는다'는 부정적인 의미가 들어있음을 看過하고 있다.[14]

⑩ 姨母에게 낮춤말을 쓰는 내용이 있다.[15]

이모 생일이다. 나는 종이로 별을 접어 주었다. 이모는 아주 좋아하였다. 이는 예사 말투인데 '생신이다. 접어드렸다. 좋아하셨다'로 바꾸어야 한다.

⑪ 제6차 교육과정에 의해 편찬된 교과서 6-2『읽기』, 126~127쪽(1997. 9.1 발행)에 실린「고추장」은 숱한 오류가 발견된다.

이 작품은 1996년 6-2『읽기』실험용 교과서에 실렸던 내용이 정식 교과서에 여과없이 그대로 실렸다.

　　1연 : 고추장에 보리밥 빨갛게 비벼/장닭에게 먹이면/닭싸움에서 이겼지/피 흘리면서 이겼지.

---

12) 제6차 교육과정에 의해 편찬된 교과서 2학년 1학기『말하기·듣기』의 표지화 참조, 이에 관한 오류를 지적한 자료는 이신성,『우리 고전문학 교재의 이해』, 1999, 보고사, pp.288~290을 참조하면 된다.

13) 제7차 교육과정에 의해 편찬된 교과서 3학년 2학기『쓰기』, pp.34~35, 참조.

14) 제7차 교육과정에 의해 편찬된 실험용 교과서 1-1『읽기』, 78쪽, 참조.

15) 제7차 교육과정에 의해 편찬된 실험용 교과서 1-1『쓰기』, 29쪽, 참조.

4연 : 보릿고개 배고플 때도/달랑 고추장 한 종지면/밥 한그릇 꿀맛이
　　　었지.
5연 : 고추장은/을지문덕 장군의 함성이다/계백장군의 부릅뜬 /눈이
　　　다/이순신 장군의 거북선이다.
6연 : 고추장은 /조상의 빨간 피/억센 힘줄이다.

우선 피흘리며 남과 싸우는 전투적/경쟁적 장면을 보여준다는 것은
아동의 정서에도 맞지 않고, 평화적 정신과 패배자와 소외된 사람에 대
한 따뜻한 시선을 강조하는 문학교육의 관점에서 볼 때도 결코 바람직
하지 않다. 게다가 '보릿고개'는 굶주려 죽는 이가 속출하는 참상을 가리
키는 단어인데 고추장에 보리밥을 비벼먹는다는 발상이 나왔다는 사실
과, 임진왜란 때 일본에서 수입된 고추/고추장을 이야기 하면서 삼국시
대의 계백장군과 을지문덕을 들먹인 것은 역사적 사실 측면에서 볼 때
語不成說이다. 교과서는 교육 현장에서 거의 절대시되기 때문에 오류를
검증하고 수정하는 작업이 철저히 이루어져야 한다.16)

⑫「은혜 갚은 꿩」 제재는 제6차 교육과정에 의해 편찬된 교과서에는
「은혜 갚은 까치」로 나왔지만17), 다행히 제7차 교육과정에 의해 편찬된
교과서에는 「은혜 갚은 꿩」으로 실려 있다.18)

⑬ 實存人物인데도 不特定 人物로 설정하고 내용을 왜곡시키고 있다.
제7차 교육과정에 의해 편찬된 실험용 교과서 4학년 2학기 『말하기·

---

16) 이신성, "초등교 국어교과서 일부 내용 오류",〈부산일보〉, 1999년 10월 29일, 기
　　사 참조.
17) ①제6차 교육과정에 의해 편찬된 교과서 5학년 2학기 『읽기』, p.81, 참조.
　　②'「은혜 갚은 까치」는「은혜 갚은 꿩」이 되어야 한다'는 論據는, 이신성의 『우
　　리 고전문학 교재의 이해』, 보고사, 1999, pp.265~269를 참조하면 된다.
18) 제7차 교육과정에 의해 편찬된 교과서 1학년 2학기 『읽기』, pp.12~17 및 2학년
　　2학기 『말하기·듣기』, pp.24~25, 참조.

듣기·쓰기』에 실린 「대감을 살린 아이」는 洪彦弼(1476~1549)과 洪暹
(1504~1585) 父子事로 「洪暹退蛇 - 홍섬이 뱀을 물리치다」라는 제목으
로 『海東言行錄』에 전한다. 교과서에는 실존인물의 일인데도 不特定
人物로 설정하고 上典과 下人의 일로 꾸몄다.[19]

2) 민족의 正體性과 관련한 내용을 소홀히 하고 있다.

「단군의 건국 이야기」는 제6차 교육과정에 의해 편찬된 교과서에 처
음 수록되었고[20], 제7차 교육과정에 의해 편찬된 교과서에서도 실려 있
다.[21] 그러나 제6차 교육과정에 의해 편찬된 교과서에 실린 檀君影幀[22]

---

19) 4학년 2학기 실험용 교과서 『말하기·듣기·쓰기』 52-53쪽에 실린 「대감을 살린
아이」의 내용을 요약하면 다음과 같다.

더운 여름날 대감이 나무 그늘에 멍석을 깔고 쉬다가 잠이 든 사이 독사가 기어
나와 대감의 배 위로 올라갔다. 이를 지켜보던 식구들은 어찌 할 바를 모르고 있
는데 머슴의 아들이 개구리를 구해와 던지자 그 개구리를 먹기 위해 독사는 다른
곳으로 가고 대감은 무사했다. 그래서 이 머슴의 아들은 공부도 하게 되었다.
「洪暹退蛇-홍섬이 뱀을 물리치다」

문희공 홍언필이 부모상을 당하여 묘곁에 여묘살이를 하는데 때가 여름철이었
다. 그의 아들 섬은 이제 6살로 아버지가 계신 곳에 가니 그의 아버지가 잠을
자고 있는데 뱀이 배 위를 가로로 감싸고 입을 벌려 혀를 날름거리고 있었다.
아버지는 마음 속으로 이를 알았지만 뱀이 물까 두려워서 감히 움직이지도 못
하고 다만 木石 같이 누워 있을 따름이었다.

섬은 곧 풀밭으로 가서 개구리 몇 마리를 잡아 와 그것을 땅에 놓았더니 뭇개
구리들이 뛰어 흩어졌다(도망쳤다). 뱀은 이내 빙빙 돌려 (감았던 것을 풀어) 사
람을 버리고 개구리를 쫓았다. 이에 아버지는 비로소 일어났고 섬을 크게 기특
하게 여겼다. 섬의 임기혜민[臨機應變]이 어릴 때부터 이와 같더니 어른이 되어
과연 이름난 재상이 되었다. (洪文僖公彦弼 方遭憂 廬墓側 時下夏月 其子暹
方六歲 往父所 見其父抵枕就睡 有蛇 盤橫胸腹上 張口弄舌 父心知之 而恐蛇三
不敢動 但如木石臥耳 暹 卽往草中 捕蛙三四來 放之地上 衆蛙跳散 蛇乃盤旋捨
人而逐蛙 於是 父方得起身 大奇之 暹 應機慧敏 自幼如此 及長 果爲名相(『海
東言行錄』)

20) 제6차 교육과정에 의해 편찬된 교과서 6학년 1학기 『읽기』, 「단군의 건국 이야
기」, pp.128~134, 참조.

이 제7차 교육과정에 의해 편찬된 교과서에는 실리지 않았다. 만약 특정 종교 집단의 '偶像崇拜 云云'에 편승해 단군영정을 싣지 않았다면, 이는 우리 민족 正體性을 뒤흔드는 處事로 우리 교육의 앞날에 심각한 문제가 아닐 수 없다.

3) 동일한 고전문학 제재가 4학년 1학기[23]와 6학년 1학기[24]에 다르게 제시되어 있다. 즉 '구두쇠 이야기'는 등장인물과 사건 전개의 주체가 다르게 제시되어 학습자에게 혼란을 주고 있다. 지역에 따라 비슷한 이야기가 여러 형태로 口傳되고 있기는 하지만 교육적 관점에서 一貫性을 갖추어야 한다. 이것은 고전문학[고전 관련 작품 포함]을 단순히 국어과의 학습목표 달성을 위한 수단으로만 취급하고 있기 때문에 생기는 문제이다.

4) 겉으로는 고전문학 제재인 것처럼 보이는 그림과 이야기가 많이 등장한다. 정확한 출전을 알 수 없이 그림만, 혹은 이야기의 삽화만 한복을 입고서 옛 이야기가 등장할 만한 시대로 바꾸어 실려있는 것들도 수 차례 등장[25]하고 있다.

5) 제6차 교육과정에 의해 편찬된 교과서에는 兄弟美談 교재가 2편(「의좋은 형제」와 「형제투금」) 실렸는데 제7차 교육과정에 의해 편찬된 교과서에는 「의좋은 형제」가 빠지고 「형제투금」 1편만 실려 있다. 교과서에 교재화할만한 형제미담 자료는 많지 않지만, 「兄弟急難圖」, 「피리에 담긴 형제미담」, 「과거길 단념한 형제미담」 등은 훌륭한 교재가 될 수 있다.[26]

---

21) 제7차 교육과정에 의해 편찬된 교과서 6학년 2학기 『읽기』, 「단군의 건국 이야기」, pp.88~93, 참조.

22) 檀君影幀은 p.133에 수록되어 있다.

23) 제7차 교육과정에 의해 편찬된 교과서 『말하기 · 듣기 · 쓰기』, 「지혜로운 아이」, pp.56~57, 참조.

24) 제7차 교육과정에 의해 편찬된 교과서 6학년 1학기 『읽기』, pp.146~147, 참조.

25) 제7차 교육과정에 의해 편찬된 교과서 4학년 1학기 『읽기』, p.91, 참조.

　둘째, 고전문학 제재를 다루는 차시의 학습 목표 및 학습 활동에 대한 문제점이다. 교사용 지도서에 학습 활동으로 제시된 내용을 살펴보면 앞뒤 내용 상상하기, 내용 간추리기, 이어질 내용 상상하기, 상황에 적절한 말쓰기, 주제 파악하기, 어울리는 표정, 목소리로 말하기 등으로 이루어져 있다. 그 중에서 가장 많은 비중을 차지하는 것은 "앞뒤 내용이나 이어질 내용에 대한 상상하기"로 주로 認知的 영역에 대한 훈련으로 일관하고 있다. 이것은 대단원 교수·학습계획에 제시된 "이 단원에서 이루어지는 …중략… 이야기의 본질에 좀 더 가까이 접근할 수 있으며, 문학적 상상력과 창조적 사고력도 신장시킬 수 있을 것이다."27)와는 상당한 차이점을 보이고 있다. 지도서의 내용은, 단편적으로 제시된 삽화나 내용을 바탕으로 학습 목표에 맞추어 가는 인지적 학습과정을 밟고 있다. 문학적 상상력과 창조적 사고력을 배양하기 위해 반드시 필요한 문학 작품에 대한 感情移入이나 享受活動이 전혀 이루어지지 않고 인지적 사고력 배양에만 중점을 두고 있다고 볼 수 있다. 이것은 교육과정에서 제시된 하위목표조차도 국어과 전체 목표를 수용하지 못하고 있다는 것을 말해 주고 있다.

　이러한 문제점들은, 고전문학이 단순히 흥미 있는 이야기거리로만 머무르는 것이 아니고 그 시대적, 文化的, 歷史的 狀況의 반영이라는 것을 看過한 데서 온 것이라고 여겨진다. 고전문학 제재들을 보다 잘 이해하기 위해서는 그 時代的 歷史的 特殊性을 제대로 알아야 한다. 작자가 분명하지 않은 口傳, 채록된 고전문학 작품들은 대부분 그 시대를 사는 대다수 사람들의 시대의식을 반영한다. 이러한 시대의식에 대한 認知는 현재의 창의적 국어사용에서 밑바탕이 되며, 현재를 객관적이고 분석적

---

26) 이신성, 우리 고전문학 교재의 이해, 보고사, 1999, pp.13~61, 참조.

27) 제7차 교육과정에 의해 편찬된 4학년 1학기 『교사용지도서』, p.116, 참조.

으로 바라볼 수 있는 중요한 자료가 된다. 이에 덧붙여 고전문학 작품을 통한 美的 체험, 감수성의 개발은 민족 문화에 대한 이해와 공감을 가져온다. 이는 민족 정서의 계승이라는 잠재적 교육 효과를 기대할 수 있게 만든다.

創意的인 國語使用能力 신장이라는 목표 달성을 위해서는 感性的 능력의 향상도 반드시 고려되고 교육에 반영되어야 한다. 이를 위해 고전의 체계적 고증과 고전문학 享受와 이의 內面化에 대한 교사용지도서의 가이드 자료가 보충되어야 하며, 교수·학습과정의 전개도 이러한 관점에서 전개되는 것이 바람직하다.

4. 原典을 考慮한 改善方案

위에서 고전문학 제재 중 문제점이 있는 제재를 열거해 보았다. 그 중 「沈淸傳」과 「토끼의 재판」 제재에 대하여 具體的으로 問題點과 改善方案을 살펴보기로 한다.

(1) 「沈淸傳」의 問題點과 改善方案

먼저 "심청이는 효녀가 아니다"로 기술한 내용에 대해서 언급해보기로 한다.

「심청전」의 내용 중 처절한 장면을 삽화로 제시[28]해 놓고 "심청이는 효녀가 아니다"라는 말을 교과서에 실은 것은 言語道斷이다. 「심청전」의 주제는 孝이다. 그 효를 실현하기 위한 시련 과정 중의 하나가 심청이 인당수에 몸을 던지고 심봉사는 울부짖는다. 우리 古小說 중 시련 과

---

28) 심봉사의 울부짖는 장면과 심청이가 인당수에 몸을 던지는 장면을 삽화로 제시해놓아 심청이를 부정적으로 인식하도록 이끌었다.

정이 없는 구조는 없다. 現代小說도 마찬가지이다. 父女가 다시 相逢하고 심봉사가 光明을 찾게 되는 것은 바로 孝의 실현이다. 「심청전」, 「沈淸歌」의 대단원은 孝의 실현과 盲人 모두 開眼하는 和合의 場이다. 작품을 비판적인 시각으로 보는 것은 바람직하지만, 주제를 깨뜨리는 감상 방법은 옳지 못하다.

　孝의 가치를 손상시키지 않는 범위 내에서 討論 주제를 설정해야 한다. 누구나 알고 있는 당연한 사실은 토론의 주제로 마땅치 않다. 토론은 찬성과 반대의 주장이 뚜렷하게 대립되는 談話樣式이다. 그러나 「심청전」의 주제인 孝는 贊反으로 나뉠 성질이 아니다.

　討議와 討論은 다르다. 토의가 多樣한 意見의 수용을 목표로 한다면, 토론은 兩端間의 決定을 요구한다. 따라서 「심청전」의 주제에 대한, 심청의 孝에 대한 토의는 가능하지만 토론은 타당하지 않다. 「심청전」의 주제가 孝임은 너무나 明白하고 수백년 동안 그 주제가 효로 받아들여져 왔고 앞으로도 변함이 없을 것이다. 그렇다면 "심청이는 효녀가 아니다"란 토론 제목은 "더운 물보다 찬물이 더 따뜻하다"란 토론 제목과 마찬가지로 語不成說이다.

　그 다음 "심청이는 효녀인가?"에서 학습문제는 '주고받는 말을 듣고, 의견과 그 이유를 말하여 봅시다.'이고, 바로 삽화가 제시되어 있다. 삽화는 썰렁하고 초라한 오두막집 앞에 아낙네가 서 있고 商人에게 팔려가는 심청이와 울부짖는 심봉사 등 두 개의 삽화가 그려져 있다. "심청이는 효녀인가?"라는 발문자체는 孝를 부정하기 위한 의도가 그대로 노출되어 있는데다가 삽화도 아동들에게 不孝莫甚한 심청을 부각시키도록 주어져 있다. 이는 "심청이는 효녀가 아니다"라는 토론 주제와 다를 바 없는 「심청전」과 주인공을 부정적이고 편향적으로 보는 시각이다. 우리는 이런 제재가 교과서에 버젓이 실려 있는 현실을 直視할 필요가 있다.

(2) 「토기의 재판」

「토끼의 재판」의 原典은 『醒睡稗說』이고 원전에는 「반드시 여우가 訟事를 없게 한다[必也使無訟狐]」라는 제목으로 실려 있다. 『성수패설』은 저자와 저작 연대가 未詳이고 19세기 이후에 이루어진 話集으로 본다. 戱畵的인 내용이 대부분이지만, 날카로운 풍자로서 破顔大笑를 자아내게 하거나 인정 세태를 꼬집은 재미난 이야기들이 풍부하게 수록되어 있다.[29] 「반드시 여우가 訟事를 없게 한다[必也使無訟狐]」는 내용을 알아보고 현행 교과서에 수록된 「토끼의 재판」의 문제점과 改善方案에 대해서 살펴보기로 한다. 「반드시 여우가 訟事를 없게 한다[必也使無訟狐]」는 「여우의 재판」으로 부르기로 한다.

1) 原典의 내용

原典[惺睡稗說]에 실린 「여우의 재판」을 번역하여 보이면 다음과 같다.

아주 오랜 옛날 초목과 금수가 말이 통할 수 있었던 때에 어떤 사람이 한 곳을 지나갔는데 함정을 밟아 빠진 호랑이가 사람을 보고 불러 "나를 살려 달라."고 했다. 사람이 말했다.
"만약 너를 살려주면 반드시 나와서 나를 잡아먹을 것이니 살려줄 수 없다."
호랑이가 말했다.
"살려준 덕이 있는데 어찌 잡아먹을 리가 있겠는가? 염려하지 말아라."
사람이 말했다.
"네가 그렇게 말했으니 마땅히 살려주지."
곧 함정을 들어 주었더니 호랑이가 나와서 말했다.
"나는 여러 날 함정에 있었기 때문에 배가 매우 고파서 너를 잡아먹지 않을 수 없다."

---

29) 李佑成 · 林熒澤 譯編, 『李朝漢文短篇集』(下), 一潮閣, 1978, 「출전 해제」, 참조.

사람이 말했다.

"너는 仁義가 없는 말로 한 입에 두 가지 말을 하니 무엇 때문인가?"

호랑이가 말했다.

"本心이 아니고 일의 형편이 부득이해서 그렇다."

사람이 말했다.

"그렇다면 어찌 원통하고 억울하지 않겠는가? 訟事를 한 뒤 내가 만약 송사에 지게 되면 마음대로 해라."

호랑이는 '그렇게 하마.'라고 했다.

곧 큰소나무 앞에서 송사를 부탁하니 소나무가 말했다.

"잡아 먹어라. 사람이 만물에게 끼치는 해는 극심하다. 우리들이 사람을 피하여 벽진 곳에 있어서 조금도 사람과는 無關한데도 도끼로 크게 찍고 잘라서 집을 짓고 관을 만드니 매우 痛嘆할 일이다. 잡아 먹어라"

호랑이가 말했다.

"너는 이미 송사에 졌으니 나는 마땅히 너를 잡아먹어야 되겠다."

사람이 말했다.

"송사를 한번 더 부탁하면 어떻겠느냐?"

호랑이가 '그렇게 하마.'라고 했다.

또 큰 바위에게 송사를 부탁하니 바위가 말했다.

"잡아 먹어라. 우리들이 산골짜기에 있어서 사람에게 별다른 해를 끼치지 않는데 사람들은 망치와 못으로 깨고 부수어서 우리를 주춧돌로 삼고 벽돌을 만드니 사람의 不良함이 어찌 여기에까지 왔단 말인가? 생각이 이에 미치면 毛骨이 오싹하고 간담이 다 찢어지는 듯하니 어찌 寒心하지 않겠는가? 잡아 먹어라."

호랑이가 말했다.

"두 번 송사에 졌으니 이제 어찌 다시 말할 실마리가 있겠는가?"

사람이 생각하고 또 생각해도 살 길이 없었다. 마침 여우가 그 앞을 뛰어 지나갔다. 사람이 말했다.

"저 여우에게 한번 송사를 부탁함이 어떠하겠는가?"

호랑이가 '그렇게 하마.'라고 했다.

곧 여우에게 송사를 부탁하니 여우가 말했다.

"송사는 한쪽 말로는 믿기 어려우니 처음의 형편과 처지를 본 연후에 판결해야 한다."

여우의 말에 사람과 호랑이가 다 좋다고 했다.

여우는 사람에게 함정을 들어서 호랑이가 함정에 들어가게 하니 과연 호랑이가 그 함정에 들어갔다. 여우가 말했다.

"앞에 모양과 같이 해라."

호랑이가 그 말대로 하니 여우가 호랑이에게 말했다.

"앞에 모양이 이와 같은가?"

호랑이가 '그렇다.'고 했다.

여우가 말했다.

"그렇다면 호랑이는 거기에 있고 사람은 마음대로 가거라. 내 또한 이쪽으로 가겠노라."

여우는 뛰어 달아났다. 반드시 송사가 없도록 한 것은 여우로구나.[30]

---

30) 太古之時에 草木禽獸가 能通言語러니 人過一處則 虎蹈於阱하야 見人而呼曰 活我也하라. 人曰 若活汝則 必出囕吾리니 不可活이라하거늘 虎曰 有活德하니 寧有囕食之理乎아 勿慮焉하라한대 人曰 汝言이 旣如此면 當活之矣리라하고 乃擧阱則 虎出而言曰 吾多日在阱에 腹空이 太甚하니 不得不囕食也라하니 人曰 汝無仁義之說하고 一口二言이 何也오 虎曰 非本心이라 事勢不得已也라한대 人曰 然則豈非冤抑乎아 訟後에 吾若落訟則 任意爲之하라 虎曰諾다 卽訟於 大松前則 松曰囕食也하라 人之於物에 害極矣라 吾等이 避在僻處하야 少無關於人而 以斧以鉅로 斫之剖之하야 爲家爲棺하니 事甚痛惋이라 囕食也라커늘 虎曰 汝已落訟하니 當囕食矣리라 人曰 一次加訟이 如何오 虎曰諾다 又訟於巨 巖則 巖曰 囕食也하라 吾等이 處於山谷에 別無害於人而 以椎以釘으로 破之碎 之하야 爲礎爲磚하니 人之不良이 胡至此極고 思之及此에 毛骨이 竦然하고 肝 膽이 俱裂하니 寧不寒心이리오 囕食也라커늘 虎曰 再次落訟하니 今有何更言 之端耶아한대 人이 思之又思에 無可生之路라 適一狐가 躍過其前에 人曰 彼狐 處에 一次可訟이 如何오하니 虎曰諾다 卽訟于狐則 狐曰 夫訟者는 一邊之言으 로는 難以準信하야 觀當初形地然後에 可決이라한대 人與虎皆曰善타하고 狐使 人으로 擧其阱하야 使虎入其中하니 果入其中이라 狐曰 如前樣爲之하라 依其

「여우의 재판」은 널리 알려진 「토기의 재판」과 줄거리는 비슷하지만, 등장인물에 차이를 보인다. 「여우의 재판」에서는 死地에 몰린 나그네가 구원을 청한 대상은 큰소나무와 큰바위 및 여우이다. 현행 교과서에는 소나무와 길[道路] 및 토끼로 되어 있다.

2) 問題點과 改善方案

여기서는 현행 교과서에 수록된 「토끼의 재판」 제재에 대해서만 살펴보기로 한다.

① 2학년 2학기 『쓰기』 68쪽~69쪽

학습 주제는 '이야기에 나오는 인물에게 글을 써 봅시다.' 이고, 4개의 학습 내용과 구덩이[함정]에 빠진 호랑이 관련 그림이 4개 제시되어 있다. 나그네, 호랑이, 토끼만 등장한다.

② 3학년 1학기 『말하기·듣기』 98쪽~101쪽

학습 주제는 '「토끼의 재판」을 실감나게 연극으로 꾸며 봅시다.'이고 3개의 학습 내용과 궤짝에 갇힌 호랑이 관련 그림 3개와 등장인물[나그네, 포수, 호랑이, 길, 토끼]이 삽화로 제시되어 있다.

③ 3학년 1학기 『읽기』 교과서 148쪽~157쪽

학습 주제는 '인물의 성격을 생각하며 「토기의 재판」을 읽어 봅시다.'이고 3개의 학습 문제를 실었다.

이 제재는 劇本인데 ②와 마찬가지로 궤짝에 갇힌 호랑이 관련 그림 5개가 극본 내용 속에 제시되어 있다. 이 제재는 1923년에 小波 方定煥

言則 狐謂虎曰 前樣이 如是乎아 然하다 謂人曰 前樣이 如是乎아 曰然하다 然則 虎在彼하고 人自去하라 吾亦從此逝矣라하고 卽跟跳而走하니 必也使無訟은 狐也인저(古今笑叢 所收 『醒睡稗說』 제33話)

(1899~1931)이 지은 극본이다.[31]

방정환은 1922년 5월 1일 처음으로 '어린이의 날'을 제정하고, 이 날 「어린이날의 약속」이라는 전단 12만 장을 배포했으며, 1923년 3월 우리 나라 최초의 순수 아동잡지 『어린이』를 창간했다. 1919년 3·1운동이 일어나자 「獨立宣言文」을 배포하다가 일본 경찰에 체포되어 옥살이를 한 적이 있다. 그는 童話飜案作家로 유명한데, 작품의 일관된 특징은 풍자와 해학 및 교훈성에 있다.[32]

'함정에 빠진 호랑이'가 '궤짝에 갇힌 호랑이'로 바뀐 것은 개연성에 있어서 설득력이 전혀 없다. 이런 작품을 방정환이라는 知名度에 편승하여 여과없이 그대로 교과서에 실었다. 1900년도 초기까지만 해도 호랑이가 한반도 山野에 자주 出沒했다.[33] 이는 이 당시까지도 우리 민족은 虎患의 두려움에서 벗어나지 못하고 있음을 말한다. 그래서 호랑이가 자주 출몰하는 곳에 함정을 파놓기도 한다. 호랑이 退治法의 하나로 볼

---

31) 초등학교 교사용 지도서 3학년 1학기 『국어』 '참고자료 1'(p.367)에 실린 내용은 다음과 같다.
　　「토끼의 재판」은 우리 나라 어린이 문화 운동과 어린이 문화 운동의 선구자인 방정환 선생님이 「나그네와 호랑이」로 널리 알려져 있는 옛 이야기를 재구성하여 쓴 극본이다. 『어린이』제1권 10호(1923년 10월)에 실려 있는 극본을 그대로 신되, 표준어 규정에 맞추어 표현, 표기를 일부 수정하였다.(下略)
32) 國語國文學 編纂委員會 編, 『國語國文學資料辭典』, 한국사전연구사, 1994, p.1210~1211, 참조.
33) 『격동의 舊韓末 歷史의 現場』, 조선일보사, 1986.4, 참조.
　　①p.39 : 「虎患」-큰 호랑이 두 마리가 民家로 뛰어들어 남자를 물고 어린아이를 채가는 모습을 담은 그림.(1909년 12월 12일자 프랑스 '르프티 주르날'에 실린 것을 轉載한 것임)
　　②p.113 : 「호랑이에 물린 女人」-어느 으슥한 산골, 광주리를 들고 가던 여인이 호랑이의 습격으로 피투성이가 되어 있는 그림(1914년 3월15일자 프랑스 '르프티 주르날'에 실린 것을 전재한 것임)

수 있다. 따라서 生存戰略 차원에서 보면 陷穽과 '함정에 빠진 호랑이'
는 지극히 당연하고 있을 수 있는 일이다. 그러나 '궤짝에 갇힌 호랑이'
는 있을 수 없는 일이다.

여타 小波 방정환의 번안 작품과 마찬가지로 극본 「토기의 재판」은
풍자와 해학 속에 교훈성을 담고 있다. 극본 「토기의 재판」은 「여우의
재판」에서 읽을 수 있는 背恩을 통해서 報恩의 의미를 일깨우는 작품의
의미를 담아내고 있다.

그러면 방정환은 무엇 때문에 '함정에 빠진 호랑이'를 '궤짝에 갇힌 호
랑이'로 둔갑시켰을까? 방정환 극본 「토끼의 재판」은 암울했던 일제시
대에 産生된 작품이다. '궤짝에 갇힌 호랑이'는 일제의 寓話的 表現이
다. 즉 '궤짝에 갇힌 호랑이'는 바로 背恩忘德하고 悖惡無道한 일제를
나타낸 것으로 볼 수 있다. 방정환은 그 당시 '궤짝에 갇힌 일제'를 통해
代償的 滿足(compensation)[34]을 위해 집필한 것으로 본다. 이러한 집필
의도에 의해 나온 「토끼의 재판」은 우리 민족에게 快樂美를 안겨 주었
음직하고, '背恩忘德하고 悖惡無道한 일제'는 결국 망하게 되리라는 暗
示를 던져서 우리 민족에게 희망적인 메시지로 작용했으리라 본다. 그
러므로 방정환 극본 「토끼의 재판」은 日帝라는 時代的 歷史的 特殊性
속에 飜案된 劇本으로 그 시대에는 설득력을 지닌 작품이 될 수 있다.
이러한 작품 産生의 배경을 度外視한 채 현행 초등학교 국어 교과서에
그대로 싣는 현실은 지극히 개탄스런 일이 아닐 수 없다.[35]

---

34) 이신성, 『우리 고전문학 교재의 이해』, 보고사, 1999, p.93, 참조.

35) 필자는 2000년 10월 한국교육과정평가원 국어교육 연구실로부터 「토끼의 재판」
    관련 자료 요청을 받고 「여우의 재판」 原文을 번역해서 원문과 번역문을 電送
    한 바 있다. 그러나 2001년 3월에 간행된 현행 3학년 1학기 『읽기』 교과서에는
    방정환 극본 「토끼의 재판」이 실렸다.
    2000년 11월 21일 한국 교육과정평가원에서 5-6학년 교과서를 심의할 때, 필자

이상에서 살펴본 바와 같이, 당면한 과제는 原典에 대한 再認識과 敎材觀을 정립하는 일이다.

같은 제재가 학년에 따라 교과서에 다르게 실려 있다는 것도 문제점으로 지적된다. 즉 2학년 2학기『쓰기』교과서에는 '함정에 빠진 호랑이'로 나오고 3학년 교과서에는 전술한 바와 같이 '궤짝에 갇힌 호랑이'로 나온다. 이는 학년 간 계열성을 고려하지 않은 잘못이며, 이 또한 原典에 대한 再認識과 敎材觀을 정립해야만 이런 오류는 事前에 차단할 수 있다.

5. 맺음말

위에서 초등학교 국어 교과서에 실린 古典文學 敎材의 問題點과 그 改善方案을 살펴 보았다.

초등학교 國語科 敎育目標에 나타난 문제점은, 感性이나 想像力의 교육보다는 認知的 領域의 교육을 지나치게 강조했다는 점이다.

초등학교 국어과 敎育課程에 나타난 문제점은, 古典文學 作品의 경우, 時代的·文化的 地平이 중요한데도36) 불구하고, 작품의 시대적, 문

는 심의진의 한 사람으로 참석했다. 필자는 여기에 참석한 연구진과 심의진에게 "釜山敎育大學校 敎育大學院 古典文學 硏究會" 명의로 "고전문학 교재의 문제점"이라는 유인물을 배부하고 특히「토끼의 재판」의 삽화와 내용은 궤짝에서 함정으로 바꾸어야 한다고 강력히 주장했다. 韓國敎育課程評價院 국어교육연구실 관계자는 '함정보다 궤짝이 무대 장치 하기가 쉽다'는 옹색한 답변을 했다가 이내 발언을 취소하고는 지금 윤전기가 돌아가고 있기 때문에(2001년 3월 공급) 어쩔 수 없다는 답변을 했다. 그러나 2002년과 2003년에도 수정되지 않은 교과서가 배부되었다.

36) 김홍규, "古典文學 교육과 歷史的 理解의 원근법",『한국 고전문학과 비평의 고찰』, 고려대학교 출판부, 2002, p.312.

화적 상황을 다룰만한 시간이 배당되어 있지 않다는 점이다.

국어 교과서에 나타난 문제점은, 주로 原典을 제대로 반영하지 않았거나 틀리게 반영한 점이 많다는 것이다.

국어과 교사용 지도서에 나타난 문제점은, 感情移入과 享受活動이 충분히 이루어지는 수업을 고려하지 않았다는 점이다.

교과서에 실릴 고전문학 제재는 原典에 대한 기본적인 識見의 토대 위에 제재를 選定하여 이를 바르게 改作 또는 變容해야 하며, 이에 대한 教材觀을 정립해야 한다.

초등학교 교과서는 수많은 교재 중에 가장 精選되고 표준이 되어야 할 교재이다. 초등학교 교과서는 유일하게 국가가 주도하여 편찬하고 공급하는 교재이다. 그러므로 교과서에 싣는 제재는 내용 오류를 最小化하도록 최선을 다해야 한다. 교과서도 교재 중의 하나일 뿐이다. 教材를 多樣化하기 위해서는 교과서를 절대시해서는 안 된다. 그렇지만 일선 교육 현장에서는 교재를 다양화할 時間的 精神的 資質的인 여건이 不備하다. 1인 교사가 10여 교과목을 지도해야 하고 주당 時數가 過多한 實情에서 교과서 내용을 깊이있게 살펴서 교재 연구를 하고 교재를 다양화하기란 어려운 일이다.

이런 현실을 개선하기 위해 몇 가지 제언한다.

첫째, 제8차 교육과정에 의해 편찬된 교과서는 교과서 편찬을 위한 제반 예산에 대폭적인 지원을 하여 최상의 교과서가 편찬될 수 있도록 해야 한다.

둘째, 문학이 언어능력 신장을 위한 도구로만 쓰이지 말고, 문학의 獨自性이 확보될 수 있는 교재로 교과서에 실려야 한다.

셋째, 古典에 대한 再認識과 古典文學教育의 重要性을 擴散시켜야 한다.

넷째, 초등학교에도 현재 부분적으로 시행하고 있는 교과 담임제를 全敎科 全學年 교과 담임제로 확대 실시해야 한다.37)

잘못된 교과서를 가지고 잘못되게 교육을 받은 학생은, 평생토록 그 잘못을 깨우치거나 교정 기회를 제대로 가지지 못할 것이라는 점을 우리는 깊이 인식할 필요가 있다.

---

37) 중국은 오래 전부터 전교과 전학년 교과 담임제를 도입했다. 이 제도는 교사 1인당 주당 수업 시수를 크게 줄일 수 있는 방안이다.
　①필자는 1995년 3월부터 1996년 2월까지 중국 北京師範大學에 연구 교수로 있으면서 북경사대 實驗小學(우리의 사범대학 부설 초등학교)의 時間表를 입수했다. 이에 의하면 교사 1인당 주당 수업 시수는 13~15시간 이내였다. ②필자는 2003년 9월부터 2004년 8월까지 中國 浙江省 杭州市에 所在한 杭州師範學院에 연구 교수로 머물면서 항주시 上城區 孝女路 4號에 所在한 天長小學을 방문하여 교사 명단을 입수했다. 이에 의하면 25학급에 교사는 68명이었다. 5학년 袁慧娟(항주사범학원생 때 부산교육대학교에 6개월 간 유학한 적이 있음) 교사는 數學을 전담하는데 1주일(월요일~금요일:주 5일 근무)에 수업시수는 5학년 4개반 중 2개반을 맡는데 10시간이었다.
　이 자료에서 보면, 우리 초등학교와 중국 小學과 비교할 때 교사 1인당 週當 배당 時數에서 엄청난 차이가 있음을 알 수 있다. 그 이유는 전교과 전학년 교과 담임제도 때문이다.
　이는 중국 黑龍江省 延壽縣 延河鎭 東明村에 있는 조선족 자제들이 다니는 초등학교인 東明小學 시간표에서도 마찬가지였다. 이 제도의 시행에는 예산의 뒷받침 등 어려움이 있을테지만, 우리 교육 현실에 많은 참고자료가 되리라 본다.

찾아보기

저자 약력

이신성(李愼成)

경남 밀양(密陽) 퇴로(退老)에서 출생(1946)
밀양 밀성고등학교, 부산교육대학교 졸업
동아대학교 국어국문학과와 동 대학원 졸업(문학박사)
온천 초등학교, 동의 중·공업고교 교사 역임
중국 북경사범대학(北京師範大學) 연구교수(1995.3.~1996.2.)
중국 항주사범학원(杭州師範學院) 연구교수(2003.9.~2004.8.)
부산교육대학교 국어교육과 교수(1981~현재)

• 著書

『天倪錄 研究』(1994)
『중국기행 330일』(1997)
『우리 고전문학 교재의 이해』(1999)
『韓國古典散文研究』(2001)
『우리 江山 천리만리 보아도 끝이 없고』(2002)
『韓國古典文學教材研究』(2004)

• 譯書

『버들잎에 띄운 사랑』(共譯1995)
『揚隱闡微』(共譯1999)
『졸음을 물리치는 가지각색의 이야기 攪睡襍史』(2003)

• 責任監修

『유적따라 발길 멈추고』(2000)

연락처
611-736 부산광역시 연제구 거제동 부산교육대학교 국어교육과
연구실 : 051)500-7216   자택 : 051)526-3909
E-mail : ss7216@bnue.ac.kr   ss7216@hanmail.net

한국고전문학교재연구
韓國古典文學敎材研究

2004년 7월 29일 초판 발행
2006년 9월 2일 2 쇄 발행

저 자 | 이신성
발행인 | 김홍국
발행처 | 도서출판 **보고사**
등 록 | 1990년 12월(제6-0429)
주 소 | 서울시 성북구 보문동7가 11번지
전 화 | 922-5120~1
팩 스 | 922-6990
E-mail | kanapub3@chol.com
www.bogosabooks.co.kr

ISBN 89-8433-249-6(93810)

ⓒ 이신성, 2004

잘못된 책은 교환하여 드립니다.
정가 16,000원